악어

鰐魚

악어

인쇄 · 2020년 10월 8일
발행 · 2020년 10월 15일

지은이 · 우 한 용
펴낸이 · 한 봉 숙
펴낸곳 · 푸른사상사

주간 · 맹문재 | 편집 · 지순이 | 교정 · 김수란
등록 · 1999년 7월 8일 제2-2876호
주소 · 경기도 파주시 회동길 337-16 푸른사상사
대표전화 · 031) 955-9111(2) | 팩시밀리 · 031) 955-9114
이메일 · prun21c@hanmail.net
홈페이지 · http://www.prun21c.com

ISBN 979-11-308-1709-5 03810
값 18,000원

이 도서의 국립중앙도서관 출판예정도서목록(CIP)은 서지정보유통지원시스템 홈페이지(http://seoji.nl.go.kr)와 국가자료종합목록 구축시스템(http://kolis-net.nl.go.kr)에서 이용하실 수 있습니다. (CIP제어번호 : CIP2020042141)

Κροκόδειλος

악어

우한용 장편소설

작가의 말

소설 원고를 마무리하고 책으로 내기 전, 나는 사뭇 긴장한다. 다시 한번 내 소설을 돌아보게 된다. 작가가 책을 내는 것은 자신의 작업을 돌아볼 계기를 마련하는 일이기도 하다.

원고를 읽어달라 부탁하려고 프린트본을 만들면서 보니 2012년에 초고를 완성한 걸로 기록되어 있다. 『악어』 한 작품을 가지고 10년 가까운 시간을 보낸 셈이다. 오래 붙들고 있으면서, 기회가 닿을 때마다 만나는 이들에게 '악어' 이야기를 했다. 내 독자들의 기대를 잔뜩 부풀려놓은 셈인데, 그 기대에 얼마나 다가갈 수 있을지 걱정이다. 오래 붙들고 있다고 좋은 작품이 나오는 것은 아닐 터. 다만 관심을 장시간 집중했다는 의미는 헛되지 않으리라 생각한다.

소설 쓰는 일은 소설과 더불어 사는 과정이다. 소설을 써서 어떻게 하겠다는 작정 없이 소설을 설계하고 시공한다. 그리고 책을 낼 무렵에는 일종의 감리를 하게 된다. 대개 나는 원고가 마무리되면 누군가에게 읽어달라고 부탁한다. 장편은 읽는 일 자체가 부담이라서 그런 부탁이 쉽지 않다. 우선 젊은 소설가 오윤주 박사에게 한번 읽어달라고 부탁했다. 교차구성의 논리적 연관이 약하다는 점, 인물 행동의 동기화가 더 치밀해야 한다는 점, 인물의 심리 특성 형성 과정이 명료했으면 좋겠다는 점 등을 지적해주었다. 그 지적을 고맙게 받아들여 원고를 손질했다. 그런 지적이 충실히 반영되었기를 바란다.

내 소설을 읽어준 다른 한 분은 한국외국어대학교에서 그리스어학과를 창설하여 성공적으로 운영한 유재원 교수다. 유재원 교수가 '카잔차키스의 친구들' 모임을 만들 때 같이 참여하기도 한 터라서, 억지를 쓰기로 작정하고 원고를 전했다. 유재원 교수는 그리스를 비롯한 발칸 지역, 터키 등의 역사와 문화, 그리고 문학에 해박한 지식을 가진 분이다. 그리스에 중점을 두고 읽어달라고 부탁하고, 나는 우크라이나 여행을 떠났다. 염치없는 일이었다.

유재원 교수와 마스크로 얼굴을 가리고 만나서 이야기를 들었다. 소설 쓰기 위해 조사를 많이 하느라고 수고했다는 이야기를 시작으로, 인물의 생애 마무리를 확실히 했으면 좋겠다는 점, 폭력의 발생 기제를 깊이 추구해야 하지 않겠나 하는 이야기를 했다. 그리고 소설의 배경이 폭넓은 만큼 지도를 첨부해주어야 독자가 읽는 데 도움이 될 것이라는 지적도 해주었다. 카잔차키스의 『영혼의 자서전』 번역을 마무리해서 시간적으로 여유가 있다고는 하지만, 일급의 학자에게 '소설'을 읽어달라 하기는 미안한 일이었다. 유재원 교수의 충고를 십분 반영한다고 나름대로 애를 썼다. 고마움을 표하는 다른 방법을 모르는 까닭이다.

소설이 성공하려면 편집자와 비평가를 잘 만나야 한다고들 한다. 크게 공감한다. 숭실대학교에 근무하는 평론가 이경재 교수는 중편소설집 『사랑의 고고학』을 낼 때 '평설'을 써주었다. 앞으로 다른 책을 낼 때도 글 써주마고 술자리에서 약속을 했다. 나는 그 약속을 곧이곧대로 (내 맘대로) 믿고 글을 부탁했다. 사실 '해설' 혹은 '해설평'을 쓰는 건 호락호락한 일이 아니다. 더구나 연배가 높아 삐치기 잘하는 사람의 글에 대해 비평의 칼을 들이대기는 쉽지 않다. 이경재 교수는 그 어려운 여건 모두 제쳐두고 학구적으로 진지하게 글을 써주었다. 이경재 교수에게 어떻게 고마움을 표할지 모르겠다.

고려대학교에서 봉직한 남영우 교수께서는 소설의 내용을 이해하는 데 필요한 지도를 그려주었다. 시간 잔뜩 투자해야 하는 일인데, 선뜻 요청을 받아들여주어 대학 동창생의 우정이란 이런 것이로구나, 사뭇 감동이 깊었다.

표지 전각을 만들어준 명신당필방의 김명 장인의 우의에 고맙다는 말씀을 전한다.

이번에도 푸른사상사에 신세를 지게 되었다. 국어국문학 분야의 서적을 출판하는 데서 출발해서 문학 일반과 시, 소설, 동화, 동시, 그림책 등 장르를 넓혀가면서 출판계에 공헌하는 한봉숙 대표의 호의에 짙은 고마움을 표한다. 표기법과 어휘, 문체에 기탄 없는 의견을 제시해준 김수란 씨의 노고에 보답할 일을 생각한다. 작가는 사전에 있는 어휘에 만족하지 못한다. 소설가의 고집을 이해해주길 바란다.

작품을 손질하면서 윤동주의 시 한 구절을 여러 차례 떠올렸다. "인생은 살기 어렵다는데 시가 이렇게 쉽게 씌어지는 것은 부끄러운 일이다." 비단 시만 그럴 것인가. 나는 소설가의 '슬픈 천명'을 생각하진 않는다. 다만 독자와 더불어, 내 소설이 쉽게 씌어지지 않았다는 점은 이야기해 두고 싶다, 그런 점에서 나는 밥 딜런 편이다. 그의 〈Blowing in the wind—바람만 아는 답〉은 인생의 역정을 이야기하는 중에 전쟁, 자연, 자성, 죽음 등 인생사 중요한 사항에 대한 물음으로 가득 차 있다. 내가 쓰는 소설은 삶에 대한 나의 물음들이다. 그 답은 다시 물음이 되어 '바람 속에 선회한다.' 다음 물음은 '인간은 어떻게 성장하는가' 하는 것이 될 듯하다.

충주 앙성 상림원은, '악어'가 없어서, 인동꽃 향기만 어지럽다.

2020년 5월 24일

우공(于空) 우한용(禹漢鎔)

차례

차례

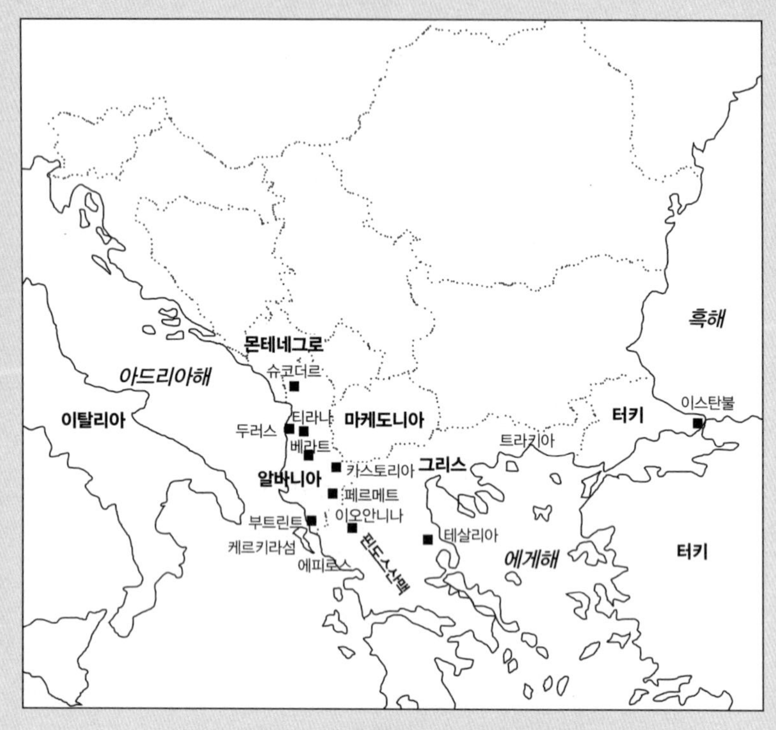

오스만튀르크 시대의 발칸 지역(남영우 교수)

알리 파샤 시대의 알바니아(남영우 교수)

πρόλογος

鰐魚

서장

참으로 어처구니없는 일이었다. 현장이 일곱 해를 기르던 악어한테 사타구니를 물어뜯긴 것이다. 아들딸 낳고 본전 다 뽑은 물건이긴 하지만, 부샅이 확 달아날 뻔했다. 다행히 『악어』를 탈고한 뒷날 터진 일이었다.

소설가 현장이 『악어』라는 소설을 시작한 것은, 8년 전 그리스의 북서부에 자리잡은 이오안니나라는 도시를 다녀온 직후였다. 소설을 쓰는 데 정신줄을 놓지 않겠다는 작정으로 '악어 새끼'를 한 마리 사다가 수조에 넣어 기르기 시작했다. 이집트의 파라오들이 악어를 기르면서 들인 정성에 밑갈세라 악어를 떠받들어 모셨다. 소설을 탈고하는 시간이 지연되면서 악어는 감당할 수 없을 정도로 몸뚱이가 커갔다. 쇠고기를 사다가 먹여야 했고, 피부에 종양이 생기지 않도록 수의사를 불러다가 피부 소독도 하고 항생제를 먹이는 난리를 치러야 했다.

악어가 어떻게나 빨리 크는지 수조를 세 차례나 갈아주었다. 그렇게 일곱 해가 갔다. 그사이 현장은 『악어』는 끝내지도 않은 채, 『도도니의 참나무』라는 중편집을 냈다. 문광부에서 '우수작품'으로 선정하자 주변에서 관심을 가져주었다.

『도도니의 참나무』라는 작품을 읽은 유한출판사 지무한 기자가 전화를 해왔다. 만나자는 것이었다. 현장은 밑져야 본전이거니 하고 시청 앞에 있는 호텔 크로노스로 나갔다.

"현장 선생님 작품을 잘 읽었습니다. 도도니라는 지명이 재미있어서 찾아보는 중에, 이오안니나라는 데를 알게 되었습니다. 재미있는 도시더라고요. 그리스 서북부에 그런 도시가 있는 줄을 몰랐는데, 그리스에서 전통 있는 도시라는 걸 알고 놀랐습니다. 그리고 거기 대학이 있다는 것도 알았고, 잘 생각하면 실크로드 끝자락 어디쯤에 걸려 있는 도시 같아서 더욱 관심이 갔고요. 그리고 무엇보다 오스만 튀르크 시대 파샤로 거기를 다스렸던 그 인물 '알리 파샤'가 잘만 다루면 괜찮은 소설적 인물이 될 거 같다는 생각도 들더라구요. 그래서……." 기자의 말이 길었다.

"알리 파샤가 어떤 점에서 흥미가 있던가요?" 현장이 물었다.

"우리 시대는 바야흐로 테러의 시대인데, 넓은 의미에서 테러는 독재와 연결되지 않겠습니까. 그런 독재자가 생겨나는 프로세스를 잘 그린다면 괜찮은 작품이 나올 거 같습니다."

도도니를 찾아가는 길에 들렀던 이오안니나, 그 지역과 연관이 있는 인물을 소설로 써보란 제안은 제법 구미를 돋구는 것이었다.

"그런데, 그게 소설이 될까, 원?"

"저는 그렇게 보는데 말입니다, 18세기 중반에 태어나서 19세기 중반까지 거의 80년 이상을 살아온 독재자의 생애는 그 자체가 근대사

표상 아닌가 싶어요. 충분히 소설 될 거 같습니다. 헌데 까놓고 얘기해서 좀 움직이는 소설을 써야 작가와 출판사가 같이 사는 거 아닐까요? 일테면 이오안니나 연대기를 쓴다고 생각하고, 한번 시도해보세요." 지무한 기자가 현장에게 손을 내밀었다. 현장은 얼떨결에 손을 내밀어 악수를 했다. 그렇게 해서 이른바 계약이 성립되었다. 1년 기한 1천 매 분량, 원고료는 매절. 원고료 50%는 선지급하고 나머지는 원고 인도 후 지급한다는 조건이었다.

현장은 덜컥 계약이라는 걸 하기는 했는데, 작품을 어떻게 마무리해야 할지 막연하기 짝이 없었다. 알리 파샤에 대한 자료를 다시 찾고, 그가 태어난 알바니아와 연관된 책들을 사다가 들입다 읽었다. 알리 파샤가 통치자로 일했던 이오안니나는『도도니의 참나무』를 쓰는 과정에서 두 차례 방문하기도 했던 터라 비교적 익숙했다. 그런데 알리 파샤 전기를 쓰는 것도 아닌데, 그 인물 하나만 내세워 소설을 만들기는 자못 싱거운 일이었다. 그렇다고 알리 파샤가 살아간 생애를 그가 관계를 맺었던 인물들을 동원해서 복원하려면 알바니아와 그리스 역사의 고패들을 다시 들추어야 했다. 그리고 그 사람들 삶의 디테일을 재구성하는 일은 현장의 능력으로는 버거웠다.

소설 써주겠다고 약속하고 이야기가 안 풀리면 그처럼 사람 잡는 일이 없다. 그때 마침 구원투수라도 되는 것처럼 서모시라는 대학 때 친구가 나타났다. 둘이는 대학에 다니는 동안 서로 의지하며 고민을 내놓기도 하고 또 들어주는 사이였다. 중학교 2학년짜리 아들이 학교 안 다니겠다고 하는 바람에, 데리고 해외여행을 갔다가 아이를 잃어버려 고생한 이야기를 고백하듯이 털어놓았다. 이야기 중에 테이블을 손바닥으로 내리치는 바람에 커피잔이 아래로 굴렀다. 울분으로 가득 찬 눈으로, 서모시는 현장을 바라보았다. 삼천이 필요한데……? 망설이면서 내놓는 한마디였다.

현장은 잘 되었다 싶어 서모시를 데리고 종로 '라쿠치나'라는 중화요리집으로 자리를 옮겼다. 서모시는 대학에서 만난 친구여서 고등학교 때 학교를 어떻게 다녔는지 알지 못했다. 고등학교 다니던 이야기부터 터놓았는데, 마침 이웃 학교에서 일어난 일들이기 때문에, 이따금 풍문으로 전해 들을 수 있었다. 한마디로 서모시의 반생은 모양이 다른 폭력의 골짜기를 빠져나간 세월의 퇴적물이라는 생각이 들었다. 현장은 그 폭력 이야기를 들은 값을 단단히 치렀다.

서모시가 이야기하는, 그의 아들 서보노의 성장 이야기는 그 아버지의 성장 과정을 모양만 달리해서 그대로 반복하고 있다는 생각도 들었다. 물론 서모시가 학교 다니던 환경과 그의 아들이 공부하는 환경은 같을 수 없었다. 그러나 부자가 펼친 삶의 행적은 지도 위에 미농지를 놓고 선을 따라 그려나가던, 그런 식으로 이야기가 겹쳐지는 것이었다. 현장은 인간 삶의 궤적이 마치 불행의 역사가 반복되듯이 그렇게 반복되는 게 아닌가 하다가, 고개를 저었다.

그런데 그 이야기는 다시 알리 파샤 이야기와 겹쳐지는 것이기도 했다. 시간적으로 공간적으로 거의 인연의 줄을 대기 어려운 인물들이 같은 궤적을 그리면서 살아간다면, 그것은 인간에 대한 폭넓은 이야기가 될 것 같다는 판단이 섰다. 알리 파샤의 이야기를 지도라 한다면, 서모시와 그의 아들 보노의 이야기는 미농지 위에 그려지는 일종의 백지도와 같은 것이었다.

한 인간이 어떤 상황에서 폭군이 되는가 하는 어려운 이야기는 하고 싶지는 않았다. 다만 현장의 어머니는 동네 사람들이 마실 와서 이야기를 풀어놓고 가면, 그 이야기를 현장에게 녹음해서 들려주듯 아주 실감나게 잘도 옮겼다. 그런 이야기꾼의 재주는 문학적 연행 능력이기도 하고, 일종의 연기력이기도 했다. 어떤 때는 이웃 아주머니가 했다는 이야기보다 그의 어머니가 풀어내는 이야기가 더욱 실감이 갔다. 그리고 재미있었다. 현장은 어머니로 인해 그 이야기라는 데 마음이 끌렸다.

그렇다고 그의 어머니 이야기를 아주 창의적이라고 할 생각은 없었다. 다만 이야기를 듣고 나면, 그게 무슨 이야긴지 다시 풀어 요약 정리하지 않아도, 아 그런 인간이 있지 하는 일종의 기시감(데자뷔)에 빠지는 것이었다. 현장이 보았을 때 그러한 기시감은 사람들의 감각을 선명하게 하고, 친구 누군가를 어제 본 것처럼 떠올리게 하는 것이었다.

사람이라는 게 그렇게 느끼고, 그렇게 생각하고, 그렇게 행동하는 것이라는 그 공감 그것 때문에 현장은 소설을 쓴다는 데 의미 부여를 하는 편이었다. 그래서 알리 파샤 이야기와 서모시의 이야기를 지도 베끼듯이 겹쳐놓고, 거기서 어떤 음영이 나타나나 호기심 어린 눈으로 바라보기로 했다. 그것은 일종의 이야기를 이중으로 엮어가는 방법이었다. 독자에게는 의식의 중층결정이라는 의미를 띨 수도 있겠다 싶었다.

그리고 하나, 그의 어머니가 이야기가 궁해지면 늘 하던 말, "이야기 좋아하는 놈 가난하게 산단다." 그게 정말 그런지를 확인하고 싶은 호기심이 일었다. 어머니는 이야기 좋아하는 사람이고 따라서 가난하게 살게 되어 있었는지 짚어보고 싶었던 것이다. 그러나 어머니가 이미 저승으로 가버린 마당에 이유를 캐고 연원을 밝힐 수 있는 일이 아니었다. 아버지는 이야기를 좋아하는 성격은 아니지만 가난하게 살았다. 그것은 일종의 폭력이나 다름이 없었다. 어머니는 이야기와 가난의 관계를 요약했지만, 이야기로 빈곤의 폭력을 넘어섰는지는 진정 모를 일이었다.

현장은 자기가 쓴 소설이라는 것을 들고 다리가 후들거리는 걸음으로 지무한 기자를 만나기 위해 집을 나섰다. 호텔 크로노스 커피숍의 전광판은 스폿 뉴스를 내보내는 중이었다. 이스탄불 폭탄 테러…… 50명 사망…… 시리아에서 미국 러시아 대결, 아테네 시민들 격렬 시위…… 모래와 자갈로 덮인 벌판에 난민촌 천막이 아득하게 펼쳐져 있었다. 그 앞에 핑크색 티셔츠를 입은 소녀 둘이 돌멩이를 가지고 장난치고 있었다. 그 소녀들을 바라보는 소년의 맑은 눈에는 두려움이 가득했다. 소년은 왼팔이 잘려나가 플라스틱 의수가 나뭇가지처럼 소매 밑으로 나와 대룽거렸다.

그날 지무한 기자는 약속장소에 안 나왔다. 시리아에 취재를 갔다가 반군의 총에 맞아 병원에 누워 있다는 이야기를 들었다. 현장이 병원으로 찾아갔을 때, 지무한 기자의 가족들은 병실 침대 옆에 둘러서서 찬송가를 불렀다. 요단강 건너가 만나리…… 오래 서 있을 자리도 아니었고, 자기가 누구라고 설명하는 것도 어설펐다. 자기에게 소설 하나 완결하게 해주고 떠난 지무한 기자를 위해서라도 그럴듯한 소설이 출판되어 나와야 한다는 생각으로 발길을 돌렸다.

현장은 집에 돌아오자마자 자기가 쓴 원고를 꺼내놓고 처음부터 읽어 나아가기 시작했다.

1

鱂魚

꽃샘추위

개학한 다음 주 수요일이었다. 때늦은 한파주의보가 발령되었다. 땅은 얼어붙고 칼바람이 불었다. 학생들 한 무리가 철제 교문으로 몰려 들어갔다. 학생들의 등판에 밝은 햇살이 일렁였다.

한국진 선생의 국어시간에 이어 생물시간이었다. 생물교사 선지식은 교실에 들어서자 학생들을 휘둘러보았다. 선지식의 눈이 형형하게 빛을 내뿜었다. 춥지? 하는 질문에 이어 한마디를 던졌다.

"샤갈의 마을에는 삼월에도 눈이 온다."

와아, 학생들이 생물교사의 한마디에 탄성을 질렀다. 바로 전 시간 국어선생이 소개한 김춘수 시인의 한 구절이었다. 생물교사가 그날의 분위기에 맞는 시 한 구절을 들먹이는 그것만으로도 학생들을 들뜨게 만들었다. 시를 얼마나 이해하는가 따위는 맥락 밖이었다. 그 한마디로 선지식 교사는 헹가래를 받을 만했다.

"와아, 선생님 멋있어요. 짱이에요." 뒤쪽에 창가에 앉은 장일남이 소리쳤다.

이른바 자사고로 전환할 계획 중인 푸른고등학교 학생들은 기가 펄펄 살아 있었다. 교사들은 여기 학생들은 가르칠 만하다는 자부심으로 가득했다.

바로 전 시간이었다. 국어선생은 김춘수의 시 「샤갈의 마을에 내리는 눈」을 화면에 띄우고 설명을 이어갔다. 교과내용을 계절과 연관지어 수업할 수 있도록 교육과정이 편성되었기 때문에, 3월에 그런 시를 다루도록 되어 있었다. 고등학생들에게는 조금 어려운 시라는 생각이 들기도 했다.

"사나이가 봄을 기다리면, 관자놀이에 정맥이 새로 돋고, 그 정맥이 긴장의 절정에 이르면, 바르르 떨기도 하는 법이다."

앞줄 구석에 앉았던 김광남이 키들거리며 웃었다. 교사는 관계치 않고 설명을 이어갔다. 자연의 이법은 그걸 알아보는 사람을 긴장하게 한다. 다른 말로는 경외심이라 하겠지. 그 긴장감은 미적으로 승화된 이미지로 전환된다.

"봄을 기다리는 3월에 눈이 오면 '쥐똥만한 겨울 열매들은 다시 올리브빛으로 물이 들고', 그렇지?"

"올리브빛, 그게 어떤 색깔이지요?" 서모시가 물었다.

국어선생은 망설이는 얼굴로 손가락을 꼽으며 서 있었다. 뭔가 참아야 할 때 나오는 버릇이었다. 겨울을 지난 열매들은 까맣게 익어, 겨울을 나는 동안 얼었다 녹았다를 반복하면서 여전히 까맣게 나뭇가지에 붙어 있어야 했다. 그런데 머릿속에서는 녹색의 올리브빛이 떠올랐다. '다시'라는 부사어로 보아 올리브가 한참 싱싱할 때 그 빛깔, 녹색으로 익은 올리브가 적절할 것 같기도 했다. 그러나 체험이 딸리는 터라서 확실성은 없었다. 시의 의미 맥락을 독자에게 미루어

짐작하게 해야 한다는 작정으로 말했다.

"네가 경험한 올리브, 그 빛깔을 대입하고 음미해봐라." 더 이상은 확정적 대답을 할 수 없었다. 사실 겨울에 올리브 빛깔이 어떤지를 알지 못하는 교사는 혼란스러웠다.

"이 시간은 생물시간이다. 그러니 시도 생물학적으로 읽어보는 거야."

생물교사 선지식은 전 시간에 국어선생이 했던 것처럼, 컴퓨터에서 김춘수의 시를 찾아 화면에 띄웠다. 그러고는 "밤에 아낙들은/ 그 해의 제일 아름다운 불을/ 아궁이에 지핀다"는 구절을 붉은색으로 입혔다. 설명은 안 달았다. 이미지가 환상적 아닌가 물었을 뿐이었다.

동물의 발생, 인간의 탄생에 대한 설명을 이어갔다. 설명에 앞뒤가 엇갈리고 논리가 정연하지 않았다. 그리고 내용은 학생들이 대개 아는 것이었다. 아는 내용을 다시 들어야 하는 것은 따분했다. 그나마 추위 때문에 약간 긴장감이 돌기는 했다. 여기저기 몸을 뒤트는 학생들이 나타났다.

선지식은 이야기를 이어갔다. 사람은 나무와 다르다. 나무는 꽃이 피기 시작하면 죽기 직전까지, 계절의 변화에 따라 꽃이 피고 열매가 달린다. 그걸 매년 반복하는 것이다. 그런데 봄에 꽃이 피는 사태는 생식과 관련해서 대단히 중요한 의미를 지닌다.

"한 철, 피었다 지는 건데 뭐가 그렇게 대단해요?" 장일남이 삐딱한 어투로 물었다.

"나무로서는, 꽃은 말하자면 섹스를 하는 자태라고 할까." 누군가, 체위? 그렇게 중얼거리자 학생 몇이 낄낄 웃었다. 교사는 설명을 계속했다.

"목련이 우아하다는 건 눈으로 보았을 때 의당 그렇지, 그런데 관념일지도 몰라, 봄이 되자마자 우선 섹스부터 하고 보는 거야. 그건 본능이다. 종족보존본능을 IPS 그렇게 암기해야 머리에 잘 들어간다. the instinct of preservation of the species의 머리글자를 따면 그렇게 된다." 교사는 잠시 쉬었다가 설명을 이어갔다.

그런데 사람은 다르다. 기간을 정해놓고 일정한 시기에 반복해서 꽃이 피는 게 아니라, 일정 기간 동안 계속 꽃이 필 수 있는데, 그렇게 되기 위해서는 긴 시간을 기다려야 한다. 가임기간이 여자 15~50세, 남자 15~70세 그렇게 차이가 난다. 출생 이후 15, 6년은 기다려야 꽃을 피울 수 있다. 춘향이가 꼭 16세가 되어서야 연애에 빠지는 것도, 말이다, 다 이치가 그렇게 닿기 때문이다. 그러니 너희들은 이제 성생활을 할 수 있는 나이가 된 셈이다. 선지식은 좀 위험한 이야기 아닌가 하면서도 사실을 이야기하는 교육 담화라 생각하기로 했다.

태어난 다음에도 한참을 기다려야 사람 노릇을 하게 된다. 사람이 산다는 게 자기 스스로 밥을 벌고, 집을 만들고, 적을 물리쳐서 살아남아야 하는 거다. 너희들은 이제 그 지루한 기다림의 끝에 와 있다. 드디어 생산을 할 수 있는 때가 온 거야. 여성의 몸에서는 오붐(ovum)이라는 난자가 생산되고 남자한테서는 스펌(sperm)이라는 정자가 생산된다. 난자와 정자, 얘들 둘이 만나야 인간이 탄생한다. 그건 말하자면 황홀한, 아니 죽음을 무릅쓴 만남이지. 일억오천만 대 일의 경쟁에서 살아남은 정자 하나가 난자와 만난다. 이제 바야흐로 너희들은 그런 위대한 일이 가능한 때가 된 것이야. 알간? 학생들이 우우 웃었다. '알간'이란 생물교사 선지식의 별명이었다.

"젊음을 탕진하는 한심한 세대, 그 세대가 너희들이다. 이팔청춘이란 말이 왜 생겨났으며, 춘향이와 이도령이 왜 열여섯, 그 나이에 만났겠나. 열여덟 딸기 같은 소양강 처녀는 이미 늦은 나이야. 그러니까 고등학교 졸업하면, 대학 가지 말고 장가들어."

선지식의 목소리가 들떠 있었다. 그런 아이디어는 일찍이 어느 작가가 작품에 쓰기도 했다는 설명을 덧붙였다.

"정부에서 얼마 지원해준대요?"

"한 천만 원 지원하지 않을까?"

생물교사의 이야기는 계속되었다. 나는 이렇게 생각한다 말이다. 고등학교 졸업하고 생산을 위한 시간을 5년쯤 부여하는 거야, 그 5년에 아이 셋을 낳아야 하는 걸 법으로 정하는 거라. 그 과업을 수행하지 못하는 쪼다 같은 놈들만 모아서 군대에 보내는 국가의 인구 전략이 있어야 해. 그렇게 태어난 아이들은 어떻게 하느냐구? 그야 말할 거 있나, 국가에서 맡아 길러주어야지.

"이미 이천오백 년 전에 스파르타에서 그런 실험 했잖아요? 그게 생산성 있는 정책이면 오늘까지 계속되었겠지요? 그런데 아니잖아요?" 서모시가 들이댔다.

"거기서는 젊은이를 군대 끌어가느라고 그런 제도를 마련한 건데, 우리는 군대 안 가는 조건으로 한단 말이지." 생물교사 선지식은 자기 생각을 더 밀고 나갔다.

그런 장한 일을 해낸 젊은이들을, 대학까지 무상으로 국가가 교육을 책임지는 거야. 젊은이들이야말로 국가의 인적자원이잖은가. 생각해봐, 초등학교와 중학교는 국가에서 교육을 책임지지? 물론 걔들 크는 데 들어가는 경비는 개인이 부담하지만, 교육에 직접 들어가는 비용은 안 받지? 중학교도 그렇고. 고등학교도 그런 추세로 가는 중이고. 그런데 대학이라고 못 할 이유가 뭐야? 교육세 받으면 만사 오케이야, 알간? 몇몇 학생이 낄낄 웃었다.

"아예 고등학교 때 남녀공학으로 해서 산아고등학교 만들지요?"

"아직 일러…… 세상만사 다 때가 있는 법이다."

"결혼 생활에 들어가는 경비를 국가가 모두 부담하면……?" 자기 말이 스스로 생각해도 우습다는 듯 김광남이 선지식 선생을 바라보고 실실 웃었다.

암튼, 처자식 생기면 애들 사랑스럽고 마누라 징그럽고, 아니 무섭고 해서 돈을 벌게 마련이야. 알간? 선지식은 '알간?' 하고 물을 때마다 스스로 웃음을 참지 못했다. 아무튼 선지식의 부국강병론을 들은 학생들은 처음에는 웃다가 자못 숙연해졌다. 곧 교사는 허허 웃고 학생들은 킬킬거리며 선생을 쳐다봤다.

"자아, 이제 본격적인 수업으로 들어가자. 교육은 자기가 해보는 것 이상 좋은 방법이 없다. 동물의 발생을 알려면 말야……." 교사는 입을 다물고 학생들을 둘러봤다. 학생들에게 말했다.

"야동 안 보는 놈들 손 들어봐."

서모시가 슬그머니 손을 들어올리면서 주위를 살폈다.

"서모시가 야동은 안 본다? 그럼 자지도 안 주물러봤냐?" 학생들이 킬킬대며 웃었다.

"머리를 너무 써서, 쏘시지가 번데기만 할 건데요." 김광남이 이죽거렸다.

서모시는 성적이 전교에서 일이등을 다퉜다. 입학 때 성적이 2학년 학년 말까지 유지되었다. 말수가 적었다. 체력이 뛰어나진 않았다. 그렇다고 몸이 아주 허한 것은 아니었다. 상위권 범생이에 속하는 인물이었다.

"너 옥상에 올라가서 스펌 뽑아와."

"그걸 꼭 제가 해야 합니까?"

"공부만 하지 말고 자지도 만져보고 그래야 사람이 큰다." 뭐가 큰다는 뜻인지는 분명하지 않았다. 큰사람을 늘 강조하는 담임선생 말도 생각났다.

서모시는 교사에게서 실험관을 받아들고 교실을 나갔다. 김광남이 서모시의 뒤를 따라 나갔다.

"좆두 모르는 양반이……." 서모시는 중얼거렸다. 그럴 일이 있었다. 그것은 서모시로서는 누구에게도 터놓지 못하는 비밀이고 상처였다.

옥상에 설치된 물탱크 앞에서 바짓가랑이를 까내렸다. 서모시가 자기 성기를 잡고 펌프질을 시작했다. 성기가 벌겋게 부풀어올랐다. 반장이 시험관을 대주었다. 빳빳하게 일어선 성기에서 정액이 벌컥벌컥 두어 번 시험관로 쏟아져 들어갔다. 그러고는 성기가 흐물거리며 쭈그러들었다.

"너 딸딸이 너무 자주 치는 거 아니냐?" 김광남이, 나는 너 어디서 무얼 하고 돌아다니는지 다 안다는 눈치로 말했다. 너무 빨리 사정을 한다는 뜻으로 묻는 것 같았지만, 대답할 의무는 없는 질문이었다. 서모시는 이참에 이야기를 해버릴까 하다가, 개인적인 고민일 뿐이라고, 오래 속에 묻어두어야 하는 비밀이라고 머리를 저었다.

서모시가 채취한 스펌으로, 학생들은 인간의 정충이 어떻게 생겼는지 눈으로 확인할 수 있었다. 인간은 발생학적으로 보면 동물과 다름이 없다는 것, 예의염치 같은 것은 인간이 관념으로 만들어놓은 사회-문화적 통제장치라는 것, 인간의 자유 가운데 하나는 동물적 생존 조건에서 자유로워지는 것이라는 이야기를 들어야 했다.

"실험에는 대개 위험이 따른다. 오늘 배운 내용을 다른 인간을 대상으로 실험하려 하지 말 것." 아무도 웃는 학생이 없었다.

그런 주의 끝에, 오늘 실험 자료를 제공한 서모시 군에게 박수를 보내자며, 생물교사가 먼저 박수를 시작했다. 학생들이 서모시를 쳐다보며 손뼉을 쳤다. 수업은 그렇게 끝났다.

"알간 선생 졸라 웃긴다." 김광남이 서모시에게 다가가면서 툭 던지는 말이었다. 서모시로서는 그게 왜 웃기는 일인지 납득이 가지 않았다. 서모시에게 접근하는 어설픈 방법이 그런 말이 되어 나왔다고 생각할 뿐이었다.

"뭐니, 거 말야, 너 요새 인이수랑 자주 만난다면서?" 김광남이 어디서 들은 것인지 그렇게 말하면서 서모시의 옆구리를 갈강갈강 긁었다. 서모시는 대답을 하지 않았다. 인이수와 만나는 일은 아무에게도 발설하지 않았는데 어떻게 알고 말을 걸어오는 것인가, 마음이 쓰였다. 김광남은 유도부에서 활동하는 중에 실력이 뛰어난 학생이었다. 공부는 인서울 대학교 갈 수 있는 정도였지만, 몸이 워낙 짱짱하고 친구들과 관계를 잘 해서 친화력이 컸다.

서모시가 말수가 적고 남 앞에 잘 나서지 못하는 편이라면, 김광남은 달변이고 숫기가 있어서 남 앞에 당당했다. 거기다가 유도를 해서 몸이 잘 단련되어 있었다. 서모시로서는 김광남이 부럽기도 하고 그 부러움은 자신의 약점을 돌아보게 했다.

서모시는 창 너머로 멀리, 앞산을 바라보았다. 산봉우리로 메마른 바람이 부옇게 불어갔다.

鰐魚

아버지의 죽음

메마른 바람 속에 봄은 왔다. 그러나 산은 머리에 허연 눈을 들러쓰고 거인처럼 하늘을 떠받치고 서 있었다. 켈시레산의 연봉이 이어나간 모습은 장엄했다. 사람들은 베취시트 마을에서 큰 인물이 날 것이라고 이야기하곤 했다. 켈시레산 골짜기를 타고 찬바람이 거세게 불어 내렸다. 소년은 산봉우리에 걸린 마지막 햇살을 바라보면서, 독수리를 기다렸다. 이맘때면 독수리들이 산을 넘어와서 하늘을 빙빙 돌았다. 때로는 동네 닭을 채갔다. 그러나 독수리는 소년의 꿈이었다.

마을 골목마다 뿌연 먼지가 일어 길거리에 돌아다니는 사람이 종적을 감추었다. 골목으로 땅거미가 슬슬 기어들기 시작했다. 멀리서 산짐승 우는 소리가 음산하게 바람을 가르면서 마을로 내려오기 시작할 시간이었다.

소년 알리는 동네 아이들과 공을 차고 놀다가, 친구들을 불러 세워 놓고 대장처럼 외쳤다.

"자아, 그만. 이제 아버지 마중하러 간다!"

목소리가 제법 우렁찼다. 더 놀자고 비실거리던 아이들이 꼼작 못하고 알리를 따랐다.

"아버지들 마중하러 가자, 앞으로— 앞으로—"

아버지들이 마을을 나선 것은 사흘 전이었다. 아버지들은 농부고 사냥꾼이고 산적이기도 했다. 산적이라는 말은 어쩌다가 어른들이 하는 말일 뿐이었다. 아이들에게는 함부로 입에 올리면 안 되는 금기어였다. 산적이 다른 산적을 대해 싸우는 것은 산적질이 아니었다. 그것은 전투였다.

마을에 도둑이 들면 아버지들이 나서서 도둑을 잡아 머리를 잘랐다. 도둑의 머리는 장대에 꿰어 마을 입구에 세워두곤 했다. 늑대들 울음이 사나운 밤이 지나고 나면 머리는 사라지고 없었다. 대신 장대를 세워두었던 자리에는 지린내가 짙게 풍겼다. 그 지린내가 사라지기 전에 보복을 하러 온다는 표시라고 했다. 그러나 대개는 머리만 없어지고, 다른 산적이 금방 나타나지는 않았다.

"알리야, 나 자지 마렵다."

"오줌이 마렵겠지 왜 자지가 마려워? 말을 똑바로 해야 용감한 군인이 된대."

"군인을 말로 해? 칼로, 총으로 하는 거지."

"말을 잘못 하면 총알이 거꾸로 날아온다는 거 몰라? 네 머리통으로 말야."

하기는 알리도 아까부터 오줌을 참아 아랫배가 탱탱 불러왔다. 친구들을 모두 멈춰 세웠다. 그러고는 길가에다가 오줌을 내갈기기 시작했다. 누가 더 멀리 가나, 상품이 안 걸린 내기를 하면서였다. 오줌을 눈 아이들은 바지 허리춤을 매만지면서 침이 마른 입맛을 다셨다.

모두들 배가 고파 죽겠다는 얼굴들이었다.

"아버지들 오늘은 돌아올까?"

소년 하나가 물었다.

"틀림없이 양을 둘러메고 돌아올 거야. 우리가 그 양을 받아서 가지고 와야 해."

알리가 확신에 차서 말했다.

"양을 잡으면, 오줌보에다가 바람 넣어서 공 차기 하자."

"그건 불알 덜 영근 쫄갱이들이나 하는 놀이야."

"그럼 우린 뭐 하지?"

"양의 불알 발라다가 구워 먹어야지."

"나는 그거 노린내 나서 싫다."

"네 불알에서도 그런 냄새 난다, 놈아."

"티라나에 가면 불알 까주는 데가 있댄다, 너네들 그거 알아?" 티라나는 알바니아에서 가장 큰 도시였다.

알리가 소년의 멱살을 잡아 휘둘러서 땅바닥에 메꽂았다. 왜 그렇게 화를 내는지 몰라 다른 소년들은 어리둥절하니 서 있었다.

"불알 까고 예니체리가 된다고 하자. 그럼 넌 짜식아, 계집애들 공알 맛도 못 봐."

"불알 검사만 건성으로 하고 받아준다고 하더라."

그렇기는 했다. 알리는 고개를 푹 숙였다. 아버지가 정확한 이야기는 하지 않지만, 할아버지도 근위대에서 실력이 쟁쟁한 분이었다는 이야기를 귀결으로 들은 적이 있었다. 아버지도 그렇게 말했다. 동네에서 똘마니들이나 데리고 다니면서 거드럭거리는 놈은 불알을 확 잡아 뽑아서 늑대한테 주어야 한다는 것이었다. 그런 이야기를 들을 때마다 알리는 첨탑이 하늘을 찌르고, 성당 돔 꼭대기에 초승달과 별이 장식된 궁전을 생각하곤 했다. 술탄이 지배하는 도시 이스탄불로 가서 궁궐에서 예니체리 노릇을 하는 게 얼마나 근사한 일일까 생각했다. 술탄의 수염은 얼마나 근사한가. 그런 생각을 하면서 오른손으로 턱을 쓰윽 쓸어보았다. 까칠까칠한 수염자리가 만져졌다.

어둑어둑한 숲길에서 어른들 두런거리는 소리가 들렸다. 둔탁한 발소리와 거친 숨소리도 들렸다. 양을 여러 마리 구해가지고 돌아오는 모양이었다. 아이들은 숨을 죽이고 서 있다가, 누가 먼저랄 것도 없이 어른들 소리가 나는 쪽을 향해 달려가기 시작했다. 아버지를 기다렸던 것도 그렇거니와 배를 채울 양식을 가지고 오는 것이었다.

감자니 밀이니 귀리 같은 것들을 담은 부대는 모양이 가지각색이었다. 양은 두 마리나 되었다. 양의 다리를 묶어서 다리 사이에 장대를 끼워 대롱대롱 메고 걷는 모습은 당당하기도 하고 전쟁에서 이기고 돌아오는 개선장군을 생각하게 했다. 거기다가 염소도 한 마리 딸려 있었다. 아버지란 게 다른 게 아니었다. 식구들 굶지 않게 해주는 것과, 조상들이 어떻게 살았는지를 알려주고, 자식에게 꿈을 심어주는 게 아버지의 역할이었다. 자신도 강한 아버지가 되어야 한다고 알리는 속으로 노래를 부르고 있었다.

아버지들이 마을 큰마당에 모여서 감자며 옥수수 그런 것들을 대충 나누고, 어머니들은 불을 지펴 감자를 삶았다. 그사이 아버지들은 양을 잡았다.

알리는 양을 잡는 아버지의 손놀림을 유심히 바라보고 있었다. 아버지는 손이 걸었다. 뭐든지 척척 해내는 것은 물론 솜씨가 남달랐다. 고기를 잘 다루어서 다른 아버지들이 혀를 내둘렀다.

"자아, 봐라. 양은 이렇게 잡는 법이다."

아버지 벨리가 사람들을 옆으로 밀어제치면서 아들 알리에게 말했다. 목소리가 걸걸해서 지붕을 넘어가는 것처럼 들렸다.

작업대에 올려진 양의 다리가 네 군데 꽁꽁 묶여 있었다. 보통때는 칼을 손질하고 총기를 분해해서 기름칠하고 마른수건으로 문질러 윤을 낼 때 쓰는 작업대였다. 작업대 옆에는 모루가 놓여 있어 대장간 일을 하는 작업대로도 쓰였다.

알리의 아버지 벨리는 우선 양의 목을 손으로 더듬어 핏줄이 잡히는 데를 골라가지고는 단칼에 멱을 땄다. 어느 사이에 왔는지 알리의 어머니가 커다란 구기를 가지고 와서 피를 받았다. 알리의 어머니 한코나는 동네 남자들에게 양의 선지를 나누어 먹였다. 그러고는 입가심으로 독주 라키를 한 잔씩 돌렸다. 남자들은 손등으로 입가를 훔쳤다. 손등에 묻은 피를 핥는 이도 있었다.

횃불이 춤을 추고, 그 리듬을 따라 벨리의 손놀림도 빨라졌다. 내장을 들어내어 기름을 떼내고 적당한 길이로 도막을 내어 작업대 위에 가지런히 늘어놓았다. 드디어 오줌보를 꺼내서 오줌관을 한 번 꼬아 묶었다. 알리는 침을 삼키면서 아버지가 그걸 자기에게 넘겨주기를 기다렸다.

"넌 이런 거 가지고 놀 나이 지났어."

벨리는 아들의 머리통에 알밤을 한 대 먹였다.

"애한테도 술이나 한 잔 주소."

알리의 어머니 한코나는 남편의 뜻을 따라 아들에게 라키 한 잔을 따라주었다. 알리는 술을 받아먹고, 아버지 벨리가 저며서 집어주는 양의 불알을 맛보았다. 노리끼하기는 하지만 입에 씹히는 맛이 괜찮았다. 어른들이 껄껄거리고 웃었다. 그러다가 벨리가 양의 갈비며 다리 등을 칼로 잘라 작업대에 늘어놓는 데 눈길들을 처박고 바라봤다. 어떤 게 자기 몫이 될 것인가 속셈을 하고 있는 눈치들이었다.

"불이 신통찮다. 나무 더 넣어라."

알리는 어머니 한코나와 함께 장작개비를 집어서 모닥불에 얹었다. 타닥타닥 소리를 내면서 불이 기세를 더해 타오르기 시작했다.

불가에 둘러서서 담배를 피우기도 하고, 별이 뜬 하늘을 바라보기도 하는 어른들의 손은 상처투성이였다. 핏자국이 칼로 긁힌 것 같기도 하고, 짐승의 발톱이 할퀴고 간 상처 같기도 했다. 어떤 사람은 목을 죽 긋고 지나간 칼자국에 피떡이 맺혀 있기도 했다. 된통 한판 붙었던 모양이다.

어른들이 다른 동네 사람들과 만나서 싸우는 것은 거의가 먹을거리 때문이었다. 땅이 척박해서 옥수수나 밀 귀리 같은 곡식이, 시들시들 마르다가 비가 좀 뿌리면 겨우 살아나 이삭이 달리는 게 농사의 거의 전부였다. 양이나 염소는 마른 풀이라도 뜯어 먹고 억세게 자라기는 했지만, 그걸 노상 식량으로 잡아먹을 수도 없었다. 우유도 짜야 하고, 치즈도 만들어야 아이들을 먹일 수 있었다. 가을에 수확이 신통치 않으면 겨울에는 영락없이 식량이 떨어졌다. 그러면 이웃 마을에 가서 식량을 얻어와야 했다. 그러나 이웃 마을이라고 풍부하게 쌓아놓고 먹는 동네가 아니었다. 거기다가 마을마다 '대장'들이 있어 이들의 중개를 거치지 않으면 밀 한 됫박 얻기가 어려웠다.

더 큰 문제는 혹독한 세금이었다. 이웃 마을에서 세금징수원을 목 졸라 죽인 사건이 있었다. 죄목은 희한하게 빈둥거리는 자 처벌법 같은 것이었다. 밀을 재배했는데, 결실기에 가뭄이 들어 알갱이가 제대로 영글지 않았다. 산골짜기이기는 하지만 겉보기는 멀쩡하게 언덕배기를 그득히 채운 밀밭이 보기 좋았다. 그런데 이삭을 잘라 비벼보면 거반이 쭉정이였다. 밀을 베어 털어봤자 두어 가마나 나올까 싶지 않았다. 그런데 다섯 가마에 해당하는 세금 고지서가 나와 있었다. 주인은 밀 수확을 하지 않고 세리 말대로 빈둥빈둥 어슬렁거리며 분을 속으로 삭이고 있었다. 그때 세리가 와서 '어슬렁죄'를 고발하겠다면서 으름장을 놓았다. 주인은 세리를 밀밭으로 이끌고 갔다.

"이게 정말 제대로 익은 밀인지 나리 손으로 확인하시오."

주인은 밀 이삭 한 줌을 뜯어서 세리 앞에 내밀었다.

"당신의 하느님이 잘 길러주었구먼. 밀알 하나가 썩어서 백 배 천 배 알곡을 키워준다고 했잖소?"

비아냥 끼가 섞인 말이었다. 주인은 세리가 손에 들고 있는 밀이삭을 채뜨려 세리의 입에 욱여 넣었다. 세리가 주인의 따귀를 올려쳤다. 주인도 지지 않고 세리의 낭심을 걷어찼다. 세리가 밭두둑을 등에 지고 주인을 올려찼다. 주인이 주춤 물러서자 세리가 칼을 빼 들었다. 주인은 땅에 엎어지면서 세리의 두 다리를 거머쥐고 돌려쳤다. 세리는 칼을 놓치고 땅바닥에 쓰러졌다. 쓰러진 세리의 배에 올라탄 주인은 세리의 목을 조르기 시작했다.

"이렇게 사는 것은 사는 게 아니다. 너는 애비처럼 살지 말아라."

벨리는 라키를 거나하게 마셔 벌겋게 충혈된 눈을 굴리면서 아들에게 준절히 타이르는 투로 말했다. 알리가 보기에 아버지는 멋진 남자였다. 근골이 장대하고 억세어서 누가 감히 힘으로 대거리하러 달려들지를 못했다. 벨리는 '데르벤디시아가'라는 산간 출입 관리였다. 그 하급 관리에게 붙이는 벨리란 직함이 더해져 벨리베이라고 했다.

말이 출입 관리자이지 산적이나 다름이 없었다. 남의 것을 부당하게 탈취하는 짓을 강도질이라고 한다면 산간에서 강도짓하는 건 산적질이나 한가지였다. 알리는 아버지의 말을 제대로 알아들을 나이가 된 것이었다.

"남자는 말이다, 우선 몸이 튼튼해야 한다. 힘이 있어야 한다는 말이다."

아들의 손을 당겨서 잡은 벨리의 손은 투박하고 거칠었다. 칼 쓰는 법을 훈련하느라고 손바닥에 굳은살이 박였다. 장총을 겨누던 손가락에도 굳은살이 박여 딱딱하게 굳어 있었다.

"우리 집안 식구들은 말하자면, 모두가 한 몸이다. 우리가 당한 일들을 모두 복수했듯이 남들도 우리에게 복수하러 온다. 우리는 가문의 명예를 지켜야 한다. 다른 게 아니라 싸워야 하고, 싸우면 상대를 반드시 죽여야 한다."

집안의 명예를 위해서는 개인의 몸뚱이는 언제든지 버릴 수 있는 것, 그게 알바니아의 피를 이어가는 사람들의 위대한 전통이라는 이야기를 하고는, 몸이 곤한지 자기 방으로 들어갔다.

"엄마, 우리 테펠레네라든지 티라나 같은 데로 가서 살면 안 돼?"

"거기 가면 우리 생업이 없어. 먹고살 수가 없단다."

알리는 내가 나를 팔아 집안이 잘 살 수 없을까 하는 생각을 여러 차례 했다. 아버지 하는 일이 위험하기 짝이 없고, 정당한 것 같지도 않았다. 그렇다고 괜찮은 집안 출신이라면서, 외할아버지를 자랑스럽게 여기는 어머니 한코나는 아버지를 닮아 산적이나 나름이 없었다. 알리는 그런 어머니가 자랑스럽기도 하고 한편으로는 겁이 나기도 했다.

당시 아이들 잡아다가 불알을 발라서 예니체리로 팔아넘긴다는 이야기가 숙덕거리는 속에 공공연히 돌아갔다. 아이들 사이에서는 할례(Sünnet)니 거세(Enemek), 고자(Hadım) 같은 이스탄불에서 온 단어들이 자주 입에 오르내렸다. 그런 질문을 하는 친구도 있었다. 알리가 놀이터 옆에서 오줌을 누고 있을 때였다.

"알리, 너는 자지 크지? 불알도 크겠다."

알리는 오줌발을 친구에게 돌리고 웃느라고 대답을 못 했다.

"꼭 불알이 있어야 조개 까먹는 건 아니래."

"조개를 어떻게 까는 건데?"

"응큼 떨지 말어. 나는 불알은 팔아 버티고, 자지만 가지고 이스탄불 가서 행복하게 살래."

"미친 자식! 불알 까고 사는 돼지 같은 자식. 꺼져버려, 새꺄!"

알리의 주먹이 친구의 면상을 향해 날아갔다. 알리의 주먹을 호되게 맞은 친구는 땅바닥에 힘없이 픽 쓰러졌다. 친구의 엄마가 알리네 엄마한테 와서 사흘을 굶었다면서, 밀가루 꾸어달라고 하던 게 생각났다. 그래도 자기는 그렇게까지는 굶지 않는 게 다행이다 싶었다.

그런 생각을 해서 그런지 공연히 눈물이 났다. 알리의 엄마 한코나가 뜨개질하던 것을 내동댕이치고 달려왔다. 엄마 한코나의 손이 알리의 뺨을 세차게 후려쳤다.

"사내자식이 눈물을 질질 흘리다니, 집안의 수치야!"

누구네 집에선지 개 짖는 소리가 컹컹컹 들렸다. 외부에서 낯모르는 사람이 오지 않으면 냉큼 짖지 않는 개들이었다.

술에 취해 곯아떨어졌던 아버지 벨리가 일어나 옷을 챙겨입고, 허리에 칼을 꽂고 있었다. 그러고는 벽에 걸린 장총에 탄창을 끼우면서 엄마 치마폭을 붙들고 서 있는 알리를 바라봤다. 알리를 밀어제치고 칼을 찾아 허리에 꽂을 채비를 하는 부인에게, 나서지 말라는 눈짓을 했다.

"네 눈으로 보면 안 되는 일이 벌어질 거 같다."

알리의 엄마 한코나는 벽장을 가리켰다. 알리에게 거기 가서 숨어 있으라는 뜻이었다. 알리가 벽장으로 올라가 문틈으로 마당을 내려다봤다. 덩치가 커다란 산간마을 남자들이 마당에 와서 양을 잡을 때 타다 만 장작에다 석유를 뿌리고 불을 붙였다. 시커먼 연기와 함께 불길이 치솟았다.

"벨리, 늑대 같은 놈아, 얼른 나와서 무릎 꿇어."

만일 안 나오면 집을 불 질러버리겠다는 듯이 화톳불을 쑤석거리면서 눈들을 번쩍였다. 알리는 그 얼굴들을 자세히 보기 위해 눈에 힘을 주었다. 눈알이 알싸하니 아팠다. 아버지의 모습은 안 보였다. 성난 이리 같은 적들 앞에 쉽게 몸을 내놓을 아버지가 아니었다. 위급할 때일수록 침착해야 한다던 아버지의 말이 떠올랐다.

현관 앞으로 양 한 마리가 매애애 울면서 지나갔다. 불가에 서 있던 사람 가운데 누군가가 양을 향해 총을 쏘았다. 양은 힘없이 피식 나둥그러졌다. 우리 양인데, 우리 양을 내가 쏘다니. 사내가 침통하게 말했다.

그때였다. 아버지가 사내의 옆으로 달려들면서 총을 잡고 있는 사내의 팔을 칼로 내리쳤다. 장총이 바닥에 부딪혀 둔탁한 소리를 냈고, 사내는 넘어졌다. 사내는 팔을 감싸안고 쓰러졌다. 알리의 아버지 벨리는 화톳불을 돌면서, 마치 정신이 나간 망나니[劊子手]처럼 칼을 휘둘렀다. 마당에서 한판 접전이 벌어졌다. 벨리가 칼을 놓쳤다.

등에 메고 있던 장총을 풀어가지고 사내들을 향해 난사했다. 총을 맞고 쓰러진 사내 하나가 칼을 던져, 그게 벨리의 팔에 맞았다. 벨리가 총자루를 놓치면서, 화약! 고함을 질렀다. 알리는 그 소리를 듣고 눈을 질끈 감았다. 딴 동네 사내들과 함께 폭사하겠다는 뜻이었다. 집 뒤에 숨어 있던 제2진 사내들이 마당으로 슬슬 접근하는 그림자가 보였다. 어머니는 아무 반응이 없었다.

난투극이 벌어졌다. 이럴 때 엄마가 안 나서는 데는 그만한 이유가 있었다. 아버지의 엄한 당부는 그런 것이었다.

"여기 산간마을에서는 한꺼번에 나서면 안 돼. 가문이 끝장나면 복수를 못 하지. 그건 신이 원치 않는 일이야."

남편이 죽으면 아내가, 아내마저 죽으면 아들이, 딸이 어떤 수단을 쓰든지 복수를 해야 한다는 것이었다. 그게 알바니아의 전통이었다.

싸움은 서로 피를 뿌리는 처절한 장면을 연출했다. 벨리베이는 용케도 칼을 피해서 몸을 굴려 일어나곤 했다. 땅바닥에 널브러진 채로 칼을 맞지 않겠다는 듯, 장대한 기골을 일으키곤 했다. 그리고 칼을 휘둘렀다. 벨리베이의 칼이 허공을 가를 즈음, 상대방의 남자 둘이 칼을 꼬나쥐고 한꺼번에 벨리베이를 향해 돌진해왔다. 둘의 칼을 한꺼번에 배에 받고 벨리베이는 쿵 소리를 내면서 마당 흙바닥에 넘어졌다.

알리의 눈 안으로 별들이 콰르르 쏟아져 들어왔다. 이 광경을 내려다보고 있던 알리는 집을 빠져나가 아랫마을을 향해 뛰기 시작했다. 그 뒤는 안 보아도 사태가 어떻게 귀결될 것인지 뻔했다. 몸뚱이를 난자해서 울타리 말장에다 걸어놓고, 목은 동네 어귀에다가 장대에 꽂아 매달아놓을 것이었다.

알리는, 눈알이 빠져나와 덜렁거리는 것을 수습해서 다시 욱여 넣고, 허연 머리에 피투성이가 된 아버지 목을 안고 언덕을 올라오면서, 꺼이꺼이 울었다.

동쪽 산줄기를 넘어 붉은 태양이 솟아오르고 있었다. 그날이 알리의 열네 번째 생일이었다.

3

鰐魚

개미굴

서모시의 생일날이었다. 친구들이 생일 축하를 해준다고 과학실에 모였다. 빵과 아이스크림, 콜라 같은 음료가 준비되었다. 친구들이 마련한 것이었다. 실험을 도와주는 외래조교 남성기 선생이 같이 참여했다.

"난 시원한 맥주가 있어야 하는데……."

"미성년이라 주류 판매 금지래요." 과학반 반장 방한수가 둘러댔다.

"내가 다녀올게요." 서모시가 나섰다. 사내는 저래야 한다고, 남성기 선생이 서모시를 두둔했다. 학생들이 와아, 웃었다. '24시토탈마켓'에는 여학생들이 자주 드나들었다.

서모시가 맥주 두 캔을 골라가지고 계산을 하려는데 옆에 서 있던 여학생이 다가왔다. 손에 '깨끗한걸'이라는 생리대를 들고 있었다.

"나 이거 하나 사주라."

"내가 왜?"

"지갑 안 가지고 왔걸랑."

서모시는 아무 소리 않고 계산을 해주었다. 자기 이름이 인이수라고만 하고 먼저 출입문을 밀고 나갔다. 서모시는 들고 있던 맥주캔을 놓쳐 바닥으로 굴러갔다.

서모시가 과학실로 돌아왔을 때, 친구들은 여학생 만나고 왔지? 사실대로 말하라고 서모시에게 들이댔다. 서모시는 자기도 모르게 얼굴이 달아올랐다.

서모시가 인이수를 가까이 만나기 시작한 것은 경시대회를 준비하면서였다. 교육청에서 개최하는 생물탐구 경시대회가 있었다. 과제는 개미의 일생을 관찰하고, 개미의 발생 과정을 기록하여 보고서를 작성하는 것이었다. 서모시는 개미에 대해서는 관심을 가진 적이 있기는 하지만 그 생태에 대해서는 잘 알지 못했다.

이웃 학교에서 인이수라는 여학생이 참여했다. 키가 작달막하고 얼굴에 야자기름을 바른 것처럼 윤기가 났다. 무어가 그리 좋은지 혼자 생글거리면서 만나는 사람마다 손을 내밀어 악수를 청했다.

"나, 인이수라고……! 너는?"

"서모시……인데……." 서모시는 멀쑥하니 서 있다가 인이수를 향해 손을 내밀었다. 서모시의 손을 잡는 인이수의 손아귀 힘이 강강했다.

"이름이 뭐시가 뭐니, 외우기는 쉽겠다. 나랑 친구하면 뭐시, 이수 그렇게 되잖아? 웃긴다." 그렇게 종알거리다가 자기는 개미를 기르고 있는데, 너는 개미 길러봤느냐고 물었다.

"책만 읽었다." 책이래야 이렇다고 내놓을 만한 것도 없었다.

"책을 넘 읽으면 머리 깡통 된댄다." 얘가 좀 되바라졌다는 생각을 하면서, 서모시는 인이수에게 물었다.

"이거 불공정 게임 아냐?"

"그딴 생각이나 하면 세상 재미 하나도 없어. 내 개미는 내가 기르는 거야. 장학사 도움 받은 거 없고, 우리 엄마 아빠는 내가 개미 기르는 것도 몰라."

인이수는 이미 개미를 기르고 있었다. 인이수가 서모시를 딱하다는 듯이 쳐다보다가는 재깔거리면서 오금을 박았다.

"얼굴이 왜 똥상이니, 재수 빠지게. 내가 도와줄게." 서모시로서는 감히 먼저 손을 내밀 수 없는 제안이었다.

서모시는 인이수를 따라서 그의 집으로 갔다. 속으로는 좀 꿀린다는 생각이 안 드는 것은 아니었지만, 인이수에 대한 관심이 그에 앞서 서모시를 충동질했다.

서모시는 인이수의 팡팡한 엉덩이가 실룩거리는 리듬을 따라서 계단을 올라갔다. 서모시의 집에 비하면 궁궐처럼 잘 지은 집이었다. 집에선 인기척이 없었다. 서모시의 머리로 싸아한 한기 비슷한 기운이 흘러들었다.

"집이 왜 이렇게 조용해?"

"그럼? 집이 조용해야 일이 되지……?" 무슨 일이 된다는지는 알기 어려웠다.

서모시는 자기 집과 대비를 하면서 인이수의 집을 둘러보았다. 공부방은 꽃무늬 등갓이 달려 있는 조명 말고는 서모시 자기 집과 다를 게 별로 없었다. 서모시는 여학생의 공부방을 처음 들어와보는 터라 여기저기 호기심이 동했다. 어떤 참고서들을 보는가 하는 것보다는 옷은 어떻게 갈아입고, 화장실은 어떻게 쓰는가 하는 게 더욱 궁금했다.

거실 책장에 외국 서적들이 잔뜩 꽂혀 있었다. 그건 서모시네 집 거실과는 영판 다른 모양이었다. 국어선생 한국진이 하던 이야기가 떠올랐다. 집 안에 책이 없는 것은 인간의 몸에 영혼이 없는 것과 마찬가지다. 서모시는 한국진 선생 말에 고개를 갸웃거렸지만, 그럴 법한 비유라고 생각하고 넘어갔다. 여기서 그런 고답적인 격언을 생각하는 게 우습기도 했다. 책은 집의 영혼이라는 말인데, 책도 책 나름이었다. 책 가운데는 영혼은 고사하고, 구더기가 끓는 책도 있다는 걸 서모시는 알고 있었다. 한국진 선생이, 세상에 책을 하나만 읽은 인간을 경계하라, 그런 이야기를 했을 때, 옳다고 물개박수를 치기도 했다.

"개미는 어디서 키우는데?" 서모시가 인이수에게 물었다.

"저 옆에 랩, 실험실이라 해야나……."

인이수가 이끄는 대로 서모시는 인이수의 '실험실'을 둘러보았다. 자기네 아파트 거실보다 넓은 독립공간에, 수조 서너 세트며 화분, 비이커, 램프, 시험관 등 여러 가지 실험기구가 정리되어 있었다. 서모시는 수조 쪽으로 가서 안을 자세히 들여다보았다. 지느러미가 빨간 피알피시가 헤엄치며 돌아다녔다. 산소를 공급하는 장치에서는 물방울이 뽀글거리며 물고기들 사이로 솟아올랐다.

실험실 한 켠에 유리상자들이 몇 개 설치되어 있었다. 안에다가 흙과 톱밥 같은 것을 넣고 밖에서 어떤 모양의 집을 짓고 사는지를 관찰할 수 있도록 되어 있는 유리상자는 그대로 들고 가면 실험실이 이동하는 셈이 되었다.

"개미에 대해서 잘 알겠네. 이건 공정하지 않은 거 같아." 서모시가 약간 통명스런 투로 말했다.

"응, 당연히 개미는 키워봤으니까 잘 알지. 근데 뭐가 불공정하다는 거야, 넌?" 인이수가 서모시의 어깨를 치면서 말했다. 애가 조금 삐딱하다는 표정이었다.

"출발선이 다르잖아?" 서모시는 무표정하게 말했다. 출발선이 다르다면? 너는 금수저 족속이야 하는 뜻이지 싶었다. 인이수는 잠시 자기가 정말 금수저 출신인가 생각하다가, 뭔가 방어논리를 펴야 한다는 생각이 들었다.

"세상 사람 모두 똑같은 산부인과에서 애 낳으란 말야, 그럼?" 인이수가 얼굴에 웃음을 지펴올리며, 바보 같은 애, 그런 표정을 지었다.

서모시는 공연한 이야기를 해서 인이수의 마음을 상하게 한 건 아닌지, 마음이 졸폈다. 자신이 열등의식을 겉으로 드러낸 것 같아 유쾌하지 않았다. 남자와 여자가 만날 때는 순수하고 서로 당당해야 한다던, 사회선생의 이야기가 생각났다. 당당하다는 건 알겠는데, 순수하다는 게 무엇인지는 구체적인 설명이 없어서 그 의미가 잡히질 않았다.

순수한 만남이란 사실 머릿속 돌아가는 생각일 뿐, 장난 같은 소리처럼 들렸다. 감정이, 주장이, 나아가 육체적인 욕망이 순수하다는 게 말이 되질 않는 것 같았다. 그것은 국어선생 한국진한테 배운 것이기도 했다. 세상에 순수란 존재하지 않는다, 순수는 죽음을 불러온다, 예컨대, 국어교사는 잠시 머뭇거리다가, 증류수를 마시면 설사를 하게 된다, 우리 내장에는 수많은 균들이 살아야 소화가 된다, 소화가 되어 똥이 만들어지지 않으면 인간은 목숨 살기 어렵다, 사람이 세균과 더불어 살아야 하는 것처럼, 사람은 섞여 살아야 한다. 허니 친구 골라 사귀라는 말은 우정을 왜곡할 수 있다는 것이었다. 조폭이 그러한 예라면서 하는 말이었다.

"우리나라 단일민족 백의민족이라지 않아요?" 서모시가 물었다.

"단군할아버지 집안에 수많은 이민족 여성들이 시집와서 산다. 그래서 나라 망하냐? 살기 위해서는 잡종을 택해야 하는 거라니까. 잡종강세라는 게 있잖아. 금수저끼리 만난다고 그게 최상의 선택인가? 그 답은 아무도 모른다. 미국 대통령 오바마 봐라. 사고가 유연하고 남 고려할 줄 알고, 남과 공감하면서 사는 인간 표준 아니냐?" 한국진 선생의 목청이 높아졌다. 이야기가 한참 이어지다가 그쳤다. 섞여 살아야 한다는 이야기는 알겠는데, 그래서 어쩌라는 것인지 지침은 없었다. 호감이 가기도 하고 한편으로 자기는 어떤 계층이라 저런 생각을 하는 것인지 의문이 들기도 했다.

햇살이 잘 드는 남쪽 창가에 큼직한 토분에 심어진 로즈마리가 너댓 분이 되었다. 서모시가 좋아하는 화초 가운데 하나였다. 인이수가 다가와 로즈마리 가지 위에다가 자기 손을 슬슬 쓸어서 코에 대고 향을 맡아보았다. 그러고는 다시 손으로 가지 위에다가 쓸어서는 서모시 얼굴 앞에 갖다 대었다. 알싸하고 산뜻한 향이 코로 훅하니 스몄다. 서모시는 자기도 인이수가 한 것처럼 로즈마리 잎을 쓰다듬어 인이수의 얼굴 앞에 대주었다. 인이수가 서모시의 손을 담쑥 잡았다. 인이수는 서모시의 손을 뿌리치지 않았다. 한참 있다가 손을 뺄 빌미를 만들듯이 물었다.

"로즈마리를 왜 이렇게 많이 길러?" 서모시가 인이수의 손을 슬그머니 놓았다.

"우리 아버지가 로즈마리란 여자를 엄청 좋아하거든." 서모시는 로즈마리가 누군지 묻지 않았다.

인이수는 서모시에게 잠깐 기다리라 하고는, 화장실에 다녀와야 하겠다고 거실 쪽으로 나갔다. 인이수가 나간 사이, 서모시는 핸드폰에서 로즈마리를 검색해보았다. 이런 인물이 소개되었다. 로즈마리 마제타(Rose Marie Mazzetta,1823~1917). 미국 여배우. 그 뒤에 그 인물에 대한 지지부진한 설명이 이어졌다. 로즈마리를 좋아하는 인이수의 부친이 어떤 사람일까 하는 막연한 의문이 들었다. 일단 멋있는 사람일 거라는 짐작이 갔다. 외국 여배우를 로망으로 사모하는 한국인 남자…… 서모시는 자기 아버지의 순혈주의에 반감을 가지고 있었다. 백의민족 이야기를 하면서 '왜수만복'이니 '환향녀'니 그런 징그런 예를 들곤 했다. 그것은 정절이 이념화된 남자들이 불쌍한 여성을 죽음으로 몰아간, 슬픈 전설이었다.

화장실에 갔던 인이수가 돌아왔다. 인이수의 몸에서 비릿한 살 냄새가 풍겼다. 어머니 치맛자락에서도 가끔 그런 냄새가 풍겼다. 서모시는 그 냄새를 지우기라도 하려는 듯 로즈마리 잎에다가 손을 얹고 훑어서 코에 갖다 대었다. 그것은 인이수의 냄새이기도 했다.

"잊어버리고 있었는데, 오늘 나 산부인과에 가야 해." 인이수가 말했다.

볼과 목이 붉게 물들어 보였다. 서모시는 인이수가 자기를 쫓아내기 위해 꾸민 플롯이라 생각했다. 갑자기 인이수가 왜 자기를 돌려놓으려는 것인지 의문이 들었다. 그때 서모시의 뒷골을 치고 올라온 것은 김광남이었다. 인이수를 언제 만나는가 물었던 기억이 떠올랐다. 앞으로 김광남을 조심해야 한다는 생각이 들었다. 인이수가 지금 나간다는 것은 김광남을 만나러 가는 것인지도 모를 일이었다. 그런데 산부인과에 간다는 건 무슨 일인지 이해가 안 되었다.

그날 서모시는 기분이 잔뜩 상해서 집에 돌아왔다. 어머니는 거실에서 목청을 높여 전화를 하고 있었다. 전화를 한다기보다는 차라리 싸움을 하는 날 선 악다구니를 내뱉고 있었다. 서모시가 현관에 들어와 자기 방으로 들어가는 것도 눈치채지 못하고 마구 퍼부어대는 중이었다.

"그딴 걸레 같은 여자랑 놀아나는 것, 꿈에도 생각 못 했어. 당신 이중인격자야."

서모시는 방에 들어가 문을 닫았다. 당신이 그 오빠 죽인 거나 마찬가지잖아…… 그런 소리가 들렸다. 오빠를 죽이다니? 아빠가 엄마의 애인을 죽였을까, 차마. 서모시는 전화기를 끈 다음 문을 걸어 잠그고 침대에 누웠다. 눈알이 빠질 것처럼 아팠다.

경시대회에는 팀별로 참여하기로 되어 있었다. 고등학생 4명 한 조에 대학생 어드바이저가 하나씩 따랐다. 어드바이저는 심상대라는 대학생이었다. 생물학 가운데 동물 발생을 전공한다고 했다. 서모시는 심상대가 인이수에게 다가가서 손을 잡고 개미에 대해 설명하는 것이 영 못마땅했다. 개미의 짝짓기 동영상을 만들 때는, 저러다가 둘이 정말 짝짓기 실습하는 건 아닌가 싶을 지경이었다. 심상대는 인이수 뒤에서 카메라 방향을 조정해주는 척하면서, 인이수를 끌어안을 것 같은 자세로 일을 계속했다. 실습이 끝나고, 서모시는 인이수를 불러, 심상대를 조심하라고 말했다. 인이수는 입을 비쭉 내밀면서, 피이 웃겨, 그렇게 빗나갔다.

경시대회가 끝나는 날이었다. 선배들이 피자집에서 파티를 열어주었다. 파티에는 수제 밀맥주도 나왔다. 고등학생 참가자들은, 우리 이런 거 마셔도 돼? 하면서 조심하는 태도들이었다.

"대학 가서 갑자기 술 마시고 그 충격으로 죽고 그러지 말고 미리 마셔봐." 심상대가 서모시에게 잔을 내밀면서 권하는 말이었다. 고등학교가 대학 가기 위한 준비 과정이라도 되는 듯한 말투가 거슬렸다. 서모시는 맥주를 마시다가 진저리를 쳤다. 심상대가, 아, 시원하다면서 감탄하는 맥주는 서모시에게는 고개를 가로젓게 했다. 야, 이거나 먹어라, 심상대가 마요네즈 샐러드를 서모시 앞으로 밀어주었다. 서모시는 파슬리 이파리를 씹어먹으면서 향을 음미하고 있었다.

서모시는 속이 울렁거려 몇 차례 화장실을 드나들었다. 그러나 속이 가라앉지 않았다. 넘어오는 것도 없는데 자꾸만 메슥거려 자리에 앉아 있을 수가 없었다.

"똥물을 토해봐야 술맛 알게 된다는 거야." 심상대의 친구 주량무라는 다른 팀의 어드바이저가 하는 말이었다. 서모시의 부친도 이따금 화장실에서 변기를 끌어안고 구역질을 했다. 서모시가 아버지 등이라도 쳐줄라치면, 똥물을 토해야 끝난다, 고생 좀 해봐얀다, 내버려둬라 하고는 모친이 방문을 쳐닫았다.

서모시는 몸을 가눌 수 없었다. 입에서는 군침이 흘러나오고, 오줌을 쌀 것처럼 방광이 켕기기도 하고 뒤가 무주룩하니 대변이 밀려나오는 느낌이었다. 서모시는 병원으로 실려갔다. 짜식이 대학 가서 고생깨나 하겠다…… 그건 어드바이저 심상대의 목소리였다. 저거 저래뵈도 색골이라구요…… 김광남의 목소리인 듯, 아득히 먼 데서 울리는 소리였다.

곽란(癨亂)을 일으켰다. 빈속에 먹은 술과 샐러드 안주가 문제였다.

주사를 놓아주면서 의사가 하는 얘기였다.

겁에 질린 어드바이저 심상대는 서모시를 병원에 입원시켰다. 특실이 꼭 하나 비어 있다고 했다. 자기도 모르게 잠이 들어 한잠 자고 났는데 머리가 쑤셨다. 어머니는 노상 골이 팬다고 했는데, 머리를 몽둥이로 두드려 패는 느낌이 이럴 것 같았다. 화장실에 들어가는데 다시 왈칵 하고 구토가 치밀었다.

"교장이 아니라 다행입니다." 교장이라면 장이 꾀는 병이라는 것을 서모시는 알고 있었다. 부친이 당한 일이었기 때문에, 그게 얼마나 위험한 병인지를 알고 있었다. 하루만 더 있다가 나가라고 했다. 탈수 증상이 심해서 링거액을 맞아야 한다는 것이었다.

인이수가 문병을 왔다. 김광남이 운동 끝나고 병원에 들르겠다는 이야길 전했다. 둘이 와서 어쩌자는 것인가? 김광남이 인이수를 자기가 점찍었다는 것을 과시하는 작전은 아닌가 싶어 기분이 잡쳤다. 서모시는 어느 사이 김광남을 돌려보낼 궁리를 하는 중이었다.

"광남이 자식 오지 말라고 하자." 인이수는 알았다는 듯이 고개를 까닥해 보였다. 그러고는 다짜고짜로 물었다.

"서모시, 콘돔 가지고 다녀?"

서모시는 어리뻥해져 인이수를 쳐다봤다. 이미 준비해 가지고 다니는 물건이기는 하지만 인이수가 그렇게 묻는 것은 의외였다. 서모시는 가방 곁주머니에 넣고 지퍼를 닫아두었던 그 물건이 사라지고 없는 것을 알았다. 혹시 아버지한테 들킨 것은 아닌가 의문이 들었다. 난리가 날 판인데, 엄마와 불화가 나는 통에 단속을 못한 모양이었다. 인이수가 병실 문을 걸어잠갔다. 콘돔 없이 일을 치렀다.

"이거 허당이네." 아무 장애물 없이 성기가 미끄러져 들어가는 순간에 튀어나온 말이었다.

"발랑 까진 자식!" 인이수가 서모시의 귀싸을 후려쳤다. 그러나 따지고 보면 피장파장이었다.

멜라니와는 느낌이 달랐다. 서모시가 중학교 2학년, 열네 살이 되었을 때였다. 호주에서 온 원어민 멜라니라는 여선생은 서모시를 유난히 좋아했다. 자기 집으로 불러들여 음식을 만들어주고 영어로 이야기를 하다가는 포르노를 보여주었다. 그리고 같은 침대에서 잤다.

"와우, 유 킬링 미!" 이후 고등학교에 와서까지 관계가 유지되었다. 겉으로 감추고 지내지만, 언제 아이를 안고 와서 호주에 가서 살자고 할지 몰라 마음을 졸였다. 콘돔 사용하는 법이며, 여자를 어떻게 안달하게 하는지 하는 방법 등을 서모시는 이미 알 만큼 알고 있었다. 그러고 보면 김광남은 눈치 빠른 친구였다.

병실에서 그 일이 있은 다음, 서모시와 인이수 둘이 몇 차례 만나 일을 치렀다. 결국 아이를 만들었다.

"인이수, 너는 엄마가 된 거야." 서모시가 인이수의 입술을 더듬었다.

"학교에서 가만 둘까?" 인이수는 걱정스런 얼굴로 서모시를 쳐다봤다. 어떻게 좀 해보라는 애원이 섞인 눈빛이었다. 학교는 그만두면, 그게 곧 해방이라는 게 서모시의 당찬 생각이었다.

"늦고 빠르고 그 차이 아냐?"

"국가에서 지원하는 미혼모지원센터도 운영되고 있잖아?"

"우리들 몫이 있을까?"

"학교는 어떻게 하지? 고등학교는 마쳐야 하지 않을까?"

여고생 미혼모와 고딩이 아빠, 그렇게 둘이 꽃피는 나무가 되었다.

그러나 꽃샘추위 또한 매서웠다.

앞으로 살아갈 길이 험하다는 전조가 눈앞에 나타나는 듯했다. 악운의 조짐이 머리를 내밀기 시작했다. 악운이란 바위너덜에 피어난 꽃이었다. 날씨마저 눈보라가 치고 칼바람이 불었다. 그러나 삼월은 역시 삼월이었다. 겨울이 밀려나고 연둣빛 봄이 다가오는 중이었다.

4

鰐魚

아버지가 남긴 것

알리는 돌담을 등지고 앉아 해바라기를 하고 있었다. 돌담 사이로 민들레가 싹을 내밀고 어떤 놈은 꽃을 피우기도 했다. 멀리 골짜기로 아지랑이가 사물거리며 피어올랐다. 바야흐로 봄이었다. 겨울을 어떻게 견뎠나 싶은 생각이 들었다.

아버지가 척살(刺殺)된 그해 겨울은 참으로 길었다.

남편을 잃은 한코나는 집안 살림을 혼자 도맡아 해야 했다. 아버지가 없어서 혼자 사냥을 나가지 못하는 아들을 데리고 사냥을 나섰고, 아들의 체력 훈련을 거들어주어야 했다. 아들이 장총을 다룰 줄 아는지도 확인해야 했다. 그리고 아들이 사귀는 애들이 싹수가 있는 애들인지 걸렁이 같은 애들인지 알아보아 갈라주는 것도 한코나의 일이었다.

바람 끝이 제법 살가워진 어느 날이었다.

“집착은 병이다. 죽은 사람은 죽은 거고 산 사람은 자기 살 길을 찾아야 한다.”

그런 이야기 끝에, 이건 네가 가져야 한다면서 알리를 불러앉히고 보라면서 나무상자를 하나 내놨다. 그것은 화약통이었다. 알리는 아직 다이너마이트를 다룰 줄 몰랐다. 그런데 화약통을 앞에 놓고 뭐를 어떻게 하라는 것인지 앞이 깜깜했다. 알리가 머주하니 앉아 화약통을 내려다보고 있을 때, 어머니 한코나가 벽에 걸어두었던 장총을 들고 왔다. 총개머리에 무슨 짐승의 피가 묻어 있었다.

"이게 너의 죽은 아버지가 남긴 유산 전부다."

아버지가 남긴 유산이라고 알리 앞에 내놓은 것은 먹을 것도 아니고 마실 수 있는 단물도 아니었다. 오직 사람이나 짐승을 죽이는 데 쓸 물건이었다. 그것은 말하자면 평생을 죽음과 함께 맞부비며 살라는 뜻이기도 했다.

"죽은 사람 이야기는, 앞으로 우리가 살아가는 데 도움이 되는 것만, 이야기 값을 한다. 조상 이야기도 마찬가지다. 오늘 내가 하는 이야기는 오늘로 끝이다."

아들 알리를 앞에 앉히고, 한코나는 이야기를 시작했다. 너의 아버지가 무슬림이라는 것은 너도 알 것이다. 그건 너의 아버지는 예니체리가 되기 위한 조건이기도 했는데, 이제는 조건이 달라졌다. 술탄이 점령한 지역의 기독교들 가운데서도 영명한 애들을 골라다가 예니체리로 키운다. 예니체리라고 해서 모두 똑같은 일을 하는 것은 아니다. 각기 자기 길러온 능력에 따라 일을 맡긴다. 장군이 되면 말을 타야 하는 것처럼 술탄에게는 호위병이 있어야 하는 거다. 술탄은 자기 몸이 자기가 아닌 것이다. 공인이라는 것이 그렇게 고단한 직업이다. 먹고 마시고 여자를 거느리고 하는 것들이 모두 규칙에 정해져 있다. 그러니까 술탄이라고 멋대로 여자 눕히고 능욕하지 못한다. 나라를 움직이는 것은 법이지 개인의 의지나 욕망이 아니라는 뜻이다.

너의 아버지는 예니체리의 길로 들어서기는 했지만, 타고나기를 산사람으로 타고나서 산동네 아니면 몸이 구석구석 근지러워 못 견디는 사람이었다. 그래서 멀리 이스탄불까지 가려고 하지 않고, 이 산골에서 산봉우리 쳐다보며 골짜기 물 마시고 살기로 작정하고 여기 처박혔던 것이니라. 나라가 부실하니까 백성이 먹고살 게 없어 남의 것 탐하고, 그래서 서로 죽고 죽이고 사람이 사람 뜯어먹고 사는 꼴이 되었지. 나라라는 게 뭐더냐? 나라는 산도 아니고 강도 아냐. 호수도 아냐. 물론 벌판도 아니지. 백성이 들에서 곡식 심고 산에서 짐승 사냥하고 강에서 고기 잡아 먹고살 수 있게 해주는 거, 그게 나라야. 그러다가 몇 놈은 죽기도 하지. 땅과 물만 있지 정치는 없는 나라의 예니체리를, 너의 아버지는 그런 허접한 나라를 거부한 셈이다.

내가 너의 할아버지 할머니는 잘 모른다. 토스크 가문의 후손이라고 하기도 하던데 그런 정확한 근거가 없다. 한때 리아피스라는 부족이 우리한테 자기 가문으로 합류해달라고 했었는데, 이 족속이 빈궁의 소굴에서 벗어나지 못하고, 그러다 보니 남의 것 약탈해서 살아가는 터라 합류를 거부했다. 토스크스 지역의 테펠레네, 우리가 그 지역에 뿌리를 두고 사니 우리 사는 땅이야 몰라라 할 수 없는 일이라서 토스크 족속의 후손이라 여기고 넘어가기로 했다. 가문이 밥 먹여주는 것은 아니다만, 이 나라에서 살자면 그게 감투 하나 묶은 단단히 하기도 한다. 너는 네가 네 가문을 만들어가면서 살아봐라.

너의 외할아버지는 내 아버지니까 조금은 안다. 너의 외조부 성함이 아흐메드 파샤 쿠르트였다. 말하자면 지방유지였는데, 백여 년 전부터 지방 수령을 이어온 집안이다. 네 외조부는 나를 아주 엄격하게 교육했다. 역사, 종교, 외국어, 무예, 사격 등을 익히게 했다. 지금도 그 할아버지가 파샤로 있는 건 알지? 직함만 있고 실권은 별로 없지만 너는 파샤의 손자라는 것을 잊지 말아라.

사람의 인격은 자신이 자기를 어떻게 다스리는가 하는 데 따라 결정되는 것이야. 타고난 인격은 없다. 수행과 실천을 통해 길러야 하는 게 인격이고, 그런 수행 가운데 능력도 길러진다.

알리는 아무 대답 없이 어머니의 이야기를 속으로 삭이면서 들었다. 아버지가 남겨준 게 화약 한 통하고 장총 한 자루라면, 세상에 다시 알몸으로 던져진 셈인데 어떻게 버텨나갈 수 있을지 아득했다.

"아버지 안 계신데 어떻게 살지요?"

"우리가 굶고 앉아 있다면 너의 아버지 동지들이 그냥 방치해두겠느냐?"

"동지들이라니요?"

"우리랑 원수진 집안이야 앞으로도 머리 맞댈 일 없겠지만, 너의 아버지는 사람 사귀는 게 재산 모으는 것보다 더 중하다고 하던 분이다. 이 인근이 모두 너의 아버지 동지들이라고 해도 틀린 말이 아닐 게야."

"그러면 그 집 애들도 그런가요?"

"그야 너 하기 나름이다."

알리는 자세를 고쳐 앉으면서 어머니 한코나를 그윽이 건너다보았다. 새치를 지나 흰머리가 나기 시작하는 어머니의 이마에 굵직한 주름이 몇 줄 드러나 보였다. 한코나는 아들 알리를 마주 바라보다가 손을 끌어당겨 거머잡았다. 아들 손이 남편 손만큼이나 크고 듬직했다.

"네가 어떻게 지낼 것인지, 너의 일과표를 작성해 가지고 와서 다시 이야기하자."

어머니의 이야기는 제안이나 권유가 아니라, 단호하고 엄한 명령이었다. 알리는 며칠 일과표를 만드느라고 머리를 짜냈다. 그것은 일종의 자신을 위한 교육과정이었다.

언어 -/ 역사 -/ 체육 -/ 교유 -/ 자선 -

그런 항목들을 열거해놓고, 줄표(-) 다음에 어떤 내용을 채울 것인가 고심했다. 자신의 평생을 지배할, 또는 죽기 전까지는 해내야 할 과업을 마련하는 일이라서 단순하게 늘어놓을 것들이 아니었다. 알바니아말은 좀 혼란스러웠다. 물론 자기들 말이 있었다. 그러나 정교회를 따라 들어온 러시아말, 오스만튀르크가 세력을 확대하면서 무슬림들이 쓰는 터키말, 그리고 발칸 지역에 포함되기 때문에 그리스말도 큰 세력을 가지고 있었다. 알리는 그리스말에 집중하기로 했다. 그것은 역사와 전통이 있을 뿐만 아니라 학자들은 대부분 그리스말을 한다는 것을 알고 있었기 때문이었다.

알리가 보기에 역사는 모두가 영웅의 역사였다. 영웅이 아닌 일반 백성들은 역사에 기록된 적이 없었다. 성공한 영웅이 역사에 기록되는 것은 물론 반역자들 가운데 역사에 기록된 이들이 상당히 많았다. 알렉산더라는 인물이 관심이 갔다. 알렉산더를 아는 사람들은 알렉산드로스라고 불렀다. 알리도 그리스말에 따라 그렇게 부르기로 했다. 알렉산드로스가 아버지와 전쟁에 참여한 것은 열여덟 살 때였다. 아버지 필리포스가 암살당하자 그 뒤를 이어 왕이 된 것은 스무 살 때였다. 알바니아와 바로 이웃한 나라 마케도니아 출신이고, 터키가 지배하는 나라들의 전 영토를 거머쥐었던 영웅이었다. 그러나 겨우 서른세 살에 병에 걸려 죽은 것은 좀 께름했다. 아무튼 열여덟 살까지는 세 해가 남아 있었고, 스무 살까지는 기껏 5년이 남아 있는 셈이었다. 알리는 양쪽 주먹을 부르쥐었다.

체육은 아버지가 늘 강조하던 터였다. 스파르타 병사들이 쓰던 장창 같은 나무를 끌고 다녔다. 그리고 검술과 사격은 필수적인 과업이었고 평소에 아버지와 늘 하던 일이었다.

아버지 벨리베이는 친구를 잘 사귀라는 충고를 거르지 않고 알리의 귀에 틀어넣었다. 전쟁에 나가 싸우다 죽은 놈보다 친구에게 배반당해 죽은 놈이 더 많다는 것이었다. 졸병들은 그렇지 않겠지만 지휘관 가운데는 반역, 배반, 배은 같은 일로 죽은 이들이 꽤 있었다. 세상의 모든 사람이 너를 향해 박수를 치고 따라오도록 해라, 너를 노래하도록 해라, 너와 함께 죽겠다고 피로써 약속하도록 해라, 그런 것들이 아버지의 충고였다.

며칠을 굶다가 이웃 동네에서 양 한 마리라도 옮아 오면, 아버지는 그 양을 반드시 이웃 사람들을 불러서 나누었다. 그리고 남는 것은 아낌없이 나눠주었다. 도시에 내려가 거지를 만나면 잔돈 큰돈을 가리지 않고 나누어주었다. 내가 베푼 것은 남지만 긁어모은 것은 다 달아난다, 아버지는 늘 그렇게 말했다.

알리는 문득 집안, 가문이라는 것을 생각했다. 아버지 없는 집에서는 아들이 아버지 대신 집안일을 다 해야 한다는 게 전통이었다. 그런데 살아갈 일이 막막했다. 어머니 한코나가 남자처럼 씩씩하기는 했지만, 아무래도 여자라 집안을 꾸려가는 데는 한계가 있을 것 같았다. 아버지 없이 산다는 게 무엇을 뜻하는지, 아버지가 세상을 뜨니 비로소 감이 잡혔다. 사방을 둘러싼 적을 혼자서, 그야말로 독수공권으로 물리치지 않으면 꼼짝없이 죽고 마는 처지에 알몸으로 놓여 있는 셈이었다.

주먹을 부르쥐고 하늘을 쳐다봤다. 햇살이 눈부셔 눈에서 눈물이 주르르 흘렀다. 대문 밖에서 톱질하는 소리가 들렸다. 어머니 한코나가 돼지집을 짓자던 이야기를 깜박 잊고 있었다.

"그 톱 이리 주세요."

방에서 투당탕 달려 나온 알리가 어머니 손에서 톱을 빼앗아 들었다.

"네가 톱질을 할 줄 알기나 하냐?"

청년이 다 된 아들에게 그런 말을 하기는 좀 어색하기도 했다. 등판이 떡 벌어지고 어깨가 두툼해졌다. 앞가슴이 불룩하게 솟아나 보였다.

"그럼요, 전에 감시막 지을 때, 아버지랑 톱질도 하고, 자귀질해서 나무도 깎고, 망치 휘둘러서 못도 박고, 다 해봤어요. 목도해서 통나무 나르는 것이나 축대를 쌓는 데 들어가는 바위를 나르기도 했다구요."

마을 입구에 감시막을 지을 때, 아버지를 따라 나서던 때의 알리가 아니었다. 근간 일이 년 사이 청년 꼴이 잡히기 시작했다. 팔을 걷어붙이고 기둥으로 쓸 통나무를 가지런하게 잘라놓는 알리의 팔뚝이 자기 아버지를 닮아서 근육이 불뚝거렸다. 저만하면 이제 산을 내려가서 큰 도시에서 살아도 좋을 것 같았다. 그런데 도시로 나가자면 돈이 있어야 했다. 마침 그런 생각을 알기라도 한 것처럼 물었다.

"어머니, 이런 산골짜기에서 말예요, 돼지 길러가지고 돈이 될까요? 더구나 무슬림들은 돼지고기를 안 먹는데, 그게 팔리기나 하겠어요?”

사실 대답하기 난처한 질문이었다. 질문하는 내용이야 의당 옳은 것이었다. 상황을 잘 파악한 물음이었다. 한코나로서는 다른 생각을 하고 있었다. 돼지를 기르면 귀찮은 사람들이 덜 달려들 것 같았다. 그리고 돼지를 길러 동네 남정네들을 모아들이는 데 쓸 참이었다. 여자 혼자 살자면 사내들 다스릴 능력이 있어야 했다.

생각해보면 벨리와 연이 닿게 된 것도 자기가 자초한 일이었다. 벨리에 대해 별로 마땅치 않아하는 집안 어른들을 엎어놓기 위해서, 결혼 전에 아이를 만들었던 것이다. 이른바 미혼모였다.

5

鰥魚

미혼모

미혼모로 아이를 낳아 기르자면, 수많은 괴로움을 끌어안아야 했다. 고통과 좌절이 연속될 게 너무나 뻔했다. 그렇다고 환희로운 순간이 전혀 없으란 법은 없지 않겠는가. 그런 짐작으로 이를 악물고 견뎌내기로 했다.

제일 먼저 다가온 관문은 아이를 낳을 것인가 말 것인가 하는 문제였다. 고등학생 부모가 아이 낳기를 허락받는 일은 만만치 않은 통과의례를 거쳐야 했다. 양쪽 집 부모 앞에서 아이를 갖게 되었다는 사실을 이실직고하는 일부터가 금기를 넘어서는 고통이었다. 그것은 사나운 입사식이었다. 벗겨진 등껍질에 내려치는 매를 참아내야 하는 혹심한 시련이었다.

서모시와 인이수는 집안에서 쫓겨날 각오로 아이가 생겼다는 이야기를 어른들 앞에 털어놓았다. 둘이 서모시의 부모들 앞에서 무릎을 꿇고 앉아 석고대죄하는 심정으로 머리를 숙였다. 서모시의 아버지 서열모는 싸늘한 눈으로 앞에 무릎을 꿇고 앉은 아들의 등판을 내려다보았다. 서모시의 어머니 안경숙은 인이수를 버러지 바라보듯 흘겨보았다.

"그래서, 어떻게 할 작정이냐?" 서모시의 부친 서열모가 먼저 입을 떼었다. 서모시는 숨이 컥 막혔다. 불호령이 떨어질 것을 예상했는데 예상은 빗나갔다. 호령이 아니라 다정한 어투로 대책을 묻는 게 아닌가.

서모시는 고개를 처박고 앉아 있다가, 어깨를 쳐들고 부친 서열모를 향해 말했다. 어떻게 할 작정인가 묻는 아버지를 푹 믿고 하는 말이었다.

"아이가 초등학교 들어갈 때까지만 맡아 길러주세요."

서모시의 부친 서열모가 거실 장식장 옆에 놓여 있던 야구방망이를 쳐들었다. 눈이 번쩍하는가 싶었는데 야구방망이가 서모시의 등짝을 후려쳤다. 서모시는 구겨지듯이 바닥에 널브러졌다. 잠시 후 겨우 몸을 가눠 일어나 앉았다.

"뻔뻔한 자식 같으니라구."

질책에 이어, 아이를 맡고 안 맡고 하는 결정권이 아들한테 없다는 식이었다.

"애는 혼자 만드는 법이 아니다. 둘이 같이 만들었으면 둘이 함께 책임지고 키워내야 한다."

부친의 훈계에 이어 모친 안경숙이 혀를 끌끌 차면서, 딱하다는 듯이 나섰다.

"그런 일은 에미한테 먼저 상의를 해야지. 아둔한 것들." 앞날이 걱정이라는 말은 안 했지만 근심 어린 표정이었다.

"당신한테 먼저 상의하면 나 제쳐놓고 뭘 어쩔 건데?" 부친의 얼굴에 울화가 치밀어 분을 삭이지 못하고 턱을 떨었다.

"그래 너, 인이수랬냐, 너희집 어른들은 이런 일 알고 계시냐?"

인이수는 머리를 숙이고 대답을 못 했다. 알아도 탈이고 몰라도 문제였다.

"애 만든 게 너희 둘의 일이었다면, 이 사태를 해결하는 것 또한 두 집안이 공동으로 처리할 사안이라야 마땅하다. 가자……!"

"가긴 어딜 간다고 그러우? 그리고 당신 그럴 자격이 어디 있어?" 안경숙이 서열모의 옷자락을 붙들었다.

"어디는 어디, 사돈집이지. 얼른 옷 갈아입으시오." 부친 서열모가 아내 안경숙을 발로 걷어찰 기세였다. 평소 서로 끌당을 하면서 아옹다옹 지내는 것에 비하면 부친은 뜻밖의 결기를 발휘하는 중이었다. 서모시는 얼마 전에 내외가 다투던 장면이 떠올라 얼굴이 왈왈 달아올랐다.

인이수는 이제 모든 게 난장판이 되어 돌아가겠다는 생각을 했다. 머리를 처박고 앉아 있는 서모시가 원망스러웠다. 남녀관계를 훤히 알고 있는 듯이 행동하던 서모시가 정작 이런 판에 와서는 입을 다무는 게 야속했다. 자기와 관계를 가졌던 다른 친구들이라면 어떻게 나왔을까 비교를 하기 시작했다. 김광남이라면? 그건 스스로 생각해도 불길한 비교였다. 김광남이라면 최소한 당당하게 어른들 앞에 나설 수 있을 것 같았다.

서모시의 부친 서열모는 아내 안경숙에게 옷 갈아입고 따라 나오라면서, 재촉이 불같았다.

"너희 둘도 따라 나와라. 같이 가자."

둘이는 어정쩡하니 앉아 있었다. 장식장 앞에 전역하면서 장만한 보검(寶劍) 한 쌍이 번들거리며 보검대에 걸쳐 있었다.

"그리구 너 뭐랬냐, 인이수랬지, 너의 집으로 가는 거다."

인이수는 등으로 소름이 끼치는 걸 느끼면서 일어섰다. 머리가 어찔하고 휘둘렸다. 서모시는 야구방망이로 얻어맞은 등이 결리고 쑤셔 견딜 수가 없었다. 어쩌면 뼈가 두엇 부러진 느낌이었다. 말보다 행동이 먼저 나가는 서열모였다. 무서운 아버지였다.

서모시의 부친 서열모는 차고에서 차를 빼서 정원 앞에 대놓고, 집 안을 쳐다보곤 했다. 아내가 꾸무럭거린다는 듯, 금방이라도 계단을 올라가 끌고 나올 태세였다.

"공격에는 시점 선택이 중요하다." 선제 타격을 하지 않으면 역공을 당한다는 것이었다. 서모시는 부친의 그 말을 알아들었고, 인이수는 어리뻥하니 서모시의 부친을 올려다봤다.

서모시네 어른들 내외는 젊은이 둘을 데리고 인이수네 집으로 돌진했다. 꼭 만나서 이야기할 일이 있다고 전화로 통화하는 걸 듣기는 했지만, 사태가 어떻게 돌아갈지 마음이 놓일 틈이 없었다.

"힘든 집안일은 나한테 밀어두고, 이런 시시한 일에는 당신이 나서고, 당신 도무지 뭐 하는 사람이오?" 안경숙이 남편을 향해 불만을 뱉어냈다.

"한 집안의 가장으로서……." 서열모는 말끝을 흐렸다.

"가장? 가장 같은 소리 할라면 당신 행신을 먼저 조신하게 해야지. 부전자전이라더니 우리 집이 꼭 그 꼴이야." 서모시는 부모가 티격태격하는 것을 너무 자주 보아왔다.

"애들 앞에서…… 입 닫아!" 차가 미끄럼 방지턱을 덜컹 넘었다.

인이수네 집에서는 손님을 기다리고 있었다. 거실에 들어서서 자리를 잡아 앉자마자, 수인사도 없이 서모시의 부친 서열모가 말을 꺼냈다.

"이 녀석들이 애를 만들었답니다." 단도직입이었다.

서모시의 부친이 인이수 부친에게, 들이대듯 말했다. 인이수 부친은 사람 좋은 얼굴로 웃으면서 대답했다.

"충분이 그럴 만한 나이지요."

서모시는 생물선생 선지식의 얼굴이 떠올랐다. 생물선생이라면 자기들의 처지를 충분히 이해해줄 것 같았다.

"어떻게 하실 작정입니까?" 서모시 부친 서열모는 검지와 장지를 겹쳐 들어 인이수 부친 인정식을 가리켰다. 삿대질 한가지였다.

"학교는 마쳐야 하지 않겠어요?" 인이수 부친은 느긋한 태도였다. 느긋하기보다는 당신은 현실을 너무 모른다는 비웃음이 스며 있는 듯했다. 그리고 그런 이야기 속에는 현실을 따라 살아야 한다는 의지가 배어 있기도 했다.

"그렇다면, 학교 마치기 그 전에는, 어떻게 하실 생각이냐, 그 말입니다." 서열모는 눈을 불안하게 굴렸다. 얼른 대답하라는 듯이 탁자 모서리를 주먹으로 툭툭 쳤다.

"독일서 공부하고 온 산부인과 의사를, 잘 아는 사람이 있습니다." 인이수의 부친 인정식이 차분한 어조로 말했다. 남편들 이야기를 듣고 있던, 인이수의 어머니 왕재숙이 앞으로 나섰다.

"그런 일을 당신 혼자 결정해요?" 서운하다는 눈치였다.

"결정이 아니라 제안이랄까, 대안이랄까 그런 거지." 그렇게 말하면서 서모시의 모친 안경숙 쪽을 흘금 쳐다보았다.

"독일 박사 얘기했는데, 그래요? 그 의사가 애 받는 일도 잘 한답니까?" 인이수가 아이 낳을 것을 전제로 하는 이야기였다.

"그게 아니라 최신 의료기술로다가, 아무런 신체적 무리 없이……." 아이를 뗄 수 있다는 이야기를 천연덕스럽게 대안으로 제기하는 중이었다.

서모시의 아버지 서열모가 주먹을 움켜쥐고 부르르 떨다가는 벌떡 일어났다.

"그걸 말이라고 하는 겁니까, 지금?"

"내 말이 말이 아니라면, 망아지라도 된다는 말씀이오?" 인정식은 말끝을 맺지 못하고 얼굴이 허옇게 질려 있었다.

서열모가 타고 앉았던 의자를 들어서 수조를 향해 날렸다. 수조가 깨져 거실이 물바다가 되었다. 수조에 들어 있던 열대어 새끼들이며, 상어 새끼, 수초 그런 것들이 거실 바닥에 튀어나와 흩어졌다. 작은 열대어들은 바닥에서 지느러미를 파닥거렸다. 악어 새끼 한 마리가 눈을 뻬끔 뜨고 고개를 쳐들었다. 서모시가 킬킬킬 웃었다.

"웃음이 나오냐?" 서모시의 부친이 벽력같이 소리를 질렀다.

"부모님 돌아가신 것도 아닌데, 그럼 제가 울어야 합니까?" 서모시가 어느 사이 기가 살아났다. 어머니들이 걸레를 찾으러 화장실로 들어간 사이, 서모시는 두 어른을 붙잡고 악수를 시켰다.

"아버지, 아버님, 양수가 미리 터졌으니 애를 낳기는 낳아야지요?"

"어항 깨진 게 양수가 터진 거라?"

"저놈의 낯짝하고는……."

인이수의 부친 인정식도 따라 웃었다. 어머니들은 잠시 어이없다는 듯, 어벙벙해가지고 있다가는 어질러진 바닥 치울 준비를 했다.

식구들이 때아닌 물난리를 만나 양동이에 쓰레받기를 들고 빗자루로 물을 몰아 담아냈다. 서모시의 어머니 안경숙과 인이수의 어머니 왕재숙도 빗자루를 들고 물 담아내는 일을 도왔다. 바닥에 흩어진 물을 치우는 일은 수월치 않았다. 젖은 물건들을 옮겨야 하고, 물은 쓸어 담으면 어디선가 또 흘러나왔다.

"성격이 과격하시군요." 인이수의 아버지 인정식이 빙긋이 웃으면서 서모시의 아버지 서열모를 바라보고 한마디 던졌다.

"맘대로 하세요. 재물손괴죄로 고발이라도 하시겠습니까?" 서열모가 그렇게 받았다.

두 집 여섯 식구가 거실을 치우는 데 그야말로 울력을 했다. 거실을 대충 정리하는 일이 끝나고 다시 두 집 내외와 남녀 젊은이가 원탁 테이블에 둘러앉았다. 화장실에 놓여 있던 욕조에다가 담아 베란다로 옮겨놓았던 악어 새끼가 퍼드득 몸부림을 쳤다.

"그런데 그 장면에서 어떻게 웃음이 나오십니까?" 서모시의 아버지 서열모가 물었다.

"수조 따위야, 거 몇 푼이나 갑니까, 그건 내 영혼의 위대한 기념비가 아니지요." 인이수의 아버지 인정식이 대답했다. 서열모는 따라 웃었다.

인이수의 어머니 왕재숙이 서모시의 어머니 안경숙을 주방으로 이끌었다. 잠시 후 안주를 갖춘 술자리가 펼쳐졌다. 아무 일도 없었던 것처럼, 오랜만에 만난 친구들처럼 자리가 어우러졌다. 서모시로서는 이해가 안 가는 장면이었다. 어른들이라는 게 저렇게 안면 따악

가리고 사교적으로 처세하는 것인가, 그런 생각이 들었다. 낯선 장면이었다.

"자식 이기는 부모 없다고 하잖습니까? 마찬가지로 세상에 '노인을 위한 나라는 없다'고 한, 예이츠의 말이 맞습니다." 서열모는 저게 맥락에 맞는 말인가, 하면서 인정식을 바라보았다. 인정식은 그런 구절을 이야기하고 영어로 되풀이했다.

"혹시 영문학 공부하셨습니까?" 서열모가 물었다.

"영문학이랄 것까지는 못 됩니다만, 그게 전공이라면 전공인 셈이지요." 인정식이 지나간 추억 이야기하듯 심드렁하니 받았다.

"나는 본래 무관입니다. 취미로 영문학 관계 서적을 조금 들여다봤습니다."

"아, 그렇습니까? 그런데 하시는 행동으로 봐서 같은 연배 아닌가 싶은데……?"

"잘 만났습니다. 오팔년 개띠입니다." 둘이는 서로 손을 내밀어 잡고 한참 흔들었다. 서모시는 동갑이라는 게 뭔지, 나이가 같다는 게 도무지 뭔데 둘을 저렇게 엮어놓나 의문이 깊었다. 인이수가 차 쟁반을 들고 와서 어른들이 이야기하는 걸 들었다. 그러고는 슬그머니 끼어들었다.

"노인을 위한 나라는 없다는 거, 그건 영화 제목이고요, 예이츠의 시는 '그건 노인의 나라가 아니다' 그렇게 시작하잖아요?" 어른들이 눈을 크게 뜨고 인이수를 쳐다봤다. 신통하다는 감탄이 표정에 배어 나왔다. 서모시는 인이수를 말끄러미 쳐다봤다. 예이츠는 알겠는데, 노인의 나라니 하는 이야기는 낯설었다. 그냥 발랑 까지기만 한 애는 아니라는 생각이 들었다.

"애들 못 당한다니까요." 안경숙의 얼굴에 웃음이 떠올랐다.

"맞아요, 정말…… 우리야 겨우 대학에 들어가서 배운 건데 말이지요." 왕재숙이 맞장구를 쳤다.

"이왕 일이 그리 되었으니, 그러면 이렇게 하십시다." 잠시 멈칫거리다가, 서모시의 부친 서열모가 제안했다.

"아이 낳을 때까지, 아이 낳아 돌이 될 때까지는 우리가, 말하자면 남자 집에서 기를 터이니, 그 뒤로 한 해씩 아이를 돌려가면서 길러주면 어떻겠습니까?"

"주변 사람들 눈길이 곱지 않을 겁니다." 인정식이 조용히 말했다.

"주변인들의 눈이라? 그게 누구 밥 먹여준답니까?" 서열모의 말투에 가시가 서 있었다.

"해도, 인간은 본래 남과 어울려 부대끼며 살아야 하는데, 고등학교 다니다 그만둔 애들과 누가 관계를 트려 하겠습니까?"

"지혜는 살아가는 중에 터득되는 거 아닙니까? 헌데 그 과정이 눈물 나는 일들은 얼마나 많을 것이며, 자기들 입에 풀칠이나 할지 알기 어려운 터라서……."

"세상은, 문제를 일으키는 놈들이 뒤집어놓는 법입니다."

서모시 부친이 인이수 부친을 짯짯이 훑어보았다. 되잖는 소리 하지 말라는 식이었다.

"이런 이야기는 길게 해봤자 속만 상하지요. 결정은 우리가 하고 애들 어떻게 살아야 할지는 안에서 의논해서 결정하도록 하기로 합시다."

"결혼이라는 것이……." 인이수 모친 왕재숙이 먼저 입을 열었다.

꽃이 떨어지면 씨방이 자라 열매를 맺어야 하는 법, 열매가 익으면 따두었다가 다시 씨를 삼아야 하고, 그 씨를 심어 다시 싹이 트고 잎이 벌고 …… 꽃이 좀 일찍 피는 놈도 있고 늦는 놈도 있게 마련 아닌가, 우리 자손들이 애 만들 만하니까 애를 만들었지, 그렇지 않습니까…… 그렇게 줄줄 이어지는 변설은 벌어진 사단을 한쪽으로 구정을 내주었다.

육아는 두 집에서 번갈아 맡아 하기로 했고, 애 보는 사람 하나 들이고 해서, 노동량을 조절하면서, 뱃속의 아이가 제대로 자라도록 하자는 이야기에 서로 손뼉을 마주쳤다.

"아무리 생각해도 남사스런 일입니다." 서모시 어머니 안경숙이 하는 말이었다. 자기 아들이 그렇다는 것인지 인이수가 그렇다는 것인지 분명한 선이 그어지는 이야기는 아니었다.

"대학 마칠 때까지 너희들 어떻게 하는지 기다리기로 한다." 서모시 어머니의 말이었다.

"기왕 일 먼저 저질렀으니, 그렇게 독자적으로 살라면, 멋지게 살아봐라." 인이수의 어머니가 거들었다.

대학 마칠 때까지 기다린다는 것은 그동안 살림을 어른들 편에서 책임져준다는 뜻이었다. 안면 구길 일은 아니었다. 명실이 상부해야 한다는 게 인이수 모친 왕재숙의 지론이었다. 말하자면, 결혼식이야 늦어지더라도 혼인신고는 해야 한다는 주장이었다.

"며느리 배 더 불러지기 전에 결혼식도 합시다." 서모시의 부친 서열모가 내놓는 제안이었다.

"역시 급하십니다. 못 할 일도 없지요." 인이수 부친 인정식의 응대였다.

고등학교 졸업 날에 결혼식을 올리기로 했다. 신랑이 열아홉, 신부가 열여덟, 꽃같이 젊은 시절이었다. 웨딩드레스로 배를 가린다고 가리기는 했지만 주례를 맡았던 국어선생 한국진이 저간의 사정을, 그야말로 토설(吐說)을 해버렸던 것이다.

"제 평생 이루지 못한 소원이 있습니다. 이십 전에 결혼하지 못한 것, 저는 안타깝게도 그 꽃 같던 시절 다 탕진하고 삼십 넘어 결혼했습니다. 회복할 수 없는 저의 과거가 되어버렸습니다. 오늘 결혼하는 이 신랑 신부를 보세요. 얼마나 활기가 넘치고 생기가 발랄합니까. 거기다가 신부는 아이까지 뱃속에 잉태하고 있어서, 세 식구가 세상을 향해 돛을 올리고 출발하는 겁니다. 남들은 애 키울 걱정하느라고 애를 안 낳는 판인데, 그래서 인구가 줄어 앞으로 백 년 안에 한국인이 지구상에서 사라질 거라는데 말입니다, 얼마나 용기 있는 젊은이들의 결단입니까. 이들 부부와 새로 태어날 아이를 위해 하객 여러분께서는 아낌없는 박수를 보내주시기 바랍니다."

뒤에서 주례사를 듣고 있던 생물교사 선지식은 자기 때문에 저런 일을 저질렀다는 생각을 하며 빙긋이, 그러나 흐뭇하게 웃었다.

신부가 아이를 가지고 있다는 이야기를 곁눈질하며 듣고 있던 하객들이 박수를 보내주었다. 그날 음악교사 테너 장한성은 프랭크 시내트라의 〈마이 웨이〉를 열창했다. 그리고 사내답게 후회 없이 살라는 격려도 해주었다.

"빽빽이 생기면 가라고 해도 못 간다. 애는 아무래도 뱃속에 있을 때가 가장 편하니라. 그러니 병원에 가서 물어보고 의사가 말리지 않으면, 신혼여행 다녀와라. 남자나 여자나 후회가 없어야 마이 웨이가 된다." 왕재숙은 신혼여행에 의미를 크게 두는 편이었다.

신혼여행을 두고, 서모시와 인이수가 의견이 달랐다. 서모시는 터키의 이스탄불이었다. 서모시는 막연하기는 하지만, 이스탄불에 매력을 느끼고 있는 중이었다. 서모시는 유럽과 아시아가 만나는 이스탄불은 흥미로운 동네라는 이야기를 거듭거듭 인이수의 귀에 틀어댔다. 인이수는 이스탄불보다는 인도네시아 발리를 내세웠다. 인이수는 자기가 관계한 남자들 가운데는 발리로 놀러 가자는 이야기를 하는 애들이 많았다.

"왜 꼭 이스탄불인데?" 인이수가 각진 눈으로 서모시를 째려보며 물었다.

"발리에 가면, 수영해야잖아? 너가 알몸으로 바닷가 돌아다니는 게, 사실 싫어." 인이수는 서모시에게 달려들어, 나를 독점하려는 거야? 하면서 입술을 더듬었다.

여행지가 결정되지 않아 신혼여행을 미루기로 했다. 신혼여행이 서로 마음의 때를 씻어내는 일종의 입사식 같은 의미가 있다는 걸 알았다. 그러나 뱃속에 아기가 자리잡고 있다는 게 마음에 걸려 신혼여행을 미루기로 했다는 게 사실에 가까웠다.

"신혼여행은 다른 기회에 갈랍니다."

"집구석에 처박혀 일하는 것만이 사는 게 아니란다." 모친의 말이었다. 신혼여행 기회는 언제든지 결정되는 대로 편하게 하라는 게, 서모시의 모친 안경숙의 속 깊은 배려였다.

"우리 잘 살 수 있을까?" 인이수가 서모시에게 물었다.

"잘 살지 못할 일이라도 예정되어 있다는 건가? 우리는 딴 애들에 비하면 십 년을 절약하는 거라구." 서모시는 그런 이야기를 하면서도 오스트레일리아의 멜라니 선생을 그려봤다. 서모시는, 사람이 살려면 죽을 때까지 가지고 가야 하는 비밀, 누구에게나 그런 게 있다는 이야기를 기억했다. 인이수는 인이수대로 몸을 풀어놓고 지낸 이야기를 털어놓을까 하다가, 그건 아니라고 어금니를 깨물었다. 과거에 얽매여서 미래를 설계하지 못하는 얼간이들, 국어선생 한국진은 그렇게 말하곤 했다.

"과거가 밥 먹여준다디?" 그게 한국진 선생의 아재 개그에 가까운 유머였다.

인이수는 그렇게 해서 서모시와 같은 지붕 아래 살게 되었다. 요즈음 세태에 있을 법한 일이 아니었다. 대학이라고 가서 엠티니 미팅이니 해서 시간을 탕진할 친구들을 생각하면, 둘이 살아가는 노글노글하는 맛은 비교가 안 되었다. 그러나 구체적으로 비교할 기회는 주어지지 않았다. 어차피 행복감은 주관적일 수밖에 없다는 생각이 들었다.

서모시는 아르바이트에 아르바이트를 거듭하며 한 달에 100만 원을 벌었다. 인이수는 아이 기르는 데 혼신을 다했다. 그런데 아이를 다룰 줄 모르는 것은 물론, 아이 기르는 데 돈이 그렇게 많이 들어가는 것을 처음 알았다. 씻기고 놀리고 재우는 과정 어느 하나도 돈 안 들어가는 구석이 없었다.

둘이 그렇게 고생하는 것은 순전히 자기들 스스로 선택한 것일 뿐이었다. 서모시네 어른들 이야기는, 엎질러진 물을 쓸어 담는 격이라 했다. 그것은 숨겨진 질책이었다. 질책은 질책대로 받아들이기로 했다.

미혼모가 아이 키우는 과정은 그 자체가 황홀한 형벌이었다. 인이 수는 황홀한 것은 알겠는데 그게 왜 죄인지, 형벌인지 납득이 되지를 않았다. 뭔가 일대 변혁이 있어야 했다. 그러나 사회의 분위기는 한 구석도 달라진 데가 없었다. 혁명은 아득한 피안의 불빛이었다.

그래도 서모시와 같이 산다는 게 기적같이만 여겨졌다. 아이 하나 기르는 일로 둘이는 서로 이해하고 정이 들기도 했다. 이래서 죽겠다고 푸념하는 사람들도 알콩달콩 살아가는 것인가 싶은 생각이 들기도 했다.

6

鰐魚

무서운 어머니

알리의 부친 벨리는 늘 그렇게 말했다. "사람은 일을 하는 중에 남을 이해하고 정이 드는 법이다." 아버지의 이야기가 옳았다. 돼지집을 짓는 동안 알리는 어머니와 많은 이야기를 나눌 수 있었다. 그리고 어머니의 성격을 이해하는 계기가 되기도 했다.

기둥으로 쓸 통나무며 서까랫감으로 갖다 놓았던 좀 가는 나무들을 맞추맞추 잘라놓은 알리가 이마에 흐른 땀을 씻으면서 자기 어머니를 쳐다보고 환하게 웃었다. 알리의 얼굴에 윤기가 돌았다. 불그스레한 입술 사이로 내비치는 이빨이 하얗게 빛났다. 남편 장례를 치른다고 동네 사람들이 부주해준 밀가루로 빵을 빚고 염소 다리 남았던 것을 삶아서 먹인 게 아이의 원기를 돋아준 모양이었다.

"사람 살아가는 데 가장 중요한 게 뭐냐?"

"의리를 지키는 거라고 생각합니다."

아버지 벨리베이한테 들을 말을 그대로 옮겼다. 배반하지 않는 친구를 사귀라는 말끝에, 사내들 사이에서는 의리 이상의 우정이 없다면서 한 말이었다.

"아니다, 먹는 게 가장 귀하다."

"돼지처럼 더럽고 지저분하게 먹으면 인간이 아니지요."

"그건 틀린 말이다."

한코나는 아들의 말이 틀린 이유를 자세히 이야기했다. 돼지는 게으른 인간들이 잘못 길러서 그렇지, 더러운 걸 좋아하는 짐승이 아니다. 돼지가 먹는 게 지저분하다고 하는데, 돼지한테는 주둥이가 손이나 마찬가지고, 조물주가 그렇게 먹도록 점지했을 뿐이지, 손을 쓰는 인간이라고 돼지를 그렇게 모욕해도 된다는 것은 아니라고 말했다. 돼지우리 늘 깨끗하게 짚자리 갈아주고, 똥 치워주고, 오줌 눌 자리 가려놓도록 훈련시키면 돼지도 깨끗하다, 새끼 돼지가 얼마나 깨끗하고 사랑스러운지, 인간들이 몰라서 하는 소리다, 그런 이야기를 잔소리처럼 질리도록 늘어놓았다.

"먹는 게 가장 귀한 이유는 먹어야 살기 때문이다. 동양 격언 가운데, 임금님은 백성을 하늘처럼 받들고, 백성은 먹는 것을 하늘처럼 귀히 여긴다는 말이 있다. 그런데 그 임금이나 백성이나 다 마찬가지 사람이다. 사람은 먹어야 산다."

"그거야 당연한 거지 않아요?"

"당연한 것이 안 채워지면 사람들은 칼을 들고 일어난다. 칼이 없으면 쇠스랑이나 낫이니 그런 걸 가지고라도 먹을 걸 달라고 피를 토하면서 외치는 거야."

"그렇게 외치는 소릴 안 들으면 어떻게 하지요?"

"잡아다 목을 잘라 죽여야 한다."

자기 어머니한테 저런 모진 구석이 어디 있었는지, 알리는 눈이 휘둥그레졌다. 그걸 혁명, 에파나스타시라고 한다는 것은 아버지한테 들은 적도 있었다. 그러니까 백성들 밥을 해결하지 못하는 임금은 잡아다가 목을 잘라 죽여야 한다는 것이 아닌가. 알리는 자기도 모르게 어금니를 사려물었다.

"돼지 축사를 짓자면 집 짓는 것만큼이나 많은 것이 들어간다. 저 아래 테펠레네읍에 가서 그 재료를 네가 좀 사 와야 하겠다."

"어떤 재료가 필요한데요?"

"너는 아직 네가 젖먹인 줄 아느냐? 알아서 사 와라."

알리는 어머니가 건네주는 돈을 받아 주머니에 넣고 잠시 우두커니 서서 뒷산을 바라보았다. 동쪽으로 줄기가 뻗은 산은 가끔 독수리가 날아와서 선회하다가 아득한 하늘로 달아날 뿐 사람이 살 데가 아니었다. 여우, 너구리, 산양 같은 짐승들이 마을에 먹잇감이 되어주기도 하는 산이었지만, 도무지 정을 붙일 땅이 아니었다. 그게 아침마다 해를 토해내는 트레베신산이었다. 테펠레네로 가자면 서쪽 골짜기를 돌고 돌아, 자갈이 우글거리는 비탈길을 내려가야 했다. 채 8킬로가 안 되는 가까운 거리였지만 계곡을 돌아 돌아 내려가야 하는 길은 어느 구석에서 언제 산적이 튀어나와 칼을 들고 옷을 벗길지 알 수 없는 위험하기 짝이 없는 길이었다.

알리는 바지에 달린 앞주머니를 사타구니로 잔뜩 밀어 넣고, 어머니한테 받은 돈을 주먹으로 그러쥐어 그 안에 대고 걸음을 옮겼다. 그런데 돼지 축사를 짓는 데 필요한 것이 무엇들인지 머리에 자세히 떠오르지 않았다. 머릿속에다가 잡기장을 펼치고는 하나하나 써나가기 시작했다. 지붕을 덮을 함석, 서까래를 들보에 고정하는 꺾쇠, 문을 달 때 사용할 경첩, 돼지 밥을 부어주는 구유, 돼지 오줌을 받아서 밖으로 빠져나가게 연결하는 홈통 등 큼직큼직한 것들은 대개 머리에 그릴 수 있었다. 그런데 돼지 구유는 판장에다가 어떻게 고정시키는지, 돼지 우리에는 창을 달아야 하는지, 돼지 축사 아랫부분에 판자를 대고 못을 박아야 하는지 끈으로 묶어주어야 하는지, 그런 것은 알 수 없었다. 바닥에 자갈을 깔아주어야 하는지 석회를 발라 굳게 해야 하는지도 마련이 없었다.

어미 돼지가 새끼를 낳아서 젖을 물리고 누워 있는 모습이 눈앞에 오갔다. 다섯 마리씩 1년에 두 차례 새끼를 낳는다면, 다음 해에는 열 마리가 될 것이고, 그 가운데 암퇘지가 다섯 마리라 치고, 어미 돼지를 포함해서 여섯 마리가 다시 열 마리를 낳으면 그 다음 해에는 60마리, 더하기 10은 70, 35 곱하기 10은 350, 더하기 60은 410…… 더하기, 곱하기 그렇게 하다가는 집은 물론 동네 전체가 돼지들이 우글거리는 마을이 될 것 같았다. 그건 엄청 신나는 일이었다. 돼지고기 먹는 사람들이 사가기만 한다면 산골을 벗어날 수 있는 자금이 마련되는 기회가 충분히 될 것 같았다.

그런 생각을 하고 가벼운 걸음으로 걷다가 발을 헛디뎌 넘어지고 말았다. 넘어지면서 길가 나무 둥치에 머리를 들이박았다. 눈에서 불꽃이 튀었다. 그 불꽃 사이로 아버지 얼굴이 스쳤다. 아버지는 그런 이야기를 했다.

"칼을 쓰는 사람은 뒤통수에도 눈을 달아야 한다." 그러면서 머리 뒤로 날아가는 파리를 손으로 채어 잡았다. 신통한 일이었다.

"어떻게 뒤통수에도 눈을 달아요?"

"얼굴에 달린 눈은 시각의 눈이고, 뒤통수에 달린 눈은 오감의 눈이다. 훈련이 제일이다. 인간은 훈련하기 따라서는 맨손으로 칼을 부러뜨릴 수도 있다." 그 말을 끝내자 아버지는 옆에 서 있는 나무를 수도로 쳐서 삽짝 잘랐다. 알리는 그저 아버지를 바라볼 뿐이었다.

바짓가랑이에 묻은 흙은 털고 일어났으나 발목이 부러진 것처럼 아팠다. 알리는 여기서 집으로 돌아가는 것과 읍내로 가는 것 가운데 어디가 더 가까운지를 계산했다. 비슷한 거리였다. 거리가 비슷하다면 내리막길을 가는 게 한결 낫지 싶었다. 그런데 읍으로 내려가면 다시 마을로 돌아올 시간이 충분치 못했다. 어디서 자고, 물건을 산다면 그걸 어떻게 운반해야 하는가, 아무런 방책이 없었다. 다리를 건너는 일은 다리 앞에서 생각할 것, 일을 두고 미리부터 걱정하는 것은 어리석은 놈들의 짓이다. 일을 겁내지 않는 아버지의 말이었다.

테펠레네 읍내로 들어가는 길목에서 건달 패거리와 마주쳤다.

"산동네 똥돼지 자식아, 왜 혼자 다니냐?"

"알지? 이 동네 다니려면 통행세 내야 한다, 짜식아."

"크시로스, 돼지 새끼!"

키가 껑정한 놈이 돼지 어쩌구 하면서 알리에게 달려들어 어깨에 멘 가방을 채가려 했다. 알리는 가방끈을 왼손으로 돌려 잡으면서, 오른손 주먹으로 상대의 턱을 세차게 올려쳤다. 그걸 신호로 해서 패거리들이 한꺼번에 달려들어 주먹을 날리고 발길질을 하기 시작했다. 알리는 가방끈을 허리에 묶어맸다. 어깨를 한번 으쓱해 보였다. 어깨뼈에서 우두둑 소리가 났다. 먹잇감을 공격하려 드는 늑대처럼 허리를 구부정하니 굽히고 패거리들 주위를 빙빙 돌면서 기회를 노렸다. 알리에게 낭심을 걷어채인 놈이 칼을 빼들었다. 알리는 점프해서 몸을 날리면서 놈의 손목을 발로 걷어찼다. 놈이 팔을 안고 땅바닥에 뒹굴었다. 칼은 언덕 밑으로 날아가 떨어졌다. 놈은 털레거리는 팔을 거머쥐고 줄행랑을 놓았다.

패거리 대장으로 보이는 놈이 손바닥에다가 침을 퉤 뱉아 썩썩 비비다가, 덤벼, 소리를 치면서 알리 쪽으로 달려들었다. 알리는 놈의 주먹에 얻어맞고 땅바닥에 나뒹그러졌다. 일어나 새꺄, 놈은 알리의 턱을 구둣발로 툭툭 건드리면서 비열한 눈으로 알리를 내려다봤다. 알리가 일어서자 놈의 주먹이 날아와 턱을 가격했다. 알리는 코에서 뜨끈한 피가 주르르 흐르면서 자기도 모르게 눈앞이 어찔하고 눈물이 흘러나왔다.

상대가 허리춤에서 칼을 뺐다. 알리는 그와 거의 동시에, 허리에 꽂은 단검을 빼들었다. 둘이는 씨름 선수들이 샅바 싸움을 하는 모양으로 서로 상대방의 시선이 흩어지는 틈을 타 공격하려고 빙빙 돌았다. 알리가 먼저 상대방을 공격했다. 공격이 최선의 방어다, 아버지의 말이었다. 상대방의 배에 칼이 가 닿기는 했는데, 상대는 쓰러지지 않았다. 칼이 너무 얕게 들어간 모양이었다. 알리는 상대에게 머리를 들이밀고 달려들어 다시 칼을 옆구리에 쑤셔 박았다. 손끝으로 칼날이 살에 박히는 느낌이 전해져왔다. 상대방은 어쿠, 하면서 쓰러지다가는 다리를 땅에 버티고 일어나 알리의 어깻죽지에 칼을 꽂았다. 칼은 빗나갔다. 알리가 상대의 앞가슴에 다시 칼을 박았다. 상대는 쓰러져 일어나지 못했다.

"통행세 내라는 놈들 다 죽을 줄 알아!"

알리가 코에서 흐르는 피를 볼따구에 문질러 피투성이가 된 얼굴로 소리쳤다. 놈팽이들이 하나둘 슬금슬금 등을 돌리고 사라졌다. 그 놈팽이들 가운데, 사촌 조다도라이스의 모습이 얼핏 보였다.

사촌네 집에 들어섰을 때 안에서 어머니의 거친 목소리가 들렸다.

알리는 마음이 푹 놓였다. 그러나 정황은 기대와는 영 다른 방향으로 돌아갔다.

"이리 와봐라, 못난 자식아!"

알리가 어머니 앞에 다가서자, 한코나는 다짜고짜로 아들의 볼따귀부터 후려쳤다. 그러고는 아들을 준절하게 꾸짖었다.

"칼을 그렇게 쓰는 게 아니다. 그렇게 앞에서 공격하다가는 네가 먼저 상대한테 찔려 죽게 되어 있어. 두 사람이 아무리 동작이 빨라도 칼은 총이 아냐. 그러다간 같이 찔려 죽어. 거기다가 너는 칼을 찔러 넣는 목표가 정확하지 않았어. 상대를 이렇게 뒤에서 팔을 제쳐 끌어안아 꼼짝 못 하게 한 다음 칼로 염통을 곧장 겨냥해서 칼날을 박아넣고, 칼끝에서 전해오는 혈류를 느껴보란 말이다. 펄컥거리는 염통의 기운을 네 심장으로 받아들여, 심호흡을 하면서 말이다."

알리는 이마에 흐르는 진땀을 씻었다. 어머니를 무서워하기는 했지만 이번처럼 그렇게 어머니가 겁나는 존재로 부각한 적은 없었다. 아버지가 없는 세상을 살아가기 위해서는 저 정도는 힘이 있어야 하는 게 아닌가 싶기도 했다. 어머니는 이야기를 계속했다.

"사내란 건, 담력은 물론 주의력이 있어야 한다. 너랑 싸운 떨거지들 얼굴 다 기억하냐? 열 놈도 안 되는 얼굴 기억 못 하면 이담에 네가 어떻게 걔들 추스르겠냐. 또 하나, 총도 마찬가지겠지만, 칼을 썼으면 그놈이 죽었는지 살았는지 확인했냐? 벌벌 기어 도망친 놈이 살아나서 뒤쫓아와가지고 네 골통을 깰 수 있다는 걸 왜 생각 못 해? 네 손으로 죽인 놈은 반드시 네 눈으로 확인해야 한다."

알리는 자기 칼에 두어 번 맞은 놈이 정말 죽었는지 확인하지 않은 게 평생 악업으로 남을 수도 있다는 생각을 했다. 등골이 써늘하게 한기가 지쳤다.

"네가 어렸을 때 별명이 레온다크툴로스였다는 거 기억하냐? 외할아버지가 지어준 별명이다. 사자는 새끼 때부터 사자다. 양의 새끼를 아무리 무섭게 훈련해도 사자 되는 법은 없다."

사람에게 사자처럼 살라는 것은 폭압적이었다. 사람은 사람이라야지 사자일 수 없는 일 아닌가.

"네 별명이 사자의 발가락, 사자의 발톱 그런 뜻이다."

알리는 고개를 푹 처박고 앉았다가 고개를 들고, 어머니 한코나를 쳐다보며 물었다.

"우리 집안 사람들 순한 양처럼 살 수 없냐고요!" 비명에 가까운 외침이었다.

한코나가 와락 달려들어 아들의 귀때기를 후려갈겼다.

"그따위 한가한 생각을 하고 자빠졌다니, 넌 대가리가 문드러진 자식이야."

아들의 볼을 사정없이 후려치던 한코나는 스스로 분을 삭이지 못해 헉헉거리면서, 바닥에서 펄떡펄떡 뛰다가, 주저앉았다. 작은아버지가 나서서 말렸다.

"형수님, 고정하세요. 알리는 아직 어리지 않습니까?"

한참 식식거리며 분을 삭이던 한코나는 아들과 등을 돌리고 앉아 혼잣말처럼 중얼거렸다. 무언가 일이 잘못되어 돌아갈 것이란 예감이 있어서 알리 뒤를 밟으면서 따라 나섰다는 것이었다. 그리고 싸움 장면을 보고 있었노라 했다.

"칼에 설맞은 놈은 반드시 칼을 갈아 들고 찾아온다. 그때는 네가 당해낼 재간이 없다. 원한은 인간을 강하게 하기 때문이다. 그러니 당분간 외갓집에 가 있어라."

"내가 할 일을 왜 어머니가 나서서 해요?"

"뜻은 장하다만, 너는 아직 그만한 실력이 못 돼."

알리는 어머니 발끝을 내려다보다가 어머니 말을 따르기로 했다. 다른 건 몰라도 패거리와 싸우는 장면을 어머니가 짯짯이 보고 하는 이야기였기 때문이다. 이의를 달 수 없었다.

"거기가 코니차라는 마을인 건 알지?"

외할아버지 아흐메드는 파샤의 자리를 지키고 있었다. 어머니 한코나가 알리를 외갓집에 가 있으라 하는 데는 여러 가지 뜻이 복합되어 있는 듯했다.

구석에 앉아서 일 돌아가는 모양을 지켜보던 사촌 조다도라이스가 알리를 자기 방으로 이끌었다. 같이 자자는 뜻이었다.

알리는 어머니가 자기를 외갓집에 가 있으라는 뜻을 곰곰이 생각했다. 우선은 피신이었지만, 어머니한테 들은 얘기들을 종합해보면 외할아버지한테 교육을 받으라는 뜻이 분명했다. 사람이 뭔가 배우면 가르쳐준 사람이 그게 선생이고, 거기가 학교라고, 모친 한코나는 자주 이야기했다.

鰐魚

출발선

7

평소 별로 말들이 없던 내외가 자식들 교육으로 인해 의견이 짜 맞춘 듯이 맞아 돌아갔다.

"고등학생이 애 낳은 게 무슨 죄지은 것도 아니고……, 대학은 가야 할 거 아니냐."

"나도 말이다, 네 어머니 생각에 전적으로 동감이다."

자신들의 짐을 덜기 위한 수단인지는 몰라도, 고마운 일이었다.

서모시와 인이수는 서울권에 있는 어느 대학, 이른바 인서울 대학 영어영문학과 동기생이 되었다. 영문도 모르고 들어간다는 영어영문학과는 사양길로 접어드는 중이었다. 입시 준비 학원이나 다름이 없었다. 대학은 학문을 하는 데가 아니었다. 그러나 신입생으로서는 그런 사정을 정확히 알지 못한 채 대학 분위기에 젖어들기 시작했다.

고등학생이 아이를 만든 것은 별 문제가 안 되었다. 양쪽 집안에서 아이 길러본 경험이 있는 어른들이 맡아 키워주기로 약속한 것을 아무 말 없이 잘 지켜주었다. 불안하기는 했다. 그리고 친구들에게 자랑할 만한 게 없었다. 특히 자유로운 인간관계는 아득히 먼 꿈이 되었다.

전공선택 과목 '영시의 이해'를 서모시와 인이수 둘이 같이 수강했다. 담당교수는 이름이 표영문이라는 사람이었다. 머리는 희끗희끗한 반백이었고, 훤칠한 키에 얼굴이 맑고 투명했다. 그런데 어딘지 우수가 깃든 것처럼 보이기도 했다. 군청색 코트 주머니에는 늘 시집 한 권이 들어 있었다. 시가 생활 한가운데 파고든 모양이었다. 그런데 교수방법은 그야말로 구닥다리였다. 자기가 강의 시간에 언급하는 모든 시는 학생들이 암송해야 한다는 것이었다. 문학을 안다는 것은 작품을 암기하고 있다는 말과 같은 뜻이라고 강조했다.

앞자리에 앉아 있던 여학생이 손을 들었다. 교수는 그래, 무슨 질문이 있나? 하는 얼굴로 여학생을 쳐다보았다.

"인터넷에, 스마트폰에 널려 있는 자료를, 그걸 왜 암기해야 하지요?"

"문학은 몸으로 하는 거야. 섹스가 관념으로 하는 게 아니듯이 말이지."

"시를 암기하는 머리도 몸이잖아요?"

"문학은 사랑하듯이, 오든이라는 시인이 '법은 사랑처럼' 그렇게 말한 것 모양으로, 문학은 사랑처럼 몸으로 해야 하는 거야."

"그게 어떻게 하는 건데요?"

표영문 교수는 맹랑한 학생 다 보았다는 듯이, 질문한 학생을 한참 쳐다보며 무슨 생각을 하는지 얼굴에 구름 그림자를 날렸다. 그러다가는, 내가 퍼포먼스를 해 보여주지, 하면서 윌리엄 버틀러 예이츠의 「비잔티움 항행(Sailing to Byzantium)」이라는 시를 낭랑한 음성으로 죽 읊어 내려갔다. 내용은 몰라도 상관이 없었다. 시어들이 그의 입에서 리듬을 타 살아나고, 우아한 무용의 한 가락처럼 깨끗한 손을 들어 올렸다 내렸다 하면서 너울거리는 손짓이 리듬을 따라 시의 운율을 이끌어가고 있었다.

낭송이 끝나자 학생들의 박수 소리가 자글자글 끓어올랐다. 질문한 여학생에게 다음 강의 시간까지, 원문을 찾아서 복사해다가 친구들에게 나누어주라고 했다. 교수는 학생을 어디선가 보았다는 듯이, 고개를 갸웃하다가는 실눈을 가느스름하게 뜨고는 물었다.

"그리고, 자네, 이름이?"

"인이수입니다."

"인이수? 자넨 예이츠와 운명적 인연이 있는 사람 같군."

교수의 얼굴에 시니컬한 웃음이 떠올랐다. 인이수는 표영문 교수를 흘금 쳐다봤다. 남편 서모시도 자기와 한탕 하자는 이야기를 하면서 늘 그런 표정을 지었다.

"아마 잘 알 건데, 「이니스프리 호수섬」 말이야. 인간의 이상이라는 게 꼭 영웅이 되어서 세계를 휘둘러야 하는 건 아냐. 그건 말하자면 속물 근성이 아랫배에 깔린 영웅주의라 할까. 먹을 것과 몸을 눕힐 공간이 마련되면, 사랑이야 늘 그 안에 깃들기 마련이지."

그렇게 이야기하면서, 사람의 이름에는 부모들의 꿈을 담는다고 했다. 이니스프리, 그건 말하자면 이렇게 분철할 수 있다는 것이었다. in(n)+is+ free 즉 내면은 늘 자유롭거니, 하는 뜻이라는 것이었다. 내면, 즉 마음, 정신의 자유를 획득하는 데 물질적 여건이야 뭐겠는가, 그렇게 못박듯이 이야기했다.

인이수 자신은 자기 이름에 대해 그다지 만족하는 편이 아니었다.

어떻게 들으면 분수를 모른다는 것 같기도 하고, 재수없다는 이미지도 담겨 있는 것 같았다. 거기다가 화장품 이름까지 이니스프리라는 것이 나와, 자신의 이미지에서 화장품 광고하는 모델을 떠올리지 않을까 싶었다.

인이수는 서모시와 함께 학교를 다니는 것이 부담스러웠다. 결혼했다는 게 알려지고 난 이후, 여러 모임에서 언니라면서 옆으로 제쳐놓는 눈치였다. 그것은 서모시의 경우도 별로 달라 보이지 않았다. 결혼생활이 어떻다느니 하는 이야기는 대화의 화제가 되지 않았다. 보이지 않는 거리감은 어쩔 수가 없었다.

"과제를 하나 주지. 이 시를 우리말로 번역하고, 간단한 평을 써가지고 내 연구실로 오도록." 좀 부담스러운 주문이었다.

"예, 알았습니다." 달리 생각할 여지도 없이 대답이 그렇게 튀어나왔다.

다른 학생들에게 공평하게 돌아가는 과제도 아니고, 혼자서 그걸 해결하는 일이 쉽지 않아 보였다. 이런 작은 일까지 타내고 시비를 걸고 따질 처지는 아니지만, 표영문 교수 속에, 인이수 자신을 향한 무언가 감추고 있는 게 아닌가, 그런 느낌이 들었다. 늙은이 조심하라던 시어머니 안경숙의 당부가 있었다. 늙은이들이 젊은 여자 냄새를 추억처럼 간직하고 산다는 것이었다. 정말 그럴까? 인이수는 고개를 저었다.

우선 작품을 찾아보았다. 사실 이 작품 「비잔티움 항행」은 널리 알려진 터라 인터넷 여기저기 흩어져 있었다. 인이수는 작품을 플래시 메모리에다가 받아두었다. 한 부를 프린트해서 암기했다. 필요할 때

원문을 들이댈 참이었다.

시를 암송하는 가운데 유독 낯익은 구절들이 눈에 들어왔다. 노래하는 학교(singing school)라는 것이 그랬고, 황금 가지(golden bough)라는 것도 머릿속에 각인되어 있었다. '노래하는 학교'는 수능시험을 마치고 심심해서 읽었던 책 가운데, 프라이의 『교육된 상상력』이라는 책이 있었는데, 그 책의 어떤 장에 그런 제목이 달려 있었다. 『황금 가지』는 프레이저의 세계 설화 모음집의 이름이었다. 고등학교 때 문학을 가르치던 한국진 선생이 고전의 중요성을 이야기하면서 예로 들었던 책이기도 했다. 그런 몇 구절로 해서 과제로 받은 시가 갑자기 낯익게 다가오는 것이었다. 인이수는 일찍이 알로까졌다는 소리를 들었고, 서모시와 일을 저질러 올가미가 옭혀서 그럴 뿐이지, 자기는 자신에 대해 자부심을 가져도 좋겠다는 생각을 하곤 했다. 이리저리 생각을 굴려봤지만, 자기가 말짱 깡통 굴러가는 소리 나는 저질 인간으로 분류될 존재는 아니었다. 그것은 오기 곁들인 자만이었다. 그러나 그게 살아가는 힘이 될 수도 있었다. 루저로 물러앉지 않는 데도 약간의 오만은 필요했다. 인이수는 표영문 교수가 과제로 내준 시를 죽 내리 읽어보았다.

첫 줄은 다시 읽어도 인상적이었다. '비잔티움, 거기는 정녕 늙은이를 위한 나라가 아니다' 그렇게 선언을 하고 나오는 것이었다. 늙은이와 젊은이를 맞세우는 시가 아닌가 싶었다. 인이수는 그 시를 자기 노트북 컴퓨터에 저장해두었다.

인이수는 예이츠의 시를 우리말로 대강 옮겨보았다. 어떤 부분은 맥이 잘 닿지 않고 돌발적으로 튀어나오는 이미지는 어떻게 처리해야 좋을지 감이 잡히지 않았다. 영어로 읽고 영어로 받아들이고, 이를 다시 영어로 풀어낼 수 있어야 영어를 조금은 한다고 고개 치켜들고 다닐 수 있는 게 아닌가 싶었다.

시를 번역한다는 것, 그건 말이 되지 않는 일이었다. 누군가 얘기했듯이 번역은 반역이라는 말이 그럴 듯하게 생각되었다. 첫 구절만 해도 그랬다. That is no country for old men. 올드 맨을 단지 늙은이, 나이 든 사람, 그렇게 번역할 수 없을 것 같았다. 첫 연의 끝에 가서 '늙지 않는 정신의 기념탑'에 대해 소홀한 젊은이를 탓하는 걸로 보아서는 늙은이를 추켜세우는 톤이 틀림없었다. 젊은 것들은 펄펄 뛰어다니면서 일을 만들어내는데, 늙은이는 멈추어 망설임이 많은 법이다. 자신이 없다고 포기를 선언하지 않고 자기들이 지혜를 얻었노라고 이야기한다. 인이수는 이런 시를 왜 펄펄 젊은 청년들에게 가르쳐야 하는지 고개를 갸웃했다.

결국 자기들이 시간의 흐름 속에서 얻은 지혜를 배우라는 게 아닌가. 그건 그렇다 하더라도 그다지 늙지도 않은 시아버지 서열모가 식구들을 닦달하는 정황은 참고 바라보기 어려운 지경이었다. 오히려 시어머니 안경숙은 대하기가 편했다. 거기다가 어느 사이 그렇게 둘이 잘 이해하고 배가 맞아 들어가는지, 아버지 인정식은 시아버지 서열모와 호형호제하는 사이처럼, 만나서 술도 마시고 골프장에도 가끔 드나들었다. N포세대와 달리 고등학교 졸업하자마자 결혼해버리고, 아이 낳고 하는 딸이 신통해서 죽을 지경이라는 듯이, 좋아 죽겠다고 자랑하며 나날을 보내고 있었다. 친정아버지는 딸 하나 치웠다고 시원하다면서 기회가 될 때마다, 쾌재를 불렀다. 둘의 넘치는 정은 58년 개띠라는 것 말고는 별로 두드러져 보이는 조건이 없었다.

인이수는 자꾸 걸려 들어와 머릿속에 헤살짓는 아버지의 형상을 지우려고 애썼다. 아버지의 얼굴에 표영문 교수의 영상이 겹쳐져 일렁이곤 했다. 표영문 교수에게 일종의 부성애 같은 것을 느끼고 있었다. 그것은 공부하는 데 파고드는 잡음 같은 것이었다. 소음을 줄이기 위해서는 이쪽에서 더 큰 소음을 내야 했다. 소음을 압도하려면 스스로 고함을 지르는 것도 한 방법이었다. 인이수는 자기가 번역한 첫 연을 소리 내어 읽어보았다.

비잔티움, 거기는 늙은이를 위한 땅이 정녕 아니다.
손에 손을 잡은 젊은이들이나, 나무에 깃들인 새들이나,
—저기, 죽어가는 세대인 줄도 모르고, 노래할 뿐이다.
폭포처럼 쏟아져 내리는 연어며, 고등어 우글대는 바다를 비롯하여
물고기며, 짐승이며, 새들까지 여름 내내
잉태되고 태어나 죽는 모든 것을 찬양한다.
젊은이들은 모두가 관능의 음악에 사로잡혀
시간에 마모되지 않는 정신의 기념탑은 건성일 뿐이다.

끝 구절이 맘에 걸렸다. 번역을 제대로 하고 못 하고는 다른 문제였다. 도무지 시인이 이야기하는 정신의 기념탑이란 게 있을까 싶지를 않았다. 시간에 마모되지 않는 지성 또는 정신의 기념탑이라니. 그걸 기억하지 않는다고 얼굴 찌푸리고 언성이 높은 어른들이 과연 정신의 기념탑을 쌓기나 했던 것인가. 시간에 마모되지 않는 정신의 기념탑은 아마도 그리스의 지혜를 물려받은 비잔티움의 지성사를 뜻하는 것이리라. 그렇다고 젊은이들을 가차 없이 타매(唾罵)하는 것은 지나친 수사 같았다. 관능의 음악에 사로잡혀 지혜를 모른다는 건 늙은이

들의 오만함이 아닐까. 이어지는 연은 이렇게 진행되었다.

늙은이란 시덥잖은 것,
막대기에 걸친 누더기에 지나지 않는 것,
육신의 옷이 너덜너덜해지는 것을
영혼이 좋아라 손뼉치고 큰 목소리로 노래하지 않는다면,
영혼의 장엄한 기념비를 배우지 않는다면,
진정 노래를 배울 학교는 아무 데도 없다.
그래서 나는 바다를 항해하여 왔노라,
거룩한 도시 비잔티움을 향하여.

육신은 넝마처럼 너덜너덜해지고, 결국 막대기에 걸쳐놓은 누더기 같은 존재를 정당화하기 위해서는 영혼의 음악을, 장엄한 기념비를 내세우는 것은 아무래도 거슬렸다. 그래서 영혼의 노래를 배우고 영혼의 장엄한 기념비를 배우기 위해 바다를 항해해서 비잔티움으로 왔다는 것이다. 거룩한 도시 비잔티움이라지만, 누구에게 무슨 의미로 거룩한 것인지는 알 길이 없었다. 표영문 교수라면 유려한 설명을 할 것 같았다. 그런 생각에 이어 표영문 교수의 얼굴이 눈앞에 어른거렸다.

인이수는 다음 단락을 읽어보았다.

신의 성화 가운데 타오르며 서 있는 성현들이시여,
아 벽속의 황금 모자이크 가운데 어지러이 서 있는 듯
그 성화에서 윤무로 소용돌이치며 내려오셔서

내 영혼의 노래 스승이 되어주소서.
내 심장을 다 태워버려 주시옵고, 욕정에 병들고
곧 시들어 죽을 동물의 야수성에 주박되어
제 자신의 본연을 알지 못하는 그 심장을—그리고 나를
영원히 죽지 않는 예술작품 깊은 속으로 거두어주소서.

그건 고정관념일지도 몰랐다. 예술작품이 영원히 죽지 않는다는 이 허황된 비유를 어떻게 수용할 것인가. 영원성? 아무튼 그리스에서 신탁을 듣기 위해 무녀에게 찾아가듯이 성현들을 불러 간구하는 것은 시인다운 발상이었다. 뮤즈를 통해 노래하고 스승이 있어야 말할 수 있는 그 정신세계란 과연 무엇이라 할 것인가.

만해 한용운도 그런 경지에 닿아 있는 것일까. 만해도 자기 발언을 정당화하기 위해 님을 내세우고 님의 중재로 비로소 궁극의 경지에 도달하는 게 가능해진 게 아니던가. 그런데 이 시인이 말하는 '자신의 본연'이란 무엇인가. 본성, 본연, 본분 그런 이야기는 귀가 아프도록 들은 뒤였다. 자식으로서의 도리니 학생의 본분이니, 인간의 본성이니 그런 쿠릿한 이야기를 들을 때마다 속이 뒤틀렸다. 사람이 살아가는 과정을 왜 세속화의 과정이라 하는지 아슴하게 이해가 될 듯도 하였다.

눈앞이 훤하게 밝아오는 느낌이었다. 생각해보면 시를 그렇게 열정적으로 읽은 적이 없었다. 열정이 진리를 밝혀주는 원천이라 하던 남국향 선생의 얼굴이 떠올랐다. 전화라도 하고 싶었다. 그러나 전화를 해서 정작 할 이야기는 떠오르지 않았다.

교수한테 받은 과제를 해내기 위해서는 참을성을 발휘하지 않을 수 없는 일이었다. 고등학교에서 공부하던 방식과 달랐고, 자신의 말에 책임을 질 수 있을까 의문이 일었다. 인이수는 다음 단락을 이어서 읽어나갔다.

> 자연을 벗어나기만 하면 나는 결코
> 어떤 자연물에서도 내 육신의 형상을 취하지 않으련다.
> 대신 그리스의 금 세공인들이 마치질한 금과
> 유약을 발라 만든 황금의 형체를 취하여
> 졸음에 겨워 늘어진 황제를 깨우련다.
> 아니면 황금 가지 위에 앉아
> 비잔티움의 군주들과 귀부인들에게,
> 지나간 것과 지나가는 것들, 그리고 다가올 것에 대해 노래해주련다.

낭만주의 시인들이 그리스 문화를 지향한다는 것이 일종의 반자연주의 선언처럼 보였다. 자연을 본받아 사는 게 아니라 '생을 예술처럼'이라는 원칙을 내세우는 게 아닌가. 황금의 형체란 무엇인가. 그리스 금 세공인들의 제품이 얼마나 완결성이 높을 것인가. 본래 그리스는 금 생산이 안 되어 이집트에서 수입해 왔다는 것이 역사선생의 이야기였다. 그렇다면 그리스인들의 금세공술도 별로 내세울 게 없지 않겠는가. 거기다가 졸고 있는 황제를 깨우다니, 또 군주와 귀부인들의 선생 노릇을 하겠다는 것은 설득력이 적었다. 시인이 얼마나 대단한 존재이기에 비잔티움의 군주와 귀부인에게 "지나간 것과 지나가는 것들, 그리고 다가올 것에 대해 노래해주련다"고 해서 그들이 교화를 당할 것인가. 어림없는 얘기였다. 제임스 프레이저의 "황금 가지" 위에서 노래하는 것은 앵무새일 뿐이지 않은가? 아무리 상징을 지향하는 시인이고 낭만주의 시인이라고 해도 같은 문화 속에 흔들리며 살아가는 이들이 아니면 귀가 안 뚫려 이야기를 알아듣지 못하는 것이 아닐까 하는 데까지 생각이 미쳤다. 그렇게 해서 작품을 번역하는 것은 그런대로 마무리할 수 있었다.

아일랜드 출신 영국 시인의 시를 우리말로 읽고 의문을 달고, 자기 나름대로 비판까지 해가면서 진행하는 번역은 인이수로서는 신천지를 더터 나가는 기쁨이 샘솟게 하는 환희였다.

그날 밤 인이수는 서모시를 침대로 이끌어 뱃놀이를 하면서 정신이 알알해질 만큼 농란한 시간을 보냈다. 다음 날 아침은 발걸음이 날아갈 것처럼 가벼웠다.

8

鰐魚

대장간

알리는 아침 일찍, 다른 식구들 잠이 깨기 전에 읍내로 나왔다. 작은아버지 댁에 인사도 하지 않은 채였다.

드리노강이 비호저강과 합류하는 지점에 다리가 놓여 있었다. 다리 위에서 발을 멈췄다. 어떤 길을 택해야 할지 잠시 망설였다. 드리노강을 따라 남쪽으로 죽 내려가다가 칼파키라는 데서 좌측으로 굽어들어 가는 게 한 가지 길이었다. 이 길을 택하면 다른 길보다 상당히 먼 거리를 가야 했다. 다른 하나는 다리를 건너 트레베신산을 왼편에 두고 강을 따라 켈시레 마을까지 가서, 남쪽으로 죽 내려가는 방법이었다. 거리가 짧기는 하지만 핀도스산맥에 이어지는 험준한 산을 넘어야 하는 길이다. 전에 아버지가, 그 산길을 가려면 목숨 걸고 나서야 한다는 이야기를 할 정도였다.

알리는 잠시 망설이고 서 있다가, 험하지만 짧은 거리를 택하기로 했다. 앞으로 살아가자면 그런 산을 수도 없이 넘어야 할 게 아닌가. 훈련 삼아 택한 길이었다. 대략 80킬로쯤 되는 여정이었다.

강물은 거센 여울이 되어 흘러내리다가 벙벙하니 고여 늪을 이루기도 하고, 그러다가는 다시 빠져나가 하얀 거품을 일으키며 골짜기를 타고 흘러내렸다. 켈시레까지 가는 길은 산이 높아 풍경이 아름다웠다. 그저 아름다운 게 아니라 성스러운 분위기가 풍겼다. 그런데 그 절경 속에 인간들이 하는 짓은 살인 강도를 비롯해서 산적질을 하는 게 고작이었다. 까마득하게 하늘을 찌르고 서 있는 트레베신산 골짜기에도 사나운 사람들이 모여 살았다. 기슭에 진을 치고 산적질을 하거나 지나가는 사람들 소지품을 털어가는 좀생이들이 산에 깃들어 사는 것은 산을 헐어내는 짓이나 다름이 없었다. 알리는, 산을 벗어나야 그런 좀생이 짓을 안 할 수 있겠다는 생각을 했다.

켈시레까지 갔을 때, 이미 해가 정오를 지난 시간이었다. 배에서 꼬록 소리가 났다. 작은아버지댁에서 빵이라도 몇 덩이 가지고 나올걸 그랬다는 후회가 들었다. 알리는 머리를 득득 긁다가 손바닥으로 자기 뺨을 후려쳤다. 앞으로 닥칠 일을 잘 돌아가게 하는 데 소용이 되지 않는 후회는 자기를 비하하는 행위에 불과했다. 알리는 켈시레 읍내를 돌아다니다가 대장간을 찾아 들어갔다. 어디를 가도 대장간에서는 손이 모자라 사람을 반갑게 맞아준다는 이야기를 아버지한테 들었다.

수염이 더부룩한 대장장이가 칼을 벼리고 있다가 알리를 흘금 쳐다봤다. 알리는 웃는 얼굴을 하고 거수경례를 붙였다. 대장장이가 따라 웃으면서 안으로 들어오라고 손짓을 했다.

"잘 왔다. 나랑 해머질 해볼래?"

"그렇게 하세요. 아저씨가 저 쇳덩이 집게로 물어서, 모루 위에다 잘 대기만 하면, 그렇게 하고 뒤집어주면, 나는 해머로 내리치면 되지요?"

"이놈이 잘도 아네. 너 대장장이 아들이냐?"

알리는 아니라고 고개를 저었다. 그러나 아버지 이야기는 하지 말아야 한다고 속다짐을 두었다. 대장장이는 그래 잘 한다, 잘 한다, 하면서 알리를 부추겨주었다. 알리는 배고픈 것도 잊고 해머를 휘둘렀다.

대장장이 부인이 쟁반에다가 소시지와 술을 한 병 내왔다. 오렌지와 사과도 두어 개씩 갖추어놓았다. 빵이 우선 급한데 그런 걸 찾기는 열적은 구석이 있어서 참았다. 낯빛에 배고픈 꼴이 나타나면 사내 일생 구긴다던 게 아버지의 말이었다. 사내는 참아야 한다, 배고픈 것도, 몸이 아픈 것도, 화가 치밀어도 다 참아내야 한다, 아버지는 그렇게 알리에게 일렀다.

"어디로, 뭐 하러 가는 게냐?"

"코니차로 할아버지 찾아가는 길입니다."

"고생길로 접어들었구나. 거길 가려면 어떻게 해야는지 알기나 하고 나선 게냐?"

알리는 자기가 아는 대로 길을 설명했다. 비호저강을 따라 남쪽으로 남쪽으로 핀도스산맥 쪽으로 올라가다가 레스코비크에서 산고개를 하나 넘으면 거기에 코니차읍이 자리잡고 있지 않은가, 그렇게 떠억하니 설명을 늘어놓았다.

대장장이는 우조 잔을 들다 말고 컬컬거리며 웃었다. 가소롭다는 투였다.

"네가 잘 아는 것이겠다만, 블로레 지역과 코르체 지역은 알바니아에서도 산이 높고 험하기로 이름이 나 있는데, 파핑구트산 같은 것은 이천오백 미터나 된다. 강을 따라 난 길을 걸어간다고 해도, 말이 그렇지, 절벽에 딱 막아서면 산판으로 기어 올라갔다가 굴러 내려오기를 거듭해야 한다. 장난 아니다. 하루 오십 리 걸어가기 힘들걸."

"거야 뭐, 어른들 다 다니는 길이잖아요?"

"녀석이 아주 간뎅이가 부었구먼. 너 산적이라는 걸 알아? 요새 산적들이 애들 잡아다가 불알 발라서 예니체리로 팔아넘긴다는 거, 사람 장사 한다는 거 듣지도 못한 모양인데, 그놈들한테 걸리기만 하면 너는 신세 망친다. 혹시 모르지, 저어기 이스탄불에 가서 색시들 속에 놀아날지도 모르지. 놀아봤자지 불알도 없는 놈이 계집하고 놀아서 뭘 어쩌자는 게야."

대장장이가 벼리고 있던 칼은 산적들에게 팔아먹을 건지도 모른다는 생각이 들었다. 칼을 만드는 대장간이라면 혹시 총도 만들 수 있지 않을까 호기심이 일었다. 칼은 아무래도 구식이었다. 맞붙어 싸우다 보면 상대방한테 급습을 당할 수도 있고, 힘으로 밀려서 결국 상대에게 깔려가지고 칼을 맞는 수도 있었다. 어머니가 이야기한 것처럼 뒤에서 팔을 재껴 안고 왼쪽 가슴 염통에다가 칼날을 들이박는 일이 그렇게 호락호락한 게 아니었다. 아버지가 화약 한 통과 장총을 남겨놓은 게 까닭이 있지 싶었다. 거리를 유지하고, 날카로운 눈으로 살펴서, 침착하게 조준해가지고 방아쇠를 당겨야 한다는 게 아버지의 훈육이었다. 총 앞에서 인간이란 뼈에다가 살을 얹어놓은 허수아비라는 게, 역시 아버지의 가르침이었다.

"여기서 총은 안 만드세요?"

"손이 떨려 그렇지 본래 총을 만드는 게 내가 자랑하는 장기란다."

"여기서, 저어기, 얼마나 일하면 총 한 자루 주실래요?"

"네가 얼마나 성실한가, 일하는 거 봐야겠지만 한 달은 일해야 할 게다."

"여기서 일하게 해주세요, 주인님!"

"좋다. 싹수가 있구나. 장래가 보인다."

그렇게 해서 대장장이 집에서 일하면서 총을 구하기로 했다. 대장간은 말이 대장간이지 총을 전문으로 생산하는 총기제작소였다. 산골짜기에 묻혀 있어서 그렇지 교통의 요충지이기도 했다. 테펠레네같이 번잡해서 밖에 노출되는 것도 아니고, 따지고 보면 위장한 요새인 셈이었다. 테펠레네를 거치면 서쪽 아블로나 항구로 갈 수 있고, 또 북으로 올라가면 베라트를 지나 수도 티라나로 연결되는 길이 놓여 있었다. 그뿐 아니라 바닷가 두러스로 연결되는 것도 물론이었다. 산간 소읍이지만 숨어들어 은밀하게 사람을 모으고 훈련하거나 출정의 기착지로 삼기 십상인 자연요새인 셈이었다. 요새라고 해서 죽기를 각오하고 들어앉아 항전하는 그런 막힌 데가 아니라, 적을 방어하기 좋고 필요하면 도주할 수 있는, 트일 데는 맞춤맞게 트인 지형이었다.

낮에는 주로 칼이니 괭이, 톱 같은 농기구나 산일을 하는 데 필요한 연장을 만들었다. 저녁을 먹고 잠시 숨을 돌린 다음 자정까지는 총기를 만드는 일을 했다. 밤에는 남쪽 페르메트에서 온 일꾼들이 일을 했다.

알리는 다른 사람보다 한 시간 늦게 잠자리에 들고 또 한 시간 일찍 일어났다. 대장간을 쓸고 물을 뿌려 정리하고, 담금질을 하는 데 쓰는 물을 갈아놓았다. 어떤 때는 주인의 작업복을 털어서 손질해놓기도 했다. 주인은 알리가 일하는 모습을 보고 흐뭇하게 웃으면서 수염을 쓰다듬었다. 한 달이 다 되어갈 무렵이었다. 낮일이 끝나고 저녁을 먹을 시간이었다. 주인이 알리를 불렀다.

"코니차에 간다고 했지? 거기 누구네를 찾아가는 게냐?"

"할아버지요, 외할아버지가 거기 사시걸랑요."

"그래, 거기에 무자카 가문 사람들이 대를 이어 살지. 그런데, 그 잘나가는 집안에서 왜 딸을 산골짜기로 시집보냈는지 알다가도 모를 일이다. 그 양반이 사람이야 출중했지. 아까운 분이야. 일찍 간 게 말야. 가난이 원수지. 염소 두 마리 때문에 사람이 죽은 거잖아."

듣고 보니 자기 집 이야기를 하는 중이었다. 알리는 자기가 찾아가는 집이 바로 그 무자카 가문이라는 걸 이야기하고 싶지 않았다.

"오스만 놈들이 밀려오기 전에는 산을 넘어다니면서 잘 지냈는데, 요새는 내왕이 뜸해졌어. 거기 참 아름다운 도시야."

대장간 주인은 알리에게 총 한 자루와 지폐 몇 장을 건네주었다. 알리는 총에 실탄이 장전되어 있는지를 확인했다. 아버지는 길을 나설 때마다 벽에 걸어두었던 총을 내려서는 실탄을 확인하곤 했다.

"강을 죽 따라서 한 이십 킬로 내려가면, 페르메트라는 마을이 있는데, 거기 가면 아르코뤼코스라는 사람이 있네. 그 사람 만나 내 이야기 하고 식사를 해도 되고 잠을 자도 되니 그렇게 하게."

주인의 말투가 그렇게 공손해지기는 처음이었다. 알리는 꾸벅 인사를 하고는 서둘러서 길을 나섰다. 아버지 심부름을 하고 심부름값을 받아본 이후, 처음으로 돈을 만져보는 셈이었다. 총도 스스로 번 셈이라서 흐뭇했다.

테펠레네에서 켈시레까지는, 자기가 칼로 찌른 놈이 죽지 않고 살아 있어서 복수를 하리라는 부담을 가지고 떠나는 길이라서 막막한 게 사실이었다. 이제는 사정이 달랐다. 여비로 쓸 수 있는 돈이 생겼고, 총까지 갖추었기 때문에 든든했다. 켈시레에서 페르메트까지는, 이십 킬로 정도 거리였지만 해가 중천에 떠서 이글거리며 타오를 때까지 걸었는데도 마을이 나타날 기미가 안 보였다. 점심때가 훨씬 지나서야 마을 어귀 산록에 지은 집 몇 채가 보이기 시작했다.

산자락에 이어 대서 지은 나지막한 집에서 젊은이가 노인을 부축해서 나오고 있었다. 노인은 성경책을 옆에 끼고 있었다. 도시에서는 무슬림으로 개종한 사람들이 대부분이지만 산간에서는 정교회에 신앙의 뿌리를 대고 있는 이들이 다수 있었다. 알리는 젊은이에게 아르코뤼코스를 아는가 물었다. 젊은이는 반가운 얼굴을 하면서 교회에 가면 만날 수 있다고 했다. 산자락을 의지하고 서 있는 붉은 지붕이 마치 꽃다발을 세워놓은 모양이었다. 기왓장이 오목조목하게 올려진 모습이 아늑하고 성스런 분위기를 자아냈다. 알리는 자신의 복장을 다시 살폈다. 걸망에다가 총을 한 자루 비스듬히 메고 있는 자신의 행색이 초라하고 우스워 보이기도 했다.

"만나서 반갑습니다!"

알리는 손을 내밀면서 그리스어로 말했다. 아델포스 무, 내 형제여, 청년이 손을 잡고 반가워했다. 알리는, 아르코뤼코스를 켈시레에 있는 대장간에서 소개를 받았다면서, 자기를 안내해주어서 고맙다는 인사를 닦았다.

알리는 교회 뒤편에 앉아 예배가 진행되는 것을 바라보고 있었다. 벽에 굵은 선으로 그려진 성인들 얼굴과 예수라고 짐작되는 얼굴이 하도 근엄해서 똑바로 바라볼 수가 없었다. 전에 이오안니나에서 보았던 모스크라는 이슬람 사원과는 분위기가 영 달랐다. 이슬람 사원은 기하학적 문양으로 벽과 천장을 장식하고, 아무런 인간들의 얼굴도 볼 수 없어서 삭막한 추상적 세계만 아스라하게 드러나 있었다. 그에 비하면 정교회 교회당은 엄숙하기는 하지만 어딘지 인간적인 훈김이 배어 있다는 느낌이 들었다. 그런데 사제가 하는 소리가 귀에 안 들어왔다. 세상이 신의 은총으로 가득하기를 바란다는 기도는, 노래하듯 쿠란을 읽는 소리와는 영판 달랐다.

"나를 찾았소? 내가 아르코뤼코스요."

이십대로 보이는 청년이 투박한 손을 내밀어 악수를 청했다. 알리는 어깨를 들썩해서 총을 추스른 다음에 손을 내밀었다.

"코니차로 가는 길인가?"

"그렇습니다, 그런데 어떻게 그걸 아십니까?"

청년은 대개 여기를 거쳐 가는 사람들은 코니차로 가는 이들인데, 길이 워낙 험해서 안내를 받지 않고는 일을 당하기 십상이라고 했다. 어떤 일을 당하는지 물어보려다가 입을 다물고 말았다. 물어보지 않아도 짐작으로도 알 수 있는 일이었다. 파핑구트산을 오른편으로 두고 내려가다가 아오스강이 가로막은 늪지를 건너 멜리소페트라로 들어가는 길은 험하고, 도둑이 출몰해서 혼자 가기는 만만치 않은 험로라는 것이었다.

"오늘 밤에 코니차로 가는 일행이 있으니 같이 떠나시오. 다만 총은 우리들한테 맡기시오. 우리들 짐상자에 넣었다가 코니차에서 돌려줄 거요."

산 넘고 물 건너 찾아가는 밤길, 외갓집을 찾아가는 길이 만만치 않았다. 중간에 잠시 쉬었을 뿐 총을 담은 상자를 짊어진 조랑말과 일행 다섯이 그 밤 안으로 목적지에 닿아야 한다는 것이었다. 무기를 옮기는 일은 주로 밤에 이루어진다는 것을 알았다. 낮에는 오스만튀르크 관리들이 감시가 삼엄해서 맘대로 다닐 수 없는 걸로 짐작이 되었다.

그런데 무기를 만들고 그걸 거래해서 어디에 쓸 것인지 궁금하기 짝이 없었다. 일행들 가운데는 그리스풍의 알바니아 노래를 구성지게 부르는 사람도 있었다. 오스만튀르크에 저항하는 반란을 준비하는 중인지도 몰랐다.

일행 가운데 책임자가 말을 세우고, 알리에게 총을 돌려주었다. 마음 씀씀이가 넉넉한 사람이었다. 알리는 고맙다는 인사를 하고 멀리 불빛이 보이는 읍내로 천천히 걸어 들어갔다.

鰐魚

9

내력을 따라

서모시는 동네 언덕으로 올라가 시내를 내려다보았다. 은성한 불빛으로 가득한 시가지는 어찌 보면 호기가 넘치는 궁정을 떠올리게 했다. 그러나 실상은 달랐다.

세상은 고정관념과 인습의 그물로 사방이 막혀 있었다. 인이수는 그런 생각으로 마음이 편치를 않았다. 사실 서모시와 인이수의 출발은 특이점이 없었다. 그저 평범한 여정이었다. 다른 사람들이 햇살 벌기를 기다려 길을 나선다면, 그들은 새벽에 부지런을 떨고 일어나 다른 사람들이 가지 않은 새벽길을 나선 셈이었다. 사람들은 고등학생들을 어린애 취급을 했다. 그러나 서열모의 경험으로 본다면, 그건 틀린 말이었다. 그저 평범한 젊은이들이 세상살이를 남보다 조금 일찍 시작한 데 불과했다.

결혼, 그건 평생에 한 번 있는 일이라고 했다. 인륜지대사라는 낡은 수사가 동원되기도 했다. 하긴 그랬다. 평생에 두 번 할 일이 아니었다. 결혼이라는 제도가 그랬다. 하기 싫어서 귀찮고 짜증나는 일들을 줄줄이 참아내야 하는 고약한 입사식이었다. 그러나 그런 입사식을 치름으로써, 혼례도 안 올리고 사느냐는 어른들 이바구를 벗어나는 빌미가 되는 것은 사실이었다. 결혼치고는 참으로 진부한 의식이었다.

서씨 집안은 일찍 결혼하는 게 가풍이었다. 인이수로서는 이해하기 어려운 이상한 인류학적 유산이 서씨 집안의 결혼 관행이었다.

"서모시 할머니도 너의 시아버지를 열여덟에 낳았단다." 시어머니 안경숙이 소개하는 가족 내력이었다. 그러면서 한다는 소리가, 앞으로 20년은 애 더 낳을 수 있으니 일찍 단산하려 말고 낳을 수 있을 때까지 애를 낳으라는 희한한 얘기를 했다. 그러면서 3년 터울로 낳으면 일곱 명은 낳을 수 있다는 것이었다. 그렇게 아이를 낳으면 네가 인간 삶의 시간을 한 왕조만큼 연장할 수 있다는 게 시어머니 안경숙의 셈법이었다. 애들 일곱 명이 각각 80년을 산다면, 칠팔 오십육, 560년이 되는 셈이었다. 조선왕조와 맞먹는 그 시간을 네가 생산할 수 있는데, 그걸 왜 포기할 것인가 그런 황당한 이야기를 낯색 하나 변하지 않고 천연덕스럽게 늘어놓았다.

"네 애가 혼밥 코너에 꾸구리고 앉아 숟가락질하는 꼴, 나는 못 본다." 안경숙의 말은 결기가 가득했다. 인이수는 아무 대꾸를 하지 않았다.

"늬 어머니 말 하나 틀리지 않다." 서열모가 다시 못을 박았다.

"어머니 소원 이룰려면 며느리 서넛 더 얻어야 하겠네요." 인이수는 실실 웃으면서 그런 이야기를 하는 자신이 우스웠다. 애가, 하는 소리 좀 보게, 그런 표정으로 며느리를 건너다보던 안경숙이 말했다.

"못할 일도 없지." 인이수는 자기 말이 잘못 나갔다는 걸 금방 깨달았다. 며느리라는 게 애나 낳아주는 그런 생산기로 역할이 끝나는 것이었다. 아니면 서모시와 자기가 어떻게 지내는지를 알고 있어서 하는 소리는 아닌가, 그런 의문이 들기도 했다.

결혼을 하고는 서모시네 집 1층에 살림이라는 걸 차렸다. 아침 식사는 가족이 공동으로 했다. 아침 식사 준비하는 것 말고는 새댁이니, 시아버지, 시어머니 그런 호칭이 따라붙을 일이 없었다. 그냥 어머니 아버지로 통했다. 또 그렇게 하는 게 마음이 편하기도 했다. 인이수는 서모시를 여전히 오빠라고 불렀다. 아침 식사를 준비해놓고서였다.

"오빠, 상 다 차렸어. 어서 올라와." 인이수가 아래층 인터폰에다 대고 서모시를 불렀다.

"너희들은 말이 그렇게 상스럽냐? 도대체 오빠가 뭐냐?"

"그럼 아빠라고 해요?" 인이수가 시아버지 서열모를 쳐다보며 볼에 웃음을 담았다.

"그냥 아빠라고는 안 된다. 너 아직도 집에서 아빠라 하잖아. 부친과 남편이 똑같은 아빠가 될 수 없다. 남사스러워 예는 안 든다만, 족보의 항렬이 어긋나 비끄러진다."

"당신은 그런 곰팡내 나는 소리나 하고 그래요." 세상 돌아가는 대로 따라 살아야 한다는 게 시어머니 안경숙의 주장이었다. 서모시는 무얼 하는지 기척이 없었다. 인이수는 핸드폰 번호판을 눌렀다. 서모시가 받았다.

"알로, 모시모시, 아라 따블!" 언젠가 쓸 데가 있으리라고 간단히 익혀둔 실용 불어였다.

"그게 뭐 하는 소리냐?" 서열모가 눈을 둥그렇게 뜨고 인이수를 쳐다봤다.

"서모시 밥 먹으러 오라는……." 인이수가 머리꼬리를 손으로 쓸었다.

"쪼개 거시기하다. 꼭 일본인 첩자가 뭐시깽이 부르는 거 같다. 그냥 이름 불러라. 아무튼 오빠나 아빠 그런 말은 쓰지 말도록 해라."

이제까지 익숙하게 써온 '오빠' 대신 여보나 남편이란 말을 익히는 과정은 쉽지 않았다. 애를 더 낳아야 한다든지, 남편에 대한 호칭을 어떻게 해야 한다는 둥 하는 이야기는 그저 넘어가도 되는 일이려니 했다. 아이 길러주는 대가는 어떻게든지 치러야 한다는 다짐을 두고 있었다. 인이수에게 그런 각오는 이미 되어 있었다. 모든 걸 버리기로 한 터이지만, 그 몸만은 맘이 따로 있는 것처럼 움직였다.

아이 하나 기르면서 10년을 어른들 그늘에서 살 작정이었다. 결혼하고 10년이 되면 독립하라는 선언이 있기도 했다. 서모시와 인이수의 작정도 그와 같았다.

10년이라는 시간은 정확한 계산이었다. 대학 4년, 석사 2년, 박사과정 4년 해서 10년이라는 것이었다. 그사이에 살아가는 데 필요한 모든 병장기를 갖추라는 것이 양측 부모들의 요청, 아니 명령이었다.

삶은 전투라는 부친 서열모의 메타포는 비켜 갈 방법이 없었다. 10년 지난 그 후에는 바늘 한 쌈도 도와줄 게 없으니 알아서 준비해 살라는 게, 시어머니 안경숙의 지침이었다.

결혼하고 나서 10년은 호된 연단(鍊鍛)의 기간이 예상되었다. 마침 맞게 방학 때 출산 예정일이었다. 인이수는 아이에 대해 두 가지 걱정이 있었다. 하나는 아이가 정상이 아니면 어떻게 하나 하는 것이었고, 자기나 서모시를 닮지 않으면 어떻게 하나 하는 것이 다른 하나였다. 서모시와 사귀기 시작할 무렵 백인수라는 절름발이와 관계를 가졌던 것이다. 그런 걱정은 안 해도 되도록 아이는 번듯하고, 서모시를 빼닮아 보였다.

아이가 태어나자 불교 취향의 할아버지 서열모가 붙인 이름이 본오(本吾)였다. 본래의 자기라는 뜻이었다. 그러나 본오보다는 국제화 시대니만큼 편하게 보노(Bono)라고 하자는 게 서모시의 제안이었다. 서양 언어를 조금 아는 사람이라면 여성형 보나(Bona)와 맞서는 말로, 그게 남자 이름이라는 것을 금방 안다는 것이었다. 그래서 할아버지와 아버지의 합작으로 보노라는 이름이 만들어졌다. 아니, 아이는 보노라는 이름으로 태어났다. 거기다가 서양식으로 성을 뒤에 붙이면 자연스럽게 '보노 서'가 되는데, 그것은 남이 아이를 존중 안 할 수 없는 Bono-Sir라는 것이었다. 음상이 어떠니 탓을 하거나 이의를 달 일이 아니었다. 의당 그럴 만한, 서씨 집안의 벼리를 드러내는 작명이었다. 집안의 대오를 맞추어나갈 재목이라고, 서열모는 며느리에게 애썼다는 치하를 했다. 서모시는 조게 커서 '언제 서보노!' 하면서 자기 사타구니에 손을 얹고 실실 웃었다. 그건 자신의 앞날을 예상하는 말 같기도 했다.

인이수는 남편 서모시가 성공하기를 바라는 것보다는 아들 서보노가 얼른 성장하기를 간절히 소망했다. 따라서 아들에게 쏟아붓는 애정이 남달라야 할 터였다. 그런데 아이 귀여운 걸 모르고 지냈다. 서모시 또한 아이한테 어성버성하기는 마찬가지였다. 남의 아이 쳐다보듯 했다.

인이수의 부친 인정식과 모친 왕재숙이 외손자 보노의 백일이라고 찾아왔다. 아이 옷이며 이불, 산모의 옷가지는 물론 유모차와 아기 침대까지 용달차에 가득 싣고 왔다.

"아이구, 이렇게 챙겨 오시니, 뭐라 인사를 해야나. 어서 들어가세요."

"해산바라지 하시느라고 얼마나 애쓰셨겠어요? 축하드립니다." 안사돈들의 인사였다.

"어른들 만나는 것도 아이가 있어야 하나 봅니다. 그간 뭐가 바빠서 필드에도 못 나가고……." 송구하다는 듯이 서열모가 인정식의 손을 잡고 흔들었다.

"집에 영유아가 있으면 애완동물 치워야 한답니다."

"우리는 짐승 집에 안 둡니다. 서모시 할아버지께서는 개짐승 방에 끌어들이면, 정승 마누라도 개가 된다면서 짐승은 밖에서 기르도록 했습니다."

"의당 그래야지요. 인간적 공간을 짐승의 공간과 섞다니요." 서양 사람들이 개를 좋아하는 것은 자기가 섬기는 신을 뒤집으면 개가 되어서 그렇다면서, 리버스드 갇 대쓰 도그! 그러면서 웃었다. GOD란 철자를 뒤집으면 DOG가 된다는 농담이었다.

"제가 참지 못하는 게 고질병이라서, 전에 수조에 키우던 악어 어떻게 하셨는지요?" 서열모가 물었다. 서모시는 부친을 향해 눈을 하얗게 흘겼다.

"아, 그거 용봉탕집에 주어버렸습니다."

"용봉탕집? 그게 요리가 됩니까?" 서열모가 침을 삼켰다. 서모시는 딴생각을 하고 있었다. 게임 동영상에서 이집트 악어신 '소베크'는 폭력의 대상이 되어 있었다.

"그렇게 머주하니 있지 말고, 아기 안아서 외할머니한테 안겨드려 봐라. 애 아버지라는 게 애한테 사랑을 표현할 줄을 모르냐?" 서모시의 모친 안경숙이 아들을 나무랐다.

서모시가 엉거주춤, 바닥에 눕혀놓은 아이를 들어올렸다. 아이를 덮었던 포대기가 주르륵 흘러내렸다. 서모시가 흘러내리는 포대기 자락을 잡으려 하다가 양손이 균형을 잃었다. 그 바람에 아이가 방바닥에 나뒹그러졌다. 아이는 따그르르 자지러졌다. 얼굴이 퍼렇게 질리고 몸을 파르르 떨었다.

"애를 잘 다뤄야지. 기응환 있으면 얼른 찾아와라." 서모시의 장모 왕재숙이 아이의 등을 투덕거리면서, 인이수에게 말했다.

"기응환이 뭔데?"

"그게 말이냐? 애 키우면서 상비약도 준비하지 않고...... 당장 우리 집으로 데리고 가야 하겠다." 왕재숙은 평소와 다르게 열을 올렸다. 서모시의 모친이 아들의 머리를 쥐어박았다.

"애 키우다 보면 그런 일도 있지요, 뭐."

"그래도 이게 뭡니까? 내가 데려다가 키워 보낼랍니다."

"약속과 다르지 않습니까, 한 해씩 맡기로 한 것 말입니다." 안사돈끼리 다투고 있는 사이, 서모시 부친 서열모가 끼어들었다.

"애들은 뼈가 안 영글어서 어디 내리박쳐도 금방 회복됩니다."

"그렇게 무식하게 하다가 애 죽이는 거 아닌가 싶소."

"원래 무식해요, 내가!" 소리를 버럭 지르면서 서열모가 발을 굴렀다.

서모시는 한편 구석에 몸을 웅크리고 앉아 어른들 하는 모양을 지켜보았다. 도무지 말이 되질 않는 정황이었다. 한편으로는 응분의 벌을 받는다는 생각을 했다. 그러나 그게 벌일 수만은 없었다. 어른들의 허락으로 이루어진 일이기는 하지만, 자신이 선택한 몫이 분명히 있었다. 그러나 그 자신의 몫은 제 모습을 드러내지 못하고 안으로 구겨들기만 했다.

서모시에게 공부하는 일 또한 만만치 않았다. 공부는 혼자 한다고 해도 공부한 걸 내놓고 공개하려면 학문의 장바닥으로 나서야 했다. '학문의 장바닥'이란 인서울 대학교 서양문화학부 진호서 교수의 자조 섞인 명명이었다. 장바닥은 널리 돌아다니는 발바닥을 요구했고, 때로는 자기를 갈아 없애는 마멸의 윤리를 요구했다. 손을 잘 비비는 게 삶의 비법이라고 가르친 선배가 있었다.

한데 서모시는 발바닥도 넓지 않고 손바닥을 비빌 줄도 몰랐다. 문학을 공부한다는 사람이 학계고 평단이고 발을 들일 기회가 별로 없었다. 자연 사람 사귀는 일은 제한되었다. 서모시는 어느 사이 온실형 공부꾼이 되어 있었다. 인이수가 보았을 때, 옷, 밥, 집 걱정 않고 공부만 할 수 있도록 해준 것은 시댁의 각별한 배려였다. 그러나 한편, 서모시는 어른들 그늘에 키만 밀대처럼 자란 음지식물이 되어갔다. 세상을 몰랐다. 세상을 모르는 채 책을 읽어댔다. 그리고 비상한 기억력으로 그 내용을 줄줄 꿰었다. 안타깝게도 그 호한한 지식을 받아들일 관객이나 청중은 찾을 길이 없었다. 물론 김광남과 유도를 배우러 다니는 중에 몸을 단련해서 체력 유지는 별 문제가 없었다. 어떻게 보면 공부하는 데 걸거치는 것 없고, 몸을 나름대로 단련해서 건강을 유지하면 달리 아쉬운 게 없어야 했다. 그러나 자발적인 의지로 하는 일들인가 생각이 들 때마다 자기를 지탱하는 의욕의 돌각담

한구석이 무너져내리는 소리를 들어야 했다.

그리고 대학을 다니면서 얻은 소득 가운데 하나가, 김득신이라는 우직한 친구를 알게 된 것이었다. 그의 이름은 본래 정김득신이었다. 자기는 아버지한테 받은 게 없노라면서, 성이 자기 이름의 본질을 해친다는 논리를 폈다. 아버지 대신 어머니 성을 따른다는 것이었다. 알고 보니 김득신은 이름이 같은 화가 김득신과 동명이인이었다. 사마천의 『사기』를 천 번 읽고서야 겨우 진사과에 합격한, 그 노력파의 대명사에 해당하는 인물이었다.

"영문학이 밥 먹여주던 시대는 멀리, 아주 멀리 갔어." 김득신이 늘 푸념처럼 내뱉는 말이었다. 그러면서 자기는 소설을 쓰겠다는 다짐을 잊지 않고 지냈다. 서모시는 김득신을 만나 이야기하는 동안 참으로 믿을 만한 사람이라는 생각을 거듭했다.

"사는 게 구질구질해서 나는 아무래도 일찍 끝장내고 말아야 할 거 같아." 서모시가 그런 이야기를 김득신에게 한 적이 있었다.

"난 너 그런 줄 몰랐는데, 무책임한 인간이네. 너 장가들었지? 장가들었으니까 아내도 있지? 그 아내랑 애도 낳았지? 그래, 안 그래?" 서모시는 다그치는 데 대고 아니라고 대답할 수가 없었다. 김득신의 말로는 아내, 아이 그런 존재들이 서모시가 살아야 하는 이유를 만들어주는 존재 근거라는 것이었다.

"홈리스나 거지 하나라도 널 바라보고 있는 인간이 있으면 너는 살아야 하는 거야." 김득신은 그런 아리송한 이야기를 하고는, 나 알바 간다! 손을 살래살래 흔들었다. 서모시는 그렇게 의연하게 사는 김득신이 부러웠다.

생활의 모든 게 부모들한테 매여 있었다. 부모들이 학비 대주고, 부모들이 아이를 길러주었다. 부모들은 아무래도 내 새끼의 새끼 말고 뭐가 더 사랑스럽겠느냐 하면서, 너희들이 낳아준 아이 보는 재미로 산다고 했다. 그게 죄가 아니라고는 하지만, 부모들 밑에서 아이 기르면서 학교 다니다 보니, 해외여행 한번 다녀올 기회가 없었다. 부모의 자녀 에이에스 예산 가운데 해외여행 같은 문화비는 책정조차 되어 있지 않았다. 인이수는 이따금 자신의 형편을 '사육'이라는 말로 규정해보곤 했다. 말하자면 서모시의 부모는 카리스마 넘치는 사육사인 셈이었다.

인이수는 본인이 사육이니 뭐니 하지만 기죽지 않고 팽팽하게 자신을 유지해갔다. 그것은 자기 나름대로 인간관계를 부지해가는 데서 얻는 힘이기도 했다. 박지남과 만나는 일도 그런 인간관계의 하나일 뿐이었다. 그래서 남의 이목은 고려사항이 아니었다. 그러나 박지남이 여행을 가자는 데는 한마디로 잘라버렸다. 그런 결단을 지속하지 않으면 유리그릇처럼 깨어질지도 모른다는 조심성이 안에 도사리고 있었다. 말하자면 철저히 계산된 관계였다.

서모시의 부친 서열모는 군인이었다. 대령을 계급 연한으로 해서 군생활을 마감했다. 전역한 다음에는 사업에 손을 댔다. 사업 능력이 있어서, 인도에서 잘 나가는 타타(TATA)라는 자동차회사와 컨소시엄 형식의 경차 생산으로 남다른 실적을 올렸다. 인도와 거래를 하는 중에 정신적 훈습(薰習)이 되었던 터라 그런지, 힌두교와 불교식 발상이 머리에 꽤나 배어 있었다.

"인도 사람들은 생이 여행에서 시작하고 여행으로 마무리된다. 자식들의 효도 생각하지 않고 내외가 숲에 들어가 인간 본유의 가치를 명상하다가 죽음에 이르는 게 가장 아름답게 생애를 마무리하는 방법이다." 그러니 너희도 여행을 하라는 것이었다.

인이수는 학기 말 정리가 끝나지 않은 터라서, 여행 따위는 안중에도 없었다. 그런데 시어머니 안경숙은 남편의 의견을 따라, 사람 살아가는 과정에 여행이 꼭 있어야 한다고 윽박지르다시피 했다.

"추억이 가난하면 노년에 뭐 파먹고 살라고 그러냐?"

그런대로 아퀴가 맞는 주장이었다. 그러나 아직은 노년을 위해 무리해서까지 추억을 만들 일은 아니었다. 장미 피는 계절을 놓치지 말라는 명령은 자못 근엄한 것이었다. 보고서를 안 내면 한 학기를 망치는 시점이었다. 태아가 안착하기 위해서는 안정을 취하는 게 최우선이라던 산부인과 의사의 이야기도 마음에 걸렸다.

다른 것은 몰라도 추억은 윤기가 자르르 흘러야 한다는 식으로 나오던, 시어머니의 주장에는 일관성이 있었다. 돈은 쓰자고 번 거 아니냐는 주장이었다. 아들 며느리 여행비 마련하기 위해 돈을 유축한 거라면서 두툼한 봉투를 아들 며느리 앞에 밀어놓았다. 참 살뜰한 어른들이라는 생각이 들었다. 고맙습니다! 그런 인사 말고는 다른 말을 더 하기는 얼굴이 안 섰다.

"보너스 여행 여정을 어떻게 잡을 건데?"

인이수가 서모시에게 물었다. 서모시는 잠시 천장을 올려다보았다. 그러고는 무대 위에 선 배우가 꿈에 그리던 항구를 찾아가고 싶어 하는 장면을 연기하듯이, 두 손을 들어올려 먼 하늘을 감싸안는 듯한 제스처를 연출해 보이며 말했다.

"인간의 역사를 집어삼키고도, 수천 수만의 은빛 비늘로 뒤집히는 바다, 그 밑에 심연이 도사리고 있는 바다로 가는 거야." 인이수는 어이없는 웃음을 흘렸다.

그럴 무렵 인이수의 어머니 왕재숙이 시어머니 안경숙에게 전화를 했다.

"아이 가진 여자애가 원행을, 그것도 물 건너 여행을 하면 객귀가 붙을 수도 있고, 그게 아이의 장래에 못된 악운을 끌어들일 수도 있으며, 그러니 이번 여행은…… 없던 걸로……."

미처 말끝을 채지도 않았는데, 서모시의 어머니 안경숙이 버럭 소리를 질렀다.

"사부인, 의사가 괜찮다는데, 그러면 되었지, 아직도 그런 희멍둥한 의식으로 사세요?"

"그게 다아, 우리 사위랑 애들 좋으라고 하는 얘기 아닙니까?"

"우리 며느리 애는 그렇게 희멍둥하지 않던데?" 비꼬는 투가 역력했다.

저쪽에서 전화를 끊는 모양이었다. 희멍둥하다는 이야기를 더 듣고 싶지 않은 눈치였다. 그렇게 해서 희멍둥한 의식을 지닌 늙은이들 취급을 하기 시작했다. 다시 전화가 걸려왔다. 안경숙 편에서 전화기를 들자마자 이야기했다.

"젊은 애들이 돌아다니고 체험하고 하는 거, 그거 평생 살아가는 과정에 커다란 재산이 된다구요. 의사 선생님이 괜찮다는데 뭐가 무서워서…… 다녀오라구 하세요."

"저어, 이제 겨우 물거품 엉기는 것 같은 애가 정말 괜찮을까요?"

"우리 세대에 애 키우면서 안 한 짓이 뭐가 있어요? 그래야, 산모가 그렇게 운동을 해야 몸이 유연해져 애 잘 낳아요, 안 그렇습니까?" 살아가면서 애 낳고 키우는 데 익숙한 어른들의 이야기였다. 안경숙이 며느리를 붙들고 전화 받은 이야기를 길게 늘어놓았다.

서모시와 인이수는 미루어두었던 신혼여행을 다녀왔다. 목적지는 이스탄불이었다. 오스만튀르크의 수도였던 이스탄불은 그 이전에 로마시대에는 콘스탄티노플이었다. 그 이전에는 비잔틴 제국 수도 비잔티움이었다. 사실 비잔티움은 그리스 식민지 시대 지명이었다. 문화가 섞이고 뒤섞인 문화 가운데 사람들의 삶은 혼란스럽고, 혼란스러운 만큼 문화의 점이지대(漸移地帶)를 이루는 것이 일종의 역사의 필연이었다. 서모시는 역사의 필연을 생각했고 인이수는 꿈꾸는 사람들의 세계를 그려보았다. 역사는 잔인했고 꿈은 화려했다. 잔인한 화려함 속에 인간사 삶의 궤적이 이루어졌다. 동서 문화가 섞여 소용돌이치는 문화의 격류를 보고 돌아온 셈이었다. 여행지를 이스탄불로 결정하는 데는 표영문 교수가 인이수에게 내준 과제, 「비잔티움 항행」을 번역하고 평을 쓴 체험이 크게 작용을 했다. 서모시는 그걸 그렇게 의식하지 않는 편이었다.

신혼여행을 다녀온 그해 여름, 서모시와 인이수는 보노를 낳았다. 생각해보면 겁 없는 애들의 웃기는 행동이었다. 그러나 후회할 일은 아니었다. 남들이야 용기가 없어서 그런 짓을 못할 뿐이지, 자기들로서는 당당하고 자랑스럽기까지 했다.

"젊은 에미가 애한테 너무 빠져들면 못쓴다." 젖 물리는 시간 말고는 애를 너무 끼고 돌지 말라는 게 시어머니 안경숙의 지침이었다.

좀 섭섭하기도 했다. 그러나 일에는 때가 있는 법이라는 말이 옳지 싶었다. 애 키울 때가 아니라 공부를 해야 하는 시점이었다.

어른들 도움을 받아 생활한다고는 하지만, 인이수는 가급적 서모시가 공부하는 데 방해가 되지 않게 하기 위해 온갖 신경을 다 썼다.

생활이 리듬을 타기 시작하면서 시간은 거침없이 흘렀다. 가는 세월 그 누구가 막을 수가 있나요…… 그런 식으로 시간이 흘러갔다. 그렇게 흘러간 시간이 자그마치 7년이었다. 보노는 어른들 말로 떡두꺼비처럼 잘 자라주었다.

보노가 초등학교에 들어가면서는 학부모들이 모여 애들을 가르쳤다. 학원 신세 안 지고 부모들끼리 자율교육을 해보자는 의도였다. 자기가 영어 전문가인데 애를 남에게 맡기는 것은 되잖은 일이었다. 그리고 무엇보다 학원비를 부담할 수 없었다.

아이 자라는 걸 바라보는 일은 재미를 지나 신비로운 체험이었다. 한편 남들과 어울려 지내는 것은 곤욕스런 과정이었다. 도무지 나이 어리다는 것을 무슨 죄나 되는 것처럼 입들을 놀렸다. 나이 이야기를 하다가였다.

“츳츳, 뭐라고 변명할지 모르지만, 결국 미혼모 아냐?” 김재영이라는 애의 어머니가 눈을 할금거리면서 하는 말이었다.

“첩의 자식하고 혼전에 얻은 애가 영특하다잖아…… 그런 애들은 남자의 정액이 골수에서 나온다는 거야.” 박전승의 어머니가 눈을 새초롬하게 뜨고 인이수를 쳐다봤다.

“아무리 그래도 그렇지, 말이 좀 거시기하다.” 나이 든 자모가 손짓을 했다.

인이수는 아이를 다른 학교로 옮겨야 하겠다고 생각했다. 그러고는 등을 돌리고 앉았다가 자리를 물러났다.

서모시는, 나이 삼십이 되면서, 기억은 꼬장꼬장 살아나고 몸은 시나브로 시들기 시작했다. 가끔 피곤하기도 하고, 어지러워 천정이 빙빙 돌았다. 기침을 하기도 했다. 몸이 시드는 데 따라 말은 점점 거칠어졌다. 서모시 자신은 그렇게 변해가는 자신이 두려웠다. 남편 서모시의 말대로 아내 인이수의 성화를 칵 찍어눌러버리는 건데, 그러지 못한 게 탈의 단초가 되는지도 몰랐다. 그러나 생각해보면 수많은 기억이 자신을 좀먹어 들어가는 듯했다.

"너 그렇게 무관심하면 못쓴다, 아무리 백수건달로 지낸다 해도 명색이 너의 아버지 환갑이 아니냐, 이거?"

서모시는 입을 다물고 말았다. 그동안 강사비 받은 데서 조금 헐어 회갑 축하를 위해 지불했다. 그건 내외 간의 분란의 소지가 되었다. 바늘 한 쌈 보태줄 게 없다던 친정어머니 왕재숙은 철석같은 의지로 자신의 말을 실천하는 사람이었다.

"처갓집하고 뒷간은 멀수록 좋다는 게야."

서모시의 부친 서열모가 늘 하는 말이었다. 그의 모친은 한 획도 틀림없이 맞는다고 맞북을 쳤다. 그 말 뒤에는 노상 그 희멍둥한 늙은이들이 따라붙었다. 아이가 하마 늙은이들의 희멍둥한 정신을 본받으면 탈이라면서 보노가 외갓집에 자주 가는 것을 곱지 않은 눈으로 꼰아 보았다. 그런 타박은 이미 서모시가 인이수를 만날 무렵부터 비롯된 사단이었다. 서모시의 부친 서열모가 인이수네 집에 쳐들어가듯이 가서, 수조를 박살내면서 전조가 실제로 등판을 드러냈다. 뒤에 같은 58년 개띠니, 둘 다 영문학에 관심이 있느니 하면서 늦게 시작한 우정 오래 간직하자고 노래를 했지만, 서열모 내외의 속은 달랐다. 두 집안의 인정을 매두고 있는 손주 서보노는 서씨 집안의 맞상주였다. 공연히 인씨 집안에 내돌릴 일이 천만 아니었다.

인이수는 남편 서모시가 어떻게 해서든지 자력으로 일어서야 한다는 생각을 거듭거듭 하곤 했다. 서모시가 자력으로 일어선다는 데는 부모 밑을 떠난다는 뜻이 포함되어 있었다.

"애가 중학교 마치면 좀 나아지겠지?"

서모시의 잔잔한 눈이 빛을 발하기 시작했다. 그동안 지내온 것과는 달리 서모시의 내면에 여행의 충동이 일기 시작하는 모양이었다. 인이수는 남편의 의식이 정착하지 못하고 떠돌이처럼 공중을 헤매는 것은, 현실에 대한 감각의 마모 때문이라고 생각했다. 어떤 때는 충동적이라서 아슬아슬 넘어가기도 했다. 인이수는 이스탄불 여행에서 서모시가, 자기 돌아다니는 과정에 몰두하는 것을 보고 싶었다. 집착과 기억은 서로를 강화하는 견인력이었다.

"우리 말야, 보노 중학교 졸업하면 지중해로 여행 가자."

"지중해, 그 영감의 바다로 여행을 하자고? 오랜만에 신통하네." 아이가 중학교 마치면 여행이라도 하자는 제안이 서모시를 자극했다.

"우리 이스탄불을 다시 가보자구. 비잔티움 여행을, 더 홀리 시티를, 거길 찾아가는 거야."

"왜 다시 비잔티움인데?"

"당신 벌써 잊었어? 윌리엄 버틀러 예이츠가, '세일링 투 비잔티움'을 읊었으니까, 그게 우리들 만나는 다리를 놓아준 거잖아?"

"그래서 그 시인을 따라가 보자는 거야? 따라하는 거, 그걸 표절이라고 하잖아, 표절 작품이 성공하는 경우는 없어. 차라리 백두산으로 가는 건 어때?"

"아냐 이스탄불을 거쳐 그리스로 가야 해. 가서 '잘 빚은 항아리' 같은 물건 하나 건져와야 한다니까."

잘 빚은 항아리? 어디서 듣던 이야기였다. 표영문 교수가 그런 예를 들었던 게 떠올랐다. 클리언스 브룩스의 『잘 빚은 항아리』라는 책은 신비평의 탁월한 이론서라고 소개했다. 그러나 그때는 이미 구조주의를 지나 기호학이 널리 퍼져 있을 무렵이었다. 대문자로 쓰는 신비평이 아니라 낡은 신비평이었다. 그러나 "Beauty is truth, truth beauty,—that is all / Ye know on earth, and all ye need to know." 미는 진리이고, 진리가 곧 아름다움이거니. 당신이 이승에서 알아야 할 것은 이뿐. 이 구절을 읊을 때의 표영문 교수는 자기 음성에 몰두해서 눈을 지그시 감고 취해 있었다. 하긴 '아름다움은 진리, 진리는 미, 당신이 이승에서 알아야 할 모든 게 그거'라는 구절은 상투화된 '물건'에 불과했다.

"낡은 물건?"

"거긴 늙은이들을 위한 나라가 아냐."

"나도 알아, 젊은이들이 손에 손을 잡고 노래하고, 바다에서는 연어가 폭포져 떨어지고."

"우린 아직 젊어."

"그런 이야기 하는 거 들으니까, 자기 정말 늙은이 같다."

"나이는 들어가는데 유축이 없네."

그렇게 해서 '세일링 투 비잔티움'이 닻을 올려보두 못하고, 돛을 펴서 푸른 바다를 항해하기를 열망하는 꿈은 주저앉았다. 그러나, 남편 서모시의 말로는, 싸가지 없는 아들놈의 새끼가 홀리 시티 여행을 망치고 있다는 것이었다. 아들을 탓하고, 흠잡고 하는 게 예사롭지 않았다. 아들에 대해 어떤 근원적인 증오를 드러내는 것 같았다. 그렇다고 그걸 외디푸스 콤플렉스니 뭐니 그렇게 발라맞추고 싶지는 않았다.

푸른 물너울이 다가와서는 뱃전을 때리고 하얀 비말로 부서져 내렸다. 인이수는 잠시 깜박 잠이 들었다가 깨어났다. 혼자 눈물을 흘린 모양이었다. 눈가가 젖어 있었다. 남편 서모시는 탁자에 엎드려 노트북 자판을 두드리느라고 인이수를 돌아보지도 않았다.

가정이라는 것, 집이라는 게 무언가 하는 생각이 머리를 휘잡아 제켰다. 돌아가 안식할 수 있는 집이 그립기 짝이 없었다.

鰐魚

산악부대

10

집에 돌아온 알리를 가장 먼저 알아챈 것은 돼지들이었다. 어머니 한코나는 그사이 돼지 축사를 다섯 채나 짓고, 축사마다 여나믄 마리나 되는 돼지들을 기르고 있었다. 알리가 축사로 다가서자 돼지들이 꽥꽥대면서 일제히 소리를 질러대기 시작했다. 골짜기가 돼지 소리로 들썩거릴 지경이었다. 그런데 집에는 사람 기척이 없고 괴괴한 냉기가 흘렀다.

빨간색 깃발에다가 머리가 둘 달린 독수리를 그리고 그 밑에 오르소마다(ορσομαδα)라는 그리스 문자가 거친 필치로 쓰여진 깃발이 돼지 축사 기둥에 기대어 세운 장대 위에서 바람을 타고 펄럭이는 모습이 보였다. '산악부대'라는 뜻이었다. 할아버지 집에서 지내는 한 해 동안 알리는 그리스어를 읽고 쓸 수 있게 되었다.

알리는 돌아오는 길에 아흐메트가 심부름을 시켜 델비나로 돌아서 왔다. 델비나에서 아자즈 메흐메드 파샤 집에 들러 책을 한 꾸러미 전해주었다. 코니차로 갈 때는 발에 감발을 하고 걸어서 돌길을 갔지만, 돌아올 때는 할아버지 아흐메트가 말 한 필을 내주어 그걸 타고 길을 갔다. 한결 수월한 여행이었다. 어깨에 멨던 총을 말 옆구리에 걸쳐놓은 것만으로도 몸이 날아갈 것처럼 가벼웠다. 알리는 다시는 산길을 발로 걸어서 돌아다니지 않으리라 속다짐을 두었다.

델비나의 메흐메드 파샤는 할아버지가 보낸 책을 상자에서 꺼내서 탁자 위에 올려놓고는 마치 성서를 앞에 놓고 손을 모아 기도하는 사제처럼 손을 모으고 몇 차례 허리를 굽혀 절까지 했다. 그 책들 가운데는 그리스어로 된 군사 관련 책들이 들어 있었다. 그것은 알리가 이미 읽은 책들이라서 눈에 익었다.

"델비나라는 지역은 본래 알바니아 사람들의 생활 터전이야. 그런데 그리스와 협조하지 않으면 생활이 안 될 정도로 서로 협조 관계가 밀착되어 있고, 오스만 세력과 맞서기 위해서는 그리스어를 공부해야 하는 시대가 되었다네. 자네 조부께서 그런 대세를 일찍이 간파하시고 그리스어를 익히신 것은 선견지명일세."

그런 이야기를 하고 있는 중에 얼굴 고운 아가씨가 쟁반에 차를 받쳐 들고 들어왔다.

"내 손녀야, 인사들 하지."

"롤로디아입니다."

알리는 어리뻥해져 헤벌어진 입을 다물지 못했다. 이름이 그리스말로 꽃인 것처럼, 얼굴 또한 잘 피어난 모란꽃 꽃송이인 양 고왔다. 어머니 얼굴에서는 이제까지 본 적이 없는 아름다운 여성의 얼굴이었다.

"장정이 여자한테 그렇게 빠져들면 어떤 놈이 다가와서 목을 따 갈지 몰라."

"머팔, 죄송합니다."

그리스말로 정중하게 말하려 했는데, 시그노미라는 그리스말이 언뜻 안 떠올라, 어정거리다가 알바니아말로 그렇게 말해버렸다. 아자즈가 그래 좋은 때다, 하면서 껄껄껄 웃었다.

코니차의 마을 소식을 묻고, 할아버지 강녕하신가 묻고 대답하는 사이 찻잔을 비웠다. 아자즈는 롤로디아를 불렀다.

"코니차에서 여기 델비나까지 왔는데, 바닷가 구경하고 가도록 네가 안내를 해라."

"정오가 지났는데 괜찮을까요?"

"젊은 사람들이고, 타고 갈 말이 있으니 퍼뜩 다녀오면 될 게다."

아, 말을 가지고 있다는 게 이런 절호의 기회를 만들어주기도 하는구나 싶었다.

사란더는 꼭 보아두어야 한다고 마음속에 새겨둔 명소였다. 풍경이 아름답거나 유명한 역사적 고적이 있는 것은 아니지만, 로마인들이 이오니아해를 통해 내륙으로 진격해 오는 데는 천연의 관문이었다. 새로 떠오르는 초승달처럼 항구를 품어안은 만에서 바라보면, 케르키라섬이 손에 닿을 듯이 건너다보인다는 그 사란더를 롤로디아와 함께 가서 보라는 아지자의 배려가 눈물겹게 고마웠다.

델비나에서 사란더로 가는 데는 다리를 둘 건너야 했다. 두 번째 다리 앞에서였다. 말 위에 앉은 채 알리가 말했다.

"우리는 지금 인생의 다리를 건너는 중이야."

롤로디아는 그 말의 뜻을 음미하는지, 앞에 앉은 알리의 허리띠를 다소곳이 잡고는 아무 말이 없었다. 알리는 자기가 너무 심각한 이야기를 한 것은 아닌가 싶어, 말고삐를 왼손으로 옮겨 잡고 오른손을 뒤로 돌려 롤로디아의 허벅지를 살그머니 꼬집었다. 롤로디아가 질겁을 하면서 발을 굴렀다. 히히힝 소리를 내면서 말이 몸을 뒤쳐 뛰어올랐다. 그 통에 롤로디아가 말에서 다리 위로 떨어졌다. 알리는 급히 말고삐를 잡아챘다. 그때 말발굽이 다리를 가로지른 통나무 사이로 빠지면서 말은 무릎을 꿇고 주저앉았다.

말은 다리가 부러졌고, 롤로디아는 놀라 경황이 없어 울지도 못하고 다리 위에 서 있었다. 알리는 롤로디아에게 걱정하지 말라 일러놓고는 사란더를 향해 뛰어갔다. 사란더에 가면 마방간이 있을 터였다. 그러나 사란더로 넘어가는 길은 산고개가 높고 험했다.

알리가 마방간 영감을 데리고 돌아왔을 때, 롤로디아가 어떻게 말다리를 통나무 사이에서 빼어냈는지 말고삐를 다리 난간에 묶어 매놓고 노을이 물들기 시작하는 하늘을 바라보고 있었다. 마방간 영감은 말 다리에다가 부목을 대고 대마로 꼰 끈으로 튼튼하게 동여맸다. 그러고는 무언지 시커먼 물을 말의 입을 벌리고 들어부어주었다. 알리가 수고료를 지불하려고 염낭을 끄르고 있을 때, 마방간 영감은 손사래를 치면서 말했다.

"아지자 파샤 어른께 안부만 여쭈어주시면, 그것만으로도 고마운 일입니다."

알리와 롤로디아가 절뚝거리는 말을 끌고 델비나로 돌아왔을 때, 드로풀산 위로 샛별이 떠서 반짝였다.

"산동네 사람이 바닷가에 가면서 경건하지 못했던 모양이구나." 알리는 겸연쩍은 얼굴로 '죄송합니다'라는 말만 세 번이나 되풀이했다.

저녁이 되어 샛별이 떴는데도 어머니 한코나는 돌아오지 않았다.

알리는 주방에 들어가 굳은 빵과 치즈 덩이를 꺼내다 놓고 실내를 둘러보았다. 전에 없던 총이 몇 자루 더 걸려 있었다. 모자, 군복, 각반, 배낭, 지휘봉 그런 것들이 눈에 들어왔다. 산악부대를 제대로 꾸민 모양이었다.

알리가 빵을 다 먹었을 때, 돼지가 아우성치며 꽥꽥대기 작했다. 주방 문이 벌컥 열렸다. 군복처럼 차려입은 어머니 한코나가 문설주를 붙들고 알리를 쳐다봤다.

"그놈 해치운 거 어찌 알고 돌아왔냐?"

"어머니 혼자서 그런 일을 했어요?"

"네 사촌, 조다도라이스랑 같이 해치웠다."

작년 마을에서 싸움이 있었을 때, 아무 말도 없이 뒤에서 지켜보기만 하던 사촌이 생각났다. 그동안 특별한 연락도 없었고, 궁금하기도 했지만 어딘지 의심이 가는 인물이었다.

한코나는 돼지 밥을 챙겨주어야 한다고 밖으로 나갔다. 탁자 위에 켜놓은 등불이 어머니 한코나의 그림자를 벽에 출렁대게 했다. 죽지 않았으면 살려두지, 사람 목숨을 끝까지 뒤쫓아 죽일 일인가 안타까운 생각이 들었다. 한편으로 일생 동안 저런 일을 하면서 살아야 한다는 숙연하고 불길한 생각으로 머리가 띠잉 울렸다.

알리가 자기 쓰던 방으로 들어갔을 때, 방에는 너절한 작업복이 걸려 있고, 담배 냄새로 찌어 고약한 공기가 퀴퀴한 냄새를 풍겼다. 어떤 놈팽이가 자기 방을 침범한 것 같아 마음이 쓰였다. 어쩌면 어머니 한코나가 새아버지를 들인 것인가 싶기도 했다.

돼지우리를 돌아보고 들어오던 어머니가 알리가 자기 방에서 멈칫거리는 것을 보고는 큰 소리로 외치듯이 말했다.

"너 없는 동안 돼지머슴 하나 들였다. 당분간 같이 지내라."

알리는 어머니 한코나를 째려보았다. 한 해 넘게 집을 비웠지만 자기가 쓰던 방인데, 그 방에 냄새나는 머슴을 들인 것은 마땅치 않았다.

"너도 알지? 호메로스 시대 이래로, 돼지치기는 사람을 배반하지 않는다."

알리가 모르는 내용이었다. 호메로스라는 그리스 시인을 알기는 하지만 그의 작품 어디에 그런 내용이 들어 있는지는 읽은 기억이 없었다.

그날 밤, 한코나는 아들과 식탁에 앉아 밤늦도록 이야기를 이어갔다. 아들이 외갓집에 가 있는 동안 자기가 한 일들을 보고하는 셈이었다.

남편 벨리가 추구하던 것은 알바니아 전체를 하나의 통치권으로 묶어서, 그 세력으로 이스탄불의 술탄과 한판 싸움을 전개하는 것이었다. 그렇게 해서 알바니아가 그리스와 이웃 마케도니아, 불가리아 등을 아울러 하나의 제국을 이루는 것이었다. 그 거대한 꿈이 염소 몇 마리를 양식으로 구하기 위해 산적 동네 놈들의 칼날에 잘려 나가고 만 것이었다. 그것은 남녀를 가릴 것이 아니라, 한코나가 나서서 해결해야 하는 소명과 같은 것이었다. 알리가 보기에 아버지와 어머니는 부부간이라기보다는 동지 사이였다.

"말이다, 제국을 건설하는 마당에, 이 어미가 산적이면 어떻고 해적이면 또 어떻겠느냐. 하늘이 이를 허용할지는 모르겠다만, 너는 이 에미가 이어가려는 네 아버지 꿈을 저버리지 말아라. 내가 이 일을 이루지 못하면 너의 대에서 반드시 이루어야 한다. 너는 이미 사람을 칼로 찔러본 놈이다. 한번 칼에 피를 묻힌 놈은 평생 피냄새 맡으면서 살아야 하는 게 이나라 법도다. 너는 이미 네가 갈 길이 뚜렷하게 정해져 있다. 한눈팔지 말고 일로매진하기를 부탁한다."

모친은 오목한 눈을 번득이다가 살림을 정리해 보관하는 궤를 열어 커다란 종잇장을 꺼내 탁자에 펼쳐놓았다. 맨 위에 오르소마다(산악부대)라고 쓴 제목 아래 사람들이 손가락을 칼로 잘라 피를 내어 쓴 이름들이 어지럽게 흩어져 있었다. 한코나는 종이를 들고 알리를 한참 쳐다보았다. 부대를 조직하는 데 참여한 사람들의 이름이었다. 거기에는 사촌 조다도라이스의 서명도 보였다.

"너도 여기다가 네 피로 서명해라."

알리는 잠시 생각을 가다듬었다. 자기 피로 서명하는 인간들이 모두 나와 뜻을 같이 할 수 있을지는 장담할 수 없는 일이었다. 일을 두고는, 부모라도 다시 쳐다보라는 것이 아버지 훈육 가운데 들어 있었다. 그때 외할아버지 아흐메트 얼굴이 떠올랐다. 네가 못하면 너의 어미가 해낼 것이란 외할아버지의 믿음은 강고했다.

"사람 절반은 모았다. 나머지 절반은 올해 안으로 모을 작정이다."

"사람 모아서 산적 떼 만든다고 술탄이 손 들고 와서 무릎 꿇는답니까?"

"못된 자식, 어디다 대고 그따위 주둥이질이냐?"

한코나의 주먹이 알리의 귀싸을 올려쳤다. 알리의 코에서 피가 주르르 흘렀다. 한코나는 잘되었다, 기왕 피 흘렸으니 그걸로 서명을 하라면서 알리의 엉덩이를 걷어찼다.

알리는 탁자에 흐른 피를 찍어서 서명했다. 아르슬란(ARSLAN), 터키어로 사자라는 뜻이었다. 오스만을 향해 사자처럼 달려들어 술탄의 목을 물어뜯어야 하는 길에 들어서는 맹서였다. 알리는 이를 부드득 갈았다. 어머니 한코나가 알리를 안됐다는 눈길로 쳐다보았다.

"이 나라에서 사는 법이 그렇다. 나는 그런 말 별로 좋아하지 않는다만, 그리스말로 모이라라고 하는 운명인지도 모른다." 알리는 주먹을 부르쥐었다.

한코나는 아들을 앉혀놓고는 찬장에서 술병을 꺼내놓았다. 그러고는 주방에 들어가 말려서 걸어두었던 말린 돼지 다리를 들고 나왔다. 허리춤에서 칼을 뽑아 돼지 넓적다리 고기를 썩썩 베어놓았다.

"두 해 안으로 산악부대 조직을 완수한다. 조직이 끝나면 이스탄불에 청을 넣어 하나하나 일을 해나갈 거다. 요새 개도 돼지도 몇 놈 모이기만 하면 역적 모의를 한다. 능력도 없는 치들이 욕심만 많아서…… 우리가 그 작자들 박살을 내고, 이스탄불에 충성을 바치는 거다. 그러면 이스탄불에서는 자연스럽게, 기다렸다는 듯이 우리에게 다스릴 땅을 나누어주게 되어 있다. 그런 대사를 위해 너는 몸을 닦아야 한다. 너의 용기와 동료에 대한 신의가 있어야 일이 성사된다. 배반자는 동료들 보는 앞에서, 가능하면 잔인하게, 처단해야 한다."

어머니 한코나의 눈빛에는 광기가 일렁였다. 알리와 술을 나누면서 하는 이야기 가운데 맨 앞에 펼친 것이 돼지 이야기였다. 산지에 살기 때문에 짐승 사냥하는 일이 일상 업무가 되었고, 따라서 있으면 먹고 없으면 굶는 어리석은 자들이 되었다는 것이었다. 그래서 남자들이 맥을 못 춘다는 것이고, 전쟁에 나가도 힘을 못 쓰는 이유도 거기 있다고 했다. 그래서 '오르소마다'에서는 남자들에게 고기를 먹여 영양을 챙기기로 했다고 자랑스럽게 말했다. 그리고 적절한 시기를 보아 마을마다 돼지를 나누어주어 먹게 하고, 이슬람으로 기울어져 돼지를 맘대로 못 먹은 것이 얼마나 한심한 짓인가를 보여줄 계획이라 했다.

그 이야기 끝에 알리가 취해야 할 행동에 대해, 조목조목 자세하게 늘어놓았다.

위기에 처한 집을 구하라, 불난 집이나 물난리를 겪는 집을 찾아가 몸 사리지 말고 뛰어들어 구해야 한다. 사람을 구하고 가재도구를 구해내야 한다. 물에 빠진 사람을 구하는 데 멈칫거리지 말아라, 멈칫거리는 동안 공포심이 자라나 용기를 꺾어버린다. 알리는 아버지 생각을 했다. 아버지는 남의 일을 내 일처럼 나서서 거들었다.

굶는 사람이 있다는 소문 들으면 빚을 얻어서라도 도와줘라. 배고플 때 얻어먹고 배신하는 자는 세상에 없다. 아버지가 척살당한 것은 결국 식구들 배고픔을 해결하려다가 당한 일이었다. 가난에 희생된 아버지였던 셈이다. 굶는 사람 도와주는 것은 너의 아버지 영혼을 위로하는 제의나 다름이 없다.

나이가 한 살이라도 많으면 형님으로 대접해라. 누구라도 자기를 알아주고 자기를 높여주는 사람을 향해 침 뱉는 인간은 없다. 아무도 알아주지 않아 이를 갈다가 죽은 놈들은 천당에 가서도 이를 간다. 그러니 남을 인정하라. 동료끼리도 말을 낮추거나 욕을 하지 말아라. 제왕이 욕하는 나라는 미친 나라다. 마찬가지로 욕하는 친구는 원수라 생각해라. 언젠가 네 얼굴에 침을 뱉을 것이다. 한코나는 주머니에서 담배를 꺼내 물었다.

세상에 가장 다스리기 어려운 인간이 머리에 지식을 잔뜩 쌓아놓고 웅크리고 앉아 있는 작자들이다. 그런 인간 잘 휘두르려면 너 자신이 지식과 교양이 있어야 한다. 일찍이 몰락한 산자크베이들은 모두 무식한 싸움꾼들이었다. 너는 그리스어로 시 줄 쓸 정도는 되어야 한다. 오스만튀르크 저것들 물러가면 아무래도 콘스탄티노플 시대로 돌아가지 않겠느냐, 그리고 설령 저것들이 그대로 눌러앉아 있다고 해도, 저기 영국, 프랑스, 이탈리아, 스페인 그런 나라들과 나란히 가기 위해서라도 그리스 고전 공부가 유용하지 않겠느냐. 유식한 사람이 무식한 놈들 부릴 수는 있어도 그걸 거꾸로 뒤집은 세상은 오지 않는다. 와서도 안 된다. 지식으로 무식을 다스리기는 빵을 우유에 담갔다 먹는 것보다 쉽다.

때는 바야흐로 총과 대포의 시대가 되었다. 가까운 데서 병사와 병사의 싸움은 칼이나 창 대신 총이 최선의 무기인 양 생각들을 한다. 그러나 우리나라처럼 산간지대에서, 특히 산골짜기에서 이루어지는 전투에서는 칼이나 창이 아직 유용한 병장기다. 칼 다루고 창 쓰는 훈련을 남달리 해두어야 한다. 특히 칼 다루는 솜씨가 네 목숨을 구할 거다.

"할 이야기 이제 다 했다. 네가 내게 하고 싶은 이야기는 없느냐?"
한코나가 담배를 재떨이에 비벼 끄면서 가벼운 한숨을 내쉬었다. 알리는 내색은 하지 않았지만, 속으로 벌벌 떨고 있었다.

"조다도라이스 사촌이 계속 협조적으로 나올까요?"

"걔가 너보다 능력이 출중해서 하는 소리냐? 등을 돌릴 수도 있겠지. 가까운 놈들이 등 돌리고 칼 들이대고, 자식이 애비 죽이는 일이 수없이 많다는 건 역사가 말해준다."

알리는 사촌 조다도라이스가 그렇게 나온다면 그의 가슴에 칼을 박아야 할지도 모른다는 생각을 했다. 주먹이 불불 떨렸다. 팔뚝으로 짜르르한 기운이 흘렀다.

"하나만 더 이야기하자. 우리 오르소마다 대원을 내가 절반 모았으니, 나머지는 네가 모아라."

어머니와 알리의 이야기가 그렇게 마무리되어 갈 무렵, 문 두드리는 소리가 들렸다. 어머니 한코나는, 그 양반이 온 모양이다, 하면서 나가 문을 열어주었다. 어머니를 따라 들어오는 늙은이는 눈 한쪽이 멀어서 눈물이 지멀거렸다. 같이 일할 사람을 구했다는 간단한 보고가 끝나고, 알리와 같은 방 침대에서 잠을 자야 했다. 반갑다든지 불편하지 않겠느냐든지 하는 인사치레는 없었다. 돼지치기와 하는 공동생활이 그렇게 시작되었다.

알리는 우선 어머니 한코나에게 그녀가 모았다는 오르소마다 대원의 명단을 달라고 했다. 대원들의 나이며 주소, 학력, 대원들 간에 쓰는 닉네임 같은 것들이 자세히 적혀 있었다. 당연히 그래야 하는 것처럼 사촌의 이름은 안 보였다. 그러나 잘 아는 사이라서 그게 꼭 필요할 것 같지는 않았다. 물론 사촌을 믿거라 하는 게 위험하다는 것을 모르는 바는 아니었다.

알리는 지도를 펴놓고 오르소마다 대원 모집할 지역을 짚어보았다. 서북쪽 맨 끝에 스쿠데르와 아블로나, 동쪽의 카스토리아, 서남쪽의 이구메니차, 그리고 그 동쪽으로 이오안니나, 외갓집이 있는 코니차까지를 대원 모집 지역으로 삼을 만했다. 북부와 산간지역은 다음 모집 대상으로 남겨두었다. 그리고 대외관계를 위해서는 서해안은 반드시 확보해야 하는 지역이었다.

어머니를 설득해서 거처를 테펠레네로 옮기기로 했다. 트레베신

산록에는 돼지 축사와 훈련장, 대원들의 숙소만 두기로 했다. 그렇게 되어 자연스럽게 돼지치기와 함께 사는 생활은 청산할 수 있었다. 말 두 필을 다시 구입했다. 하나는 어머니 한코나의 몫이었고, 다른 하나는 허드렛말이었다. 종일 말 한 마리만 혹사시킬 수 없어서 허드레 짐을 싣고 다니다가 타던 말이 지치면 갈아탈 작정이었다.

거처를 옮기고 나서 맨 먼저 찾아간 것이 외갓집이었다. 어머니 한코나 소식을 전하고, 자신이 맡은 역할과 장래 포부를 이야기했다. 그리고 할아버지 아흐메트 쿠르트 파샤란 직함을 빌려 자기를 알리겠다고 제안했다. 내가 누구의 손자라는 걸 내세우는 전략이었다.

델비나의 아자즈 아흐메트 파샤도 찾아갔다. 사실은 아자즈보다는 눈에 밟히는 롤로디아를 보고 싶어서였다. 그런데 공교롭게도 거기서 사촌 조다도라이스와 마주쳤다. 조다도라이스는 아자즈와 전부터 화약 거래를 트고 있었던 것을 알았다. 일이 얽히자면 사람의 뜻과는 아무 상관 없이 꼬이는 경우가 있는 법이라서, 아르코뤼코스가 조다도라이스와 같은 사업을 하고 있는 것이었다.

"거처를 옮긴 것은 잘 한 일이군. 전에 살던 집과 땅은 모두 대원들의 공동재산으로 하도록 하게. 그래야 다른 사람들도 믿고 자네한테 돈을 투자하는 것이네. 크고 작고 간에 남의 돈 걷어들이자면 내 걸 먼저 내놔야 하느니."

알리는 아자즈를 위해, 아니 꽃같이 고운 롤로디아를 위해 무엇을 내놓아야 하는가 한참을 생각하다가, 자기가 찾아온 뜻을 밝혔고 아지자의 흔쾌한 수락을 얻었다. 아르코뤼코스와 조다도라이스를 내보낸 뒤에 하는 이야기라서 은밀한 믿음이 전달되는 약속이었다.

이후 세 해를 지내는 동안 알리는 알바니아와 그리스를 넘나들며 사람을 모으고, 돈을 거둬 자금을 불려 나갔다. 집이 두세 호만 되어도 놓치지 않고 찾아가 설득해서 자기편으로 만들었다. 그리고 드디어 알렉산드로스가 아버지 뒤를 이어 제국을 건설하던 나이, 그 빛나는 스물에 어머니 한코나와 함께 산악당을 이끌어나가는 지도자가 되었다. 산악당은 알바니아에서 내로라 하는 실세로 떠올랐다.

알리는 세상살이에 어느 정도 자신감을 얻게 되었다. 남의 인정을 받는 게 자기를 살리는 방법이란 생각이 들기도 했다. 한편 자기의 인정을 받지 못한 작자들이 배반의 칼을 들이댈 일이 가슴에 응어리졌다. 믿을 수 없는 인간은 끝장을 내라던 어머니의 말이 귓가를 맴돌았다.

11

鰐魚

공부라는 것

신뢰와 배반은 늘 엇갈렸다. 인이수와 서모시 사이에서도 그것은 진실이었다. 인이수가 제법 번역을 잘 했다고 만족해하고 있었다. 이러니 저러니 해도, 자기들의 입지가 확실해지는 것은 삶의 실감 같은 것이었다. 친구들은 물론 교수들도 인이수와 서모시를 추어주었다.

인이수는 서모시가 어떻게 공부하고 있는지가 궁금했다. 공부는 그저 각자 자기 길을 가는 일이려니 생각하고 지냈다. 일을 하나 해내고 나니, 서모시가 궁금해졌다. 그것은 둘의 존재를 연결해주는 끈과도 닮은 경쟁심리였다. 인이수가 물었다.

"오빠는 시를 어떻게 번역했는지 궁금하네. 보여주면 안 될까?"

"번역? 뭘 보여달라는 거야?" 서모시가 고개를 갸우뚱했다.

"비잔티움 항행 말야."

"그건 너한테만 내준 과제잖아?"

인이수는 잠시 어리뻥해져 있었다. 서모시의 생각이 뭔가 비뚤어져 있다는 느낌이 들었다.

"말이지, 그 표영문 교수 너한테 너무 느끼하게 다가오는 거 아냐?"
의외의 질문이었다.

교내 커피숍에서 만나기도 하고, 연구실로 찾아갔던 적은 있었다. 그것은 학생과 교수의 일상일 뿐이었다. 같이 영화관엘 갔다든지, 와인바를 드나들었다든지, 문제를 일으킬 만한 행동은 하지 않았다. 더구나 자기가 애엄마라는 것, 같은 학과 서모시와 부부간이라는 걸 먼저 얘기해서 자신의 처지를 알리기도 했다. 표영문 교수도 그걸 아는지 자기 나름의 선을 그어놓고 그 선 안에서 운신을 할 뿐이었다.

인이수는 서모시를 흘금 쳐다봤다. 같은 대학 같은 학과에 진학하도록 배려한 것이 결국은 상호감시를 하게 한 어른들의 계책은 아닐까 하는 의문도 들었다. 그건 과도한 추론이나 다름이 없었다. 아무리 치사한 현실주의자들이라고 해도 그렇게까지 의심이 든다면 아예 둘의 결혼을 허용하지 말았어야 하는 게 아닌가, 인이수는 그렇게 마음을 추슬렀다.

"표영문 교수가, 사제간에는 성이 존재하지 않는다고 했다면서?"
서모시가 콧등을 찡그리면서 인이수를 쳐다봤다. 하기는 표영문 교수의 말은 그런 오해를 살 만했다.

"대학사회에서 교수와 학생 사이에 일어나는 성적인 문제는, 근원적으로, 속물적으로 접근하기 때문에 생기는데, 사랑에 목숨을 걸 각오가 되어 있지 않은 속물들, 속에는 거러지가 들어 있어 뱀장어처럼 눈을 뜨고 도사리면서 겉으로는, 우아 떨어대는 그런 작가들을 속물이라잖아? 그 속물들의 허위의식이 성을 오염시키는 거야. 서로 죽을 각오로 달려들면 뭐가 문제겠어?" 표영문 교수는 그런 이야기 끝에 쿨럭쿨럭 기침을 했다.

"교수와 학생 사이에는 학문이라는 걸 두고서만 죽을 각오를 할 수 있어. 그러니 속물적인 사랑은 불가해. 따라서 사제간에는 성이 없다는 거야." 학생들은 아리송한 논리에 휘둘려 표영문 교수를 어리뚝하니 쳐다봤다.

"구체적으로 어떻게 하라는 거지요?" 인이수가 손을 들고 물었다.

"사랑을 위해서라면 세속적인 거 다 버리라는 거야. 그래서 순수한 알몸만으로 하는 사랑을 하라는 거야." 학생들이 킥킥킥 웃었다. 인이수는 실감이 적다는 생각을 하면서 혼자 침을 삼켰다.

타과에서 와 청강하는 학생 몇이서 먼저 자리를 떴다. 카메라 받침대, 트리포드와 캠코더가 손에 들려 있었다. 인이수는 자기가 표영문 교수와 질문하고 대답한 과정이 모두 녹화된 건 아닌가, 가슴이 쿵쿵 울렸다.

"아무튼 조심하는 게 상책이라고. 소문이 좋지 않아." 서모시는 인이수에게 주의를 환기했다. 인이수는 서모시가 무슨 다른 낌새를 채고 있는 것인가, 의문이 드는 가운데 어정거리고 있었다.

"김광남 만날 일이 있어." 서모시가 외출 준비를 하고 있었다. 김광남이라면 운동을 하러 가서 만나도 될 터인데, 늦은 시간에 그를 만나러 간다는 게 좀 거슬려 보였다.

서모시는 이른 저녁에 술기운이 도는 얼굴로 들어왔다. 기분이 그리 나빠 보이지는 않았다. 서모시는 얼굴을 대충 씻고 책상에 앉았다. 김광남을 만나 뭘 했는지는 묻지 않았다. 서모시도 무슨 이야기를 나누었는지 입을 다물었다.

인이수는 특별한 일이 아니면, 아이에게 신경을 쓰지 않았다. 2층에 연결된 인터폰이 울렸다.

"얼른 올라와 봐라." 시어머니 안경숙의 목소리는 각이 져 있었다. 마침 얼마 전부터 젖이 돌기 시작했다. 유선이 트인 모양이었다. 시어머니 앞에서 아이 젖 물리는 법을 익혔다.

인이수와 서모시는 동시에 2층으로 올라갔다. 아이가 얼굴이 퍼렇게 질려 울고 있었다.

"네가 젖 물려봐라. 우는 애 달래는 데는 젖만한 게 없다." 시어머니 안경숙이 어서 젖을 물리라고 부추겼다.

"애들은 엄마 심장 뛰는 소리 듣고 큰다더라." 시아버지가 옆에서 거들었다.

인이수는 멈칫거리고 서 있었다. 시아버지 앞에서 젖가슴 내놓기가 망설여졌다. 인이수가 아이 젖을 물리고 있을 때, 서모시가 올라와 방에 들어섰다. 인이수는 아이를 안은 채 뒤로 돌아앉았다.

"애 아프면 병원부터 가야 하지 않나요?" 서모시가 멈칫거리다가 어렵게 말을 꺼냈다.

"애 운다고 병원 가면 애 데리고 병원서 살아야 할라. 애들은 울면서 크는 법이다." 모친 안경숙이 차근히 이야기했다.

"애가 지금 숨이 막혀 질식하잖아요, 염병."

"자식이 구습이 뭐 그따위야." 서모시의 부친 서열모는 주먹을 쥐고 달려들어 아들의 명치를 가격했다. 서모시는 비틀하다가 테이블 의자 모서리를 잡고 겨우 몸의 균형을 유지했다.

"아버님!" 인이수는 시아버지를 그렇게 불러놓고는 입이 얼어붙었다. 인이수는 서모시를 돌아보았다. 서모시는 우습지도 않다는 듯이, 속으로 크윽크윽 흐느꼈다.

서모시는 집을 나가 독립해야 한다는 다짐을 거듭했다. 그런 생각이나 하고 있는 게 또 우스웠다. 아버지는 항거할 기회를 주지 않는 포식자였다. 아버지와 맞서기 위해서라도 운동을 해서 몸을 만들어야 할 판이었다. 낮에 김광남을 만난 것도 그런 상의를 하기 위해서였다. 김광남은 남한대학교 경호학과에 다니고 있었다. 유도부에 들어가 활동하는 중에 아시안게임에 나가게 된다는 이야기도 했다. 김광남은 인이수 안부를 물었다.

서모시는 명치를 쓸면서 서 있다가 방을 나갔다. 속에서 불이 일었다. 등뒤로 어머니 안경숙의 목소리가 들렸다.

"며느리 앞에서 뭐 하는 짓이야? 당신은 뭐가 그렇게 당당해서 애를 치고 그래요? 그러다 애 죽이겠수."

"젊은 자식이 기가 다 빠져가지고는…… 힘을 길러야지, 힘을."

"걔라고 그런 거 모를라구?"

"그런 거 아는 자식이 왜 밖으로 겉돌아? 당장 들어오라구 해." 서모시는 다시 방으로 들어갔다.

"학교 그만두고 몸 만들기나 먼저 해라." 서모시는 부친의 말에 아무 대답을 하지 않았다.

인이수가 다시 젖을 물리자 아이가 울음을 그쳤다.

"어이구, 제 에미는 용케 알아본다, 어린게? 그래 되었다, 내려가서 하던 일들 해라."

아이는 할머니 품에 안기면서 언제 그랬냐는 듯이, 방글거리며 웃었다.

계단을 내려오는데, 뒤에서 투덜거리는 부친 서열모의 목소리가 들렸다.

공부합네 하고 노상 계집만 끌어안고 자빠졌으니까 몸이 부실해지지, 사내자식들 계집한테 빠지면 백이면 백 다 그렇게 된다니까.

왜 표영문 교수처럼 사리 밝게 사람을 이해하고 한번 돕기로 했으면 오래 변하지 않는 사랑을 보여줄 수 없는 것인가. 사실 서모시는 몸이 부실해서 인이수에게 미안한 심정으로 지냈다. 너무 일찍부터 겪은 성경험이 문제인가, 서모시는 자신의 지난날 성경험이 불쑥불쑥 떠올라 도무지 일에 집중할 수 없었다. 누구를 탓할 일은 못 되었다. 두려움 속에 끌려 들어간 골목이었고, 언젠가부터 스스로 그 골목을 찾아 들어가는 자신을 발견하곤 했다. 그때마다 서모시는 혼란에 빠졌다. 자신을 지키지 못한 너절한 놈팽이 하나가 자기를 내려다보고 있었다. 옥상에서 스펌을 뽑던 일도 떠올랐다. 멜라니 선생이 미치도록 보고 싶었다.

그런 날이면 인이수와 일을 시작하려 자리를 잡자마자, 성기가 후줄근하게 늘어져버렸다.

표영문 교수한테서 메일이 와 있었다. 인이수는 눈을 감고 표영문 교수의 얼굴을 떠올려보았다. 우수에 잠겨 있는 듯, 먼 세계에 대한 그리움으로 가득한 눈길이 다감하게 다가왔다가는 멀어지기를 거듭했다. 인이수는 눈을 딱 뜨고 모니터를 바라보았다.

"사실 나는 과도한 집착에 잠겨가는 중. 그대들의 아름다움은 나의 진리……."

전에 그런 이야기를 한 적이 있었다. 학교에서 학생 가르치기를 선택한 나의 판단은 탁월한 것이었단 말이지. 그대들은 젊고 아름답다. 그보다 더 중요한 것은 그대들은 부지런히 성장하는 존재들이기 때문이라오. 그대들은 달려가고 나는 머물러 있고…….

여러분의 아름다움이, 여러분의 인식이 하루하루 성장하는 모습을 보는 게 나의 유일한, 아니 최고의 낙입니다. 존 키츠의 「Ode on a Grecian Urn(그리스 항아리에 부치는 노래)」에 그런 구절이 있다고 늘 상 얘기했는데, 미가 진리이고 진리가 곧 아름다움이니, 그게 당신이 이승에서 알게 된 것, 혹은 반드시 알아야 할 모든 것이거니. 미와 진리의 관계를 이렇게 적실하게 표현한 예는 달리 없다네. 인이수는 그 구절을 암기해두었던 터라, 신선한 느낌은 없었다. 속으로 그 구절을 중얼거렸다. 미는 진리이고 진리는 미 자체이다, 당신이 이승에서 알게 되는 것, 그리고 알아야만 하는 모든 것이 이것이거니. 서모시는 그 구절이 아무래도 과장이라는 생각을 했다. 그리고 그런 구절을 반복해서, 그것이 마치 자기 신념이라도 되는 양 이야기하는 표영문 교수의 말은 식상하기도 했다.

인이수는 표영문 교수의 메일에 답을 할까 말까 망설였다. 메일을 쓰고 싶은데 한편으로는 망설여지는 내심을 스스로 이해하기 힘들었다. 인이수는 번역문을 살펴보았다. 그리고 소리 내어 읽어보았다. 그건 어지러운 정신을 수습하는 인이수 나름의 방법이었다. 자기 열정을 홈빡 쏟아부었던 그 텍스트, 그것은 인이수의 분신과도 같은 것이었다.

정확히는 모르지만, 그런대로 성공적인 번역이라고 자부했다. 그런데 이 작품에 대해 평론을 쓰는 일은, 실로 난감한 과제였다. 평론이라는 글을 읽어보기는 했지만 직접 써본 적은 없었다. 전국 독서감상문 콘테스트에서 금상을 받아보기도 했다. 그것은 일종의 워밍업이지 메인 이벤트가 될 수 없었다. 인이수는 며칠 마음을 썩였다.

그러나 더 기다릴 여가가 없었다. 표영문 교수가, 그따위 실력으로 아그똥한 질문이나 하고 덤비느냐고 비난을 퍼부을 것만 같았다. 겁에 질려 나뒹굴어질 사태가 다가올 것만 같았다. 그건 말하자면 통과의례에 따르는 약간의 고통 같은 것일지도 몰랐다.

인이수는 며칠 속을 썩이면서 지냈다. 속을 터놓고 이야기할 수 있는 건 역시 서모시였다. 서모시와 인이수를 같은 운명의 끈으로 묶어맨 것은 생물실험 경시대회 인연이었다. 서모시는 맹물같이 어리벙한 데가 있기는 하지만 자기 일 제쳐두고 남을 우선 돕겠다고 나서는, 심덕이 곱고 결고운 구석이 있었다. 그리고 무엇보다 기억력이 놀라웠다. 삼국시대 고구려, 신라, 백제의 임금을 좌악 꿰는가 하면 친구들의 전화번호까지 줄줄 읊었다. 메모장이나 수첩이 필요없는 친구라고 부러워하기도 했다. 예이츠의 「비잔티움 항행」도 줄줄 외고 있었다. 그러나 비평문을 쓰는 능력이 있는지는 아직 인이수가 확인한 적이 없었다. 비평을 공부한 이력이 없는 것도 물론이었다. 서모시는 인간관계가 좋은 편이었다. 헌신적이고 남을 먼저 생각하는 심덕으로 해서 선배들이 잘 도와주었다. 인이수는 서모시를 잘 만났다는 생각과 서모시가 주눅들어 사는 모습을 함께 보면서 답답한 가슴을 주먹으로 치곤 했다.

서모시는 수수깡속 같은 몸을 지니고 있었다. 혹심한 고통을 거치고 나서도 툭툭 털고 일어나 한잠 자고 나면 돌아다니는 데 아무 지장이 없었다. 그러나 힘을 쓰지 못했다. 서모시의 그런 몸을 언제까지 돌봐야 하는가, 인이수는 이따금 '끝장'을 생각하곤 했다.

수강 과목이 많아 일주일이 어떻게 가는지 모를 지경이었다. 번역본을 다듬고 다시 읽고 하는 사이, 표영문 교수가 과제를 제출하라는 날이 차곡차곡 다가왔다. 인이수는 서모시에게 도움을 청하기로 했다.

"글 똑부러지게 쓰는 선배 누구 없을까? 하나 소개해."

"무슨 일인데?"

"잊어버렸어? ……비평문이 필요해. 그런 거 써본 친구 없을까?"

"실력 있는 사람, 아니면 사람 좋은 사람?"

"내가 도움 받을 만한 사람이면……."

"성질이 좀 개 같은데 글은 기차게 쓰지……. 괜찮을까?"

서모시는 마치 인이수의 속을 떠보자는 듯 사람을 만나게 해주겠다고 나섰다. 서모시가 소개한 선배가 전화로 연결되었을 때, 거두절미하고 학교 도서관 앞에서 만나자고 했다. 만나자는 장소로 보아 사람이 순직할 것 같다는 생각이 들게 했다. 딴생각을 하지 말라는 암시 같기도 했다. 카페니 호프집이니 그런 데로 끌어내면 속이 보인다는 계산을 먼저 했을지도 몰랐다.

서모시가 소개한 남학생은 금방 알아볼 수 있었다. 영문과 다니는 걸 자랑하기로 작정했는지, 앞가슴에 유니온잭 깃발과 ENGLAND란 글씨를 넣어 디자인한 노란 티를 입고 있었다.

"박지남이라고 합니다."

"박지남?" 인이수는 안에서 밀고 올라오는 웃음을 참지 못하고 까륵까륵 웃었다.

"왜요?" 남학생이 인이수의 얼굴을 짠짠히 쳐다봤다. 웃기는 아가씨라는 표정이었다.

"지남철이라고, 그거 줄여서 지남이라고 한대요."

인이수는 시아버지 서재에서 보았던 책을 떠올렸다. 『조선무도지남(朝鮮武道指南)』이라는 책이었다. 한국의 무도를 설명하는 안내서 혹은 가이드라는 뜻이었다. 하기는 물리선생도 지남에 대해 그런 설명을 했다. 자석을 지남철이라고 하는데, 그게 남쪽을 가리키는 쇠라는 뜻이고, 바늘 한쪽이 남쪽을 가리키면 다른 쪽은 당연히 북쪽을 가리킨다, 남쪽을 가리키는 걸로 대표해서 쓰는 것이라서 지남철이란다, 그런 설명 끝에 한자로 指南鐵이라고 칠판에 크게 써주기도 했다. 인이수가 기억을 더듬고 있는 것과는 달리, 남학생은 반응이 딴쪽으로 돌아갔다.

"와, 근간에 만난 친구 가운데 단연, 프리마돈나라고 해야 하나……. 아니면 디바?"

양손을 옆으로 펴고 무릎을 굽혀 무대에서 인사하는 방식으로 인사를 해보이는 모양은 우스웠다. 그러나 그런 태도가 싫지 않았다. 늑대, 우아한 늑대? 도대체 남자가 늑대로 보이는 경우는 어떻게 생각하고 어떻게 행동하는 것인가, 삼류소설에 나오는 치한에 가까운 인간들과는 어딘지 다른 구석이 있어 보였다. 그러나 눈여겨본다고 해서, 그 다른 구석이 금방 간파되는 것은 아니었다.

선택과목 '영시의 이해' 교수가 내는 돌발과제가 있는데 도와달라는 이야기를 했다.

"처음 글 쓸 때 누구나 망설이게 되지. 그러나 스스로 해봐야 돼."

잠시 말이 끊겼다. 인이수가 간단히 과제에 대해 설명했다.

"그럼 나더러 비평을 써달라는 건가?"

"선배 좋다는 게 뭔데, 좀 도와줘……." 인이수가 다가가 박지남의 팔뚝에 자기 팔을 걸었다.

"털도 안 뜯고 먹을라고 하면 목에 걸리지. 거기가 일단 써가지고 와요. 그럼 내가 손질할 데 있는지 봐서 고쳐주든지 할 테니."

자기 일은 자기 스스로 하는 게 대학에서 배울 점이라는 이야기를 덧붙였다. 써가지고 오면 그때 다시 만나서 다듬어주마 하는 약속을 받았다. 꿀리는 일이었지만 거절당하지 않은 건 다행이었다. 그러면서 다음에 만날 때는 좀 근사한 장소로 하자는 주문도 달았다. 장소를 배려하라는 게 마음에 걸리기는 했다. 근사한 레스토랑이라도 가자는 뜻인가. 속으로 늑대, 루푸스? 그런 단어를 중얼거렸다.

며칠 몰두해서 글을 썼다. 자신이 이해한 내용을 요약하고, 그 내용에 대한 자기 나름의 시각으로 비판을 담아서 쓰다 보니 번역하면서 생각했던 항목들이 수월하게 풀려나왔다. 시가 관념적이고 비현실적이며 시인의 그리스에 대한 탐닉이 주체의 정체성을 혼란시키고 있다는 식으로 논리를 전개했다. 스스로 생각해도 대견했다. 그만한 글을 쓸 수 있다는 것이 자랑스러웠다. 글은 손으로 쓴다면서, 인문학을 위한 글쓰기 강사가 주먹 부르쥐고 강조하던 '실천, 프락시스'라는 말이 떠오르기도 했다.

그런데 박지남에게 어디서 만나자고 해야 할지 망설여졌다. 도서관이 아니라면, 둘이 만나 이야기하기 적절한 장소가 교내에서는 마땅치 않았다. 그렇다고 학교를 벗어나고 싶지 않고, 학교 안에서는 무엇보다 주위에 눈들이 많아 신경이 쓰였다. 아무튼 머리가 꽉 막혀 근사한 데는 고사하고 그저 그런 어벙한 장소도 떠오르지 않았다. 서모시에게 상의해보자, 하고는 전화를 했다. 교내에서든지 어디든지 전화로 연락하는 게 버릇이 되어 있었다.

"어어, 나 인이수."
"웬일? 글은 다 썼어?" 박지남을 만나려는데 장소가 어디 좋겠나 물었다.
"다 썼으면, 박지남에게 읽어달라기 전에, 내 메일로 보내봐."
"갑자기, 그건 왠데? 검열이야?"
"사실은, 나도 말야, 그사이 인이수 네가 쓰려던 것과 똑같은 글을 썼거든. 서로 어떻게 다른가 보자구."
"젠장, 할 일도 졸라 없네. 왜 그런 글을 썼지?"
"너무 이유 캐려 들지 말고…… 표영문 교수 때문이라구."
"뭐어, 오빠 웃긴다. 뭐가 어때서?"
"불공정 거래야."
인이수는 전화기를 든 채 한참을 크크크 웃었다.
"알았어, 내가 박지남을 의심하고 있는 거 아닌가, 말하자면 불공정 거래를 할까 걱정하는 거지, 그렇지?"
뜻밖의 반응이었다. 아무한테도 지지 않겠다는 경쟁심리인지, 아니면 관심이고 애정이고 간에 자기중심으로, 공평하게 나누어야 한다는 감정의 공산주의인지 감이 제대로 잡히지 않았다. 인이수는 자기가 표영문 교수의 말투를 흉내내고 있다는 것을 알고, 아닌데 고개를 저었다. 두 사람이 똑같은 발상을 하는 건 '커뮤니즘 오브 필링, 감정의 공산주의'라는 것이었다. 내외간이든 형제간이든 혹은 친구 사이에도 감정은 각각 달라야 한다는 이야기 끝에 그런 용어를 썼다. 사람이 각각 다른 생각을 하고 감각이 달라도, 어떤 희한한 때에 감정이 딱 마주치는 적이 있다는 것이었다. 그것은 신과 통하는 모멘텀, 기도발이 서는 그런 기회라는 것이었다.

"인이수 아카데믹 어페어에, 서모시가, 끼어들 근거가 무어야?"

"뭐 그런 치사한 발상을 다 하고 그래?"

"내가 박지남 만났지. 그놈이 느글느글하고 거머리처럼 착착 달라붙을 놈이야. 일테면 늑대야."

"글을 보아준다는 건 고마운 일 아닌가?"

"다시 생각해보니까 아냐. 평론 한 쪼가리 얻고, 아니 글을 첨삭해준다고 너를 허당으로 빠트릴 수가 있어. 아니면 붉은 펜을 들고 네 인생을 새빨간 이념으로 첨삭하려고 들지도 몰라."

"암튼 분류법에 문제가 있어. 그렇고 그런 남자가 늑대면, 여자는 뭐야?"

"말하나 마나, 그야 여우지."

늑대와 여우? 인이수는 예이츠의 시에 왜 늑대와 여우가 안 나오는지 의문이 들었다. 연어니 고등어니 하는 물고기들은 구체적으로 거명하면서 나중에 가서는 물고기, 짐승, 새들 그렇게 얼버무렸을까 하는 생각이 드는 것이었다. 살아서 펄펄 뛰는 존재들을 어떤 이유로 어류(fish), 수류(flesh), 조류(fowl) 등 추상적인 어휘로 구분한 것일까 의문이 들었다. 하긴 영어에서는 인간이나 인류를 '살코기'라고 하기도 하는 법이라서 그렇게 이상할 것은 없었다. 인이수가 물었다.

"여우랑 늑대랑 만나기 좋은 데가 어디야?"

"그야, 본능으로 아는 거 아닌가?"

"본능적으로? 자연주의자?"

"아니지, 교양주의자가 된 것이라고 해야지. 요새 애들이 어떻게 노는지를 안다는 뜻이야. 상상과 행동패턴을 공유하는 것이 교양이니까."

"그래서 어떻게 하겠다는 거야?"

"말하자면, 뭐 그렇군."

서모시는 한참을 망설이는 듯 아무 말이 없었다. 전화가 끊긴 줄 알았다.

"뭐어야, 전화하다가 왜 아무 말도 안 해?"

"알아서 해, 나는 딴 데를 생각하고 있는 중이야."

"여우 데리고 갈 만한 데가 있어?"

"김광규의 '털보네 대장간' 같은 그런 데."

전화기 저쪽에서는 김광규의 시를 읊고 있었다.

"풀무질로 이글거리는 불 속에/시우쇠처럼 나를 달구고/모루 위에서 벼리고/숫돌에 갈아/시퍼런 무쇠낫으로 바꾸고 싶다." 생명이 약동하는 것인지 거칠다고 해야 할지, 아무튼 힘찬 이미지가 넘쳐나는 구절이었다.

"그건 나도 알아. 직지사 해우소/아득한 나락으로 떨어져 내리는/똥덩이처럼 느껴질 때…… 어쩌구 하는 그거잖아. 오빠 얼마나 살았다고 그딴 늙은이 소릴 하는 거야?" 인이수는 서모시에게 약간 빈정거리는 투로 말했다.

"얘 좀 봐라, 여우는 역시 여우구나." 서모시의 목소리가 가볍게 날렸다. 인이수는 말이 어떻게 이어지나 기다리고 있었다.

"그럼 나랑 만나, 매파가 신랑감 가로챘다고 생각하지 말고." 인이수가 서모시에게 그런 이야기를 하기는 결혼한 이후 처음이었다.

그런데 문제는 다른 데 있었다. 인이수가 몸이 달아오를수록 서모시의 몸은 싸늘하게 식었다. 인이수는, 우리 사랑할 때는 나만 생각해봐, 서모시의 귀에다가 속삭였다. 서모시는 땀 젖은 등을 돌리고 돌아누웠다.

인이수는 다른 늑대를 찾아나서기 시작했다. 박지남에게 먼저 연락을 했다. 박지남은 그렇게 만나는 게 익숙해졌다는 듯이 인이수를 끌어안고, 농밀한 시간을 보냈다. 그것은 언어 저쪽의 어느 강언덕이었다. 녹음을 스쳐가는 바람도 살가웠다.

그렇게 해서 둘이는 제법 대장간 같은 데를 찾아가 만나곤 했다. 자연스럽게 풀무질을 해대기도 했고. 시우쇠처럼 서로를 달구고, 모루 위에다 서로를 올려놓고 쳐대기도 했다. 박지남이 전화를 하고 만나자고 하는 날마다, 둘이는 아무 이야기 않고 만났다. 대장간의 열기는 높이 달아올랐다. 인이수가 박지남과 대장간놀이를 끝내고 돌아갔을 때만은, 서모시가 놀랄 지경으로 덩달아 뜨겁게 달아올랐다. 서모시가 달아오르면 인이수는 얼굴이 확확 열에 들떴다.

鰐魚

외할아버지

12

알리에 대한 외할아버지의 사랑은 뜨거웠다. 외할아버지는 엄마의 아버지였다. 아버지의 아버지, 친할아버지와는 아무런 핏줄로 이어 오는 연관이 없는 듯 시간이 가버렸다. 시간의 단절과 시간의 연계, 그것은 존재의 단절과 존재의 연계를 떠올리게 했다.

외할아버지 아흐메드는 나이에 비해 훨씬 젊어 보였다. 언제던가 한 번 집에 들른 적이 있기는 하지만 그때 어떤 얼굴이었는지 기억이 떠오르지 않았다. 다만 왜 외할아버지 댁을 찾아갔는지는 선명한 기억으로 떠올랐다.

"이녀석이 아무래도 일을 저지른 모양이로구나. 애들은 일 저지르면서 크는 법이야."

어머니한테 쫓겨온 걸 생각하면 외할아버지는 의외로 너그러웠다.

"누구랑 싸웠냐? 싸워서 이겼냐?"

알리는 대답을 하지 않았다. 싸워서 이겼으면 여기까지 쫓겨올 턱이 없지 않은가. 알리는 입을 다문 채 할아버지를 쳐다봤다. 할아버지는 수염이 풍성했다. 그리고 움푹 들어간 눈에서 서기가 번져나왔다. 어머니의 눈빛을 닮아 있었다. 엄하고 인자한 풍모였다. 지모가 출중한 사람이라는 느낌이 왔다.

"칼을 쓰다가 실패했나 보구나. 처음부터 치밀하게 계산해서 온몸의 힘을 칼끝에 모아서 찔러넣어야 칼맛을 제대로 아는 법이다."

할아버지는 귀신이었다. 그사이 아무도 할아버지한테 어떤 일이 있었는지 보고할 사람이 없을 터인데, 일이 돌아간 맥락을 훤히 꿰고 있는 게 아닌가. 거기다가 칼 쓰는 법을 이야기하는 품이 어머니가 하던 방식과 하나도 다르지 않았다. 실제로 정황을 안 보았다면 그런 이야길 어떻게 할 수 있단 말인가.

"우선 쉬어라."

그렇게 한 밤이 지나고, 다음 날이었다. 할아버지는 알리에게 총을 구한 연유를 물었다. 켈시레의 대장장이한테 한 달 일해주고 그 대가로 총을 받았다는 이야기를 했다.

"품삯은 얼마나 주더냐?"

"용돈을 받기는 받았는데 그건 품삯이 아닙니다. 고용되어 일을 해주려면 계약을 해야 하는데 저는 계약을 하지 않았기 때문에 돈을 받았어도 품삯은 아닙니다."

"그래? 잘 했다. 사람은 어디서든지 몸값을 헐하게 낮추어서는 안 된다. 세상에 하나밖에 없는 몸이다. 그러니 함부로 목숨 바치겠다고 나서지 말아라. 네가 목숨을 바쳐서 새 세상이 온다면 몰라도 말이다. 또 그런 세상은 냉큼 오지 않는다." 알리의 꿈과는 전혀 방향이 다른 이야기였다.

"집안에서 사람 죽이는 이야기하는 건 적절치 않다. 집안은 사랑과 존경으로 가득한 공간이라야 한다. 하니, 나랑 바람 쐬러 나가자."

할아버지는 허리춤에 단도를 챙겨서 꽂고 밖으로 나갔다. 읍내가 한눈에 내려다보이는 언덕으로 올라갔다. 알리는 약간 헉헉거렸지만 할아버지는 숨소리가 고르게 났고, 보폭이 일정했다.

언덕에서는 읍내가 훤히 내려다보이는 것은 물론, 아오스강이 흘러가는 건너편으로 아득하게 높은 산이 눈을 들러쓰고 눈부신 순백의 영기를 뿜어내고 있었다. 그 산록까지 벌판이 훤히 내려다보였다. 이런 고장을 산골이라 하는 게 오히려 말이 잘못된 게 아닌가 싶을 정도였다.

"머지 않아서 내가 이 고장의 파샤가 된다."

"할아버지가 파샤가 된다고요?"

"이스탄불에서 파샤 호칭이 내려올 것이다. 이제까지는 관습적으로 파샤 역할을 했니라."

"그럼 이 고장 모든 게 할아버지 소관이 된단 말이지요?"

"아흐메드 쿠르트라는 종족 명칭에 파샤라는 이슬람 호칭이 붙는 영광이 있을 뿐이다. 땅이나 사람이 모두 내 소유가 되는 건 아니다. 사람이나 땅이나 신의 소유일 뿐이다. 그런데 사람이 타락하거나 광포해지면 사람을 소유하려고 한다. 종당에는 제 종족을 잡아먹기까지 하는 게 사람이다. 천사는 사람이 아니다."

할아버지는 알리에게 저 앞으로 펼쳐져 흘러가는 강물의 굽이를 가리켰다. 아오스강과 브즈스강이 합류하면서 평야를 망상형으로 갈라놓은 모양이 눈에 들어왔다. 사람이 만들 수 없는 신묘한 형상을 이루면서 흘러가는 강이었다. 어디선가 그 근원을 알 수는 없지만 산에서 흘러내리기 시작할 때는 아주 작은 또랑 같은 물줄기였을 것이다. 그러다가 그 물줄기가 옆에서 흘러드는 지류와 합류하고, 그것이 다시 모여 꽤 세가 도도하게 흘러가는 강이 되었을 것이다. 강과 강이 합류하고, 그게 평야로 흘러내려 자기 갈래를 또 갈라가면서 이런 망상형을 이루는 늪과 갈밭을 만들었으리라 짐작이 되었다.

"사람살이도 저와 비슷한 거다. 흐르다가 맺히고 맺혔다가는 풀려 들판으로 흩어지는 가운데, 물은 여전히 아래로 흘러간다."

"물이 유동성이 있고, 제 무게가 있어서 늘 아래로 흐른다면, 사람에게는 그런 성질이 무엇인지요?"

아흐메트는 손자의 얼굴을 쳐다보다가는, 눈자위가 젖어오기 시작했다. 아마 딸을 생각하는 모양이었다.

"그만하면 되었다. 너의 아버지 뒤를 실력으로 잇는 것은 너의 어머니일 테다. 너는 너의 아버지와 할애비의 정신을 이어가라. 너의 조상은……."

아흐메드는 말을 마무리하지 않았다. 알리의 조상이 알바니아에서 라브족이라는 가난하기 짝이 없고, 성격이 매몰차서 인정이라고는 한 방울도 없는 족속이라는 소문이 나 있었다.

"나는 너의 애비가 자기 족속 가운데는 학처럼 돋보이는 존재라 딸을 주었다. 그런데 그놈의 가난을 이기지 못하고 목숨 살겠다고 한 게 목을 잘랐구나. 아마 뒷일은 네 어미가 다 처결할 것이다. 너는 너대로 앞날을 도모해야 한다. 까짓거 사람 하나 죽였다고 그게 무슨 대수냐. 너는 앞으로 살아가자면 사람을 많이 죽여야 할 것이다. 다만 죽일 만한 가치가 없는 인간에게서는 칼을 거둬들여라."

"잘 알았습니다."

사람을 많이 죽여야 한다거나, 죽일 만한 가치가 없는 인간은 죽이지 말라는 말을 정확히 알아듣지는 못한 채였다. 확인한 것은 아니지만 자신의 칼을 맞고 비틀거리다가 쓰러지던 놈이 정말 죽었다면, 그걸로 일이 끝난 것인지 마음이 쓰이기도 했다.

"이날 이후, 산등성이를 보고 한숨 짓지 말고 산과 산 사이에 펼쳐진 들판을 봐라. 그리고 그 들판을 흘러가는 강물을 보란 말이다. 그게 앞으로 너의 꿈이 되어야 한다. 우리 가문은 무자카라는 이름을 소중히 여긴다. 너는 외가로 우리 가문이니 무자카 가문의 내력을 좀 알아야 한다. 너의 아버지 가문은 끊긴 셈이다. 잊어라. 그리고 그따위 이야기 하는 놈이 있으면, 네 에미를 들고 나와 눌러버려라."

아흐메드는 자신의 가문 이야기를 자세하게 손자에게 들려주었다. 우리 무자카 가문은 알바니아 중부 미제크지역을 다스려온 귀족 내력을 지니고 있다. 우리 조상들은 5~600년 전 동쪽으로 코르체에서 발원하는 데볼강에서, 서쪽으로는 브조세강이 빠져나가는 아블로나에 이르기까지 광대한 영토를 다스렸다. 우리 조상들 가운데는 비잔틴 제국의 황족도 있었고, 앙주의 샤를 왕가와 동맹관계를 맺기도 했다. 세르비아의 침공을 받아 땅을 내준 적도 있었지만, 그 원수놈의 스테판 두샨이 죽은 다음에는 땅을 다시 찾았다.

우리 가문의 영토가 오스만튀르크에게 먹힌 것은 사브라 전투에서 참패한 때문이다. 그 후 60년간 오스만튀르크를 섬겼다. 거기서 벗어나기 위해 반역에도 참여했단다. 그게 무사치 할아버지 때, 이른바 스칸데르베크의 반란에 끼어든 것인데 오스만튀르크에게 깨지고 말았단다. 반란이나 역모, 또는 반역은 다스리는 편에서 하는 소리고, 우리로서는 혁명이었지. 어쩌겠냐, 반란이 오스만에게 진압당하고 나서 할아버지들은 이탈리아로 도망치기도 하고, 아니 망명이라야 옳지, 그리고 남아 있던 몇몇은 지배력은 잃었지만 이슬람으로 개종하고, 오스만 제국의 군사, 행정 방면에서 높은 지위를 얻기도 했다.

"너는 어떻게 생각하느냐, 나라 잃은 백성이 침략자의 휘장 아래 들어가 벼슬하는 것 말이다."

"야훼를 버리고 알라에게 무릎을 꿇을 것인가, 아니면 모가지 내놓고 죽을 것인가, 그런 말씀이시지요?"

아흐메트는 알리의 등을 툭툭 쳐주었다. 이미 대답을 들을 것이나 다름이 없었다.

"죽음으로써 역사에 교훈을 남기는 조상은 물론 자랑스럽다. 그러나 어떻게든지 목숨 살아서 훗날을 도모하는 일이 더 중요할지 모른다. 치욕을 증언하기 위해서라도 살아 있어야 하는 법."

할아버지의 이야기를 들으면서, 치욕을 증언한 다음에는 죽어야 하는 게 아닌가 물으려다 말았다. 살아남은 자들의 삶이 정당하다는 것을 증언하는 일이 그렇게 만만한 게 아닐 터였다.

"몸이 살아남기 위해서는, 몸을 단련해야 한다. 너는 여기 있는 동안 매일 운동을 해라. 그리고 검술을 익히고, 사격을 연습해두어라."

"그런 훈련을 혼자 합니까?"

"기도는 혼자 해도 되지만 훈련은 같이 할 사람이 있어야 한다."

아흐메트는 애가 잘 자랐다는 생각을 했다. 애비 죽은 거 그다지 안타까울 게 없었다. 애비보다 나으면 나았지 못할 게 없었다. 알리를 얼마간 자기가 맡아 키워야 하겠다는 생각도 들었다.

"아마, 너도 알지 모르겠다만, 아르코뤼코스라는 청년이 너를 도와줄 것이다."

아르코뤼코스라는 이름을 듣자 알리는 어허, 침을 삼켰다. 알리는 켈시레에서 만난 청년을 할아버지가 미리 알고 보낸 것인지도 모른다는 생각을 했다. 그런데 그 많은 총을 어디 쓰려고 모으는 것인지 궁금했다.

아흐메트는 밤잠이 없었다. 알리를 붙들고 끝없이 이야기를 풀어놓았다. 그 가운데 알바니아 역사 이야기는 생전 처음 듣는 것들이고, 흥미를 불러일으켰다.

"코니차는 지금은 저기 북쪽 티라나나 남쪽 이오안니나 같은 데처럼 오스만이 지배하고 있지만, 본래는 그리스 땅이었다. 아니 넓게 보면 발칸이라는 명예로운 사람들의 땅이었지. 문제는 지금이야. 그러나 지난 시간을 돌이켜보면 내일이 보이기도 한단다."

아흐메트의 이야기는 아득한 시간 저쪽으로 거슬러 올라갔다. 우리 알바니아인들은 말이다, 조상이 일리리아인이다. 학자들은 우리 선조가 인도유럽계 민족이라 한다. 그게 무슨 뜻이냐면 알바니아에 국한되는 민족이 아니라 유럽 어디라도 우리가 지배하고 살 수 있다는 말이다. 적어도 3천 년 전부터 이 땅에, 발칸반도 서쪽에 살아왔다는 게야.

민족이라는 게 부족을 이루어 모여 살게 마련이고 이웃 지역과 전쟁도 하고, 통혼도 하면서 서로 교섭하게 마련이 아니겠냐. 그래서 우리 선조들은 엘라다라고 하는 그리스와 다투기도 하고, 또 협조하면서 살아왔다. 티라나 서쪽 옆 바닷가에 있는 두러스 같은 데는 그리스 사람들이 배를 몰고 와서 점령하는 바람에 그리스 식민지 노릇을 하기도 했지. 알바니아 북쪽에서 살던 일리리아 사람들은 어떤 현명한 군주가 나타나서 통일하기도 했다. 그 가운데 아르곤 왕은 북쪽의 달마티아에서 남쪽의 브조세강에 이르는 지역의 영토를 통일해서 슈코더르를 중심지로 삼아 다스렸다.

여기 사람들은 남녀 역할이 엄격하게 갈리지 않는 게 특징이야. 아르곤 왕이 일찍 죽었거든. 그러자 왕비 테우타가 나서서 정벌사업을 전개했어. 이 여걸이 벌이는 정벌이라는 게 남자들 못지않아서 대단했어. 로마인들의 식민지 지역까지 건드렸던 거야. 그러니 감정 안 상하겠어? 로마 군인이 떼거지로 일어나서 일리리아 전체를 집어먹고 말았지. 한심하게도 알바니아는 로마 속주인 일리리쿰의 일부에 편입되는 비참한 역사를 맞이하게 된 거야.

그 이후 동로마 제국에 편입되기도 하고, 이민족의 침략을 받아가면서 살아왔는데, 우리 조상들은 자기 언어와 관습을 잘 지켰지. 그래서 '영원한 알바니아'라고 하는 거지.

"오스만튀르크한테는 언제부터 통치를 당하게 된 거지요?"

"그 얘기 하자면 밤이 모자란다. 십사 세기부터 이슬람 세력이 침입해왔는데, 유럽 일대를 통째로 집어삼키는 바람에 꼼짝 못 하고 얽혀들게 되었단다. 이른바 세상을 뒤집는 대세라는 것은 작은 집단에서 혼자 거스르기가 어렵다. 그러니까 지도자가 되려면 세상의 흐름을 잘 읽어야 하는 법이란다."

"그럼 지금 우리가 살아가는 방식이 대세란 말씀인가요?"

"꼭 그런 것만은 아니다. 저항하지 않으면 대세라는 것은 자가분열을 기다려야 굳은 땅이 갈라지기 시작한다. 그런 세월을 어떻게 기다리겠느냐? 그런 기다림으로 사는 족속들에게는 역사의 영광이 안 돌아온다."

"그럼 누가 오스만튀르크에 대항해서 들고 일어났던가요?"

"알바니아말로 스컨드루베우라는 영웅을 아느냐?"

"스칸데르베그 말씀인가요? 어머니한테 들은 적이 있는 것 같습니다."

"내가 너의 에미한테 이야기했던 기억이 나는구나. 그런데 지도자는 의식이 분명해야 한다. 그래야 사리 판단을 그르치지 않는다."

아흐메트는 알리에게 이야기를 하기 시작했다. 저어기, 불란서의 현자가 우리 조상의 이야기를 자기 수상록 첫머리에다가 적어놓았더구나. 당시 우리나라는 행정단위로는 그리스의 에피로스에 속해 있었는데, 스칸데르베그가 거기 영주였지. 영주들에게는 군인은 물론 여러 가지 행정을 담당하는 부하들을 두게 마련이지. 그런데 부하 하나가 영주의 말을 안 듣고 말썽을 부리는 게야. 그래 이놈 죽여버리겠다고 쫓아갔단다. 쫓아오는 영주를 보고 병졸은 이러다가 목숨을 못 구하겠구나 싶어서, 다가오는 영주 앞에 무릎을 꿇고 손을 모아 살살 빌다가는 일어서서 영주를 바라보고, 저를 살려주시면 영주님의 시종으로 평생 영주님을 즐겁게 해드리겠습니다, 영주님의 고운 마음씨에 감복해서 매일 문안드리겠습니다, 저의 아내도 영주님께 바치겠습니다, 그렇게 탄원하고 애걸했다는 거야. 그래도 영주의 굳은 마음이 동요 없이, 칼을 겨누고 한 발 한 발 다가서던 게야. 병졸은 몸을 굴려 일어서서는 일단 달아났어. 영주의 칼에는 자기도 칼로 맞서야 한다는 결심이 섰던 거지. 병졸은 칼을 뽑아들고 영주를 향해 돌진했지. 그 기세가 어찌나 장하고 당당하던지 잠시 망연히 서 있던 영주는 눈을 질끈 감고 있다가, 자기 칼을 땅바닥에 놓고 손을 들었다는구만. 병졸도 더는 달려들지 못하고 칼집에 칼을 꽂고 영주 앞에 당당히 마주 섰다지 않겠어. 그러자 병졸의 용기를 보고서는 스칸데르베그는 분통이 터지던 가슴을 부르쥔 주먹으로 치면서, 자네야말로 충용한 사나이네, 내 성에 들어와 나랑 같이 일하세, 그렇게 용서하고 총애했다는 이야기가 있느니.

알리는 그런 이야기를 써놓았다는 불란서 현자가 누군지 묻지 않았다. 뒤에 아흐메드한테 더 들은 이야기는 대개 이런 내용이었다.

스칸데르베그는 1405년 중부 알바니아의 영주인 존 카스트리오티(Gjon Kastrioti)의 아들로 태어났다. 1423년 자신의 형제들과 함께 오스만 제국의 술탄인 무라트 2세의 인질로 끌려가서 이슬람교로 개종했다. '알렉산드로스 대왕의 아들'을 뜻하는 터키어 단어인 '스칸데르베그'라는 칭호를 받게 되었다. '스칸데르베그'라는 이름도 여기서 유래된 호칭이다.

스칸데르베그는 1443년 11월 28일 300여 명의 알바니아인들을 이끌고 오스만 제국에 저항하는 반란을 일으켰다. 이어서 기독교로 개종한 뒤, 베네치아 공화국과 나폴리 왕국, 교황령과 동맹을 맺고 알바니아 북부 지역을 통일했다. 그가 이끈 알바니아 군대는 1448년 코소보 전투에서 유럽 연합 진영에 서서 오스만 제국과 싸웠지만 패배하였다. 알바니아는 1443년부터 1468년까지 25년 동안 자치권을 유지했지만 1479년 오스만 제국에 합병당하고 말았다.

알리는 외할아버지 아흐메드 밑에서 혹독하다 할 만큼 고된 훈련을 받았다. 새벽에 일어나자마자 그리스어 공부를 했다. 토착 알바니아어나 투르크어만 가지고는 발칸 전역을 포괄하는 영향력을 행사하기 어렵다는 것이었다.

그리고 이어서 체력 증강 훈련이 이어졌다. 달리기, 철봉, 통나무 나르기, 레슬링, 그런 훈련을 했다. 이어서 칼 쓰기 훈련을 했다. 칼

쓰기는 레슬링과 겸해서 이루어지는 훈련이었다.

아침 먹은 다음에는 축성술, 교량 건설, 건축 등에 대한 강의가 있었다. 중간에 화약 제조 기술을 공부했다.

점심 후에는 주로 전투 훈련을 했다. 개인 전투, 산악 전투, 해상 전투 등에 대해 공부했다. 실전을 방불케 하는 훈련이었다.

저녁을 먹고 나면 역사 공부를 했다. 알바니아, 발칸 등 지역사를 비롯해서, 비잔틴 제국사, 오스만 무슬림의 역사 등을 폭넓게 공부했다. 전쟁사에서는 영웅들의 뛰어난 전술이 소개되기도 하고, 산적의 역사를 들려주기도 했다.

아흐메드가 교장 격이고, 아르코뤼코스는 총기 제작에 대해 이야기를 하기도 하고, 상업과 무역 이야기를 주로 하는 선생이었는데, 아흐메드의 조교 역할을 하기도 했다. 그리고 알리의 후견인 역할을 해주었다.

알리가 깨달은 것은 민족이나 국가가 이웃과 경계를 맞대고 살아가게 마련이라는 것이었다. 델비나나 테펠레네 같은 지역이 이스탄불과 몸을 비비대기는 거리가 너무 멀었다. 이웃이 아니었다. 이쪽에서 땅을 넓혀 이스탄불과 접경을 맞댈 수 있어야 하리란 생각을 했다. 왜 할아버지 둘이 힘을 합쳐 이스탄불과 대적하지 못하는지, 그게 알리의 의문이었고 일종의 불만이었다.

그렇게 한 해가 지나고 나서, 알리는 고향으로 돌아왔다. 알리는 이미 꽤 숙성한 청년이 되어 있었다. 인간은 시간과 더불어 성장하는 존재란 생각이 절실하게 가슴으로 스며들었다.

13

鰥魚

웃자란 가지

서모시는 시간과 함께 존재가 마멸되어갔다. 요즘 들어 서모시는 지난날을 회상하느라고 멍하니 창밖을 내다보면서 명상에 잠기길 잘 했다.

인이수는 생활환경이 달라지면 사람도 따라서 달라지지 않을까 기대했다. 그러나 아니었다. 서모시는 과거에 대한 미학적 성찰을 하곤 했다. 자기 말로 미학이었지 인이수가 볼 때는 현실성이 배제된 공상에 지나지 않았다. 관념의 허공을 헤맬 뿐이었다.

서모시와 인이수가 대학에 입학해서 공부하는 과정은 그들 생애에서 가장 빛나는 날들이었다. 말로는 별 볼 일 없는 영문과였지만 외국어를 하나 익힌다는 건 그야말로 새로운 세계를 경험하는 일이었다. 현실로 말하자면 영문과는 외국어를 익히는 실용영어 학원처럼 변해갔다. 그러나 그 과정에서 공부하는 젊은이들에게는 새록새록 알아가는 언어의 이치며, 문학의 세계는 신천지나 다름이 없었다.

서모시는 고등학교에서 익힌 언어 실력이 대학에 착실히 연계되었다. 인이수는 고등학교 졸업할 무렵에 읽은 책들이 얼마나 차진 독서 경험이었는지를 확인하고는 우리 교육제도를 폄하하는 이들의 안목 짧음을 개탄하기도 했다. 현실은 또 다른 맥락으로 전개되었다.

영문과 학생들을 중심으로 MORAISU라는 모임이 결성되었다. 인서울 대학교 도덕성개혁위원회쯤 되는 모임이었다. 처음에는 독일에서 윤리학을 공부하고 온 철학과 엄정한 교수 편에서 문제를 제기하는 데서 일이 비롯되었다. 학교 재단에서 정부 지원금을 이사장이 개인 사업 자금으로 쓴다는 시시껄렁한 데서 문제가 불거졌다. 엄정한 교수를 중심으로 몇몇 교수들이 모여서 학교의 도덕성 회복을 위한 총체 캠페인을 벌였다. 그 가운데 교수들의 논문에 대한 평가를 포함하게 되었다. 평가란 기실 표절 검열이었다. 학생회 편에서 자기들이 직접 개입하겠다고 나섰다. 교수들끼리는 서로 봐주는 식으로 나아가면 실효성이 없으니, 문제가 되는 논문은 학생들이 직접 확인하겠다고 적극성을 띠기 시작했다.

"영어가 보편적인 시대가 되었으니 학생들 믿고 논문 읽어보게 합시다." 엄정한 교수의 주장이었고, 대표의 주장이니만큼 쉽게 받아들여졌다. 서모시는 대학생 논술 경시대회에서 장원을 한 적이 있었다. 서모시는 문장을 잘·쓰는 사람이니 표절 문제를 보는 데는 일가견이 있을 거라는 전제로, 그 멤버 가운데 하나가 되었다. 서모시는 회장을 만날 겸해서 위원회 사무실에 들렀다.

"잘 되었다, 너 영문과 서모시 아니냐? 아쉬울 때 나타나는 놈이 진짜 후배다."

학생회 부회장을 하고 있는 사회학과 소동선이 손을 내밀어 악수를 청했다. 서모시는 얼떨결에 손을 내밀었다. 상대방의 손이 두툼한 육질로 다가왔다. 손아귀힘이 위압적이었다.

"너 말야, 객관적인 눈으로다가, 사심 없이 말야, 이 논문 대조해줄 수 있겠지?" 서모시는 그게 무슨 일인지 정확히 알지 못하는 터라 어리뻥해지지 않을 수 없었다. 근간 표영문 교수가 스코틀랜드 어떤 대학 교수의 논문을 표절했다는 이야기가 돌아간다는 것을 서모시는 알고 있었다.

"그건 전문가나 형들이 읽어야지, 내가 그걸 왜 해……?" 서모시가 슬그머니 뒤로 뺐다.

"선배들한테 그건 아니지, 혹시 정신이 외출했어?" 그렇게 비아냥거리는 소리에 이어 표영문 교수가 인이수를 데리고 다니면서 '불무질'을 한다는 이야기가 나왔다.

"우리 학교는 이사장부터 총장까지, 그리고 교수들까지 낭만주의 때문에 망하는 학교야. 인이수도 낭만주의 시에 빠져 지낸다면서? 조심해야 할 거야." 교수와 학생의 부적절한 관계가 낭만주의로 옹호될 수 없다는 이상한 논리로 이야기가 치달았다. 회장은 아직 사무실에 와 있지 않았다.

"너한테 보여줄 게 있어, 따라와 봐!" 부회장 소동선이 서모시를 이끌고 간 데는 체육관 부속건물이었다. 소동선은 아무 말 않고 종목별로 사용하는 운동기구 창고며, 학생들이 모여서 활동할 수 있는 공간이 연결되어 있는 주랑 뒤의 방들을 흘금거리며 걸었다. 서모시 또한 약간 으스스한 느낌이 들었지만, 내색은 하지 않았다.

"김광남이 널 꽤나 아끼던데…… 그건 그거고, 저기 좀 보시라." 검도 연습실로 보이는 공간이었다. 등신대 마네킹들이 시커먼 옷을 입고 이쪽으로 등을 돌린 채 줄을 지어 서 있었다. 등에는 이사장, 총장, 누구누구 하는 이름들이 흰 페인트로 씌어 있었다. 그 가운데 표영문 교수의 마네킹도 끼어 있었다.

"저거 어떻게 할 건데?"

"대학 정상화 투쟁대회에서 화형시킬 거야."

마네킹이라지만, 그 형상이 인간인데 화형을 한다는 것은 인간을 모독하는 행위였다.

"인이수가 표영문을 불태워 죽이게 할 거야."

"너무한 거 아냐?"

"너무라니, 개자식이……." 주먹이 날아왔다. 서모시는 날아오는 주먹을 가까스로 피했다. 표영문 교수 때문에 자기가 주먹질을 당한다는 생각이 스쳤다. 표영문 교수라기보다는 오히려 인이수가 문제였다.

서모시는 대학에서 왜 이런 일이 일어나는지 잠시 눈을 감고 생각했다. 알 수 없는 난기류가 몸을 감쌌다. 서모시는 그 대학에서 공부를 계속하고 싶지 않았다.

"한 해 더 공부해서 인서울 대학교 벗어나고 싶습니다." 어느 아침 식탁에서 서모시는 부친 서열모의 눈치를 살피며 그런 이야기를 내놓았다. 서열모는 아무 표정 변화 없이 말했다.

"재수를 하겠다는 얘기냐?" 모친 안경숙이 꼬부장한 눈으로 아들을 쳐다봤다. 가만 듣고 있던 부친 서열모가 이야기했다.

"미국 통계라서 잘은 모르겠다만서두, 공과대학 나온 졸업생이 자기 전공 찾아서 일하는 비율이 이십 퍼센트도 안 된다더라. 어차피 외국어는 다른 일을 하기 위한 수단일 뿐이다. 그런 시대가 되었다. 구글 앱을 이용하면 혼자서 세계 어디를 돌아다녀도 아무 지장이 없다. 그러니 학교 탓하지 말고 열공해라." 서모시의 부친 서열모의 격려였다. 격려를 듣기 위해 한 이야기가 아니었다. 그리고 부친의 이야기는 결코 격려가 될 수 없었다. 서모시 자신이 말하는 방법에 문제가 있는지, 아버지가 말을 알아듣는 방식에 문제가 있는지, 아무튼 답답한 일이었다. 학교가 믿을 만한 수준이 못 되면 공부가 제대로 될 턱이 없었다. 그런데 부친은 딴소리를 하는 중이었다. 자기 속사정을 어떻게 이야기할지 막막했다.

영어로 밥벌이할 자신이 없는 게 사실이었다. 표영문 교수는 영문학 공부하는 사람의 미래상이었다. 아울러 허황한 낭만주의자였고, 윤동주 시에 나오는 '늙은 교수'였다. 넝마를 걸친 늙은 허수아비나 다름이 없었다. 그런 생각으로, 서모시는 머리를 숙이고 앉아 있었다.

"알았으면 알았다고 얘길 해야지, 빌빌한 자식."

"알았다고 시원하게 대답 좀 해라." 어머니 안경숙의 재촉이었다.

숟가락을 들고 멍하니 서모시를 바라보던 인이수가 숟가락을 놓고 슬그머니 일어났다.

"너 거기 좀 앉아봐라." 서열모가 인이수를 불러세우고 며느리에게 날선 눈꼬리를 꽂아놓고 말했다.

"걱정 놓으세요. 남보다 먼저 가문의 대를 이을 아들 만든 공로도 인정해주세요."

"애 말하는 것 좀 보게, 웃지도 않고 그런 말을……." 서모시의 모친 안경숙이 혀를 찼다.

“저는 학교 그만두고, 보노 동생이나 만들려는데요? 아버님 어떠세요?” 서열모는 고개를 돌리고 크음 큰기침을 했다.

“너 생각 잘 했다. 너댓 낳아라!” 여자라는 게 밑이 따끈따끈할 때 애를 낳아야지, 마흔 넘도록 자기가 쳐녀인 줄 아는 넋 나간 애들이 있어서, 국가 장래가 암담하다는 게 시어머니의 말씀이었다.

그런 이야기를 하느라고 식사시간이 늘어졌다. 아이가 울어대기 시작했다.

“애 젖 물려라.” 아내가 며느리 부르는 소리를 듣고, 서열모는 슬그머니 일어났다.

“네가 공부 착실히 하면 말이다, 아무려면 네 앞가림이야 못 하겠느냐. 몸이 부실한 것은 안다만 그런 몸을 네가 잘 건사해서 오래 잘 살아야 할 거 아니냐?”

저저히 옳은 말이었다.

“몸이 부실하면 머리로 살아야 하는 법이다.” 모친 안경숙은 아무런 표정 변화도 없이 맹숭하게 말했다.

학교 탓할 일이 아니었다. 서모시는 다른 거 제쳐놓고 공부를 해야 했다. 우스운 일이지만 공부가 생활의 유일한 방편이었다. 몸을 단련한다고 하기는 했지만, 생각처럼 건강한 몸이 만들어지지 않았다. 생각해보면 중학교 때부터 고등학교 졸업할 때까지 몸이 너무 시달린 셈이었다. 여자들 음부에 쏟아 넣은 정액은 몸을 맑게 씻어주는 정액(淨液)이 아니었다. 서모시가 스스로 단속하는 고삐가 풀린 채 흘린 정액은 마음 한구석에 자리잡고 시도 때도 없이 누추한 기억을 불러내어 몸을 헐어내는 것이었다. 인이수가 자기한테서 겉돈다는 것을 알면서도, 더불어 사는 끈을 놓칠까 봐 안달하는 데서 더 나아가 진전된 어떤 논리로 무장한 것은 아니었다. 그것은 벗어날 수 없는 그림자의 늪이었다. 친가 부모가, 그리고 처갓집 부모가 보호자였다면, 인이수는 보호자를 끌어매어 달아나지 않게 하는 닻과 같은 존재였다. 인이수도 서모시가 자기한테 그런 믿음을 주고 있다는 걸 너무 잘 알고 있었다. 그런 살뜰한 태도를 잘 알수록 박지남과의 관계가 가슴에 생채기처럼 살아났다. 인이수는 서모시와 그림자놀이를 하고 있는 게 아닌가, 그런 의혹에 빠져 들었다.

대학에 들어가면서, 서모시는 몸을 단련하기 위해 무진 애를 썼다. 보디빌딩을 하기도 하고, 김광남과 유도를 배우면서 운동을 지속했다. 다른 친구들 맥주집에 가서 술을 마시는 동안은 서모시는 혼자 헬스클럽에서 땀을 흘렸다. 그러나 몸이 어딘지 조절 통로가 작동을 안 하는 듯한 느낌이었다. 몸이 말을 안 들었다. 의사 말로는 스트레스가 너무 심한 것 같다면서, 앞으로 근육이완증으로 진행될 가능성이 있으니 적당한 운동을 지속하라고 했다. 서모시는 의사를 믿었고, 의사의 조언에 따라 운동을 계속했다. 그러나 운동은 운동으로 영역이 한정되지 않았다. 운동하는 중에 만나는 사람들마다 폭력조직과 이리저리 끈을 대고 있어서, 자칫하다가는 자신이 그 조직에 발을 들일 것 같은 불안감 속에 살았다. 서모시는 불안이 가중되었다. 운동해서 단련한 몸은 한 방 주먹으로 주저앉고 말았다.

기본적인 생활을 하는 것 말고는 기운을 못 쓰는 것이었다. 인이수는 남편 서모시가 하는 일을 자기가 돕지 않으면, 남편이 자력으로 생활을 꾸리기 어려운 상황에 도달할지도 모른다는 두려움에 시달렸다. 한편 인이수는 서모시와는 정상적인 성생활은 기대할 수 없다고 접어놓았다. 실생활과 성생활은 다른 길이라는 게 인이수의 가슴 밑바닥에 가라앉은, 돌덩이 같은 버팀성이었다. 밥 먹는 일과 안에서 타올라오는 불을 끄는 일은 애초에 길이 달랐다. 인이수의 삶은 양편으로 다리를 걸치고 있었다. 인이수는 학교의 '퀴어클럽'에 드나들기 시작했다. 박지남도 같이 참여했고, 박지남과는 자연스럽게 몸을 섞곤 했다.

서모시는 일자리가 이어지다 끊기기를 거듭했다. 영어를 공부해서 그걸로 생활할 수 있는 시대는 이미 지나간 뒤였다. 어디 회사 같은 일자리에서 업무를 하는데 영어는 스펙이 될 수 없었다. 영어는 누구나 기본으로 하는 상식이었고, 일상이었다. 토플 900점 못 미치는 얼간이들은 대기업에 서류조차 내밀 낯이 없었다. 그게 대한민국의 영어 실력이었다. 서모시는 일자리를 찾을 방법이 없었다. 삼포를 지나 모든 걸 포기해야 한다고 엔포세대라고들 자조했고, 자기 사는 나라를 헬조선이라고 침들을 뱉았다. 로망은 멀고 저속한 풍자만 젊은이들의 입에 침을 튀게 했다.

서모시가 대학을 졸업할 무렵이었다. 몇 차례 휴학도 하고, 아르바이트를 하느라고 학점이 모자라 두어 번 꿇는 바람에 늦어졌다.

보노는 곧 초등학교에 들어갈 만큼 자랐다. 아이가 자란다는 것은 부모의 자유를 담보로 해서 치르는 희생제의나 마찬가지였다. 그만큼 부모의 부담이 커갔다. 서모시는 몇 군데 취직을 할까 해서 원서를 넣어보았다. 그러나 서모시에겐 그 스펙이라는 게 별로 없었다. 영국 낭만주의 시를 좀 읽었을 뿐 다른 특기를 길러두지 못했다. 아쉬울 때 생각나는 게 겨우 어른들이었다.

서모시는 어깨가 축 늘어져 장인 인정식 앞에 나타났다.

"길이 안 보이는 것 같습니다." 서모시는 테이블 위에 손을 짚고 고개를 처박고는 장인 인정식 앞에서 겨우 입을 열었다. 염치없는 일이었다.

"틈새 전략이라는 게 있지 않겠나?"

그 틈새라는 게 뭔지 막연했다.

"벽이 너무 거대해서 그 틈새가 안 보입니다."

"세상에 내가 틈새요, 하고 고개 내밀고 나오는 그런 틈새는 없는 법이야." 틈새라는 것은 기본을 심화하고 찾는 자에게만 낯을 내보인다는 것이었다.

"교양이 밥 먹여주는 시대가 다시 돌아올 걸세." 교양을 팔아먹는 시대가 온다는 것이었다. 하기는 그랬다. 인문학의 위기니 하면서 앙앙대지만 종편마다 교양 프로그램이 편성되는가 하면, 무슨무슨 교양대학이라는 이름을 걸고 수강생을 모아 짭짤한 수입을 올리는 집단들이 나타나기 시작했다.

"그럼 어떻게 하지요?"

"생각보다는 말귀가 어둡군, 자네."

장인의 일관된 주장은 공부를 계속하라는 것이었다. 우물을 파도 한 우물을 파라는 자기 세대의 격언에서 한 발짝도 물러서지 않았다. 다른 일을 고려할 여지가 없었다. 대학원에 가기로 맘먹었다. 10년을 기한으로 지원해준다는 어른들의 약속은, 다른 일 제쳐놓고 공부할 수 있는 기회였다. 문화점이지대 혹은 문화복합지대에 대한 공부를 하면, 당시 분위기로 보아 성공이 눈앞에 보이는 듯했다. 군부독재를 끝장내고 민주화를 위한 새기운으로 몰려갔다. 백의민족을 외치던 사람들이 다문화 이야기에 열을 올렸다. 다문화라는 것이 민족과 역사가 다른 사람들끼리 어울려 사는 연습을 하는 과정이었다.

인이수는 남편 서모시가 공부하는 동안 자기는 아이 기르면서 앞으로 살아갈 자원을 마련하기로 했다. 초등학생과 중학생 집을 찾아다니며 영어를 가르치는 일로 수입을 올렸다. 인이수는 다른 집 애들 가르치는 동안 자기 아이를 노상 생각했다. 인간 탄생이 계급적으로 선규정된다는 생각도 했다. 물고 나오는 수저가 계급에 따라 값이 달랐다. 아들 서보노에게는 영어를 일찍 가르치기로 했다. 영어뿐만 아니라 불어도 가르치자는 작정을 했다. 가능하다면 독어, 이탈리아어까지 익히게 하고 싶었다. 그게 부모로서 아들에게 해줄 수 있는, 거의 유일한 책무였다.

표영문 교수와는 연락이 끊겼다. 학교에서 듣기 거북한 소식이 전해지기도 하고, 자기는 표영문 교수의 후계자가 될 수 없다는 것을 일찍 알아버렸다. 인이수는 생각했다. 교수라는 사람들은 자기 공부하는 학문의 후계자가 될 만한 인재를 골라 배려를 하는 편벽성이 있다고. 인이수 자기처럼 앞으로 교수의 학문을 빛내주거나 그의 업을 이어갈 수 없는 사람에게는 매정하고 가혹하다는 생각을 하고 있었다. 그렇다면 자기한테 정을 주는 것 또한 합당한 이치가 서는 게 아니었다.

대신 박지남과는 연락을 이어가며 지냈다. 서모시와 한바탕 실갱이를 하다가는 훌쩍 집을 나와 박지남과 할랑하게 한나절을 지내는 경우도 있었다. 서모시는 그런 일에는 감각이 둔했다. 낌새를 채는 것 같지 않았다. 서모시의 아무 일 없이 가라앉아 있는 태도가 인이수를 불안하게 했다. 서모시가 어떤 일이든지 불개입을 원칙으로 지내는 것은 자기 스스로 다치지 않기 위한 방책일지도 몰랐다.

서모시는 김광남의 도장에서 운동을 하는 걸로 겨우 몸을 견뎌 나갔다. 그러나 그의 눈은 언제고 안개 가득한 숲길을 헤매곤 했다.

어른들은 보노의 남다른 성장을 걱정하기 시작했다.

"애가 너무 똑똑해서 걱정이다. 모난 돌이 정을 맞는다고 앞길이 예사롭지 않아 보인다." 그런 이야기를 하고 있을 때였다. 보노가 외할아버지 인정식에게 다가앉으며 물었다.

"할아버지, 이상한 거 있어."

"뭐가 이상하다는 게냐?"

"아버지는 서모시고 엄마는 인이수잖아?"

"그렇지……?"

"근데 난 왜 서보노야?"

"서모시의 아들이니까."

"엄마가 낳았으니까 엄마 성을 따라야지."

"옛사람 시에, 아버님 날 낳으시고 어머님 날 기르시니…… 그런 것도 있어." 보노는 할아버지를 이상하다는 듯이 쳐다봤다. 아버지 생식기는 애를 못 낳게 생겼는데, 그런 의문에서 헤어나지 못하는 눈치였다.

"아버지가 둘이면 왜 안 돼?"

"세상에 그런 법은 없다."

"같은 날 두 남자가 한 여자랑 애기 만들면 아버지가 둘이잖아?"

아이가 어디서 무슨 이야기를 듣고 하는 말인지, 해괴하다는 생각이 들었다. 인정식은 외손자의 물음에 제대로 답을 할 수 없었다. 2억에 가까운 정자 가운데, 질구에서 살아남는 것은 150~200마리 정도이고, 그 가운데 오직 하나만 정자와 결합할 수 있다는 그 이치를 손자에게 무리 없이 설명할 방법이 없었다.

인이수의 부친 인정식은 기회 닿을 때마다 외손주를 칭찬하다가, 애가 너무 똑똑해서 걱정이란 결론으로 말을 마감하곤 했다. 웃자란 가지는 잘라줘야 과일이 제대로 익는 법이었다.

인정식은 외손주가 자기 아들이라면 좋겠다는 생각을 하곤 했다. 그것은 말하자면 딸과 자신의 관계를 뒤집는 고약한 발상이기도 했다.

14

鰐魚

조국 알바니아

아버지 역할을 대신하는 어머니 한코나는, 알리에게 거대한 산처럼 그림자를 드리웠다. 사람이 사람은 다룬다는 것은 스스로 열에 달뜨게 하는 일이었다. 알리에게 산악당 대원들을 훈련시키는 과정은 일종의 오르가슴이었다. 그것은 몸과 몸이 맞부딪치는 가운데 일어나는 대리체험이었다.

알리는 산악당의 대원들에게 외할아버지 아흐메트가 자기를 훈련한 방식을 적용했다. 정기적으로 공급하는 돼지고기는 두 가지 효과가 있었다. 하나는 영양이 풍부해서 대원들의 원기를 돋아준 것이었다. 다른 하나는 무슬림에 대한 회의를 상징적으로 표현하는 일종의 비의적 결사 의지를 촉발하게 하는 것이었다. 그것은 대원들이 현재 믿는 종교와는 별 상관이 없었다.

오스만은 자기 제국을 느슨하게 다스리는 편이었다. 특히 발칸반도의 식민지 나라들에게는 언어나 종교를 강압하지 않았다. 따지고 보면 음흉한 속이 있는 정책이었지만, 겉으로는 지역민들의 평화를 보장하는 정책으로 비쳤다. 농업 생산을 높이기 위해 강제 이주를 도모하지 않았다. 장구한 시간이 흐르면 무슬림으로 개종할 것을 알고 있었기 때문에 종교를 강요하지 않았다. 관리들이 오스만의 언어를 안다고 해도 주민들은 그 말을 모르는 경우가 허다하기 때문에 소통이 안 되면 세금을 걷는 데 지장이 있을 것을 우려해서 터키어를 강요하지도 않는 편이었다.

크고 작은 반란들이 알바니아 여기저기서 터져 나왔다. 당시 조직되어 있는 술탄의 근위대 하부조직인 예니체리 조직으로는 그 반란들을 다스리기 난감한 경우가 헤아리기 어려울 지경이었다. 알리로서는 자기 별명대로 사자의 발톱을 세울 수 있는 기회가 널려 있는 셈이었다. 사자, 아르슬란이 기지개를 켜기 시작할 좋은 기회였다. 술탄과 제국에 충성한다는 명분을 내세우고, 속으로는 다른 실속을 챙겼다. 식민지 국민의 이중성을 적절히 이용하는 것이었다.

알리는 타고난 기민성과 훈련된 용감성을 여지없이 발휘했다. 손을 써야 하는 반란의 규모와 정도에 따라 대원의 수를 조정하고, 특히 지역의 대원들을 적절히 활용했다. 군사력을 아낀다는 것은 대원들의 몸을 아끼는 일이었다. 총알은 돈이다, 총알 대신 칼을 써라, 거기서 남는 돈은 대원들에게 돌려준다. 칼을 잘 쓰기 위해서는 평소 고된 훈련을 견뎌야 한다. 혹독한 훈련은 돈이 되어 돌아갈 것이다. 알리는 그렇게 대원들을 부추겼다.

알바니아의 서북쪽 끝에 자리잡은 슈코더르는 지정학적 위치와 전통으로 인해 아주 유용한 국경 요새 도시였다. 로마 때부터 외침이 잦아 이들을 막아내고, 무찔러서 자기 영토를 지키는 데 남다른 열정을 가진 사람들이 슈코더르 사람들이었다. 그러한 외침 거부의 기세는 오스만튀르크를 향해서도 마찬가지였다.

알리에게 실력을 발휘할 기회가 왔다. 그것은 반란이었고, 반란은 영웅을 만들어냈다.

파즈반토글루(1758~1807.1.27)라는 자가 리가스 페라이오스(1757~1798.6.24)라는 시인 혁명가와 작당하여 반란을 일으켰다. 알리는 네그로폰테 파샤의 지원을 얻어 반란을 성공적으로 진압했다. 그 전투에서 알리는 이제까지 아무 데서도 못 본 용감성을 발휘했다. 말을 달려가 적을 덮쳐서는 가슴에다가 칼을 들이박고 푸꺽거리며 주저앉는 심장의 박동을 즐겼다. 그것은 어머니 한코나가 일러준 칼 다루는 법을 고스란히 써본 최초의 경험이었다. 이 무렵 알리는 예니체리 부대에 소개되었고, 이 일을 계기로 그의 추종자들이 알리를 한껏 고무시켜주었다.

슈코더르에서 승전한 소식을 코니차의 아흐메드와 델비나의 메흐메드 두 파샤에게 보고했다. 두 파샤는 알리의 용감성과 전투의 기법을 칭찬해주었다. 그리고 자기들이 알리에게 거는 기대가 눈앞에 실현되는 것을 한껏 즐거워했다. 피 맛에 빠지지 않아야 할 터인데, 그런 우려를 함께 이야기하면서였다.

델비나의 메흐메드 파샤 집에 들렀을 때는 롤로디아를 만날 작정이었다. 이미 그의 부모들로부터는 결혼 내락을 받은 터이지만, 알리는 본인을 만나 뜻을 확인해야 한다는 생각이었다. 사랑도 전투도 어설픈 추측은 실패의 요인이라는 게 어머니의 가르침이었다. 그리고 생각해보면 같이 사는 것은 당사자들이지 부모가 아니지 않은가 싶었다.

파샤의 집에서 하인을 시켜 롤로디아를 불러달라고 했다. 하인은 환하게 웃는 낯으로 알리의 소식을 듣고 집 안으로 달려 들어갔다. 잠시 후 롤로디아가 옷을 갖춰 입고 나왔다. 롤로디아는 알리 앞에서 수심이 낀 얼굴을 해가지고 거실 쪽을 흘금거렸다. 남자들이 날 선 목소리로 이야기하는 게 들렸다. 알리가 롤로디아의 손을 잡아 손등에 입을 맞춰주었다. 손이 전에 없이 싸늘했다.

"아버지가 말을 써도 좋다시네요."

둘이는 말을 타고 사란더를 향해 천천히 가고 있었다. 알리가, 전에 다리의 통나무 사이에 말 발목이 끼어 부러졌던 이야기를 하면서, 어른들이 도와주지 않았더라면 낭패를 볼 뻔했다고 어른들에게 고마워했다. 롤로디아는 희미한 미소를 지을 뿐이었다.

"우리 집은 공리주의적 전통이 있어요. 내가 손해를 봐도 많은 사람이 득을 본다면 아들딸까지 다 내놓을 분위기지요."

"명예를 존중한다는 뜻인가요?"

"명예도, 말하자면 자본이잖아요, 그런데 우리 집에선 명예 따위는 바라지 않아요. 남이 득을 보게 하려면 나를 먼저 지키라는 거지요. 나를 지키는 건 이따금 보복이 되어 돌아오기도 해요. 원수를 갚지 않은 채 남을 위할 수 없거든요."

얼마 못 만나는 사이에 롤로디아가 많이 성숙해 보였다. 그러면서 전투에 나갔다가 죽은 삼촌들의 이름을 줄줄이 읊었다. 그게 모두 공리주의자 할아버지들 때문이라면서 살풋 웃었다. 알리는 생각했다. 그럼 자기를 사윗감으로 받아들이는 것도 그런 공리주의적 계산을 따르는 것인가 하는 의문이 들었다.

전에 사고가 났던 다리목을 못 미쳐 갈 때였다. 뒤에서 누군가 쫓아온다는 느낌이 들어 알리는 뒤를 돌아보았다. 멀리 말을 탄 사람이 이쪽으로 오고 있었다. 말을 멈추게 하고 잠시 쳐다보았다. 안개가 엷게 끼어 확실하지는 않았지만, 몸매가 사촌 조다도라이스처럼 보였다. 알리는 허리춤에 꽂은 칼자루를 더듬어보았다. 등골로 얼음 알갱이가 흘러내리는 것 같았다. 점점 다가오는 모양이 사촌이 틀림없었다. 그 이야기를 왜 안 했는지 롤로디아에게 물으려다 입을 다물었다. 일에 아무 도움이 안 되는 이야기였다.

다리 입구는 양쪽으로 언덕이 너무 가팔랐다. 다리를 건너 펑퍼짐한 평지가 펼쳐져 있는 데서 기다리기로 했다.

"롤로디아는 여기서 내려요. 저쪽 언덕 위 떡갈나무 아래서 기다려요."

무슨 일이 있어도 이쪽으로 다가오면 안 된다고 당부를 해두었다. 알리는 오늘이 사촌을 마지막 보는 날이 될지도 모른다는 생각을 했다. 어머니가 얘기하던 운명이란 걸 생각했다.

사촌은 다리목에서 말을 멈추었다. 다리는 폭이 말 두 필이 겨우 비킬 만했다. 한판 승부를 가르는 데는 평지보다는 다리 위가 한결 나았다. 다리 양쪽에서 말을 달려가다가 상대를 엎어누르면서 칼을 쓰면 단박에 승부를 볼 수 있었다.

다리 양단 끝에 선 두 젊은이는 체구라든지, 얼굴에 드러나는 기상이라든지 어느 편이 더하고 못할 게 없었다. 사촌도 핏줄이라 그렇게 닮게 마련이었다. 두 사람은 다리목에서 몇 걸음씩 말을 뒷걸음하게 해서 거리를 겨냥했다.

"자아, 간다!"

조다도라이스 편에서 먼저 소리치면서 등자로 말의 배를 들이찼다. 알리도 대퇴부로 말의 배를 조이면서 고삐를 세차게 당겼다. 말

두 필이 다리 한가운데서 맞부닥뜨렸다. 두어 차례 엇바꾸어 덮치다가 말 두 필이 각각 다리 좌우로 떨어졌다. 강물에 빠진 말들이 히이잉 소리치다가 투르르 입에 들어오는 물을 털어냈다. 그사이, 두 젊은이는 가슴까지 올라오는 급류를 거스르면서 칼을 꼬나쥐고 상대를 향해 달려들었다. 어머니가 가르쳐준 칼 쓰는 법은 물속에서는 안 통했다. 물속에서 뒤틀바틀 서로 찌르고 찔리기를 거듭한 끝에 조다도라이스가 먼저 물살에 휩쓸려 내려갔다.

알리는 강가로 나와 물살에 휩쓸려 내려가는 조다도라이스의 등판을 바라보면서 강둑을 따라 뛰어갔다. 한 30분이나 뛰었을까, 폭포가 나타났고, 그 이상은 더 따라갈 길이 끊겼다. 알리는 다리 쪽을 향해 무거운 두 발을 이끌고 터덜거렸다. 목이 타는 듯한 갈증이 왔다. 이어서 오한 때문에 턱이 덜덜 떨렸다.

어떻게 기어 나왔는지, 말은 두 마리 모두 평지로 올라와 입에 거품을 잔뜩 물고 바튼 숨을 내쉬었다.

울고 있던 롤로디아가 다가와 알리의 얼굴을 손수건으로 문질러 닦아주었다. 손수건이 핏물로 벌겋게 젖었다.

"말에 올라탈 수 있어요?"

롤로디아가 물었다. 알리는 고개를 끄덕이면서 롤로디아를 올려다보았다. 당신과 살기 위해 치르는 입사식이야, 알리는 귓속말로 그렇게 중얼거렸다. 사촌과 여자를 사이에 두고 맞서는 게 사내답지 못하다는 생각도 들었다.

그 꼴을 해가지고서는 도저히 델비나로 돌아갈 수 없었다. 그리고 조다도라이스 이야기를 어른들에게 이실직고하는 것은 아무리 뱃심이 두둑해도 할 짓이 아니었다.

알리는 사란더에 가서 병원에 입원했다. 그 병원에서 한 주일을 누워 지냈다. 얼굴이나 팔다리에 난 찰과상은 대충 아물었는데 칼에 찔린 옆구리며 하복부 같은 데서는 진물이 잦아들지 않았다.

병원에 있는 동안 알리는 이번 일이 정말 잘 한 것인가 하는 생각을 거듭했다. 결론은 공평한 게임에서 자기가 이겼다는 것이었다. 따라서 자신감을 얻었다. 사촌을 죽였다는 생각은 접어두었다. 게임에서 이겼을 뿐이라고 정리를 했다. 그러나 가슴은 멍쿨했다.

그런 일이 있고 나서 결혼을 서둘렀다. 사촌 집안 쪽에서 분명 문제를 제기할 게 불을 보듯 했다. 이미 원한이 생겼으니 그거야 당해내면 되지만, 그걸 빌미로 결혼을 파탄내는 일은 용납할 수 있는 사안이 결코 아니었다.

결혼식은 알바니아 민속에 따라 성대하게 치러졌다. 테펠레네 읍내 사람들이 손에 손에 선물을 들고 식장으로 몰려들었다. 악사들이 현악기 사즈를 타고 북을 울리면서 음악을 연주했다. 사즈와 함께 부주키를 뜯는 악사도 함께 연주에 참여했다. 신랑과 신부가 하객들 사이에서 손을 마주 잡고 춤을 추었다. 꽃처럼 아름다운 신부와 같이 춤을 추고 싶어 하객들이 눈을 흘금거렸다. 조다도라이스의 동생 조다하나로스도 술이 거나해서 얼굴이 벌게진 채 돼지다리고기를 포크에 꿰어가지고 어깨를 흔들면서 춤을 추었다. 그러다가 신부를 멍하니 바라보기도 하였다.

알리의 어머니 한코나는 평소와 달리 얼굴에 웃음을 잘잘 흘렸다. 맥주컵을 들고 다니면서 하객들과 잔을 부딪치고 브라보를 외쳤다. 오르소마다 대원들이 자기들의 대장 한코나를 들어 올려 헹가래를 쳤다. 알바니아, 그리스, 오스만 할 것 없이 한데 어울려 마시고 춤추고, 노래하는 중에 만세를 부르기도 했다. 한편에서 터키어로 야샤! 하고 외치면 다른 편에서는 그리스어로 에비바!를 연호했다.

알리는 조다하나로스가 자꾸 신경이 거슬렸다. 자기 형수가 될 뻔한 사람을 빼앗겼다는 억울함과 언젠가는 복수를 해야 한다는 결의를 안에서 불태우고 있을 터였다.

알리는 나이 삼십을 바라보고 있었다. 앞으로 살아간다는 것이 반란군이나 무찌르는 일인데, 한심하기 그지없는 삶이 펼쳐질 것 같아 마음이 뒤숭숭했다. 뒤숭숭한 것도 잠깐이었다. 아내 롤로디아는 헌신적이었다. 거기다가 파샤는 오르소마다를 운영하는 데 필요한 자금을 정기적으로 보내주었다. 그뿐 아니라 델비나로 부르기도 하고, 파샤가 직접 찾아오기도 해서 다른 지역의 파샤들과 교분을 쌓을 수 있는 계기를 마련해주었다. 알리는 다른 지역의 파샤들을 아버지 모시듯 대했다. 하기는 나이들이 아버지보다 위면 위였지 아래가 되는 이들은 아무도 없었다. 알리 본인의 능력이 출중한 것도 있지만 외할아버지와 처갓집 덕에 출세 가도를 달렸다. 제어할 수 없는 가속도가 붙었다. 가속도만큼 가슴에서는 패기가 솟아올랐다. 세상 무서운 게 없었다.

알리는 자신의 몸을 닦는 데 게을리하지 않았다. 아침에 일어나자마자 구보를 하고, 이어서 냉수마찰을 했다. 그러고는 우유를 마신 다음 방에 들어가 시를 읽었다. 주로 애국시들이었다. 밤에는 역사를 읽었다. 역사 가운데 삶의 지혜가 있었다. 영웅과 간신의 이야기를 읽을 수 있었고, 우정과 배반의 맥락을 훤하게 들여다보기도 했다. 인간사 합리적이고 이치 정연한 그런 일들은 많지 않았다. 일대의 영웅이 열병으로 죽기도 하고, 무지렁이 같은 인간이 영웅으로 성장하기도 했다. 인생사 요지경 속이라는 말이 실감이 갔다. 현명한 사람에게 늘 승리의 꽃다발이 안겨지는 것은 아니지만, 최소한 현명하지 않으면 자기한테 주어진 영광을 지켜낼 수 없다는 것을 알았다.

알리는 처음에 그저 그런 도시, 자기 동네에서는 너무 먼 지역이라고 외돌려놓았던 슈코더르를 다시 눈여겨보기 시작했다. 사란더나 알로니는 물론이고 두러스 같은 큰 항구도시도 슈코더르와는 비길 바가 못 되었다. 유럽 각 지역의 소식은 거개가 슈코더르를 통해 들어와서 내륙에 퍼졌다. 이웃한 마케도니아나 세르비아, 불가리아 같은 데 소식도 슈코더르 사람들이 먼저 알고 전해주었다. 이오니아 바다와 아드리아 바다 양쪽을 통해 알바니아로 들어오는 소식이 슈코더르에 집결되었다. 거기 사람들이 신문(에피메리다)이라는 것을 만들어 소식을 판다는 이야기도 전해졌다. 알리는 부하를 시켜 그 신문을 사 오게 했다.

신문은 루멜리아 파샤가 사람을 구한다는 소식을 전하고 있었다. 루멜리아는 알바니아, 그리스, 마케도니아 등지를 느슨하게 연결한 행정단위였다. 그 지역의 결속을 다지고 다른 지역에 대해 월등한 군사력을 확보하자면 젊은 장교들이 필요했다. 그런데 의문이 일었다. 파샤가 전투를 해서 타 지역을 복속하게 하고, 거기 출신을 자기 부하로 이끌어들여야지 광고를 해서 사람을 구한다는 것은 도무지 말이 안 되었다. 사람을 장거리에서 사고 파는 물건 취급하는 작태나 다름이 없는 게 아닌가. 그러나 달리 생각하기로 했다. 사람 산다는 게 몸을 파는 일이 아니던가 싶었다. 그 가운데 겉으로 드러내 몸을 파는 것이 용병이라는 게 아닌가. 오히려 용병이 지원병보다 솔직하고 진실할 것 같기도 했다.

알리는 루멜리아 파샤 밑에서 일하기로 결심했다. 그게 이스탄불로 연결하는 통로가 되길 바라면서였다. 이스탄불의 술탄과 끈이 닿지 않는 한, 어떤 영명한 군인도 출세의 길은 열리지 않았다. 안으로야 알바니아, 그리스를 사랑하지만 그걸 겉으로 드러내는 것은 결코 현명하지 못했다. 거기다가 루멜리아는 영역이 광대해서 포부를 펼칠 만하다는 판단이 섰다.

알리는 말을 달려 루멜리아 파샤를 찾아갔다.

"저를 귀하의 부관으로 써주십시오."

"귀관의 명성은 익히 들어 알고 있네. 그런데 부관을 원하는 이유가 뭔가?"

"간단히 말씀드리면, 이스탄불에 가고 싶어서입니다."

"귀관은 별명이 아르슬란, 사자라고 들었는데 사자를 부관으로 쓸 생각 없네."

"그럼 어떻게 하면 좋겠습니까?"

"사자를 벌레가 파먹었나. 기가 꺾였군."

알리는 파샤의 말이 치욕으로 느껴졌다. 근간에 얼마간 긴장을 놓고 어슬렁거린 게 금방 드러나는 것이었다. 사자는 들판에서, 산록에서 백수의 왕으로 군림해야지 방 안으로 기어들 일이 아니었다.

"산악대원을 데리고 내 밑으로 들어올 수 있나?"

"그건 한코나 대장과 상의해야 합니다."

"자네 모친 말인가?"

"그렇습니다."

루멜리아 파샤는 물담배를 빨면서 고개를 좌우로 갸웃거렸다. 그러다가 입을 열었다.

"오르소마다, 산악부대는 모친한테 맡기고 자네만 오게."

알리는, 알았습니다, 대답을 했고, 루멜리아 파샤 밑에서 10년쯤 장교로 일할 결심을 했다.

그 10년, 알리는 이제까지 살아온 삶이 얼마나 단순하고 용렬한 것이었는지를 뼈아프게 깨달았다. 그것은 술탄을 향한 길이 아니라 파샤룩 정도의 뱃심 없는 세속적 욕망을 채워가는 길이었다. 비루하기 이를데없는 과거였다. 장래는 그래서는 안 될 일이었다.

알리는 마당에 나가 눈 덮인 산봉을 바라보며 기지개를 켜고 서늘한 공기를 들이마셨다. 심호흡과 더불어 그동안 살아온 과정을 회상하기도 했다. 전망은 밝았다. 회상 끝에 드러나는 앞길은 이슬비 맞은 후 꽃가지에 맺히는 수정을 닮아 훤한 빛을 발했다. 그러나 그것은 자신의 내부에서 만들어지는 환상이었다. 그 환상을 현실로 이끌기 위해서는 수많은 피의 강을 건너야 할 터였다. 그것은 시간의 강이기도 했다.

鰐魚

라이선스

15

인간이 시간과 더불어 성숙한다는 사실은 신비감을 자아냈다. 꾀바른 사람들은 학제라는 걸 만들었다. 초등학교는 6년으로, 중학교와 고등학교는 각각 3년씩, 대학은 4년…… 대학 4년은 그저 흘러간 세월이 아니었다. 그것은 그 나름 성숙의 시간이었다. 그리고 충실한 시간이었다.

인서울 대학교 제도상, 학부 졸업에도 논문을 제출해야 했다. 서모시는 「문화접경지역의 삶과 정신」이라는 논문을 준비하는 중이었다. 생각해보면 인서울 대학교에서 보낸 대학생활은 득실이 반반이었다. 서모시는 긍정적인 쪽으로 보람을 정리하기로 했다.

보노는 별다른 탈 없이 잘 자랐다. 그동안 인이수가 영어 보습학원에 나가 일하면서 유축해놓은 돈으로 보노를 영어학원에 보냈다. 너는 몸이 건강해야 한다, 그러려면 몸을 단련해야 한다. 그러니 친구도 사귈 겸해서 태권도 도장에 나가 운동을 해라, 그렇게 해서 보노에게 영어와 태권도를 가르쳤다. 영어는 자기 아버지를 이어가게 하고 싶은 심정에서, 태권도는 아버지를 극복하게 하기 위한 배려였다.

어른들에게서 기대어 살기로 한 기한이 거의 끝판에 다다라가는 중이었다. 남은 두어 달이 지나면 독립을 해야 하는 조건부 생활을 이어가고 있었다. 인이수는 말은 않지만 속으로 마음을 졸였다. 영어 보습학원에서 일하는 게 그리 호락호락하지 않았다. 인이수는 가끔 기침을 하곤 했다. 서모시가 달려들어 등이라도 쳐줄라치면, 당신이나 몸 건사 잘 하셔, 하면서 배시시 웃었다. 인이수는 서모시의 그 배려심이 마음에 가시처럼 걸려왔다.

서모시는 이스탄불에 마음을 두고 있었다. 이스탄불이라기보다는 비잔틴 제국의 문화와 그 제국 안에서 일어나는 문화점이 현상을 논문으로 쓸 수 있겠다는 생각이 들었다. 터키가 이스탄불을 함락시키고 기독교 문화를 이슬람 문화로 전화하는 과정에서 어떤 일들이 벌어졌는가 하는 문제에 관심을 모았다. 그런데 한편으로는 그런 관심이 자신의 삶과 어떤 관계가 있는 것인가, 의문에 빠져들기 시작했다.

서모시는 신혼여행으로 다녀온 터키의 이스탄불에 관심을 보이고 있는 자신이, 스스로 생각해도 뜬금없는 놈이라 자조하곤 했다. 그러면서도 이스탄불 그 가운데서도 톱카프 궁전에서 벌어지는 황제의 통치술을 비롯해서, 술탄이 제국을 다스리는 방법이 흥미로웠다. 자신에게 술탄의 통치술이란 무엇인가, 그런 의문도 들었다. 그러나 의문과 함께 호기심은 끊임없이 들끓어 올랐다. 그것은 학문의 순수성을 주장하는 이들이 내세우는 '무한한 호기심'일지도 모를 일이었다.

신혼여행에서 보았던 톱카프 궁전의 주방 건물이 관심의 대상으로 부각되었다. 톱카프 궁전의 주방은 그 자체가 하나의 복합성을 지닌 궁전이었다. 서모시는 전에 보았던 톱카프 궁전에 대해 자료도 찾아보고 기억을 더듬으며, 술탄의 궁전에 대해 여러모로 상징적 의미를 찾아보았다. 그 가운데 술탄의 부엌은 상당히 흥미로웠다.

아낙의 젖무덤을 나란히 늘어놓은 것 같은 데다가 연통을 낸 지붕은 그 자체가 하나의 유기적 건축물이었다. 그게 그 유명한 술탄의 주방이었다. 모양이 같은 지붕이 죽 연결되어 있었다. 그것은 주방과 주방 사이가 격리되어 있다는 뜻이었다. 주방이 서로 트여 있으면, 주방 사이에 냄새가 옮겨 다니는 바람에 음식 냄새가 섞이기 때문에, 음식마다 제 고유한 맛을 잃지 않게 하려면 주방 공간을 분리해야 했다. 하기는 커피를 마시는데 냉장고를 열어 김치 냄새를 피우면 커피 맛이 죽게 마련이다. 그래서 음식 종류에 맞게 주방을 따로 만드는 것은 매우 현명한 조처였다.

피자 만드는 주방, 고기 굽는 주방, 카레 요리하는 주방 그런 식으로 주방과 주방을 분리해서 요리가 제맛을 유지할 수 있게 배려한 건물이었다. 내외가 알고 있는 것과는 다른 설명이었다. 음식을 먹는 사람의 신분에 따라 주방을 달리했다는 점도 기록에 나타나 있다고 안내인은 소개했다.

그런데 어떤 기록은 희한한 내용을 전하고 있었다. 외국에서 사신이 오면 그 나라 요리를 했다는 기록이었다. 그럴 만한 외교적 배려라는 생각이 들었다. 기록 가운데는 끔찍한 내용도 있었다. 중국 사신이 왔을 때는 인육을 요리하기도 했다는 것이었다. 하기는 공자도 인육을 먹은 적이 있다는 것을 서모시는 어디선가 읽고 진저리를 친적이 있었다.

중국 사신을 위한 요리 재료로는 아이들의 인육이 최고로 평가되었다. 송아지 고기가 연하고 맛있어서 높은 점수를 받는 것과 같은 이치였다. 특히 중국에서 온 어떤 관료는 아이의 페니스를 요리해달라는 바람에, 술탄이 직접 나서서 그 중국인의 목을 날려버렸다는 이야기도 전한다. 그게 그 유명한 〈양탄자 위의 목〉이라는 회화작품으로 남아 있다는 것이었다. 인간이 인간을 잡아먹는 이 가증스런 존재……

서모시는 자료를 읽다가 책을 바닥에 내던져버렸다. 그러고는 일어나서 자신도 모르게 '으으윽' 소리를 질렀다. 도서관 직원이 쫓아와 서모시를 제지했다. 도서관 직원은 인육의 맛으로 친다면 상품에 해당할 것 같은 몸매였다. 서모시는 눈앞에 오가는 환상을 떨치지 못하고 화장실로 달려가 찬물로 얼굴을 식혔다.

인육을 먹는 버릇을 그 나라의 문화라고 보아넘길 수 있는가 극심한 회의가 들었다. 문화라는 것이 때로는 상상할 수 없는 일들을 만들어내기도 하는 법이었다. 몽골과 우리가 처음 수교를 할 때, 몽골이 아내를 빌려주는 나라라고 해서, 그런 책도 썼던 저자가 항의를 당하고 테러를 맞기도 했던 기억이 떠올랐다. 몽골이란 나라의 인상을 망칠 수 있는 일이었다. 터키탕도 그와 유사한 일이었다. 남녀의 질펀한 혼탕이 터키탕이었다. 언제부턴가 서울에 터키탕이 자취를 감추었다. 터키 정부의 항의가 있어서 터키탕을 없애고 터키와 원만한 관계를 유지하는 쪽으로 방향을 터갔다.

인육은 서모시의 머리를 떠나지 않았다. 아내와 잠자리를 하면서도 아내를 인육 부위로 음미할 지경이 되었다. 팔다리의 근육, 내장, 뱃가죽의 삼겹살…… 그렇게 생각해가다가 으으윽 소리를 질렀다.

"왜 그래요? 가위눌렸어?" 인이수는 주방에 들어가 찬물을 떠다가 서모시 앞에 내놓았다. 서모시에게는 인이수가 물을 떠다 놓은 그릇에 피가 가득한 걸로 보였다. 머리를 흔들어보았으나 눈에 보이는 것은 선지피가 가득 들어 있는 그릇이었다. 환상이었다. 그런 환상이 계속 나타나면 어쩌나, 가슴이 조였다.

내외가 실내를 어슬렁대는 바람에 아들 보노가 깨어 일어났다. 오줌이 마려운지 팬티 자락이 볼록하게 도드라져 있었다.

"얼른 화장실 가라." 인이수가 아들에게 그렇게 일렀다.

"나 오줌 안 마려워."

"그래도 가라니까."

"할아버지가 그러는데, 못된 사람들이 애들 고추랑 호두 따다가 오메가 스리랑 같이 먹는대." 서모시가 벌떡 일어나 아들의 머리통에 주먹을 날렸다. 아이는 맥없이 바닥에 쓰러졌다. 그러다가는 입에 거품을 물고 경기를 했다. 서모시가 아이를 구타하기 시작한 것은 벌써 몇 년 전부터였다.

"아빠, 지렁이 젤리 사주라!"

"지렁이 젤리? 그건 불량식품이야. 너 그거 먹으면 말야, 고추가 지렁이 된다."

"경규랑 영진이도 먹었는데, 자지 지렁이 안 되었걸랑, 사주어어!"

"안 된다면 안 되는 줄 알아, 새끼야!" 인이수는 서모시를 짯짯 쳐다봤다.

"아빠도 지렁이 젤리 먹어서 고추가 지렁이 됐어? 아니잖아? 쌩까는 아빠, 두두두 두두두 죽어라." 서모시가 아버지를 향해 장난감 총을 휘두르며 사격을 가하는 시늉을 했다. 서모시가 달려들어 총을 뺏어가지고는 아이의 머리통을 향해 가격했다. 보노는 그 자리에서 푹 고꾸라졌다. 그러고는 몸을 불불 떨면서 눈을 까뒤집고 숨을 헐헐거렸다. 서모시는 툭하면 아이를 주먹으로 내질렀다. 때로는 발로 차서 넘어뜨리기도 했다. 아직 뭘 모를 때, 반사신경 체계를 바꾸어놓아야 한다는 게 서모시의 주장이었다.

인이수는 아이를 데려다가 침대에 뉘고는 돌아앉아서 눈물을 흘렸다. 남편이 정신이 이상하게 돌아가는 중이었다. 서모시는 천연덕스럽게 아내 인이수에게 이야기를 펼치기 시작했다.

"내시라는 거 알지? 내시 가운데 터키 궁중에서 근위대를 겸하는 인물들을 모아 조직한 게 예니체리라는 건데……." 서모시의 설명이 이어졌다. 인이수는 남편의 이야기를 들으면서, 언제까지 버티고 서모시와 살아야 하는가, 회의로 가득한 생각을 했다. 사실 무던히 견뎌온 터였다. 그러나 점점 변해가는 서모시가 두려움의 대상으로 부각하기 시작했다.

예니체리는 조선시대의 내시와는 근본적으로 달랐다. 그들은 술탄의 친위대였다. 궁중에서 일해야 하기 때문에, 특히 술탄의 왕비를 비롯한 궁중 여성들의 일을 보조해야 하기 때문에 거세를 하는 경우는 있었다. 그러나 모두 거세를 하는 것은 아니었다. 대개 거세를 하는데 뒤에 성기능을 회복하는 경우도 있었다. 아무튼 예니체리는 새로운 군대라는 뜻이었다. 언어권에 따라 발음이 달랐다. 야니사리,

야니체리, 예니체리 등으로 발음하는데 터키어로는 예니체리가 가장 정확한 발음에 가까웠다. 술탄, 그 겁나는 이슬람 황제의 친위대니까, 의당 왕비나 공주들 일을 보살펴야 하는 경우도 있었다. 그런 업무를 담당하는 예니체리들은 일찍 거세를 해서 특별한 프로그램에 따라 따로 양성했던 모양이었다. 정확히 똑같은 것은 아니지만, 우리나라 내시와 비슷한 사람들인 것은 틀림없었다. 자기의 성적 정체성을 포기하고 목숨 살기 위해 일하는 사람들이 예니체리였다. 목숨이라는 게, 생명이라는 게 그렇게 모진 것인가, 생각에 잠기기도 했다.

내시니 환관이니 하는 이들이 권력의 그늘에서 막강한 힘을 발휘한 것은 예로부터 역사에 기록될 만큼 인간의 잔혹사 한 페이지에 해당하는 것이었다. 세상은 온통 성적인 관계로 구조화되어 있는 것 같아도, 그 성적 아이덴티티를 포기하고 목숨 하나 부지해나가는 일이 생애의 과업이 된 사람들이 있게 마련이었다. 서모시는 인간 삶의 근원이 무엇인지 혼란에 빠졌다.

대기업의 회장들이 아이들 고환을 사다가 상식한다는 이야기가 돌아다닌 적도 있었다. 사실 여부를 떠나 어떤 사람들에게는, 인간이라는 게 자기들 먹잇감에 지나지 않는 그런 부류가 있어왔다는 것을 기록으로 확인하는 것은 자기 모멸의 감정을 불러왔다.

서모시는 중국 황제를 시중드는 나인들 가운데, 이를 빼고 사는 이들이 있다는 기록도 어디선가 본 듯했다. 황제의 성기가 노후해서 후궁들과 관계하는 일이 여의치 않을 때, 황제의 성적 대리만족을 위해 오럴 섹스를 했다는 것이었다. 그런데 이빨을 그대로 두면 황제의 성기를 이로 물어 잘라버릴 수도 있는 터라, 이를 빼고 황제의 침실에 들여보내 황제를 즐겁게 하는 그런 인력이 필요했다는 이야기였다.

이빨 뽑아버린 입으로 들어가는 음식은 어떤 맛이었을까 하는 의문이 뱀처럼 대가리를 추켜들었다.

서모시는 인이수가 표영문 교수와 그런 행위를 하는 것은 아닌가 의문이 들었다. 참으로 치사한 발상이었다. 그나마 그 장면이 환상으로 떠오르지 않는 것은 다행이라면 다행이었다. 서모시는 옆에서 새근거리며 자고 있는 인이수를 끌어당겨 안았다.

"겨우 잠들었는데 왜 이래요?" 인이수는 서모시를 옆으로 밀어제쳤다. 서모시는 슬그머니 일어나 다시 서재로 돌아갔다. 예니체리와 연관된 기록을 다시 읽어봤다.

1835년 황제 마흐무트 2세 치세 때 술탄의 지위를 넘보는 예니체리가 있어서, 아예 그 제도를 폐기하기에 이른다. 그런 구절이 있었다. 손에 무기 든 사람들이 세력이 강성해지면, 종국에는 자기가 모시던 상관을 향해 총칼을 돌려대지 말란 법이 없었다. 최소한 목숨을 내놓고 하는 일은 다른 목숨을 겨냥하는 법이었다.

"어떤 놈이든지 다시 칼을 겨누지 못하게 하는 가장 확실한 방법은, 확 죽여버리는 거야." 김광남은 그런 이야기를 하면서 유도라고 신사도인 줄 아는가, 서모시에게 들이댔다. 그러고는 보라는 듯이 서모시의 허리를 감아쥐고 뒤로 꺾었다. 허리에서 우두둑 소리가 났다. 서모시는 두 손을 허공에 내두르다가 바지에 오줌을 지렸다.

논문 주제를 잘못 잡은 것은 아닌가 하는 생각도 했다. 논문 쓴다는 핑계로 세상을 왜곡되게 바라보는 관점을 스스로 수용하는 게 아닌가, 그게 결국은 개인의 불행을 초래하는 길이 아닌가, 앞길이 막막했다. 지도교수의 생각은 달랐다. 인간의 행불행을 떠나 인간이 어떤 행동을 해왔는가 하는 것을 밝히는 것만으로도 가치 있는 논문이 된다는 것이었다. 그러자면 개인의 안일과 환락을 버릴 줄 알아야 한다고 강조했다. 그러면서 사마천의 예를 들었다. 궁형을 당한 이력이 왕실의 내전까지 드나들며 역사를 기록할 수 있는 자리를 얻었다는 이야기였다. 한 인간이 역사에 등장하는 것은 가히 운명적이라는 것이었다. 따라서 개인의 행불행을 떠나, 오로지 사명감으로 달려들어야 한다는 자신의 학문적 태도를 틀어박는 것이었다.

그러나 서모시의 의구심은 가라앉지 않았다. 불행을 자초하는 일이라는 것을 알면서, 그게 학문을 하는 방법이라고 반성 없이 덤비는 것은 어리석은 자기기만일지도 몰랐다.

"세상에 존재하는 모든 이야기는 허구야. 허구를 사실로 착각하기보다는 스스로 허구를 만드는 게 더 현명할지도 몰라." 언제던가 오랜만에 서모시를 만난 김득신의 이야기였다. 서모시는 그게 왜 그런지 묻지 않았다. 지금 자신이 사는 세계가 허구인지 사실인지 까마득히 인식의 지평 너머로 사라지곤 하기 때문이었다. 이따금, 뜬금없이 나타나서 몇 마디를 던지고 사라지는 김득신은, 그럼에도 서모시에게 짙은 우정의 그늘을 드리웠다. 믿음과 의심을 함께 갖다 안겨 묘한 분위기를 자아내는 친구였다.

서모시는 창을 열고 건너편 산을 바라보았다. 녹음으로 덮인 산자락으로 녹색 바람이 물결을 일으키며 지나갔다.

16

鰐魚

자비심

돌산을 치맛자락처럼 두르고 푸르러가는 숲에서는 싱싱한 성(性)의 냄새가 풍겼다. 초여름으로 접어드는 계절, 그것은 봄과 여름이 맞붙어 뒤엉키는 흘레의 시간과도 같았다. 이 계절에 아내들이 아이를 낳는 것은 삶과 죽음의 점이지대에서 솟아나는 환희의 무지개 같은 분위기를 지니고 있었다.

알리의 아내 롤로디아는 아들 둘을 연년생으로 순산했다. 아내가 아이를 낳고, 어머니가 손주 건사를 위해 자기 부대 대원들을 아들 알리에게 넘기고 함께 지내게 되면서, 생활의 안정기가 찾아왔다. 이따금 겨우 백여 명 되는 인원으로 반란을 도모하는 자들이 있었지만, 그것은 알리의 이력을 쌓는 데 공훈을 만들어줄 뿐이었다. 알리는 기마술이 날로 세련되고, 칼은 날카로워졌으며, 부하를 거느리는 통솔력이 빛을 발했다. 그렇게 이스탄불로 치달려가야 할 일이었다. 한눈팔 일이 아니었다. 알리는 허리춤에 차고 있는 칼을 뽑아 허공을 내리그었다. 어디선가 아우성이 들려왔다.

루멜리아는 그리스 북부와 알바니아 마케도니아 지역을 두루 포괄하는 넓은 지역이었다. 지역이 넓기 때문에 민족이 다양하고, 지리적 조건이 또한 각각이라서 같은 원칙으로 통치를 해서는 평정을 얻을 수 없었다. 알리는 알바니아와 그리스와 이스탄불을 어떻게 연결할 것인가 하는 문제로 부심했다. 그리고 그런 관점에서 파샤의 문제를 해결해주고 세상을 떨게 하는 용기로 절대적 신임을 얻었다. 거기다가 인근 지역 언어를 자유자재로 구사하게 되었다.

한편으로 이제부터 전개될 앞날이 과연 무엇을 바라는 것인가 회의가 일기 시작했다. 알리는 알렉산드로스를 생각했다. 알렉산드로스는 서른 살에 무슨 생각을 했을 것인가? 그는 선생을 잘 만났다. 세계 지성사의 거봉 아리스토텔레스에게 공부하는 사이 세계를 바라보는 남다른 안목이 생겼다. 용기와 절도와 예리한 판단력이 그의 무기였다. 자기는 그런 기량과 기회가 없었다. 스스로 앞길을 개척해야 하는, 자수성가해야 하는 게 자신이 타고난 몫인지도 몰랐다.

아르타에서 그리스인들이 반란을 일으켰다. 아드리아해를 거쳐 그리스로 접근해 오는 이탈리아 상선에서 이탈한 떨거지들과 결탁한 잡종부대였다. 알리는 그리스인들에 대해 상반된 태도를 취했다. 다음에 어떤 사건이 일어난다면 알바니아는 그리스와 동맹을 하는 것이, 멀리 이스탄불 술탄의 정부와 결연하는 것보다 현실적이라는 판단이었다. 오스만에게 엎혀사는 형국이 되기는 했지만, 결국은 오스만과 대결하게 될 경우 그리스와 손을 잡아야 하는 것은 지리적으로나 역사적으로나 지극히 당연한 일이었다. 그러나 현재로서는 오스만 제국 술탄의 신하를 자임할 수밖에 없는 형편이었다.

그리스군 가운데 무기를 버리고 손을 들어 항복의 의사를 보이는 병사가 있었다. 그런데 알리의 휘하에 있는 병사가 달려들어 그리스 군을 향해 칼을 휘둘렀다. 알리는 소리쳐서 경고했다.

"항복하는 자를 죽이지 말라!"

그러나 알리의 병사는 들은 숭 만 숭 그리스 병사를 향해 칼을 휘두르며 거리를 좁혀 달려들었다. 알리가 말을 달려가 자기 병사의 목을 뎅겅 베었다. 그러고는 그리스 병사를 지휘소로 끌고 왔다.

"그리스 병사가 맞는가?"

"그렇습니다."

"어째서 그런 잡스런 부대에 끼었는가?"

"목숨 살아가는 게 누추하다 보니 그리 되었습니다." 그는 본래 시인이었다고 했다. 그러나 어떤 업적이 있는지는 자세히 말하지 않았다.

"내가 알 만한 시인인가?" 알리가 물었다.

"아마 여기 군인들은 나를 모를 것입니다." 병사가 대답했다.

"그럼 누가 그대를 아는가?" 알리가 다시 물었다.

"이 나라 민중들이 압니다." 병사의 모호한 대답이었다.

"이 나라는 뭐며, 민중은 또 뭐냐?" 알리가 추궁했다.

"내가 사는 나라 민중들이 부르는 노래를 모아서 정리하는 일을 하고 있습니다." 알리는 병사의 대답을 듣고, 잠시 의아한 얼굴로 앉아 있었다. 이놈이 만만찮은 뱃심을 가지고 있다는 생각이 들었다. 한번 다그쳐볼 생각이었다.

"이름이 뭔가?"

"제 이름은 믿음, 피스키티오스입니다."

"귀관이 노래를 모은다는 나라가 그리스를 뜻하는가?"

"그렇습니다. 말씀드린 대로입니다."
"오스만이 망할 거라고 생각하는가?"
"영원한 나라는 없습니다."
"어떤 나라가 영원할 건가?"
"진리의 나라, 진실의 나라는 영원합니다."
"귀관이 말하는 진실이라는 게 실체가 뭔가?"
"인간 정신의 기념탑이랄까, 고매하고 외로운, 인간의 힘으로 다스려지지 않는, 그런 세계 있잖습니까?"
"그러면 귀관은 기독교인인가?"
"그렇습니다만, 이제는 내가 관계하던 집단도 떠났습니다."
"관계하던 집단이라면?"
"내 목숨을 살려주신 분이니까, 다시 그 손에 내가 죽을지도 모르지만, 말씀을 드려야지요. 술리오테스입니다."
술리오테스란 말에 알리의 귀가 번해졌다. 알바니아인들 가운데 아직도 알바니아인으로서 자부심을 가지고 있으면서, 약차하면 전투에 나설 수 있는 이들이었다. 같은 나라 사람이라 뭐라 하긴 그렇지만, 그러나 틀림없는 독종들이었다.
"사실인가? 술리오테스들은 사납기 이를데없고, 술탄 휘하의 파샤들이 그들 때문에 목숨을 부지하기 어렵다는 그 독종이 아니던가?"
"독종 소리 들어 싸지요. 그런데 독종 말고 순종이 모든 문제를 해결하는 것은 아니지 않습니까? 저는 인간이 그렇게 모질어서는 안 된다고 생각합니다. 세상은 산 자와 죽은 자가 늘 바톤을 넘겨주면서 굴러가도록 되어 있습니다. 내 대에서 결사항전을 해가지고 몰살한다고 합시다. 그러면 그 종족의 이야기는 누가 누구한테 전합니까?

그래서 나는 그리스가 아주 자취를 감추기 전에 그리스의 노래를 모으기로 작정하고 일했습니다. 오스만은 물가에 선 나무가 아닙니다. 오스만의 목자는 사라졌습니다. 진실을 이야기하는 선지자도 하나 없습니다. 폭군만 남아서 발호하는 중입니다."

"자네는 모가지가 몇 개나 되나?"

알리가 벌끈해서 달려들어 금방 칼을 휘두를 자세였다. 알리의 부관이 다가와 말렸다.

"그래, 더 들어보자, 도무지 네가 모은다는 그리스 노래라는 게 뭐냐?"

"알바니아에서도, 축제 때거나 사람이 죽으면 춤을 추고 노래하지요? 사람이 죽었는데 노래하는 것은 우습지만, 영혼이라는 게 노래에 실리지 않으면 어떻게 하늘나라로 가겠습니까?"

"영혼이 노래를 타고 하늘나라로 간다?"

"당신이 나를 살려준 것은 아마도 끌리는 데가 있었기 때문일 터인데, 나의 이용가치도 그렇고, 나의 도움도 그렇고, 별 소득이 없는 일입니다. 하지만, 시인을 알아보는 폭군은 드문 법이지요. 그래서 나는 이야기를 터놓는 것입니다."

아토스산맥 산골마을에 오스만 군대가 쳐들어왔다. 결사 항전을 했지만 역부족이었다. 마을을 지키던 민병대 태반이 죽었다. 마을 어귀에 시체가 즐비하게 널렸다. 오스만 군인들은 집집마다 뒤지기 시작했다. 집에 남아 있던 부녀자들이 아이를 데리고 아포토모 언덕으로 올라갔다. 전부터 세상 도무지 살아갈 방법이 없다고 이를 갈던 사람들이 떨어져 죽곤 하던 언덕이었다.

마을 여자들이 데리고 온 아이를 옆에 놓고 빙 둘러서서 춤을 추기 시작했다. 좌우로 두 발짝, 한 발짝 움직이다가는 다리를 들어올리며 고개를 옆으로 간드러지게 돌려 애교를 보였다. 그러고는 다시 손을 잡고 원을 만들어 빙빙 돌면서 계속 춤을 추었다. 어머니들은 춤을 추고 아이들은 악을 쓰면서 울어댔다.

적들은 아이를 엎어놓고 어미를 눕혔다. 어미 배에 올라탄 놈이 치마를 걷어 올렸다. 그리고, 얼마 후 총이 두 발 발사되었다.

아이들이 악을 쓰며 울었다. 사람들이 고개를 돌렸다. 그들 등뒤로 피가 튀었다.

여인들은 바람 속에서 물단지를 들고 눈물을 닦았다. 뒷물을 하고 옷을 갈아입었다. 그 옷자락으로 눈물이 방울졌다.

짐을 지고 언덕을 넘어가면서 남편은 고개를 푹 꺾었다. 말 울음소리가 골짜기를 울렸다.

바위와 돌자갈 사이, 삭아가는 양모 자락을 들치고 패랭이꽃이 솟아올랐다.

한 여인이 노래를 시작했다.

간다 간다 나는 간다
험한 세상 고단한 삶이여
간다 간다 나는 간다
꿈만 같이 달던 생활
그리고 그대, 나의 망친 나라
간다 간다 너를 두고 나는 간다

봄날은 간다

골짜기며 산들이며 언덕이여
봄날은 간다
잘 가게나, 술리의 아낙들이여

물고기 땅에서 못 살듯
꽃들은 모래에서 안 피듯
술리 골짜기 더터온 아낙들
자유 없이 진정 어이 살리

봄날은 간다
술리의 아낙들이여
버텨 사는 법을 배웠거니
죽는 법도 익히지 않았더냐
노예 사슬 끊는 줄도 너는 알지

그런 노래를 따라 아낙들은 언덕 끝에 섰다. 아낙들은 꽃잎처럼 언덕 밑으로 몸을 날려 떨어졌다. 한 사람, 또 한 사람 아득한 함성이 골짜기를 울리며 꽃이 피 터져 피어나고 피어나고, 아이들의 외침 소리가 골짜기를 가르며 퍼져 나갔다. 언덕 밑으로 시체가 즐비하게 널브러졌다. 어디선지 독수리들이 날아와 언덕과 골짜기를 선회하다가 시체 위로 내려앉기 시작했다.

"독한 것들!"

말에 박차를 가해 언덕으로 치달려 올라온 오스만군 대장이 바위 위에 침을 뱉았다.

아토스 산맥 자고리스 골짜기에 자리잡은 잘롱고 마을의 여인들은 어린애들을 데리고 그렇게 죽어갔다. 그것이 죽음의 춤 혹은 '잘롱고의 춤'으로 알려진 춤이고, 그때 불렀던 노래를 누군가는 모아서 후대에 전할 의무가 있다는 것이 피스키티오스의 말이었다.

그리스인 병사 피스키티오스의 말을 듣고 있던 알리는, 왜 그런 일을 자네가 맡아서 하는가 물으려다 말았다. 사람이 하는 일치고 꼭 그래야 하는 이유가 선명한 것이 얼마나 되던가 하는 생각이 들어서였다. 그러나 아이를 안고 죽음으로 다가서는 여인들의 인상은 지워지지 않았다.

"더러워도, 치욕스러워도 목숨 부지하면서 살아야 하는 게 인생 아닌가?"

알리가 눈을 가느스름하게 뜨고 칼자루를 만지면서 물었다. 만일 대답이 신통치 않으면 죽여버리겠다는 태도였다. 내가 살려준 적군 병사는 내가 목숨을 끊을 수 있는 권리가 자신에게 있다는 판단이었다.

"그런 허탄한 논란에 끼어들고 싶지 않습니다."

이거 봐라, 나랑 논란을 하자는 것인가. 당돌한 놈이란 생각이 들었다. 거기다가 내 이야기를 허탄하다 비아냥거리다니. 알리는 침을 뱉고 싶은 것을 참았다.

"자네는 아까운 나인데, 어떻게든지 살기는 살아야 하겠지?"

"나는 본래 크레타 출신입니다. 우리 크레타인들은 죽음을 두려워하지 않고 싸우면서 살아왔습니다."

"크레타 사람이 용감하다는 건 나도 알지. 헌데 모두 결사항전하다가 죽는다면, 크레타에 뭐가 남나?"

"노래와 이야기가 남겠지요."

"자네 머리가 좀 돈 놈 아닌가? 아까부터 노래가 영혼을 하늘로 실어간다더니, 인간이 없어지는데 노래는 어떻게 남고, 이야기는 또 누가 어떻게 부지한다는 말인가?"

"거기 풀꽃과 새들과 파도가 노래하고, 바위와 언덕이 그리고 바람결이 이야기를 하겠지요."

알리는 자기도 모르게 껄껄껄 웃었다. 사람이 말을 저렇게 할 수도 있구나 하는 생각이 들었다.

"대장님은 알바니아 출신이지요?"

"그래서?"

"베사, 운명이란 거 아시잖아요? 그건 실체가 없는 망령 같은 겁니다. 그런데 사람들은 그걸 따르지요. 이야기가 사람을 움직이는 겁니다."

"자넨 내가 불쾌해하는 일만 골라서 기억하는 거 같네."

알리는 베사라는 것을 기억하고 싶지 않았다. 알바니아 사람들을 신앙심 깊은 곳으로 이끌고 가는 원동력이 베사였다. 그러나 그것은 왜곡된 믿음이었다.

테펠레네 근처에서 그런 일이 있었다. 농업용수를 쓰기 위해 골짜기에 댐을 만들었다. 골짜기가 깊기도 했지만 주로 돌 일을 해야 하는 난공사였다. 돌로 축대를 쌓고 그 사이를 흙으로 메우는 공사가 진행되고 있었다. 그런데 흙을 메울 만하면 비가 내리거나 해서 둑이 뭉청 달아나버리곤 했다. 그러기를 몇 차례 거듭했다. 공사에 동원된 사람들은 두려움에 떨고 있었다. 산의 수호신이 진노해서 둑 막는 일에 훼방을 놓는다는 것이었다. 흙 매립 작업이 거의 끝나갈 무렵이었다.

흙수레를 밀고 가던 인부 셋이 돌구덩이 속에 빠졌고, 그 위로 흙이 쏟아져 매몰되었다. 동료들이 흙 파내는 작업을 하느라고 땀으로 범벅이 되어 있을 때, 감독이 달려왔다. 그리고 흙 파내는 작업을 중지시켰다. 장정 셋은 흙구덩이를 헤쳐나오지 못하고, 그 구덩이에 빠져 죽었다. 구덩이에 빠져 죽어가는 젊은이를 구하지 말라는 것은 알리 파샤의 명령이었다. 그것은 알리가 어려서부터 듣고 자란 알바니아의 율법이었다. 알리는 자기도 모르는 사이에 알바니아의 검은 피가 몸으로 흐르고 있었다.

문제는 그 다음에 있었다. 남편이 먼저 죽은 아낙네는 스스로 남편을 따라 죽어야 한다는 것이 알바니아의 풍습이고 신앙이었다. 당시 풍습으로, 신앙으로 통하던 베사였다. 아낙들 셋이 공사장으로 달려왔다. 그들은 안으로 통곡을 삼키면서 깊은 흐느낌을 내뱉았다. 남편이 어떤 피치 못할 사고, 예컨대 그게 하늘의 뜻이라는 예감, 예시, 암시 같은 것을 느끼게 하는 그런 사고로 인한 죽음일 때, 아내는 남편을 따라 죽어야 한다는 것이 베사의 율법이요, 그 사회를 통제하는 하나의 격률이었다. 아내들은 통곡하면서 남편을 따라 죽어야 한다고 흙구덩이로 달려들었다. 알리가 나서서 연설을 했다.

"여기 모인 여러분은 들으시오. 죽음은 천한 죽음과 위대한 죽음으로 대별됩니다. 천한 죽음은 너무나 많습니다. 그러나 위대한 죽음은 공의를 위한 것이기에 많을 수 없습니다. 오늘 죽음을 택한 세 천사는 이 나라 발전의 초석으로 댐 공사 완공을 놓고, 자신의 몸을 희생해서라도 완공을 보아야 한다는 의무감으로 이에 베사를 행한 것입니다.

희생을 모르는 사랑은 천박하고, 사랑이 없는 희생은 폭력입니다.

오늘 이분들의 희생은 대의명분이 아주 분명한 경우라 할 수 있습니다. 개인의 불행을 공공의 과업으로 상승하게 하는 이들의 정신은 세상의 어떤 신이든지 찬양하고 엄숙하게 받아들이지 않을 수 없는 바입니다. 우리 모두 이분들의 희생정신을 받들어 공사를 성공적으로 완수하여 그 빛이 이스탄불의 술탄에 이르도록 합시다."

알리가 이스탄불 방향의 동쪽을 향해 고개를 숙였다. 세 여인이 흙구덩이 속으로 떠밀려 들어갔다. 거기 모였던 사람들이 고개를 숙이고, 몇몇은 눈물을 보이기도 했다. 알리에게 다가와 소매를 붙들고 우는 노파가 있었다. 알리는 노파의 어깨를 조용히 두드려주었다.

그리고 정확히 한 달 후, 여섯 사람의 혼을 머금은 채 공사는 성공적으로 완공되었다. 그것이 단순히 미신이라 할 만한 몽매한 사람들의 믿음은 아니었다. 무엇인가 성스런 기운이 감도는 애국적 열정과 사람들 사이에 긴밀한 망을 치고 있는 강고한 믿음의 체계였다. 알리는 그들의 행위가, 기실 우습기는 하지만, 알바니아를 움직이는 힘 가운데 하나라는 생각을 했다. 저런 믿음을 이용한다면 목숨을 내놓고 나서서 죽기를 각오하고 돌진하는 이들이 줄을 설 것이라는 생각이 들었다. 조국 알바니아와, 자기가 다스리고 싶은 그리스와, 거점으로 삼을 수밖에 없는 술탄의 나라 오스만튀르크 그 세 나라 어디에 중점을 두어야 하는지 잠시 머리가 어지러웠다. 그러나 피스키티오스가 하던 말이 자꾸 맘에 걸렸다. 인간의 영혼은 노래를 타고 하늘로 올라간다던 그 말. 알리는 이제까지 어떤 노래를 불렀던가 잠시 생각을 더듬었다. 노래보다는 칼과 총과 피냄새 속에서 살았다는 생각이 머리에 가득 차올랐다. 자비 없는 삶이었다. 무자비하게 살아가야 할 일이 아득한 함성으로 귀를 때렸다.

알리가 공사를 마무리하고 돌아오는 참이었다. 피스키티오스가 젊은이 하나를 데리고 와서 막사 앞에 기다리고 있었다. 먼 여행에서 돌아온 것처럼 옷은 낡고 몸은 지쳐 보였다.

17

鰐魚

애 키우기

여행은 때때로 사람을 충동에 휩싸이게 한다. 관광이 되기 전의 여행, 그것은 사람을 새로운 존재로 다시 태어나게 하는 용광로 같은 역할을 하기도 했다. 때로는 한 인간의 앞길을 달리하게 하는 계기를 제공하기도 했다.

2층의 부모들은 여행을 떠난 다음이라 서모시와 인이수 둘이 아들 보노를 데리고 집에서 지내는 중이었다. 인이수는 남편 서모시의 품을 파고들면서 이야기했다.

"서모시, 당신 말인데, 내가 이렇게 당신 품에 안겨서 잘잘 끓어도, 아무 느낌도 없어?" 인이수가 서모시의 사타구니를 더듬으면서 속삭이듯 말했다.

"생각하곤 달리, 자꾸 주저앉는 걸 어떻게 해?" 서모시의 목소리는 풀이 죽어 있었다.

"용불용설이라고 알아?" 안 써서 그렇다는 뜻인 모양이었다.

"그야 상식이지. 다른 이론으로 총량설이 있어. 남자의 정자는 양이 한정되어 있어서 많이 쏟아내면 샘물처럼 계속 고이는 게 아니라, 어느 지점에서는 말라버려 더는 안 나온다는 거야."

"그럼 자기는 너무 퍼서 썼다는 얘기네?"

"그런 셈이지…… 인이수 너한테."

"나한테만? 웃긴다, 지나간 일 뒤적거려야 나오는 거 없고……." 인이수는 말을 멈추고 잠시 한숨을 내쉬었다.

"무슨 방법이 없을까? 당신 나이가 몇인데…… 우리 앞날이 좀 억울하지 않아?" 서모시는 그렇다고 동의하려다가 입을 닫았다.

인이수는 침대에 오르기도 전에 성기를 팽팽하게 부풀려 파고들곤 하는 박지남의 얼굴을 떠올렸다. 박지남이 성기를 세우고 달려들자마자 밑이 오밀오밀 저려오는 것이었다. 서모시는 전혀 딴길이었다. 비교가 좀 칙살맞기는 했지만, 서모시가 박지남보다 나은 게 있다면 호한한 지식과 약간의 광택을 지닌 어휘를 구사하는 언어능력이었다. 그러나 서글픈 일이었다. 육신을 가진 인간으로서, 언어에 빠져 헤어나지 못하는 것은 생의 낭비였다. 박지남은, 인간과 인간의 접촉은 물리적인 인력과 거기 대하는 저항력의 관계 속에서 이루어지는 육신의 부딪침일 뿐이라고 서슴없이 말하곤 했다. 윤리니 그런 잡스런 생각이 끼어들면 언제든지 자기는 물러설 거라고 장담했다.

서모시는 인이수에게 어떤 이야기도 더 지속해갈 수 없었다. 서모시에게 쓸데없는 과거를 뒤적이지 않겠다는 것만으로도 용서를 받은 느낌이었다. 혹은 자기 전력을 생각해서 이야기를 더 진척시키지 않는다는 뜻인지도 몰랐다. 여자 고등학생이 남학생을 만나자마자 콘돔을 가지고 다니는가 묻지를 않나, 서모시가 일을 벌였을 때 이미 허당이었던 것은 인이수의 과거가 만만치 않다는 것을 증명하고 있었다. 서모시는 그런 이야기를 억지로 잊어버리고 지내기로 작정했다. 남녀간의 성적 만족이 삶의 제일조건일 수 없다는 생각이었다. 그렇다고, 인이수 편에서 성적인 불만을 앞세워 서모시를 탓할 건덕지가 있는 것도 아니었다. 묵계를 명료화하지 않는 건 어쩌면 그 자체가 둘의 삶을 견뎌내게 하는 원칙 같은 것이기도 했다. 인이수는 살풋 잠이 드는 머리를 흔들어 깨어났다.

"내 약을 좀 구해볼게. 타고난 약체야 어쩔 수 없다지만, 그게 이렇게 죽었는데 어떻게 우리 남은 날들 꽃피우며 살아?"

인이수는 옆으로 돌아누워 잠이 안 오는지 한참을 뒤척였다. 서모시는 필요할 때 쓴다고 사두었던 젤리를 성기에 바르고 살살 달궈보았다. 멜라니 선생은 늘 그랬다. 치즈 냄새 나는 입으로 키스를 하고 나서는 한국에 '애꼬추'라는 거 있던데, 오 퍼니 오늘 애꼬추 좀 먹어볼까 하고는 서모시의 고추를 입으로 빨았다. 서모시는 자지러질 듯 멜라니에게 안겨 땀을 흘렸다. 이러다 죽는 거 아닌가, 죽음 저쪽에는 무엇이 있을까, 말로 할 수 없이 슬펐다.

"공연히 애쓰지 말고 자요."

인이수의 목소리에는 물기가 촉촉이 배어 있었다. 서모시는 화장실로 들어가 샤워를 했다. 물은 따뜻했으나 기분은 썰렁했다. 보노가 몸을 뒤척이다가 엎어져 어깨를 들썩거렸다. 이어서 흐느껴 우는 소리가 들렸다. 밖에선 낙엽이 바람에 서걱거리는 소리가 창으로 밀려들어왔다.

보노가 일어날 생각을 않고 몸을 뒤척였다. 학교에 가야 할 시간이 한참 지나 있었다. 인이수는 아이를 흔들어 깨웠다. 내복이 땀에 흥건히 젖어 있었다. 아이 이마를 짚어보았다. 열이 심하게 올랐다. 인이수는 아이를 일으켜 앉혔다. 내복을 갈아입히려고 셔츠를 벗기다가 인이수는 기절할 듯 소리를 질렀다. 아이의 등판이 칼로 그어 헤집어놓은 것처럼 피딱지가 앉고 어떤 데는 아직 진물이 내비치기도 했다.

"아니, 이게 웬일이니!"

심장이 터질 듯이 쿵쿵 박동을 쳤다. 서모시는 노트북을 들고 도서관으로 나간 뒤였다. 인이수는 아르바이트 가야 할 시간이었다. 등판이 걸레처럼 찢어진 아이를 두고 어찌할 줄을 몰라 눈앞에 뽀얗게 안개가 서렸다.

"이런 일은 말이다, 엄마한테 사실대로 이야기해야 하는 거야. 엄마는 너를 정말 사랑한단다. 너 이러하다 나쁜 애들한테 맞아 죽으면 어떡하니…… 엄마한테 이야기해, 보노야!"

"괜찮아, 금방 나을 거야."

"금방 낫기를 나도 바란다. 그런데 어떤 놈들인지 찾아서 혼내야, 다시는 그따위 못된 짓을 안 해. 그러니까 너는 어떤 일이 있었는지 말할 의무가 있어."

보노는 한참 입을 다물고 아무 대답도 없이 앉아 있었다. 인이수는 구급약품 상자에서 연고를 찾아 보노의 등에 발라주었다. 보노의 입에서 뿌득 소리가 났다. 얼마나 아프면 이까지 갈까, 인이수는 자기도 모르게 눈가가 빼근해왔다. 아이가 아프다는 게 엄마한테 어떤 느낌으로 다가오는지를 깨닫는 순간이었다. 보노가 이야기하는 어제 일은 대강 이런 것이었다.

학교 끝나고 도장에 운동하러 가기가 싫었다. 이웃 중학교 태권도

부 선수들이 골목에서 놀고 있었다. 어디서 잡았는지 사마귀(당랑)를 가지고 싸움을 붙이고 있었다.

"요 새끼가 저랑 교미한 수놈 잡아먹는대. 꼬리는 붙어 있고 대가리부터 아작아작 씹어먹는대."

"암놈끼리는 어떻게 잡아먹나 보자는 거야."

"붙어, 붙어, 씨발 붙으라니까."

"졸라 안 붙네!"

쫄쫄이 티를 입은 녀석이 사마귀를 잡아 아스팔트 바닥에 내동댕이쳤다. 사마귀가 배가 터져 노란 알이 바닥에 흩어졌다. 보노가 쪼그리고 앉아 바닥에 널브러진 알을 손가락으로 흩어보았다.

"쪼깐한 새끼가 호기심 천국이네." 역시 쫄쫄이 티를 입은 녀석이 달려들어 사마귀 알을 손가락으로 찍어서 보노 앞에 내밀고는 소리쳤다.

"먹어, 새꺄!" 보노가 쫄쫄이의 팔을 후려쳤다.

"좆만한 새끼가, 어디서 개겨. 꿀꿀하던 참인데 어디 맛좀 봐라. 우린 무식하게 때리거나 하지 않아. 살려놓고 등판에서 피를 살살 흘리게 해서 죽이는 거야. 뻗쳐!"

보노가 버팅기고 서 있자 놈들이 달려들어 보노의 팔을 뒤로 제쳐 허리띠로 묶었다. 아스팔트 바닥에 엎어놓고는 두 놈이 다리를 붙들고 두 놈이 셔츠를 걷어올렸다. 보노는 몸을 뒤틀어보았지만, 이미 놈들에게 포획된 사냥감처럼 꼼짝할 수 없었다. 한 놈이 주머니에서 면도날을 꺼내 보노의 등에 대고 긋는 모양이었다. 따끔하다가 쓰리고 아프고, 또 따끔하고 그렇게 계속되는 동안 땀이 흘렀다. 보노는 땀이 그렇게 짠 줄을 처음 알았다. 등으로 지렁이가 기어가는 느낌이었다. 놈들이 손가락으로 등을 쓸고 있었다. 그러고는 손가락에 묻은 피를 핥아 먹는 모양이었다. 이 새끼는 좀 짜다, 그지? 그런 소리가 들렸다. 놈들이 사라질 때까지 보노는 몸을 움직이지 못하고 엎어져 있었다. 등에 오슬오슬 한기가 지쳤다.

인이수는 친정집에 연락을 했다. 아버지 인정식이 차를 몰고 왔다.

"이런 날은 애비가 집에 있어서 애도 돌보고 해야지, 사람이 송곳 끄트머리처럼 한 구멍만 파고 있으니 너도 답답해서 큰일이다."

인이수는 아무 대답을 하지 않았다.

병원에서는 가벼운 감기라고 했다. 아이 몸을 따뜻하게 해주고, 더운물 자주 먹이라는 이야기만 하고 주사를 놓지도 않고 약 처방을 하지도 않았다. 인이수는 오랜만에 병원에 오는 터라, 아이들 감기를 어떻게 다스리는지 잘 몰랐다.

"이전에는 애들 감기 걸리면 산에 가서 산토끼똥 주워다가 달여 먹이기도 했다. 애들은 콧물 흘리며 나가서 친구들과 놀면 다 낫는다. 걱정하지 말고, 네 남편이나 걱정해라. 그런데 서 뭐시냐 그 사람 개는 먹냐? 신허에는 개만한 게 없느니."

"아마 안 해줘서 못 먹을걸요." 인이수는 남편까지 생각해주는 아버지가 고마웠다.

"할아버지, 자지 마렵다."

"그럼, 오줌 누고 가야지, 우리 보노……."

주유소 화장실을 찾아 들어갔다. 지린내가 훅 풍겨 나왔다.

"화장실 가고 싶으면 참지 말고 가야 한다. 오줌을 오래 참으면 병이 된다는 말이 있다."

"할아버지 저게 뭐야?" 보노가 화장실 변기 앞에 써 붙인 주의문을 읽고 있었다.

'남자가 흘리지 말아야 할 것은 눈물만이 아닙니다.'

"오줌 흘리지 말고 가까이 다가서서 소변을 보라는 뜻이다."

"남자가 왜 눈물을 흘리면 안 돼?"

"남자는 씩씩하고 용감해야 하니까, 울면 안 돼!"

"쌩이야, 우리 교실에는 고추 먹기 하는 애들도 있는걸." 자랑스런 말투였다.

"무어야? 넌 그런 거 절대 하지 말아라. 큰일난다."

"애들은 재미있대, 근데에 아빠랑 엄마는 그런 것도 못 하나 봐."

인정식은 손주가 왜 열이 나는지를 알 만했다. 자식들이 아직도 애들 한가지라는 생각이 들었다. 애를 일찍 낳기는 했지만 애 키우는 방법은 익히지 못한 채로, 겅정거리면서 뛰어다니는 '애들'이 딱했다. 애들 낳을 수 있는 나이에 애 낳는데, 그게 고등학생이면 어떻고 대학생이면 어떠랴 하는 생각은 그리 탄탄한 경험을 바탕으로 한 게 아니었는지도 모른다는 생각이 들었다. 당시로서는 최선의 선택이었다, 그렇게 접어두기로 했다.

아이는 집으로 들르지 않고 학교로 직접 보내주었다. 오랜만에 부녀가 마주 앉아 이야기할 기회가 생겼다.

"시간 되겠느냐?"

"전화로 양해 구하고요." 학습지 교사로 일하는 중이라 아이가 기다리고 있을 것 같았다. 아이들 시간을 정확하게 지켜주어야 다음 코스에 시간을 맞춰 갈 수 있게 시간표가 짜여 있었다. 아이들은 이미 자기 시간을 갖지 못하고, 부모가 만들어준 시간표에 매여 살았다.

"그렇지 않아도 전화하려던 참인데, 오늘 우리 애 글쓰기 경시대회에 나가야 해요." 그러니 안 와도 된다는 뜻이었다. 인이수는 밧줄에서 풀려난 기분이었다.

인이수는 한동안 학습지 교사로 일했다. 학습지라는 문제지를 돌리고 다음 날, 가정을 방문해서 아이들이 잘 풀었는지 체크해주면서 오답에 대해 설명하는 일이었다. 그런데 그 국어라는 게 문제였다. 모호하고 애매한 것은 물론 문법이 맞지 않는 문장을 가지고 출제한 것은 도무지 설명이 되질 않았다. 인이수는 차라리 영어로 전환하는 게 낫겠다 싶어서 영어 개인 과외로 일자리를 바꿨다. 오히려 수월했다. 거기다가 영어를 자주 쓸 기회가 된다는 것도 의외의 소득이었다.

영어를 가르치는 중에 문제가 아주 없는 것은 아니었다. 표영문 교수 얼굴이 자꾸 떠올라서였다. 표영문 교수는 자학이라 할 만큼 「비잔티움 항해」에 집착하고 있었다. 자기는 '낡지 않는 정신의 기념비'를 이룩하지 못한 것이 '한'이라고, 한이란 용어를 동원해서까지 자신의 생애를 평가했다. 작대기에 걸린 넝마 같은 존재라는 것이었다. 자기에게 허여된 시간이 다 지나갔고, 지금 지나가고 있을 뿐, 앞으로 다가올 찬란한 미래는 젊은이들에게 모두 양도하고 말았다는 것이었다. 맥주잔을 앞에 놓고 인이수에게 어깨를 기대오는 표영문 교수에게서는 늙은이 냄새가 풍겼다. 그것은 돼지기름 냄새 같기도 하고, 보신탕집 앞을 지나갈 때 훅 끼치는 개고기 냄새 같기도 했다.

"백석은 감각의 천재야. 백석의 시 가운데 단 두 줄로 우리들 감각을 절딴내는 시가 있어. 인이수 기억나나? 내가 낭송할 테니, 들어봐.

> 아카시아들이 언제 흰 두레방석을 깔았나
> 어데서 물큰 개비린내가 온다.

이 두 줄에 얽혀 있는 감각을 어찌 말로 설명한다나?" 표영문 교수는 에즈라 파운드의 「어느 지하철 역에서」라는 시를 영어로 읊었다.

> The apparition of these faces in the crowd;
> Petals on wet, black bough.
> 군중 속에 홀연 나타나는 이 얼굴들;
> 물 젖어 검은 가지 위에 피어난 꽃잎들.

인이수는 두 손으로 볼을 쓰는 척하면서 귀를 막았다. 귀한 소리도 너무 자주 들으면 염증이 나는 법.

"참 깔끔하지, 그렇지?" 표영문 교수는 인이수를 건너다보았다. 눈가가 파르르 떨리고 있었다.

"파운드는 이미지스트답게 시각 이미지만 표현했어. 군중 속에서 얼굴들이 홀연 나타나는 시각 이미지, 그리고 축축하니 까맣게 젖은 나뭇가지에 얹힌 꽃잎들, 시각 이미지뿐이야. …… 백석은 안 그렇거든. 시 속에 인간이 있어. 젊은이 하나가 초여름, 밭에 나가려는데 집 앞마당 아카시아나무에서 꽃이 지는 거라, 나무 아래 물비린내 감미로운 아카시아 꽃잎이 두레방석처럼 떨어져 있고, 그리고는 다른 이미지를 갖다 섞는 거라. 개비린내…… 울바자 저쪽 어디서 개들이 흘레를 하고 있는지도 모르지. 총각이 밭에 나가기 전에 뭘 했을까? 이웃집 과수댁하고 한판 했거나, 손장난이라도 하지 않았을까. 히야, 개 비린내…… 어떤 평론가가 개비린내를 갯비린내라고 하던데, 뭘 몰라서 그래. 인간이, 개짐승이 풍기는 성의 냄새……."

표영문 교수는 자신에 대한 통제력을 상실하기 시작했다. 할 이야기와 하지 말아야 할 이야기를 분간하지 못하는 지경으로 치닫는 중이었다. 인이수는 표영문 교수가 화장실에 간 사이, 슬그머니 일어나 찻집을 벗어났다.

인이수가 부친 인정식과 들른 식당은, 뜻밖에도 '산골짜기 황구네'라는 영양탕집이었다.

"너하고 이렇게 마주 앉는 게 얼마만이냐?" 인정식이 말했다.

"여친이 젊고 예쁘네요, 아주 미인이셔. 인 회장님은 여자 보는 눈 하나는 명경만리예요." 종업원이 다가와 앞치마에 손을 문지르며 얘기했다.

"호들갑 그만 떨고, 우리 딸이야. 얘는 신 빼고, 잘해주셔야 해. 특으로 둘."

황구네 서빙하는 여자가 치마꼬리를 홱 돌리고 돌아서자 '물큰 개비린내'가 풍겼다. 인정식은 자기가 몸을 그런대로 유지하는 것은 보신탕 덕이라면서 보신탕의 영양가를 줄줄이 읊어대곤 했다.

"보신탕에는 신분질서가 있다. 일반 대중이 먹는 게 개장국이다, 한문 문자속이 좀 있는 이들은 구탕, 돈푼이나 쥐었다는 이들은 보신탕, 요새는 영양탕으로 바뀌었지만…… 보신탕은 여름에만 먹는다는 통념을 깬 사철탕도 있다, 임금님은 용탕이라고 해서 보신탕을 드셨고, 스님들도 토굴 생활을 하고 나오면 물렁뼈가 다 절딴나거든, 그때 주지스님 허락을 받고 절아랫동네에다가 보신탕을 부탁해다가 먹도록 하는 오도탕이라는 것도 있다. 자고로 개를 개로 취급해줘야지 개를 상전처럼 모신대서야 개념이 없는 것들이지…… 요새는 개를 상전처럼 모시고 사는 넋나간…… 인간들이 득실거려……."

음식이 나왔다. 종업원은, 오늘은 특별히 큰 걸로 유념했어요. 샐쭉하니 돌아서는 뒷모습에 질투 비슷한 모습이 내비쳤다.

"에코보신농장, 그런 거 들어봤니?" 숟가락을 들었다 놓았다 하는 인이수에게 부친이 물었다. 인이수는 부친이 꽤나 몸을 생각한다 싶었다.

"주인이 직접 기른 개를 자기 손으로 잡아서, 요리를 해가지구 제공한다는데, 내 친구들 거기만 갔다 오면 쌩쌩 살아서 팽팽 돌아다닌다, 우리도 서모시랑, 보노랑 그렇게 같이 가자." 인이수는 망설여졌다.

"애들 교육상……."

"너 교육 같은 소리 하구 있구나. 교육이라는 게 사람 사는 모양이 얼마나 가지가지인가를 체험하는 데서 구체성이 드러나는 거 아니냐. 맹자 어머니가 왜 애를 끌고 그렇게 돌아다녔겠느냐. 차례대로 말이다. 인간의 말로가 어떤지 보여주려고 공동묘지로 가서 교육을 시작한 거라. 아귀다툼하며 사는 인간들 꼴을 보라고 장마당으로 애를 데리고 갔지 않나. 그리고 나서 제일 우아한 서당 근처로 옮겼지? 송장 치우는 일이나, 장사하는 게 얼마나 힘들고 비참한지를 먼저 체험하게 한 거란 말이다. 너 천한 인간들 어찌 사는지 눈으로 봤지? 그러니 공부해라, 그런 체험의 순서를 정하고 옮아다닌 거란 말이다. 알겠지야? 애들도 어려서부터 세상살이 제대로 봐야 한다."

주인이 자기가 직접 기른 개를 자기 손으로 잡는다는 게 꺼림칙했다. 가축이라는 게 다 그런 존재였다. 그러나 남편 서모시의 건강을 챙겨준다는 부친의 배려에 반대할 이유는 별로 없었다.

"오빠랑 상의해서 연락드릴게요."

"넌 아직도 오빠냐? 지금 당장 전화해라. 쇠뿔도 단김에 빼랬다고 구정을 봐야지 밍기적거리고 있다가는 자리도 차지한다."

어른들의 요청이니, 시간 날 때 에코농장엘 다녀오자고 했다. 서모시 또한 별다른 이의가 없었다.

에코농장은 어은골이라는 골짜기에 자리잡고 있었다. 속성수로 이름나 있는 스트로부스 잣나무를 심어 건물이 밖에서 잘 보이지 않게 조경을 해놓은 것이, 마치 무슨 도적무리들의 산채(山寨)라도 되는 양, 울장을 쳐서 본채를 방어하고 있었다.

"사장님 직접 고르시겠습니까, 아니면 제가 물건 좋은 놈으로 골라서 잡아드릴까요?"

"할아버지 물건 좋은 놈이 뭐야?" 보노가 물었다.

"잘생긴 놈, 인물 좋은 놈……."

"애개애, 남자 자지를 물건이라고 한대, 이영특이란 친구가 개네 아빠한테 들었대."

"애가 못하는 소리가 없네. 요새 애들 그렇게 길러서 어떻게 하려고." 인이수의 모친 왕재숙이 중얼거렸다.

요즈음은 애들 성장이 빠르고, 접하는 환경이 복잡해지면서 애들이 어른 뺨 치게 생겼다면서, 인이수의 모친 왕재숙은, 아이를 위해서라도 어른들이 공부해야 한다는 점을 힘주어 강조했다. 내외가 같이 공부하면서 살아가니 다행이지만, 어른이 아이들 롤모델 되기 힘든 시대라 했다. 그러니 아이들 자라는 만큼 공부하고 해서 애들한테 하찮게 보이지 않도록 하라고 일렀다. 인이수는 아무 대답 않고 가만히 듣고 있었다. 어머니가 요즈음 뭔가 공부를 하는 중인 모양이라고 짐작을 할 뿐이었다.

이박 삼일 에코농장에 머무는 동안, 서보노는 세 번 울고 두 번 웃었다. 개를 패서 잡아야 고기가 부드럽다고, 몽둥이로 개를 패는 장면서 한 번 울었다. 인간은 본래 잔인한 존재다. 개를 끄슬러야 제맛이라고 끄슬르는 장면에서 아직 살아 있던 신경이, 불을 대자 반사작용으로 몸을 부들부들 떠는 걸 보고 또 한 번 울었다. 한 번은 사내자식이 눈물을 흘린다고 할아버지한테 혼쫄이 나고는 울었다.

개좆에는 뼈가 있다는 이야길 듣고 낄낄 웃었고, 자네 많이 먹으라고 할머니가 아버지 서모시에게 권하면서 사위한테는 장모 사랑이 최고라 하는 데서 또 한번 웃었다. 그럼 엄마의 남편 사랑은 뭘까, 하는 의문이 들었다. 그러고는 웃을 일이 없었다. 유년의 시간은 죽고 싶을 만큼 지루하게 지나갔다.

"남자가 남자 노릇 제대로 하려면 우선 잘 먹어야 한다네. 잘 먹고 죽은 인간은 송장 때깔도 좋다던가, 그런 말도 있느니." 인이수는 목에서 느끼한 점액이 올라오는 것을 참으면서 화장실을 두어 번 드나들었다.

"할아버지가 인간은 잔인한 동물이라고 했는데, 인간은 서로 협조하고 살아가는 거란다." 인이수는 크로포트킨의 '상호부조론'을 떠올리면서, 그렇게 이야기했다. 그런 이론을 아이에게 설명할 수는 없었다. 인간이 위대한 것은 이타적인 생각을 할 수 있다는 데 있다는 이야기는 할 수 있을 것 같은데, 자기는 정말 이타행(利他行)을 실천하는지, 생각이 막혔다. 오히려 박지남의 실팍한 가슴팍이 그립다는 생각이 속에서 고개를 들었다.

농장에서 보신을 착실히 잘 한 덕인지, 집에 돌아와서 서모시는 모처럼 꼭 두 번 삽입에 성사를 했다. 인이수의 몸뚱이 위에서 헐떡거리던 서모시에게서 비 맞은 개비린내가 훅 풍겼다.

18

鰐魚

술리오테스

공사장 흙더미 아래 풀밭에서 누렁이 한 쌍이 흘레를 하는 중이었다. 인부 하나가 삽에다가 모래를 떠가지고 막 뿌리려는 찰나였다. 알리가 다가가 채찍으로 인부의 등짝을 후려쳤다.

"못된 자식! 개만도 못한 놈!"

알리는 침을 탁 뱉았다. 혼자 꿍덜거리는 인부를 감옥에 처넣도록 조처를 하고는 공사장을 벗어났다. 공사에 동원되어 오래 여자 맛을 못 본 놈들이 떼거지로 들고일어날지도 모른다는 생각을 하면서였다.

알리는 공사장 현황을 돌아보고 거처로 돌아왔다. 물담배를 빨면서 잠시 생각했다. 산 사람을 꼭 돌무지에 묻어야 댐이 무너지지 않고 버텨낸다는 것은 아무리 생각해도 의문이었다. 그것이 인간의 운명이고 정해진 길이라고 해도, 그래서 그렇게 죽어간다 해도 그것은 사람의 짓이 아니었다. 살려고 버둥치는 생명들. 서럽고 안타까운 존재들.

감독은 돌덩이가 쏟아지는 물구덩이에서 미꾸라지를 건져 옆에 있는 수로에 옮겨주었다. 작업 인부들은 죽더라도 미꾸라지는 살려야 한다는 칙살맞은 생명애였다. 알리 파샤는 속이 울렁거리고 머리가 아팠다. 손님은 접견실에서 기다리게 했다.

알리는 아내 롤로디아를 불렀다. 목에다가 나무 십자가를 건 롤로디아가 묵주를 손에 들고 알맹이를 헤면서 들어왔다. 롤로디아가 정교회 신자라는 것을 알리는 알고 있었다. 그러나 이런저런 이야기를 하기는 꺼려졌다. 언젠가는 정교회의 덕을 볼 수 있을 것이라는 생각을 하기 때문이었다. 그러나 지금 당장 세력을 구축하는 데는 형식화된 정교회보다는 게릴라처럼 돌아다니면서, 때로는 패거리를 지어 산적질을 하는 술리오테스들과 손을 잡아 두어야 했다. 그러나 멀리 내다보는 견지에서는 정교회를 무시할 수 없었다. 러시아와 오스만튀르크가 대립각을 세우고 있어서 오스만튀르크 쪽에서 눈치를 채고 달가워하지 않을지는 모르지만, 정교회라는 종교적 동질성을 바탕으로 술리오테스를 이끌어들여 세력을 구축하는 데 도움을 받는 게 한결 현실적인 방안이었다.

"얼굴이 안 좋아 보입니다." 롤로디아가 걱정스럽게 말했다.

"그럴 때도 있는 법이야."

"낮에 무슨 일이 있었습니까?" 알리 파샤는 아무 대답도 않고 창밖을 쳐다보다가, 현실로 돌아온 듯 말했다.

"술과 고기를 준비하시오."

알리는 아내에게 명령했다.

"차와 케이크로 대신하면 안 될까요?"

아내가 토를 달고 나왔다. 전에 없던 반응이었다. 남편을 절대군주처럼 모시던 아내의 입에서, 남편의 뜻을 거스르는 말이 튀어나오는 것은 전혀 예상치 못한 반응이었다. 알리는 전곤(戰棍)으로 앞에 놓인 탁자를 후려쳤다. 그 바람에 물담배 통이 쓰러졌다.

"전사는 피를 보아야 기운이 솟는 법이오." 롤로디아는 물담배통을 일으켜 세워놓고는 조용히 접견실을 물러났다.

전사가 차나 마시고 케이크나 핥고 있어서는 전장에서 적의 가슴을 창으로 찌르고, 적의 심장에 총알을 박아넣는 일을 어떻게 한단 말인가. 인간은 무엇을 먹는가에 따라 전혀 다른 존재가 된다는 것을 알리는 간파하고 있었다. 연한 풀잎과 말 없는 곡식 낟알을, 그것도 안타까워하면서 떨리는 손으로 집어 먹으면서 연명하는 수도사들은 바람에 풀잎이 날리는 소리에도 경기(驚氣)를 하는 섬약한 존재들이 된다. 전장에서 치달리며 싸움을 해서 적의 목을 베어 오는 이들은 마땅히 고기를 먹어야 하고, 불이 녹아 있는 진노의 음료, 그 술을 마셔야 한다. 오스만들이 술을 금하고 돼지를 안 먹는 것은 낙타를 몰고 사막을 건너다니면서 장사를 하던 시절에 형성된 삶의 전략에 불과한 것이었다. 오스만들이 칼을 쓰는 힘은 다른 데서 나오는 것 같았다. 생명을 지져대어 결국 말라 죽게 하는 사막의 태양을 향해 칼을 번득이며 살기를 드러내던 삶의 형태가 그렇게 전형화된 것인지도 모를 일이었다. 알리는 허리춤에서 단도를 빼어 허공을 한번 휙 긋고 나서 다시 꽂아 넣었다. 알리의 눈에 정체를 알 수 없는 불꽃이 이글거렸다.

알리가 파샤로 명을 받아 복무하고 있는 트리칼라는 발칸반도 동쪽으로 약간 치우쳐 있는 산간지역이었다. 전통적으로 정교회 신앙이 깊은 지역으로 이름이 나 있었다. 수도사들의 성지 메테오라가 멀지 않았다. 그리스 정교회 수도사들이 모여서 바위산 꼭대기에다가 수도원을 만들고 세속과는 인연을 끊고, 지순 지고한 영적 세계를 추구하는 수도원은 지역 사람들에게 정신적 지주였다. 메테오라라는 거대한 바위산과 그 일대는 일종의 성지인 셈인데, 아토스산에 만들어진 성지와 더불어 정교회를 지켜나가는 망루와도 같은 지역이었다. 그렇게 신앙을 지키기 위해서는 정치적 세력자들과 끊임없이 갈등을 빚었다. 그런데 그 갈등은 이중적인 연맥을 형성하고 있는 것이라서 단순한 갈등으로 보기 어려웠다.

정교회 수도사들과 술리오테스들이 세를 구축하여 오스만에 대항하는 모의를 한다는 첩보가 있었다. 오스만은 수도사들이나 술리오테스 집단을 억압하거나 종교적 개종을 강압하지 않았다. 오스만 편에서는 알바니아나 그리스 지역의 기독교나 민간신앙에 대해서는 원만하게 포용하는 편이었다. 이슬람인 오스만이 정교회를 용납하는 데는 정략적인 의도가 배어 있었다. 정교회 조직을 그대로 두고, 사제와 이하 하급 성직자를 세금 징수원으로 이용하자는 의도였다. 아울러 산간도시 주민들을 감시하고, 산간마을의 정보를 모으는 데 오스만의 관리를 파견하기는 현실적으로 어려운 일이었다. 산간에 흩어져 있는 도시나 마을을 관리를 시켜 모두 통제하고 감독하는 일은 실효성이 적었다. 관리 수를 그만큼 확보하기도 어렵거니와 그 관리들이 돌아다니면서 전통사회의 풍속을 훼손할 경우, 오히려 오스만에 대한 반감을 살 뿐이었다. 기존의 조직을 이용하기로 한다면, 정교회를 앞세우는 것이 가장 무난한 방법이었다.

정교회 사제들은 나름대로 이중의 고민에 빠졌다. 하나는 오스만 세력의 하수인 역할을 하는 것 같은 입지가 그들의 신앙적 자존심을 훼손하는 것이었다. 다른 하나는 자기 동족의 생활이 얼마나 고달픈지 뻔히 알면서 세금을 걷어다 바쳐야 하는 일이었다. 극심한 가뭄으로 곡식이 말라 식구들 먹을 양식도 없는 집에 가서, 곡식으로 세금을 못 내면 양이나 염소라도 끌어가겠다고 이야기하기는 실로 난감한 일이었다. 당신은 하느님의 사제인가 알라의 신하인가 묻는 이들도 있었다.

지역 농민들과 산악인들에게 부과되는 세금이 너무 가혹해서 살 수 없다는 아우성이 일었다. 사실 정교회나 술리오테스들은 발칸 기독교에 뿌리를 두고 있다는 점에서 든든한 동류의식을 지니는 사이였다. 알리는 오스만과 정교회 양편에 헌신하는 제스처를 보여야 하는 난처한 입장에 처했다. 그러나 잘 이용하기만 하면 그것은 알리에게 정치적으로 커다란 힘이 되어줄 여건이기도 했다.

정교회와 술리오테스, 그리고 오스만, 그 가운데 알리의 생애 전체가 요약되는 셈이었다. 정교회는 그리스 지역을 휘잡아 손안에 그러쥐는 데 반석과 같이 든든한 바탕이었다. 정교회는 슬라브족에게도 전파되어 그리스를 포함한 발칸반도 이북 지역의 종교로 교세가 대단했다. 술리오테스는 알바니아 기독교 계통의 산적 집단인데, 말이 산적이지 허술한 국가체제하에서 반역을 도모하는 데는 대단히 유용한 무리들이었다. 용맹하고 충성스러웠다. 한 가지 흠이라면 가난에 찌들어 살면서 용병 노릇을 하던 버릇이 줏대 없는 인간을 만들어놓았다는 점이었다. 바람 부는 대로 물결치는 대로 어느 한편으로 휩쓸리는 본성은 정치적으로 통제가 되질 않았다.

오스만은 알리의 정치적 입지를 뒷받침하는 세력, 그것도 제국의 세력이었다. 그리고 이슬람을 강요하지 않는 미덕도 지닌 집단이었다. 그게 이른바 '밀레트 제도'였다. 오스만 제국의 정책이기도 하지만, 그래도 거기 힘을 대고 이겨나갈 만한 것은 제국다운 여유로움 덕이었다.

그 여유로움 혹은 숨통을 터주는 정치적 제도로서 밀레트는, 사실 따지고 보면 불씨를 기르는 역기능도 가지고 있었다.

오스만 제국에 편입된 다양한 이질적 민족을 종교 문화적 자치성과 고유성을 보장해주면서, 술탄을 정점으로 결집시켰던 제도가 밀레트이다. 즉, 밀레트는 오스만 제국하의 피지배 계층에게 허락된 종교와 민족에 따른 민족 자치 공동체를 의미한다. 밀레트 내에서는 독자적인 관습법과 제도가 통용되고, 술탄에게만 책임을 지는 최고 종교 지도자에 의해 통치되었다.

오스만 제국의 가장 중요한 네 개의 밀레트는 무슬림, 그리스 정교도, 아르메니아 기독교도, 그리고 유대교도들로 구성되었다. 따라서, 각 밀레트의 수장(首長)은 무슬림들의 셰이훌 이슬람, 아르메니아 기독교도 및 그리스 정교도들의 총사교장(總司敎長, Patriach)들, 유대교도들의 최고 랍비(Rabbi)였다. 밀레트의 수장들은 전체 구성원에 대한 책임과 함께, 국가에 대한 조세와 국방의 의무를 갖고 있었다. 대신에 각 밀레트는 무슬림과 관련된 재판 외에는 중앙정부의 간섭 없이 결혼, 이혼, 출생, 사망, 교육, 언어, 전통 등에서 완전한 사회적, 문화적 자치를 향유했다. 또, 모든 밀레트 구성원은 개인의 능력과 계기에 따라 사회적인 출세를 할 수도 있었고, 개종하여 다른 밀레트로 이주도 허용되었다.

그러나 실제로 개종에 의한 밀레트의 이동은 각 밀레트가 가지는 사회 종교적 연대감 때문에 거의 일어나지 않았고, 국가도 사회의 안정과 균형을 위해 불필요한 개종과 밀레트 이주를 권장하지 않았다. 이러한 바탕 위에서 밀레트는 오스만 제국 500년 역사를 통해 제국의 이질적이고 다양한 민족적 요소를 통합하는 원동력으로 작용하면서, 민족 간의 갈등이나 분쟁 없이 안정된 국가를 유지하는 초석이 되었다.

밀레트가 이질적 민족 집단 내의 자치와 결속의 바탕이었다면, 민족 간의 화합에 기여하고, 이질적 민족들을 공동 목표 아래 결합시켰던 제도는 길드(Guilds), 즉 장인조합이었다. 길드는 종교나 민족적 요소보다는 공통의 경제적 가치와 사회적 신뢰에 바탕을 두었기 때문에, 밀레트 간의 조화와 협력을 통해 제국의 균형 있는 발전에 크게 이바지하였다.

알리는 부관을 시켜 사람을 몇 부르도록 일렀다. 정교회 부사제 두 사람과 시인 한 사람이었다. 시인은 이오안니나 파샤의 부관으로 있는 칼로가드라스라는 사람이었다.

알리는 다시 물담뱃대를 입에 물었다. 주방 쪽에서 아내가 하인들을 데리고 일하는 소리가 단속적으로 들려왔다. 그릇 다루는 소리, 물 흘리는 소리, 도마질하는 소리가 경쾌한 리듬감으로 들려왔다. 잠시 후, 고기를 기름에 튀기는지 기름 냄새가 조용히 퍼졌다. 모처럼 듣는 소리고 오랜만에 맡아보는 냄새였다. 알리는 물담뱃대를 놓고 자리에서 일어섰다. 주방 쪽으로 다가가 주방 안을 들여다보았다. 롤로디아의 실팍한 엉덩이가 리듬을 타고 흔들렸다.

아이들이 밖에서 나무 막대기로 칼싸움을 하고 있었다. 산골짜기에서 칼싸움이나 하고, 애비들이 남의 집 양이나 잡아다가 식량을 해결하는 환경에서 아이들이 잘 자랄 턱이 없었다. 도무지 아이들이 보고 배울 바가 없었다. 이 아이들을 위해서라도 산골짜기를 벗어나야 한다는 생각을 거듭 했다.

알리는 아내의 행동에 대해 관대한 편이었다. 아내에 대한 관대함은 아버지 벨리베이가 끼쳐준 덕이기도 했다. 아버지 벨리베이는 어머니 한코나에게 종교와 연관된 아무런 요구를 한 적이 없었다. 그것은 어머니 편에서 모든 일을 알아서 처리하기 때문이기도 하고, 기본적으로는 인간적 믿음이 쌓여 있었기 때문이었다. 그 믿음이라는 것은 외갓집의 권위와 연관된 것이었다. 외할아버지는 에피로스의 파샤를 맡고 있으며, 외삼촌들은 오스만튀르크 제국의 관리로 일하고 있었다. 외갓집의 인물들은 오스만 제국에 충성해서 기반을 다진 사람들이었다. 아버지가 일찍 죽지만 않았다면, 외가와 힘을 합쳐 한판에 세상을 둘러엎을 수도 있었다. 그러나 아버지 벨리베이는 단속적으로 떠오르는 몇 마디 말을 남기고 원수의 손에 죽었다. 아버지의 죽음이 자신의 길을 험난하게 한 걸 생각하면, 몇 배로 갚아주어야 한다고 다짐을 거듭했다. 특정 대상을 찍어놓은 것은 아니었다. 자신의 목숨 말고는 아까울 게 없었다. 칼자루를 거머쥐는 알리의 손에서 우두둑 소리가 났다,

이제는 세상을 바꾸고 자기 뜻대로 제국을 건설해야 하는 과업이 자기 몫으로 덩그러니 놓여 있었다.

19

골절

서모시는 몸이 날로 쇠해갔다. 몸이 쇠해가는 데 따라 기억은 빛나고, 망상 또한 커졌다. 서모시의 망상 가운데 하나는 세상을, 확 바꾸는 것이었다. 그것은 푸릇한 젊은 꿈이었다. 그러나 아무런 구체성이 없는 환영이나 다름없는 꿈이었다.

세상을 바꾸는 일. 서모시는 혼자 노래를 중얼거렸다. '나뭇잎이 푸르던 날에 뭉게구름 피어나듯 사랑이 일고……' 아닌 것 같았다. '끝없이 뻗어 나간 젊은 꿈이 아름다워……' 그런데 그 노래 제목은 〈꿈은 사라지고〉였다. 하물며 아득히 멀어져간 제국을 두고서랴.

대학을 졸업한 서모시는 어느 학원에 나가 강사로 일했다. 보노가 초등학교를 마칠 때까지 어른들의 도움을 받아 살아간다고 해도, 인이수가 벌어들이는 걸로서는 아이 학비를 감당하기조차 어려웠다. 보노가 중학교에 가기 전에 독립을 선언하고 어른들에게서 떨어져 자유롭게 살고 싶었다.

보노는 동네 골목에서 같은 학교 형들한테 돈을 떨리고, 집에 들어

와서는 커터칼을 종이에 싸가지고 골목으로 치달려갔다. 마침 마을을 순찰하던 경찰에게 발각되어 칼을 빼앗기고 복수를 하지는 못했다. 그 뒤로 두어 차례 폭행을 당하기는 했어도, 별 탈 없이 학교생활을 그런대로 해나갔다. 다만 보노는 이를 가는 버릇이 생겼다. 욕 섞인 말을 할라치면 먼저 이를 뽀드득 갈았다.

인이수는 가혹할 지경으로 아이에게 영어를 가르쳤다. 이제는 더 가르칠 건덕지가 없다는 생각이 들 정도였다. 서모시는 한편으로 걱정이 컸다. 아이가 영어로 지껄이면서 『해리 포터』를 영어로 읽고, 성경을 영어로 암송하고 해도 그건 감각이 퇴화한 겉껍질에 불과하다는 생각이 들었다. 깊이 있는 독서를 하지 않는 게 문제라고, 서모시는 아들의 교육에 대해 진단하고 있었다. 서모시는 보노에게 읽을거리를 차곡차곡 갖다 대주었다. 보노는 싫다는 내색 않고 대주는 대로 꾸역꾸역 잘 읽어냈다. 하나밖에 없는 아이 잘 길러야 한다는, 아비로서의 부정이랄까 의무감이랄까 하는 감정이 그런 행동의 밑바탕이었다.

한편, 서모시는 자기 몸이 부실하다는 것을 느낄 때마다 아들 서보노에게는 그런 허술한 몸을 물려주어서는 안 된다는 사명감으로, 몸을 제대로 유지하기 위해 꾸준히 운동을 했다. 그 사명감을 실천하는 방법은 아이에게 운동을 시키는 것으로 옮아갔다. 서모시의 고등학교 동창 김광남이 남한체육대학교를 졸업하고 청소년 종합 무도관을 운영하고 있었다. '백두산 무도관'이라는 이름을 달고 도장을 열었다. 태권도, 유도, 합기도, 검도를 골라서 배울 수 있는 도장이었다.

인이수는 아들 서보노에게 유도를 권했고, 서모시는 합기도를 추천했다. 서보노의 운동 종목 선택에 대해 상의하기 위해 김광남이 집에 들렀다.

"서보노, 무슨 운동 할래?" 서모시가 물었다.

아이는 아무 대답이 없었다. 인이수가 대답을 재촉했다.

"자기 선택권이 주어지면 그 권리를 잘 써야 하는 거야." 인이수는 아들에게 네 뜻대로 선택하라고, 이쓰 유어 초이스, 온리 유어 초이스! 그렇게 자기가 가르친 영어로 박아넣었다.

"엄마 말씀대로 해라!" 김광남이 느글거리는 눈길로 인이수의 젖가슴을 흘금거리면서 말했다.

"이츠 유어 초이스?" 그렇게 중얼거리던 보노가 용수철처럼 튀어올랐다. 무언가 불만을 잔뜩 참고 있다가 폭발하듯 터져나오는 행동이었다.

"동네 아저씨들, 다 개들 같아. 졸라 쪽 팔리게, 엄마가 수퍼빌아파트 허벌라이프 아저씨랑 붙었다면서, 씨발."

"누가 그런 소리를 하던?" 인이수가 보노의 옷자락을 잡아당기면서 물었다.

"동네 형들이…… 다 봤대."

인이수는 숨이 컥 막혔다. 허벌라이프라는 자연치료 건강원은 아로마테라피점을 같이 운영했다. 마사지방도 딸려 있었다. 인이수는 견비통 때문에 잠을 못 잤다. 친구가 허벌라이프에 가서 마사지 받으면 통증이 싹 가신다고 추천했다. 그래서 두어 차례 들른 적이 있었다.

옆에 지켜보던 서모시가 벌떡 일어나 의자를 들어 올려 아이를 내려칠 기세였다. 인이수가 막아섰다. 의자는 바닥에 동댕이쳐지면서 다리가 부러져나갔다. 서모시는 의자 다리를 집어서 인이수를 겨냥했다. 인이수가 거실 구석에 세워놓은 야구방망이를 집어 들었다. 서모시의 눈이 희번득 돌아갔다.

"그래 쳐봐라, 더러운, 나더러 공부나 하라는 게 그런 뜻이었어?" 서모시는 몸을 부르르 떨었다.

"어깨가 너무 아파서, 마사지 몇 번 받은 게, 그게 그렇게 잘못된 거야?" 인이수로서는 오랜만에 자기 말을 하는 편이었다. 김광남은 슬그머니 현관문을 열고 나갔다.

"우리 집 개판 되었네…… 아유 쪽팔려!" 서보노는 씩씩거리고 서 있었다. 인이수와 서모시의 말싸움이 한참 이어졌다.

보노가 아버지와 어머니 사이에 끼어들어 싸움을 말렸다. 서모시와 인이수가 수그러들 기세를 보이지 않자, 보노는 옷을 활활 벗어 던졌다. 그러고는 알몸이 되어 팔짝팔짝 뛰면서 노래를 했다.

"진달래 먹고 물장구 치고……."

"얘가 미쳤나, 옷 입어 짜식아!" 서모시가 보노를 향해 소리쳤다. 보노의 등판에 얼룩이 져 있었다. 예사롭지 않은 일이었다. 그러나 그걸 타낼 계제가 아니었다. 보노는 노래를 그치고 앞가슴을 손톱으로 확 긁었다. 가슴에 손톱자국을 따라 피가 방울져 흐르기 시작했다. 인이수는 손에 들고 있던 야구방망이를 구석에 던지고는 보노의 옷을 챙겨 들고 따라가 입히려고 했다. 보노는 자기 엄마를 피해 거실을 뛰어다니면서 노래를 계속했다.

"진달래 먹고 물장구 치고…… 좇나게 커지고 싶던 그 마음 내 마음……."

"보노가 미쳤나 봐." 인이수는 보노의 옷을 입히면서 눈물을 훔쳤다. 서모시가 혼자 투덜거렸다.

"불알을 확……." 인이수가 달려들어 서모시의 옷자락을 낚아챘다. 서모시가 소파 위에 나가 떨어져 널브러졌다.

"아빠가 자꾸 그러면 나 집 나갈 거야. 골목 형들이 나 재워준다고 했어."

인이수는 보노를 끌어안고 등을 두드려주면서, 목소리를 낮추어 이야기했다.

"이제부턴 안 그럴게. 어른이라고 모든 게 완벽한 건 아니란다. 엄마랑 아버지는 보노가 잘 자라는 게 소원이란다, 너 알지? 네가 슬픈 얼굴을 하면 엄마 가슴이 무너져. 아버지도 몸이 허약해서 그래. 욱하는 걸 참지 못해…… 너를 사랑한다는 게 표현이 잘 안 되면 이상한 행동을 할 수도 있는 거야. 너 아버지 실망시키지 말고 잘 해라. 너는 꿈이 있는 거야. 어른들 때문에 그 꿈이 일그러지면 안 된단 말야." 인이수는 자기도 모르게 눈물을 흘리고 있었다.

"어른들 얼굴은 가면이래. 진짜 얼굴은 악마 얼굴인데 착한 양처럼, 미우우 하면서 양 흉내를 낸대." 보노는 두 손을 들어 얼굴 옆에 대고 짐승 흉내를 냈다.

"누가 그딴 소리를 하던?" 서모시는 보노가 하는 이야기가 사뭇 의심스러웠다. 보노가 만나고 사귀는 애들이 누군지, 이미 폭력을 쓰는 애들 사이에 끼어 들어간 것은 아닌가 걱정스런 의문에 휩싸였다.

사실 걱정은 보노보다는 서모시 자신에게 있었다. 서모시는 울컥울컥 치밀어 오르는 분노를 삭이지 못하고 불끈불끈 쏟아내곤 했다. 대학에서 공부하는 동안 보아왔던 학교의 구역질 나는 환경에 대한 반발이기도 했다. 공금을 횡령했다는 총장과 그 멤버들, 성추행으로 연구실 문이 폐쇄되는 교수, 제자를 시켜 남의 논문을 그대로 베껴 제출했다가 들킨 교수들…… 아카데미니, 아이보리 타워니 뭐니 하는 말들은 헛소리에 불과했다. 학생들이 교수의 마네킹을 만들어 화형시키는 데모가 계속되었다. 어떤 장관이 학교에서 배운 게 하나도 없다던 말이 떠올랐다. 서모시에게 대학은 비애의 돌무지였다.

서모시는 아내 인이수에게 악담 섞인 욕을 하기도 하고, 허벌라이프 아저씨가 누군가 집요하게 캐묻기도 했다. 인이수는 있는 대로 이야기를 했다. 그러나 서모시는 인이수에 대해 의심을 걷어들이지 않았다. 애들 입에서 그런 이야기가 나오는 것은 사태가 만만치 않다는 것이었다. 인이수는 자기도 모르게 환장하겠다는 말을 뱉어내곤 했다. 물론 박지남과 아무런 윤리적 의미 없이 진행되는 성적 교합이 마음에 걸리지 않는 것은 아니었다. 그러나 그것은 서모시가 의심을 가지고 파고드는 문제와는 아무런 연관이 없었다. 남자라고 촉수가 없으란 법은 없지만 둘의 비밀은 철저히 지켜나갔다.

"당신 날 의심하는 거야? 나더러 빨가벗고 광화문 앞에서 뛰어다니라고 해도 뛰어다닐 수 있어. 나를 의심하는 건 스스로 비참한 불행의 웅덩이를 파는 거란 말야."

"불행의 웅덩이에서 핏물이 흘러나오겠지."

"정말 왜 그래? 꼭 그렇게 스스로 나락으로 떨어져 들어가야 속이 시원하겠어?" 서모시는 창밖을 내다보면서 혼자 주먹으로 볼을 훔쳤다.

"나는 말야, 요새, 왜 그런지 내가 영 내가 아닌 것 같아. 내가 나를 맘대로 움직여지지가 않아." 인이수는 사태가 심각하게 돌아간다는 생각을 했다. 자신을 자책하는 집착을 버리지 않는 한 서모시가 사람이 이상하게 뒤틀려 돌아갈지도 모른다는 불길한 생각이 떠올랐다.

표영문 교수가 건강하다면 쫓아가서 상의하고 싶었다. 그러나 표영문 교수가 병원에 있고, 상태가 점점 악화된다고 박지남이 연락을 해주었다. 그런 이야기 끝에, 이제는 그림자놀이 그만하고 자기랑 실전에 충실하자며 눈을 찡긋했다. 인이수는 속 보인다고 쏘아붙이고 전화를 끊었다. 그건 말하자면 잘 그린 그림에다가 남은 페인트를 칠해서 그림을 버리는 꼴이었다.

인이수는 남편 서모시가 정신이 이상해지는 것 같다는 이야기를 어른들한테 할까 하다가 생각을 접었다. 너희들 다투는 꼴은 못 본다, 만약 쌈박질하고 쫓아오면 내가 먼저 칵, 칼을 물고 넘어질 거야, 알아서 해라. 그렇게 이야기하면서 서모시의 어머니는 쓴 입맛을 다셨다.

"생활비 내가 해결할 테니 당신은 하던 공부나 더 해요."

서모시는 고개를 외로 꼬고 방바닥에 주저앉아 있었다. 인이수의 말이 예사로 들리지 않았다. 이미 회복될 수 없을 지경으로 삶이 황폐해져 있다는 느낌이 어지럽게 몰려왔다. 어떤 결단을 하지 않으면 아무것도 건질 수 없는 생애가 되겠다는 위구감이 안에서 밀려 올라왔다.

서모시는 나가던 학원을 그만두었다. 학생들을 향해서 어이없이 불끈거리는 분노가 치밀었다. 물론 이유는 있었다. 정부에서 교육정책을 제대로 세우지 못하고 사교육으로 아이들을 내모는 작태에 대해 분개하고 있었다. 학교에서는 내내 졸다가, 학원에 와서 공부하겠다고 쪼잘대는 아이들도 마땅치 않았다. 대학에서 학위를 받고 학원에서 영문법이나 가르치고, 수능 훈련 강사로 일하는 것도 실망이었다. 부글거리는 분노의 도가니 가운데 자신이 들어가 있다는 생각이 더욱 분노를 치밀게 했다. 불끈불끈 솟아나 통제력을 벗어나는 울컥증은 가히 폭력이었다. 스스로 다스릴 수 없는 불합리한 힘, 그것은 폭력이 분명했다. 그러나 그것은 근원은 알 수 없는 미라지의 아우라를 가진 게 사실이었다. 생각은 몸을 망가뜨렸다.

서모시 스스로도 이해가 안 되는 몸의 변화였다. 이전 같으면 아무렇지도 않게 넘어갈 수 있는 일들이 신경을 거슬렀고, 그것이 자신의 열패감을 자극했다. 그것이 분노로 연결되었다. 흔히들 얘기하는 분노조절장애가 오는 건 아닌가 겁이 더럭 났다. 자기가 가르치는 아이들을 향해 그런 분노를 터트린다면, 그것은 서모시로서는 참을 수 없는 자기 속임이요 죄였다. 정기적으로 하던 운동도 그만두었다. 운동으로는 몸이 통제되지 않았다.

보노가 무도학원에서 운동을 하다가 팔이 부러졌다. 백두산 무도관 원장 김광남이 인이수에게 전화를 했다. 아이가 팔이 부러져 병원에 있으니 급히 와달라는 연락이었다.

"왜 서보노가 팔이 부러졌어요?"

"이유는 이따가 자세히 이야기할 테니, 그리 아시고…… 보호자가 있어야 입원 수속이 된답니다. 힘들어도 잠깐 나오세요."

"나는 김 원장님 믿고 아이 맡겼는데, 그런 일이 생기면 어떡해요."

인이수는 서모시에게 아이 이야기를 해야 하나, 말아야 하나 한참 망설였다. 자기 몸 하나 건사하기가 버거워하는 서모시에게 당장 전화를 하기보다는 시간을 늦추어두는 게 옳을 듯했다. 한참 망설이다가 모친에게 전화를 했다.

"너도 사느라고 애쓰는 거 안다만, 너는 애가 도무지 왜 되는 일이 없냐?…… 아이들 뼈는 금방 붙는다. 너무 속썩이지 말고 병원에서 만나자. 그런데 시댁에서들은 그런 일을 아시냐?"

인이수는 대답을 못 했다. 시댁은 고사하고 남편 서모시에게도 아직 알리지 않은 상태였다. 서모시에게 알리면 금방 무도관 때려 부수겠다고 쫓아갈 것만 같았다. 인이수는 잠시 눈을 감았다. 그러고는 어머니 왕재숙의 얼굴을 떠올려보았다. 성질 불같은 아버지와 큰 마찰 없이 지내는 어머니가 대단해 보였다.

"카드 가지고 와요, 엄마." 그런 이야기 할 수 있는 사람은 엄마밖에 없었다. 전화기 저쪽에서는 아무 소리도 들리지 않았다.

보노는 응급실 침대에 누워 있었다. 왼팔은 부목으로 붙들어 맨 채였다. 얼굴이 눈물로 번질거렸다.

"어어, 인이수 씨……."

"어떻게 된 겁니까?"

운동을 하다가 그런 일이 벌어진 게 아니었다. 체육관 원장 김광남은 출근하는 길에 건물을 한 바퀴 돌아보는 게 버릇이었다. 체육관 입구는 학교에서 나오는 뒷골목과 연결되어 있어서, 아이들은 숨어서 담배도 피우고, 자지를 주무르며 장난을 치기도 했다. 애들 크는 게 다 그렇지, 하는 생각이 들기도 했다. 그러나 그런 길로 빠지다 보면 결국 헤어나지 못하고 평생 그 길에서 허우적거리는 놈들이 될 게 걱정이었다. 관장은 그런 일을 막지는 못할망정, 사고 터지는 횟수는 줄여야 한다는 생각으로 지냈다. 연습실로 올라갔다가는 빗자루와 쓰레받기를 들고 내려와 청소를 했다. 담배꽁초, 일회용 티슈, 어떤 때는 생리패드도 구석에 처박혀 있곤 했다. 콘돔으로 풍선을 불어가지고 손장난을 하는 애들도 있었다.

"싸가지 없는 자식들, 벌써 담배 배워가지고 뭐가 되려고……."

"쓰바 열 받아, 아저씨가 뭐야……!"

김광남은 머리꼭지로 전깃줄이 뻗어 올라가는 느낌이었다. 아이구 저걸, 김광남은 주먹을 부르쥐었다.

"안 돼요!" 서보노가 김광남의 팔을 잡아제쳤다.

"가만, 이놈도 여기서 노네." 서보노는 머리로 김광남의 사타구니를 들이받았다. 김광남이 옆으로 몸을 비끼면서 아이를 밀어제쳤다. 김광남을 겨냥해 각목을 꼬나쥐고 있던 아이놈이 각목을 휘둘렀다. 어처구니가 없었다. 서보노가 다시 김광남을 향해 몸을 날려 다가들었다. 그때 옆에서 같이 공격해 들어오던 각목이 서보노의 팔뚝을 내리쳤다. 김광남이 몸을 날려 옆으로 비끼는 것과 동시였다.

서보노가 축 늘어진 팔을 쥐고 뒹굴기 시작하자 아이들은 슬금슬금 뒤로 물러났다. 김광남은 자기 차에다가 서보노를 태우고 병원으로 달려갔다.

어떻게 연락이 되었는지 서모시가 병원에 달려왔다. 서모시는 인이수를 붙들고 울기부터 했다. 인이수가 티슈로 남편의 얼굴을 닦아주었다. 야윈 볼에 잡티가 돋아나기 시작했다. 남편 서모시는 고등학교에 들어가자마자 이웃 학교 학생들과 패싸움을 하다가 쇄골이 부러졌던 이야기를 슬그머니 내비치곤 했다. 그런 경험이 아들 서보노에게는 초등학교에서 치러야 하는 입사식처럼 전개되었다. 피하고 싶은 어떤 힘이었다. 그러나 그것은 거부할 수 없이 다가드는 악운처럼 서모시를 둘러싸고, 머리에 너울을 드리웠다. 서모시는 그 검은 너울을 벗어나는 길은 스스로 개척할 수밖에 없다는 생각을 골똘하게 했다. 그것은 외길이었다.

보노가, 팔을 수술해서 석고붕대로 묶어맨 채 카트에 실려 입원실로 가는 그 시간, 서모시는 대학원 입학시험 답안을 작성하고 있었다. 꼭 자기를 입학하게 하기 위해 출제한 문제 같았다. '역사에서 개인과 시대의 관계 해석의 방법론에 대해 논술하시오.' 전부터 생각해온 화두였다. 서모시는 문제의 핵심을 머릿속으로 정리해보았다.

시대가 영웅을 만들어내기도 하지만, 영웅이 시대를 창출하기도 하는 게 아닌가. 그러나 영웅을 역사의 주체로 보는 관점은 용납하기 어렵다. 영웅을 만들어내는 것은 당대의 민중이었다. 영웅이 당대 민중을 매니퓰레이트한다고 해도 그 일을 하는 주체 또한 민중이었다. 영웅과 민중의 중간에서 매개를 하는 인간들이 이른바 세계사적 개인의 변종들이었다. 일종의 이념책으로 역할을 하는 인간들. 그것은 결국 먹물들이었다. 먹물들 가운데 먹물이 이상하게 든 먹물, 미네르바의 부엉이를 사냥하는 독한 수리가 있는 법이다. 그런 문제적 인물을 어떻게 설명해야 할 것인가. 이런 문제는 자신이 있었다. 그러나 요약이 되질 않고, 구체적인 예가 안 떠올랐다.

생각은 현란하게 전개되었다. 그러나 내심은 초라하기 짝이 없는 것이었다. 영문학을 해서는 장래가 없었다. 절망감은 사실 암담한 것이었다. 학문이 용돈 벌이도 안 되는 현실에서 목에 풀칠하기 어쩌구 하면서 삶의 실상을 호도(糊塗)하는 짓은 그만둘 때가 되었다는 생각이 들었다. 어떤 단안이 필요했다. 전공을 바꾸기로 했다.

인서울 대학교 부근에 있는 내서울 대학교 문사철 교수를 찾아갔다. 그는 인문대학 민선학장이었다. 실용인문학연구소 소장을 겸하고 있었다. 초면인데 친절했다.

"전공의 벽이 어쩌니 하지만, 그거 무시할 수 없는 것이라서, 그래서 물어보는데 관심 분야가 뭐요? 학사 논문은 무얼 썼나?"

"잠시만요……." 서모시는 기억을 더듬어 논문 제목을 겨우 떠올렸다. "「문화점이지대의 시적 상상력에 대한 고찰」, 그게 제 논문입니다."

문사철 교수는 얼굴에 희미한 웃음을 보이다가 물었다.

"지역은 어디고 어떤 인물을 다루었지요?"

낭만주의 시인들이 그리스나 알바니아, 비잔틴 제국 등에 관심을 가진 이들이 있어 그들을 다루었노라고 대답했다. 인물로는 W.B. 예이츠와 J. 키츠, L. 바이런 등을 주로 언급했다고 설명했다.

"그런 취향이나 성향이 역사의 한 조류, 말하자면 커런트라고 볼 수 있는 근거가 있습니까?"

"문화사 일반에서는 모르겠습니다만, 장르사나 취미의 역사 같은 데서는, 그런 미세한 흐름이 역사적 흐름이라고, 그렇게 생각합니다."

"그만하면 되었소. 설명이 불충분하다고 생각하면 추가해서 이야기해도 좋겠소." 서모시는 자기가 다룬 시인들의 외국 취향은 문예사조사에서 중요한 의미를 지닌다는 설명을 했다. 예이츠의 비잔틴 지향, 키츠와 바이런의 그리스 문명에 대한 찬양과 경탄, 그리고 몰두 등을 문화점이지대에 대한 시인들의 낭만적 지향이라는 측면에서 보면 역사학과 무관하지 않다는 설명을 덧붙였다.

"마침 학생이 없어서 어떻게 강의를 이어가나 마음을 쓰고 있었는데 잘되었구먼. 자네 혹시 인정식이라는 분 아나? 거기가 나의 외사촌이네." 서모시는 아무런 대꾸를 하지 않았다. 시험이 시험이니만치 객관성은 유지되어야 할 터였다.

시험을 치는 동안 꺼놓았던 전화를 켰다. 보노가 병원에 입원했다는 문자가 와 있었다. 그것은 일테면 끝없이 지루하게 전개되는 전투 한가지였다.

鰐魚

시인과 화가

20

전투는 제국을 운영하는 데 필수적인 과업이었다. 그러나 전투와 함께 안식이 있어야 했다. 알리는 언젠가는 자신의 몸이 지쳐 떨어질지도 모른다는 생각을, 아주 잠깐 했다.

전투를 마치고 돌아온 알리는 침대에 누워 잠깐 눈을 붙였다. 아내 롤로디아가 들어와 침대 옆 소파에 앉았다. 아내의 체취가 풍겨왔다.

"오늘 고생 많았지요? 어디 상처 입은 데는 없는지요?"

"밖에 나가 있으시오. 마음이 산란해서 정신을 좀 가다듬어야 하겠소."

롤로디아는 튕겨나가듯 일어나 눈을 커다랗게 뜨고 남편을 바라보았다. 꺼멓게 그을은 얼굴에 두어 군데 칼끝이 스친 것 같은 상처가 보였다.

그런데 남편 알리가 자기를 내치는 것은 처음이었다. 뭔가 심각한 일이 있는 모양이라고 짐작했다. 사실은 그날 전투는 아군의 참패였다. 마케도니아 쪽 군사들이 한결 끈질기고 용맹하게 달려들었다. 적군은 총을 쏘는 기술이 뛰어나고 백병전에서도 아군이 열세였다. 열세를 면치 못하는 군대를 독전해서 죽음으로 몰아넣는 것은 지도자로서 할 일이 아니었다. 자신이 나서야 할 차례였다. 알리는 부하 몇 명을 대동해서 말을 몰아 적진으로 돌진하면서 총을 쏘았다. 적군 병사들이 바위 사이에서 푹푹 구겨지는 모습을 확인하면서 돌격, 사격을 외쳤다.

"한 놈도 살려두지 말아라!"

알리가 외치면서 전진의 방호벽을 넘어설 때였다. 방호벽 밑 참호에 숨어 있던 적군 중대장이 고개를 내밀었다. 알리는 말에서 뛰어내리면서 적군의 몸을 덮쳤다. 뒤쫓아오던 부하들이 중대장 옆에 있던 병사들을 칼로 옆구리를 쑤셔 넘어뜨렸다. 방호벽 밑의 참호가 피투성이가 되었다.

"죽은 놈들을 확인하라!"

알리에게 눌려 버둥거리는 중대장의 목줄기를 향해 칼을 겨누는 순간이었다.

"네 죽을 날을 기억하라." 알리가 공부하는 동안 읽은 기억이 나는 이야기였다.

알리는 중대장의 목줄기를 향해 칼을 내리꽂았다. 칼이 자르고 지나간 동맥에서 피가 솟아올라 흙을 적셨다. 그 순간, 중대장의 눈이 핏빛이 되어 알리를 올려다보았다. 알리의 부하 하나가 달려들어 중대장의 양쪽 눈을 칼로 찔렀다. 눈에서 피가 흘러 얼굴을 적셨다. 알리는 부하의 얼굴을 주먹으로 가격했다. 옆에 서 있던 다른 부하들이 알리를 옆으로 떼어놓았다.

알리의 가슴으로 찌르르하면서 기분 나쁜 물줄기가 흘러갔다. 알리는 중대장의 견장에다가 칼날을 쓰윽 문질러 닦아 칼집에 꽂았다. 그러고는 말을 달려 본대로 돌아왔다. 가슴이 계속 싸아하니 쓰리고 아팠다.

알리가 한잠을 자고 일어났을 때 부관이 와서 기다리고 있었다. 일상적으로는, 전투가 끝나고 돌아오면 가족들과 식사를 했다. 업무는 다음 날 처리하는 걸 원칙으로 지켜왔다. 허나 그날은 형편이 달랐다.

"피스키티오스라는 시인이 와서 파샤님을 기다리고 있습니다."

"그런가? 얼마나 기다렸다던고?"

"아마 한나절은 기다린 모양입니다." 사람을 그렇게 오래 기다리게 하는 것은 여러 측면에서 결례였다. 결례라기보다는 신용을 잃는 계기는 대개 그런 구석에 도사리고 있었다.

알리는 아내에게 식사를 준비하도록 했다. 그런데 아직 해가 중천에 있었다. 해가 기울어야 객을 맞이하고 이야기를 나누기 편했다. 눈이 알알하고 아팠다. 알리는 접견실로 손님을 들게 했다.

알리가 옷을 챙기고 접견실로 나갔을 때, 손님은 크레타에서 온 조라포스라는 화가라고 시인 피스키티오스가 안내했다. 알리가 접견실에 들어가 자리를 잡고 앉았을 때, 시인이 다가섰다.

"큰일을 도모하기 위해서는 두 가지 준비가 필요합니다. 하나는 마음에 새길 이야기를 만드는 것입니다. 그것은 폐하의 몫입니다. 폐하의 전투, 그건 이야기입니다. 승리한 이야기도 있고 패배한 이야기도 있을 것입니다. 그런데 이야기를 그대로 두면 실감이 나질 않습니다. 폐하가 만든 이야기를 칭송하고 찬양해야 빛이 납니다. 그 일을 하는 것이 시인입니다. 아킬레우스의 용맹도 오디세우스의 방황도 대시인 호메로스가 있어서 비로소 광휘를 발하는 것입니다. 폐하께서 존경해 마지않는 알렉산드로스도 마찬가지입니다. 그리스와 페르시아가 벌인 전쟁은 헤로도토스가 기록하지 않았다면 뒤에 아무도 기억하지 못할 겁니다. 저는 폐하를 위해 그런 일을 할 수 있습니다."

"하나는 이야기를 기록하고 찬양해야 한다는 것인데, 근리한 데가 있는 말씀이오. 하면 다른 하나는 무엇이오?" 가만히 듣고 있던 알리가 물었다.

피스키티오스는 자기가 데리고 온 조라포스라는 화가를 가리키면서 말했다.

"문자 속이 없는 일반 백성들은 기록을 접하지 못하기 때문에 이야기를 들어야 역사를 알고, 형상을 보아야 인물을 알아봅니다. 하오니 폐하의 위엄 있는 얼굴을 그려 보여주어야 하고, 폐하의 기마술과 검술을 그림으로 보여주어야 합니다. 폐하가 적장의 목을 뎅겅 베어서, 피가 뚝뚝 떨어지는 모가지를 들고 말을 달려 개선문으로 돌아오는 모습을 그림으로 그려 성문에 걸어두어야 합니다. 폐하의 인자하신 아내의 고운 얼굴도 그림으로 그려 백성을 사랑하는 덕을 백성들이 알 수 있게 해야 합니다. 그러기 위해서는 화가를 부하로 쓰셔야 합니다. 제가 크레타 출신 화가를 소개하는 까닭이 여기 있습니다."

"알겠소이다." 알리의 대답은 힘이 없었다. 뭔가 의문이 남아 있는 듯했다. 그때 롤로디아가 주방 숙수들과 함께 양고기 요리 접시를 들고 들어와 식탁에 늘어놓기 시작했다. 숙수들이 그릇 다루는 소리가 요란하자 롤로디아아 정숙하라고 주의를 주었다.

조라포스가 고개를 조아리면서 알리에게 말했다.

"폐하의 승승장구에 경의를 표합니다." 알리의 얼굴에 흐뭇한 미소가 떠올랐다. 알리는 물담배통을 끌어 파이프를 입에 물었다. 피스키티오스가 부시를 쳐서 불을 붙여주었다.

"그대가 크레타 출신이라고 했는데, 크레타에서 여기 트라키아까지 온 연유가 궁금하오."

"크레타 사람들은 죽음을 두려워하지 않습니다. 삶에 용감합니다. 그리고 저는 잘 아시는 것처럼, 크레타는 16세기 중반, 저어 유명한 도메니코스 테오토코풀루스를 배출한 예술가의 고향이기도 합니다. 그의 예술혼을 이어받은 저로서는, 그리스 정교회에 몰두했습니다. 그래서 주 예수와 성모 마리아와 성인들을 그림으로 그려 신앙을 공고히 하는 데 기여하려고, 이콘화를 공부하던 중, 낡은 이콘화 화가들한테 쫓겨나는 신세가 되었습니다. 폐하께서 저를 거두어주신다면 폐하의 용맹과 전법과 승전의 환희를 그림으로 그려드리겠습니다. 그리하여 폐하의 위엄을 세상에 알리도록 몸 바쳐 일하겠습니다."

알리는 귀가 솔깃해서 화가에게 한 걸음 다가들었다. 식탁에 요리 그릇을 늘어놓던 롤로디아가 이들의 이야기를 조심스럽게 듣고 있었다. 피스키티오스가 이야기를 거들었다.

"아프뚜 메갈레이오티스! 폐하, 저를 버리지 말고 거두어주십시오." 조라포스는 알리 앞에 무릎을 꿇었다. 알리는 물담뱃대 빨부리를 걸개에 걸어놓았다. 그리고는 식탁에 옮겨 앉기를 권했다.

"폐하, 전쟁과 통치에는 때가 있는 법입니다. 지금 추세로 나아간다면 폐하께서 이스탄불에 이를 때가 결코 멀지 않습니다."

"무얼로 봐서 그렇다는 말이오?" 알리가 라키 잔에다가 술을 따르던 손을 멈추고, 조라포스를 꿰뚫듯 하는 눈길로 쳐다봤다.

"저는 폐하의 용맹과 위엄과 전공을 다 알고 있습니다. 틀림없이 그 영광의 날이 올 겁니다. 머지않아 이오안니나까지 다스리는 파샤가 되실 터이고, 그다음에는 아테네, 테살로니키 그렇게 영토를 넓히고…… 이스탄불의 톱카프 궁전으로 진군해 들어가도록 폐하의 운명은 그렇게 전개될 겁니다. 폐하의 행로를 제가 그림으로 모두 기록해서 폐하가 다스리는 제국에 영광이 가득 차서 넘치도록 보필하겠습니다." 말이 화려한 자는 변심도 잘 한다, 부친의 말이었다.

"귀하의 말이 진정이라는 걸 실증할 수 있소?"

"물론입니다."

조라포스는 왼손 새끼손가락을 이빨로 깨물어 라키 잔에다가 피를 흘려 넣었다. 라키 잔에 피가 곱게 번졌다. 조라포스는 그 잔을 들어 마시고는 알리 앞에서 무릎을 꿇고 눈물을 닦았다. 롤로디아가 냅킨을 갖다가 알리 손에 쥐어주었다. 알리는 아내가 건네준 냅킨을 조라포스에게 건넸다. 나의 무얼 보고 이자가 피로써 충성을 맹세하는가, 의문이 들었다. 알리 파샤는 일어서서 조라포스를 힘껏 끌어안아주었다.

알리는 거나하게 취해서 침실에 들었다. 아내 롤로디아가 화장대 앞에 턱을 괴고 앉아 있었다. 그 앞에 성경책이 펼쳐져 있었다. 성경을 읽고 있었던 모양이라고 짐작하고, 자리에 듭시다, 아내를 이끌었다.

"나는 당신이 전투에서 이기고 돌아올 때마다 걱정이 커요."

"그게 무슨 소리요?"

"내가 책에서 읽은 건데, 들어보세요." 알리는 아내 롤로디아의 이야기에 귀를 기울였다. 롤로디아는 책을 읽듯이 이야기했다.

로마의 포로 로마노 거리는 시월의 눈부시게 푸른 하늘에서 쏟아지는 햇살로 가득했다. 피가 튀기는 전투가 진행되는 동안 보지 못한 하늘이었다. 다만 낮에 그 하늘이 열리면서 쩡쩡한 음성이 들렸던 것은 지금 눈앞에 펼쳐지는 것처럼 귀에 쟁쟁했다. 신의 음성이 아니라면 그처럼 폐부까지 울리면서 몸을 파고들 수 없는 일이었다. 동시에 눈앞에 커다란 십자가가 떠오르며, "너는 이것을 가지고 가 승리하라."는 음성이 쟁쟁하게 이어졌다. 부장에게 명령해서 십자가를 만들게 했다. 부장은 기왕이면 적이 겁을 먹게 하자면서, 시종으로 쓰는 노예를 시켜 길가에 넘어져 해골이 드러난 시체의 다리뼈를 엇갈리게 묶어서 그것은 창 자루에 이어놓았다. 눈부신 십자가며 내 앞에서 누구도 이런 꼴을 면치 못하리라 하는 충분한 위협이 될 만한 십자가였다.

막센티우스의 군대는 썩은 나뭇단 무너지듯 무너져갔다. 그리고 마침내 막센티우스가 병사의 창에 옆구리를 찔려 다리 난간으로 떨어져 내림으로써 전투는 콘스탄티누스의 승리로 끝났고, 로마로 들어가는 길이 활짝 열렸다.

콘스탄티누스는 티베르강의 밀비우스 다리 앞에 서서 피로 물든 강물을 내려다보았다. 강물에 빠져 떠올랐다 가라앉았다를 반복하는 것은 적장, 황제 막센티우스의 투구였다. 그는 부하를 시켜 막센티우스의 시체를 건져올리게 했다. 그러고는 스스로 칼을 빼어 막센티우스의 목을 베었다. 검은 피가 흘렀다. 부하에게 그 목을 장창에 꿰게 했다. 그러고는 그 목을 앞세우고 로마로 진군해 들어갔다.

콘스탄티누스의 노예는 여전히 인골로 만든 십자가를 들고 그의 뒤를 따라오면서, 뭔가 중얼거리고 있었다. 그 목소리는 점점 분명해졌다. "메멘토 모리……." 죽음을 기억하라니, 결국 나에게 죽을 것이라는 사실을 잊지 말라는 뜻은, 십자가의 위력으로 얻은 승리가 헛되다는 것인데, 발칙한 놈이라는 생각이 들었다.

"나를 저주하는 것이냐, 죽음을 기억하라니?"

"헛된 일이옵니다. 폐하도 몸이 시들고 정신이 흐려지면 언젠가는 죽을 몸이란 말씀입니다."

"말은 옳다만, 십자가의 위력으로 승리한 이 싸움이 진정 헛된 일이란 말이냐?"

노예는 목에 칼이 날아와 박히기라도 하듯 몸을 움찔했다. 그러고는 대열 뒤로 달려가더니 어디선가 해골을 하나 들고 쫓아왔다.

"이걸 말 안장 위에 올려놓으세요."

"흉하다."

황제는 대열 앞에서 장창 끝에 꿰가지고 가는 막센티우스의 잘린 머리를 내리게 했다. 그러고는 메멘토 모리, 바니타스, 바니타툼…… 행복한 죽음, 보나 모르스 그런 말들을 실성한 사람처럼 중얼거렸다.

알리는 롤로디아의 이야기를 들으면서, 조라포스라는 화가가 하던 이야기가 자꾸 떠올랐다. 자신의 영광 가득한 앞날을 예언하는 건 듣기 싫지 않았다. 그런데 아내가, 그것도 침실에서 길게 늘어놓은 이야기는 가슴에 가시처럼 와 박혔다.

"주무셔야 할 터인데 이야기가 너무 길었네요. 그런데, 칼로 승리한 자는 칼로 망한다, 성경에 있는 말예요."

"성경 어디에 그런 불길한 말이 있소?"

"마태가 기록한 복음에 들어 있는……."

알리는 크음 침음하면서 돌아누웠다. 칼로 승리한 자가 칼로 망한다면, 망하지 않도록 승리를 이어가야 할 터라고 다짐을 두었다. 칼은 언제나 양날이었다. 그것은 권력의 속성이기도 했다. 권력의 쟁취가 죽음과 맞닿아 있다는 것을 알리는 진작부터 알았다. 그러나 조심하는 걸로 문제가 해결되지는 않았다.

21

鰐魚

식인종

중학교에 들어간 서보노가 반장으로 뽑혔다. 인이수가 아들에게 들인 공력이 현실적인 형상으로 구체화되는 것이었다. 그러나 그것은 한편으로 아이에게 칼을 채워주고 전투장으로 등을 떠밀어내는 일이기도 했다. 반장은 권력이었다.

개학하기 전에 어느 언론사에게서 외국어 영재를 발굴하는 프로그램의 실현 방안으로 영어 웅변대회를 열었다. '청년지도자의 사명'이라는 제목의 웅변으로 금상을 받았다. 반장 선거에 출마한 서보노는 소견 발표를 영어로 했다. 영어 웅변대회 원고 그대로 발표하기는 했지만 호응이 높아 반장으로 당선되었다.

서보노의 중학교 입학과 반장이 된 것을 축하한다고 양쪽 집 식구들이 모였다. 모처럼 모이는 자리니까 칼질하는 양식당으로 가자는 게 서모시의 제안이었다. 식당 이름이 '카니발'이었다. 식당 옆에 정육점이 나란히 자리잡고 있었다. 정육점 앞에는 '소 잡는 날'이라는 입간판이 서 있었다.

"카니발이라? 식당 이름 근사하다." 외할아버지 인정식이 입맛을 다셨다.

"축제란 말이지요?" 서모시의 어머니 안경숙이 혼잣말처럼 응대했다.

"할아버지, 〈그린 인페르노〉라고, 그런 영화 봤어요?" 보노가 외할아버지에게 물었다. 인정식은 고개를 저었다.

"식인종 얘기 짱 재미있어요."

"뭐가 재미있다는 거니, 사람 잡아먹는 이야기가?"

"그러니까 재미있지."

"자식이 머리가 이상하게 돌아가는 놈 같아." 서모시가 아들의 머리에 꿀밤을 먹이는 시늉을 했다.

"아빠 자꾸 그러면, 내가 자지를 칵 잘라버릴 거야." 어른들 눈이 휘둥그레져 입을 뻥하니 벌리고 다물지 못했다.

"어허, 보노야, 말이라고 다 말이 아니다, 할 말과 못 할 말이 있는 법이다. 아버지한테 그게 무슨 말버릇이냐? 어서 죄송합니다, 그렇게 말씀드려." 외할머니 왕재숙은 보노의 머리를 쓰다듬으며 아이를 안출러주려고 했다.

"크로노스는 자기 아버지 우라노스의 자지 잘라버리잖아. 그리고 자기 자리 빼앗길까 봐 자식을 잡아먹잖아? 우리 선생님이 그러는데 신화는 영원히 반복되는 현실이래."

"알았다. 유식이 병이다. 아무리 그래도 신화는 신화고 현실은 현실이야. 그걸 혼동하는 인간들이 있기는 하지만 현실에 신화를 이끌어들이면 반드시 보복을 당한다. 영웅은 그렇게 몰락하는 거야. 신화를 만들기 위해 동상을 세우는 영웅은 필연코 몰락한다. 영웅이라도 된 것처럼 까불면, 넌 금방 죽어, 인마." 서모시가 아들을 훈계하는 말치고는 감당하기 어려운 것이었다. 어른들이 혀를 찼다. 인이수는 가슴을 쥐어뜯고 있었다. 서보노에게 강렬한 이미지로 각인될 내용이었다.

"하기는 우리 어렸을 때도 그런 이야기는 흔했지." 멈칫거리고 앉아 있던 서열모가 입을 떼었다. 서열모는 맥주를 시키고는 보노를 쳐다봤다. 넌 뭘 시켜주랴 하는 얼굴이었다.

"넌 물이나 마셔라. 물이 몸에는 제일 좋다." 외할머니 왕재숙은 보노 앞으로 물컵을 밀어놓았다. 보노의 얼굴에 서운한 기색이 가득했다.

"애들은 기다릴 줄 아는 것도 배워야 한다."

"기다리면 뭐가 생기는데?"

"그래야 어른들 사랑을 받는단다."

"할머니 웃긴다. 어른들이 애들 사랑한다고?"

왕재숙의 얼굴이 일그러졌다. 아이가 어딘지 비뚤어지는 것 같아 가슴이 묵중하게 내려앉았다.

"내가 얘기해주마." 서열모가 나섰다. 아이들은 사랑을 받고 자라야 한다는 이야기를 하고 싶었다. 말이다, 그렇게 이야기를 꺼내기는 했지만, 정작 사랑을 이야기해본 적이 없었다. 자연 이야기는 엉뚱한 데로 가닥을 잡았다. 어쩌면 그게 어른이라는 사람들의 한계인지도 모를 일이었다. 소통을 이야기하지만 진정한 소통이 어디 있을 것인가? 별일 없이 지내기 위한 눈속임이 있을 뿐이 아닌가.

"문둥이가, 엄마 사랑 못 받는 애들만 골라서, 아가야 진달래 줄게 나랑 함께 가자고 꼬셔가지고, 그래서 따라오면 산모롱이 돌아가서

양지쪽 잔디밭에서 잡아먹는다는 거야."

서열모가 이야기를 시작하자 인정식은 사돈이 과연 어떤 이야기를 하나 눈꼬리 세우고 건너다보았다. 무관 출신답게 어딘지 거친 구석이 있었다. 인정식은 귀를 곧추세웠다.

진달래가 무리무리 산자락을 무찔러 올라가기 시작하면 들판 건너 아지랑이 짚인 바람이 자욱하게 불러왔다. 아이들이 심심해서 하품을 할 무렵, 산을 잘 안다는 머리 굵은 애들 몇이서 괭이니 호미니 하는 농기구들을 찾아가지고 나와서 산으로 칡뿌리를 캐러 가자고 부추겼다. 조무래기들은 산에 가는 패에 끼지 못하고 밭둑에서 메싹이나 삐비 뿌리를 캤다. 옷자락에다가 흙을 쓱쓱 문질러 닦아내면 금방 입으로 들어갔다. 삐비 뿌리는 잘근잘근 씹으면 달큰한 물이 입에 가득 고였다. 메싹은 비릿하면서도 달큰한 냄새가 났다. 동생 젖먹이던 엄마를 졸라 어쩌다가 얻어먹어보는 엄마의 젖 냄새 같았다. 아이들은 뭔지도 모르면서 자기들끼리 낄낄거리며 메싹을 날름날름 입에 넣고는 맛있게 씹었다.

머리 굵은 애들이 함께 왔다가 먼저 산으로 올라가 버리는 바람에, 헤적헤적했다. 그러면 목청이 일찍 팬 아이가 머리 굵은 애들을 불렀다.

"돈구 혀엉! 어디 있어어?"

아무리 불러도 대답이 돌아오지 않았다. 몇몇 애들이 산으로 올라가 보자고 재촉했다. 그러면 어디서 들은 이야기가 많은 애가 나서서, 그 골짜기에 애총사리가 있는데 밤마다 여우가 내려와 애총사리를 발로 파헤치고는 죽은 애 간을 빼먹는다는 이야기를 했다. 그러면 애들은 한꺼번에 대들었다.

"네가 봤어? 공갈치지 마, 아니면 넌 죽는다아!" 그렇게 으름장을 놓기도 했다. 그러면 이야기를 꺼낸 아이는 기죽기 싫다는 듯이 대들었다.

"너네들은 간이 작아서 그런 구경 못 해. 내가 봤는데, 돈구 형네 사촌동생이 죽었잖어. 그래서 산에다 묻었지? 맞지? 그런데 여우가 밤에 눈에다가 불을 환하게 밝히고 내려와서 앞발로 애총사리를 살살 파고는, 그 애 송장을 터억 꺼내놓는 거야. 그러고는 빨건 간을 처벅처벅 먹다가는 까만 쓸개를 날름날름 핥아보다가는 너무 쓰니까 캥캥 짖으면서 산고개를 넘어갔다아. 너어들 못 봤지? 너도 죽으면 그렇게 된다더라."

"너 돈구 형한테 일르면 뒈지게 맞을 거야. 우리 산에 올라가 돈구 형한테 일르자."

이야기를 꺼낸 아이가 물러서서 도망치려 할 즈음이었다. 머리에 흰 무명 수건을 질끈 동여매어 눈썹까지 가린 삼촌처럼 생긴 젊은이가 나무지게를 지고 가다가 아이들을 불렀다.

"너희들 산에 올라가면 거기 뭐가 있는지 알아? 문둥이가 너희들 잡아먹으려고 기다리고 있어. 여기서 내 얘기 잘 듣고, 형들 내려오면 같이 가거라."

그러고는 문둥이가 어린아이 꼬셔서 잡아먹는 이야기를 했다. 아이들은 무서워서 오돌오돌 떨었다. 한 아이가 무섭다고 떨다가는 동네를 향해 뛰기 시작했다. 다른 아이들도 먼저 뛰기 시작한 아이를 따라 마을을 향해 내달렸다. 그때 젊은이가 나뭇짐을 받쳐놓았던 작대기를 발로 차버렸다. 그 바람에 나뭇짐이 맨 마지막 아이를 덮쳤다. 아이는 나뭇짐에 깔리고 말았다. 젊은이는 아이를 달래서 지게에 태우고 산을 내려왔다.

그날 밤, 보통 때는 저녁하는 연기 올라가는 것을 볼 수 없었던 외딴집에 연기가 폴폴 올라갔다. 밤에는 여우들이 떼를 지어 몰려들어 캥캥 짖어대며 새벽까지 아우성이었다. 다음 날 동네 사람들이 외딴집으로 몰려갔을 때, 젊은이는 집을 비운 뒤였다. 뽀얗게 흙으로 맥질한 부뚜막에 피 묻은 창칼이 하나 달랑 놓여 있을 뿐이었다. 마침 아이가 외동이였는데, 그의 부모들도 보름 뒤엔가 새벽을 틈타 마을을 떴다.

"다큐멘터리 동물의 세계에서 보니까, 사자나 독수리는 짐승을 잡으면 내장부터 먹던데 왜 그래?" 보노가 어른들을 쳐다보며 물었다.

"그런 이야기 하는 건 식탁 매너가 없는 사람 하는 짓이다." 인이수가 아이를 타일렀다.

이야기가 그렇게 돌아가는 바람에 음식은 먹는 둥 마는 둥 수저 움직이는 소리가 겉돌았다. 더구나 몸이 허한 사람은 생고기가 좋다면서 장모가 권하는 바람에 레어를 시켰다. 칼질을 하는 내내 접시에 벌건 피가 고였다. 보노는 서모시를 흘금흘금 쳐다보았다.

"아빠가 식인종이다. 어유, 저 피좀 봐!"

"말은 바로 해야 한다. 식인종이 아니라 육식을 한다고 해야는 거야." 서모시가 울컥거리는 걸 참으면서 이야기했다.

"사람이 자기보다 큰 소도 잡아먹잖아, 그런데 사람이라고 못 잡아먹겠어? 세상에 사람 고기가 제일 맛있대."

"너 도무지 어디서 그딴 걸 지식이라고 주워듣고 입을 놀리고 그러냐?" 할머니 안경숙이 성난 얼굴을 해가지고 물었다.

"세계 형벌사전 동양편에 나와. 적군의 장수를 잡아다가 무릎 꿇게 하고 막 호통치잖아. 그러면 네놈이 재앙을 입어 급사하리라, 그렇게 대답하면, 저놈을 소금에 절여 죽여라! 그렇게 명령하고, 소금에 절여서 죽으면 그날 저녁 파티에 고량주 안주로 그 고기를 먹었다는 거야. 그래서 육해(肉醢)라는 게 생겼대." 어른들이 혀를 내둘렀다.

"우리가 먹는 가자미식해라는 그 식해(食醢)가 소금으로 물고기를 절여 만든다는 거잖아. 그러니까 사람이라고 그렇게 못 할 이유도 없다. 하지만 인간은 인간이기 때문에, 인간에 대한 자비심 때문에 차마 그렇게 못하는 것이다. 그걸 측은지심이라고 한다. 앞으로 식탁에서 그런 이야기 하지 않기로 하자." 할아버지 서열모가 조용히 타일렀다.

서모시는 딴 생각을 하고 있었다. 노신이라는 중국 작가는 자기 민족이 4천년 동안 인육을 먹어온 역사를 가지고 있다면서 한탄한 내용을 기억하고 있었다. 『광인일기』를 읽었던 기억이 떠올랐다. 사마천의 『사기』에는 인육을 먹는 습관이 있는 나라를 열거하기도 했다. 기왕 이야기가 나온 김에 털어놓자는 생각이 들었다. 그것은 욱하는 속을 푸는 방법이기도 했다. 서모시가 나서서 이야길 펼쳐놓았다.

"권력에 환장해서 임금이 무소불위의 신으로 비치면 식구들까지 제물로 바치기도 합니다. 제나라 환공은 미식가로 이름이 나 있었는데 말입니다, 어느 날 환공이 이 나라에 도무지 진미라는 게 없느냐? 진노를 했어요. 그러자 요리사로 일하던 역아(易牙)라는 인간이 자기 큰아들을 잡아서 삶아가지고, 숙육을 만들어서 환공에게 바쳐 충성을 인정받는 그런 일도 있었습니다.

그뿐인 줄 알아요? 사마천의『사기』에 기록된 바에 따르면 은 왕조의 마지막 왕인 주왕은 신하를 죽여서 누룩을 넣어 숙성시켜 소금에 절이기도 하고, 살을 저며서 말려 포를 만들기도 했고, 불에 구워 먹었다는 기록이 있어요. 해포자(醢脯炙)는 삼국시대 인육 요리의 대표적인 유형이 되었습니다. 또, 그뿐인 줄 아세요? 이시진의『본초강목』에는 인체의 부위별 약효에 대해 기록해놓았어요." 보노는 아버지의 이야기를 하나도 빼놓지 않고 총기 있는 눈을 반짝이며 들었다.

"아유, 그만 좀 해요. 미치겠네!" 인이수가 나이프로 탁자를 마구 두드렸다. 종업원이 다가와 조용히 하라고 일렀다. 카니발에서 식사는 그렇게 끝났다.

"우리 보노가 중학생이 되었는데, 뭐가 필요한가?" 외할머니 왕재숙이 보노에게 물었다.

"아, 살았다. 삼성 갤럭시폰."

"그런데 거기서 왜, 살았다는 소리가 나온다냐?"

"서핑도 하고 게임도 하고…… 애들 스마트폰 다 가지고 있걸랑."

"말이다, 스마트폰 너무 오래 들여다보면 눈 버린다." 할아버지 서열모의 충고였다.

"그거보다, 아이에스 사이트 들어가지 말아라. 자살 클럽이라는 이상한 사이트도 있던데 위험해, 그리고 뭐냐 불타는 청춘 그런 거도 있더라만, 너희들 보기는 적절치 않아."

"애들 그딴 거 다 졸업했을걸. 아빠, 유콤파스라는 거 알아?"

"그게 뭔데?"

"실종 청소년 찾아주는 사이트야." 인이수가 서모시의 얼굴을 유심히 살폈다. 박지남을 생각하는 모양이었다. 서모시가 보노에게 물었다.

"그게 뭐냐? 어디서 어떻게 실종된 애들을 찾아준다는 거니?"

"국내 열 명, 외국 열 명, 모두 스무 명 실종된 애들 찾아주었대……." 보노는 이미 많은 위험 사이트에 빠져 지내는 눈치였다.

"이수야, 애 단속 잘 해야겠다." 왕재숙이 자리를 끝내고 일어나면서 인이수 손을 잡고 이야기했다. 인이수는 가슴 한 군데가 무너져 내리는 것 같은 충격에 빠졌다.

내외는 잠을 설쳤다. 같이 잠을 설치기는 했지만 머릿속에 돌아가는 생각을 서로 달랐다. 보노는 보노대로 스마트폰 기대하느라고 늦게까지 책상에 앉아 공상에 잠겼다. 아내 인이수는 새벽에 겨우 잠이 들었던 것 같았는데, 꿈이 어지러웠다. 남편 서모시가 아이를 타고 앉아 굴러댔다. 배가 점점 부풀어 올라 터지기 직전이었다. 남편의 손에는 터키인 병사가 쓰는 단검이 들려 있었다. 남편이 아이의 배에다가 칼을 박아 넣었다. 그러고는 좌우로 날렵하게 칼을 움직였다. 아이의 배에서 창자가 흘러나왔다. 창자는 라오콘을 감았던 뱀처럼 살아 움직였다. 그 한 가닥이 인이수에게 달려들어 음문을 헤집고 들어갔다. 몸에서 차디찬 땀이 질펀하게 흘렀다. 땀구멍마다 피가 흘러나왔다. 음문으로 들어간 뱀은 목울대를 타고 올라와 입안으로 머리를 내밀었다. 안 된다고, 아냐, 아냐 소리쳤으나 소리는 입밖으로 나오지 않았다. 몸을 굴려 가까스로 악몽에서 깨어났다.

남편 서모시는 등판을 이쪽으로 돌리고 테이블에 앉아 작업을 하는 중이었다. 부친에게 야구방망이로 얻어맞은 어깨가 한쪽으로 기우뚱해졌다. 몸은 불균형이었다. 몸이 균형을 잃으면 의식 또한 온전할 수 없는 법이라면서 나름대로 아침 운동을 거르지 않았다. 그러나 작년 올 사이로 몸이 망가지는 게 눈으로 보였다. 자기 몸이 부실해진다는 것을 서모시도 알고 있었다. 답답한 것은 몸이 왜 회복될 기미가 안 보이는가 하는 점이었다. 병명을 알 수 없는 병을 앓고 있었다. 하루하루 지내는 것이, 매일매일 죽어간다는 것을 환기하는 과정이었다. 남보다 일찍 겪은 성경험이라든지, 야구방망이를 휘둘러대는 부친이라든지 그런 것들이야 누구나 겪는 사소한 일 아닌가. 정체를 알 수 없는 불안감과 자기 나름의 성취욕이 과도해서 몸을 망가뜨리는 것 같지는 않았다.

희한하게도 몸이 망가지는 것과는 달리 기억은 초롱초롱 살아나고, 말은 점점 거칠어졌다. 서모시에게, 말은 식인종이고 몸은 희생물이었다.

鰥魚

친정아버지

관할 지역을 잘 다스리기 위해서는, 정책을 수행하는 데 필요한 인력을 확보하는 것이 무엇보다 긴요한 과제였다. 알리는 부관들을 데리고 회의를 열고 의견을 교환했다. 회의는 말로 하는 전투와 같았다. 탁자 위에서 말의 칼이 난무했다. 난무하는 말은 다시 말로 다스려졌다.

알리의 어머니 한코나는 아직도 '오르소마다'라는 산적부대를 운영하고 있었다. 사설집단이라 경제적 독립이 무척 어려웠다. 사병들이 살아갈 수 있는 방법이라는 게 반란이 일어나면 용병으로 나가 전투에 임하는 것이었다. 이들을 인수해서 부대를 운영하는 것도 좋은 방법이란 생각이 들었다. 이제 어머니에게 부대를 전적으로 맡겨두는 것은 효율성이 떨어졌다.

알리가 트라키아 파샤가 되어, 지방의 정치 군사를 관장하면서 얻은 인물이 둘이었다. 하나는 시인 피스키티오스고 다른 하나는 화가 조라포스였다. 이들은 부하이면서 동료이고, 동시에 책사 역할을 하기도 했다. 알리는 아들들 교육도 이들에게 맡길 생각이었다. 벌써 열다섯을 넘어서는 나이들이 되어가고 있었다. 알리는 이런저런 일을 상의하기 위해 어머니를 찾아가겠노란 전갈을 보냈다. 그런데 어머니 편에서 알리를 만나러 오는 쪽으로 일이 결정되었다. 지도자가 자리를 비우면 안 된다는 것이 이유였다. 지도자는 자리를 지키고 있어야 한다. 이른바 수성(守成)은 조상이 이루어놓은 것을 지켜나간다는 뜻이지만, 자기가 다스리는 성을 지킨다는 뜻도 되었다. 이른바 수성(守城)이었다. 조상들이 이룩한 것이 대개는 어느 성에서 이룩한 업적이기 때문에 의당 그렇게 규정될 만했다.

한코나는 트라키아로 갈 채비를 서둘렀다. 테펠레네에서 생활하는 동안 켈시레를 다녀올 기회가 없었다. 남편이 죽은 뒤 산막을 철수했기 때문에 특별히 들를 일이 없었다. 고향 동네를 찾아간다고 생각하니 감회가 새로웠다.

켈시레를 거쳐 비호저강을 따라 내려가다가, 산을 잘 넘기만 하면 친정집이 있는 코니차에 이르는 지름길이었다. 지로카스트라 쪽의 골짜기 평지 길을 택할 수도 있었으나 길이 멀었다. 산에는 이골이 나 있는 한코나였다. 혼자가 아니라 병사 둘을 대동하고 가는 길이기 때문에 별 문제가 있으리란 생각은 하지 않았다.

말을 타고 가면서 한코나는 산꼭대기를 타고 넘는 구름을 바라보곤 했다. 어려서 부르던 노래가 떠올랐다.

> 구름 따라 흘러가는 인생아,
> 산 너머 그리운 사람 날 기다리는 그 마을,
> 어느 모퉁이 내 님은 꽃 따 들고 날 기다릴까.

오른쪽으로 파핑구스산의 준령을 바라보면서 걷다가 도착한 데가 레스코비크라는 마을이었다. 전에 알리가 그곳 대장간에서 1년을 일한 동네였다. 그리고 그 동네는 한코나가 총기를 수입해다 쓰는 인연이 있어서, 말하자면 한코나는 그 지역의 고객이었다. 한코나는 여러 가지 연유로 해서 대장간엘 들르고 싶었다. 우선 남자가 사는 모습을 보고 싶었다. 한코나에게 대장장이는 가장 남자다운 삶을 살아가는 인물로 부각되어 있었다. 남편 말고 꼭 한 번 아래를 열어준 게 테펠레네의 대장장이였다.

"한코나 대장이 어인 일이십니까?" 주인은 뛰어나와 한코나 일행을 맞았다. 말을 마구간에 들여 매주었다. 그리고 저녁에는 양을 잡아 대접했다. 융숭한 대접이었다.

"제가 그럴 줄 믿고 자제분께 일을 시키면서 무기 다루는 법을 가르쳐주었는데, 들리는 바로는 트라키아 파샤로 부임했다니, 저도 그만하면 사람 보는 안목이 없다고 못할 사람입니다. 아마 앞으로는 데살리아로 영토를 넓히고 또 마케도니아도 다스리시게 될 겁니다."

"다스리는 영토가 넓어진다는 게 마음 쓸 구석이 늘어난다는 뜻이 아니겠습니까."

그것은 한코나의 진심이었다.

"코니차와는 자주 연락을 하십니까?"

"연락 주고받은 지 한참이 됩니다."

"여기서 듣는 바로는 외조부께서 외손주 비호를 위해 공력을 다하신다고 들었습니다. 그리고 무엇보다 지금 잘 나가시니 앞날이 기대됩니다. 우리는 사업이 잘 됩니다. 대장간이야 그냥 그 타령입니다만, 체코에서 총기 제작술을 수입해서 명중률이 높은 총을 만들었는데, 평이 아주 좋습니다. 이백 미터 앞에 있는 산양의 눈을 정확히 맞힐 수 있습니다. 산양이 조그마하니까 그렇지 사람은 사거리가 한결 길어집니다. 이제는 산악전에서 칼로 쑤시고 창으로 찌르는 건 소용이 크지 못합니다. 안 그렇습니까? 좀 지나면 대포도 제작할 계획입니다. 산지에서 계곡은 적군의 통행로가 되잖습니까? 통행로로 밀려드는 병사를 어떻게 소총으로 겨냥해서 잡습니까? 대포로 부대 하나를 전멸하게 해야 합니다." 그럴듯한 병법이었다.

"유럽은 우리와는 사정이 다릅니다. 대부분 평야 전투이기 때문에 개인용 소총이 더 유용할 수도 있습니다."

한코나는 아무 대답 없이 대장간 주인의 이야기를 듣고 있었다. 무언가 주문해다 쓰라는 이야기를 그렇게 길게 에둘러 하는 듯했다.

"트라키아의 파샤에게 소식을 전하겠습니다."

"그래주신다면 오죽이나 좋겠습니까. 유능한 지도자는 자신의 인격을 위해서도 은혜를 잊지 말아야 합니다." 알리를 두고 하는 이야기 같았다. 한코나는 알았다고 대답하고 자리를 떴다.

이튿날 아침 일찍 길을 나섰다. 산을 넘는 데 하루가 꼬박 걸렸다. 말이 헉헉거리면서 걸음이 무거워지는 걸 보고, 한코나는 말에서 내려 고삐를 잡고 걸었다. 발걸음이 전 같지 않게 무거웠다. 그리고 숨이 차기도 했다.

코니차에 닿았을 때는 집집의 창문마다 불이 훤하게 밝혀질 시간이었다.

"산길 오느라 고생했다. 짐 풀고 안으로 들어라."

친정아버지 아흐메드는 머리는 세었지만 몸은 근육이 붙어 땅땅

하고 목소리는 강강했다. 거기 비하면 어머니는 많이 노쇠해 보였다. 어머니가 다가와 한코나를 안고 등을 쓸어주었다. 한코나는 공연히 눈에서 눈물이 흘렀다. 모녀간을 넘어, 인간이 이렇게 늙어가는구나 하는 생각이 들었다.

"여전히 술도 하고 그러냐?" 한코나는 잠자코 부친이 들고 온 우조병을 받아 탁자에 놓았다.

"에피로스 파샤가 보내온 술이다, 이게."

"산골짜기 동네까지 술을 다 보내고…… 교분이 두터우신가 보죠?"

"내가 알리를 위해서 투자를 했다." 알리를 위한 투자가 뭔가를 물었다. 친정아버지 아흐메드는 저간의 사정을 소상히 이야기했다.

오스만튀르크에서 발칸반도를 지배하는 동안, 루멜리아 지역은 행정의 중심권에서 물러나 소외되었다. 레판토 해전 이래 혐오하는 지역이 되었다. 그러나 점점 강성해지는 유럽과 교역을 하기 위해서는 이오니아해 지역을 빼놓을 수 없었다. 영국이나 프랑스에서 이스탄불로 가는 것보다는 이오니아해 쪽으로 접근하는 것이 한결 빠른 길이었다. 그리고 그리스는 지중해를 중심으로 해상무역과 문화를 일궈온 것은 물론, 코린토스만 지역은 그리스도교(동방정교) 문명의 요람이기도 해서, 이슬람 세력을 견제하는 데는 루멜리아 지역을 중심으로 세력권을 구축할 필요가 있었다. 이스탄불로 직접 진입하지 않더라도 지중해를 중심으로 발칸반도를 통일한다면, 그것만으로도 제국을 건설하기에 충분하다는 판단이 섰다.

"이오안니나에 자리잡은 파샤에게 병력을 지원해왔다. 마침 알리 통치권역 사람들은 성질이 불같고 용맹해서 전투에서는 대단한 성과를 냈다. 전쟁에서 진 놈들은 노예가 된다. 너는 노예가 얼마나 처참한지 눈으로 똑똑히 보지 않았느냐? 자기 인격을 지키지 못하는 것은 물론 복수조차 할 수 없는 게 노예다." 부친은 딱딱 소리를 내며 이를 맞부딪쳤다. 레판토 해전에 참여했다가 팔을 잃은 세르반테스가 왕의 사령장을 가지고 살아나기는 했지만, 정치에 참여할 수 없었던 것은 그 출신이 이달고라는 천민이었기 때문이라는 이야기도 했다. 신분을 상승시켜야 한다는 뜻으로 들렸다.

"백성을 노예로 만드는 지도자는 역사의 심판을 받아야 합니다." 한코나는 힘을 주어 목청을 높였다.

그 이야기는 바꾸어 말하면 트라키아에서는 전망이 밝지 못하다는 뜻이기도 했다. 과감한 용기와 난폭함만으로는 지도자가 될 수 없다는 이야기인 셈이었다.

뒷날 알리는 어머니가 전하는 그 이야기를 듣고 속이 부글거리기 시작했다. 유럽의 다른 나라에서는 대학이라는 제도를 두고 사람을 길렀다. 그리고 대부분의 군사 지도자들은 대학 수준의 교육을 받았다. 알리에게는 그런 교육의 기회가 없었다. 그나마 외갓집에서 보내온 책들을 읽은 게 교양으로 자리잡아, 다른 지역 파샤들과 이야기를 나눌 때 뒤처지지 않는 것은 다행이라면 다행이었다.

알리가 정규교육을 받지 못한 것은, 한코나가 아들 알리를 생각할 때마다 가슴이 쓰라린 일이기도 했다. 알바니아의 복수 전통에 따라 반드시 아버지 원수를 갚아야 한다고만 강조했지, 인간적인 성숙이 필요하고, 남과 공감하는 능력을 길러야 한다는 덕목은 가르치지 않았던 것이다. 물론 안 가르칠래서 그렇게 가르치지 않은 것은 아니었다. 나름의 노력은 한다고 했다. 다만 그 성과를 확인하지 못하고 사람을 가르치는 제도를 마련하지 못하고 살았을 뿐이었다.

"왜 얼굴이 그렇게 그늘져 있느냐?"

"알리의 앞날을 생각하면 걱정이 많습니다." 너무 큰 꿈을 꾸고 있다는 이야기는 소상히 하지 않았다. 목적을 위해서는 수단을 안 가리는 쪽으로 성격이 변해가는 것을 한코나는 눈치채고 있었다.

"자기 인격은 자기가 닦아야 한다. 알리가 나한테 와서 공부한 걸 잘 불려나가면 인격에 그리 큰 흠은 없을 것이다."

친정아버지 이야기를 들으면서 아직 믿음직한 산봉우리가 자기를 버텨준다는 생각이 들었다. 고마웠다. 부모의 일이라는 것이 자식들에게 정신적 기둥이 되어주는 것 말고 달리 뭐가 있을 것인가, 그런 생각도 들었다.

"너도 머리가 세는구나……."

어머니가 과일 담은 접시를 탁자 위에 올려놓으면서 딸을 안타까운 눈으로 바라봤다.

"그 나이에 사내들이나 휘몰아 산적질하는 네가 한심하다. 그게 네 본분이라고 생각하느냐?"

"본분이라기보다는 내가 어찌할 수 없는 어떤 힘 같은 게 나를 그렇게 몰아붙입니다."

"허랑한 소리 하지 말아라. 네 스스로 너를 어쩔 수 없다면 뭐가 하늘 꼭대기에 있어서 너를 인형 놀리듯 한단 말이냐? 내 생각으로는 그 산채 뒤엎어버리고 네 아들 알리를 돕는 게 한결 낫겠다."

"어미가 아들에게 짐이 되면 안 되지요."

"그럼 그 남정네들 다 풀어주고 너 혼자 살아라."

어머니가 그런 생각을 할 줄은 상상도 못 한 일이었다. 이제까지 지내오면서, 인간이라면 마땅히 이렇게 살아야 하느니라 하는 이야기는 아버지한테 들었지, 인간의 길 같은 것은 어머니와는 아무 관계가 없는 일로 치부하곤 했다.

"네가 딱해서 하는 소리일 뿐이다. 혼자서 생애를 꾸려가는 데 남녀가 따로 있을 수 없을 것이다. 그러나 선택은 할 수 있지 않으냐? 선택은 용기다. 낡은 관념을 떨쳐버리는 용기가 있어야 제대로 된 선택을 할 수 있다."

"그만하소." 친정아버지가 나서서 아내의 이야기를 제지하면서 딸의 잔에다가 우조를 채워주었다. 어머니가 술잔에 물을 붓자, 뽀얀 우윳빛 액체로 잔이 가득 찼다. 한코나의 눈자위도 그렇게 젖어들었다.

"이게 소용될 때가 있을 것이다." 친정아버지는 딸에게 전낭(錢囊)을 들려주었다. 묵직했다. 그리고 동행하는 종자들의 말에 총을 한 자루씩 더 얹어주었다. 이제까지 못 보던 총이었다. 대장간 주인이 이야기하던 총이라고 짐작했다.

"너를 다시 만날 수 있을라나 모르겠구나."

"마음 약한 소리 하지 마세요. 아버지는 우리 집안의 기둥입니다."

"네 아버지가 겉만 멀쩡하지, 얼마 못 갈 것 같다." 한코나는 아버지가 체머리 흔드는 것을 눈여겨보았다. 중풍기가 있어 보였다.

"나라고 얼마나 더 살겠느냐? 그나마 끝장에 험한 꼴 안 보는 것은 다행이다만……." 한코나는 어머니가 마음이 약해지는 게 안타까웠다.

"알리에게 사람 많이 죽이지 말라고 일러라." 한코나는 아버지를 다시 쳐다봤다. 전에 없던 이야기였다. 술탄의 제국에서 벼슬하면서 살아가는 게 사람 죽이는 일에서 시작하고, 죽이는 일에서 생애가 끝나는 터인데, 알리에게 그런 이야기를 하라는 것은 이해가 안 가는 점이었다. 안으로 많이 허해진 결과 같았다. 한코나는 장작개비 같은 아버지 손을 잡고 눈시울을 붉혔다. 아버지를 마지막으로 보는 것 같아 가슴이 짜안했다.

모친이 딸을 향해 성호를 그었다. 한코나도 어머니를 따라 성호를 긋고 손을 모았다. 그러고는 말에 올랐다. 멀리 동쪽으로 스멀리카스 산등성이에 밝은 햇살이 얹혀 일렁였다.

鰐魚

거세공포증

23

중학교 과정은 산등에 얹혀 일렁이는 햇살과 같은 영롱한 시간으로 이어졌다. 아침 햇살은 가슴을 설레게 했다. 때로는 모진 바람으로 가슴을 후려쳐 상처를 만들었다.

보노가 입학한 산천중학교는 같은 이름의 고등학교와 병설체제로 운영되었다. 고등학교는 스포츠 특화학교였다. 방과후 활동 종목을 결정해야 했다. 부모와 상의해서 그 어떤 종목을 선택할 것인지 결정하고, 사인을 받아오라 했다.

"방과후 활동 뭐로 해, 엄마?" 보노가 외할머니 선물로 받은 스마트폰 화면을 밀어 올리면서 말했다.

"말을 할 때는 말이다, 상대방을 쳐다보면서 말하는 게 예의야." 인이수가 보노의 어깨에 손을 올리고 말했다. 딴딴한 근육이 손끝으로 만져졌다.

"나 다 들어." 보노는 여전히 스마트폰에 빠져 있었다.

컴퓨터니 영어 등은 처음부터 제외되었다. 컴퓨터로 할 수 있는 일들은 별로 흥미로운 게 없었다. 게임도 마찬가지였다. 영어는 내용이 아주 어려운 게 아니면 대개 읽을 수 있었다. 인이수는 아들이 신체가 건강한 아이로 자라기를 바랐다. 그래서 유도를 권했다.

"난 유도 싫어. 남자들끼리 안고 뒹구는 그거, 호모들이나 하는 거야."

"애놈의 새끼가……." 서모시가 주먹을 들고 아이를 때릴 기세로 달려들었다. 인이수가 다가가 붙들어 말렸다.

"역사탐구반은 어떠냐?" 숨을 고른 서모시가 아들에게 권했다.

"아버지가 하는 거 아들이 따라 하면 아버지도 아들도 같이 망한대."

"어떤 놈의 선생이 그따위 소릴 하던?"

"담탱이가 그러던데……." 서보노의 담임은 내서울 대학교 자유교양학부를 나온 젊은이였다. 국어를 부전공해서 국어교사 자격증을 받고 산천중학교에 취직이 된 사람이었다. 서모시는 아들에게 다른 이야기를 할 수 없었다. 요즘 공부하는 것이 그런 내용이었다. 역사에서 이전에 자기가 극복한 세력을 따라 하게 되면, 그게 역사 전환의 변곡점이 된다는 것이었다. 독재를 타도하고 세운 정권이 다시 독재를 하게 되면 그 정권의 종말이라는 것이었다. 그것은 현실적으로 설득력이 있는 이야기였다. 그런데 좀 더 생각해보면 어떤 지식이든지 획득해야 하는 적절한 시기가 있는 게 아닌가 싶었다. 동물의 발생을 공부하는 시간에 스펌을 뽑아 오라고 하던 생물선생 선지식은, 행동이 틀린 것이 아니라 시기를 잘못 선정한 셈이었다. 중학교 때 호주에서 온 영어교사 멜라니의 얼굴이 오락가락했다. 얼굴이 달아오르기 시작하고 몸이 떨렸다. 서모시는 슬그머니 일어나 주방으로 가서 커피를 내렸다.

"그래 네 생각은, 아니 네가 하고 싶은 게 뭐냐?"

"사격반에 들어갈래."

"그건 왜?"

"한국도 개인이 총기를 가지고 살아야 하는 나라가 될 거래. 미국에서 한 해에 총기로 인해 죽은 사람이 4만 명이나 된대요. 내가 안 죽으려면 내가 먼저 공격해야 하는 거야. 그러니까 사격을 미리 연습해두어야 하잖아."

"애놈의 새끼, 그냥 확……." 서모시의 손이 보노의 사타구니를 향하고 있었다. 보노가 크크크 웃기 시작했다. 인이수는 서모시가 울컥해서 애를 덮치지 않나, 가슴을 부둥켜안았다.

"사람이나 짐승 쏘지 않는다고 약속하면, 허락하지?" 그야 당근이지, 그렇게 대답하고, 보노는 또 낄낄낄 웃었다.

"왜 자꾸 웃니? 너 정신이 어떻게 된 거 아니냐?"

"늙은 말들이 당근밭을 다 망친대." 누가 그따위 소리를 하더냐고 묻지 않았다. 아마 미투운동이니 하는 그런 이야기 가운데, 어디선가 늙은 말이 당근 싫어하는 거 봤느냐는 이야기를 들었지 싶었다. 인이수는 성의 신성성이 사라지면서 불임의 시대로 접어들고 있다는 생각을 했다. 앞으로 사이버섹스나 토이섹스가 만연되면 수많은 남성들의 정액이 쓰레기통으로 흘러들고, 난자를 만나는 일이 아득해질 것이 아닌가 싶었다. 그렇게 되면 세상이…… 거기까지 생각하다가, 보노에게 사격반 입회를 허락하고 자기 방으로 들여보냈다.

"이놈의 새끼가 발랑 까져서, 벌써 이따위 책을 읽어……."

서모시가 인이수 앞에 내놓은 책은 『카스트라토의 역사』라는 단행

본이었다. 뽑는다는 이야기는 안 했지만, 확…… 어쩌구 하니까 웃어대던 이유를 짐작할 수 있었다. 거세공포증을 이미 알고 있는 모양이었다.

내외가 이야기를 하려면 아이를 방에 들여보내곤 했다. 아이를 방에 들여보내고 아이의 성장과 심리, 학교생활 등에 대해 이야기를 나누었다. 서모시는 아이의 성장과 함께 문제되는 내용을 자기 나름의 글로 적어놓는 게 버릇이 되었다. 이른바 인간 성장의 기록을 하는 것이었다. 자기 자식 자라는 거 기록 못 하면 남의 자식 기록은 더 어렵다는 게 기록의 이유였다.

"보노 저놈 데리고 병원에 다녀와야 할라나 봐." 서모시가 인이수를 쳐다봤다.

"그저 호기심이 좀 지나친 거 아닌가, 병원까지야." 인이수는 손톱에 매니큐어를 바르며 대답했다.

"남자들은 대개 한두 번은 그런 생각을 해." 서모시가 컴퓨터를 열면서 이야기했다.

"어떤 생각?"

"여자가 되어보고 싶은 생각도 하고, 불알 발릴까 겁이 나기도 하고……."

"자기도 그랬어?"

"내 경험을 바탕으로 하는 이야기야. 그런데 보노가 말야, 유콤파슨가 하는 이야기 하는 것 같았는데, 그게 혹시 박지남 이야기 아닌가?" 서모시가 눈을 흘겨뜨고 인이수를 쳐다봤다. 서모시의 날선 눈길 때문에 인이수는 가슴 한구석이 축 처지는 느낌이었다.

도무지 집안이라고 한 군데도 마음 편하고 아늑한 구석이 없었다.

그게 누구의 잘못인지는 알 수 없었다. 단지 결혼을 일찍 해서 애 기르고 산다는 게 그런 형역(刑役)으로 다가오는 것만은 아니지 싶었다. 그러나 명쾌하게 분석이 되는 상황도 아니고, 그런 분석을 할 능력도 인이수에게는 없었다.

"내 먼저 쉬고 있을 테니까, 당신 들어오면서 나 깨워." 서모시는 유콤파스라? 그렇게 중얼거리면서 침실로 들어갔다.

인이수는 거실에 놓인 책상에 놓여 있는 서모시의 노트북을 열었다. 최근 파일에 '거세공포증'이라는 문건이 입력되어 있었다.

거세공포증은 거세를 당할까 공포에 지질려 남자로서 자기정체성을 상실하는 심리기제를 이야기한다는 것을 인이수는 대충 알고 있었다. 서모시가 거세공포증에 대해 써놓은 글은 충격적이었다.

거세공포증, 그걸 영어로는 카스트레이션 포비아(castration phobia) 또는 카스트로 포비아라고 한다.

프로이트가 말하는 거세공포증은 너무 상징적이다. 그 희멍둥한 상징이 아니라 실제로 거세를 하는 사례라야 실감이 갈 게 아닌가, 나는 그렇게 본다. 일찍이 동양 역사의 고전 가운데 고전으로 취급하는 『사기(史記)』를 저술한 사마천(司馬遷)이 불알을 발리는 궁형을 당한 사례가 있는 터이다. 꿈에 거세당하는 게 아니라 현실에서 거세를 당한 인간이 그 불구를 극복하고 인간승리를 보였던 것이다. 현장이라는 소설가가 『낭야대를 아시나요』라는 소설에서 사마천이 기록한 진시황제의 생애를 다룬 것도 현대의 거세당한 인간을 그린 것이었다. 그러나 현대에서는 보이지 않는 손에 의해 거세당한 인간들이 우글거린다. 나아가 스스로 거세당한 인간으로 자처하면서 남색에 빠지는 인간들이 '거세시대'를 횡행하는 꼴이라니.

인이수는, 시아버지 서열모가 보노한테 불알 발라버릴 놈이라고 하던 이야기를 떠올리고는 몸을 오소소 떨었다. 더구나 서모시가 써놓은 노트는 진저리를 치게 했다.

카스트라토의 역사는 대개 밤에 이루어진다. 밤에 틈입하는 자의 신분은 늘 베일에 가려져 있었다. 문둥이가 됐든, 홈리스가 됐든 아니면 밤중에 복면을 한 채 문을 슬그머니 밀고 들어오는 강도일 수도 있다. 아이를 데려다가 불알을 발라내고 잡아매어 기른다. 거세당한 아이는 2차 성징기가 되어도 변성기 특성이 안 나타난다. 얼굴이 계집애들처럼 뽀얗고, 음성이 곱고 높은 소리가 나게 길러두었다가 교황청 가수로 보낸다. 그걸 카스트라토라고 한다는 것은 누구나 아는 일이고. 거세된 좀비들이 부르는 성가…… 그 성가를 듣고 신은 감동했을까? 그렇지 않을 것 같았다. 하느님 보기에 좋았더라 하는 인간의 성취는 신의 성취라야 하는 것이었다. 인간의 불행을 내려다보고 낄낄거리는 신이 있다면, 그 신의 수염을 몽땅 잡아뽑아야 할 일이 아닌가. 자기 형상을 빌려 빚어낸 인간의 불행은 신의 마음 또한 괴롭게 하는 게 아닐 것인가. 그것은 결국은 신의 자학이 아닌가. 자학하는 신이라야 자학하는 인간을 기를 것이다.

아무튼, 불알 발리고 평생 편하게 사는 것과, 불알 달고 고생고생하다가 시궁창에 빠져 허우적대다가 시궁물 켜고 죽는 것 가운데 어느 게 행복으로 가는 길이라고 할 것인가. 카스트라토들이 모두 행복했단 이야기는 기록된 바 없다. 윤리와 행복이 등치되지 않는다는 것을 역사는 증명하고 있다. 증명이 아니라 예시일 뿐일지도 모를 일이지만.

나는 내 생애가 거세된 남자로 끝장이 날 것이라는 점을 예감으로 안다. 부모들은 나를 나로 키운 게 아니라 아버지의 그림자처럼, 그림자놀이 인형처럼 키운 게 사실이다. 가히 사육이다. 그렇게 사육당한 나는 이미 내가 아니다. 나는 거세당한 인간이다. 교황청은 처음부터 길이 멀어서 아득하고, 아이보리 타워는 이미 동록이 잔뜩 낀 장마당으로 변하고 있다. 거세된 인간의 앞길에 주단을 깔아줄 멍청한 신은 존재하지 않는다.

말은 좋았다. 항용 하는 말이, 아무 걱정 말고, 공부만 해라 하는 주문이었다. 그 주문에 충실하느라고 나는 나름의 공부를 했다. 주문은 주술의 언어다. 주문(呪文)이다. 무당의 말로 귓구멍에다가 들어부은 그것을 주문이라고 한다. 공부만 한 결과가 무엇인가? 공부는 일인데, 그게 다른 일을 못 하게 하는 마약과 같은 것이다. 실체는 없고 언어만 남은 내 생애를 위해 어떤 조사도 쓸 용기를 잃었다. 이런 나를 두고, 아마, 불쌍한 아버지는 편히 눈 감고 죽지도 못할 것이다. 내 아들은 나의 죽음을 편한 마음으로, 한 송이 조화를 바치면서 명복을 빌어줄 수 있을까.

나는 어떻게든지 나를 거세한 이 땅을 떠나야 한다는 꿈을 꾼다. 예이츠의 말마따나, 이 나라는 카스트라토를 위한 땅이 아니다. 혹시 인도라면 모를 일이다. 모든 욕망을 벗어던지고 홀로 고독을 음미하면서 여행하다가 마침내 하늘까지 걸어서 올라가는 그런 나라. 나는 인도의 어느 숲속을 헤매다가 맹수의 밥이 될지도 모른다. 아니면 지참금이 적다고 불태워 죽이는 여자를 사들이다가 인도 경찰에 잡혀 재판을 받게 될 것이다. 그런 정황이 되어도 나는 아버지를 변호하거나 옹호할 생각은 털끝만큼도 없다. 아버지의 삶은 아버지 방식으로 끝내야 한다. 마찬가지로 나의 삶을 아들 보노에게 물려주어선 안 된다. 그게 내가 지닌 최소한의 윤리이다. 이는 아내 인이수에게도 마찬가지이다. 내가 냉큼 죽지 못하는 이유다.

인이수는 남편이 쓴 글이 들어 있는 노트북을 덮었다. 맥락이 잘 닿지 않는 글이었다. 공부하는 사람에게, 글이라는 것은 그의 능력 전부이고 존재를 떠받쳐주는 버팀목이었다. 그렇다면 글이 맥이 서지 않고 논리가 파탄나는 것은 그의 존재가 뿌리부터 흔들리고 있다는 증거나 다름이 없는 게 아닌가. 최소한 언어의 논리를 잡아나가야 하는 게 공부하는 이의 책무다.

남편 서모시는 대학원 공부에 회의를 보이고 있었다. 확 뽑아버린다거나, 칵 죽여버린다는 등 험악한 말들은 자신을 향해 퍼붓는 저주가 틀림없었다. 남편의 그 허약하고 타락한 언어에 보노가 오염되지 않게 지켜주는 일은 자신의 책무였다. 남편 서모시와 아들 서보노를 지키기 위해서는 자신이 흔들리지 말아야 할 터였다.

그런데 유콤파스라는 존재가 자꾸 머리에 걸렸다. 사실 그와 관계하는 것은 사고도, 이념도 아니었다. 탈색된 감각만의 세계를 추구한다는 게 이념이라면 그것도 하나의 이념일 듯했다.

인이수는 아들 보노의 방문에 다가가 살그머니 노크를 했다. 안에서 어이 씨, 그런 소리가 들렸다. 자판 두드리는 소리가 한참 더 들렸다. 그 짧은 사이 인이수는 보노가 아무래도 수상하다는 생각을 했다.

"너 안 자고 뭐 하니?"

"엄나는 왜 안 자는데?"

"아빠 깰까 봐서 그래."

"엄마 나 포경수술 할래."

"그건 왜?"

"그래야 여자애들이 좋아한대."

"여자애들 때문에 살겠다는 거니, 너는?"

"여자애들이 좋아야 나도 좋은 거 아닌가?"

인이수는 아이의 셔츠를 밀어 올리고 등을 살폈다. 칼로 그은 상처가 얼기설기 엇갈려 지나갔다. 인이수의 손끝이 등에 닿자 보노는 몸을 웅크렸다.

"요새는 그놈들 안 만났니?"

"까불면 내가 칵 죽여버린다고 했더니, 안 덤벼."

다행이라고 이야기하기는 일렀다. 언제고 조직을 강화해서 반격을 가해 올 수 있기 때문이었다.

"엄마는 아빠가 좋아?" 인이수는 잠시 숨을 멈췄다. 이 아이가 뭐 알 만한 건 다 알고 있다는 느낌이 들었다. 그런 문제 하나 제대로 처결하지 못하는 남편이 야속했다.

"사람은 사랑으로만 사는 게 아니란다. 뭐랄까, 자기가 한 결정과 행동에 대한 책임이라는 게 있거든. 책임이 사랑보다 더 무거운지도 몰라. 예를 들면……."

"예는 안 들어도 돼, 우리 도덕 선생님은 믿음, 소망, 사랑 중에 사랑이 가장 중요하다던데."

선생님이 아마 기독교 신자인 모양이라고 설명해주었다. 그리고 인간은 영성을 지닌 존재라는 이야기도 했다.

"엄마 얘기가 틀릴지도 몰라. 세계평화는 핵무기가 있어야 유지된다는데. 지역의 평화는 총으로 이루어진대." 인이수는 '권력은 총구에서 나온다'고 했다던 모택동의 어록 한 구절이 떠올랐다. 그런데 한편으로 보노가 그런 이야기를 어디서 들은 것인지 하는 게 궁금하기도 했다.

서모시가 눈을 비비면서 침실 문을 열고 나왔다. 아이가 도덕선생 이야기를 하는 걸로 봐서, 선생은 아이들에게 왕이나 다름이 없어 보였다. 황제나 제왕에게 '믿음 소망, 사랑' 그런 건 사치스런 야바위나 다름이 없었다. 황제의 뜰에는 나무를 심지 않는 법이다.

鰐魚

24

톱카프 궁전

황제가 되려는 자가 황궁을 방문하는 건 황제의 위엄을 갖춘 자신의 이미지를 강화하는 심리적 강화장치이다. 황궁을 봐야 황제를 꿈꿀 수 있다. 황제를 꿈꾸어야 찬란한 보관이 머리 위에 얹히는 것이다. 대관식은 황제를 꿈꾸는 자에게 꿈이 곧 현실이라는 것을 확인하게 하는 의식이다. 황제를 꿈꾸지 않은 자가 황제가 되는 사례는 동서고금 역사를 뒤져봐도 없었다.

알리는 트라키아로 찾아온 어머니를 모시고 술탄의 궁전을 방문하기로 했다. 명목은 술탄에게 충성을 맹세한다는 것이었다. 당시 술탄은 지방장관(파샤)들을 불러 충성을 맹세하게 하였다. 특히 트라키아와 인접한 에피로스 지역은 유럽과 교류가 빈번하니만큼 오스만튀르크에게 등을 돌릴 기회가 많아 술탄이 경계를 게을리할 수 없는 지역이었다.

시인 스피키티오스에게는 황제를 칭송하는 시를 짓게 하고, 화가 조라포스에게는 술탄의 위엄이 가득한 초상화를 그려 바치게 할 생각이었다. 모친은 술탄의 열락과 영광이 넘쳐나는 하렘을 보는 게 소원이라서 모시고 가겠노라고 청원서에 적어 넣도록 했다. 그리고 알바니아 산간지역 수비대 역할을 한 공로도 적어서 거명했다.

이스탄불까지 여행은 긴 여정이었다. 트리칼라에서 테살리아를 거쳐 테살로니키에서 며칠 묵었다. 테살로니키에서 이스탄불까지는 배를 이용하기로 했다. 육로를 거치는 길은 너무 시간을 많이 소비해야 했다. 트리칼라에서 어떤 일이 벌어질지 알 수 없는 긴장감이 시간을 생각하게 했다. 시간을 단축해야 했다. 시간을 단축하는 데는 재정적 부담이 컸다. 유럽 사람들 말마따나 시간은 돈이었다.

알리는 모친과 마주 앉았다. 옆에서 시인은 모자간의 이야기를 기록하고 화가는 정담을 나누는 장면을 그림으로 그렸다.

섬들을 옆에 끼고 옥빛 감도는 바다를 미끄러져 가는 배 위에서 알리는 모친에게 지난 일들을 대강 보고하기도 하고 추억을 더듬기도 했다.

"세월도 참 무상하다. 너의 아버지가 돌아가신 지 벌써 35년이 지났으니 말이다."

"그렇게 말입니다. 어머니랑 산채를 이룩하고 돼지를 길러 생애를 도모한 세월이 그저 지나간 세월은 아닌 듯합니다. 화약 몇 통과 장총 하나 물려받은 내가 어머니 덕으로 파샤까지 되었으니 헛된 세월은 아니었지요."

"세상 이치라는 게 참 묘해서, 너의 원수가 너를 돕는 일도 있더구나. 파즈반토글루라는 자, 너보다 열네 살이나 어린, 그자의 반역이 없었더라면, 네가 어떻게 술탄에게 이름이나 알릴 수 있었겠느냐?"

당시 네그로폰테(Euboea)의 파샤를 도와 반역자를 물리치는 데 알리는 혁혁한 공을 세웠다. 뛰어난 기마술과 마상 사격이 전투를 승리로 이끌게 했다.

"오스트리아와 터키가 전쟁을 일으킨 것도 너에게는 큰 기회였다."

"맞습니다. 1787년부터 1791년까지, 자그마치 5년 동안 계속되는 전쟁이었지요. 사실 마음이 끌리기로 하면 오스트리아지요. 어머니도 아시지만 저는 오스만튀르크에게는 이를 가는 편 아닙니까? 우리 지방 가난한 백성한테 세금 걷어다 바치는 일은 내 살을 내가 베어내는 아픔이 돋아나는 그런 일이었습니다. 그런데 작은 일에 충성하였으므로 너에게 큰일을 맡긴다는 성경 말씀을 믿기로 했어요. 그게 오스만튀르크에게 통하리라고는 생각하지 않았습니다. 아내 롤로디아의 정교회 신앙이 나를 위무하고 조력한 셈이지요."

"그래 너의 처는 지금도 정교회에 나가느냐?"

"제가 자리를 지키고 있는 트리칼라가 메테오라와 가까워서 신앙의 분위기에 젖기 좋습니다. 알라신을 믿으라고 칼로 위협하지 않는 것만도, 술탄을 향해 절할 수 있는 요건이 되는 겁니다."

"술탄에 대한 충성이 네가 다스리는 땅 백성들에게 은택이 되어 돌아갈 수 있도록 해야 한다. 백성들이야 먹는 게 하느님이다." 먹고살기 위해 산적질을 한 것은 개인의 죄가 될 수 없었다. 그게 동족의 피땀 어린 재물을 갈취하는 일이지만, 그대로 둔다면 고스란히 술탄의 정부에 돌아갈 판이었다. 알리에게 산적질은 술탄의 것을 뺏아 먹는 일이었다. 그래서 당당한 것은 아니었다. 모친이 돼지를 길러 생계를 유지한 것은 술탄에 대한 적개심과 무관하지 않다고 자신의 심리를 들여다보고 있었다.

"술탄이 너를 잘 알아볼까?"

"아마 바나트(Banat) 전투 보고서가 술탄에게까지 갔을 터이니 기억할 겁니다."

"아직도 아마, 대개, 대충 그런 식이냐? 지도자가 되려면 철저해야 한다. 철저하려면 늘 확인하고 지나가야 한다. 그래야 칼을 맞고 아직 살아 있던 놈이 너의 등판에 칼을 꽂는 일을 당하지 않는다." 알리는 처음 남의 등에 칼을 꽂던 기억을 떠올렸다. 상대가 확실히 죽었는지를 확인하지 못한 것은 실책이었다. 그 실책에서 벗어나지 못할까 봐 어머니는 손에 피를 묻혀야 했다. 사실 오스트리아 터키전에서 자신이 올린 전과가 술탄에게 보고되었는지는 확인할 생각을 하지 못했다.

"전에 너의 외할아버지 뵈었을 때, 사람 많이 죽이지 않도록 하라고 당부에 당부를 거듭하셨다." 알리는 흠칫 놀라 가슴에 손을 얹었다. 이미 죽음 같은 것은 자신의 행동에 장애가 되질 않았다. 스스로 생각해도 두려운 일이었다.

"외할아버지 잘 계신가 모르겠네요."

"몹쓸 놈, 외할아버지 저승 가신 게 언젠데……." 한코나는 알리를 쳐다보며 혀를 츳츳 찼다.

톱카프 궁전에서 술탄을 만나기 위해서는, 접견 허가서가 나올 때까지 기다려야 했다. 술탄을 만나기 전에 궁전을 구경할 수 있는 허락이 떨어졌다. 의전 담당자가 나와 궁전을 안내했다. 알리의 모친 한코나에게는 특별히 수레를 빌려주어 타고 다니게 했다.

의전병은 아낙의 젖무덤을 나란히 늘어놓은 것 같은 데다가 연통을 낸 지붕을 가리키며 설명을 했다. 저는 이런 설명을 백 번도 더 했을 겁니다. 여러분은 제 이야기를 이미 누구한테 전해 들었을지도 모릅니다. 내가 사는 집을 누군가에게 설명하는 게 밥벌이가 될 줄을 어찌 알았겠습니까.

아무튼 저는 저에게 주어진 일을 낙타처럼 할 뿐입니다. 아, 저게 그 유명한 술탄의 주방입니다. 세상의 어떤 요리도 여기서 못 만들 것은 없습니다. 건축이 특이하지요? 같은 모양의 지붕이 죽 연결되어 있지만, 하나하나 독립된 공간으로 나뉘어져 있습니다. 주방이 서로 트여 있으면, 주방 사이에 냄새가 넘나들어 음식이 자기 고유의 맛을 잃을 수 있지 않아요? 그래서 음식 종류에 맞게 주방을 따로 만들었습니다. 예컨대 이런 식입니다. 피자 만드는 주방에 고기 굽는 주방 냄새가 못 들어가게 하고, 카레 요리하는 주방에 생선 냄새가 스며들지 못하도록, 그런 식으로 주방과 주방을 분리해서 각 방에서 만드는 요리가 제맛을 잃지 않게 합니다. 경우에 따라서는 음식을 먹는 사람의 신분에 따라 주방을 각자 따로 쓰기도 했습니다. 파샤와 술탄이 다른 방에 기거해야 하는 것과 같은 이치로 주방을 만들었습니다.

알리 파샤는 의전병의 설명이 귀에 들어오지 않았다. 저 인간은 저 지루한 이야기를 도대체 몇 번이나 반복하고 있을까. 그러나 파샤와 술탄을 갈라놓는다는 이야기는 귀에 들어와 박혔다. 아무튼 알리 파샤에게 반복이라는 건 금물이었다. 날마다 새로운 일을 만들고, 새로운 영토를 정복해야 살맛이 났다.

"술탄이 다스리는 나라는 세계 모든 나라의 아버지나 마찬가집니다. 어느 나라든지 술탄 앞에서는 머리를 숙여야 하고, 대신에 술탄은 외국 사신들에게 최고의 대접을 했습니다. 외국 사신들한테는 최고의 요리를 대접했습니다. 중국 사신이 왔을 때는 사람 고기를 요리해서 내놓기도 했습니다. 황제에게 자비는 없는 법입니다. 나이 어린 인간의 고기를 선호하는 악마 같은 사신들이 있었는데, 그런 사신은 술탄이 직접 나서서 목을 날려버렸습니다. 술탄은 무한히 너그럽고 무한히 잔인합니다. 잔인한 게 아니라 용감하지요. 용감해야 사람을 맘대로 처단하고…… 중국에서는 전쟁에 승리하면 패배한 나라 사람들 고기를 베어다가 요리해 먹었다잖습니까? 불쌍한 사람끼리 자기들 스스로 불쌍해서 하는 소리지요."

"그만하시오. 아무리 술탄이라지만 사람을 그렇게 다루는 건 하늘의 벌을 받을 일입니다." 한코나는 아들 알리 파샤를 쳐다보았다. 알리 파샤는 얼굴이 굳어 보였다. 의전병은 신이 나서 하던 설명을 그만두고, 하렘 쪽으로 향해 가고 있었다.

"술탄을 가까이서 모시는 일은, 잘 아시는 것처럼 예니체리들이 합니다. 저도 예니체리 신분입니다." 그러고 보니 얼굴에 수염발이 잡히지 않고 목소리가 고왔다.

술탄의 친위대라고나 할까, 그런 조직이 예니체리였다. 본래 새로운 군대라는 뜻이었다. 의전병은 자신이 예니체리라면서 이야기를 계속했다.

"예니체리가 술탄, 이슬람 황제의 친위대니까, 의당 왕비나 공주들 일을 보살펴야 하는 경우도 있겠지요? 그런 업무를 담당하는 예니체리들은 일찍 거세를 해서 특별한 프로그램에 따라 따로 양성합니다. 남성을 잃은 대신 명성을 얻고 살지요."

사람이 목숨을 사는 데 남자면 어떻고 여자면 어떠랴 하는 생각으로, 알리 파샤는 어머니 한코나를 그윽이 쳐다봤다. 알리 파샤 자신의 어머니, 한코나는 몸은 여자지만 남자 못지않은 여걸이었다.

의전병은 뜻밖으로 알리 파샤의 모친 한코나가 하렘에 관심이 있다는 것을 기억하고 있었다. 술탄 친견서에 어머니의 소원을 적어놓기는 했지만 그걸 의전병까지 기억한다는 것은 술탄의 배려가 얼마나 각별한지를 알려주는 징표와 같았다. 의전병이 설명했다.

"하렘은 술탄이 지배하는 나라에서 궁녀들을 모아 관리하는 구역을 지칭하는 이름일 뿐입니다. 본래 집안에서 여성들이 거처하는 지역으로 지근(至近)의 남자들이나 출입할 수 있는 공간이었는데, 이슬람 궁궐이 외부에 알려지면서 궁궐의 여성들이 이용하는 전용 공간을 지칭하는 말이 되었습니다. 그리고 거기 기거하는 이들을 오달리스크라고 하는데, 터키어로 '오다'가 방을 뜻하고, 내실에서 궁녀들 시중을 드는 여자 노예를 뜻했습니다. 오달리스크 가운데는 술탄의 시중을 들던 여성들도 포함되어 있습니다."

"단지 시중만 들었나요?" 한코나의 질문이었다.

"술탄의 소실은 사르타나라고, 다른 이름으로 부릅니다. 사르타나와 함께 궁녀로 호칭되던 그들은 규모가 비대해져, 숫자가 천 명에 달하는 때도 있었습니다. 지금은 한결 줄어들었습니다. 외국에서 사신으로 오는 귀빈들에게는 궁녀들과 밤을 지낼 수 있게 특별히 배려하는 경우도 있습니다."

한코나는 아들 알리 파샤를 흘금 쳐다봤다. 근간에 파샤 궁전에 하렘을 만들어놓고 여자들을 동원하고 있다는 이야기를 한코나는 전해들었다. 말 타면 경마 잡히고 싶어진다는 격이었다. 습속이라는 게 무서웠다. 아들 알리 파샤가 그런 길로 들어서는 것을 한코나는 역겹게 생각하고 있었다. 이전에 파샤라는 사람들 살아간 것과는 뭔가 다른 방식으로 살기를 소망했던 한코나로서는 아들 알리 파샤가 원망스럽기까지 했다. 파샤를 하든 술탄이 되든 인간이 인간답게 사는 세상을 만들어야 할 게 아닌가 싶었다. 경계를 하면서도 악습에 물들어 가는 게 인간의 한계인지도 모른다는 생각이 들었다. 자신이 살아온 생애가 그와 다르지 않았다.

내정을 돌아보고 숙소에 들었다. 저녁 식사 전에 차가 나왔다. 차를 마시면서 이야기를 나누었다. 한코나가 말머리를 내놓았다.

"인간의 관능적 욕구와 호화로움에 대한 취향은 끝을 알 수 없는 구렁텅이 아니겠느냐. 나야 그런 일과는 아예 인연이 닿지를 않는 인간이다. 그러나 다시 생각해보면, 그렇게 호화롭게 안락을 누리면서 산들 그게 무엇이겠느냐. 언젠가는 바람처럼 아무 자국도 남기지 못하고 지나가고 말 것이 아니더냐. 관능은 하잘것없는 터라서 지금 이 순간에도 지나가는, 지나가고 있는 것이 아닌가. 그리고 다가올 것은 막연하고 두려움의 영역에 드는 것이다. 이렇게 가뭇없이 사라지는 존재에 대해 이야기를 들어야 하는 군주들과 부인들이 이 궁전에서 살았다. 그게 다 헛되고 헛된 짓이다. 모름지기 인내와 지혜로 생을 도모해야 한다. 삶은 누리는 게 아니다. 한번 견뎌보라고 하느님이 인간을 시험하는 과정이, 그게 인생이다."

알리 파샤는, 모친 한코나가 자기 자신을 거짓으로 포장하고 있는 게 아닌가 그런 의문을 가졌다. 호화로움을 누려보지 못한 인간은 그 호화로움에 대해 경탄할 줄 모른다는 생각과 함께.

어머니 한코나 얼굴에 떠오르는 깊은 주름이 알리의 가슴을 아리게 했다. 한 주일 후면 70회 생일이었다.

鰐魚

가난한 자의 보석

25

그날이 인이수의 서른네 번째 생일이었다. 아무도 생일을 챙겨주는 사람이 없었다. 남편 서모시는 물론 양쪽 집 어른들 편에서 전화를 해오지도 않았다. 인이수는 얼굴을 만지다가 거울을 자세히 들여다보았다. 눈가에 주름이 잡히기 시작하고 양쪽 볼에 잡티가 까뭇까뭇 돋아나는 게 보였다.

"오늘이 무슨 날인지 아셔?" 창밖을 내다보고 있는 서모시에게 인이수가 물었다.

서모시는 금방 대답을 하지 못했다. 어투가, 어떤 꼬투리를 잡기로 작정한 것처럼 들렸다.

"당신의 오늘과 나의 오늘은 같은 오늘이 아냐. 각각 자신의 오늘이 있을 뿐이야." 서모시가 뭔가 속이 틀려 돌아간 듯 말했다.

"그 말, 야박하다는 생각 안 들어?" 인이수는 서모시에게서 시선을 거두었다.

"그럼 오, 마이 베터 하프, 그런 버터 냄새 나는 소리 듣고 싶은 거야?"

"이렇게 다투지 말고, 귀 좀 빌려봐." 인이수는 서모시의 어깨에 팔을 걸어 자기 쪽으로 이끌어 대고 귀에다가 속삭였다.

"사실 말야, 나 외롭거든. 자기는 자기 일만 알지 나는 거들떠보두 않잖아. 그게 자기 실존을 버텨가는 방법인지 몰라두, 내가 당신 실존의 겉껍질 노릇을 하면 안 되잖아. 껍질이 튼실해야 알맹이도 옹골차지. 아무튼…… 이렇게 얘기해도 잘 모르겠어?"

"오늘이 당신 생일이지, 그렇지?"

"그렇게 알면, 진주 박힌 반지라도 하나 사줄래?"

손으로 머리를 짚고 있던 서모시가 빙긋 웃으면서 말했다.

"진주가 눈물이라는 거, 당신 잘 알잖아. 그리고 나한테 모조품이나 짝퉁이 사달라는 건 날 짝퉁이 취급하는 거라구. 경제적으로야 빈충이지만, 나만큼 이념 옹골찬 인간도 없어."

"그거 변명이란 생각 안 들어?"

"변명? 소크라테스도 자신을 위해 변명을 했지 않던가? 그게 존재감을 살려가는 방법일 수도 있다는 거야."

인이수는 눈을 꾹 감았다. 박지남을 만나야 하겠다는 생각을 하면서였다.

전공을 문학에서 역사학으로 바꾼 서모시는 김득신이 연결해주는 잡문 쓰는 걸로 아르바이트 거리를 삼았다. 김득신은 소설가로 등단해서 맹렬한 활동을 하는 중이었다.

서모시는 이따금 글을 써가지고서는 인이수에게 보여주었다. 때로는 어떤 글을 쓰기 위한 자료로 삼을 요량으로 메모 형식으로 남의 글을 전사해두기도 했다. 답답한 인간……! 박지남은, 터키야말로 블루오션이라면서 터키어를 공부한다고 했다. 외국어 실력으로야 서모시도 빠지라면 서운할 터이지만, 도무지 실용성이 없었다. 남은 생애를 자신이 벌어서 생계를 유지해야 한다는 현실이 목을 조여왔다.

"과거 역사 속에 미래가 있어. 보석만 해도 그렇지. 이런 거 알아?"

서모시는 노트북을 인이수 앞으로 밀어놓았다. 읽어보라는 눈치였다. 누구나 아는 이야기를 남편은 보물처럼, 경전을 사경하듯, 써먹을 만한 에피소드를 노트북에 입력해놓고 있었다. 에피소드를 모은다고 해서 그게 논리가 서는 서사가 만들어지는 것은 아니었다. 서모시가 인이수에게 보여준 것은 이른바 『한비자(韓非子)』 화씨편(和氏篇)에 나오는 이야기를 그대로 옮겨놓은 것이었다. 인이수는 참 딱하다는 생각과 함께 서모시의 노트북을 앞으로 당겨놓았다.

중국 전국시대 때, 초(楚)나라에 화씨(和氏)란 사람이 있었는데, 그는 옥을 감정하는 사람이었다. 그가 초산(楚山)에서 옥돌을 발견하여 여왕(厲王)에게 바쳤다. 여왕이 옥을 다듬는 사람에게 감정하게 하였더니, 보통 돌이라고 했다. 여왕은 화씨가 자기를 속이려 했다고 생각하여 발뒤꿈치를 자르는 월형에 처해 그는 왼쪽 발을 잘렸다. 여왕이 죽고 무왕(武王)이 즉위하자, 화씨는 또 그 옥돌을 무왕에게 바쳤다. 무왕이 옥을 감정시켜보니 역시 보통 돌이라고 하는 것이었다. 그러자 무왕 역시 화씨가 자기를 속이려 했다고 생각하고는 오른쪽 발을 자르게 하였다.

무왕이 죽고 문왕(文王)이 즉위하자, 화씨는 초산 아래에서 그 옥돌을 끌어안고 사흘 밤낮을 울었다. 나중에는 눈물이 말라 눈에서 피가 흘렀다. 문왕이 이 소식을 듣고 사람을 시켜 그를 불러 "천하에 발 잘리는 형벌을 받은 자가 많은데, 어찌 그리 슬피 우느냐."고 까닭을 물었다. 화씨가 "나는 발을 잘려서 슬퍼하는 것이 아닙니다. 보옥을 돌이라 하고, 곧은 선비에게 거짓말을 했다고 하여 벌을 준 것이 슬픈 것입니다."라고 말했다. 이에 문왕이 그 옥돌을 다듬게 하니 천하에 둘도 없는 명옥이 모습을 드러냈다. 그리하여 이명옥을 그의 이름을 따서 '화씨지벽(和氏之璧)'이라고 이름하게 되었다.

"이런 걸 왜 나더러 읽어보라는 거야?" 인이수의 질문에 서모시는 아무 대답이 없었다.

아내 인이수가 보았을 때, 남편이 옮겨 적어놓은 것은 어딘지 납득이 잘 안 가는 구석이 있었다. 화씨라는 작자가 옥을 감정하는 명장이라면 마땅히 옥을 가공하는 기술자를 알고 있었을 터이다. 그렇다면 그 기술자를 시켜 옥을 가공해서 그게 천하의 보옥이라는 것은 임금들이 한눈에 알 수 있게 할 것이지 두 다리가 다 잘리는 형벌을 당하도록, 미련퉁이처럼 박옥(璞玉) 그대로 군주에게 바치는 것은 이해하기 어려운 구석이었다. 아니면, '보옥을 돌이라 하'면서 사실을 왜곡하는 현실에 대한 비판으로 만들어낸 스토리텔링일 수도 있었다. 달리 생각하면 '곧은 선비에게 거짓말을 했다고 하여 벌을 주는' 슬픈 현실에 대한 비판으로 읽힐 수도 있는 텍스트였다.

"우직하기도 해라, 화씨는 나중에 어떻게 되었지?"

"늙어서 죽었겠지."

"그걸 누가 몰라? 식상하다."

"한 번 더 반전을 줄까? 왕비가 바람이 나서 그 옥을 내연남에게 넘겨주고, 이웃 나라에서 그 옥을 욕심 내서 쳐들어오고, 그렇게 변전을 거듭하는 가운데 옥의 행방이 사라지는 것으로 말야. 그런 건 이미 역사적으로 실현된 것이라서 별로 신통할 게 없어."

인이수는 고대 중국의 형벌제도에 대해 생각하고 있었다. 신체 일부를 잘라버리는 형벌, 평생을 불구로 살게 하는 그 형벌의 정당화하는 논리는 무엇인가? 그런 형벌에 대해 분연히 들고 일어난 사례가 왜 없는 것일까. 그런 생각 끝에 서모시가 엽기적인 형벌제도를 관음증 환자처럼 즐기고 있는 것은 아닌가, 그런 의문이 들었다. 인이수는 서모시를 측은한 눈으로 쳐다보았다.

서모시는 컴퓨터 화면을 스크롤해서 아내 인이수에게 보여주었다. 간단한 문장이었다.

그후 이 화씨지벽은 조(趙)나라 혜문왕(惠文王)의 손에 들어갔는데, 진(秦)나라 소양왕(昭襄王)이 이를 탐내 15개의 성(城)과 맞바꾸자고 하는 바람에 양국간에 갈등이 조성되기도 했다. 이에 연유하여 화씨지벽은 '연성지벽(連城之璧)'이라고도 불렸다. '화씨지벽'은 또 '변화지벽(卞和之璧)'이라고도 하고, 줄여서 '화벽(和璧)'이라고도 한다.

아무 의미도 찾을 수 없는 이런 문장 복사물을 보여주는 것인지 짐작이 안 갔다. 인이수는 서모시가 왜 보석에 집착하는지 궁금했다. 인용한 문장에 나오는 보석 이야기를 자신의 문제와 연관짓는 건 우스운 일이었다. 무엇보다 이야기 함량이 떨어졌다.

"내가 말야, 당신 인이수한테 얼마나 미안해하고 있는지 모르지? 어머니가 사준 다이아 팔아서 진주를 사가지고 목에 걸어주는 알량한 남편이잖아. 미안해……."

"그렇게 생각하지 말아요. 하나도 아쉬움 없어요. 당신 학위 받는데 들어가는 거라면, 언젠가는 본전 빼겠지."

" 난 근본적으로 공부할 재목이 아냐. 헛짓을 하는 것 같아."

"학문 못 하면, 그렇다 치고, 그럼 자기가 잘 할 수 있는 게 뭔데?"

"아마도 나는 관광 가이드나 해야 할 작자야. 기억력 하나는 끝내주잖아……. 보노 이놈은 왜 안 들어와?" 인이수는 적이 놀랐다. 박지남이 똑같은 소리를 한 적이 있었기 때문이었다. 혹 둘이 어떤 약속을 한 건 아닌가, 그런 의문이 스치고 지나갔다. 박지남과의 관계를 알면서 능청을 떠는 건 아닌가, 가슴이 먹먹해왔다.

그렇게 중얼거리면서 방 안을 어슬렁거리다가, 서모시는 인이수에게 다가와 목을 끌어안았다. 팔에 이상하게 억센 기운이 느껴졌다. 그건 일종의 위협 같은 것이기도 했다. 언제든지 목을 졸라 죽일 수 있다는 암시 같은 것은 아닌가 싶었다. 인이수는 서모시의 팔을 거세게 밀어제쳤다. 서모시가 후유 숨을 내쉬고는 인이수를 쳐다봤다. 무엇인가 간절히 이야기하고 싶은 게 안에 일렁거리는데, 그게 밖으로 튀어나오지 않는 걸 안타까워하고 있는 듯했다.

"저어 말이지, 존 스타인벡이라는 미국 작가 알지? 『불만의 겨울』, 더 윈터 오브 아우어 디스콘텐트, 셰익스피어에 나오는 구절이라잖아. 그거 쓴 작가의 소설 가운데 「진주」, 더 펄이라는 게 있어."

"아, 그거, 나도 읽었어."

"내가 요약한 건데 볼래?"

서모시는 영문으로 된 자료를 찾아 인이수 앞에 들이밀었다. 인이수는 화면을 훑어가면서 요약한 스토리를 확인했다. 현관 도어락 여는 소리가 들렸다. 보노였다.

"오늘 말야, 내가 명사수 됐어. 고딩이 형들이랑 시합했는데, 형들은 졸라 못 쏘는 거야."

"잘했다!" 아무런 생각 없이 튀어나온 말이었다. 그러나 정말 잘한 것인지는 고개가 갸웃해졌다.

"학교서 뭐가 재미있니?" 인이수가 물었다.

"시시해, 모두 시시해. 다 아는 거걸랑. 선생님들은 무식해. 루저들 같아." 보노는 자랑인지 따분하다는 건지 그렇게 대답했다.

"돌다리도 두드려보고 건너랬단다. 겉넘지 말도록 해라." 서모시가 근엄한 표정으로 말했다.

"돌다리 두드려보고 건너는 놈들은 사이코야. 돌다리 두드리고 있는 사이 딴 놈들은 저만큼 가 있을 건데." 하기는 보노의 말이 맞는 면이 있었다.

"아버지가 외국 작품을 요약한 건데, 네가 좀 읽어드려라."

"리딩 슬레이브? 이솝도 교육노예였대, 그리스 말로 페다고고스라 잖아……."

"보노 너, 너무 빨리 앞서 나가는 거 아니니?" 인이수가 걱정스럽게 물었다.

"지식의 진보에 너무 빠른 게 어디 있어?" 보노가 불만스럽게 말했다. 어른들 말대꾸하기 싫다는 듯이 보노가 모니터에 떠 있는 글을 읽었다.

대개 그렇지, 행불행이 교차해야 이야기가 재미있거든. 젊고 기운 센 어부 키노가 평화촌이라는 마을에, 아내 후아나와 아들 코요티요트를 데리고 살았대. 어린 아들 코요티요트가 돌아다니다가 전갈한테 쏘였는데 병원비가 없었지. 얼마 안 되어서 키노는 바다에서 커다란 진주를 하나 건져 올렸고, 그걸 팔아서 아이 병원비를 쓸 작정이었대. 안되었지만 키노에게 악운이 닥쳤어. 진주를 건져옴과 거의 동시에 마을 전체가 키노가 진주를 얻었다는 것을 알아버린 거라. 그러면서 그게 '세계적인 진주'라고 떠들어대면서 사람들이 그걸 탐내기 시작한 거야. 그날 밤 어떤 놈이 진주를 노리고 집에 침입했어. 이래선 안 되겠다 싶어 다음 날 아침 키노는 진주상회를 찾아갔대지. 그런데 진주 거래상은 이미 밀약이 되어 있어서 그 진주를 안 사겠다고 했대. 키노는 산 너머 도회로, 좀더 나은 값을 받을 수 있을 거란 소망을 가지고, 다른 진주거래상을 찾아간 거야.

마누라가 문제를 일으켰어. 어부의 아내 후아나는 그놈의 진주가 악운과 탐심을 불러온다 생각하고 밤에 그걸 몰래 바다에 던져버리려고 훔쳐가지고 나갔던 거야. 그걸 남편한테 발각당했어. 키노는 아내를 붙들어 후려팼고 바닷가에 아내를 남겨둔 채 진주만 빼앗아가지고 집으로 돌아왔다는 거야. 그날 밤 낯모르는 놈이 진주를 탐해서 키노를 들이쳤는데 되레 키노에게 맞아 죽고 말았어. 그때 진주는 땅에 떨어져 자취를 감추었다는 게야. 키노는 진주를 그놈이 가져갔다고 생각했는데, 아내 후아나가 진주를 찾아서 남편 눈앞에 들이댔다네. 내외가 마을로 돌아왔을 때 그들의 집은 불붙어 타오르기 시작했고, 그날 키노 내외는 키노의 동생 집에 숨어지내면서 도회로 나갈 채비를 하고 있었어. 그들은 자기들 진주를 괜찮은 값으로 팔 수 있기만을 고대했지.

키노 내외는 아들을 데리고 밤중에 길을 나섰어. 아침에 잠시 쉰 다음, 키노는 자기들을 따라온 놈들이 있다는 것을 알아챘지. 추적자 놈들을 따돌릴 수 없다고 생각한 키노 내외는 산으로 치달아 올라가기 시작했다는 거야. 키노는 수원지 동굴에 가족과 함께 숨어서 추적자들이 다가오기를 기다렸다는군. 키노는 자기들이 도회에 갈 수 있으려면 추적자들에게서 벗어나야 한다는 걸 알았지. 그들이 놈들을 공격할 준비를 하고 있을 때 어디선가 아이 울음소리가 들렸는데, 그건 눈에 불을 켠 코요티요트라고 생각했어. 놈들 가운데 하나가 울음소리가 나는 방향으로 총을 발사했지. 거기 후아나와 아들이 누워 있었던 거야. 키노는 놈에게 덮쳐 총을 빼앗고 그 총으로 도당을 모두 죽여버렸지.

키노는 그때서 무엇인가 잘못되었다는 걸 훤하게 알게 되었대. 동굴로 기어 올라갔을 때 거기 아들 코요티요트가 놈의 총에 맞고 죽어 있는 걸 발견한 거야. 키노 부부는 죽은 아들을 안고 흐느끼면서 평화촌으로 돌아왔지. 진주가 필요없어진 키노는 그걸 바다에 던져버렸다누먼. 그들 살아가는 사회의 신분에서 벗어난 벌로 그들은 점점 더 간고한 삶을 살아야 했어, 철저하게 고립되어서.

"그래, 잘 읽었다." 서모시가 의례적인 반응을 보였다.

"읽으면서, 내가 무슨 생각을 했는지 아버지가 모르잖아? 그렇지? 그런데 어떻게 잘 읽었다고 해?"

사실 그랬다. 보노의 머릿속 생각을 알지 못하는 처지에 잘 읽었다고 하는 것은 의례적인 말일 뿐이었다. 의례적인 말은 거짓이었다. 의식 내용에는 관심이 없고, 아버지 말을 들어준대서 잘 했다는 것은 사실 거짓이었다. 서모시는 논리가 흔들리고 있었다.

"집에 침입한 놈은 총으로 두두두 갈겨버려야지. 바보 같은 자식……."

인이수는 아들 보노가 무섭다는 생각이 들었다. 무슨 일을 저지를지 알 수 없는 시한폭탄 같은 애로 성장하는 게 겁을 먹게 했다. 인이수는 화제를 돌리고 싶었다.

"그래, 진주는 눈물을 불러온다잖아. 그래서 신혼 때 예물로 진주를 안 하는 집안도 있다더라구. 다이아몬드는 어떨까?"

"또 다이아몬드야? 내가 그 얘기는 그만하자고 했잖아……."

인이수는 서모시가 다이아몬드에 집착하는 게 너무 안쓰러웠다. 학위논문 준비하는 데 돈이 모자란다고 해서, 별다른 생각 없이 다이아 박힌 반지를 팔아서 자기 것은 진주로 된 걸 하나 사고 나머지는 남편에게 쓰라고 건네준 것일 뿐인데, 남편이 그걸 가슴에 새기고 있다는 것은 고맙기도 하고, 달리 생각하면 그 일에 너무 집착하고 있는 게 안쓰러웠다.

"신문에서 본 건데, 인간들이 너무 엽기적이야. 새로운 식인 시대에 살고 있어, 우리가."

"무슨 이야긴데 엽기적이니 뭐니 그래요?"

"남자애들한테 다이아몬드를 먹여서 비행기를 태우고, 배변 시 창자에 걸려 잘 안 나오면, 그걸 빼내기 위해 배를 째고 수술한다는 거야……." 서모시는 잠시 마른기침을 컥컥 내뱉았다. 그러고는 이어서 이야기를 했다.

"이런 경우도 있다는 거야, 불알을 발라내고 그 안에다가 다이아몬드를 숨겨서 옮기고는 다시 칼로 가르고 다이아몬드를 빼낸다는 거야."

여성들의 음부나 남성들의 항문에 귀금속을 숨겨 오다가 공항에서 들키는 일은 흔히 보도되는 것이기 때문에 있을 법한 이야기였다. 그러나 소년들을 그렇게 이용한다는 이야기는 처음이었다. 그렇게까지야, 그러나 인이수는 한숨이 후유 저절로 내뱉어졌다.

"보노 넌 어서 가 자라!"

보노는 낮에 과학실에서 〈인체의 신비〉라는 다큐멘터리를 본 게 자꾸 떠올라 쉽게 잠들지 못했다. 낮에 감독선생한테 들은 얘기가 자꾸 눈앞에 맴돌았다.

명사수는 갈비뼈 밑으로 간과 허파를 스치면서 총알이 빠져나가도록 쏘아야 한다는 이야기는, 와아 귀신이다, 그런 탄성을 지르게 했다. 심장을 겨냥해 명중하거나 머리통을 박살내는 사수는 총 잡을 자격이 없다는 것이 감독 선생의 말이었다. 살려놓고 고통스럽게 시간을 끌다가 죽게 해야 프로라는 것이었다.

감독선생은 서보노에게 홀리 시티라는 이스탄불의 술탄이나 다름이 없었다.

26

鰐魚

술탄의 그늘

술탄, 그것은 황제의 다른 이름이었다. 황제를 만난 생각을 하면 알리의 가슴은 스스로 제어하기 어려울 지경으로 방망이질을 쳤다.

술탄을 만난 것은 큰 성과였다. 시인 피스키티오스와 화가 조라포스가 알리를 도왔다. 시인 피스키티오스는 술탄의 위엄 어린 모습을 노래했고, 화가 조라포스는 술탄이 말을 탄 모습을 그림으로 그렸다. 술타이 말에서 내리자 시인 피스키티오스가 술탄을 칭송하는 시를 읊었다.

> 하늘이 내신 인간이여
> 그대 위엄은 하늘에 치솟고
> 인자한 얼굴에 번지는 미소
> 부드러운 바람으로 해협을 건너오도다.

시인이 술탄 앞에서 무용하듯이 팔을 흔들고 몸을 움직이면서 시를 읊었다. 술탄의 눈이 꼬부장하니 굽어들면서 알리 모자를 바라보는 모습은 훈풍이 감돌고 공감 가득한 인정이 넘쳐났다. 알리는 시인의 역할이라는 게 무엇인지를 알 듯했다. 어느 인간이 자기를 칭송하는데 침을 뱉고 일어날 것인가. 외할아버지가 들려준 이야기 가운데에도 그런 게 있었다. 황제의 입맛을 맞추기 위해 자식을 잡아 삶아 바쳤다는 동양의 어느 신하 이야기였다.

시인이 시를 읊고 화가가 그림을 그리는 동안 술탄은 알리의 어머니 한코나의 손등에 키스를 했다. 알바니아에서 그리스를 넘어 이스탄불까지 여성의 몸으로 자기를 찾아준 것에 대해 경의를 표했다. 당신이야말로 피로스 왕의 자손을 길러낸 위대한 모상이라고 칭찬을 거듭했다.

술탄은 알리의 포부를 물었다. 발칸반도 전체를 술탄의 영토로 확고하게 다지고, 발칸반도 서쪽 이오안니나를 이스탄불의 또 다른 수도로 삼아 해양제국을 건설하는 데 충성을 다하겠다고 자신의 포부를 털어놓았다.

"좋소이다, 알리 당신을 에피로스의 파샤로 임명합니다." 그렇게 약속을 했다. 알리는 술탄의 앞에 무릎을 꿇고 거퍼 절을 했다. 그러고는 신발코에다가 키스를 했다. 술탄은 알리의 등판을 꼿꼿한 눈으로 꼬나보았다.

술탄의 궁전을 물러나와 상가가 늘어선 길로 들어서면서였다. 앞서 말을 몰고 가는 부장의 뒤를 따라가던 알리는, 자기 눈을 의심했다. 낯익은 목이 성문 앞에 창끝에 꿰인 채 걸려 있었다. 사촌 조다도라이스의 얼굴에는 피범벅이 되고 이마는 함몰되어 들어가 있었다. 그렇게 잔인하게 일그러진 목을 본 것은 처음이었다. 더욱 놀라운 것은 사촌의 목 옆에 부하 아리오토스의 목이 걸려 있는 것이었다.

알리는 자기 성으로 돌아오는 동안 가슴이 쾅쾅 무너지는 소리를 끝없이 들었다. 마치 자신의 앞날을 예시하는 것 같은 불길한 기운이 길위에 어른거렸기 때문이었다.

아내 롤로디아는 말을 타고 돌아오는 알리를 보자마자 울음을 토해냈다. 짐작은 하고 있었다. 짐작하기보다는 눈앞에 전개되는 광경이었다. 알리 모자가 술탄을 찾아간 것을 알지 못하는 사촌이 알리를 만나자고 찾아왔었다.

메초보에서 대대로 은세공업을 하던 아로구로스(αρογυρος) 집안은 시대의 변화를 따라 무력집단을 키워가고 있었다. 병사들을 모아 은빛 투구를 씌워 가두 행진을 하곤 했다. 그 가운데는 술리오테스 몇이 끼어 있었다.

알리 파샤는 후일을 위해서는 술리오테스를 매수해두어야 한다는 집착에 시달렸다. 자기 혼자만의 능력으로는 힘겨워 사촌의 도움을 받기로 하고 그들을 설득하는 데 필요한 자금을 사촌에게 위탁했던 터였다.

술리오테스들은 그리스어와 알바니아어를 동시에 사용했다. 대부분 정교회 신자들이었다. 알리 파샤로서는 이중적인 관계에 놓인 셈이었다. 알바니아와 연관된 하나의 코드와 그리스와 연관된 다른 코드가 꼬여 있었다.

아로구로스 집안에서 알리 파샤의 사촌 조다도라이스를 제거하기로 나섰다. 알리 파샤의 음험한 의도를 간파한 것이었다. 조다도라이스는 아로구로스 집안 군인들에게 잡혔고, 그 대장이 목을 잘라 알리 파샤의 성 앞에 효수(梟首)를 했던 것이었다.

알리 파샤는 이를 갈았다. 자기한테 에피로스를 다스리는 발령장이 나오면 술리오테스를 작신 부숴 없앨 작정이었다.

알리는 술탄의 결심이 변개되지 않게 하기 위해 술탄에게 선물을 보내고 싶었다. 이오안니나의 미소녀들을 뽑아서 술탄의 하렘에 보낼 작정이었다. 술탄에게 선물을 보내기 전에 발령장이 전달되었다. 알리가 그리스 서부 에피로스의 파샤가 된 것이었다. 파샤가 된 알리는 이오안니나에 자리를 잡자마자 복수극을 전개하기 시작했다. 술리오테스에 대해 복수를 하지 않고는 견딜 수가 없었다. 고향이라든지 신앙에서 보자면 동지애를 발휘할 만한 대상이기도 했다. 그러나 사촌을 그렇게 잔인하게 죽여 목을 성문에 걸어둔 족속을 그대로 방치하는 것은 참을 수 없는 치욕이었다.

알리 파샤는 인접 지역의 파샤들 도움으로 군대를 조직해서 술리오테스를 치러 나섰다. 결과는 참패였다. 그것은 총이 칼을 무찌른 전투였다. 술리오테스들은 총을 제대로 구비하고 있었다. 알리 파샤의 병사들은 분대별로 두어 사람만 총을 구비하고 나머지는 칼을 들고 대적했다. 알리 파샤는 주먹으로 가슴을 치면서, 아르코뤼코스와 협조해서 총기를 장만해두지 못한 것이 후회막급이었다.

알리 파샤는 트리칼라에 파샤로 부임할 무렵부터 유럽 쪽에 눈길을 두고 있었다. 산골의 촌티를 바다에서 씻고자 하는 복수심이 가슴 밑바닥에 깔려 있었다. 특히 나폴레옹 보나파르트와는 자별하게 지내고 싶어 했다. 그러나 보나파르트와 만날 기회가 없었다. 알리는 방법을 달리하기로 했다. 과수댁이 된, 나폴레옹 보나파르트, 즉 나폴레옹 1세의 어머니 레티치아 라몰리노(Letizia Ramolino)에게 편지를 보냈다. 시인이 구사하는 연서의 문체는 미려하고 우아했다. 어머니 한코나가 외로움에 휩싸여 있는 것을 보면서 보나파르트의 모친 심정을 짐작했다. 외로움에 대한 공통항이 감정의 전이를 가져온 것인지 언젠가는 만날 날이 있을 거란 답신을 보내왔다.

아들 보나파르트는 일에는 민첩하고 말수가 적었다. 젊은 장교들이 보나파르트를 적극 지원하지 못하고 외도는 경우가 허다했다. 그들을 누군가는 뒷바라지해주어야 한다는 게 레티치아의 본심이었다.

공교롭게도 알리 파샤와 나폴레옹 보나파르트가 맞닥뜨리는 일이 생겼다. 알리가 파샤로서 일하기 시작한 지 10년으로 다가가는 시점이었다. 알리 파샤는 자기가 다스리는 영토를 해양으로 넓혀가기 위해 집요하게 준비를 해왔다. 테펠레네나 트리칼라처럼 산골짜기에 처박혀서는 넓은 세계를 경영할 방법이 없었다. 산이 높을수록 인간의 심성은 좁아지게 마련이었다. 알리에게 산은 숭배의 대상이 되지 못했다. 그나마 외할아버지가 안목을 넓게 가질 수 있는 것은, 산간 도시지만 길로 연결되어 이스탄불로 통하는 길목에 자리잡고 살기 때문이었다.

나폴레옹은 프랑스를 중심으로 이탈리아, 독일, 오스트리아 등 내륙의 국가들을 자기 영토로 검어들여 제국을 형성했다. 그리고 약간 늦게 눈을 돌린 것이 에게해였다. 섬 출신자의 콤플렉스를 풀어가는 필수 과정으로, 대륙을 점령하다가 자기 본향으로 돌아가 고토를 회복하려는 것처럼 에게해에 침을 흘렸다.

그리스 중서부 에피로스주에 연한 해안도시들, 사란더, 프레베자,

이구메니차 같은 도시들은 에게해로 진출하기 맞춤맞은 기지들이었다. 그런데 그 도시들을 오스만튀르크가 점령하고 있었다. 알리 파샤가 성주로 있는 이오안니나의 관할도시들이었다. 이오안니나에서 지근거리 남쪽에 이구메니차, 파르가, 프레베자 그런 항구들이 천연의 요새를 형성하고 있었다. 유럽 전체를 먹어치우려는 나폴레옹으로서는 군침을 삼킬 만했다. 그러나 만만치 않았다. 보안과 수비가 철통 같았다. 알리 파샤는 도시들을 순방하면서 심호흡을 거듭했다.

"영웅이 땅에 대해 애착을 갖는 건 말일세, 그 자체가 영웅다움을 증명하는 일이 아니던가?" 알리 파샤는 시인을 떠보면서 등자에 힘을 주어 말의 배를 찼다.

"인간이 깃들이는 땅에는 무지개가 서야 합니다."

"그게 무슨 소린가?"

"백성들이 꿈을 꿀 수 있게 해주어야 한다는 말씀이지요."

"꿈을 누가 대신 꾸어준다는 게야?"

"그 말씀이 아니라 각하께 충성하면 억울하게 죽지 않고, 굶지 않고, 맘 놓고 애를 낳을 수 있겠다는 그런 꿈을 꿀 수 있게 해주어야 한다는 말씀입니다."

알리 파샤는 끌끌끌 혀를 찼다. 자기를 향해 하는 이야기 가운데 날선 가시가 들어 있는 듯했다. 시인이 목을 움츠렸다. 무언가 들킨 사람 모양으로. 고개를 올라가는 말이 머리를 거드럭거리면서 발걸음이 자꾸만 지체되었다. 알리 파샤는 지난 동안 어떻게 살았나 생각을 더듬었다.

알리 파샤가 집정한 지 10년, 알리 파샤는 그동안 해안도시를 정비하고 도시와 도시를 연결하는 도로 건설에 혼신의 힘을 다했다. 다른 데다 한눈팔 여가가 없었다. 1797년, 나폴레옹 보나파르트의 군대가 프레베자를 점령했다. 그때 사령관은 라살셰트라는 사람이었다. 나폴레옹 보나파르트는 그리스 독립을 원하는 세력과 끈을 대고 있었다. 알리 파샤는 그리스어를 쓰고 그의 아내가 정교회 신자라고는 하지만 근본이 알바니아 출신이라서 그리스의 독립을 지원하지 않을 것이라는 판단이었다. 사령관은 알리 파샤의 반대세력을 규합했다. 그리스가 독립하면 당신들이 새로 건설되는 나라의 주인공이라고 귀에다가 속닥거려 환심을 샀다.

그 지역의 그리스 시민군 200여 명과 술리오테스라고 하는 그리스 정교회 군인들 60여 명이 함께 합류했다. 알리 파샤는 종교를 넘어서는 인간의 근원적인 동력이 무엇인가를 생각했다. 어쩌면 복수의 의지 같은 게 종교를 넘어서는 인간적인 힘일지도 모른다는 생각이 들었다. 눈앞으로 아버지의 목이 검은 새처럼 날아났다. 그것은 환상이었다. 그러나 환상이 눈물을 나게 하기도 한다는 것을 알리 파샤는 알고 있었다.

그리스인들이 프랑스에 합류한 데는 오스만튀르크와 벌이는 그리스 독립전쟁의 한 가닥이라는 인식이 바닥에 자리잡고 있었다. 아무튼 1798년 10월 12일, 13일 양일간 프레베자 바로 위에 위치한 니코폴리스에서 전투가 벌어졌다. 알리 파샤와 그의 큰아들 무타르가 지휘하는 터키와 알바니아 군대가 자그마치 7천 명이 넘었다. 프랑스군은 중과부적이었다.

"대장!" 알리 파샤는 자기 아들을 그렇게 불렀다. 무타르가 부친을 돌아보았다.

"사랑으로 증오를 극복할 수 있다고 보느냐?"

"행동하는 인간에게 그런 사념적 언어는 용기를 꺾어내릴 뿐입니다." 알리 파샤는 아들을 믿어도 되겠다고 생각했다.

프랑스군은 알리 파샤에게 미리 겁을 집어먹고 있었다. 아르슬란, 사자라는 별명이 살아 있었다. 알리 파샤 군대한테 프랑스와 그리스군이 연합한 부대는 프레베자와 살라오라만에서 처절한 참극을 당하고 말았다. 참살(慘殺)에서 겨우 살아남은 포로들은 알리 파샤의 주도가 있는 이오안니나로 끌고 가야 했다.

"포로도 패잔병도 나의 재산이오. 이오안니나로 그냥 끌고 가지 말고 자기들 가는 길을 그들 스스로 닦도록 하시오, 대장!" 그렇게 해서 프랑스 포로들이 이오안니나로 가는 길을 닦는 데 동원되었다. 그건 참으로 고된 역정이었다. 알리 파샤는 아직 완성하지 못한 도로 공사에 투입해서 혹사시키면서 포로들을 이오안니나로 끌고 갔다. 무타르가 사람 다루는 방식은 부친의 잔혹함을 한결 앞지르는 것이었다. 가차 없이 목을 치고 팔다리를 칼로 베었다. 시신들이 이오안니나로 가는 도로변에 널려 있었다. 그 참경을 바라보는 주민들은 차마 통곡조차 할 수 없어 눈을 돌렸다.

포로들 가운데는 프랑스 장교 아홉 명이 포함되어 있었다. 그들은 술탄 셀림 3세가 통치하는 이스탄불로 이송되었다. 알리 파샤는 자신의 능력을 술탄에게 과시하고 싶었다. 힘이 자라나도 술탄을 배반하거나 소홀히 하지 않겠다는 약속인 셈이었다.

그들 장교 가운데 루이 오귀스트 카뮈 드 리쉬몽이라는 대위와 티소라는 장교가 포함되어 있었다. 대위 카뮈는 1801년까지 포로 신세로 지냈는데, 몸값을 치르고 풀려나서 술탄의 군대와 알리 파샤의 군대 양편을 뜨르르 꿰는, 남다른 군대 경력을 쌓았다. 본국에 돌아가서는 마침내 장성의 대열에 오르게 되었다. 카뮈의 몸값은 알리 파샤가 치렀다.

대위 카뮈의 경력은 부풀려져서 신화가 되었다. 역사적으로 검증된 몇 가지 사실에다가 검증되지 않은 이야기가 덧붙여졌는데, 그 추가된 이야기에 따르면, 카뮈 대위는 나폴레옹 보나파르트의 어머니 레티치아 라몰리노의 연인이었다는 소문이 돌았다. 나폴레옹의 어머니가 카뮈라는 장교가 술탄 셀림 3세에게 볼모로 잡혀 있다는 소식을 들었다. 레티치아는 술탄 셀림 3세와 끊임없는 교섭을 해왔으나 통신이 두절되었다.

레티치아는 알리 파샤에게 청탁을 넣었다. 카뮈 대위를 사면해 풀어달라는 뜻의 편지와 함께 '큰 다이아몬드'를 배에 실어 프레베자로 보냈다. 그 다이아몬드는 프레베자에서 이오안니나로 옮겨졌고, 알리 파샤는 그 다이아몬드를 어떻게 처리해야 할지 고심했다. 자기 나라를 쳐들어온 적국의 황제 나폴레옹을 생각하면, 도와주기는 고사하고 치가 떨렸다. 그러나 레티치아와 관계를 계속하는 것이 장래 어딘가 써먹을 데가 있을 것 같았다. 에게해와 코르시카를 연결하는 해상왕국을 건설하는 매개역을 할 만한 여건이었다.

이오안니나에 있는 알리 파샤의 궁전에 보관되었던 다이아몬드는 이스탄불로 옮겨지게 되었다. 알리 파샤는 프랑스군에 대한 승전보와 함께 세상에 둘도 없는 보석을 술탄에게 선물로 보낸 것이었다.

시인 피스키티오스의 증언은 전혀 다른 맥락이었다. 다른 이야기에서는, 그 다이아몬드가 단두대에서 목이 잘린 마리 앙투아네트의 소유였을 걸로 세세하게 설명을 가하고 있다. 그 다이아몬드는 루이 15세가 애첩 마담 뒤바리를 위해 제조한 것이라는 설도 있는데, 마리

앙투아네트는 애첩을 위해 그 비싼 다이아몬드를 구입하는 것은 말도 안 된다고 극구 반대했다. 혁명파의 모함으로 마리는 억울한 누명을 많이도 둘러썼는데 다이아몬드와 연관된 누명도 그 가운데 하나였다. 다이아몬드에 빠져 미쳐버렸다는 이야기도 돌았다. 궁정 관리관을 시켜 다이아몬드를 몰래 빼돌려 자신의 보석함에 넣어두었다. 전설은 그렇게 정착이 되는 중이었다.

마침내 대위 카뮈와 다른 프랑스 군인들은 풀려나 자유의 몸이 되었고, 한편 다이아몬드는 술탄 셀림 3세와 그 후계자들의 소유가 되어 톱카프 궁전에 남게 되었다.

알리 파샤는 그간의 어지럽게 지나간 시간을 음미하고 있었다. 49세에 이오안니나의 통치권을 장악한 지 10년이 지나가는 중이었다. 육십을 눈앞에 둔 시점에서 제국을 꿈꾸는 것은 현실성이 떨어지는 구상인 게 틀림없었다. 그러나 10년 준비했으면 그 성과를 눈앞에 보아야 했다. 알리 파샤는 아랫배에 힘을 주었다. 불두덩 밑으로 뭔지 모를 기운이 뻗쳤다.

"피스키티오스! 당신은 내가 늙었다고 생각하시오?" 알리 파샤는 어깨를 찔러오는 통증을 눌러가면서 시인에게 물었다. 그건 사실 늙어도 늙지 않는 자신을 찬양해주지 않는 시인에 대한 불만이었다. 피스키티오스는 멀건 눈으로 알리 파샤를 올려다보았다.

"각하는 물가에 심어진 백양나무입니다. 각하의 나무는 낙엽이 지지 않습니다."

"진실을 말하지 않는 시인은 황제를 죽음으로 몰아가오. 정신 차리시오." 알리 파샤는 장검을 빼어 공중에 한 번 휘둘렀다. 쇳소리가 시인의 귓가에 울렸다. 타고 있던 말이 히이잉, 코를 불었다.

"비잔틴으로, 비잔틴으로!" 알리 파샤는 이스탄불 쪽을 향해 돌아서서는 두 손을 들어올려 고함을 내질렀다. 그것은 알리 파샤의 버릇이 되었다.

저 아래 성 밑에 사람들이 웅성거리면서, 이따금 음탕한 소리를 질러댔다. 젊은 사내애들이 여자애를 희롱하는 모양이었다. 젊은것들이 저래서는…… 나라의 장래가 걱정되었다. 알리 파샤는 스파르타를 생각하고 있었다. 최소한 외할아버지한테 배운 역사에 따르면, 스파르타에서는 남자들이 여자를 희롱하면서 시간을 탕진하는 일은 없었다. 알렉산드로스가 다스리던 시대 또한 남녀의 법도가 엄정했다. 더러운 족속들! 최소한 알바니아에는 자유를 앞세운 남녀의 음탕한 유희는 존재하지 않았다.

"한 남자가 한 여자를 사랑하는 것은 자신의 인간적 존엄을 지키는 윤리의 기둥이다. 그건 여자한테도 마찬가지다." 어머니 한코나가 톱카프 궁전의 하렘을 돌아보고 나오면서 한 이야기였다. 그러고 보면 한코나는 다른 남자를 넘겨보는 적이 없었다.

"이 더러운 연놈들을…… 단칼에……."

알리 파샤는 다시 두 손을 부르쥐었다. 그러고는 덜걱덜걱 치를 떨었다.

鰐魚

일탈

27

텔레비전에서는 시도 때도 없이 미투, 미투를 가지고 나발을 불었다. 제자를 아내로 맞아 여생을 구가하던 윤리학자는 치를 떨다가 자살했다. 세상이 온통 치모가 바람을 타고 날아다니고, 정액이 흘러넘치는 듯했다. 그러나 서모시에게는 한 줌 음욕도 일어나지 않았다.

서모시는 아무 일도 안 벌어지는, 폭풍전야와 같은 고요함에 지질려 지냈다. 말로 설명이 되지 않는 불안이 덮쳐왔다.

인이수는 중학생들 영어교습으로 생활비를 벌었다. 보노는 사격장에나 드나들면서 시간을 탕진하는 것 같았는데, 뜻밖으로 학교 성적은 상위권을 유지하고 있었다. 들입다 읽어대고 그 내용을 카메라 기억(mémoire photographique)으로 재생해냈다. 서모시는 물론 인이수도 아이의 지식 성장을 따라가기 바빴다. 2학년 마칠 날을 얼마 안 남겨놓은 학기말이었다.

"엄마, 학교 이제 그만 갈래."

"애가 무슨 소릴 하는 거냐?"

인이수가 놀라서 아이를 노려봤다. 아들 보노는 자기 엄마를 위에서 내려다보고 있었다. 그만큼 아이의 성장이 빨랐던 것이다. 그걸 눈치채지 못하고 일상에 묻혀 바삐 지냈다. 인이수는 아들이 겁났다. 서모시가, 보노가 학교 그만두겠다는 이야기를 들으면 기절해 나자빠질 판이었다. 인이수는 겁이 더럭 났다. 남편에 이어 아들이 겁나는 대상으로 부각하는 현실은 인이수의 몸을 떨게 했다.

인이수는 이미 30대 중반을 넘어서고 있는 중이었다. 표영문 교수가 소개해서 읽은 피천득 선생 말로는, 이제 수필을 써도 되는 그런 나이였다. 어른들의 낡은 어법으로는 꺾어진 칠십이었다. 돛을 올리고 비잔틴으로 항해를 도모하던 그 푸른 꿈은 어느 산마루 넘어가는 구름인 듯, 자취도 없었다. 이게 정말 산다는 것인지 그런 허전한 생각이 들었다.

인이수는 며칠 고심하며 지냈다. 남편 서모시에게는 아직 보노 이야기를 하지 않았다. 불뚝해서 아이를 들이치고, 확 어쩌구 하다가 아이한테 폭행을 당하는 꼴은 생각하기조차 싫었다. 그렇다고 아이를 설득해서 학교에 그대로 나가게 하는 데는 자신이 없었다. 보노는 이미 어미한테 기대오지 않았다. 인이수가 뚫고 들어가지 못할 자기 세계를 구축하고 있는 셈이었다.

아무래도 이야기를 트고 사정을 털어놓을 데는 친정어머니뿐이었다. 생각해보면, 골목에서 담배를 같이 피우던 애들도 모두 사라졌다. 세상사 비뚜로 돌아간다고 열 올려가며 소주 마시던 친구들도 제각각 자기 갈 길을 갔다. 친구라고 할 만한 사람이 없었다. 하기는 그들에게 투자를 한 적이 없었다. 시간을 내주지 못했다. 그러니 친구는 모두 가고, 겨우 친정어머니나 찾게 되는 거였다. 모천회귀는 이럴 때를 두고 하는 말 같았다.

"집에 오면 어디 덧나냐, 카페는 무슨 얼어죽을……." 모친 왕재숙은 알았다고 하면서도 그렇게 투덜거렸다.

무슨 이야기부터 꺼내야 할지를 한참 망설였다. 가장 화급한 것은 학교 안 가겠다는 보노를 어루만져 눌러놓는 것이었지만, 남편의 분노조절장애에 대해 대책을 강구해야 했다. 그리고 남편의 학위논문 자료 준비를 위해 현지답사를 해야만 한다고 했다. 돈이 들어가야 한다는 이야기를 하기는 너무 열적었다. 하긴 그건 남편한테 들은 일도 아니었다. 혼자 짐작일 뿐이었다.

인이수는 호흡을 가다듬고 겨우 입을 열었다. 보노가 학교를 안 가겠다고 하는데, 어쩌면 좋은가 하는 간단한 이야기하기가 그렇게 힘들 줄은 짐작도 하지 못한 일이었다.

"어디로 튈지 모르는 애가 학교 안 가겠다니 내가 미치겠네……." 모친 왕재숙이 꼬부장한 눈으로 딸을 쳐다봤다. 미치겠다는 말이 거슬렸던 모양이었다.

"보노 걔가 중학교 이학년이지?" 인이수는 고개만 주억거렸다. 왕재숙이 말을 이었다.

"감사나운 때다. 김정은이 아버지 김정일이가 한국의 중딩이 이학년애들 무서워서 한국 방문 못 하고 죽었단다." 인이수는 빙긋 웃었다. 친구들도 그런 농담을 했다.

학교를 안 나가겠다면 왜 그러는지 알아봐야 하고, 담임선생하고도 상의하고 그래야지, 교육 교 자도 모르는 에미한테 하소연해야 무슨 기대를 할 게 있느냐는 거였다. 하기는 그랬다.

"뭣하면 한 학기나 한 해 놀려봐, 제가 노는 거 지겨우면 학교 가겠다고 제발로 나서겠지. 지루한 건 지옥이다. 알베르토 모라비아의 『권태』란 소설 기억나니? 사는 것을 열렬히 사랑하지도 않았지만 그렇다고 죽고 싶어 미치는 것도 아닌, 그 양가감정이 권태의 본질인지도 모른다. 보노 걔도 그런 권태에 빠진 모양이다. 천재성을 지닌 애들이 그런 성향이 있는 법이지 않으냐?" 인이수는 어머니 기억력에 기가 질렸다. 교양의 힘은 노년이 되어서야 발휘된다던, 그런 이야기가 떠올랐다.

"글쎄요, 보노가 나이가 몇인데 권태에 빠져요?"

"무슨 소리냐, 인공지능 시대는 나이가 없는 거야. 라이프 사이클이 멋대로란다."

인이수는 모친과 더 논전을 벌이고 싶지 않았다. 어머니 왕재숙이 인공지능 시대 이야기하는 것은 한편 놀랍고 한편 웃음을 자아냈다. 그러나 달리 생각하면 인이수 자신보다 앞서가는 어머니였다. 어머니에게서조차 열패감을 느끼는 것은 참담했다. 애 하나 키우는 것은, 결국 자기가 책임져야 할 문제일 뿐, 누구한테도 그 해결을 의지할 수 없는 일이었다.

"인생 백 년에 한 해는 사실 별거 아닐 수도 있다. 쉬면서 애를 네 편으로 만들어. 그래야 어미 노릇 제대로 하는 법이다."

아이와 한 해를 쉬자면 돈이 필요했다. 인이수는 안 나오는 소리를 겨우 내놓았다.

"흰떡에도 고물 든다고 노상 그러셨지요? 쉬자고 해도 돈 들어요."

인이수는 서모시가 공부하는 동안, 쉬지 않고 일했다는 이야기를 하기도 하고, 남편 서모시가 위태위태하게 견뎌나간다는 이야기를 했다. 그리고 박사논문을 쓰기 위해서는 그리스와 옛날 비잔틴 제국

영토였던 지역을 돌아다니면서 자료를 구해야 한다는 이야기도 털어놓았다.

"하긴, 역사 공부해서 여행 즐겁게 하면 되는 거 아니냐?"

"엄마도! 학문이 관광과 같지는 않겠지요."

"관광대학도 있다는 거 너 모르냐? 그리고 여행 다니면서 보면 유식하고 재능 있는 가이드 수두룩하더라. 사위한테 너무 부담되게 하지 말고, 하는 거나 조용히 지켜봐라."

"문제가 한두 가지가 아니라구요."

"애는, 이제껏 같이 살았으면 서로 자기 취향에 맞게 길들여야지, 이제 와서 뭐가 맞네 안 맞네 그러면 어쩌자는 거냐. 그따위 생각 평생 못 고친다. 난 네가 걱정이다." 인이수는 가만히 듣고 있었다. 틀린 구석 하나 없는 얘기였다.

"나 운동하러 갈 시간이다. 돈 문제는 네 아버지와 상의해보마." 모친은 계산을 하고는 급히 카페를 빠져나갔다. 현실감각이 있는 거 같으면서 또한, 따스하게 보듬어주는 정은 식어버린 듯한 느낌이 들었다. 모정이야 변함이 없어도, 인이수 자신이 유약해진 결과인지도 몰랐다. 가슴으로 서늘한 바람 한 줄기가 스쳤다.

서모시는 열 시경이 돼서야 집에 들어왔다. 들어오자마자 책상 위에다가 컴퓨터를 켜놓고 화장실로 들어갔다. 요새 변비가 생겨서 불편하다는 이야기를 하더니, 아직 변비로 고생하는 모양이었다. 인이수는 자기 생각에 스스로 놀랐다. 남편의 일에 확정적 기술을 하지 못하고 겨우 '고생하는 모양이었다' 그렇게 안개 속을 걷듯이 멈칫거리는 감정의 선명도가 떨어진 때문이라는 생각이 들었다. 인이수는 남편이 켜놓은 노트북 화면을 훑어보았다.

여행은 돌아올 것을 예상하고 떠나는 길이기 때문에, 그 행위 자체로 본다면 진지성이 떨어진다. 여행에서 인생을 배운다고 얘기하는 작자들, 순전히 사기인지도 모를 일이다. 진짜 여행은 돌아오지 않을 각오로 가야 하는 길이다. 사람은 일생에 단 한 번의 여행을 하는 셈이다. 그렇다면 죽음을 향한 여행이 진짜 여행이고 집구석으로 컴백하는 모든 여행은 가짜다. 그게 어쩌면 궤변(詭辯)일지라도 한번 떠나면 돌아오지 않는 여행이 진짜 여행이다.

그런 궤변은 여행의 장단기적인 구분을 하지 않는 데서 오는 혼란일지 모른다. 밥 먹고 산다는 말을 하지만, 태어나서 죽을 때까지 먹어야 사는 터라 평생 먹는 일도 있고, 하루 세 번, 일주일 단위로 별식을 한다든지, 범벅타령처럼 월별로 별미를 만들어 먹기도 한다. 또 24절기를 따라 별식을 장만해서 먹기도 한다.

그렇다면 신혼여행이 청춘의 죽음을 애도하는 여행이라야 한다는 논거는 없는 셈이다. 작은 여행들이 모여서 중간 정도 크기의 여행이 만들어지고, 그런 여행이 몇몇 모여서 한 사람의 일생이라는 긴 여행으로 다시 조직되는 것이다. 그러니까 매번 돌아오지 않는 최후의 여행을 한다는 것은 논리가 안 선다. 여행의 시간 단위를 짧게 토막 쳐서 매 토막 돌아오지 않는 여행으로 의미를 강화해 나아가야 진정한 여행을 구가할 수 있다.

남편 서모시의 글은 논리가 맞는 것 같기도 하고 너무 주관적인 주장이라는 생각도 들었다. 인이수는 이어지는 문장을 읽어보았다.

삶이 갈증으로 가득한 영혼들이라면 마땅히 비잔티움으로 항해해 갈 일이다. 비잔틴 제국의 수도, 거길 가는 거야. 청춘들이 늙은이들과 어울리는 나라, 우리나라는 너무 늙었는지도 모른다. 나라가 늙어서 우리 청춘이 거기 따라 늙는 것일 터이다. 혹자는 말한다. 고통스러우니까 청춘이라고. 그러나 생각해보면 얼마나 속물적 발상인가. 이런 것 아닌가, 우리도 다 겪은 일이다, 그러니 소리 지르거나 발버둥 치지 말고 아픔을 감내하라, 늙은이 나라에서 어중간하게 늙은 중늙은이만 되어도 자기의 이마에 지혜의 은빛 머리가 바람을 타고 살랑대는 줄 알고 예언을 하곤 하지. 얼빠진 짓들이다.

그건 조로증이 틀림없다. 누구나 조로증에 걸리면 치명적이다, 조로증은 거세를 당하는 것과 마찬가지이기 때문이다. 그러니 황금빛 지혜의 나라, 젊은이가 늙은이를 우러르며 장려한 빛을 발하는 늙은이의 지성의 기념비를 기억해주는 나라, 모름지기 그런 나라를 가야 한다. 거기를 가야 하는 거야. 가서 삶의 연원과 현상과 미래를 이야기하고, 또 그걸 노래하는 거야. 졸고 있는 황제를 흔들어 깨우고, 군주와 귀부인들에게 삶의 진리를 이야기해주어야 한단 말이지.

인이수는 서모시의 노트북 자판을 다시 확인했다. 10년 전에 자기가 써놓았던 글을 베끼는 것인지, 기억에 저장된 것을 불러내는 것인지, 아무튼 그것은 표영문 교수의 깜짝 과제를 해결하느라고 끄적여두었던 자기 글이었다. 서모시는 인이수의 글을 다시 쓰고 있는 게 아닌가. 내외간에 표절 시비가 붙을 일은 아니지만, 글쓰기의 간음과 뭐가 다른가. 창조의 샘이 말라붙었다는 절망이 그런 자학으로 치달리게 하는지도 모를 일이었다. 이렇게 나가다가는 정신분열증에 이르고 말지도 모른다는 다급한 생각이 들었다. 그것은, 말하자면 자신을 스스로 파괴하는 자학적 폭력이기도 했다.

눈앞이 어른거리는 걸 참고 이마를 짚었다. 열이 있었다. 박지남의 얼굴이 스쳐갔다. 박지남은 일이 끝나면 인이수의 눈가를 혀로 핥아 주었다.

"뭐 하는 거야?"

"눈물이 얼마나 짙은가 하는, 염도가 사랑의 농도라잖아?" 인이수는 허허하게 웃었다. 박지남과의 관계를 언젠가는 끊어야 한다는 생각을 곱씹었다. 그러나 서모시와 관계가 허전할수록 박지남을 생각하곤 했다. 스스로 생각해도 맹물처럼 야속한 욕망이었다.

서모시는 아직도 화장실에서 일을 보는 모양이었다. 아무리 길어도 40분 이상을 화장실에 앉아 있을 턱이 없었다. 인이수는 잔뜩 긴장해서 화장실 문을 열었다. 문이 잠겨 있지는 않았다.

변기 위에 앉아서 잠에 빠졌던 서모시가 급히 일어나 바지 허리춤을 추켜올렸다. 그러고는 중얼거렸다.

"오늘은 개똥밭을 걷는다/ 개똥밭에서도 참외는 황금빛으로 익는다/ 익은 참외 속에는 뽀얀 씨가 가득해서/ 대낮의 오르가즘을 추억으로 불러온다."

"서모시 모시, 이보세요……!" 인이수는 휘청거리면서 거실로 걸어 나오는 서모시를 붙들어 부축했다. 남방셔츠 속으로 만져지는 서모시의 가느다란 팔뚝이 힘이 다 빠져 흐물거렸다.

"당신은 참외 같아, 잘 익은……."

"깎아 먹고 싶어?"

"깨물어 먹고 싶은 여자야, 당신은."

"언제는 수숫대 같다고 하더니."

"오늘은 오르가슴에 이를 수 있을 거 같아." 인이수는 서모시를 넋 나간 사람처럼 멍하니 쳐다봤다. 자기를 개똥밭에 굴러다니는 참외로 비유하는 거야 멋대로 주절대는 메타퍼려니 하지만, 헛소리에 가까운 이야기를 하는 행동은 절망의 안개를 몰아왔다. 언어가 줄거리를 잃으면 그게 정신분열로 가는 길목에 섰다는 증거라고 표영문 교수가 이야기한 적이 있었다.

인이수는 숨을 깊이 들이마셨다가 내뱉었다. 부실한 몸으로 시간을 견디는 것은 그 자체가 고역일 게 뻔했다. 서모시는 지금 심한 자기 모멸의 감정에 빠져 있는 것 같았다. 그게 자기 혐오로 전개될 것이고, 세상에 대한 증오심으로 치달아갈 터였다. 앞길이 막막하다는 실감이 이런 것이려니 했다. 서모시로서는 자신의 변화가 감당이 되지 않았다. 아예 정신줄을 놓아버릴까 봐 살얼음 밟듯하는 통에 자신의 존재에 대한 배반을 거듭하고 있었다.

보노의 경우도 마찬가지였다. 아이가 똑똑해서 탈이라는 게 실감으로 다가왔다. 발상이 아그똥하고, 말이 거칠고, 눈으로 목격하는 폭력의 잿가루가 중금속으로 오염된 미세먼지처럼 아이의 정신을 좀먹어들어가고 있는 중이었다. 주먹과 몽둥이와 총기 같은 것들만이 폭력이 아니었다. 그게 뭔지는 규정이 안 되는 것이지만, 전면적으로 인간을 마비시키고 마모시키는 그런 삿된 기운이 폭력이었다. 그것은 그저 많은 책을 읽었다고 해서 해결되는 문제가 아니었다. 인간은 선한 정서를 정상적으로 받아들이기도 하지만, 악의 검은 물이 든 이야기만 골라서 받아들이기도 하는 법이다. 다중지능 가운데 선별적으로 빨아들인 오염된 감성은 분해가 되지 않는 근원적인 악이었다.

보노가 노랗게 물들인 머리를, 현관 문을 열고, 조심스럽게 들이밀었다.

"대가리 노랗게 물들였다고 양놈 되는 줄 아나? 너는 코리안이야, 코레 드 쉬드, 남조선 애새끼가, 너 알밤까기라는 거 알아? 꼬라박아는 아나? 마루에다가 대가리 박고 열중쉬어 해."

"아빠 아직도 군대공화국에 살아서, 군대물 안 빠졌나 봐."

보노는 혼자 툴툴대다가 자기 방으로 들어가 문을 쾅 소리가 나게 메때려 닫았다. 애가 하는 소리마다 어른들 말투로 젖어 있었다. 말투는 곧 아이의 사고형태고 생활방식이었다. 인이수는 보노가 점점 통제할 수 없는 늪으로 빠져들고 있다고, 스스로 점치고 있었다.

"야아, 보노보야 우리 좆박기 하자."

"난 보노야, 보노보가 아니라니까."

"그게 그거지, 조지나 자지나, 그러니까 보노나 보노보나 그게그거야."

보노는 자기 이름이 본오(本吾)였는데, 국제화시대에 맞게 보노라고 했다는 할아버지의 성명철학을 설득력 있게 설명할 수 없었다. 무식한 애들이 알아들을 까닭이 없다는 생각도 들었다.

"보노보가 호모와 레즈비안의 원조란다," 보노는 혼자 길길길 웃었다.

보노는 '보노보'가 피그미 침팬지라고 하는 것은 물론, 교미할 때가 아닌데도 성행위하는 흉내를 낸다는 것도 알고 있었다. 『내셔널 지오그래픽』에서 화보와 함께 읽은 내용이었다. 도장에 찾아온 박지남 아저씨가 잡지책을 보여주면서 짱 재미있게 이야기를 해주었다. 그러면서 보노의 핸드폰 번호를 입력했다. '세상은 네트워킹이다.' 그렇게 모호한 말을 한마디 던졌다.

보노는 외로웠다. 사실 친구가 없었다. 혼자 공부하는 게 재미있어서 친구들과 어울리지 못했다. 고추 먹고 맴맴 어쩌구 하는 것은 알고 있었지만, 누구와도 그런 짓을 해본 적은 없었다. 고등학교 형들 가운데는 여학생들과 꽃놀이에 빠져 지내는 축들이 있다는 것을 보노는 알고 있었다. 그런 이야기를 어른들 앞에 털어놓고 싶지는 않았다. 눈 하나 깜짝하지 않을 어른들이었기 때문이다.

28

鰐魚

처녀들의 무덤

바야흐로 꽃계절로 다가가는 중이었다. 말하자면 청춘남녀의 계절인 셈이었다. 뱀들이 눈을 뜨고 혀를 낼름거리기 시작하는 것이었다.

부활절이 끝나고 한 달이 조금 지난 때였다. 호숫가에 풀이 연녹색 잎을 내밀고, 민들레니 제비꽃이니 하는 봄꽃들이 다투어 피어났다. 알리가 파샤가 되어 이오안니나로 자리를 옮긴 지는 세 해가 지나가고 있었다. 알리 파샤는 아들들에게 이곳 사람들과 잘 어울려 지내야 한다고 거듭 일렀다.

축제가 진행되는 중이었다. 악사들이 부주키를 연주해서 분위기를 고조시켰다. 젊은이들이 시르타키(sirtaki) 춤을 준비하고 있었다. 여자들은 새하얀 블라우스에다가 색동 조끼가 달린 내리닫이 옷을 걸쳐 입었다. 가슴들이 봉긋하게 돋아나 끼어 안아주고 싶은 욕망으로 총각들이 안달했다. 남자들은 품이 넓은 회색 바지에다가 까만 조끼를 입고 같은 색으로 복대를 해서 색의 대조가 인물들을 훤칠하게 돋보이게 했다.

마침 알리 파샤의 세 아들이 이오안니나 파샤성에 와 있었다. 큰아들 무타르(Muhtar), 가운데 아들 벨리, 그리고 막내 살리(Salih) 그렇게 셋은 알리 파샤의 위대한 꿈을 실현해줄 가문의 기둥들이었다. 알리 파샤는 아들들이 믿음직해서, 각각 자기들 나름으로 기반을 닦도록 부정(父情) 가득한 배려를 했다. 그러나 아직 이오안니나 주민들과는 낯을 익히지 못한 상태였다.

그날 춤에 같이 참여한 사람은 남녀 각각 열 명으로, 스무 명이 한 팀이었다. 젊은이들이 원을 그리면서 돌다가, 두 걸음 지나 반 박자를 쉬는 듯 몸들을 날렵하게 놀렸다. 그때 젊은이들은 서로 오늘의 파트너를 물색하곤 했다. 상대방을 바라보는 눈마다 사랑이 그득히 담겼다. 발을 들어올릴 때마다 구두 앞에 술 장식이 탈랑하면서 귀염성 있게 흔들렸다.

알리 파샤의 아들들은 춤에 몰두했지만 박자가 엇나가고 발이 안 맞았다. 그들에게 춤추기는 습관이 되어 있지 않았다. 친구들과 어울려 춤추고 노래할 기회가 없었다. 너무 일찍 지도자의 길로 나섰던 터였다. 처녀 하나가 불평 가득한 말머리를 내었다.

"재네들 뭐 춤이 저러냐, 알바니아 골짜기 출신들이라 해볼 수 없다니까."

부주키 리듬이 빨라지고 젊은이들의 원무는 무르익었다. 큰아들 무타르와 막내 살리는 처녀들의 발뒤꿈치를 장난삼아 밟곤 했다. 처녀애들이 괴성을 질렀다. 같이 춤추던 남자애들이 대열을 이탈해서 알리 파샤의 아들들을 끌어냈다. 사건은 예상치 못한 데로 번졌다. 남자애들 가운데 대표 역할을 하는 게리손이라는 청년이 나서서 말했다.

"너의 아버지가 그리스말을 하고, 공문을 그리스어로 작성하게 한다고 하던데, 그건 말하자면 이스탄불에 대한 도전장이야."

"과도한 추리는 금물, 이곳 사람들에게 최대한의 성의를 보이는 것일 뿐."

"성의? 우리들한테 오스만튀르크를 쳐부수는 전투에 나가 죽으라는 암시 같은 거 아냐?"

"우리 아버지 뱃속에 들어갔다 나온 놈처럼 말하네. 건방진 자식!"

그렇게 시작된 말다툼이 젊은이들의 패싸움으로 번졌다.

처녀애들이 끼어들었다.

"오스만튀르크에 충성하는 모든 인간은 그리스의 적이야."

"멍청한 자식, 우리는 엄연히 술탄의 영토에 산다는 걸 알아야 해."

"그렇지, 폭군의 자식도 독재자니까."

"그리스는 독립할 거야. 그리스 독립에 방해가 되는 자들은 싸그리 잡아 죽여야 해."

"너무한다. 축제에 모였는데, 웬 쌈박질이야?"

"우리는 얼마든지 협조할 수 있는 동지들이라구."

"동지? 엿이나 처먹으라고 해."

말들이 많았다. 그러나 일정한 노선을 표방하는 것은 아니었다. 그리스 독립을 위해서는 뭐라도 할 수 있다는 식이었지만, 예외 없는 원칙은 위험했다. 그리스 독립에 소극적이거나 뜻이 없는 사람은 모두 적으로 매도되는 상황이었다. 이미 인심은 그런 방향으로 흘렀다.

알리 파샤는 나폴레옹 보나파르트를 지원하고 그 힘을 빌려, 자기 영토를 확장하는 데 이용할 계획을 세우고 있었다. 그러기 위해서는 그리스 독립을 도울 필요가 있었다. 자기 부친을 바라보는 시각이 비

뚫어진 것은 물론 적의에 가득한 눈들을 굴리는 데서, 알리 파샤의 아들들은 진저리를 쳤다.

큰아들 무타르가 처녀들에게 다가가 주먹질을 했다. 나쁜 자식들! 청년들이 달려들어 알리의 아들들을 한꺼번에 구타하고, 얼굴에 침을 뱉았다. 그리스 독립을 이야기하던 젊은이들이 알리의 아들들에게 한꺼번에 공격해왔다. 중과부적, 군사훈련을 통해 배운 것들은 별로 소용이 닿질 않았다. 결국 알리 파샤의 아들들은 청년들 앞에 무릎을 꿇었다. 팔이 뒤로 묶인 채, 청년들에게 목 잘리는 조롱을 당했다.

"목 없는 자식들!" 청년들은 알리 파샤의 아들들을 향해 침을 튀 뱉고는 달아났다. 알리 파샤의 세 아들은 식식대면서 파샤성으로 돌아왔다.

마침 알리 파샤는 에피로스 최고의회 회장단 회의를 주재하고 있었다. 오스만튀르크 정권이 약해지는 정세에서 자신들의 입지를 어떻게 세워나갈 것인가 하는 문제가 의제였다.

오스만튀르크의 정권이 약해진 틈을 타서 영토를 확장하는 과업에 알리는 몰두하고 있었다. 그 과업을 수행하기 위해서는 자기 영지를 넓혀야 하고, 사람을 자기 앞으로 이끌어들여야 했다. 영토는 알바니아 전역을 포함해서, 서부 그리스, 펠로폰네소스까지 자신의 휘하에 수렴하여 운영하는 중이었다. 그만하면 술탄에게 맞설 수 있는 기초는 닦인 셈이었다. 기강이 흐물흐물 와해된 술탄의 군대에 비하면 알리 파샤의 부하들은 피로써 맹서한 충성과 용기로 가득하여 혈기방장했다.

알리는 오스트리아와 전투가 벌어졌을 때 기억을 더듬었다. 전쟁

중 2, 3일 만에 5만 명 병정이 모였다. 2, 3주 안에 그 수가 배가 될 만큼 늘어났다. 이 병력을 가지고 최고의회 총사령관이 되었다. 휘하의 대장들은 대부분 전부터 교유를 해오던 인물들이었다. 최소한 통성명은 하고 지내는 사이들이었다.

알리 파샤는 최고의회의 파샤들을 죽 둘러보았다. 미프타르 파샤(Myftar Pasha), 벨리 파샤(Veli Pasha), 크세라딘 베이오흐리(Xheladin bej Ohri), 압둘라 파샤(Abdullah Pashe Taushani), 그런 사람들이 접견실에 그득하게 앉아서 알리 파샤를 존경의 눈빛으로 바라보고 있었다. 출전을 앞둔 대장들처럼 눈에서 단단한 결의가 뿜어져 나왔다.

그 가운데 알리 파샤의 심복은 이런 사람들이었다. 하산 데비리시(Hasan Dervishi), 하릴 파트로나(Halil Patrona), 오마르 비리오니(Omar Vrioni), 메초 보노(Meço Bono), 아고 미히르다리(Ago Myhyrdari), 타나시스 바지아스(Thanasis Vagias), 타히르 아바지(Tahir Abazi). 전투에서 죽을 고비를 함께 넘기고 승전한 인물들이었다. 역시 전투에서 생사고락을 같이한 사람들이 진정한 충성을 보여주었다. 전투는 내적 결속을 다지는 최상의 방책이었다.

알리 파샤는 자기가 분신처럼 아끼던 벨리 게가(Veli Gega)를 생각하고 우울해졌다. 얼마 전에 카찬토니스(Katsantonis)에게 살해된 인물이었다. 그는 프랑스와 외교관계를 해나가는 데 역할을 유능하게 수행했다. 그런데 카찬토니스와는 여자를 사이에 두고 갈등을 빚었다. 그것도 프랑스 장교의 아내였다. 알리 파샤 눈에도 욕심나는 여성이었다. 특히 그리스어를 유창하게 구사하는 세련된 미인이었다.

벨리 게가는 시인과 합심해서 알리 파샤를 마호메트 세계의 나폴레옹 보나파르트라고 명명하였다. 한마디로 영웅이라는 것이었는데,

무소불위라는 것, 역경을 딛고 일어서 자기 자리를 구축한 자수성가한 철인(鐵人)이라는 것, 사자처럼 용맹하다는 것 등을 들어 칭송을 마지않았다. 그런 이름을 얻은 데는 알리 파샤가 점점 더 잔혹해진다는 암시가 깔려 있었다.

알리 파샤는 접견실을 한번 다시 둘러보았다. 파샤들이 알리의 얼굴을 따라 고개를 천천히 돌렸다. 오스만튀르크의 신임을 얻고 있는 파샤들, 겉으로 드러내지 않고 그리스 독립을 지원하는 파샤들, 그리고 자신처럼 알바니아 전통을 몸으로 익힌 인물들이 그들이었다. 알리 파샤는 세 갈래 길에 서 있는 셈이었다. 힘을 규합하기로 하면 아무도 넘보지 못할 요새 한가운데 자신이 놓여 있었다.

알리 파샤는 축성공사 감독관 로마노필을 불러 알바니아 출신들을 회의가 끝나면 따로 만나자는 약속을 해두었다. 그는 부트린트(Butrint) 축성공사를 성공적으로 추진하고 있었다. 남부 알바니아의 부트린트는 로마인들이 발칸반도에 접근하는 통로였다. 거기다가 요새를 구축하고 그 요새를 거점으로 발칸반도를 식민화하는 정책을 폈다. 이제는 역사의 허무함을 대변하는 퇴락한 성터에 불과했다. 과거의 영광이 퇴락하면 비애감을 자아내기 마련이었다. 기독교인들이 예배를 보던 성전이며 관객들의 아우성으로 끓어오르던 극장, 그리스 로마 신들을 제사지내던 신전, 그런 건물들은 손질을 하면 아직도 쓸 만했다. 그 공사가 진행되는 동안 알리 파샤는 머지않아 자신이 해상의 황제로 등극할 것을 꿈꾸었다.

부트린트는 로마인들이 주목했듯이 반도의 남북 양쪽으로 경계를 확장할 만한 여건을 갖추고 있었다. 북쪽으로는 항구도시 사란더와 연해 있고, 사란더는 그리스의 케르키라섬과 배로 연결되는 교통의 요지였다. 남쪽으로는 메소롱기와 파트라스로 해서, 멀리는 지중해로 뻗어나갈 수 있는 천혜의 항구였다. 수심이 좀 낮은 게 흠이라면 흠이었다. 로마 시대에는 거기를 거쳐 발칸반도를 가로질러 비잔티움까지, 즉 이스탄불까지 치달려갈 수 있는 교통의 요지였다. 나폴레옹의 도움을 받는다면, 술탄을 향해 가는 탄탄대로를 깔아두는 셈이었다. 알리 파샤는 장래 펼쳐질 제국의 모습을 그려보는 것만으로도 관자놀이가 벌떡거렸다.

공사의 총감독을 로마노필이라는 티라나 출신에게 맡겼다. 자기 조상은 이탈리아인인데 아테네와 무역을 하는 중에 그리스 지역에 남게 되었고, 자기는 어찌어찌 하다가 알바니아 지역에 가서 토목과 건축을 업으로 삼아 살아온 인물이었다. 터키어와 그리스어, 이탈리아어는 물론 알바니아어도 능숙했다. 그런데 이 다국어 능력이 말썽을 빚었다. 터키어를 하는 이슬람에게는 그리스 쪽에 자기들 정보를 빼다 준다고 의심을 샀다. 그리스어를 하는 이들은 오스만튀르크 제국의 첩자라고 의심어린 눈을 흘기게 했다.

공사장 인부들이 이슬람을 신봉하는 파와 정교회를 믿는 파로 갈려 불화를 거듭하다가, 결국은 각목을 휘둘러 상대방 머리통을 깨는 폭력으로 번졌다. 공사장의 온갖 공구들이 무기가 되었다. 곡괭이, 삽, 창, 끌, 톱 등을 들메고 나섰다. 양쪽 노동자들의 싸움은 그야말로 유혈이 낭자하는 전장을 방불케 했다. 알리 파샤는 감독 로마노필을 불렀다.

"그리스인들이 독립전쟁을 선포하려는 기미가 보이는 때에 그들을 건드리는 것은 우리편에서 먼저 불씨를 지피는 일이오."

"자기들끼리 족속이 다르고 믿는 종교가 달라 일어난 불상사지 제가 나서서 어느 쪽을 먼저 건드리지는 않았습니다.”

“이 사태에서 당신 책임을 회피하는 것이오?” 알리 파샤는 턱을 불불 떨었다. 사흘 후 공사장 인부들이 광장에 모두 모였다. 목재로 대충 조립한 단 위에는 로마노필 감독이 손이 뒤로 묶인 채 무릎을 꿇고 앉아 있었다. 알리 파샤가 그리스어로 연설을 시작했다.

“여러분, 국가를 위한 공사에 노고들이 많소. 이 땅은 알렉산드로스 대왕이 평정한 지역이오. 그리스니 오스만튀르크니 하고 나눌 게 아니라, 호라 톤 알렉산드로스, 알렉산드로스의 땅입니다. 우리는 같은 형제들입니다. 알라와 성모 마리아는 같은 혈통의 집안입니다. 그러니 싸움을 멈추시오. 여러분들 마음을 갈라놓아 유혈사태를 빚은 총감독 로마노필은 내 손으로 처단하겠소. 한 인간의 죽음으로 수많은 인간의 마음이 합쳐진다면 그 죽음은 성스럽기까지 하다오. 자아, 보시오. 나는 칼을 들어 하늘의 섭리를 실천하려 하오.” 군중 사이에서 웅성거리는 기미가 조금 일어났다가 가라앉았다.

알리 파샤가 칼을 빼들고 제단으로 올라갔다. 알리 파샤는 칼을 들어 로마노필의 목을 겨눠 내려쳤다. 한 칼에 목이 바닥으로 나뒹굴었다. 병사가 단으로 올라가 알리 파샤가 벤 감독의 목을 들고 군중들을 향해 한 바퀴 돌면서 통치자의 위엄을 과시했다. 군중들은 와아와아 환호성을 질렀다. 그날 있었던 일을 시인은 글로 적었고 화가는 그림으로 그렸다.

알리 파샤는 그 일이 있은 직후(1810년) 자기가 다스리는 지역에선 그리스어를 공용어로 한다는 칙령을 발표했다. 모든 궁정 업무를 그리스어로 처결하도록 했다. 그리스어를 자신의 통치언어로 삼은 것이었다. 오스만튀르크는 지방의 밀레트를 인정하면서 지방 통치자들에게 권한을 최대한 허용했다. 술탄에게 올라가는 보고서에서 지방의 종교가 어떠니 언어가 어떠니 하는 따위는 부차적인 문제였다. 하달되는 공문을 즉각 시행하고 세금을 받아서 이스탄불로 보내는 일에 충실하면 지방 파샤들은 자율권을 보장해주었다. 자기가 관리하는 영토의 언어가 그리스어라야 한다는 것은, 역사적 유래로 보아 지극히 타당한 조처라고 알리 파샤는 스스로 평가하고 있었다.

한편 조심스러운 바도 없지 않았다. 한가하게 그리스를 편들고 앉아 있을 정황이 아니었다. 아무래도 술탄에게 충성을 약속하고 얻는 자리였다. 에피로스 지역이 그리스 색채가 강하기는 하지만 자기 생애를 그리스에게 바칠 생각은 없었다. 이스탄불에서 보았던 황제의 궁전이 자꾸 떠올랐다. 그리스에는 그런 화려한 세계, 몸이 노글거리는 환락의 세계가 없었다. 정교회의 건전한 신앙이 그런 환락을 허용하지 않았다. 믿음과 소망과 사랑을 이야기하는 이들의 신은 사막의 신이었다. 그리고 남을 위해 자기를 버리라고 가르치는 데는 고개를 내두를 수밖에 없었다. 무엇보다 술탄이 되었을 때, 모든 제도며 관행을 기독교식으로 바꾼다는 것은 말이 되질 않았다.

알리 파샤는 생각 끝에 알바니아 무슬림으로 되돌아가기로 했다. 적을 무너트리기 위해서는 적의 한가운데로 들어가야 하는 법이다. 이스탄불로! 알라를 모시고! 이스탄불로! 이스탄불로 가는 길에 십자가는 내려놓아야 할 물건이었다. 이스탄불로 가자면 그리스어는 내려놓아야 하는 짐이었다.

사실 언어와 종교가 교착상태에 놓이는 것은 통치를 위해서는 감당하기 어려운 모순을 스스로 수용하는 태도이기도 했다. 알리 파샤는 마음속으로 현실과 이상을 함께 놓고 저울질하는, 일종의 게임을 하는 셈이었다. 자기 이상을 실현하는 데 방해가 되는 신은 목을 매달든지 단두대에 올려보내야 했다.

알리 파샤가 알바니아 무슬림을 선언하면서 아내 롤로디아는 인간적 실망으로 남편을 멀리하기 시작했다. 알리 파샤는 코니차에서 키라 바실리키(Kira Vassiliki)라는 처녀를 데려와 후처로 들어앉혔다. 외할아버지의 먼촌 집안 처녀였다. 혹시 기회가 되면 이스탄불로 데리고 가서 황제를 알현할 수 있도록 할 참이었다. 얼굴은 고왔지만, 롤로디아만큼 현숙하지는 않았다. 그러나 롤로디아는 알리 파샤가 알바니아 무슬림을 선언하는 바람에 곁을 주지 않았다. 오히려 남편은 두려움의 대상으로 부각되었다. 기독교도들 사이에서는 알리 파샤가 잔혹하다는 소문이 돌았다.

알바니아 무슬림으로 개종한 초기에는 세심하게 정사를 살폈다. 한편 사람들을 경계하는 태도를 보이기 시작했다. 곧 알바니아 무슬림 성격을 드러내기 시작한 것이다. 그것은 복수를 삶의 지남(指南)으로 삼는 태도였다. 황제에게도 귀가 솔깃한 소식을 전해주곤 했다. 일을 위해서는 사람을 먼저 앞세울 수 없었다. 자기 과업 성취를 위해서라면 알리 파샤는 거침없이 사람을 죽였다. 그것도 위엄을 과시하기 위해 자기 손으로 처형을 감행했다. 사람 많이 죽이지 말라는 외할아버지의 당부는, 그가 가는 앞길에 걸림돌이었다. 알리 파샤는 인간이 가장 두려워하는 게 죽음이라는 걸 깨달아갔다. 그리고 깨달음은 시간을 놓치지 않고 행동으로 밀고나갔다.

알리 파샤는 알바니아 예니체리 사령관 책무를 스스로 떠맡았다. 술탄의 친위대로 대거 병력을 이동했다. 예니체리는 처음과 끝이 다른 집단이었다. 술탄이 목숨을 구해주었다는 부채 의식이 한편에 자리잡고 있었다. 대신에 목구멍을 위해 자신의 남성을 버린 행동은 평생 후회로 돌아왔다. 그래서 이 무리 가운데는 술탄에게 반역을 시도하는 작자들이 빈번하게 나타나곤 했다. 알리 파샤의 수하에 일하던 예니체리 출신의 인물로는 메델스하임(Medelsheim)의 삼손 세르프베르(Samson Cerfberr) 같은 인물이 있었다. 당기면 살갑게 다가오고 잠시 손을 놓으면 적진을 흘금거렸다. 알리 파샤의 칼끝 아래 외줄타기를 하는 인물이었다.

알리 파샤는 이슬람의 수피파 일원이 되었다. 이들은 라마단 기간 단식을 실행하는 것을 원칙으로 삼고 있었다. 알리 파샤로서는 용납하기 어려운 구석이 있었다. 알바니아 토속종교로서 수피는 의미가 있을지 몰라도 자신의 입지를 강화하고 정치적 성취를 위해서는 별 도움이 될 것 같지를 않았다. 그러나 정교를 가지고는 유럽에서 오는 이들에게 흥미를 유발할 수 없었다. 정교는 금욕과 고행을 강요하지 않았다. 신과의 합일을 주장하는 이들의 교리는 마음에 들 까닭이 없었다. 서방교회의 한 분파에 지나지 않는 종교일 뿐이었다. 라마단을 통해서 국민의 의식을 통일하고 감성을 단일화하는 기반이 있지 않고서는 자신이 추구하는 과업을 수행하기 어려웠다. 따라서 알리 파샤에게는 종교라는 것도 신앙의 대상이 될 수 없었다. 그에게 믿을 만한 신은 이스탄불로 가는 길을 닦아주는 존재라야 했다.

알리 파샤의 이오안니나 지배의 원칙은 크게 세 가지였다. 하나는 주민들의 편의를 제공하는 것이었다. 가시적인 치적을 나타내는 데는 주민들이 편하게 살 수 있도록 해야 했다. 길을 정비하고 상수도를 확장했다. 축제를 살려 사람들이 춤추고 노래할 수 있도록 하는 것 또한 편의에 해당했다. 축제가 살아 있는 지역에서는 전쟁에 나가도 병사들이 일심동체가 되어 용맹을 드러냈다.

반전제군주제를 다스리는 원칙의 하나로 삼았다. 자기에게 편의를 제공하는 자를 자기와 연계함은 물론 자기를 배반하는 자는 가혹하게 처벌했다. 자상하고 대담한 독재자의 양면에 사람들은 머리를 내저었다. 대담함은 겉으로 드러났으나 자상함은 시간의 갈피에 묻히고 말았다. 알리 파샤는 논공행상을 엄격하게 했다. 엄격하게 처벌하고 자비롭게 무마했다. 그러나 겉으로 드러나는 것은 엄격함뿐이었다. 그런 엄격함은 자신의 권위를 세워나가는 데 크게 기여했다. 사람들이 차츰 알리 파샤 앞에서 머리를 숙이고 목동 앞의 양떼처럼 고분거렸다. 알리 파샤는 그 고분거리는 무리들을 이끌고 이스탄불로 진군하는 꿈을 꾸곤 했다.

당시 에피로스의 주도 이오안니나는 알리 파샤에게 통치가 맡겨져 있었지만 절반은 터키에 복속되어 있었다. 사람들은 이오안니나 중심지에 세워진 알리 파샤의 궁전을 터키성으로 불렀다. 알리 파샤는 에피로스의 주도 이오안니나를 술리오테스를 용병으로 이용하여 평정했다. 최소한 주도는 파샤의 권위를 세워주는 성도(聖都)라야 했다. 이스탄불이 성도(Holy city)로 불리듯이. 성도가 되기 위해서는 문화 전통이 살아 있어야 했다. 알리 파샤는 이방 지역의 사신들이 가져오는 진귀한 물건들을 창고에 차곡차곡 모아두었다. 뒤에 박물관을 세울 작정이었다. 이게 알리 파샤가 주창하는 문화주의 수행의 가장 확실한 방법이었다.

아들들이 알리 파샤를 찾아와 인사를 했다. 그런데 이상한 것은 머리를 조아릴 뿐 찾아온 뜻을 냉큼 내놓지 않는 점이었다.

"자식이 애비 앞에서 왜 그따위로 어벌벌하는 게냐?" 한참 멈칫거리던 큰아들 무타르가 입을 열었다.

"이오안니나 지역에서 아버지 평판이 좋질 않습니다." 그 이야기를 하는 입가가 떨리고 있었다.

알리 파샤는 우선 부트린트에 성을 개축하고 망대를 세우는 등 작업을 하면서 희생되는 인부들은 성밑에 묻어버리곤 했던 게 생각나 마음이 쓰였다. 그런 일이 있는 밤마다 알리 파샤는 악몽에 시달렸다. 전에 없던 일이었다. 죄짓고 마음 편하게 잠들 수 없다던 어머니 한코나의 이야기가 떠올랐다.

"그게 도무지 무슨 말이냐?"

두 아들은 축제에서 생긴 일종의 작은 분규를 소상히 얘기했다. 이곳 그리스 청년들과 다툰 이야기였다. 그리고 그들 앞에서 무릎을 꿇은 일도 터놓았다. 그 장면에서 처녀애들이 갈갈대며 웃었다는 이야기를 듣는 알리 파샤의 얼굴이 심하게 일그러졌다.

"그 계집애들이 어디 출신들이라더냐?"

"술리오테스 집안 애들인 것 같습니다."

"그런 멍청한 대답이 어디 있어? 가서 확인해라!" 알리 파샤가 달려들어 아들의 엉덩이를 구둣발로 걷어찼다. 알리는 그렇게 아들들은 내쫓았다. 초반에 이들을 눌러놓지 않으면 어떤 식으로 들고일어날지 알 수 없는 정황이었다. 알리의 아들들은 소대장들을 대동하고 동네를 샅샅이 뒤져 처녀들을 파샤의 성으로 끌고 왔다.

"아버지께서 직접 물어보시지요."

알리 파샤는 아들의 정강이를 구둣발로 들이찼다. 아들은 그 자리에서 앞으로 고꾸라졌다. 도무지 성에 차지 않는 자식들이었다. 씨도둑은 아닐 터인데, 어디서 저따위 비리비리한 인간이 나왔는가, 혀를 깨물고 싶었다. 알리 파샤는 마룻장이 쿵쿵 울리도록 발을 굴렀다.

"이 동네 방식대로 처벌하라."

그날 저녁 처녀들은 알리 파샤의 병사들에게 붙들려가 마대자루에 담긴 채 호수에 가라앉혀졌다. 알리 파샤의 명령을 거역할 아들이 없었다. 음탕한 자를 징치하는 이 동네 방식이라면, 자루에 집어넣어 돌을 달아 호수에 가라앉히는 '수장'을 뜻했다. 알리 파샤의 아들들은 모두 그런 처벌까지 가리라고 생각을 못 했다. 알리 파샤가 아들을 걱정할 만했다.

알리 파샤에게는 아들이 셋 있었다. 대러시아 전에 참여했던 무타르 파샤(Muhtar pasha), 모레아 에이알리트 파샤로 일한 벨리 파샤(Veli pasha), 알바니아의 블로러를 다스린 살리 파샤(Salih pasha) 그렇게 셋이었다. 이들은 자기 부친 알리 파샤가 처녀들을 호수에 빠트렸다는 이야기를 듣고, 앞날에 먹구름이 낀다면서 알리 파샤의 성을 향해 침을 뱉았다. 자식의 앞길을 막는 애비에 대한 반항이었다.

그날 저녁 롤로디아는 아들들을 이끌고 호수로 나갔다. 아들들에게 손을 모으게 하고는 달이 훤하게 떠오른 하늘을 향해 기도했다. 오늘 억울하게 죽은 처녀들의 영혼이 하늘나라에 갈 수 있게 기원하는 기도였다. 호숫가에서 악어 떼가 푸득푸득 물을 뿜어냈다. 호수물에서 짙은 피비린내가 풍겼다.

29

鰐魚

이스탄불

악어 떼처럼 톱카프 궁전으로 사람들이 밀려들었다. 관광은 전투였고, 전투는 피를 불렀다. 피 냄새를 맡고 악어 떼는 더욱 극성을 부렸다. 악어 떼 가운데서는 '총, 균, 쇠'가 왕성하게 거래되었다. 어느 작가가 쓴 것처럼 무기와 질병과 기술문명이 발호하는 중이었다.

아들 보노가 사라졌다. 톱카프 궁전으로 들어가 내부를 돌아보기 시작할 때가 10시경이었다. 12시가 되도록 보노는 모습을 드러내지 않았다. 인이수는 호사다마, 어쩌구 하는 낡은 수사는 질색이었다. 이번 여행은 호사가 아니었다. 학교에 안 가겠다는 아들 보노를 달래기 위해 며칠 시간을 가지고 아이를 설득하자는 목적이 있는 여행이었다. 아이가 스스로 발설하지 못하는 어떤 폭력집단에 가담하고 있는 것을 격리하는 효과를 아울러 고려했다. 그러나 그것은 막연한 짐작이었다. 아이의 행동으로 봐서 짐작하는 일일 뿐이었다. 확실한 증거는 없었다. 짐작으로 처리할 수 있는 간단한 사안이 아니었다.

인이수는 무성하게 자라 올라간 삼나무 아래 장의자에 주저앉았다. 퍼질러진 짐보따리처럼. 서모시가 다가와 손수건으로 이마에 흐르는 땀을 닦아주었다. 서모시의 얼굴 또한 하얗게 질려 있었다. 빈혈이었다. 빈혈이 밀려오면, 서모시는 스스로 감당할 수 없는 환상에 시달렸다. 서모시는 자신의 건강에 문제가 있다는 것을 잘 알았다. 그런데 그 건상이상은 종잡을 수 없는 것이라서 애초에 설명을 할 수 없었다.

톱카프 궁전 돔 위로 펼쳐진 하늘을, 인이수는 넋을 놓고 쳐다보았다. 푸른 이내 속에 돔이 하늘로 아스라하게 풀려 올라갔다. 현기증과 함께 몸이 졸음 속으로 풀려가기 시작했다. 톱카프 궁전의 감시탑이 거꾸러져 가슴에 처박혔다. 가슴이 파열되는 것처럼 아팠다. 잠시 띠잉 하는 충격파가 밀려왔다가 빠져나갔다. 아득한 정적이 온몸을 휘감았다. 그 정적 속에서 몸뚱이가 풍화해서 풀풀 석회 가루를 날리며 마멸되어갔다.

시간과 공간이 마구 혼란의 소용돌이에 휘말려 들어갔다. 눈앞을 안개가 가렸다. 공중에는 휘발유 냄새가 가득했다. 시너 냄새 같기도 했다. 불똥이 튀기만 하면 펑, 펑 터져나갈 참이었다. 개털 타는 냄새와 재생 기름으로 고기 튀기는 냄새가 사방에 자욱했다. 아득한 굴을 돌아 나오는 울부짖음이 귀를 쟁쟁하게 울렸다. 몸이 휘발해 달아났다. 눈앞에 희뿌연 허공이 전개되어 물결을 따라 흔들렸다. 인이수에게 어깨를 기댄 서모시는 눈앞에 전개되는 환상을 더듬고 있었다.

군인들은 얼굴을 복면으로 가리고 선글라스를 끼고 있었다. 그중 한 명이 보노를 끌고 갔다. 보노는 고개를 푹 꺾고 모래바닥에 꿇어

앉았다. 군인이 총개머리로 보노의 턱을 치켜들었다. 보노의 얼굴은 이글거리는 태양을 향해 젖혀졌다. 옆에 섰던 군인이 보노의 목을 향해 칼을 내리칠 기세였다. '너무 어려!' 그건 환청이었다. 서모시는 눈을 딱 떴다. 환상과 환청이기는 했지만 너무 또렷하게 영상이 맺혔다. 몸으로 전류가 짜르르 지나갔다.

"보노가 아이에스 무장단에게 잡혔어."

인이수는 몸이 굳어붙는 느낌이었다. 인이수는 아득한 벼랑에서 떨어져내리듯이 몸을 떨었다. 서모시가 인이수의 등을 쓸어주었다.

"자식이 시리아 난민 어쩌구 하더니…… 아이에스 놈들을 찾아간 거야."

인이수가 듣기에 남편의 말은 한가한 공상이었다. 공상에 매몰되는 남편. 서모시는 늘 극단적 상황을 설정했다. 상황을 설정하기보다는 거기 끌려갔다. 가슴이 답답했다. 남편은 어딘지 내면에서부터 몸을 지탱해주던 기운이 빠져나가는 중인 모양이었다.

"여행 출발하기 전에 보노가 당신한테 한 이야기 없어?"

서모시가 접어 올렸던 다리를 펴면서 인이수에게 물었다. 말투로 봐서, 서모시는 보노가 최소한 엄마 말은 듣고 상의하는 거라고 생각하는 편이었다.

"애놈이 영어 좀 하고, 운동시켜서 몸 길러놓으니까 엉뚱하게 튀네. 염병할!"

서모시는 보노에게 영어를 가르치고 운동을 시키고 한 게 이런 결과를 가져왔다고 생각하는 모양이었다. 아이가 실종되었다는 것을 단정하기는 일렀다. 그리고 단서도 확실치 않았다.

"경찰에 신고해요."

이렇게 멈칫거리고 앉아 있다가 아이를 정말 잃어버리겠다면서, 인이수가 단호한 어투로 말했다.

"무슨 신고를?"

서모시는 맥이 닿지 않는다는 듯, 의자 등받이에 기대앉은 인이수를 각진 눈으로 째려봤다.

"무슨 신고냐니, 어이가 없어서." 인이수가 푸우, 입김을 내뿜으며 서모시를 적의 가득한 눈으로 흘겨봤다. 경찰에 신고하는 거 말고는, 손가락 하나 까딱할 수 없었다.

"어디에다가 무슨 신고를?" 서모시가 짜증 섞인 어투로 내뱉었다.

"실, 종, 신, 고!" 인이수가 한 음절씩 끊어서 박아넣었다.

"신고 전에 사실을 확인해야지. 내가 본 건 환상일 뿐이야." 논리가 서지 않는 말이었다. 논리가 맞는 것 같기도 했다. 그 '사실'이라는 게 확인할 방법이 없는 '가상현실'인지도 몰랐다.

서모시는 무슨 생각을 하는지 아무런 반응이 없었다. 인이수는 끼약, 고함을 지르고 남편을 향해 눈을 흘겼다. 흘긴 눈에서 눈물이 찔끔 눈가로 번졌다. 눈이 터질 것처럼 아팠다.

서모시는 '사실억압'에 묶여 살았다. 부엌에서 된장찌개 만든다고 호박을 썰다가 전화가 울려 거실로 달려간 적이 있었다. 어떤 보험세일 직원이 '테러보험'을 종용하는 내용이었다. 그런데 주방으로 돌아와 보니, 금방 호박을 썰던 칼이 안 보였다.

"여보, 칼 어디로 치웠어요?"

"사실 확인도 않고 그걸 내가 치웠는지 어떻게 알아, 염병!" 서모시는 몸을 불불 떨었다. 칼에 피가 묻어 있길래 씻어서 다용도실 공구함에 넣어두었다는 것이었다.

"자살하지 마, 그건 하느님 앞에 죄짓는 일이야." 인이수는 칼판 위에 흩어진 호박 조각들을 쓰레기통에 훑어넣었다. 눈앞이 깜깜했다.

조금이라도 자기에게 벅찬 일이 생기면 맥을 놓고 마는 게 서모시의 습벽이었다. 습벽이라기보다는 의지가 박약한 성격이 그렇게 겉으로 모양을 드러내곤 했다. 그게 인이수는 말할 수 없이 두려웠다. 그러다가 불끈하고 분노를 드러내는 남편의 심리적 균형이 무너지는 것 같아 걱정이 앞섰다. 자기 중심적이라기보다는 외적인 충격을 소화하지 못하는 심약성이 서모시의 심리특성 같았다. 인이수는 서모시의 심약성을 감당할 만큼 강심장이 못되었다.

이런 상황에서 어떻게 할 것인가, 거기 대한 서모시의 대안은 아예 싹도 안 보였다. 서로 묻고 대답할 일이 아니었다. 인이수는 안달이었고 서모시는 차분히 가라앉아 싸늘하게 식어가는 중이었다.

"새끼가 아이에스 찾아간 거 같지 않아?" 서모시는 그런 감을 잡고 있는 모양이었다. 감을 잡기보다는 거의 그렇게 확신하는 투였다.

전에 그런 일이 있었다. 보노가 슈팅게임이라는 걸 하고 와서는, 전쟁이 났으면 좋겠다고 했다. 김정은이 처내려오면 짱 좋겠다는 것이었다. 인이수가 놀라서 아이를 붙들어 앉히고 전쟁은 아무리 승리를 해도 사람이 죽는 일이라서, 전쟁은 하면 할수록 인류의 죄가 늘어난다고 이해를 시키려 했다.

"아냐, 전쟁을 하면 과학이 발달하고 의학 수준이 점프한대…… 무기는 전쟁이 만든 과학의 총아래. 그리고 실험할 수 있는 인간들이 짱 많이 늘어나서 죽을 놈들을 가지고 별별 실험을 다 할 수 있대. 전쟁이 나야 인류가 발전한다던데."

"강요된 평화보다는 전쟁이 한결 낫다는 사람도 있기는 하지만, 전쟁은 그 결과가 비참해, 보노야!"

보노는 제 엄마의 얼굴을 조용히 쳐다보다가 다시 물었다.

"전쟁은 국가에서 보장해주는 거니까 돈 안 들어가잖아?"

"전쟁에 필요한 비용은 국민이 다 내는 거야."

"그렇게 소비해야 생산이 촉진된대. 어버리 같은 자식들 싹 드드드득…… 갈겨버리고." 기관총을 쥐고 좌우로 흔들면서 적군을 사살하는 시늉을 했다.

인이수는 두 손으로 머리를 감싸 잡고 고개를 무릎 사이에 처박았다.

"애놈이 아이에스 그놈들 사이트에 접속한 거, 내가 봤어." 인이수는 서모시 당신은 도무지 이해할 수 없다는 투로 나왔다.

"그런 사이트에 드나들었다고 아이에스 대원 되면, 세상은 아이에스 그놈들로 넘쳐나겠다." 서모시는 대답을 않고 인이수를 쳐다보다가 중얼거리듯이 말했다.

"놈들에게, 인간은 소모품 무기야." 그들은 폭탄 하나 안겨주고, 사람들 모인 데 가서 터트리는 게 네 생애의 빛나는 영광이라고 들쑤셔 놓았다. 그건 서모시가 CNN 자료를 통해 알고 있는 사실일 뿐이었다. 서모시가 '사실'로 알고 있다는 것들은 결국 편집된 '뉴스'에 의존하고 있는 허구에 지나지 않았다.

애가 잘못되면 어떻게 할 것인가, 몸서리가 쳐졌다. 이슬람 사원 돔 위로 퍽퍽 터져 날아가는 인간의 팔다리…… 보노의 웃는 얼굴…… 웃다가 고깃덩어리가 되어 날아가는 팔다리…… 서모시는 진저리를 치다가는 악몽에서 벗어나려는 듯 고개를 옆으로 세차게 흔들었다.

머리가 흔들리면서 악몽의 늪으로 몸이 가라앉았다. 자칫하다가는 정신을 놓을 것 같은 두려움이 엄습했다. 서모시는 지독한 환상에 시달리면서 지냈다. 아내 인이수에게는 그런 이야기를 하기가 너무 미안했다. 인이수의 수입에 생애를 매달고 사는 주제에 정신까지 어지러워 정신병원에라도 가게 된다면 그것은 두말할 것 없는 파탄이었다.

우선 안내소를 찾아가서 방송을 부탁했다. 아이가 사라졌다, 아니 아이는 실종되었다, 사라진 것과 실종된 것의 차이를 따질 겨를은 없었다. 10분 간격으로 대여섯 번 방송이 나가는 것 같았다. 그게 아이를 찾는 방송이라는 것은 간간이 '보노'라는 아이 이름이 아랍어 소음 속에 섞여 나오는 것을 들어서 아는 정도였다. 방송이 나간 지 한 시간이 되어도 누구 하나 아이 소식을 물어다 주는 이는 없었다.

"이런 일이 전에도 있었습니까?"

인이수가 안내실 책임자인 듯한 사람에게 물었다.

"지금은 예니체리 시대가 아니니 걱정하지 않으셔도 됩니다."

인이수는 고개를 갸웃했다. 시대를 거슬러 올라가면 그런 일이 있었다는 뜻이 아닌가. 세상에 완벽하게 진행되어 종결되는 인간 행위는 없는 법이다. 예니체리, 서모시는 발칸 역사를 뒤져보는 가운데, 예니체리를 이해할 수 있었다.

서모시와 인이수는 넋이 나간 사람처럼 장의자에 앉아 있었다. 한 시간 정도 기다려본 후 경찰에게 신고하기로 의견을 모았다. 보노가 양탄자를 타고 홀연히 나타나는 기적 같은 일은 일어나지 않았다. 서모시는 잠시 눈을 감고 의자 등받이에 등을 기댔다.

톱카프 궁전 매표소와 기념품점 사이에 주택가로 통하는 작은 골목이 이어졌다. 줄을 서서 기다리던 사람들 가운데, 소변이 급한 남자들이 주위를 흘금거리며 다가와 벽에다가 오줌발을 갈겼다. 지린내가 진동했다. 보노는 '소변금지, No Urinating' 팻말에다가 오줌을 갈겼다. 골목 앞에서 남녀 관광객이 키스를 했다. 보노의 자지가 빳빳하게 서서 건덩거렸다. 새꺄 죽어라! 보노가 자지를 잡고 중얼거리는 순간, 난데없는 총구가 보노의 턱을 쳐들었다.

"저팬? 차이나?"

"노, 코리아, 코리아 더 사우스!"

검은 안경으로 얼굴을 가린 군인이 보노의 사타구니를 걷어찼다. 보노는 찌르르한 통증과 함께 앞으로 거꾸러져 의식을 잃었다. 그것은 서모시가 사실 여부를 확인할 수 없는 현실이었다.

"보노가 놈들한테 잡혀갔어. 사실이야." 서모시의 음성은 딴딴했다.

서모시는 인이수와 사람들로 북적거리를 광장을 가로질러 나와 택시를 탔다.

"경찰서로 갑시다." 서모시가 영어로 말했다. 수염을 부글부글 기른 운전사는 고개를 갸웃하다가는, "쿨로크?" 하고 다시 고개를 깨딱했다.

"경찰서로 나를 유인하려고요?" 운전수가 수염을 쓸면서 농담을 걸어왔다. 아이가 사라졌다는 이야기를 못 알아들었다. 우리 아이는 마이 베이비도 아니고, 차일드도 아니었다. 마이 선이라고 하니 하늘을 가리켰다. 마이 보이라고 하자 비로소 고개를 끄덕였다. 그가 사라졌다, 그를 찾으러 경찰서로 가야 한다. 말을 하지는 않지만 서모시는 속으로 가슴을 치고 있었다.

그런 문답 끝에 알았다는 듯이, "오 폴리스!" 하면서 운전대를 탕탕 치고는, 차를 출발시켰다. 한국에서 왔지요? 그렇게 묻고는, 빨리빨리 가겠습니다. 빨리빨리 포 더 폴리스! 운전사는 기가 살아 좋아라 했다. 한국인을 만났다는 게 기분좋은 모양이었다.

경찰은 '사실'을 확인했다. 이름, 나이, 국적 등은 내외가 아무 거침없이 똑같은 답을 할 수 있었다. 그런데 실종자 인상을 이야기해보라는 데서는 말이 막혔다. 눈앞에 보일 듯한 얼굴인데, 그 얼굴을 묘사할 말들은 아득한 안개 속으로 사라지고 말았다. 그 해맑은 얼굴을 뭐라고 말해야 한단 말인가? 빛나는 눈과 호기심이 가득해서 남의 말을 귀기울여 듣는 태도를 묘사할 말이 없었다. 내 핏줄이라는 말은 물론, 내 새끼를 번역할 말이 없었다.

톱카프 궁전 어디서 아이를 잃어버린 것인지를 설명하는 것도 쉽지 않았다. 감시탑으로도 쓰고 죄수를 처형할 때, 꼭대기에서 떨어뜨려 죽게 했다는 망루가 기억날 뿐이었다. 아이가 방황하고 있을 때 당신들은 무엇을 했는가, 그렇게 묻는 경찰 앞에서는 숨이 컥 막혔다. 세계에서 두 번짼가 세 번짼가로 크다는 다이아몬드를 구경하는데 정신이 빠져 있었던 게 탈이었던 모양이었다.

연락처를 대라고 할 때 남편이 아침에 나오면서 챙겨 넣었던 호텔 명함을 내놓았다. 베켈레멕, 웨이트. 얼마나 기다려야 하지요? 하루가 될 수도 있고, 어쩌면 영원히 기다려야 할지도 모르지요. 담당 경찰의 느긋한 답이었다. 인이수가 의자를 박차고 일어나 발을 구르면서 소리를 질렀다.

"오늘 안으로 아이를 찾아야 해요."

"저도 그러기를 바랍니다."

터키 경찰은 느긋하게 대답하고는, 오른손을 내밀어 출입문 쪽을 향해 부드럽게 손을 펼쳐 보였다. 일이 끝났으니 나가 보라는 제스처였다.

경찰서를 나왔지만 딱히 갈 만한 데가 없었다. 길을 곱집어서 톱카프 궁전으로 돌아갔다. 그사이 아이가 제자리로 돌아와 부모를 기다리고 있을지도 모른다는 기대도 있었다. 우선 안내실로 달려갔다. 아이가 안 왔던가 물었다. 안내실 직원은 아주 간단하게 노, 하고는 다른 여자 손님과 깔깔대면서 요설을 늘어놓았다. 인이수는 그 웃음이 자기를 두고 웃는 웃음일지도 모른다고 생각했다.

인이수는 얼굴이 하얗게 핏기가 사라지고, 몸을 떨었다. 서모시는 아내의 어깨에 손을 얹었다. 그리곤 달래는 말로 아내에게 안심하라고 일렀다.

"걱정하지 말아요. 걔가 그래 봬도 영어웅변대회에서 일등했잖아? 언어가 된다는 얘기고, 무사히 꼭 찾아올 거야."

"그런 때는, 어떻게, 그렇게도 마음이 편해요?" 신경질이 섞인 어투였다.

"영어도 할 줄 알고, 한국 대사관 전화도 입력해주었잖아?"

"대사관?"

대사관이라는 인이수의 말 한마디에 서모시는 화들짝 놀랐다. 구부정하니 굽혔던 허리를 폈다. 그러고는 혼자 투덜거렸다.

“멍청하기는 왜 한국대사관은 제쳐놓고 터키 경찰에 먼저 신고를 했지?” 인이수는 남편에게, 모처럼 말 같은 말을 한다는 듯이, “그러게 말예요, 누가 아니래요.” 하면서 응석을 들어주는 것처럼 응대해 주었다.

인이수는 당장 한국대사관에 전화를 했다. 담당 직원이 친절하게 전화를 받았다. 걱정되시겠다면서, 이스탄불은 국제도시라서 여러 가지 복잡한 일들이 일어나기는 하지만, 치안은 걱정을 안 해도 된다고 위로의 말을 했다.

“치안은 어른들 얘기고요, 아이가 실종된 건 치안이 문제가 아니잖아요?”

“여기는 아이에스 놈들 안 오는지 물어봐.” 서모시의 상상은 여전히 시리아와 IS를 향하고 있었다.

실종, 납치, 유괴, 유린, 린치, 그런 말들이 서모시의 머릿속에서 수물수물 떠올라 버러지들처럼 날아다녔다. 경찰은 기다리라고, 막연한 말만 되풀이했다.

급한 마음에 터키 경찰에 먼저 신고를 했다는 이야기를 하면서, 인이수는 전화에다 대고 사과했다. 담당 직원은 잠시 말을 멈추고 멈칫거렸다. 순서가 틀린 거 아닌가 하는 듯한 눈치였다. 관광객들이 아이 데리고 왔다가 잠시 잃어버리는 경우가 가끔 있다면서 걱정하지 말고 기다리라고 느긋하게 나왔다.

“걱정하지 말라니…….” 세상 어느 부모 치고 아이가 없어졌는데 걱정을 안 할 부모가 어디 있겠냐고 들이대고 싶었지만, 생각해보면 대사관 직원이야 아무 죄도 책임도 없는 사람이 아니던가 싶어서 기가 죽어 물러났다.

기다리라는데 어쩌랴. 헌데 아무런 할 일이 없었다. 꼼짝 못 하고 앉아서 시간을 죽여야 하는 경우를 당하기는 오랜만이었다. 돌이켜 보면 목숨 사는 일이 얼마나 우연으로 중첩되는지, 말로 설명이 안 되는 것인지를 뼈저리게 체감하는 날들이었다. 그리고 지루한 기다림…….

인이수는 박지남의 얼굴이 떠올랐다. 전에 만났을 때, 한국 떠나 살아야 하겠다는 이야기를 했다. 한국 사람 많이 안 오는 데 가서 처박히고 싶은 게 소망이라면서, '흑해'를 이야기했다.

서모시는 눈을 감고 앉아서 몸을 덜덜 떨었다. 심령술사에게 최면이 걸린 사람 모양이었다. 환상에 휩싸일 때면 으레 몸을 가눌 수 없을 지경으로 떨리곤 했다.

"웨어라 위 고잉?"(우리 어디로 가요?)

"퍼큐, 해브어 지퍼 온 유어 마우스!"(제미, 입 닥쳐.)

검은 안경을 낀 사내의 주먹이 사정없이 얼굴로 날아들었다. 코에서 주르르 피가 흘렀다. 비강을 통해 흘러내린 피가 입안에 가득 괴었다. 처음 두어 차례는 목으로 삼켰다. 검은 안경들은 보노의 바지를 내리고 팬티를 제낀 다음 보노의 성기를 주무르면서 낄낄거렸다. 차가 흔들리는 대로 사내들의 손자락 안에서 성기가 발기되어 빳빳하게 부풀었다. 보노는 얼굴이 활활 달아올랐다. 팔이 끈으로 묶여 있어서 꼼짝을 할 수 없었다. 자신의 몸인데 자신의 의지로 통제되지 않는 부분이 있다는 생각을 했다.

건너편 가름대에 묶여 있던 여자애를 풀어서 이쪽으로 데리고 왔다.

“써큐!” 검은 안경이 여자애의 엉덩이를 걷어찼다. 여자애는 몸부림을 쳤다. 검은 안경이 여자애의 블라우스를 벗기고 브래지어를 뜯어냈다. 뽀얀 젖가슴이 달덩이처럼 하얗게 눈앞에 떠올랐다. 검은 안경은 여자애를 보노 쪽으로 굴려놓고는 아까와 똑같은 말로, “써큐!” 하면서 낄낄거렸다.

보노는 입에 고이는 피를 옥물어 앞에 서서 낄낄거리는 사내의 얼굴을 향해 힘차게 뿜었다. 발길이 날아와 옆구리에 꽂혔다. 다른 놈이 트럭 상판에다가 여자애를 눕히고 타고 앉았다. 여자애의 사타구니에다가 성기를 쑤셔넣었다. 보노는 구역질을 하다가 정신을 잃고 늘어졌다.

“이쓰 유어 치크(네 깔치야).” 그런 소리가 귓가에 아득하게 들렸다.

트럭은 흔들리면서 깊은 어둠 속 언덕길을 달려 내려갔다. 후끈한 모랫바람이 온몸을 감싸고 불어갔다. 엄마와 아버지 영상이 사구 위로 떠올랐다가 다시 사구 아래로 가라앉았다.

보노는 입에 고이는 침을 뱉았다. 침에 피가 섞여 나왔다.

鰐魚

두 시인

30

롤로디아는 혼자서 장거리를 나와 돌아다녔다. 사람들의 인심 흉흉한 것을 금방 느낄 수 있었다. 입에 피를 물고 달려들 것 같았다. 피를 피로 갚는다는 게 알바니아의 전통이고 풍습이라던 남편의 이야기가 자꾸 떠올랐다. 생애 헛살았다는 후회가 몰려왔다. 남편이야 본래 그런 길을 택해 갔으니 그렇다고 해도, 아들들 교육에 손을 못 쓴 게 후회막급이었다. 남편을 믿거라 하고, 눈 감고 앞서가는 사람 옷자락 붙들고 밤길 가듯, 그저 추종한 게 후회되었다.

알리 파샤는 자기 일을 성취하기 위해서는 사람 아끼지 말아야 한다는 주장을 점점 완강하게 굳혀나갔다. 한편 자기 행동이 포악해지는 것을 감지하면서, 보복이 두려워지기 시작했다.

처녀들을 잡아다가 호수에 빠트려 죽이면 반드시 보복을 당한다는 이야기들을 라리사 파샤가 전했다. 더구나 정교회 신앙을 가지고 있는 애들만 잡아다 죽인 것은 앞으로 이슬람과 정교회의 대립과 상호 반목을 초래할 것이라는 이야기는 메초보 파샤의 조언이었다. 정교회 처녀들을 잡아 죽이면, 그리스와 연계를 끊는 일이기도 하다면서 알리 파샤의 장래를 걱정하는 이들도 있었다. 언어와 민족은 달라도 복수의 전통은 이오안니나라고 알바니아와 다를 게 없었다. 복수의 감정은 지역에 따라 표현하는 형태는 달라도, 인간 보편의 심리일 터였다.

그리스어를 공식 용어로 선포한 후, 알리 파샤는 이오안니나에서 자신의 입지를 공고히 하지 않으면 배척을 당할 거라는 두려움에 시달렸다. 피스키티오스를 시켜 에피로스의 역사를 들춰보게 했다. 오늘 자기가 처한 입장은 에피로스의 역사와 분리할 수 없는 것이라고 알리 파샤는 생각을 가다듬었다.

에피로스는 그 이름처럼 피로스 왕이 다스리던 땅이라는 뜻이었다. 그는 매우 강한 군사력을 가지고 있었다. 이탈리아 반도 남쪽에 그리스의 스파르타가 세운 타렌툼이라는 도시국가가 있었다. 로마가 강성해지면서 타렌툼은 로마의 침략에 시달렸다. 타렌툼에서 에피로스에 군사적 협력을 요청했다. 그리스라는 역사적 동질성을 내세운 협조 요청이었다. 본래 마케도니아였지만 피로스가 전쟁을 벌여 승리하여 독립한 에피로스로서는 마땅히 타렌툼을 도와야 했다. 전쟁에 승리를 하면 이탈리아 반도로 진출할 수 있는 계기가 마련되는 셈이었다.

에피로스 왕은 군사 2만 명과 코끼리 스무 마리에다가 사수를 타게 하여 출전했다. 처음에는 병사들만 전투에 참여했으나 전과가 그리 신통한 것이 못 되었다. 겨우 로마군을 방어하는 데 그쳤다. 에피로스 왕은 코끼리 부대를 투입했고, 코끼리를 생전 처음 보았던 로마군은 기절초풍해서 달아났다. 전쟁은 양편에 모두 막대한 손실을 입혔다. 더구나 시칠리아에서 카르타고와 싸워야 했다. 아무튼 피로스왕은 전쟁에서는 승리했으나 피해가 너무 컸다. 아무것도 얻은 게 없는 승리를 '피로스의 승리'라는 말까지 생겨나는 판이었다. 승리가 곧 손실이었다.

연방회의가 열렸다. 『에피로스의 영웅』이라는 알리 파샤의 생애와 영웅적 행적을 적은 전기를 각 지역 파샤들에게도 돌렸다.

"우리가 존경하는 알리 파샤에게는 피로스 왕과 같은 손해는 결단코 없을 것입니다. 우리 모두가 존경하는 알리 파샤와 더불어 에피로스의 영광을 되살립시다."

시인 피스키티오스는 에피로스 각지에서 온 파샤들 앞에서 열변을 토했다. 알리 파샤는 물담배를 피우면서 보료 위에 비스듬히 눕듯이 앉아 각지에서 몰려온 파샤들을 내려다보았다. 이윽고 갈채가 일었다. 알리 파샤는 총곤(驄棍)으로 탁자를 텅텅 치면서 흐뭇한 웃음을 흘렸다. 알리 파샤가 역사의 뿌리를 가진 인물로 성화되는 순간이었다.

이오안니나에는 데리노에서 와서 이전 파샤를 이어 봉직하는 궁정 시인 학시 셰크레티(Haxhi Shekreti)라는 이가 있었다. 그는 내용이야 너절근하지만 이야기를 시적 운율에 맞추어 듣기 좋게 읊어대는 재주를 가진 음유시인이었다. 알리 파샤는 피스키티오스를 시켜 학시 셰크레티를 불러들였다.

"시인께서, 내 생애를 서사시로 만들어주시오."

"아킬레우스나 아가멤논 같은 영웅이라야 그 행적을 서사시로 읊을 수 있는 게, 우리 시인들의 관행입니다."

“사람이, 말귀를 알아들어야 시인이지. 누가 당신더러 내 생애를 기록하라 했소? 만들라 하지 않았소?”
“시는 마음에서 우러나 읊는 것이지, 고소장을 쓰듯이 그렇게 따져 써가지고 만들어지는 게 아닙니다.”
“자네 이야기를, 내가 자네 인생이 여기서 끝나도록 만들라는 뜻으로 알아들어도 되겠는가?” 알리 파샤가 칼집에서 칼을 빼내는 순간이었다. 피스키티오스가 알리 파샤 앞으로 나서서 말했다.
“무슬림으로 개종한 분이 무슬림을 칼로 다스리는 것은 알라 신이 기뻐하는 행위가 아닙니다. 잘 거두어주시면 각하의 앞날에 이름이 거룩하게 빛날 것입니다.”
“그저 해본 소리옵고 이미 그런 분부가 있을 줄로 알고, 알리파시아드(Alipashiad)라고, 1만 행을 만들어 바치도록 하겠습니다.” 그 긴 서사시는 1만 행이 넘는 대작인데, 알리 파샤에게 헌정되었다. 물론 그 서사시를 읽는 사람은 아무도 없었다. 알리 파샤와 두 시인이 만나는 장면은 조라포스가 화폭에 옮겨 금박으로 장식한 액자에 담겨 알리 파샤의 궁전에 걸리게 되었다. 「알리파시아드」를 작성하는 작업은 말로 동상을 만들어 세우는 일이었다. 알리 파샤는 자기 소원 하나는 착실히 완수했다고 즐거워했다.

알리 파샤는 새로 얻은 아내 키라 바실리키에게 「알리파시아드」를 낭송하게 했다. 알리 파샤는 보료 위에 비스듬이 누워 바실리키가 낭송하는 시를 듣고 있었다. 운율이 매끄럽게 흘러가는 것은 마음에 척 안겨왔다. 그러나 이따금 어느 구절에 가서는 가시가 들어 있는 듯하기도 했다. 예를 들면 이런 것이었다.

그대는 오늘 내일의 그대를 사는 것이거니
오늘 한 줌의 피가 내일 그대의 눈물이 되리니
인생은 그렇게 윤회를 거듭하거니와
악업은 악업으로 영혼을 퇴락하게 하도다.

악행을 삼가라는 이야기인 것은 알겠는데, 근간 자신이 저지른 악행을 예언처럼 덜미를 들씌우는 것은 마음에 짙은 음영을 드리웠다. 시인이라는 게 무녀 한가지라, 영웅의 행동 여하에 따라 시는 언제든지 다시 씌어져야 하는 것이 아닌가 싶었다. 시인에서 그런 소리를 들을수록 알리 파샤의 일에 대한 열정은 무서운 불꽃으로 타올랐다.

알리 파샤는 부트린트 요새를 구축한 다음부터 해상권에 대해 짙은 관심을 보였다. 자신의 제국에 대한 욕망을 실현하기 위해서는 바다를 무대로 세계를 휘두른 이들의 행적을 들쳐보았다. 알리 파샤는 시인을 시켜 영웅들의 행적을 이야기하게 했다. 알리 파샤는 스스로 글을 읽기 불편할 정도로 시력이 약화되었다.

지중해 해상권 형성에 대한 관심은 필연적으로 다른 지중해 해상권자들의 적수가 될 가능성을 내포하고 있었다. 당시 베네치아 지배하에 있던 알바니아 해안에 군항을 획득하기로 작정하고 여러 가지로 길을 모색했다. 그런데 자기가 다스리는 영토는 이미 유럽의 다른 나라 세력들이 할거를 하고 있는 상황이었다. 따라서 알리는 유럽 세력과 교섭할 필요가 절실해졌다.

우선 알리 파샤는 나폴레옹 1세와 동맹을 결성했다. 당시 나폴레옹 1세는 프랑수아 푸크빌을 이오안니나 총통으로 임명하고 있었다. 알리 파샤는 오스만튀르크에 대해 이를 갈게 되었다. 오스만 술탄 셀림 3세는 프랑스 총통을 완전한 동의하에 임명하게 했던 것이다. 명색이 파샤인데, 이스탄불에서 하는 정책에서 자기를 돌려놓다니 괘씸한 짓거리였다. 알리 파샤는 이스탄불을 향해 거듭 이를 갈았다. 나폴레옹 보나파르트의 어머니 레티치아와 맺은 인연을 이런 때 이용해볼까 하는 생각도 했다. 그러나 이미 때가 늦은 일이었다.

알리 파샤는 영국과 동맹을 결성했다(1807). 그게 프랑스를 견제하면서 그리스를 돕는 방안이라고 생각했다. 물론 그리스의 독립을 돕는다는 건 명분에 불과했다. 영국의 도움을 얻어 그리스 독립을 표방하는 세력을 규합해서 이스탄불로 밀고 들어가는 절호의 기회라고, 알리 파샤는 약삭빠른 판단을 했다.

영국과 동맹을 결성한 알리 파샤는 시인 피스키티오스를 불렀다. 그리고 영국에서 가장 날리는 시인이 누군가 물었다.

"영국에서는 요즈음 낭만주의 바람이 일어 이상과 사랑과 자연의 숭엄함을 노래하고 있습니다. 그 가운데 으뜸은 아마 조지 고든 바이런이라는 시인일 겁니다."

"그가 과연 만나볼 만한 인물인지 알아보시오."

"여부가 있겠습니까만, 대학을 졸업하고 이제 혁명의 열기에 들떠 세계를 돌아다니고 있습니다. 아마 지금 코린트만이나 이오니아해의 이타카 근처 어딘가를 떠돌고 있을 겁니다."

알리 파샤는 이타카라는 말에 귀가 번쩍 띄었다. 이타카라면 오디세우스가 10년 방황을 끝내고 돌아온 고향이 아닌가. 온갖 고난과 유혹을 물리치고 오디세우스를 기다려준 아내 페넬로페를 만나 귀향한 영웅 대접을 착실히 받았다. 그런데 오디세우스가 왜 또 방랑을 꿈꾸었던가, 그런 의문이 들었다. 자신의 삶 또한 어디 정착하지 못하고 떠돌며 방황하는 삶이었던 셈이었다. 차분하게 자기 신앙을 지켜갔던 롤로디아가 그리웠다.

"바이런이란 그 시인, 당장 만나볼 수 있도록 조처하시오."

그러한 주문은 바이런에게도 구미가 착 당기는 것이었다. 그렇지 않아도 열정으로 가슴이 들끓고 엽기적인 취향마저 있어, 독재자와 폭군에 관심을 가지고 있던 터라, 영웅이라는 허명으로 포악한 행동을 일삼는다는 알리 파샤를 만나고 싶었던 판이었다. 도무지 어떤 작자인지 궁금해 오금이 땡겼다.

알리 파샤는 바이런을 만나 적이 놀랐다. 20대 초반 수염 자리가 푸릇한 젊은이였다. 그리스 전통 복장을 하고 있었다. 반세기 전의 자기 모습을 떠올렸다. 시간이 흘러 자기는 70을 바라보고 있었다. 이오안니나 파샤의 성을 찾아온 바이런을 극진히 대접했다. 시인은 자기 존재를 형상화해서 사람들에게 알리는 데 기여할 수 있는 인물이었다. 더구나 영국이라면 언제든지 자신의 해상 권력을 구축하는 데 도움이 될 만한 나라였다.

뒷날 바이런은 알리 파샤를 만나본 인상을 기록으로 남겼다. 바이런은 알리 파샤가 다스리는 이오안니나는 그리스의 다른 지역에 비해 문화적으로 월등히 높은 수준을 보여준다는 점을 강조했다. 알리 파샤는 바이런이 이오안니나를 칭찬했다는 내용을, 피스키티오스에게 복사해가지고 오게 했다.

"이오안니나라는 도시는 탁월한 부를 이룩했고, 도시는 월등한 세련미로 정제되어 있었다. 그리고 알리 파샤가 장래 박물관을 만들려고 수집한 유물들이 찬란한 문화의 빛을 발하고 있었다. 그리고 그 수장품을 정리하는 학예사들의 역사 지식은 해박하기 이를데없었다. 그것은 빛나는 학문이었다." 그게 바이런이 겉으로 본 이오안니나의 광휘였다.

이오안니나를 재건하는 데 그렇게 긴 시간이 걸리지는 않았다. 이오안니나는 말로는 오스만튀르크의 지배하에 있는 식민지이지만 실상은 그리스 전통을 완벽에 가까울 정도로 재생해놓고 있었다. 알리 파샤의 궁전은 다른 어디에서도 보지 못한 은성한 분위기를 내뿜었다. 그리고 오스만튀르크의 이슬람과 그리스의 정교회가 하나의 문화권에 녹아 있었다. 바이런이 알리 파샤의 궁전 뜰에서 성곽 아래 파도가 조용히 일렁이는 호수를 바라보고 있을 때였다.

"시인은 아시는지요? 저 호수에 어떤 짐승들이 사는지 말입니다."

"거기는 수달이 많이 삽니다." 피스키티오스는 수달 사냥을 나가기로 되어 있는 일정을 생각하고 그렇게 말했다. 알리 파샤는 양생법으로 수달을 잡아 요리해 먹었다. 수달이 남자들 양기를 돋구는 데 특효라는 것은 영국에서 온 해군들에게 들은 바 있었다.

바이런은 며칠 이오안니나에 머무는 동안 정신이 혼란스러울 지경이 되었다. 알리 파샤의 본성을 목격하게 되었던 것이다. 알리 파샤의 용감성에 대해서는 전투 경력을 열거하는 피스키티오스를 통해 짐작할 수 있었다. 자기 휘하의 다른 파샤들을 가혹하게 다룬다는 것도 알았다. 자기 아들에게 모욕적으로 다가드는 정교회 처녀들을 마대에 넣어 호수에 가라앉혀 죽였다는 이야기도 들어서 아는 바였다. 그런 죄악이 용인되는 까닭을 도무지 짐작도 할 수 없었다. 용감하고 훌륭한 장군이기 때문에 사람들은 그를 이슬람 세계의 보나파르트

(Mahometan Buonaparte)라고 불렀다. 그러나 나폴레옹 보나파르트와는 근본이 달랐다.

피스키티오스가 바이런을 데리고 파샤성 광장으로 나왔다. 둘이는 이념 따위는 이렇고 저렇고 할 바가 아니었다. 시인이라는 공통항이 둘을 견고한 우정으로 묶어주었다.

"저는 보여드리고 싶지 않습니다만, 우리 각하가 모시고 와서 보여드리라고 합니다."

장작더미가 쌓여 있고, 그 양편으로 커다란 기둥이 세워져 있었다. 그리고 기둥 옆에는 기다란 쇠막대기가 놓여 있었다. 죄수로 보이는 인물이 끌려나왔다. 양손이 묶이고 발목에는 쇠사슬이 걸려 발을 옮기는 데 따라 절겅거렸다.

"저자를 불에 구워 술탄의 지엄한 위엄을 보이시오." 도열해 있는 신하들 앞에서 알리 파샤는 으르렁거리는 목소리로 외쳤다. 그렇게 해서 적을 응징하기 위해 불에 구워 죽이는 형벌이 시작되었다.

"누군데 저렇게 잔인하게 구워 죽입니까?"

"정교회 사제를 가장한 첩자입니다. 우리 알리 파샤가 그리스 독립을 지지한다고 이스탄불에 일러바친 잡니다." 알리 파샤가 그리스 독립을 지지한다면, 그것을 또 이스탄불의 시각으로 본다면 '반역'이나 다름이 없었다. 그런 엄청난 비밀을 이스탄불에 고해바치다니. 그런 행위는 그리스 독립을 지지하는 바이런으로서도 용납하기 어려운 일이었다. 그렇다고 인간을 불에 끄슬러 죽이는 행위는 도저히 묵과할 수 없는 패악이었다. 그런 형벌에 신이 깃들 수 없었다. 오히려 인간이 인간을 모욕하는 일었다. 인간이 신의 형상을 따라 빚은 존재라면, 그것은 독신(瀆神) 행위에서 벗어나지 않았다.

바이런은 사람 살 타는 냄새로 가득한 알리 파샤의 성을 다시 쳐다봤다. 그것은 바이런이 지난해에 보았던 스위스 제네바의 시용성과는 너무도 달랐다. 시용성에는 최소한 인간적 배려가 있었다. 지하감옥에 쇠줄로 사람을 붙들어매기는 했지만, 반항하는 자유를 허용함으로써 인간적 위의는 살릴 수 있게 했다. 영주와 주교의 권력 횡포에 저항하다가 붙들린 프랑수아 보니바르는 시용성 지하감옥에 붙들려 있었다. 종교의 자유를 포효하듯이 외쳤다. 쇠사슬에 묶여 있지만, 자유롭고, 광휘가 가득한 정신을 볼 수 있었다. 가슴은 자유를 향한 열정으로 넘쳐났다. 그러나 여기는 아니었다. 살이 타는 누린내와 단말마의 비명만 광장을 메웠다.

"지하감옥에서 가장 찬란하게 빛나는 자유"가 알리 파샤의 성에는 깃들지 않았다.

롤로디아가 파샤의 성 주랑에 등을 기대고 묵주를 굴리면서 눈물을 흘렸다. 광장에서 구워지고 있는 사내는 롤로디아의 사촌이었다. 그리고 그는 알바니아인이었다. 오 하느님, 저이를 용서하소서. 아니 징치하소서. 롤로디아는 돌기둥에서 미끄러져 땅바닥에 주저앉았다.

鰐魚

테살로니키

31

광장에서 사람을 불태워 죽이는 광기. 인이수는 아들 보노가 그렇게 죽어갈지도 모른다는 생각을 하면서 진저리를 쳤다. 그것은 몸으로 흘러가는 전류 같은 것이었다.

인이수는 자기 눈을 의심했다. 보노가 소통을 시도한 것이다. 어떤 통로를 거친 것인지, 보노가 문자를 보내왔다. 발신자는 보노로 되어 있었는데, 내용은 '테살로니키'라는 겨우 다섯 글자였다. 서모시와 인이수는 테살로니키로 가야 했다. 거기 보노가 부모를 기다리고 있을 터였다.

이스탄불에서 테살로니키까지 비행기편이 있었다. 말로만 듣던 테살로니키였다. 신혼여행 때는 일정이 맞지 않아 못 들른 도시였다. 그러나 실종된 아이를 찾아가는 길이라 도시에 대한 특별한 감회나 기대를 가진다면, 그건 어불성설이었다. 그러나 인이수는 어디선가 들은 게 기억에 살아났다. 언제든지 늘 기뻐하고, 쉬지 말고 기도하며, 모든 일에 감사하라, 기독교 시인 주은혜는 그런 이야기를 하곤 했다. 인이수가 어디 나오는 말인가 물었을 때, 「테살로니키 전서」에 나오는 내용이라고 했다. 시인 주은혜의 얼굴은 우윳빛으로 맑고 투명했다. 인이수는 친구 시인이 너무 부러웠다. 그러나 자신은 세속적인 회의주의자로 너무 멀리 밀려와 있다는 생각이 들었다. 친구를 따라 할 수 없는 자신이 야속하기도 했다.

이스탄불을 떠나기 전에 박지남에게 연락을 해두어야 할 듯싶었다. 그것은 서모시나 인이수 양편에 공통된 과제였다. 서모시는 얼마 전에 박지남을 만난 적이 있었다. 어느 출판사에서 지중해 관련 기사를 하나 써달라는 부탁을 박지남이 전해주었다. 박지남은 인이수의 소식을 물었다. 그리고 아들 보노가 공부를 잘한다는 것도 알고 있었다. 약간 의외라는 생각이 드는 것은, 보노가 김광남의 도장에서 운동을 한다는 것도 알고 있다는 점이었다. 그런데 먼저 이야기를 했다. 도장을 찾아갔다가 거기서 보노를 만나 전화번호를 알아두었다는 것이었다.

원고 관계 이야기가 끝나자 박지남은 서모시에게 동창회 이야기를 했다.

"자네도 동창회에도 나오고 그래. 자기 성을 쌓고, 그 안에 칩거하며 산다고 크게 재미있겠어?" 그런 이야기 끝에 자기는 한국 사람 안 돌아다니는 데 가서 살고 싶다는 뜻을 내비쳤다.

"한국 사람 안 가는, 그런 구석이 세상에 있을까?"

"하기사, 코리안 디아스포라, 그게 글로벌리제이션 원동력이니 그렇긴 해." 이야기가 겉도는 느낌이었다. 인이수에게 안부 전하라는 당부는, 이자가 속에 뭔 꿍꿍이를 가지고 있는 것인가 하는 의심이

들게 했다. 그런 일이 있은 뒤 얼마가 지나서였다.

“나 생각 바꾸기로 했다. 한국 사람 들끓는 관광도시 찾아간다.”

“거기가 어딘데……? 전에는 한국 사람 안 보겠다고 했잖아.”

“비잔티움 여행사라고, 제법 괜찮은 여행사인데, 터키어 배운 게 쓸모가 있네. 이스탄불 오면 언제든지 연락해. 거기서 라키 한잔 하자구. 인이수 씨한테도 안부 전하고.” 서모시는 인이수에게 박지남의 안부를 안 전했다.

아무래도 아들 보노의 실종과, 혹은 납치와 그 작자가 무슨 연관이 있을 것만 같은 느낌이 가시지를 않았다. 한편으로 혹시 도움을 받을 일이 생길지도 모른다는 기대도 꼬리를 말고 있었다. 서모시는 핸드폰 자판에다가 박지남의 전화번호를 눌렀다.

“히야, 서 박사. 그러지 않아도 전화를 하려던 참이었는데.”

“그래요, 무슨 긴요한 일이라도?” 아이의 행방을 찾고 있다는 얘길 했다.

“아드님 서보노 군은, 아마 북유럽으로 가는 중일 겁니다.”

“북유럽이라니?”

“말 그대로 독일, 네덜란드를 비롯해서 스칸디나비아 삼국 그런 나라들. 알겠어요?”

“전화로 남의 복장 질러놓지 말고, 우리 잠시 만납시다.”

“가이드가 한가한 날 없다는 거 잘 알지 않습니까. 그리고 만나는 게 중요하다기보다는 정확한 정보를 얻는 게 문제 해결의 요건입니다. 필요할 때마다 연락하시지요.”

“도대체, 우리 아들 보노가 어디 있다는 겁니까? 그거 아니까 그렇게 이야기하는 거 아닌가? 당신이 돈을 요구하는 거라면 내가 모가지를 잘라서라도 마련할 테니 제발 우리 보노 좀 살려줘요. 그 애가 무슨 죄가 있어? 하느님의 어린양이라도 좋을, 착하고 순진한 우리 보노가 살아야 하지 않소?"

서모시의 목소리 톤이 높아졌다. 당신이 우리 아들을 납치해서 돈을 뜯어 쓰려는 수작이 아니냐는 의심이 들었다. 이편의 의심을 들켜서, 일을 망치는 건 아닌가 그런 의문이 들기도 했다. 저쪽에서는 아무 반응이 없었다.

서모시는 아들과 문자 연락이 단속적으로 된다든지, 터키성이라는 문자가 왔다든지 그런 이야기는 하지 않았다. 저쪽에서는 만나자는 것이 불편하다는 듯 일방적으로 전화를 끊었다. 어디를 가든지 전화는 연결될 수 있는 일이고, 아들 보노가 문자를 보낸 데가 터키성이라면 우선 거기로 달려가 현장에서 일을 타결해야 하는 것이 바른 순서 같았다.

그런데 누가 어떤 목적으로 아이를 북유럽으로 데려가려는 것인가? 그렇게 해서 무엇을 어떻게 하겠다는 것인가? 그런 생각을 하는 중에, 인이수의 의견을 묻지 않고 혼자 궁리하는 게 미안스러웠다. 그런데 인이수는 의자에 등을 기대고 잠들어 있었다. 서모시는 구글 지도를 찾아 테살로니키를 확인했다. 잡혀오는 어떤 단서 같은 것은 아무것도 없었다. 그러나 아들 보노에 대한 정보는 '테살로니키' 그것 말고는 아무것도 없었다.

"전화해라, 아버지……." 그런 문자를 계속 보냈다. 답은 끝내 없었다. 테살로니키를 찾아가는 수밖에, 다른 방법이 떠오르는 게 없었다.

테살로니키행 비행기 안에서 서모시는 소금에 절여놓은 배추처럼 눅눅한 땀에 젖어 몸을 뒤척였다. 등받이에 몸을 기대고 잠을 청했는데, 화들짝 놀라기도 하고 잠시잠시 몸을 부르르 떨곤 했다. 인이수는 남편의 몸이 너무 수척해졌다는 것을 눈으로 확인했다. 가느다란 목에 왜소한 머리가 가까스로 매달려 있는 것처럼 보였다. 박사학위 받겠다고 무리해서 일한 뒤끝이 사람을 이렇게 탈진하게 한 원인이라고 생각하기로 했다. 인이수는 부친 인정식이 서모시의 건강에 마음을 써주는 게 고맙지 않았다. 남자들끼리 뭔가 감추고 있다는 생각이 들어서였다.

인이수는 아들 보노가 사라진 이후 도무지 한숨도 잠을 잘 수 없는 괴로운 시간이 지속되었다. 어떤 괴한에게 납치되어 난자를 당하고, 시뻘건 피가 넘쳐나는 환상이 눈앞에 너울지곤 했다. 거기 비해 남편 서모시는 무신경한 것인지 기력이 소진되어 그런지 알 수 없었지만, 잠시라도 마음 놓을 만하면 잠에 빠져들었다.

이따금 전에 않던 쌍욕을 해대는 것이 근간에 나타나는 현상이었다. 그것은 환상과 더불어 출현하는 증후였다. 기억력만으로 살아가는 남자. 아니 기억 속으로 꼬리를 감추다가 소멸할 남자. 그렇게 서모시를 쳐다보면, 그의 얼굴 위로 박지남의 얼굴이 겹쳐지곤 했다. 몸의 길과 마음의 길이 달라 평행으로 가기는 하지만, 두 남자가 결코 만나는 일은 없을 거라던 생각에 금이 가기 시작하는 중이었다.

"보노가 자살폭탄을 가지고 투척하다가, 경찰이 팔을 칼로 치는 바람에 팔이 덜렁 달아나버렸어."

"무슨 소릴 하는 거야?"

"보노가 자살폭탄 투척하다가…… 죽지는 않았어."

서모시는 보노가 자살폭탄 투척하는 장면을 눈앞에 보고 있는 것처럼 이야기했다. 인이수는 서모시가 저렇게 정신분열증으로 진행되고, 결국 그 때문에 죽어갈지 모른다는, 불길한 생각을 굴리고 있었다. 인이수는 눈을 감았다. 눈앞에 아득한 길이 펼쳐졌다.

테살로니키 공항에서였다. 검색요원이 어디서 오는가 물었다. 서모시는 이 비행기가 이스탄불에서 오는 거 알면서 왜 그런 돌려 말하는 질문을 하느냐고, 치받듯이 되물었다.

"이스탄불에서 온다고? 화려한 악의 소굴, 찬란한 폭력의 도시, 이스탄불!" 공항 검색대에서 경찰이 중얼거렸다.

터키 이스탄불에서 온다는 말이 떨어지자마자, 한 건 올렸다는 표정으로, 알았으니 옆으로 비켜서서 기다리라는 것이었다. 황당한 일이었다. 시간이 싯싯 소리를 내면서 몸의 내부를 흘러가다가 고무풍선에서 바람이 빠지듯이 새나가는 느낌이었다.

"악이 왜 화려해? 찬란한 폭력은 뭐고?"

"이건, 오는 놈마다 똑같은 놈이야……."

검색대 앞에서 아무런 대책도 없이 그대로 서서 30분 이상을 기다렸다. 우리는 바쁜 사람들이다, 아이를 찾아가는데 시간을 아껴야 한다, 그런 이야기를 하면서 서모시는 화를 눌러 참느라고 얼굴 표정이 일그러지다가 펴지곤 하기를 거듭했다. 인이수는 남편이 의자라도 들어서 경찰의 머리를 후려치는 거 아닌가 조마조마했다. 염병할, 정말 염병을 하고도 남을 일이었다.

공항 경찰은 짐가방을 풀어놓으라고 손가락으로 오픈 잇, 을 반복하며 눈을 부라렸다. 부치는 짐이라서 속옷가지며 너절근한 것들을 그대로 휘둘러 넣었는데, 그걸 펼쳐놓는 게 외간남자 앞에 생리용품을 늘어놓는 것만큼이나 낯이 없었다. 가방에 들어 있는 물건들을 헤쳐보고 까보고 하는 중에 남편 서모시가 가끔 잠이 안 올 때 먹던 수면제, 한국 신품제약이라는 회사의 페리도르미(feridormi) 약통이 나왔다. 경찰은 그게 무엇인가 진지하게 위협적으로 물었다. 서모시는 영어로 나는 학자다, 가끔 잠을 잘 못 잔다, 그래서 잠을 자기 위해 약을 먹는다, 그렇게 설명했다.

"그래 알았다, 당신 나라에서는 그걸 파우더라 하지?"

경찰이 알았다는 듯이, 싱긋 웃음까지 띄워서 서모시를 아래로 내려다봤다.

"예스, 이티스 화이트 파우더(그래, 백색 분말이다)."

남편 서모시는 영어로 그렇게 말했다. 아내 인이수는 남편의 입을 틀어막으려다가, 콤팩트를 꺼내 보이면서, 남편이 틀렸다, 설명을 잘못 했다, 한국에서는 여성용 화장품 가운데 분을 파우더라고 한다, 코스메틱 파우더를 말하지 마약을 말하는 경우는 전혀 없다, 따라서 남편의 이야기는 틀렸다고 길게 설명했다. 꼬투릴 잡기로 작정을 한 터라서 순순히 알아들을 턱이 없었다. 이야기가 뒤얼크러졌다.

경찰이 물었다. 그럼 이걸 얼굴에 바르는가? 아니다. 약 종류인가? 그렇다. 무슨 약인가? 소마, 신체를 위한 약이다, 신체의 무엇을 위한 약인가? 꿈을 꾸게 하는 약이다. 그러면 솜남부러스, 나코틱 솜남뷰리즘? 예스. 경찰이 손가락을 부딪쳐 딱 소리를 내면서 서모시를 대기실로 끌고갔다. 그러고는 의문이 가는 것들은 모두 걷어다가 조사를 해야 한다고 들췄다. 남편 서모시가 그렇게 많은 약을 먹고 산다는 것을 인이수는 처음 알았다. 소화제나 지사제야 여행상비약이니 그렇다고 해도, 인공눈물, 안연고, 항문연고, 피부연고 등 가정용 상비약 통을 풀어놓은 것처럼 갖가지 약이 여행 가방에서 나왔다. 거기다가 해피스무스라는 유연제며 중국산 비아그라 색황(色皇) 같은 것도 들춰내졌다. 일부러 챙겨 넣었다면 의심을 받을 만했고, 우연히 들어간 것이라면 방만한 생활을 하는 사람으로 취급당하기 꼭 좋았다. 남편 서모시는 인이수가 모르는 사이에 안에서부터 헐어서 무너지는 중이었다.

짐을 다 뒤진 경찰은 약품 몇 가지를 수사상 필요한 거라면서 성분을 확인한 후 돌려준다고 했다. 그러고는 몸을 수색했다. 몸수색을 하기 위해 여자 경찰이 인이수를 다른 방으로 데리고 갔다. 인이수는 남편이 줄거리가 안 서는 이야기를 한다든지, 정신이 좀 흔들려서 사태를 엉뚱한 데로 몰고 가는 것은 아닌가 마음이 놓이지 않았다. 몸을 검색하는 일은 생각보다 간단했다. 겉옷을 벗고 내복만 입게 한 다음, 엑스레이 검색기로 전신을 쬐 보는 것이었다. 음부와 항문을 조사(照射)하면서는, 아이 애스크 포 유어 콘센트! 라면서 경례를 부치는 동작을 해보이기도 했다. 전에 보석을 은밀한 부분에 감추고 들어오다가 발각되는 밀수꾼들의 보도를 보았던 게 떠올랐다. 일본 다녀온 친구가 맥주를 음부에 부었다가 구경꾼들에게 나눠주어 마시게 하는 더러운 쇼를 보았다는 이야기를 들었던 적도 있었다.

음부? 그것은 유희의 샘이고 돈의 샘이기도 했다. 보노가 태어났을 때, 남편은 그렇게 말했다. 이제 보니 당신의 거기가 당신 몸 가운데 가장 아름다운 곳이야. 오 마이 파운틴 오브 소울(내 영혼의 샘), 그런 너스레도 떨었다.

인이수는 여자 경찰에게 물었다. 왜 이런 조사가 필요한가? 경찰은 발칸의 역사를 공부했는가 하고 물었다. 고등학교에서 조금은 공부했다. 아, 그런가, 알 터이지만 다시 말하자면 터키는 그리스에서 오랫동안 식민통치를 했다. 터키에 대한 감정이 좋지 않은 데다가, 근간에는 시리아와 아프가니스탄에서 터키를 거쳐 그리스로 난민들이 들어오고, 난민들이 독일이나 노르웨이 같은 북구로 가는 데 필요한 돈을 마련하기 위해 마약을 들여온다는 것이었다. 그러니 자기들 형편을 이해하라면서, 당신 나라도 북한에 대해 그렇게 하지 않는가 물었다. 인이수는 몸이 움찔해졌다. 별로 대답할 말이 없었다. 옷을 입어도 좋다는 이야기를 하던 여자 경찰이 비싯하니 웃었다. 팬티 자락에 피가 내비쳐 있었다. 인이수는 급히 몸을 돌렸다.

서모시는, 검색실로 들어오는 인이수를 보자마자, 기다리고 있었다는 듯이, 다짜고짜 진지하게 물었다.

"우리가 여행하는 목적이 무엇이지?"

"여행 목적? 그걸 왜 여기서 묻고 그래?"

"일이 잘 돌아갈지도 몰라서."

"보노가 이 도시에, 테살로니키에 있단 말야."

"터키성에 있다잖아?"

"문자가 다시 왔어. 터키성이 아니라, 고성이래, 에인션트 카스트라, 니콜라오스 교회. 이런 지형지물로 보면, 틀림없이 테살로니키에 있어." 이것도 감사할 일일까? 인이수는 고개를 저었다. 모든 게 불투명했다.

"어디 좀 봐요, 스마트폰이 어디 있는데?" 인이수는 서모시의 추리를 이해하기 어려웠다. 서모시 나름으로는 보노가 자기 위치를 추적당하지 않기 위해 복선을 깔아놓는 중이라고 했다. 그럴 법한 추리였다. 그런데 보노가 그런 복선을 깔고 있다는 건 납득이 안 되었다.

스마트폰은 경찰 측에서 통화 내용을 조사할 것이 있다고 가져갔다고 했다. 몸을 검색하고 있을 때, 문자 메시지 도착 벨이 울려 경찰에게 보여주면서, 내용을 확인해달라고 했다. 경찰은 고개를 갸웃거리더니, 카스트라 니콜라오스? 그런 물음을 반복했다. 그러다가는, 그게, 아지오스 니콜라오스 같다면서, 거기 당신들 일당이 모여 있는 거냐고 돌려 물었다. 서모시는 아니라고, 자기는 잃어버린 아들을 찾으러 여행하는 중이라고 했다. 로스트 선? 경찰은 킥킥 웃더니, 그게 스테이크냐고 물었다. 엘 소리를 알 발음으로 들은 것이다. 영어의 실종, 로스트(lost)가 구이 로스트(roast)로 둔갑하는 중이었다. 서모시는 아니라고, 인간으로 어떻게 스테이크를 만드는가, 항의를 했다. 비프스테이크 생각이 나서였다.

"보노가 통닭구이를 당하고 있어. 적에게 잡혀 손발이 묶였을 때 탈출하는 기술을 훈련하는 중이야." 서모시는 머리를 세차게 흔들었다. 경찰이 눈을 크게 뜨고 서모시를 쳐다봤다. 서모시는 금방 시선을 꺾어내렸다.

경찰은 다시, 그러면 로스트 선이 탕아, 프로디걸을 뜻하는가 물었다. 서모시는 또 아니라고 고개를 흔들었다. 경찰은 좀더 정밀한 조사를 해보아야 한다면서, 당신은 나를 헷갈리게 한다고 머리 위에다가 손가락을 빙빙 돌려 원을 그렸다. 그러다가 아하, 오르파노스, 오르판이 되었단 말이지? 하면서 그런 교회가 테살로니키에 있다면서, 당신은 럭키한 사람이라고 하이파이브를 하자고 손가락을 쫙 펴서 들어올렸다. 서모시는 지금 어떤 상황인데 농담이나 하고 있는가 싶어 손을 안 내밀었다.

경찰은 잠시 검색실을 나갔다가 지도를 한 장 들고 들어와 서모시 앞에 펴놓았다. 그러고는 손으로 짚어 올라가면서, 도시를 두르고 있는 고성을 따라가다가, 성에서 조금 내려온 데를 짚었다.

"여기가, 아지오스 니콜라오스 오르파노스라는 교회입니다."

이건 개인적인 우정으로 도와주는 것이니 경찰에서 볼일이 끝나면, 나가서 찾아보라고 했다. 그러나 아마 당신은 드러그, 정커라서 아마 풀려나기 어려울 거라고 겁을 주기도 했다. 그럼 우정이란 무엇인가, 서모시가 물었다. 놀랍게도, 자기 할아버지가 6 · 25 참전용사라는 것이었다. 그런 이야기를 하는 것은 70년 전에 겪은 전쟁의 피먼지를 아직도 씻어내지 못하는 거 아니냐는 비아냥거림이 섞인 것 같기도 했다. 전쟁에 나가 목숨 바치면서 싸워 자유를 찾아주었는데 말짱 헛짓 아닌가 묻는 투였다.

"이럴 때, 그 콤파스 박에게 물어보면 무슨 이야기를 들을 수도 있지 않을까?" 인이수가 참지 못하고 하는 소리였다.

"박지남 말이지?" 서모시는 낯설다는 듯이 다시 물었다.

"우리가 이스탄불에서 들르지 못하고 돌아온 교회 가운데도 그런 이름이 있지 않았어요?"

"거기는 고성이 아니지, 홀리 시티, 서브라임 시티야. 술탄의 도시니까."

인이수는 남편에게 자기 자신의 주장을 더 펴고 싶지 않았다. 더구나 스마트폰이 경찰의 손으로 넘어가 있는 상태가 아니던가. 스마트폰이, 박지남과 통화한 내용이 들어 있거나, 박지남이 흘린 어떤 정보가 자신들에게 올가미가 되어 돌아오는 것은 아닌가 싶은 의문이 들고 두려움이 고개를 내밀었다.

"행운이 올 거야. 니콜라오스가 어린이를 보호하는 어린이 수호성인이잖아. 더구나 니콜라오스가 고아를 보호하는 성당이라면 틀림이 없어. 고아, 오르파노스, 우리 보노가 고아가 된다는 거야, 지금 고아라는 거야? 애비 어미가 이렇게 살아 있는데 고아라니……."

인이수는 남편 서모시를 넋을 잃고 쳐다봤다. 서모시의 눈동자가 부옇게 풀려 있었다. 이 정황에서 그런 성인 이야기를 한다든지, 아직 행방을 알 수 없는 아들이 고아라고 하는 것은 정신이 제대로 박힌 사람의 언사가 아니었다.

"성인 니콜라오스는 기근이 들고 궁핍이 극에 달한 시대가 만들어낸 성인이야. 기적의 성인인데, 그 엄마도 기적을 행하는 기도의 힘을 지닌 여자였어."

서모시는 아따금 아내 인이수를 불러서 이야기를 듣는가 확인하면서, 혼자 주절거렸다.

"니콜라오스가 어렸을 때였지. 동네 쪼무래기들과 건축 공사장에 가서 놀다가 벽돌과 통나무 같은 것들이 와르르 무너지는 바람에 거기 깔리고 말았잖아, 불쌍한. 그 소식을 들은 니콜라오스의 어머니가 달려와 무릎을 꿇고 눈물을 흘리며 기도를 올렸다지. 그러자 벽돌이며 자갈, 통나무 같은 것들이 슬슬 일어나 물러서고 거기 묻혔던 니콜라오스가 바지에 묻은 흙을 툭툭 털면서 공사장을 벗어나 어머니 품에 안겼지 뭐야."

서모시는 넋 나간 사람 모양으로 주절거렸다. 인이수는 허리가 아파오기 시작했다.

"이런 이야기도 있어. 여보, 당신은 굶어 죽을 것인가, 사람 고기, 인육을 먹고 살아남을 것인가를 결정해야 하는 결단의 시점에 서 있다면, 만약 그렇다면 어떻게 할 것 같아?"

인이수는 남편의 허벅지를 힘껏 꼬집어 쥐어뜯었다. 서모시는 아내를 향해 눈을 하얗게 흘겼다. 허벅지를 쓱쓱 문지르고 나서, 서모시는 하던 얘기니까 마저 들어보라면서 이야길 계속했다. 세헤라자데의 혼이 씌인 것처럼 이야기를 주절대는 서모시의 얼굴은 하얗게 바래서 유령의 얼굴 같았다.

성인 니콜라오스는 터키 출신이라고 전해지는 인물이다. 기독교가 이스라엘에서 소아시아로, 에게해 인근의 그리스로 전파된 지 250년이 조금 지났을 무렵이었다. 지금의 터키에서 니콜라오스는 태어났다. 그가 지역 주교가 되었을 때, 섬에서는 먹을 물조차 구하기 어려울 정도로 혹심한 기근이 들었다. 식량을 구하지 못하자, 돈이 있는 사람들은 인육이라도 먹어야 하겠다고 아우성이었다. 어느 정육점에서 아이들 셋이 동네를 지나가는 걸 보고서는, 아이들에게 먹을 것을 주겠다고 꼬드겨서 집으로 불러들였다. 빵이며 햄이며 먹을 것을 실컷 먹게 하고, 아이들이 잠들자 정육점 주인이 아이들을 짐승처럼 잡아서 각을 떠가지고는 살을 발라 소금에 절였다. 아이들의 인육이 팔려갈 즈음해서 그 소문이 마을에 퍼졌다. 마침내 그 소문이 주교 니콜라오스에게도 전해졌다. 니콜라오스 주교는 정육점 주인을 찾아가 불쌍한 아이들이 사람들의 먹잇감으로 팔려가면 그게 어디 인간으로서 할 짓인가 꾸짖고는, 자기가 가지고 있던 돈을 몽땅 털어 정육점 주인에게 주고, 아이들이 되살아나게 해달라고 간절한 기도를 내리 사흘을 계속했다. 기도의 힘을 입어 아이들은 살아났다. 그 아이들을 집으로 돌려보내 부모 품에 안기게 했다. 그렇게 해서 성 니콜라오스는 아이들의 수호성인이 되었다.

기가 찰 노릇이었다. 근원을 알 수 없는 어떤 악령이 남편의 뇌를 온통 지배하고 있었다. 남편 서모시는 환상에 시달리는 걸 지나 미쳐가고 있었다. 그런 이야기를 어떻게 천연스럽게 늘어놓을 수 있는지, 인간의 입에서 나올 수 있는 말이 아니었다. 그것은 이야기를 빙자한 폭력이었다.

"간난과 역경이 있어야 성인이 태어나."

서모시는 이야기의 포인트를 본래 의미와는 사뭇 다르게 왜곡해서 해석을 하고 있었다. 의당 불쌍한 아이들 구한 사실에 초점을 맞추어 해야 할 이야기였다. 몸이, 마음이, 심리가 뒤틀려 있었다.

"당신 사람이 점점 이상하게 되어가는 거 같아."

"그럴지도 모르지. 나도 그렇게 생각해. 뭔가 알 수 없는 힘이 있어서 내 혀를 그렇게 굴려가게 하는 모양이야. 혀는 뇌의 명령을 받으니까, 뇌가 망가진 거 같아."

"세상에, 그럴지도 모른다니, 뇌가 망가졌다는 게 말이나 돼?"

인이수는 가슴을 두드리면서 버럭 소리를 질렀다. 뭐가 어떻게 돌아가는 것인지 앞을 한 발짝도 내다볼 수가 없었다. 뭔가 끝장이 나는 것 같은 위기감이 엄습해 왔다. 남편 서모시가 정신이 나가고, 아들 보노는 납치되어 장기를 적출당하고 눈알을 뽑힌 채 시신이 하수구에 버려지는 모양을 상상하다니, 말이 되지 않았다. 사람이 변해도 저렇게 변할 수 있는가, 숨이 막혔다.

그나마 다행인 것은, 위치를 종잡을 수는 없지만 아들에게서 핸드폰으로 연락이 오고 있다는 점이었다. 그러나 그 메시지가 보노가 보내는 것인지 아니면 보노를 이용하려는 악당들의 소행인지는 헤아릴 길이 없었다.

鰐魚

해 뜨는 날

32

사람과 사람이 소통을 한다는 것. 그것은 인간의 근원적인 욕구임에 한 가닥 의문이 없었다. 그것을 욕구라기보다는 존재 조건이었다. 알리 파샤는 이미 자신과 소통이 되질 않는 존재였다. 어떻게 해서든지 남편의 속으로 파고들어 사람을 변화하게 해야 했다. 그건 신의 명령과도 같은 것이었다.

롤로디아가 시인 피스키티오스를 만났다. 알리 파샤가 시인의 이야기는 듣는 눈치였기 때문이었다. 인간의 욕망은 바닥을 알 수 없는 해구(海溝)와 같다고 시인 피스키티오스가 얘기했다. 그러나 그 인간이 현명한 자라면 어느 시점에서는 자기가 추구해온 욕망이 헛되다는 것을 깨닫는 법이라는 이야기를 보태기도 했다.

"우리 파샤가 그런 깨달음에 이를 것 같습니까?" 롤로디아는 진지하게 물었다. 롤로디아는 알리 파샤가 그런 깨달음에 이르기를 간절히 기도했다. 그러나 잔혹함은 날로 더해갈 뿐 끝을 보여줄 기미는 영 기대할 수 없었다.

"언어는 때로 사상이 되기도 합니다. 그러나 언어만으로 인간의 본질이 바뀌지는 않습니다."

"그리스어는 인간과 자유를 추구하는 언어잖습니까? 우리 파샤를 도와주세요." 시인은 머리를 저었다. 얼굴 표정 하나도 바꾸지 않고 서였다. 행동이, 실천이…… 그런 말을 반복하기만 했다.

그나마 다행인 것은, 알리 파샤의 모국어는 알바니아어였지만, 모든 행정적 업무에서는 그리스어를 사용했다. 그가 통치하는 지역의 거의 모든 주민이 그리스어 사용자들이었다. 결과적으로 그리스어를 사용하는 그에게 그리스 지역민들이 그의 통치에 호감과 동정을 보였다. 이는 새로운 교육기회를 부여하는 데서 구체화되었다. 그리스에서 다른 지역으로 간 사람들과 교역을 하는 거래에도 도움이 되었다. 새로운 교육을 모색하는 국면에서도 특별한 계기를 마련해주었다. 그런데도 언어가 사상을 바꾸지 않는다는 것은 롤로디아에게 절망적 발언이었다.

"시인은 인간의 목숨을 구하는 분이잖아요? 우리 파샤를 어여삐 보아주세요." 무릎을 꿇으려는 롤로디아의 손을 잡아 일으키는 시인의 눈은 핏발이 서 있었다.

다른 사람들의 알리 파샤에 대한 평가는 달랐다. 더글러스 다킨(Douglas Dakin) 같은 작가는 알리 파샤가 그리스 전통에 입각해 있다는 주장을 펴기도 했다. "알리 파샤의 화려한 경력은 터키의 역사와 함께 그리스 역사에 속한다. 그의 궁전은 그리스풍이었고, 그리스 르네상스의 중심이었다."고 칭찬을 하기도 했던 터였다. 당대 일급의 화가를 자처하던 루이 뒤프레 같은 화가는 스스로 나서서 〈호수에서 수렵하는 알리 파샤〉를 그려주기도 했다. 알리 파샤는 스스로 자신의 행적을 살피건대, 시의 소재가 되고 그림의 소재가 되어, 그런 대접을 받는 게 정당하다고 자평하고 있었다. 그러나 그것은 폭군의 오만이었다. 그 오만은 자신의 가학성을 바라보고 즐기는 관음증이기도 했다.

알리 파샤의 악명 높은 잔인성은 인근에 널리 퍼져 지역의 민요와 시에 기록되었다. 그의 아버지가 적들에게 무참히 실해당한 후 40년이 지난 뒤, 그의 어머니가 당시 처참하게 당한 이야기가 전한다. 이야기에 따르면 그의 어머니는 묶여서 투옥되었고, 그의 딸은 납치되어 매일 밤 다른 그룹의 남성들에게 능욕을 당했다. 알리는 보복을 감행했다. 알리는 자기 집안에 위해를 가한 원한 맺힌 족속들의 피를 받은 딸들 가운데 무려 739명을 각종 형벌 방법을 골라가며 처단했다. 알리 파샤는 자신을 스스로 통제하지 못했다. 사람을 죽이지 말라는 외할아버지의 훈육은 모두 시간의 바람을 타고 날아가 버렸다.

롤로디아는 알리 파샤를 어떻게든지 회심하도록 하려고 고심했다. 예수를 박해하던 사울이 예수의 가장 신실한 제자가 되어 평생을 기독교 전파에 바친 성인 바울이 되었다는 사적을 생각하고 기도하면서 눈물을 흘렸다. 오래도록 참회의 기도를 올렸다. 그런데 알리 파샤에게는 그런 기도가 통하지 않았다. 그에게는 죄에 대한 기억이 증발해버렸다. 대신 돌덩이처럼 굳은 보복과 복수의 의지가 그의 가슴에 자리잡았다. 60년 가까이 쌓여 녹지 않는 얼음덩어리이기도 했다. 척살당한 부친에 대한 기억. 자신의 눈앞에서 능욕을 당하던 어머니와 누이. 알리 파샤는 포로로 잡은 적장을 회 떠서 먹었다는 중국의 장수들을 존경했다. 자신의 비위가 약한 걸 한탄하기도 했다.

얼마 전, 알리 파샤가 칠십을 바라볼 무렵의 일이었다. 알리 파샤의 사령관급 예니체리인 뮈히르다르가, 그리스 국적의 적대자 가운데 하나인 클레프트 카차토니스를 붙잡았다. 그는 체포된 카차토니스를 돌 깨는 해머로 뼈를 부수는 형벌로 공개처형을 했다. 롤로디아는 형장을 지키면서 알리 파샤에게 벼락을 내려주십사 기도했다. 그러나 그 기도는 통하지 않았다. 하늘은 처단이 끝난 뒤에도 청청히 개어 올라가 흰 구름을 날리고 있었다.

시인 피스키티오스가 기록한 알리 파샤의 최상의 죄는 역시 학살이었다. 이오안니나에서 무작위로 골라서 끌어온 그리스 처녀들을 집단 학살한 것이다. 그들에게 풍기를 문란하게 하는 음행죄를 씌워 몰래 처형한 다음, 마대자루에 넣어 팜보티스(Pamvotis) 호수에 집어넣었다. 악어들이 처녀들의 시신을 서로 물어뜯는 바람에 호수가 벌겋게 피로 물들었다. 아로마니아의 전통 노래는 알리 군대의 잔인함을 이야기해주기도 했다. 그는 악어로 변신하는 중이었다. 변신이라기보다는 이미 피를 맛본 악어는 실눈을 뜨고 더 싱싱한 피를 원했다.

롤로디아는 눈물을 거두고 영국에서 온 젊은 시인 바이런을 만났다. 롤로디아는 시인의 언어는 산도 움직이고 바다도 춤추게 한다는 이야기를 믿는 편이었다. 간단한 연회 자리를 베풀고 남편과 시인을 함께 초대했다. 그리고 축사를 부탁했다. 바이런은 거침없이 축사를 허락했다. 바이런의 축사는 한 편의 시였다.

영겁의 시원에서 시작하여 끝없는 미로
일렁여 굴러가는 깊고 검푸른 대양
인간은 파괴하고 대양은 그 흔적을 지우거니

암석으로 쌓아올린 성벽이며
성벽 위에 으르렁거리면서 포효하는 대포며
황금빛 찬란한 왕홀과 왕비의 비단 옷자락
대양 위에서는 한갓된 권위와 호사일 뿐……

그렇게 읊어나가는 중에 알리 파샤는 옷자락에 묻은 피딱지를 떼어내고 있었다. 조금 전에 정교회 이콘화가 한 놈을 자신의 칼로 목을 베고 돌아온 길이었다. 이슬람의 모스크에다가 알리 파샤의 형상을 그린 이콘화를 걸어야 한다는 엉뚱한 주장을 폈다. 알리 파샤는 허허허 웃었다. 한편으로는 자신을 두둔하는 듯했다. 그러나 금방 다른 생각이 떠올랐다. 자신의 개종을 모욕하는 짓거리와 하나도 다르지 않았다. 알리 파샤의 성깔을 치도곤으로 건드렸던 것이다.

"야회한 놈!" 모스크에는 신의 형상은 물론 성인의 형상도 그림으로 그려 걸지 않는 법인데, 인간의 형상을 그것도 폭군의 낯짝을 그려서 걸다니, 저놈의 목을 잘라 그 피를 제단에 뿌려라. 그것은 환청이었다. 그러나 너무나 분명한 환청은 그게 곧 현실로 환원되는 것이었다. 알리 파샤는 바이런이 읊은 시를 생각했다. 그것은 자신에 대한 저주를 포함하고 있었다.

너의 해안도 무상하여, 대양 너 말고는 폐허가 되는 법
아시리아, 로마, 카르타고, 그리고 그리스 모두 폐허가 될 운명
대양 너의 파도는 그들이 자유로웠을 때는 권력을 주었으나
그 이후엔 폭군을, 이방인을, 노예와 야만인을
모두 삼키어 영겁의 침묵 속에 몰아넣었으니……

"당장, 그만두시오. 해양의 제국에 왔다는 작자가……." 알리 파샤는 자리를 박차고 일어나 호수를 향해 걸어갔다. 신하들이 그의 뒤를 따라 줄달음을 놓았다. 호수에서는 동네 처녀들 가운데 행실이 부잡한 이들을 골라 수장하는 행사가 진행되고 있었다. 처녀의 어미들은 호숫가에서 땅을 치며 밤을 밝혀 통곡했다. 어떤 이는 자기 가슴에 칼을 박고 호수로 뛰어들기도 했다. 악어가 입을 벌리고 기다리다가 호수로 뛰어드는 여인을 물고, 꼬리로 물을 쳐서 물보라가 일었다.

롤로디아는 알리 파샤를 그대로 방치할 수 없었다. 알리 파샤의 부관으로 일하는 예니체리 무함마드를 불렀다. 그는 알바니아 티라나 출신이었다. 벡타시에 대해 물었다. 무함마드는 롤로디아를 벡타시들이 모이는 모스크로 가자고 이끌었다. 롤로디아는 시녀에게 자기가 가는 곳을 알려놓았다. 혹시 못 돌아오면 모스크로 찾아오라는 이야기는 구태여 하지 않았다.

"부인, 벡타시 모스크를 모두 없앤다는 소문이 돌고 있습니다. 우리를 구해주세요."

"하느님의 뜻이라면 인간이 어찌하겠습니까……?" 롤로디아는 부관의 말을 감당할 힘이 없었다. 정교회 힘으로는 도저히 감당할 수 없다는 생각이었다. 이슬람의 알라신은 이방의 신일 뿐이었다. 롤로디아는 어떤 다른 하느님을 간절하게 찾고 있었다. 결국 신앙도 기회와 무관하지 않은 것 같았다.

모스크 안에는 신도들이 마주 보고 엎드려 기도를 하기도 하고, 세마흐(Semah) 의식을 올리기도 했다. 모스크에서 무함마드가 롤로디아에게 진지하게 말했다.

"부인, 신앙은 앎의 뒤에 오는 것인지도 모릅니다. 앎이 없는 영웅들은 신앙 대신 동상을 원할 뿐입니다. 세속의 영웅은 결국 그 동상에 매달려 죽게 됩니다."

"듣기 거북합니다. 벡타시에 대해서나 자세히 알려주세요. 내가 그 신앙을 갖게 될지도 모르지 않습니까?"

무함마드는 벡타시에 대해 롤로디아에게 자세히 설명했다. 롤로디아가 앎에 이르고 결국 그 신앙으로 기울어지기를 기원하는 듯.

벡타시 교단은 이슬람 수피 계통의 신비주의 신앙 집단을 뜻한다. 벡타시 신앙 가운데 가장 큰 세력을 갖고 있는 게 알레비 벡타시였다. 이들이 행하는 의식을 세마흐라고 한다.

알레비 벡타시 신앙을 믿는 이들에 따르면 모든 인간은 신성의 진수를 갖고 있으며, 이들은 '엔엘 하크(En-el Hak, 내가 신이다)'라는 철학에 따라 인간이 신과 합일한다고 여긴다. 이에 따라 예배 중에 이들은 서로를 향해 마주 엎드린다. 인간이 신과 합일한다고 생각하기 때문에, 이들은 인본주의 사상을 몸으로 익힌 것과 다름이 없었다.

알레비 벡타시 신앙을 가진 사람들은 나눔을 사회적 삶에서 매우 중요하게 여겼다. 개인이 서로를 영적인 형제나 자매로 선택하여 영적, 감정적, 육체적, 재정적 필요를 돌볼 것을 약속하는 '무사히플리크(Musahiplik, 알레비 벡타시 신앙에 따른 일종의 유대관계)'는 회원 간에 긴밀하게 연결된 일종의 종교단체를 형성하기 위한 정신을 연결하는 질긴 끈이었다.

알레비 벡타시 교도는 성별에 따른 차별을 반대하므로, 나란히 앉아 기도했다. 알레비 벡타시 교도는 사람을 해하는 것은 신을 해하는 것과 같다고 여겼다. 따라서 이들은 '더슈컨러크(düşkünlük)'라는 일종의 판결 체계를 세움으로써, 구성원들이 잘못을 저지르지 못하도록 제지한다. 만일 누군가 잘못을 저지르는 경우에는 '더슈컨(düşkün, 소외당함)'할 것으로 선포되고, 무리나 사회에서 일시적으로 또는 영구적으로 파문당한다.

이 교단에서 관습, 전통, 주제, 가르침은 문서보다는 구전을 통해 전승되며, 이로 인해 전통을 따르는 특별한 양식의 예술과 문학이 만들어졌다. 알레비 벡타시 교도들은 노래, 음악, 세마흐 등의 표현 수단을 통해 그들만의 예배와 문화를 전승해왔다.

그런 이야기를 들으면서 롤로디아는 알레비 벡타시야말로 알리와 같은 인간을 변화하게 하고, 그가 관할하는 영토에 평화를 심을 수 있다고 믿게 되었다. 그런 생각을 더욱 굳게 하도록 하는 것은 세마흐라는 이들의 예배 양식이었다.

"여기까지 오셨으니 세마흐를 보고 가시지요." 무함마드의 곡진한 요청이었다. 롤로디아는 세마흐에 대해 설명도 듣고 다른 사람들이 하는 춤사위를 흉내내기도 했다.

세마흐는 리듬과 조화를 이루는 일련의 신비롭고 미학적인 몸동작이었다. 세마흐는 알레비 벡타시 교도들이 예언자 무함마드 이후 4대 칼리프인 알리(Ali)에 대한 존경을 표하는 종교 의례 '젬(cem)' 의식의 12가지 주된 예배 중 하나이다. 세마흐지슈(semahciş, 세마흐 무용수)가 세마흐를 춤추고, 경건한 연주자가 '사즈(saz)'라는 이름의 목이 긴 류트 현악기로 반주한다. 오스만튀르크 전역의 알레비 벡타시 교도들에게는 다양한 형태의 세마흐가 행해진다. 각 세마흐에는 독특한 음악적 특징과 리듬 구조가 있으나, 남성과 여성이 함께 의식을 행한다는 점은 공통적이다. 무함마드의 설명은 길게 이어졌다. 일단 믿음을 주었기 때문에 그의 긴 이야기가 지루하지 않았다. 그러나 금방 그런 신앙을 자신의 신앙으로 받아들이기에는 이제까지 살아온 맥락이 너무 단단했다.

"세마흐 의식에 대해 듣고자 청합니다." 롤로디아가 무함마드에게 조용한 목소리로 청을 넣었다.

"때로는 지식이 체험을 대신하기도 합니다. 지루하더라드 들어보실래요?" 롤로디아가 고개를 가볍게 주억거렸다.

세마흐 의식의 바탕은 사람이 신으로부터 와서 신에게로 돌아간다는, 자연적 주기의 일부분으로서 신과 합일한다는 것이다. 세마흐에는 열두 예배의 부분으로 알레비 벡타시 교도만이 젬 의식에서 연행하는 '이체리(içeri) 세마흐'와, 세마흐 문화를 젊은 층에게 홍보하기 위해 예배와 상관없이 연행되는 '드샤리(Dışari) 세마흐'의 두 가지 형태가 있다. 세마흐는 알레비 벡타시 전통을 전승하는 데 가장 중요한 수단이다. 모든 의례, 전통적 주제와 가르침은 구전 전승되며, 세마흐 전통과 관련된 특별한 그림, 노래, 문학 장르가 번성을 지속하고 있다. 이와 같이 세마흐는 터키의 전통 음악 문화를 발전시키고 풍요롭게 하는 데 중요한 역할을 한다.

"세마흐 전통을 보유하고 행하는 알레비 벡타시 교도들은 터키 전역에 퍼져 있습니다. 이슬람 못지않은 힘을 가진 집단입니다. 따라서 그리스 정교를 능가하는 신앙입니다. 지역마다 이름은 다르지만 말이지요." 롤로디아는 그리스가 독립하면 세마흐 신앙이 어떻게 될 것 같은가 물어보려다 입을 다물었다. 손을 모으고 앉아 있는 롤로디아에게 다시 물었다.

"당신이 경배하는 하느님과 한몸이 되어본 적이 있습니까?" 롤로디아는 좀 당황스러웠다. 한 몸이 된다는 것은 내외간의 방사에서 어쩌다 도달하는 오르가슴 말고 생각해본 적이 없었다. 알리 파샤는 그 부면에서는 남이 따르지 못할 능력을 소유하고 있었다.

"그게 어떻게 가능합니까?"

무함마드는 알 만한 사람이 왜 그러나 하는 표정을 지었다. 그리고는 설명을 이어갔다.

세마흐의 개념의 주요 원칙은 자연적 주기를 통해 일어나는 신과의 합일이다. 이 주기에서 인간은 신으로부터 와서 신에게로 돌아가며, 이는 우주 천체의 순환과도 유사하다. 그러나 인간은 이 순환의 중심이다. 신은 어디에나 있으며 세마흐는 신에게 도달하는 방법이다. 알리 파샤의 신은 정치의 신, 폭력의 신이었다. 원한과 복수의 신이기도 했다. 알리 파샤가 그런 신을 안에 모시고 사는 한 개선의 여지는 콩 쪼가리만큼도 없었다.

"체험은 지식을 만듭니다. 특히 열정이 담긴 체험은 지혜에 도달하게 합니다." 롤로디아는 알았다고 고개를 주억거렸다.

롤로디아는 엎드렸다가 일어나 두 손을 모았다. 남편 알리 파샤를 위해 기도를 올렸다.

"우리 불쌍한 알리 파샤를 용서하옵소서. 알리 파샤가 사람 죽이는 일을 멈추도록 해주세요." 손바닥에서 따뜻한 열기가 피어오르기 시작했다. 열기는 손목으로 그리고 팔목을 통해 어깨를 타고 넘어 등을 달궜다. 롤로디아는 모은 손을 높이 들어 하늘을 향했다.

"이렇게 하세요." 메흐무드가 롤로디아의 손을 붙잡고 세마흐식으로 안내를 했다.

세마흐에서 손과 몸의 동작은 상징적 의미를 지닌다. 예를 들어 한 손바닥은 하늘을 향하고 다른 손바닥은 땅을 향하는 동작은 '당신은 신이고 우리는 인간이다. 나는 당신에게서 왔고 내 안에 당신의 정수를 갖고 있다. 나는 당신과 떨어져 있지 않다.'는 뜻이다. 손바닥이 하늘을 향했다가 땅으로 향하는 동작도 같은 생각을 표현했다.

롤로디아가 의식에 참여하면서 알리 파샤를 비평하기 시작했다. 그것은 이제까지 묵종해왔던 자신의 길을 고치는 개종과도 같은 행동이었다. 알리 파샤는 노래할 줄 모르는 인간, 춤출 줄 모르는 인간이었다. 함성과 전투 속에서 치달리기만 한 인간이었다. 롤로디아는 그런 인간이야말로 회개가 필요하다는 생각과 함께 눈물을 흘렸다. 마주 본 적이 별로 없는 인간, 아니 그런 내외…… 그리고 그런 애비를 본받아 날치기 시작하는 아들들…… 그것은 자신의 기도로는 해결이 안 되는 악업같이 생각되었다.

무함마드의 설명이 이어졌다. 세마흐지슈가 타타키 세마흐에서처럼 서로를 마주 보는 것은 신이 인간 안에 존재하고 서로 마주한 사람들은 인간의 얼굴에서 신의 신성한 아름다움을 볼 것임을 의미한다. 손을 얼굴로 향하는 동작은 인간이 거울을 통해 자신의 아름다움을 봄으로써 신의 신성한 아름다움 역시 목격한다는 것을 나타낸다. 하늘을 향한 양 손바닥이 심장을 향해 당겨지는 것은 '신이여, 나는 인간이기에 신이 내 안에 있습니다.' 또는 '신은 인간 안에 있습니다.'라는 의미라는 것이었다.

"남편과도 마주 보고 서로 존경하는 마음으로 인사하세요. 생활 속에서……." 가망이 없었다. 가망이 없는 인간과 함께 생을 마감해야 한다는 게 서글펐다.

롤로디아가 보았을 때 알리 파샤에게 신이란 개념은 없었다. 인간의 마음 가운데 자비롭고 성스러운 심성이 자리잡고 있다는 증거를 아무 데서도 찾을 수 없었다. 다만 본능에 충실하고, 그 본능에서 촉발되는 욕망을 충족하는 것이 삶의 궁극 목표인 양 행동했다. 롤로디아 자기를 향해 웃을 줄 모르는 알리 파샤가 엄청난 폭력의 우상으로 부각되어왔다. 알리 파샤를 변화시키지 않는다면, 어쩔 수 없이 자기가 알리 파샤의 손에 먼저 죽어야 할 것 같았다. 롤로디아는 그것을 자신이 벗어날 수 없는 숙명으로 생각하고 있었다. 무함마드가 다른 이야기를 했다.

"사람이 피와 눈물만으로 어떻게 살아요? 벡타시에는 오래전부터 유머가 있었어요. 세계 어느 종교치고 웃는 신은 없는 것 같습니다." 롤로디아는 종교에 무슨 유머가 있는가, 그런 생각으로 무함마드의 말에 귀를 기울였다.

"설명을 하자면 그렇지만 웃기는 이야기도 있어요." 무함마드는 롤로디아에게 이야기했다.

어떤 벡타시 교도가 모스크에서 기도를 올리고 있었다. 신도 한 사람이 기원했다. "신이여(하느님) 저에게 신앙을 허하소서." 옆에서 기도하던 신도는 그의 말을 비꼬아 "저에게 풍부한 와인을 내려주소서." 하고 기도했다. 이맘이 이 말을 듣고 화를 내면서, 왜 신앙을 간구해야지 술이나 달라고, 딴 사람들처럼 죄가 되는 걸 기원하느냐고 질책했다. 그가 대답했다. "글쎄요, 사람들이야 자기들이 안 갖고 있는 걸 달라고 조르지요." 신앙을 달라고 하는 이들은 신앙이 없고, 자기는 신앙이 이미 충만하니 와인이나 달라는 거라고, 이맘에게 그렇지 않은가 되물었다.

무함마드는 다른 이야기도 들려주었다. 벡타시 신도 한 사람이 에

미노이누이라는 데서 이스탄불의 위스크달라로 가는 전마선을 타고 있었다. 폭풍이 일었다. 사공은 선객을 안심시키려고 말했다. "두려워 마시오. 신은 위대하십니다." 그러자 벡타시교도가 대답했다. "암만요. 신은 거대하지요만, 이 배는 과소합니다." 신이 위대한들 배가 작은데 어쩌랴 하는 뜻이었다.

이맘 한 양반이 술의 해악에 대해 설교하면서 물었다. "당나귀 앞에 물 한 동이와 라크술 한 동이를 놓아준다면 어느 걸 골라 먹겠습니까?" 물이 술보다 귀하다는 이야기를 하려는 작정이었다. 집회에 참여했던 벡타시교도 하나가 대뜸 대답했다. "물이지요." 이맘은 "그렇지요, 응당." 그렇게 말하고는 "왜 그렇다고 보시오?" 하고 물었다. "왜냐면 그는 태생이 멍청한 나귀니까요." 당나귀는 본래 멍청해서 술을 골라 마시지 못한다는 뜻이었다.

그런 이야기를 듣고 롤로디아는 10년 만에 처음 가볍게 웃었다. 그러나 그런 농담이 벡타시의 신앙 측면의 본질일 수 없는 일이었다.

롤로디아는 무함마드 이야기 가운데 '사람을 해하는 것은 신을 해하는 것과 같다.'는 구절이 마음 속에 새겨졌다. 알리 파샤에게 그 이야기를 해서, 당신 고향 동네에서 전해오는 신앙으로 돌아가는 건 안 말리지만, 사람 죽이는 일은 제발 그만두라고 빌고 싶었다.

무함마드가 나가고 나서 롤로디아는 모스크 안에 앉아 무릎을 꿇고 기도했다. 평생을 같이 살아온 알리 파샤가 더는 사람을 죽이는 그런 악행을 하지 않게 해달라고 간절하게 빌었다. 자기도 모르는 사이에 눈에서 볼로 눈물이 흘렀다.

롤로디아의 어깨 위로 따뜻한 손이 조용히 얹혔다. 롤로디아가 고개를 들어보았다. 시어머니 한코나였다.

“어머니가 어떻게 여기를 오셨습니까?” 놀라운 일이었다.

“파샤는 지금 어디 있느냐?” 대답할 수 없는 물음이었다. 그동안 보아온 시어머니의 행적으로 해서는, 당장 쫓아가 아들 가슴에 칼을 찔러 넣지 싶었다.

“우선 앉으세요. 그리고 저를 안아주세요. 그리고 기도해주세요. 저를 용서해달라고, 파샤를 용서해달라고 기도해주세요.” 한코나는 버티고 서 있던 자세를 고쳤다. 롤로디아 옆에 앉아 며느리 손을 잡고 한참 눈을 맞췄다.

“딸이 적에게 능욕을 당해 분을 못 이기고 죽은 후, 네가 우리 집에 들어왔다. 그래서 나는 너를 딸로 생각했다.” 이미 목청이 물젖어 있었다.

“네 기품이 파샤를 인정 있는 사내로 만들 거라 믿고 때를 기다렸다. 그러나 내가 이제는 더 참아서는 안 되는 때가 왔다. 파샤가 있는 데를 대라. 아니면 같이 가자. 같이 가서 파샤를 굿히자.” 한코나는 마른 몸을 불불불 떨었다.

“하느님, 이 여인을 긍휼이 여기소서. 이 여인이 아들로 인해 죽음에 들지 않게 해주소서. 아들이 선행을 할 줄로 믿고 살아온 평생입니다. 선한 한 생애가 헛되지 않게 하소서…….” 롤로디아는 기도를 이어갔다. 한코나도 롤로디아 옆에 엎드려 비슷한 말을 풀어놓고 있었다.

“어머니, 저를 용서해주세요. 파샤를 제대로 돕지 못한 건 커다란 죄입니다. 저의 죄를 용서해달라고 기도해주세요.”

둘이는 같은 말로 한참 기도를 했다. 그러다가 둘이는 붙들고 훌쩍거리기를 계속했다. 누가 누구를 용서하고, 원망하고 할 여지가 없었다. 알리 파샤는 한코나의 아들 영역을 벗어나 있었다. 또한 롤로디아의 품에 자리잡은 사람의 영토에서는 멀리 달아나 있었다.

밖에서 기름 냄새가 모스크 안으로 새어 들어왔다. 출입문이 닫히고 시건장치 잠그는 소리가 철걱철걱 들렸다. 등골이 오싹했다. 롤로디아는 아차, 하면서 함정에 빠져 생애가 이렇게 끝장나야 하는구나 생각했다. 억울했다. 한스러웠다. 자신이 낳은 아들들 얼굴이 눈앞에 떠올라 아물거렸다. 알리 파샤와 몸을 나누던 장면도, 머리가 미친 모양이지만, 눈앞에 나타났다가 사라졌다. 모스크는 점점 연기로 휩싸여가고 있었다. 집에서 사자를 기르지 않는 것은, 사자 꼴이 나자마자 주인의 목줄기를 겨냥하고 달려들기 때문이라고, 친정아버지는 만날 때마다 그런 이야기를 귀에 틀어넣었다. 알리 파샤는 별명이 사자였다.

불길이 널름거리면서 모스크를 집어 삼키기 시작했다. 롤로디아는 불길이 건물을 삼켜 천장이 무너져내릴 때까지 알리 파샤의 어머니 한코나와 팔을 걸어 안고 기도를 멈추지 않았다.

33

鰐魚

전쟁의 뿌리

불타는 성당 건물 안에 사람들이 아우성을 질러댔다. 사람들 사이에 보노가 맨몸으로 사람들을 타고 올라 겅정거리면서 밟고 뛰어다녔다. 천장에서 불붙은 판자가 떨어져 내렸다. 날개에 불이 붙은 비둘기 떼가 돔 밑으로 가득히 날아갔다. 인이수는 꿈에서 깨어나면서 얼굴을 훔쳤다. 찝찔한 땀이 입에 느껴졌다.

경찰서장이 서모시와 인이수를 불렀다. 터키와 그리스의 역사적 맥락에 따라 이루어지는 입국절차의 하나일 뿐이니 양해를 하라며, 그동안의 결례와 불편에 대해 정중한 예를 갖추어 사과했다. 그러면서 스마트폰에 기록된 내용 가운데 하나가 의심이 가는 게 있다고 했다. 콤파스 박이라는 사람이 이스탄불에서 여행 가이드로 일하는 한국인이 맞는가 물었다. 그리고 그와 어떤 관계인가 추궁했다.

인이수가 대학에서 같이 공부한 사람일 뿐이라고 단호한 어투로 말했다. 경찰은 그 사람은 자기들 리스트에 올라 있는 인물이라고 했다. 그 리스트라는 것이 어떤 성질의 것인지는 이야기하지 않았다.

스마트폰으로 연락이 오는 경우, 자기들과 상의해서 답을 해야 한다고 다짐을 받았다. 연계, 커넥션이란 무엇을 뜻하는지 알 수 없는 내용이었다.

사실 따지자면 터키를 거쳐 그리스에 온 관광객일 뿐인데, 두 나라 사이의 정치 현황이라든지, 역사라든지 하는 맥락이 어떤지는 몰라도, 사람을 못살게 구는 이들의 행동이 마음에 가시처럼 걸치적거렸다. 그러나 박지남과 이들이 어떻게 연결되어 있는지는 실상을 알 수 없었다. 그 연계가 무엇인지 몹시 궁금했다.

"니클라오스 교회에 안내해줄 수 있습니까?"

인이수가 경찰에게 물었다. 남편 서모시는 잃어버린 물건을 찾는 사람처럼, 책상 밑으로 고개를 처박고 있다가는 벌떡 일어나 주변을 둘레거렸다. 두려움으로 가득한 눈이 디굴디굴 굴렀다. 그의 내면에 자리잡은 두려움의 정체를 알 수 없었다. 인이수는 서모시의 등을 투덕거리면서 정신을 차리라고 일깨웠다.

"니콜라오스 성인은 선물을 주는 성인이지요? 크리스마스에 어린이들에게 선물을 나누어주고 다니는 것처럼, 우리도 아이를 선물로 되돌려받을 수 있게 해주세요. 테살로니키의 선물."

인이수는 경찰에게 매달려 애원했다. 서모시는 옆에서 손을 비비면서 아이를 찾아달라고 간청을 거듭했다. 경찰은 서모시의 어깨를 툭툭 두드리면서, 나를 믿으세요, 빌리브 미, 그렇게 말했다. 그 나라는 존재가 경찰을 뜻하는지, 서모시에게 서모시 자기 자신을 믿으라는 뜻인지 헤아려지지 않는 말이었다. 하기는 서모시 자신은 자기 스스로를 언제 믿고 살았던지 기억이 아슴했다.

테살로니키에 와서 경찰을 대동하고 아이를 찾아 나서다니, 한국의 책상물림으로서는 참으로 희한한 일이었다. 일부러 그렇게 플롯을 짜지 않으면 생각도 못할 일이었다. 한편 우습기도 했다. 서모시는 니콜라오스 성인이 노예로 팔려가는 처녀를 구해주기도 하고, 아이들에게 선물을 나눠주는 성인이기도 하다는 것하며, 기독교가 미국으로 건너가 미국식 복식을 갖게 되면서, 하얀 털이 달린 빨간 외투를 걸치고, 빨간 고깔모자를 쓴 형상이 되었다는 둥 시시콜콜 이야기 들추어내서 늘어놓았다. 경찰은 어리둥절한 표정이었다. 인이수가 보았을 때, 서모시는 디테일은 선명하게 기억하는데, 전체적인 이야기를 엮어가는 데는 구석구석이 비어나가는 기억 이상 증세를 보이기 시작하는 것이었다. 섬망증(譫妄症)이 생기기 시작하는 조짐이 확실했다. 그런데 어떤 부분은 놀라운 기억으로 사람을 곤욕스럽게 하기도 했다.

"한국에서는 크리스마스에 검둥이 개까지 나와 꼬리 흔들고 돌아다니며 아기 예수 탄생을 축하합니다. 한국은 신앙의 축복을 받은 나라입니다. 그런데 축복은 비극과 같은 날 같은 복장으로 오기도 합니다." 경찰이 어리둥절한 표정으로 서모시를 쳐다봤다. 크게 보면 크리스마스 이야기를 하는 건 분명했다.

서모시는 산타 할아버지 이야기를 하다가, 경찰에게 뜬금없이 물었다.

"할아버지가 한국전쟁에 참여했다는 사실을 압니까? 아냐구요."

"나는 소설가가 아닙니다. 헛된 상상은 수사에 도움이 안 됩니다."

경찰이 손가락으로 머리를 찌르는 시늉을 했다. 골치가 아프다는 제스처였다. 그럼 당신은 넌픽션을 쓰는 작가냐고 서모시가 들이댔다. 나는 글이라고는 조서, 프로토콜을 쓰는 것 말고는 쓸 줄을 모른다는 게 경찰의 대답이었다. 한국전쟁에 참여한 게 정말로 사실인가 묻는 통에 기분이 상한 게 틀림없었다. 이럴 때 어떤 중재를 하든지 해야 한다는 압박감으로, 인이수는 상황 전환이 필요하다는 생각이 간절했다. 한국전쟁 이야기를 하는 것은 그야말로 거의 이가 안 맞는 역사 상상력이었다. 그러나 서모시는 눈동자가 희끄무레하게 풀려가지고 백일몽을 꾸는 사람처럼 자기 말에 대답이 돌아오기를 기다리는 눈치였다. 그 눈동자 속에 어떤 의식의 소용돌이가 휘젓고 흘러가는지는 짐작도 안 되었다. 인이수는 역공을 시도하기로 했다. 그것은 역사 공부하는 서모시의 기억에 대한 믿음을 가지고 하는 질문이었다. 서모시는 알고 있을 터였다.

"할아버지 이름이 무언지 기억하세요?"

인이수가 경찰에게 진지한 표정으로 물었다. 경찰은 허튼 수작 하지 말라는 듯한 태도로 나오다가, 인이수의 얼굴을 내려다보더니 다시 표정을 고쳐 대답했다. 사태를 다 알고 다가오는 낌새를 채기라도 하듯 하는 대답이었다.

"요아니스 다스칼라풀로스."

놀라운 일이었다. 남편의 표정과 눈길을 외돌려놓기 싫어서 던진 질문에 대한 대답치고는 희한하게 맞아떨어지는 점괘처럼, 퍼즐 조각을 짜 맞춘 것처럼 들어맞는 대답이었다.

"정말요. 놀랍군요."

인이수는 남편의 얼굴을 살폈다. 남편 서모시는 여전히 눈동자가 풀린 채였다.

"그럼 당신의 이름은?"

"디미트리스 다스칼라풀로스."

"어쩜, 이런 일이……."

경찰이 그게 무슨 뜻이냐고 물었다. 인이수는 자기 할아버지 이야기를 했다. 할아버지가 6·25, 그 전쟁에 나갔다가 그리스에서 파병된 군인을 만났다. 그리스 군인은 위생병이었다. 1953년 7월이었다. 중공군의 대대적인 공습이 시작되었다. 이른바 금성지구 전투라는 치열한 싸움이었다. 그 공습에서 총상을 입고 신음하는 할아버지를 그리스 군인이 구해주었다는 이야기였다.

"이티스, 음, 미라클 위다우트 오라클(신탁 없는 기적이군요)!" 경찰이 싱긋 웃었다.

인이수의 할아버지에 대한 이야기를 듣고 있던 서모시는, 무슨 생각을 하는지 피식피식 웃었다.

"그런 이야기는 나도 알고 있어요."

등줄기로 찌릿한 전류가 흘러내렸다. 있을 수 없는 일이었다. 그것은 할아버지한테 들은 이후, 아무한테도 입으로 전한 적이 없는 비밀이었다. 물론 서모시에게는 더구나 이야기를 하지 않았다. 서모시가 그거 소재로 뭐 하나 얽어보자는 이야기를 하고 나올 게 겁났다. 서모시가 뭔가 하나 얽어보자는 데는 반드시 그 알량한 원고료에 대한 기대가 깔려 있었다. 불쌍한 인간. 인이수는 그런 말을 뱉을 때마다 눈앞에 부연 안개가 끼곤 했다.

"그거, 당신에게 이야기한 적이 없는데."

"역사기억은 개인의 무의식에 각인되기 마련이지."

"역사기억이라니?"

"내 마음에 새겨진 역사기억이 그렇게 말하지."

"당신은, 자기가 역사의 신 클리오라도 되는 줄 알아?"

"집단의 역사 기억은 공부를 해야 개인의 의식에 자리잡고 재생되는 거야. 우리가 육이오, 그 한국전쟁을 아는 것은 문자언어의 매개를 통해서야. 나는 한국전쟁사를 다 읽었어. 필요해서 읽은 것이기는 하지만 말야. 그런데 당신이 이야기하는, 당신 할아버지가 참여했다는 그 전투는 하도 유명해서 알 만한 사람은 다 알지. 대개 개요를 이야기하자면 이런 거라."

전쟁이 거의 끝나가고 있을 무렵에 당한 공격이라 희생이 컸다. 미군 측 연대장은 더이상 아군 병사가 희생되어서는 안 된다면서 철수 명령을 내렸다. 그런데 그리스군은 거기서 철수할 수 없다면서 공격을 주장했다. 오히려 기관포며 야광탄 등 화기를 더 요청했다. 연대장은 그리스군들의 사기를 꺾지 않으려고 화력을 지원했다. 수류탄이 터지면서 적군의 몸뚱이가 걸레처럼 찢어져 공중에서 흩어졌다. 야광탄이 쑤웅 쑤웅 소리를 내면서 눈부신 빛을 뿜었다. 그 아래로 기관포가 작렬했다. 참호에 머리를 내놓고 이쪽을 향해 총을 겨누던 적군 병사들이 참호 속으로, 힘없이 굴러 들어갔다.

포탄이 떨어지면서 고막이 터질 듯한 굉음이 작렬했다. 참호 둑 여기저기에 잘려나간 팔다리가 나뒹굴었다. 포탄에 날아간 시체가 커다란 참나무 가지에 걸려 흔들거렸다. 살려달라는 비명 소리가 골짜기를 가득 메웠다.

중대장이 돌격 신호를 보냈다. 아군 병사들이 적의 참호를 향해 돌진했다. 그때 참호 안에서 기관포가 불을 뿜었다. 적군의 총부리가 방향을 잃은 것이었다.

그 전투에서 적군 150명이 전사했다. 인민군과 중공군을 방어선 밖으로 밀어내는, 예상치 못한 전과를 거두게 된다. 그게 휴전을 이틀

앞둔 날이었다.

인이수의 할아버지는 그 전투에서 심한 부상을 입었다. 그 할아버지를 치료해준 그리스 위생병이 요아니스 다스칼라풀로스였다. 유엔군으로 참여한 그리스군 초대 사령관과 같은 이름이었다. 경찰은 빠뿌스, 빠뿌스(할아버지) 하며 그게 자기 할아버지가 맞다고 했다. 자기 할아버지를 회상하는 모양, 가슴에 성호를 그었다.

"기적과 같은 만남입니다."

경찰이 인이수를 빤히 쳐다보다가는 슬그머니 손을 잡았다. 서모시의 흰자위에 핏발이 서 있었다. 서모시가 속으로 무슨 생각을 하는지 알 수 없었다.

"기적과 비극은 이따금 같은 굴대에 달린 양쪽 바퀴 모양으로 맞물려 돌아가는 겁니다."

고지에서 바라보면 언덕 아래 냇물이 여름 햇살을 반사하며 흐르고 있었다. 적군과 아군 어느 쪽에서도 그 냇물을 바라보기만 할 뿐 뛰어 내려가 몸을 담그는 사람은 아무도 없었다. 마치 지옥으로 건너가는 길목의 레테강처럼, 거기로 달려가면 모든 생애의 기억을 잊어버려야 하는 망각의 강으로 가로놓여 있었다.

휴전 소식이 전해지자 병사들은 아군과 적군 할 것 없이, 강물로 달려가 몸에 물을 퍼 끼얹었다. 처음에는 자기들끼리 물탕을 튀기며 물을 퍼 얹다가 적군을 향해 물싸움을 걸었다. 총은 모래사장에 내던진 채였다. 그때였다. 어디선지 총탄이 병사들 사이로 날아들었다. 그 총탄에 그리스 병사 한 사람이 쓰러졌다. 탄환이 왼편 등 쪽을 관통하고 지나갔다. 병사는 나무토막처럼 모래 바닥에 쓰러져 피를 흘렸다. 전선에서 말이 안 통하는 외국 병사였다.

"팔다리 떨어져 나가는 전투에서 고지를 탈환하고, 휴전이 되었는데 누가 쏘았는지 알 수 없는 총탄에 맞아 죽다니, 전과가 그렇게 허망하게 돌아와야 하는 겁니까?" 총을 쏜 게 남쪽 병사인지 북쪽 병사인지 알 수 없는 일이었다. 그러나 그 총탄에는 피 빛깔의 증오가 묻어 있었다. 그건 전쟁에 대한 턱없는 증오인지도 모를 일이었다.

경찰의 목소리는 격앙되어 있었다. 분노에 차 있는 목소리 같기도 했다. 그렇게 말하며, 허리에 차고 있는 권총집에 손을 대고 방아쇠를 당기는 제스처를 했다. 인이수는 경찰이 총을 빼들고 난사하는 것은 아닌가 섬찟했다. 그러나 경찰은 금방 옷에 묻은 먼지를 털어내기라도 하듯이 손으로 옷자락을 털고는 웃는 얼굴로 돌아갔다.

"므네모시네의 사생아, 그 기억의 자식 클리오는 시간의 끈으로 인간을 묶어가지고 돌아다니는 거야. 우리 역사는 말하자면 피륙을 짜지 못한 역사인지도 몰라." 서모시가 눈을 불안하게 굴리면서 말했다.

인이수를 바라보던 경찰이 서모시에게 시선을 돌려 짯짯이 쳐다봤다. 무슨 이야기를 하려는 것인지, 알아들을 수 없었다. 이렇게 나가다가는 아이를 찾는 일은 고사하고 남편 때문에 한국에 못 돌아갈지도 모른다는 위구감이 엄습해 왔다. 남편 서모시는 어깨를 수굿하니 기울이고 바튼 숨을 쉬었다.

"휴식이, 안식이, 평화가 필요한 인간이야, 나는 그런 인간이야."

"내 사무실로 돌아갑시다. 테살로니키의 터키성이 아닙니다. 아무래도 예감이 그렇습니다."

인이수가 고개를 옆으로 젓다가 경찰에게 물었다.

"그러면, 우리 아이가 지금 어디에 있다는 거지요?"

그때 인이수의 핸드폰이 울렸다. 인이수는 급히 핸드폰을 확인했다. 화면에 T-kastro, Lake 그렇게 두 단어가 떴다. 인이수가 아들 보노가 보낸 핸드폰 번호에 전화를 시도했다. 그러나 전원이 꺼져 있다는 메시지 기계음만 울릴 뿐이었다. 터키성을 T-kastro라고 표시했을 터였다. 그런데 호수라는 단어와 터키성이 어떻게 연관되는지를 알 수 없었다.

"혹시 짐작되는 게 있습니까?"

인이수가 경찰에게 핸드폰을 보여주고는 눈물 고인 눈을 껌벅거리며 물었다. 경찰 디미트리스는 손을 들어 검지로 자기 머리를 툭툭 치는 시늉을 하다가, 짐작인데 틀림없을 것이라면서, 레이크 팜보티스, 레이크 팜보티스 하고 반복해서 중얼거렸다. 조는 듯 눈을 가늘게 뜨고 앉아 있던 남편 서모시가 벌떡 몸을 일으켰다. 그러고는 아내 인이수가 들고 있는 핸드폰을 가로챘다. 터키성과 호수, 호수가 있는 터키성, 그렇게 몇 차례 입으로 반복해서 소리내어 말했다. 그러다가 디미트리스를 쳐다보며 자기도 안다는 듯이 나섰다.

"그게 이오안니나에 있는 섬이지요?"

"맞습니다. 그런데 그걸 어떻게 아세요?"

"공부했습니다. 사실은 이오안니나 연대기를 쓰려고 자료를 모으는 중이었습니다."

인이수는 처음 듣는 이야기였다. 남편이 공부에 지치고, 일자리를 얻지 못해 어깨가 처져 시간을 죽이며 산다는 것은 늘 안타까운 일이었다. 그러나 무슨 연대기니 하는 컴퓨터 게임 대본을 쓰겠다고 한 적은 없었다.

"그렇다면 실습을 하러 가는 중?"

"인생에 연습이란 없습니다."

경찰 디미트리스는 아니라고 손사래를 쳤다. 인생의 모든 과정이 실천이라는 것이었다. 삶이라는 게 설계도 없이 주먹구구로 짓는 건축물과 같다고 했다. 도상 작전은 환영일 뿐이라는 것. 영원히 지연되고 이어져 나가는 현재가 있을 뿐, 과거와 미래는 실재하지 않는다는 것이었다. 디미트리스의 직업이 경찰이라는 걸로 봐서는 썩 어울리는 이야기가 아니었다.

서모시는 테살로니키에서 이오안니나로 가는 교통편이 무엇이 있는가 물었다. 디미트리스는, 지금은 전화가 안 될 터이니 아침에 비행기편을 알아주겠노라고 했다. 서모시는, 알아주는 걸로는 안 되고 예약을 해달라고 매달렸다. 디미트리스는 얼굴에 사람 좋은 웃음을 띄워 올리면서 오케이! 서모시의 손을 잡아 흔들었다.

"테살로니키 방문한 기념으로 드리는 선물입니다."

디미트리스는 인이수에게 작은 플라스틱 케이스에 든 CD 한 장을 넘겼다.

"호텔에 가면 컴퓨터에서 볼 수 있을 겁니다."

"필름입니까? 고맙습니다."

투 티켓! 그렇게 외치듯 말하면서, 서모시는 디미트리스의 어깨를 끌어안고 볼을 부벼 인사를 했다. 이오안니나로 가는 비행기표 두 장은 디미트리스가 구해주겠노라 했다.

서모시는 호텔로 돌아오자마자 컴퓨터 전원을 켰다. 그러고는 CD를 삽입했다. 잠시 화면이 물결져 흔들리더니, 자막이 천천히 지나갔다. Μία Αιωνότητα Και Μία Μερα. 〈영원과 하루〉라는 제목이었다. 감독은 테오도로스 앙글로풀로스(θεόδωρος Αγγλόπουλος)

였다. 주연배우 브루노 간즈(Bruno Ganz)와 여자주인공 이사벨 르노(Isabelle Renauld) 그리고 다른 배우들 이름이 흘러갔다. 1998년 칸 영화제 황금종려상(Cannes Palme d'or)을 받았다는 자막과 함께, 금방 영상을 쏟아내기 시작했다.

한 늙은이가 나무 한 그루 없는 썰렁한 바닷가를, 아파트 단지에 연이어 있는 산책로로 개를 끌고 걷고 있었다. 낮에 서모시와 인이수가 걸었던 테살로니키 해안이었다.

노인은 입원을 앞두고 있었다. 한번 들어가면 살아서 나오지 못할 병원이었다. 평생 시를 쓰면서 살아왔으나 인간의 내면에 대해서 갈수록 아득하기만 하고 혼란으로 빠져드는 느낌이었다. 자기보다 백여 년 앞서간 선배가 왜 마지막 대작을 완성하지 못하고, 알 듯 말 듯한 신비감 어린 시어만 흩어놓고 세상을 떴는지 알 것도 같았다. 병원에 갈 결단을 내리지 못하고 시간만 흘러갔다.

병원에 가기로 마음에 금을 그었다. 홀가분했다. 인생사 길고 짧음이 무어 그리 큰 의미가 있는가. 막상 그렇게 작정을 하고 나니 허무감이 해일처럼 밀려들었다.

병원에 들어가기 전 해야 할 일들이 있었다. 잃어버린 말들을 찾아 나서는 것이었다. 그 잃어버린 말들은 자신의 것이기도 하고, 선배 시인의 것이기도 했다. 차를 몰고 나갔다. 거리는 차로 붐볐으나 마음은 스산하기만 했다. 건널목에서, 신호가 바뀐 것을 늦게서야 알아채는 바람에 덜컥 하고 차를 세웠다. 얼굴이 꼬지락거리는 소년들이 차유리 닦는 청소기를 들고 몰려들었다. 얼굴이 파리한 소년 하나가 유난히 눈에 들어왔다. 신호가 다시 바뀌었다. 다른 애들은 몰려서 달아나고 소년 하나만 동그마니 남았다. 시인은 소년을 차에 태웠다. 어디서 사는가, 어딜 데려다주랴, 물었으나 대답을 하지 못했다. 그리스말을 모르는 소년이었다. 알바니아에서 온 난민 소년이었다.

시인은 소년을 데리고 국경을 넘어가는 차에 태워 돌려보내려고 시도를 하다가 실패한다. 그리고 소년이 삐끼단에 넘어가려는 것을 돈을 주고 구해낸다. 소년의 형은 삐끼단에 걸려들어 처참한 죽음에 이르고, 마침내 시신은 노천에서 화장하는 불 속에 던져진다. 그 장면은 본 소년이 진한 눈물을 흘린다. 자기 친형의 처참한 죽음을 자신의 눈으로 본 것이었다.

시인은 소년을 데리고 다니면서 자신의 시심 밑바닥에 가라앉아 있는 시어들을 찾아낸다. 몇 마디 어설픈 말로 전달해주는 말들은 청신한 풀냄새를 풍기는 것이었다. 그 말들이 기억 속의 말들과 결합되어 자신의 생이 새롭게 피어오르는 환희를 맛보면서, 소년을 돌려보내려고 버스에 태워 보낸다.

살아야 할 일이었다. 남은 날이 그리 많지 않다는 것은, 거기 도달하는 날까지 싱싱한 불꽃을 피워올리라는 신의 명령과도 같은 것이었다.

시인이 집으로 돌아와 짐을 정리하는 중에 아내와 주고받은 편지 가운데, 눈부시게 찬란하던 젊은 날의 기억을 되찾는다. 성장한 아들을 대견해하는 어머니, 생의 환희로 뜨겁게 달아오르던 아내, 친구들과 어울려 돌아가던 무도회, 그런 이미지가 어지러울 지경으로 돌아가는 가운데, 가족과 아내와 함께 지낸 그날들이 영원성을 압축한 의미를 지니는 시간이라는 것을 마침내 깨닫는다.

소년과 하루를 헤매고 다니면서 시적인 언어의 생기를 되찾고, 지난날 아내와 나눈 사랑이 영원한 생의 환희라는 것을 깨닫는 그 과정, 그게 하루 속에 시적으로 응축된 영원한 생의 환희인 셈이었다.

판독하기 어려운 마무리 자막이 계속 흐르고 있었다. 사건을 빈틈없이 엮어놓은 소설처럼 일들이 전개되었다. 앞서 일어난 일은 뒤에 일어날 일의 원인이 되었고, 뒤에 일어난 일은 앞에 일어난 일의 결과였다. 시간의 인과율을 사람의 힘으로 어찌할 수 없는 어떤 악운의 조종을 받고 있다는 두려움에 휩싸이게 하는 너울과도 같은 것이었다.

"영화처럼, 우리 보노도, 놈들한테 붙들려가서 죽으면 어떡해?"

인이수는 몸을 바르르 떨었다. 서모시가 아내의 어깨를 감싸 안아 침대에 눕혔다. 인이수의 몸이 흥건할 지경으로 땀에 젖어 있었다. 영화를 보는 동안 인이수는 애틋한 마음이 동하기도 하고, 어린이들이 유괴되어 나중에는 가차 없이 죽이고 마는 참경을 보면서 등판에 땀이 솟았다. 생각 같아서는 그만 보자고, 꺼버리고 싶었는데 그러지 못하고 영화가 진행되는 대로 따라갔다. 인이수는 CD를 다시 돌려보았다.

두 가지 가닥으로 영화는 진행되었다. 하나는 시인이 잃어버린 말을 찾아가는 과정이었다. 그것은 선배 시인 솔로모스가 남겨놓은 시어를 찾아가는 과정이었다. 그리고 순간이 곧 영원과 연결되는 사랑을 찾아가는 과정이 다른 가닥이었다. 사랑을 찾아가는 과정은 결국 기억을 되살리는 외길이기도 했다. 생각해보면 그랬다. 아, 이게 사랑이라는 거구나 실감이 드는 그 순간 나는 사랑의 문지방을 넘어서 사랑 밖으로 밀려나는 형국이었다. 사랑을 이야기하는 것은 결국 사랑에 대한 추억을 더듬는 그림자놀이일 따름이었다. 사랑은 늘 현재형이라야 했다. 사랑이 과거형이 되는 순간 그것은 허전한 추억이나 단편적인 기억으로 변질되었다. 빛나는 날들은 언제나 현재형으로 진행되어야 마땅했다. 빛은 늘 현재형이라야 하는 것이다. 빛의 속도라는 것은 개념상의 잣대에 불과해서 실감이 안 갔다. 자신이 찾아가는 아이라는 것, 핏줄이라는 것도 오롯한 현재형일 뿐이었다. 보노는 서모시와 인이수 내외 생의 현재형이었다.

"그 시인처럼, 그렇게 빛나는 날들이, 우리한테도 있었던가?"

인이수가 혼자 중얼거리듯이 말했다.

"앞으로 만들어야지." 서모시의 한마디였다.

내외가 기운이 떨어져 흐느적거리고 있을 때, 디미트리스한테서 전화가 걸려왔다. 내일 이오안니나로 출장갈 일이 생겼다는 것이었다. 자기가 동행해줄 수 있다고 했다. 비행기 표를 구하지 못했는데 자기 차로 가면 어떻겠느냐는 제안이었다. 시간을 단축하는 데는 그다지 도움이 안 되지만, 낯선 도시에 가서 헤맬 것을 생각하면 착실한 가이드를 만난 셈이었다. 서모시는 전화에다 대고 당신은 나의 햇살이라고, 유아 마이 선샤인, 어쩌구 맥락을 벗어나는 소리를 했다.

아이가 실종되었고, 생사의 기로에 놓여 있을 그 아이를 찾아간다고 하는 사람들이 그렇게 허랑할 수 있는가, 인이수는 남편에게 들이댔다. 투 칠리, 투 칠리. 남편 서모시는 얼음 같은 마음에서 논리가 살아난다는 이야기를 거듭했다. 가슴에 서릿발이 서야 머리가 따뜻하게 살아난다는 것이었다. 그런 이야기를 하는 남편 서모시의 얼굴은 창백하고 까칠했다.

아무튼 복지의 나라 그리스에 와서, 그리스 경찰의 도움을 받아 아이를 찾아 헤맨다는 것은 유별난 일이었다. 꼭 한국전쟁에 참여해서 싸우다가 죽은 군인의 자식을 만난다는 인연을 어설프게 들이댈 필요는 없지 싶었다.

하늘은 축 처져 가라앉고, 땅은 질척거렸다. 발칸반도를 뒤덮은 폭설이 산간마을로 들어서면서 더욱 을씨년스런 분위기를 돋구어냈다. 이들 내외가 아이 이야기를 하지 않는 데는 그만한 까닭이 있었다. 아이가 자꾸만 죽음을 떠올리게 하는 것이 견딜 수 없는 고통이었다. 아이의 얼굴은 죽음을 기억하라, '메멘토 모리'라는 말로, 서모시에게 번역되어 들렸다.

鰐魚

항전

34

죽음의 그림자가 술탄의 꿈을 덮고 있었다. 알리 파샤는, 메멘토 모리, 죽음을 기억해야 하는 시점에 도달해 있었다. 그러나 그는 오히려 죽음에 맞서 치달리기를 계속하는 중이었다.

알리 파샤는 롤로디아가 자기한테 벡타시 신앙을 추천하리라는 것을 짐작하고 있었다. 언제부턴가 성경을 벽장에 처박아 넣고 묵주는 화장대에 던져놓은 채 멍하니 하늘을 바라보곤 했다. 그러다가는 방바닥에 엎드려 연원을 알기 어려운 기도를 올렸다.

근본적으로 알리 파샤가 그리스의 독립을 돕는 척하면서 술탄을 향한 자신의 욕망을 채우려 한다는 것을 롤로디아는 잘 알고 있었다. 롤로디아 입장에서 보면 그것은 알리 파샤 스스로 자멸의 길로 가는 첩경이었다. 기독교 문명권이 강성한 이슬람 문명권으로 대체되는 역사적 맥락 가운데, 술탄이 탄생한 것이기 때문에 종교적으로 선명한 기치를 올릴 수 없는 알바니아 출신, 알리 파샤로서는 도저히 대결할 수 없는 신성한 정신사의 능력을 가지고 있는 것이 술탄이라는 존재였다. 차라리 자기 족속에게 충성스런 벡타시를 알리 파샤에게 권하는 것이 재앙을 피해 갈 수 있는 길이었다. 알리 파샤는 그렇게 짐작했다. 받아들일 수 없는 일이었다.

그러나 알리 파샤가 자기 의견을 진중하게 고려할 것 같지를 않아 마음을 썩이고 있었다. 자연 멍하니 하늘을 바라보는 습관이 생겼다.

"왜 그렇게 멍청하게 앉아 있소?" 알리 파샤가 롤로디아에게 물었다. 롤로디아는 자신의 흔들리는 마음을 들킨 것 같아 화들짝 놀랐다.

"정말 신이 있을까요? 우리를 구원할 신이 말예요." 롤로디아는 이를 사려물고 그렇게 들이밀었다. 알리 파샤의 눈썹이 피끗 치솟았다. 총곤으로 손바닥을 탁탁 치고 있던 알리 파샤가 입을 열었다.

"신의 존재 여부는 기실 그렇게 중요하지 않소. 살아서 버티고 견디는 게 신의 힘일 게야. 그리고 정복하는 자는 스스로 신이 되는 법이지." 알리 파샤는 벌떡 일어서서 전진! 그렇게 외치듯이 지휘봉을 앞으로 힘차게 뻗쳐 보였다. 어쩌면 알렉산드로스의 정신이 안에 살아 있는지도 모를 일이었다.

"아무리 의지가 굳고 전술이 뛰어나도, 하느님 뜻이 아니면 승리할 수 없어요."

"당신이 언제부터, 나를 그렇게 우습게 보았소?"

"당신 앞길에 닥칠 신의 징벌이 두려워서 그래요."

"신의 징벌? 신이 없는데, 징벌이 어디 있어? 신을 자기 바깥 딴 데서 구하는 자들은 멍청이들이야. 알라니 야훼니 하는 존재들은 모두 가공의 우상이오."

"벡타시가 우리들 살아온 맥락과 더욱 가깝지 않을까, 그래서 당신이 욕심 줄이고 그렇게 소박하게 살면 어떨까……?"

"이 여자가 많이 상했군."

전에 언제던가, 인간이 상해서 냄새를 피우기 전에 없애버려야 한다고, 이야기한 적이 있었다. 배교자를 두고 한 말이었다. 롤로디아는 머리끝이 올려붙는 느낌이었다.

"당신의 장래가 걱정되어서 그래요."

"자기 걱정이나 하소." 알리 파샤가 언성을 높였다.

알리 파샤는 달라질 아무런 건덕지가 없는 인간이 되어 있었다. 남편이 저렇게 된 데에는 자신의 책임이 전혀 없다고, 피해 갈 수 없었다. 내외간에도 서로 변화를 주기도 하고 공감해서 함께 나아가는 게 윤리 아닌가 그런 생각이 들었다. 롤로디아는 그런 이야기를 하면서 알리 파샤에게 자신의 생각을 진지하게 털어놓곤 했다. 권력은 무상한 것이니 너무 탐하지 말라는 당부요 부탁이었다. 아니 애원이었다. 당신이 다스리는 영토 사람들에게 자비롭게 대하라는 것. 알리 파샤는 롤로디아의 이야기에 귀를 막았다. 귀찮게 귀에다가 이야기 틀어넣는 자를 없애는 게 속시원하다는 생각을 하는 데는, 새로 얻은 아내가 얼마간 역할을 했다.

불구덩이에서 타 죽었을 롤로디아를 생각하면 자신이 살아온 일생이 정말 잘 산 것인지 자꾸 되돌아보였다. 거기 어머니가 함께 있었다는 것을 알리 파샤는 까맣게 모르고 있었다. 어떤 부분은 후회막급이었다. 잠을 설치는 밤이면 팜보티스 호수에 잡아 넣어 죽인 원혼들의 환상에 시달렸다. 처녀들이 달려들어 자신을 발가벗겨놓고 가죽을 벗기기도 하고, 입에다가 뱀을 집어넣었다. 뱀은 뱃속을 휘젓고 다녔다. 그러면 아랫도리가 찌릿거리고 성기는 혼자 일어서서 불뚝거렸다. 처녀들이 달려들어 성기에다가 오물을 발랐다. 그러면 술탄의 깃발이 등으로 무너져내렸다. 알리 파샤는 소스라쳐 깨곤 했다. 몸이 땀으로 흠뻑 젖곤 했다.

알리 파샤도 제국을 이룩하는 게 꿈이기는 하지만, 사람을 벌레 터트리듯이 잡아죽이는 것은 군주의 자질로는 마땅치 않다는 것을 알았다. 자기를 모함하는 소문이 돌아가는 것은 물론, 이스탄불에서도 경고를 해왔다. 그동안의 전공(戰功)과 치적을 생각해서 용서하는 것이니 방자하게 굴지 말라는 이야기를, 마치 풍편인 듯 전하는 이들이 있었다. 전에 술탄의 궁전에 들렀을 때, 알리 파샤의 어머니를 시중들던 시종이었다. 알리 파샤의 어머니는 그에게 보석을 한 주먹 틀어넣었던 터였다. '우리 아들을 나중에 만날 일이 있을 터이니 잘 기억해주소.' 그런 이야기를 덧붙였다.

대외관계도 여러 국면에서 비틀려 돌아갔다. 프랑스와의 관계는 푸크빌이 중간에서 장벽을 치는 바람에 막혔다. 나폴레옹의 보좌관으로 이오안니나에 와 있던 그는 폭넓은 지식을 가지고 있는 당대 최고의 양식가였다. 그가 알리 파샤와 나폴레옹의 관계를 조정하고 있었다. 알리 파샤를 통해 그리스 독립을 돕자는 것이었고, 그렇게 하면 그리스를 프랑스 편에 이끌어 들일 수 있다는 판단이었다. 알리 파샤에게는 이스탄불을 견제하는 힘이 될 수 있었다.

"사람 죽이기를 벌레 잡듯 하는 인간은, 국제적 약속을 쉽게 뒤집습니다. 알리 파샤를 가까이하지 마세요. 차라리 영국을 부추겨 그를 치게 하세요." 그게 프랑수아 푸크빌이 나폴레옹에게 하는 진언이었다.

영국과는 나폴레옹의 대륙봉쇄령 이후 개선될 기미가 보이지 않았다. 영국에서는 바이런이 독재자 알리 파샤를 턱없이 우상화하고 있다는 비판이 일었다. 평론가들이 바이런의 시에 알리 파샤가 추켜올려지는 것을 보았던 터였다. 공공적인 사업을 위해 이룩한 업적이 출중하다고 해도, 결국 인간을 쳐죽이는 독재자는 언젠가는 본색을 드러내고 만다는 게 비판의 핵심이었다. 알리 파샤는 한숨을 내쉬었다. 며칠 전부터 흔들리던 어금니가 아파오기 시작했다. 나이가 팔십을 바라보는 즈음이었다. 하렘에서 일하던 여자 로자무타가 이를 흔들어놓은 게 통증의 원인이었다.

1820년 12월 4일, 알리 파샤는 자기가 운영해오던 하렘을 개방했다. 그리고 술리오테스들을 모았다. 오스만튀르크는 내부적으로 부패를 거듭하고 있었다. 때를 놓치지 말아야 했다. 항전 조직을 결성했다. 술리오테스들에게 전투 지휘권을 주고 병력 3천 명을 배정해주었다. 알리 파샤는 술리오테스들에게 전쟁이 끝나면 고향으로 돌아갈 수 있는 기회를 주겠노라고 설득했다. 그리고 우리는 알바니아 혈통을 공유하고 있다는 점을 들어 병력을 규합했다. 그리고 하렘을 개방하여 거기 여자들을 술리오테스들에게 나누어주었다.

홀리 시티, 이스탄불에 대항하는 알리 파샤는 그리스군의 사기를 충천하게 만들었다. 그리스 독립을 도모하는 편에서는 알리 파샤의 군사력이 천군만마의 위력으로 비쳤다. 자기들은 독립을 외치는 정도인 데 비해 알리 파샤는 술탄을 엎어버리고 제국을 자기 손아귀에 거머쥘 꿈을 꾸고 있는 것이었다. 알리 파샤와 결탁해서 술탄을 제거하는 작업이 성공한다면, 알리 파샤를 그리스 독립공훈자로 올려놓는 것은 일도 아니었다.

초기에는 연합군이 자기 지역 대부분을 장악하고 있었다. 그러나 알리 파샤의 알바니아 무슬림 집단은 결속력이 떨어졌다. 옛날 펠로폰네소스반도, 그리스 남쪽 모레아(Morea) 지역에서 그리스군이 터키군에게 항전을 시작했다. 모레아는 알리 파샤의 막내아들 살리가 파샤를 맡고 있었다. 알리 파샤는, 멍청이 같은 자식, 그렇게 아들을 욕했다. 그리스군의 독자노선으로 인해 알리 파샤의 부대는 연합군의 성격이 희석되었다.

오스만튀르크 편에서는 셈법이 달랐다. 그리스의 독립군을 충동해서 알리 파샤를 일거에 파탄낼 수 있었기 때문이었다. 그러나 전쟁이라는 것이 어느 셈법 하나가 모범답안이 될 수 없는 체스게임이었다. 말을 놓는 데 따라 전황이 달라지고, 승부가 엇갈렸다. 그 가운데 병력의 규모가 문제되었다. 발칸반도 산지는 벗어났다고 해도, 그리고 이오니아 섬들을 장악하고 있다고 쳐도 이스탄불에서 밀려오는 군단을 대적하기는 중과부적이었다. 알리 파샤는 성벽을 더 높이 쌓고 병력을 자기 성을 방어하는 데 집중했다. 대포도 여러 문을 더 설치했다. 그러나 엄청난 수로 밀고 들어오는 오스만튀르크군의 세력은 감당이 되질 않았다. 결국 알리 파샤는 자기의 성을 오스만튀르크의 책임자에게 내주었다. 그리고 성에서 멀리 내려다보이는 팜보티스 호수 한가운데 있는 니시섬에 작은 요새를 건설하고 거기로 밀려나 숨어 들어가야 했다.

알리 파샤의 나이 팔십을 넘어서는 무렵이었다. 정치상황이 자기에게 불리한 것은 물론, 자신의 몸이 앞으로 10년을 기약하기 힘든 정황이었다. 할레트 에펜디(Halet Efendi)는 알리 파샤와는 호형호제하는 사이였다. 그런데 능력이 있어 술탄 마흐무드 2세에게 발탁되어 이스탄불로 불려갔다. 알리 파샤와 절친한 사이기 때문에 알리 파샤의 약점도 소상히 알고 있었다.

당시 술탄 마흐무드 2세의 확실한 신임을 받고 승승장구하는 할레트 에펜디가 알리 파샤의 악명 높은 폭압성에 대해 문제를 제기했다. 할레트 에펜디는 성도 이스탄불에서 멀리 떨어진 오스만 루멜리아에서는 작은아들 살리가, 이오안니나에서는 알리 파샤 자신이 권력을 전횡하면서 무고한 주민을 종교가 다르다는 이유로, 자기 정책을 비판한다는 구실로 마구잡이로 처단한다는 사례를 일일이 예거하면서 맹렬하게 비난했다. 술탄의 영토에서 그런 행위를 하는 자는 누구라도 벌을 받아 마땅하다고, 이마에 주름살을 세우고 열을 올렸다.

그런 논의에 정적 가스코 베이(Gaskho Bey)가 적극적으로 가담했다. 당시 알리 파샤는 오스만튀르크와 끊임없는 긴장 관계를 조성하고 지냈다. 그것은 이스탄불 쪽에서 알리 파샤를 의심한 결과이기도 하고, 알리 파샤 편에서 일부러 조성한 분위기이기도 했다. 알리 파샤는 자신의 위엄이 어떠한지를 정적에게 보여주고 싶었다. 이스탄불에 있는 정적 가스코 베이를 참살해야 한다고 군부에 요청했다. 성항(聖港, sublime port)의 권위를 되살리기 위해 심혈을 기울이던 술탄 마흐무드 2세는 이 사건을 자기 입지를 높이기 위한 계기로 이용할 생각이었다. 알리 파샤를 즉각 해임할 절호의 기회였다. 국가 반역의 죄를 씌워 단죄할 수 있는 사건이었다.

이스탄불에서 알리 파샤의 파면을 알리는 술탄의 문서를 가지고 술탄의 신하 몇이 이오안니나로 왔다. 알리 파샤는 그들을 한꺼번에 잡아 목을 잘랐다. 그리고 그 목을 자기 성문 앞에 창 끝에 꿰어 나란히 세워놓았다.

"피로스 왕의 후손인 나에게, 내 운명은 나 자신의 몫이다. 본인은 언제나 태양의 자손이었다. 아폴론의 후예인 나는 앞길이 창창하게 열려 있다. 알라의 자손은 태양의 자손을 이기지 못한다. 아폴론의 후예들인 그리스인은 자랑스러운 조상의 이름을 더럽히지 말아야 한다. 우리 역사와 전통을 위해 목숨 걸고 오스만튀르크를 물리치기 위해 진군한다!" 알리 파샤는 자기 성 광장에서 군중을 모으고 그렇게 진군을 독려했다.

알리 파샤는 그의 공식적인 지위를 사임하지 않았을 뿐만 아니라 술탄의 군대에 강렬한 저항을 했다. 나중에 알리 파샤의 머리를 술탄에게 갖다 바친 인물, 후시드 파샤가 이끄는 터키군 2만 명이 규모는 작지만 가공할 만한 전투력을 지닌 알리 파샤의 군대와 맞서 싸웠다. 그러나 그의 추종자들은 그를 팽개치고, 싸울 생각도 없이 도망치기도 했다. 알리 파샤의 심복이었던 안드루트소스(Androutsos)를 비롯해서 그의 아들 벨리, 큰아들 무타르도 전의를 상실하고 나자빠지기는 마찬가지였다. 알리 파샤는 가슴에 불꽃이 이는 것을 감지했다. 몸을 온통 태워버릴 것 같은 열기가 후끈후끈 솟아올랐다. 그것은 말하자면 자신을 배반하는 역사에 대한 분노였다. 그러나 분노가 사람을 구하지는 못했다.

단속을 엄하게 한다고 했지만, 심지어 오스만튀르크군에 투항하는 자가 나타나기도 했다. 오메르 브리오니(Omer Vrioni), 알렉시스 누트소스(Alexis Noutsos) 같은 인물들이 그런 부류였다. 그들은 처음부터 이오안니나에 반대하는 세력은 아니었다. 알리 파샤가 하는 행동을 보면서 칼자루를 들먹거리는 사이에 알리 파샤에 대한 분노를 길러온 이들이었다. 알리 파샤의 눈에 부연 안개가 끼기 시작했다. 그들은 팜보티스 호수 니시섬 가운데 있는 초라한 수도원에서, 1820년 9월부터 오스만튀르크군에게 포위 공격을 당했다.

간헐적으로 총질을 해대는 공격으로 알리 파샤는 기가 꺾이지 않았다. 자기를 따르는 병력이 있고, 그동안 구축한 신뢰와 신의를 버리지 못하는 인근 지역의 파샤들이 알리 파샤의 우군들이었다. 알리 파샤는 인근 지역 파샤들을 혈맹이라고 굳게 믿었다. 그러나 그러한 믿음은 모래언덕처럼 힘없이 무너지는 중이었다. 개인에 대한 강요된 신뢰였기 때문이다. 충성이 아니라 계약에 따르는 의무 비슷한 동질감일 뿐이었다. 그는 오스만튀르크가 쳐들어오기 전에 모병한 군인들인 클레프트와 술리오테스들이 자신을 배반할까 봐 노심초사하고 있었다.

부실한 집단이었지만, 알리 파샤가 이탈자를 가차 없이 목을 잘랐기 때문에 2년에 가까운 동안 항전을 계속할 수 있었다. 1822년 1월, 2년여의 항전 끝에, 오스만튀르크군은 알리 파샤가 경계를 강화한 성(카스트로)을 제외한 이오안니나의 요새 대부분을 점령했다.

알리 파샤는 오스만튀르크 사령관에게 협상을 제안했다. 알리 파샤 자신과 자기가 관할하는 술리오테스들의 안전을 보장해준다면 전투를 멈추겠다는 것이었다. 사령관 쪽에서는 알리 파샤의 제안을 전면적으로 받아들이기로 했다. 알리 파샤는 일단 후유 숨을 내쉬었다.

그는 궁전(카스트로) 요새를 떠나 팜보티스 호수에 있는 니시섬 안에 자기가 보수하고 개축한 성 판텔레이몬 수도원(Monastery of St.

Panteleimon)에 들어가 안착하라는 권유를 받았다. 이 섬은 이오안니나를 오스만튀르크군이 점령하였을 때, 오스만튀르크군이 야밤을 틈타 잠입해서 실제적으로 점령하고 있었다. 알리 파샤가 섬으로 퇴각하자 오스만튀르크 쪽에서는 항복을 강요했다.

"항복? 미친놈들 같으니……." 알리 파샤는 지휘봉으로 탁자를 치면서 불끈 일어섰다. 이제까지 살아온 날들에 항복이라는 것은 없었다. 그리고 자기 부친이 척살당하면서 남겨주었던 장총과 화약 상자를 떠올렸다. 자기 어머니와 누이가 능욕을 당하던 장면이 벌건 핏빛으로 눈앞에 어른거렸다. 이스탄불의 늑대들한테 자신의 가족과 부하들을 던져줄 수 없었다.

알리 파샤는 주먹을 부르쥐고 이를 뿌드득 갈았다.

"저승사자도 나를 항복시키지 못한다. 내 생애에 항복이란 존재하지 않는다." 알리 파샤는 그렇게 부르짖다가 혼자 껄껄껄 웃음을 토해냈다. 한때 제국을 함께 꿈꾸기도 했던 나폴레옹 보나파르트는 세인트헬레나섬에 귀양 가서 말라 죽어가고 있다는 소문을 알리 파샤는 잘 알고 있었다.

시인 피스키티오스는 알리 파샤의 분노를 기록했다. 글이 어설프고 맥이 닿지를 않았다. 자신도 알리 파샤를 따라 안으로부터 흔들리기 시작했다. 화가 조라포스는 알리 파샤와 젊은 아내 키라 바실리키를 그리는 손이 떨려 자꾸만 붓이 빗나갔다.

알리 파샤의 수비대 병사들은 호수에서 잡은 악어를 삶고 있었다. 오스만튀르크 병사들과 함께였다. 악어 삶는 구수한 냄새가 섬을 휩싸고 돌았다. 그것은 구수한 죽음의 냄새였다.

鰐魚

재회

35

죽음의 냄새! 서모시는 송곳으로 쑤시는 듯 아픈 머리를 감싸쥐고 속으로 그렇게 되뇌었다. 어디선가 머리털 타는 냄새가 차 안으로 스며들었다.

서모시와 인이수가 디미트리스의 차로 발칸반도를 가로질러 이오안니나에 도착했을 때는 저녁 무렵이었다. 석양이 토마로스산 꼭대기에 빛을 뿌리고 있었고, 그 빛이 호수에 반사되어 호수는 핏빛으로 물들어 보였다. 마침 그날이 2월 4일이었다.

메트로폴리스 광장 앞의 헤르메스 호텔에 숙소를 정했다. 도시 분위기라든지 하는 걸로는 호수 근처가 끌렸지만 보노에게서 연락이 올 경우, 와이파이를 이용하기 편한 데라야 한다는 생각이었다. 그리고 디미트리스와 연락을 위해서도 거기가 편할 것 같았다.

"오늘이 알리 파샤가 오스만튀르크 군인들 총에 맞아 죽은 날이야. 아니, 사실은 내일이지."

"우리가 여기 왜 왔는지 먼저 생각해야지. 우리 보노 대신에 알리 파샤나 들추다니, 말이 돼?"

"인간의 머리 뉴런 조직은 연상의 순서가 일정하게, 순차적으로 일어나게 되어 있지 않아. 동시다발적이야, 연상망이 구성되는 방식이 그래. 그런데 관심이 가는 사항을 먼저 앞으로 밀어내는 게 연상의 순서를 결정할 뿐이야. 그건 인위적으로 통제가 되질 않아."

인이수는 서모시가 인위적이라는 게 무슨 뜻인지 이해가 잘 안 되었다. 인간의 생물학적 조건과 정신적 작용의 관계에서 자율적 자기 결정은 어떻게 이루어지는가 알기 어려웠다. 아무튼 보노를 만날 수 있으면, 보노를 찾으면 그 일이 끝난 다음에는 서모시와 계속 살아야 하는가 하는 문제를 재고해야 할 시점이라는 생각이었다. 너무 지루하게 한 인간을 견뎌왔다는 생각이 들었다. 인간을 견딘다? 고통을 견딘다는 말이 성립하는 것처럼, 수많은 방법으로 다가오는 인간은 견딤의 대상이 될수 있는 것이기도 했다.

"심각한 문제일수록 가볍게 풀어야 해."

인이수는 서모시의 말에 아무런 대꾸도 하지 않았다.

"살아 있으면 돼, 고생이야 하겠지. 그런 고생은 또 견디고 소화하면 인생 경험으로 의미가 있겠지." 서모시는 보노의 실종에 대해 별다른 걱정을 않는 태도였다.

"내 머리로는, 당신은 도무지 이해할 수 없는 인간이야." 인이수가 서모시를 쳐다보다가 고개를 돌렸다.

"당신이 날 이해하기 바라지도 않고, 또 이해한다고 해도 뭐가 달라져?" 인이수는 징그런 인간이라는 생각을 하다가, 안쓰러워 슬그머니 손을 잡았다. 손이 싸늘하게 식어 있었다. 서모시가 손을 뿌리쳤다.

인이수는 텔레비전 리모콘을 들어 서모시를 향해 집어던졌다. 서모시가 머리를 돌려 피하는 바람에 리모콘이 날아가 거울을 쳤다. 거울이 깨졌다. 유리가 화장대 위로 와르르 쏟아져내렸다.

"춘향전에, 거울이 깨지면 소리가 나고 소리는 소식이라는 해몽 장면이 나오지. 보노가 돌아온다는 소식이 올라나." 서모시는 빙긋 웃으면서 태연하게 말했다.

인이수는 침대에 엎어져 펵펵 울었다. 지나온 시간이 너무나 허망하게 모래 부스러기처럼 몸에서 빠져나갔다. 만일 보노가 안 돌아온다면, 이슬람국가(IS) 놈들한테 잡혀간다면, 안구며 장기 그런 거 다 빼고 남은 몸뚱이는 사료공장 분쇄기에 넣어 갈아버린다면, 보노는 이세상에 아무런 자취도 남기지 않고 사라질 것이다. 보노는 인이수 자기 존재가 연장되어 인간의 형상으로 현현한 실재, 따라서 지엄한 존재일 수밖에 없지 않은가. 보노 대신 죽는 한이 있어도 보노를 찾아 살아 있는 것을 확인해야 했다. 그것은 초월자의 명령과도 같은 것이었다.

잘못해서 거울을 깨트렸으니 갈아달라고, 서모시가 구내전화로 부탁했다. 수선비는 물론 부담하겠다는 이야기도 아주 천연덕스럽게 했다. 전화가 끝나자 인이수에게 다가와 볼에다가 입술을 대면서 속삭였다. "사랑과 폭력은 종잇장의 안팎과 같은 거야." 인이수가 침대를 박차고 일어나 서모시를 후둘러 패려고 하는데, 벨이 울리고 수선공이 공구함을 가지고 들어왔다.

"시그노미(죄송합니다)!"

"노 프로블럼(뭘요)!"

서모시는 그렇게 인사를 주고받고는 수선공의 공구함을 샅샅이 들여다보았다. 드릴, 쇠톱, 유리칼, 쇠자, 망치, 실리콘 건, 먼지를 제거하는 진공펌프, 절연테이프, 구리철사 그런 것들이 어지럽게 들어 있었다. 보노가 죽임을 당할 때 쓸 수 있는 공구들이었다. 서모시는 어찔하는 머리를 간추르며 의자에 앉았다. 환상이 어지럽게 몰려왔다.

선글라스를 쓴 놈이 전동 드릴을 들고 의자에 묶여 있는 보노 등 뒤로 다가섰다. 스위치를 넣자 쉬잉 하는 소리와 함께 전동 드릴이 돌아갔다. 놈은 전동 드릴로 서모시의 머리통을 쑤시기 시작했다. 처음에는 아아아, 소리를 질렀으나 금방 몸이 처져 늘어지고 말았다. 이어서 다른 놈이 쇠톱으로 손목을 잘랐다. 잘린 손목에 붙은 손가락이 육갑을 하듯, 손가락을 꼽아 셈을 했다. 하얀 가운을 입은 간호사 비슷한 여성이 다가와 보노의 눈알을 빼서 접시에 담아가지고 나갔다. 한 놈은 보노의 불알을 발라 볼이 꿰지게 씹다가는, 보드카를 병째로 들이켰다. 죽일 놈, 한 놈이 총을 들고 달려들었다.

서모시가 실리콘 건을 들고서는, 깨어진 거울을 향해 우두두두, 우두두드 갈겨대는 소리를 냈다. 수선공이 절연테이프를 찌익 소리를 내며 찢어서 서모시의 입을 봉하는 시늉을 했다. 인이수는 두 주먹을 쥐었다 폈다 하면서 서모시가 하는 행동을 예의주시해 바라보고 있었다. 한심한 인간…… 그러나 말을 입밖으로 내지는 않았다.

“내일 메트로폴리스 광장에서 반미 데모가 있을 예정입니다. 혹시 아드님이 거기에 나타날지도 모릅니다.” 디미트리스가 전화를 해왔다. 반미 데모에 보노가 나타날 거라는 예측은 사실 근거가 확실치 않았다.

“반미 데모라면, 누가 하는 거래?” 인이수가 물었다.

“시리아에서 탈출한 애들이겠지.” 내전에 투입된 미군에게 자식을 잃거나 몸을 상한 이들이 시리아를 떠나 유럽으로 가는 중에, 그리스를 거점으로 반미 데모를 한다는 게 서모시의 설명이었다. '트랜스 유로' 차비를 마련하기 위해서 그리스에 기착하고 있는 사람들 가운데, 몸을 움직일 수 있는 사람이면 누구나 달러 벌이에 나선다는 것이었다. 인이수는 서모시의 설명이 수상쩍게 들렸다.

"아까 수선공 공구함을 왜 그렇게 눈 빠지게 들여다봤어?"

"애가 아이에스에 잡혀가면 어떤 취급을 당할 건지, 그게 걱정되어서……." 서모시는 보노가 이미 IS에게 잡혀가기라도 한 것처럼, 그리고 놈들에게 당할 일들을 구체적 상황 속에서 앞질러 구성하고 있었다. 서모시가 이야기하는 IS 입사식이라는 게 대개 이런 것이었다.

제일 먼저 행하는 입사식은 눈을 가리고 몸을 가누지 못할 지경으로 구타하는 것이다. 죽기 직전까지 패서 소년에게 자기 몸이 스스로 통제할 수 없다는 것을 알려준다. 정신이 들면 침대에 눕히고 진통제를 놓아준다. 젊은 여자 단원을 시켜 몸을 마사지해주고 성기가 발기하면 그 위에 올라타 한바탕 성희를 경험하게 한다. 그렇게 해서 단원들 사이에 성적인 경계를 문질러 없앤다. 남자 대원이 소년의 항문에다가 성기를 꽂아 넣고 사정할 때까지 소년을 헉헉대게 한다. 인간과 동물의 경계를 지우는 작업이다. 총을 지급하고 총기분해를 완벽하게 할 수 있도록 훈련한다. 총이 자신의 몸 일부라는 생각이 들 때까지 훈련을 거듭한다. 눈앞에 나타난 적을 총으로 쏘아 해치우고, 그의 살을 저며 씹어먹어야 훈련은 끝난다.

그러고는 심리적 공포감을 실감하게 한다. 부대의 비밀을 발설하는 놈은, 펜치로 이빨을 뽑아버린다. 남의 물건 훔치는 놈은 기계톱으로 팔목을 자른다. 적에게 잡혀가는 놈은 자갈밭에다가 무릎을 꿇리고, 그 위를 밟고 지나간다. 산 채로 눈알을 뽑기도 하고, 대원들이 보는 앞에서 배를 갈라 장기를 적출하는 광경을 공개하여 인간이 어떻게 죽을 수 있는지를 보여줌으로써, 몸뚱이가 걸레처럼 너절하게 될 수도 있다는 것을 인식시킨다.

"제발 그만해요." 머릿속에 돌아가는 그런 엽기적 행각에 대한 상상이 서모시를 좀먹어 들어가고 있는 게 아닌가 싶었다. 그건 상상이 아니라 환상이었다. 누구 말대로, 환상은 육체를 좀먹는 무서운 병이었다.

"그자들한테는 모든 공구가 무기가 돼. 무기가 아니라 고문도구가 되지. 고문도구? 아니, 기계를 다루는 데 필요한 수단이 된단 말이지." 그들에게 인간은 기계에 불과하다는 이야기를 언제던가 했던 기억이 떠올랐다.

"말이 통하는 놈은 그런 훈련이 면제된 채, 실전에 투여하지. 남보다 먼저 죽거나 지도자로 승급해서, 다른 놈들을 자기가 당한 것처럼 괴롭히고, 자르고, 켜고 하는 일을 할 자격이 주어지는 거야."

더는 참고 앉아서 들을 수 없었다. 미치고 말 것만 같았다. 귀를 틀어막고 앉았던 인이수는 서모시를 이끌고 바람을 쐬자고 거리로 나섰다. 서모시의 정신을 갉아먹은 벌레의 정체를 확인해서 잡아 죽이지 않으면 서모시가 몸을 한 발짝도 움직이지 못하는 지경에 이를 날이 멀지 않다는 생각이 들었다.

전투에 나가기 전에 병사들을 고기로 호궤(犒饋)하듯 양고기를 시켜 먹었다. 양갈비를 쇠꼬챙이에 꿰어 구워주는 방식은 중국의 양꼬치집 요리 방법을 닮아 보였다. 인이수는 서모시를 위해 우조를 시켰다.

"알리 파샤 시대에는 사람을 쇠꼬챙이에 꿰어 장작불에 구워 죽이기도 했어."

"사는 이야기, 사랑하는 이야기, 감사하는 이야기…… 그런 이야기하면 당신이 한결 품위 있고 우아해 보일 텐데…… 그렇지 않아?" 인이수는 서모시의 상체를 끌어안으며 말했다. 한참이 지나서야, 서모시는 훌쩍거리기 시작했다. 인이수가 서모시를 붙들어 일으켜 식당을 나왔다.

호텔로 돌아오는 길에, 서모시는 뜬금없이 낚시꾼들이 쓰는 뜰채를 하나 샀다. 인이수는 그 용도를 묻지 않았다.

"돌아오기 전에 연락 한 번 해라." 인이수의 부친 인정식이 보낸 문자였다. 서모시는 노트북에 뭔가 입력하다가, 눈을 비비며 하품을 하더니 코를 골며 잠에 빠졌다.

아침에 눈을 뜨자마자 서모시는 핸드폰을 확인했다. 생각지도 않게 박지남에서 문자가 와 있었다. 2월 5일 정오 메트로폴리스 광장에 보노가 나타날 예정. 대비하기 바람. 서모시는 아직 자고 있는 인이수를 흔들어 깨웠다.

"정오에…… 보노가, 보노가……." 서모시는 말문이 막혀 핸드폰을 인이수 앞에 내밀고 손을 떨었다. 인이수가 서모시의 핸드폰을 받아 들고 몇 번이고 읽고 읽으면서 확인했다.

도무지 맥락을 구성할 수 없는 일이었다. 이스탄불에서 사라진 아이가 이오안니나에 와서 반미 데모에 참여한다는 것은, 아무리 엉터리 같은 소설가라도 그런 플롯은 안 짤 것 같았다. 그렇게 엉성하게 짠 어느 플롯 속에 보노가 있다는 것은, 오히려 살려내기 쉽다는 뜻도 되었다. 인이수는 서모시가 뜰채를 산 이유를 대강 짐작할 수 있었다.

광장에는 플래카드가 걸리고 확성기에서는 단결 투쟁을 외치는 소리가 요란하게 울렸다. 이해할 수 없는 것은 확성기에서 알리 파샤를 칭송하는 시가 계속 흘러나오는 것이었다. 알바니아, 그리스에 흩어져 사는 알바니아 무슬림들이, 알리 파샤의 사망일을 기해서 재집결하자는 모임이 이루어지고 있는 것이었다. 그날이 2월 5일이었다.

11시가 되자 서모시가 인이수에게 손짓을 했다. 나가자는 것이었다. 뜰채를 어깨에 메고 호텔을 나서는 서모시는 비루먹은 망아지 로시난테를 타고 라만차 벌판으로 달려나가는 돈키호테를 연상하게 했다. 서모시는 돈키호테의 후예인지도 모를 일이었다.

희한한 데모도 다 있다 싶은 생각이 들었다. 공무원 봉급을 올려라, EU는 시리아에서 그리스로 몰려오는 난민을 수용하라, 국가경제를 재건하라, 그런 구호를 외쳤다. 국가부도를 걱정하는 판에 공무원들이 나서서 자기들 봉급을 올리라니. 솔론이 다스리던 고전 그리스는 어디로 가버린 것인지 인간 역사는 비애의 돌무더기라는 생각이 들었다. EU에 대한 요구도 설득력이 적었다. 시리아에서 터키를 거쳐 그리스에 기착지를 마련한 난민들이 궁극적으로 가고자 하는 나라는 독일, 벨기에, 네덜란드를 포함한 스칸디나비아 나라들이다. 사회보장이 잘 되어 있는 나라에 가서 정착하고 싶은 것이다. 그런데 그리스가 그들 나라에 난민을 수용하라고 외치는 것은 앞뒤가 맞질 않았다. 서모시는 그렇게 외칠 수 있는 권리가 어디 근거를 두는가 생각하고 있었다.

데모대 속에서 돌멩이가 날아오기 시작했다. 경찰들이 방패로 돌멩이를 막아가면서 데모대를 향해, 쿵쾅쿵쾅 발을 굴러 겁박하면서 다가갔다. 화염병이 날아가고 경찰 쪽에서는 최루탄을 발사하기 시작했다. 군중들이 골목으로 와아 소리지르며 몰려 들어가고, 칵칵 기침을 하면서 눈물을 흘렸다.

"저기, 보노다!" 인이수가 데모대 쪽을 가리키면서 소리쳤다. 서모시는 인이수의 옆구리를 꼬집었다. 소리치지 말라는 뜻이었다. 서모시는 보노의 복장이며 행동을 예의 주시하고 있었다. 보노는 얼굴이 까맣게 그을은 데다가 눈자위가 쿨렁 꺼져 들어가, 겉으로 봐서는 동양 사람 같지 않았다. 보노는 군중들 속에서 발빠르게 움직이면서 어른들 사이를 빠져나가 경찰들을 향해 화염병을 던졌다. 잘못하다가는 경찰들의 곤봉에 맞아 자빠질 수도 있는 상황이었다. 보노는 도로 쪽으로 몸을 빼고 있었다. 군중들이 모인 중심에서 벗어나는 게 이상한 낌새로 다가왔다.

서모시는 보노가 움직이는 방향 앞쪽에서 거리를 유지하면서 나아가 가로수에 몸을 숨겼다. 데모대를 이끄는 늙은이가 단으로 올라갔다. 서모시는 임시로 설치한 연단 뒤로 숨어 들어갔다. 필연코 보노가 이쪽을 향해 뭔가 던질 것이라는 예감이 왔다.

과연, 보노는 대열의 제2열에 서서 앞으로 진군하는 중이었다. 보노가 걸친 조끼에 불룩불룩한 게 내보였다. 자살 폭탄 테러…… 이게 보노를 보는 마지막일지도 모른다! 인이수는 아찔해서 눈을 감았다. '지랄탄'이 퍽퍽 터지고 사람들이 넝마 조각 같은 파편이 되어 튀어 날아갔다. 보노가 엄마를 부르는 아득한 함성이 인이수의 귀청을 찢고 밀려 들었다.

인이수가 다시 눈을 떴을 때, 보노는 조끼 지퍼를 내리고는 안에 매달린 수류탄을 던질 준비를 했다. 서모시는 뜰채를 들고 보노의 손놀림에 눈을 박고 있었다. 서모시는 보노가 던진 수류탄을 뜰채로 받아 뜰채와 함께 광장 밖으로 던져버렸다. 다행히 수류탄은 불발이었다.

인이수가 달려들어 보노를 덮치고 등에 올라탔다. 이 장면을 지켜보던 디미트리스가 잽싼 동작으로 보노의 손에 수갑을 채웠다.

서모시와 인이수는 디미트리스의 차에 보노를 태우고 시내를 한 바퀴 돌아 알리 파샤의 성으로 갔다. 서모시와 인이수는 의아한 눈으로 디미트리스를 쳐다봤다. 보노는 손목에 수갑을 찬 채였다. 만일 자유롭게 움직일 수 있는 몸으로 둔다면, IS 대원들에게 납치당하기 더 쉽다는 배려인 듯했다.

"여기는 안전합니다." 디미트리스가 보노의 손목에서 수갑을 풀면서 하는 말이었다. 일행은 페티파샤라고 하는 성내 레스토랑에 자리 잡고 앉았다.

"너 때문에 가슴에 불이 나서 죽을 뻔했다." 인이수가 보노를 끌어안으면서 말했다.

"나는 정말로 죽을 뻔했는데…… 엄마의 가슴살 구이……?" 묻지 않아도 알 수 있는 정황이었다. 여성의 시신을 그대로 처리하지 않는다는 걸 알 수 있었다. 자기도 모르게 진저리가 쳐졌다.

"이놈의 새끼, 확 그냥!" 서모시가 보노를 향해 주먹을 쳐들었다. 보노가 자기 아버지 손목을 틀어쥐었다. 그러고는 길길길 웃었다. 어림없다는 모양이었다. 아이의 손아귀 힘은 장정이 당해내기 어려울 정도로 완악스러웠다.

"자아, 그만들 하시고……, 저기, 쇠로 엮은 모자처럼 생긴 저게 알리 파샤의 무덤, 모슬리움입니다. 알리 파샤는 사람을 파리 잡듯 죽이고 흙구덩이에 쓸어 넣고 했는데도, 그가 죽었을 때 주민들은 최고의 존경을 바쳤습니다. 시내가 온통 전투가 벌어진 것 같았습니다. 알리 파샤는 이해할 수 없는 인물입니다." 디미트리스는 알리 파샤를 평가하고 있었다. 인이수는 생각이 달랐다. 알리 파샤를 이해할 수 없는 게 아니라 그를 추종하는 인간들을 이해할 수 없었다. 지금이라고 인간을 훤히 들여다볼 수 있는 것은 아니었지만. 그때 디미트리스의 전화가 울렸다. 호출이었다. 다른 일이 있어서 금방 갈 수 없다는 답을 했다.

디미트리스는 서모시와 인이수, 보노를 데리고 헤르메스 호텔로 차를 몰았다. 디미트리스는 일행을 호텔에 들게 하고, 로비에서 전화를 했다.

호텔에 들어가 자리잡고 잠시 숨을 골랐다. 인이수는 탈진해 침대에 쓰러진 채 고르지 못한 숨을 몰아쉬었다. 서모시는 보노의 몸을 여기저기 살펴보고 있었다. 등에 아랍어로 된 문신도 새겨져 있고, 갈비뼈가 어긋나 있기도 했다. 등에는 화상을 입었던 흔적도 있었다. 서모시는 혀를 끌끌 찼다.

"살아 돌아왔으니 다행이다."

"들키면 잡혀가서 죽어요."

"너 불알은 그대로 있냐?"

"그럼요. 조금 크기는 컸을 거고요."

"너 팬티 좀 내려볼래? 아버지가 확인할 게 있어서 그런다." 보노는 몸을 비틀며 거부 의사를 보였다. 그때 디미트리스가 호텔 카페로 내려오라는 전화를 해왔다.

“이렇게 수고를 끼쳐 어쩐대요?” 인이수가 디미트리스를 부드러운 눈길로 바라보며 말했다. 서모시는 디미트리스가 한국에 오면 인이수와 어느 호텔로 직행할 거란 생각을 하고 있었다.

“아니, 저거 알리 파샤 그림이잖아?”

카페 벽에 알리 파샤가 터키군을 향해 총을 발사하는 그림이 붙어 있었다. ‘1822년 2월 5일의 알리 파샤’라는 제목이었다.

“늙은이가 대단하잖아? 팔십 넘어서까지 혁명을 생각하는 늙은이. 혁명을 생각할 뿐만 아니라 혁명을 도모하는 그 의기는 또 뭐구.” 서모시는 갑자기 목청이 높아졌다. 인이수와 디미트리스는 서모시를 걱정스런 눈으로 바라보았다.

“알리 파샤 죽었을 때, 대단했을 거 같은데…… 영웅이잖아?” 서모시가 디미트리스에게 이야기를 하라는 듯이 말했다.

“사실 그렇지요. 그리스와 알바니아를 포함한 발칸반도 대중들의 알리 파샤에 대한 애도는 역사적인 유례가 없는 것이었습니다. 알리 파샤를 내세워 알바니아 무슬림들이 결속을 도모하는 모임이, 오늘 그 광장의 데모대입니다.” 디미트리스는 커피잔을 찔끔거리면서 이야기를 이어갔다. 우리 시대의 안목으로는 알리 파샤가 폭군이지만, 당대에는 영명한 지도자상으로 부각되기도 했다는 것이었다. 수많은 죽음은 망각한 채.

“최소한 영웅은 세계를 생각하지요. 아니 세계를 발명한달까, 그런달까, 단테가 『라 디비나 코메디아』에서 그렇게 한 거처럼. 세계는 천국과 지옥이 있을 뿐 아니라 그 사이에 연옥이 있어야 하는 건데, 말하자면 알리 파샤는 지옥에서 벗어나 천국으로 올라가기 위한 연단의 공간을 마련하지 못했지. 그 폭군에게는 베아트리체가 없었던 거야." 서모시의 목소리가 점점 높아지기 시작했다. 디미트리스가 고개를 주억거렸다.

"술탄한테 보여준 알리 파샤의 머리는 어디로 갔어요?" 보노가 물었다. 서모시가, 그건 나도 궁금해하던 거라면서 디미트리스를 쳐다봤다. 디미트리스는 오른손을 들어 자기 목 앞에 대고 스윽 긋는 시늉을 하며 웃었다. 그러고는 주머니에서 보노의 여권을 꺼내주었다.

"내가 한국에 가면, 그리스군 참전용사 전투지역을 보여주세요." 디미트리스는 인이수와 서모시에게 비주 인사를 했다. 보노와는 손을 들어올려 하이파이브, 손바닥을 세게 때렸다.

저 아래 호수 쪽에서 군중들이 와와 소리를 질러댔다. 거대한 물결이 다가왔다가 쓸려나가는 소리 같기도 하고, 파도가 바위 절벽을 치고 무너지는 소리 같기도 했다. 총에 맞은 병사들이 절벽 밑으로 눈사태처럼 쏟아져 내렸다.

36

鰐魚

무지개

피투성이가 된 시신들이 성벽 밑으로 쏟아져내렸다. 그 가운데 자신의 시체가 휩쓸려 내리는 것을 알리 파샤는 똑똑히 보았다. 알리 파샤는 허리춤에서 칼을 뽑아 팔뚝을 그었다. 찌릿한 통증이 심장으로 흘러들었다. 부관이 달려와 칼을 빼앗고 붕대로 팔을 감아주었다. 아직 감각이 살아 있었다.

알리 파샤는 이를 악물고 울부짖으며 소리쳤다.

"나의 머리는 결코 노예의 머리처럼 무릎꿇고 잘려 나가지 않을 것이다." 그러면서 끝까지 싸워야 한다고 병사들을 독려했다. 그러나 그의 부하들은 이미 오스만튀르크 장교들에게 항복을 약속한 허깨비들이었다.

시인 피스키티오스는 고뇌하는 알리 파샤의 장렬한 최후를 어떻게 묘사할지 고심하느라고 잠을 설쳤다. 화가 조라포스는 판텔레이몬에서 알리 파샤가 젊은 아내 키라 바실리키를 옆에 앉히고, 부장들과 전략을 짜면서 이마에 굵은 주름이 잡힌, 늙은 알리 파샤의 면상을 그리느라고 손이 바삐 돌아갔다.

"잠시들 거실에서 나가서 다시 부를 때까지 기다리시오." 알리 파샤의 목소리가 가늘게 떨렸다.

"바실리키, 그동안 못 볼 걸 보느라고 고생이 많았소. 지하 창고에 있는 보석을 당신이 챙기시오. 그거면 당신 여생은 걱정 없이 지내리다."

알리 파샤는 허리에 차고 있던 열쇠 하나를 바실리키에게 넘겨주었다.

"복도 끝에 있는 구석방으로 얼른 피하시오." 알리 파샤가 그렇게 서두르는 것은 처음 있는 일이었다.

알리 파샤는 창문을 열어제쳤다. 오스만튀르크 병사들이 건물 전체를 포위하고 있었다. 알리 파샤를 쳐다보는 눈들이 와글와글 소리를 내는 것 같았다.

"멍청한 술탄의 병사들은 들어라! 나는 테펠레네의 알리 파샤다. 어제까지는 에피로스의 대왕 알리였다. 내일은 이스탄불의 술탄 알리가 될 것이다."

알리 파샤를 제지하기 위해 달려온 부관 가운데 누군가가 말했다.

"황제는 하늘이 명하는 자리입니다." 알리는 칼을 빼어 부관의 손목을 내리쳤다. 부관의 손이 땅바닥으로 떨어졌다.

"신의 가호 아래 나는 내일 이스탄불로, 아니 비잔티움으로 진군할 것이다. 뜻이 있는 자들은 모두 나를 따르라!"

발사! 수비대장의 명령과 동시에 총탄이 알리 파샤를 향해 퍼부어졌다. 알리 파샤는 쿨컥쿨컥 피를 토하면서 마룻바닥에 무너지듯 내려앉았다. 알리 파샤는 나가자빠지지 않고 돌부처처럼 꼿꼿이 앉아서 이스탄불 쪽을 바라보았다. 그의 눈에 이글거리는 불꽃이 솟아올랐다.

회자수가 나서서 통나무에 묶어 세운 알리 파샤의 머리를 잘랐다. 파샤성에 시종으로 근무하던 마예트가 알리 파샤의 머리를 커다란 은쟁반에 올려놓았다. 은쟁반에 올려진 알리 파샤의 머리는 이스탄불의 술탄에게 보내도록 되어 있었다. 그 일을 후시드 파샤가 맡게 되었다. 후시드 파샤는 머리가 담긴 은쟁반을 받아들고, 아직 감기지 않은 알리 파샤의 눈을 뚫어지게 바라보았다.

후시드 파샤는 쟁반을 탁자 위에 올려놓은 다음, 세 번 절을 올렸다. 그러고는 수염에다 존경이 담긴 키스를 했다. 자신의 생애 마지막이 저렇게 되었으면 좋겠다는 강렬한 소망을 외쳐서 표하면서였다. 그러한 행동은 알리 파샤의 용감성에 대한 동경일 뿐만 아니라, 그의 죄과를 지워버리고 싶은 강렬한 소망을 담고 있는 것이었다.

테펠레네의 알리 파샤가 죽은 날은 1822년 2월 5일, 그의 나이 82세였다.

알리 파샤의 목은 커다란 은쟁반에 담겨 이스탄불로 가는 마차에 실렸다. 알리 파샤의 목을 호송하는 파샤들 몇이 마차에 올라탔다. 시인 피스키티오스와 화가 조라포스도 같이 타고 있었다. 술탄이 알리 파샤의 목을 보고 어떤 말을 하고 어떤 표정을 지었는지를 역사에 남겨야 하기 때문이었다. 시인은 파샤들이 하는 이야기를 기록하면서 자기의 꿈은 무엇이었던가를 생각했다.

"우리는 오늘 위대한 술탄 한 사람을 잃었다. 우리가 술탄 알리의 나라 백성이 될 기회를 영영 상실한 것이다."

후시드 파샤가 마치 정교회 사제처럼 손을 모으고 머리를 숙이면서 이야기했다. 그럴지도 모를 일이었다. 알바니아 산골짜기나 이오안니나 같은 벽진 곳에서 세계의 황제가 되는 길은 꿈을 꾸는 것 말고는 다른 방법이 없었다. 꿈이야말로 열정을 돋구워내고 사람을 치달려 나가게 하는 원동력이었다.

"반성 없는 꿈은 사람을 악어로 만들지요." 시인의 귀에는 그 말이 화살처럼 와 박히는 것이었다. 알리 파샤의 용감성을 찬양하는 시를 수없이 써댔다. 알리 파샤의 용감성은 누군가의 죽음을 초래하고 마는 무서운 재앙이었다. 그것은 단지 권력을 추구하는 순수한 열정만은 아니었다. 알리 파샤의 생애 전반을 따라다닌 척살당한 아버지의 유령이 알리 파샤를 용맹하게 돌진하도록 했다.

알바니아의 전통이라는 것도 반성을 허용하지 않는 막다른 골목과 다름이 없었다. 원한과 복수라는 극단을 넘어서서 용서하고 화해하기 위해 치열하게 속죄하는 그러한 정신이 결여되어 있었다. 그런 점에서 알리 파샤는 자기 입지를 위해 알바니아 민족정신을 내세우기도 했지만, 결국은 그 올가미에 걸려 생애를 망친 셈이었다.

"알리 파샤는 무슬림과 정교를 아우를 수 있는 유일한 인물이었다."

"나는 그렇게 보지 않소. 성인이라야 다른 성인을 만날 수 있는 것이라오. 그런데 알리 파샤는 성인 알리, 즉 아기오스 알리가 될 수 없었지요. 그는 기도라는 것을 몰랐어요. 자신이 저지른 죄에 대한 반성과 애통해하는 참회의 기도 없이는 누구도 성인이 못 됩니다."

알바니아 무슬림과 그리스 정교 사이를 오가면서, 자기 입지를 구축하는 데 신앙을 이용하려 했을 뿐이지 그 자신은 신앙의 본질을 모르고 있었다는 이야기가 이어졌다. 동서양을 막론하고 인간의 정신을 구원하는 성인들은 누구나 자비와 간절한 기도와 용서를 할 줄 알아야 하는데 알리 파샤는 그렇지 못했다는 이야기를 하면서, 후시드 파샤는 후우 한숨을 내뱉었다. 깊은 회한이 서린 한숨이었다.

"우리가 술탄이 있는 이슬람의 성항 이스탄불로 가기는 가지만, 거기는 본래 하느님을 믿는 사람들을 다스리던 콘스탄티노플이 아니었소?" 성항(聖港)은 홀리 시티의 다른 이름이었다.

"그렇지요."

"그 이전으로 거슬러 올라가면?"

"그 이전이라는 게, 언제적 콘스탄티노플이 궁금한 겁니까?"

피스키티오스는 이스탄불의 도시 역사를 생각하고 있었다. 이스탄불은 술탄 메흐메드 2세가 1453년에 콘스탄티노플을 점령한 이후의 명칭이었다. 콘스탄티노플은 로마의 콘스탄티누스 1세가 330년, 그리스 식민도시 비잔티움을 수도로 삼으면서 생긴 이름이다. 2,500여 년 전 그리스의 메가라 주민들이 도시를 건설하여 교역하고 장사해서 도시를 융성하게 했다. 어떤 도시가 사람의 이름을 따 붙이면, 그의 이념과 세계관에 따라 도시가 이데올로기를 획득하게 된다. 알렉산드로스의 도시가 알렉산드리아라면 콘스탄티누스의 도시가 콘스탄티노플이었다. 이슬람의 도시는 이스탄불이 되었다.

생각해보면 이스탄불이 자리잡은 보스포루스 해협과 발칸반도, 그리고 지중해나 아드리아해는 크게 보아 그리스어 문화권이었다. 자그마치 2,500년 혹은 3천 년 이상의 세월을 그리스어를 기본으로 하는 문화가 오래 지속되었다. 기독교와 이슬람의 교차 지배가 있었다고 해도 결국 그리스어로 해서 유럽과 연결되고, 그게 로마로 전파되었다. 이스탄불이나 콘스탄티노플 이전 비잔티움으로 돌아가야 하리라는 생각하면서, 시인은 이스탄불의 시신 하나를 수레에 싣고 비잔티움으로 향하고 있는 자신의 처량한 신세를 생각했다. 그런 생각은 시인의 가슴을 허무감으로 가득 채웠다.

“알리 파샤는 지혜를 얻기 전에 나이를 너무 많이 먹어버렸습니다. 그래서 세상은 온통 자기를 위해 존재하는 것처럼 착각했고, 자기가 다스리는 땅의 풀이나 나무는 물론 거기 깃들여 사는 인간까지 자기 소유인 양 자신이 그들의 신으로 군림했어요. 악신으로.”

“알리 파샤는 유머를 몰랐어요. 자기 아내 롤로디아가 벡타시 예배에 참여하는 것을 알고, 농담을 할 줄 아는 그들을 스스로 신을 모독하는 독신자들이라 생각했어요. 그래서 아내를 그들 예배당에 가두고 불을 질러버린 겁니다. 그의 어머니가 함께 있었다는 건 모른 채였을까. 오, 하느님! 불타 죽은 여인들의 영혼을……!” 시인은 꺼억꺼억 울음을 뱉어냈다.

알리 파샤의 머리를 실은 마차와 행렬이 테살로니키로 접어들고 있었다. 아지오스 니콜라오스 오르파노스 교회에서 하루를 머물기로 예정되어 있었기 때문이었다. 피스키티오스가 알리 파샤에게 성인 니콜라오스 이야기를 했을 때, 알리 파샤는 내 땅에서는 그런 아이들이 나오지 않게 하라면서, 고아원을 세우라고 명령했다. 피스키티오스는 그런 선행을 하는 분이 사람 죽이는 일을 가볍게 한다면, 그것은 신의 저주를 받게 된다고 이야기했다.

“폐하가 세상을 떴을 때, 폐하의 뒤를 이어줄 사람은 늙은 어른이 아니라 어린이들입니다.” 알리 파샤는 화를 불같이 일궜다. 칼집에서 칼을 집어 뺐다가 가까스로 진정하고 다시 꽂았다.

"벌컥거리며 뛰는 내 심장만이, 내 존재를 증명하는 실증이오."

"지금 벌컥거리며 뛰는 심장을 위해서라도 어린이처럼 살아야 합니다."

"시인은 광인이라더니 당신 하는 말을 들으니 당신이 정녕 시인인 것 같소." 피스키티오스는 알리 파샤 앞에서 고개를 깊이 숙여 경의를 표했다.

그날 2월 4일 알리 파샤가 죽기 전날, 둘째 아들 벨리 파샤가 새로 얻은 아들을 데리고 파샤의 성으로 찾아왔다. 알리 파샤는 아이를 안고 오래 눈을 맞추고 아이의 옹알이를 들어주었다. 그러고는 고아원에 기여금을 내라고 재무 담당에게 일렀다. 그 고아원 이름도 니콜라오스 오르파노스였다. 알리 파샤는 영국 시인 워즈워스의 '어린이는 어른의 아버지'란 구절을 알고 있었을 거라고, 시인 피스키티오스는 믿고 있었다. 사실 그것은 바이런이 알리 파샤에게 선하게 살라고 권면하면서, 예를 들어준 시였다.

"무지개를 볼 때마다 뛰는 그런 가슴을 지니고 사시오. 당신 생애는 너무 강퍅하오." 바이런은 눈앞에 펼쳐진 허공을 응시한 채 말했다.

"무지개는 허상이오. 허상은 칼 한 자루만큼도 힘이 없는 법이오." 알리 파샤는 물담배통을 끌어 빨뿌리를 물면서, 바이런을 딱하다는 듯이 쳐다봤다. 두 사람은 근원적으로 상통할 수 없는 인간들이었다.

일행이 교회를 떠날 무렵 해서 비가 그치고 바다와 옛성을 잇는 언덕에 무지개가 둥그렇게 떠올랐다. 알리 파샤의 머리를 운구하는 파샤들이 무지개를 향해 손을 모으고 고개를 숙였다. 피스키티오스가 알리 파샤의 머리를 안고 눈을 가려주었다.

επίλογος

鰐魚

종장

길고 긴 터널을 빠져나온 느낌이었다. 한편 이타카(Ιθάκη)로 돌아온 오디세우스처럼, 일단은 안정을 취하지만, 또 머지않아 길을 떠나야 할 터였다. 서모시는 인이수를 그윽이 바라보았다. 얼굴이 많이 쇠해 보였다. 그러나 얼굴 상한 아내는 위로할 어떤 말도 찾아지질 않았다.

그리스 음식 전문 레스토랑 '이타카'에는 양쪽 집 어른들이 모여서 아들딸과 손자를 기다리고 있었다. 함께 만난 시간이 멀어서 얼마간 서먹서먹했다. 그러나 보노가 식당에 들어서면서 분위기가 달라졌다.

"이리 와라. 한번 안아보자, 내 새끼." 인이수의 모친 왕재숙이 보노를 안으면서 눈물을 주르르 흘렸다. 서모시의 모친은 아무 말 없이 아들과 며느리, 그리고 손자를 쳐다보고 있었다. 입을 움찔거리는 게 무슨 말인가를 참고 있는 눈치였다.

"얼마나 고생했냐?" 인정식이 보노의 손을 이끌어 잡으면서 혀를

챘다.

"사내놈이 고생하면, 고생한 값을 되돌려받는 법이다." 서열모가 보노의 등을 쳐주었다.

보노가 어디 끌려가 어떤 고생을 했는지 묻는 게 가장 큰 화제였다.

"아이에스 대원들을 만났는데……." 보노가 이야기를 시작했다. 톱카프 궁전에서 경찰과는 등을 반대 방향으로 돌리고 어슬렁거리는 젊은 삼촌이 있었다. 보노는 삼촌이라는 말에 힘을 주어 반복했다. 점퍼 앞가슴이 불룩했다. 점퍼 안에 무엇인가 숨기고 있는 것 같았다. 보노가 말했다. "나는 당신이 숨긴 보물을 보고 싶다. 암 나이스 스트롱 슈터, 쇼 미 유어 건!" "리얼리?" 그렇게 확인하고는 삼촌은 보노를 데리고 톱카프 궁전 뒷담 쪽으로 안내하듯이 굽어들어 갔다.

삼촌은 주먹을 날려 보노의 머리를 가격했다. 보노는 핑 도는 머리를 겨우 가누고 일어섰다. 다시 삼촌의 주먹이 명치를 파고들었다. 보노는 그 자리에서 흙바닥에 쓰러졌다.

보노가 눈을 떴을 때, 선글라스를 쓴 젊은 군인들이 보노를 둘러싸고 있었다. 누군가, 아 살아났다, 하면서 등을 쓸어주었다. 보노를 데리고 온 삼촌을 닮아 보였다. 그리고 그는 자기 대장에게 보노가 똑똑한 놈이라고 엄지를 들어 보였다. 대장이라는 사내가 고개를 주억거렸다.

"네가 총을 잘 쏜단 말이지? 이걸로 한 발 쏴봐라." 대장이 말했다.

"꼭 한 번? 온리 원 볼? 노 탱큐." 보노는 한 발로는 만족할 수 없었다. 그런데 그런 말이 당장 어떻게 튀어나왔는지는 알 수 없었다. 모든 걸 수용하기로 마음먹은 건지도 모를 일이었다.

"애즈 머치 애즈 유 원트(너 원하는 대로)." 대장이 실탄 박스를 보노 옆에 놓아주었다. 보노는 실탄 박스에서 총알을 한 주먹 집어서 탄창에 장전해놓고 과녁을 향해 방아쇠를 당겼다. 투둑, 투둑, 툭 탄피가 볼을 스칠 듯 옆으로 튀쳐나갔다. 알싸한 화약 냄새가 코로 스며들었다. 그 화약 냄새 속에는 어딘지 모르게 싱싱한 피 냄새가 배어 있었다.

"한국 사람 사격 잘하는 건 나도 아는데, 넌 정말 엑셀런트다." 그렇게 감탄한 대장은 이오안니나를 통해 북유럽으로 가는 통로 차단하는 작전만 성공하면 자기 부대 부관으로 써주겠다는 약속을 하고, 보노에게 사제 폭탄을 맡겼다.

"그게 자살 테러라는 거 아니냐, 불발탄이었으니 망정이지, 너 어쩔려고 그런 위험한 데를……."

"죽고 사는 게 간발의 차이다." 할아버지 서열모의 말이었다. 보노는 간발의 차란 말을 못 알아들었다. 보노는 겸연쩍은 듯이 뒤통수를 슬슬 긁었다.

"보노가 사제 폭탄을 어떻게 알았으까?" 왕재숙이 고개를 갸웃거리면서 보노를 쳐다봤다.

사실 사제 폭탄 분해하는 방법을, 보노는 익히 알고 있었다. 사격반 코치는 사제 폭탄 제조와 분해가 취미였다. 거기서 보노는 사제 폭탄 분해 방법을 익혔다. 사제 폭탄 만드는 재료는 박지남 아저씨가 어디선가 가져오는 눈치였다. 보노가 박지남에게 전화번호를 알려준 것도, 아저씨가 사제 폭탄 재료를 얻어 오는 데를 같이 가보고 싶어서였다.

식사를 하는 중에, 서열모가 와인과 라키를 시켰다. 수블라키를 먹으면서 마실 거 빠지면 되겠나, 하고는 웨이터를 불렀다.

"아, 그리스식 식사 예법에 익숙하시군요." 인정식이 말했다.

"내가, 그런 노래는 잘 알지. 토 트레노 페브기 스티스 옥토. 기차가 떠나는 여덟 시……!" 서열모의 응수였다.

"요새 어떻게 소일하시는지요?" 인정식이 서열모를 쳐다보며 물었다.

"시 공부하는 재미로 지냅니다. 살아 돌아오면 모든 여행은 나름의 가치가 있다지요. 손주놈 돌아오기 기다리는 동안 나는 카바피의 시를 읽었습니다." 인정식이 손을 내밀어 청하는 데 따라, 서열모가 「이타카」라는 시를 낭송했다.

네가 이타카로 가는 길을 나설 때,
기도하라, 그 길이 모험과 배움으로 가득한
오랜 여정이 되기를,
라이스트리곤과 키클롭스
포세이돈의 진노를 두려워 마라.
네 생각이 고결하고
네 육신과 정신에 숭엄한 감동이 깃들면
그들은 네 길을 가로막지 못하리니.
네가 그들을 영혼에 들이지 않고
네 영혼이 그들을 앞세우지 않으면
라이스트리곤과 키클롭스와 사나운 포세이돈
그 무엇과도 마주하지 않으리.

다음 연은 인정식이 영어로 된 판본을 낭송했다. 사돈 간에 박자가 척척 잘 맞았다. 인정식은 카바피의 시 번역 작업을 거의 완성하고 있었다. 인이수는 부친이 낭송하는 영시를 듣고, 표영문 교수를 생각했다. 미는 진리이고 진리가 곧 미라고 강조하길 거듭하던, 그 낭만주의 취향의 교수는 어느 언덕 흙 속에 육탈을 하고 있을 것인가. 인이수는 두 손으로 머리를 감싸쥐었다. 진리와 미와 폭력은 등식이 성립되지 않았다.

그리고 이어서 박지남에게 전화가 걸려왔다. 서모시가 받았다.

"다행이야, 아이 아무 이상 없지?"

"아이에스 끌려갔다 온 게 그게 이상한 거지. 겉은 말짱한데…… 대가리는 어떻게 되었는지 두고 봐야 알겠어." 서모시는 사태에 대해 유보적이었다. 심적 트라우마는 잠복기가 예상 외로 길다는 것을 서모시는 잘 알고 있었다.

"다음 이스탄불에 올 때는 내가 술 사지." 서모시는 지금 가족 모임이라 전화 오래 못 받는다고 했다. 저쪽에서 먼저 전화를 끊었다. 인이수가 서모시를 서운한 표정으로 쳐다보다가, 피이, 자기 멋대로야. 그렇게 불만을 달았다. 전화가 다시 이어졌다.

"아, 저기, 잠깐. 김득신이 이태원에다가 기치료 수련원을 개업했다던데 한번 들러봐. 둘이 친했잖아." 그런 이야기를 하는 까닭을 정확히 알기는 어려웠다. 자신이 내면에서부터 무너지고 있다는 것을 감지하고 있는 게 아닌가 그런 생각이 들었다.

"고생들 했다. 내일은 보노 데리고 병원에 다녀와라. 놈들이 무슨 병을 옮겨주었는지 어찌 아냐. 에이즈랄지……." 인이수의 어머니가 카드를 꺼내면서 딸에게 그렇게 부탁했다. 보노는 항문이 쓰리고 아파 얼굴을 잔뜩 찌푸렸다.

"제가 계산하겠습니다."

"자네가 우리 이수랑 고생했으니 내가 한턱 쓰는 거야." 인이수 모친이 손을 흔들면서 서모시를 만류했다.

"아이구, 사부인도. 제 면목이 뭐가 되라구……." 안정숙이 손자 보노의 머리를 쓸며 말했다.

서모시는 장모의 카드를 받아들고 머리를 긁적거리며 계산대로 갔다. 종업원의 이름표가 눈에 선명하게 들어왔다. 이오안니나 피로스(Ιωάννινα Πύρρος), 알리 파샤가 자기 자신이 피로스 왕의 후예라고 주장하면서 내세웠던 그 이름을 서울에서 만나다니! 서모시는 크음 헛기침을 내뱉았다. 기침이 이어졌다. 입을 가렸던 손바닥에 피가 묻어나왔다. 현기증에 휘둘려 주저앉았다. 서보노가 다가와 주저앉은 아버지 서모시를 일으켜주었다. *

평설

테러 없는 세상을 향한 꿈

이경재 | 숭실대 교수 · 문학평론가

1. 독재와 테러

우한용의 소설을 읽는 일은 석학(碩學)이 열변을 토하는 강의실에 앉아 있는 것과 비슷하다. 더군다나 이번 『악어(鰐魚, Κροκόδειλος)』처럼 원고지 1,400매가 훌쩍 넘는 장편의 경우에는 거의 한 학기 수업을 듣는 것과 같은 기분이 들 정도이다. 『악어』에는 18세기 후반에서 19세기 전반에 걸친 오스만 제국 내의 정치적 상황과 21세기 한국 사회의 비인간적인 교육 환경과 같은 기본적인 서사 외에도, 여러 가지 지식과 교양이 빼곡하다. 백석의 시 「비」와 김광규의 시 「털보네 대장간」이 등장하다가, 치아를 빼고 황제를 시중드는 중국 나인들 이야기나 『한비자』에 나오는 화씨지벽 이야기가 나오고, 다시 시공을 훌쩍 뛰어넘어 1998년 칸 영화제 황금종려상을 받은 〈영원과 하루〉, W.B. 예이츠의 「비잔티움 항행」이 등장하는 식이다.

『악어』는 21세기 인류에게 닥친 가장 큰 문제 중의 하나라고 할 수 있는 테러를 진지하게 성찰한 대작이다. 서장에서는 이러한 작품의 동기가 선명하게 언급되어 있다. 작가 우한용의 분신이랄 수 있는 소설가 현장이 『악어』라는 소설을 쓰게 된 계기는, 유한출판사의 지무한 기자의 권유 때문이다. 유한출판사의 지무한 기자는 현장의 『도도니의 참나무』를 읽은 후, 현장에게 다음과 같은 제안을 한다. "우리 시대는 바야흐로 테러의 시대인데, 넓은 의미에서 테러는 독재와 연결되지 않겠습니까. 그런 독재자가 생겨나는 프로세스를 잘 그린다면 괜찮은 작품이 나올 거 같습니다."라며 오스만 시대 파샤로 이오안니나를 다스렸던 알리 파샤를 다뤄보라고 권유하는 것이다. 지무한 기자가 테러와 독재를 연결시킨 것은 탁월하면서도 정확한 판단이라고 할 수 있다.[1]

현장이 소설을 완성하여 지무한 기자를 만나기 위해 호텔 커피숍에 도착했을 때, 전광판에는 이스탄불 폭탄 테러, 시리아에서 벌어지는 강대국들의 대결, 아테네 시민들의 격렬한 시위 기사와, 모래와 자갈로 덮인 벌판의 난민촌 천막 등의 화면이 펼쳐진다. 특히 "왼팔이 잘려나가 플라스틱 의수가 나뭇가지처럼 소매 밑으로 나와 대룽거"리는 소년의 모습은 테러가 얼마나 인간성을 심각하게 파괴하는지를 선명하게 보여준다.

우한용의 『악어』는 바로 전광판에서 펼쳐지는 문제, 즉 지구촌 곳곳에서 일어나는 테러와 그것을 낳는 근본적인 원인을 학구적인 태도로 성

---

1 본래 테러(terror)라는 단어는 프랑스어 terreur에서 유래했고, 거대한 공포를 뜻하는 라틴어 terror가 어원이다. 18세기 프랑스 대혁명 당시 자코뱅파의 로베스피에르가 투옥, 고문, 처형 등의 방법으로 혁명 반대파나 온건파를 숙청했던 '공포정치(reign of terror)'에서 처음 사용했다고 추정한다.(사사키 아타루, 『춤춰라 우리의 밤을 그리고 이 세계에 오는 아침을 맞이하라』, 김소운 역, 여문책, 2016, 32쪽)

찰하는 작품이다. 이러한 세계사적 과제의 탐구와 관련해서 홀수 장의 서모시 부자 이야기는 한국 사회에 내재된 폭력성의 문제를, 짝수 장의 알리 파샤 이야기는 테러를 낳는 독재(자)의 문제를 파고들고 있다.[2] 이러한 두 가지 이야기는 마지막 부분에 이르러서는 작가의 절묘한 문학적 솜씨를 통해 한데 어우러지며 의미의 진폭을 크게 확장시킨다.

2. 거실을 기어 다니는 악어

진 쿠퍼의 『세계 문화 상징 사전』에 의하면 악어는 여러 문화권에서 잔혹성과 악을 상징한다. 동시에 사악한 정념, 사기, 배신, 위선을 상징하는 경우도 있다. 이 작품에서 제목이기도 한 '악어' 역시 여러 문화권에서 통용되는 이러한 부정적인 의미에서 크게 벗어나지 않는다.[3]

현장이 이 작품을 준비하던 무렵 대학교 시절 친구인 서모시가 방문한다. 이때 처음으로 현장은 서모시와 깊은 이야기를 나누고 "서모시의 반생은 모양이 다른 폭력의 골짜기를 빠져나간 세월의 퇴적물"이라는 것을 깨닫는다. 그리고 서모시가 이야기하는 "그의 아들 서보노의 성장 이야기는 그 아버지의 성장 과정을 모양만 달리해서 그대로 반복"한 것이라고 생각한다. 이 작품의 절반은 바로 서모시와 서보노의 삶을 지

---

2 『악어(鰐魚, Κροκόδειλος)』는 서장과 종장을 제외하고 모두 36장으로 되어 있는데, 홀수 장이 지금의 한국을 배경으로 한 서모시와 서보노 부자의 이야기라면, 짝수 장은 발칸반도를 중심으로 한 알리 파샤의 이야기이다. 알리 파샤(Ali Pasha, 1740~1822)는 알바니아인으로 오스만 세력이 쇠퇴해가는 틈을 타 알바니아 남부 일대를 근거지로 삼아 이름을 떨치던 지도자이다.

3 진 쿠퍼, 『세계 문화 상징 사전』, 이윤기 역, 까치, 1994, 86쪽.

배한 "모양이 다른 폭력의 골짜기"를 세심하게 파헤치는 데에 할애되어 있다.

첫 번째 악어 역시 서모시의 삶을 파괴한 폭력과 관련하여 등장한다. 고등학생인 서모시는 생물실험 경시대회를 준비하다가 친해진 인이수와 관계를 맺고 결국 인이수는 임신한다. 이 소식을 들은 서모시네 부모는 서모시와 인이수를 데리고 인이수네 집으로 "돌진"한다. 이때 인이수의 아버지는 낙태하자고 이야기를 하고, 이를 못마땅하게 여긴 서모시의 아버지 서열모는 의자를 집어 던져 거실에 있는 수조를 깨뜨린다. 그러자 수조에 들어 있던 물고기들과 함께 악어 새끼 한 마리가 거실로 흘러나오는 것이다. 거실에 흘러나온 악어는, 서열모의 폭력성을 상징하기에 모자람이 없다. 미래에 사돈이 될 사람들과 자기의 의견이 부합하지 않자 군인 출신인 서열모는 폭력으로 상황을 바꿔보고자 했던 것이다.

이러한 폭력성은 학교에서도 계속 이어진다. 서모시의 고등학교 생물교사는 수업 교재로 쓰기 위해 서모시에게 옥상에 올라가 스펌(sperm)을 뽑아 오라고 말한다. 서모시는 중학교 2학년일 때 호주에서 온 원어민 선생 멜라니의 성 노리개 노릇을 한 적도 있으며, 그 관계는 고등학교에 와서까지 유지된다. 대학에서도 서모시는 온전한 교육을 받지 못한다. "학교의 구역질 나는 환경에 대한 반발이기도 했다. 공금을 횡령했다는 총장과 그 멤버들, 성추행으로 연구실 문이 폐쇄되는 교수, 제자를 시켜 남의 논문을 그대로 베껴 제출했다가 들킨 교수들"에 대해 서모시는 분노를 느낀다. 인서울 대학에서는 영문과 학생들을 중심으로 도덕성개혁위원회가 만들어지고, 교수들의 표절 여부 등을 검사한다. 캠퍼스에는 등에 이사장, 총장, 누구누구 하는 이름들이 흰 페인트로 씌어진 등신대(等身大) 마네킹들이 등장하기도 한다. 서모시에게 대학은 "비애의 돌무지"일 뿐이다. 이러한 환경에서 서모시의 몸과 맘은 심하게 망가져간다.

서모시는 대학을 졸업하고 대학원에 가서도 부모님의 집에 살면서 온전한 어른으로서의 삶을 살지 못한다. 서모시는 보노의 육아와 관련한 의견 차이로 어머니와 다투다 "염병"이라는 말을 하고, 서열모는 주먹으로 아들의 명치를 가격한다. 서모시에게 "아버지는 항거할 기회를 주지 않는 포식자"였던 것이다. 대학을 졸업하고 서모시는 학원에 나가 강사로 일하면서 보노가 중학교에 가기 전에 독립을 선언하고 어른들에게서 떨어져 자유롭게 살고 싶어한다. 그러나 서모시의 몸이 부실해지면서 그 꿈은 점점 멀어져가고, 서모시는 자신의 상태를 다음의 인용문처럼 "거세당한 인간"으로 규정한다. 그러한 삶은 인이수의 생각처럼, "사육"에 해당하는 것이기도 하다.

> 나는 내 생애가 거세된 남자로 끝장이 날 것이라는 점을 예감으로 안다. 부모들은 나를 나로 키운 게 아니라 아버지의 그림자처럼, 그림자놀이 인형처럼 키운 게 사실이다. 가히 사육이다. 그렇게 사육당한 나는 이미 내가 아니다. 나는 거세당한 인간이다.(본문 272쪽)

한마디로 서모시는 부모의 폭력과 지나친 관심으로 인해 온전한 주체가 되지 못한 채, 그저 '나이만 먹은 어린애'가 되어버린 것이다.

더욱 안타까운 점은 자신이 받은 폭력을, 서모시가 자신의 아들인 서보노에게 그대로 되풀이한다는 사실이다. 머리로는 "아버지의 삶은 아버지 방식으로 끝내야 한다."거나 "나의 삶을 아들 보노에게 물려주어선 안 된다. 그게 내가 지닌 최소한의 윤리이다."라고 생각하지만, 실제의 삶은 그와 반대이다. 서모시가 당한 폭력은 자신의 아들인 서보노에게도 그대로 전달된다. 서보노의 머리통에 주먹을 날리면, 서보노는 맥없이 바닥에 쓰러져서 입에 거품을 물고 경기를 하는 식이다. 이런 말도 안 되는 폭력을 가하며, 서모시는 "아직 뭘 모를 때, 반사신경 체계를 바꾸어놓아야 한다."는 주장을 한다.

인이수는 서모시에게 아들에 대한 근원적인 증오가 있는 것처럼 보인다고 생각하면서도, 그녀 역시 보노에게 충분한 사랑을 베풀지는 않는다. "애를 일찍 낳기는 했지만 애 키우는 방법은 익히지 못한" 인이수는 서모시가 공부하는 동안 학원강사, 학습지 교사, 과외교사 등으로 쉬지 않고 일하지만, 특별한 일이 아니면 아이에게 신경을 쓰지 않는 것이다. 심지어 서모시의 부실한 몸으로 인해 자신의 욕구를 채우지 못한 인이수는 대학교 시절 숙제 때문에 인연이 된 박지남과 내연의 관계를 맺는다.

가정 이외의 환경도 서보노에게는 온통 부정적이다. 골목에서 만난 이웃 중학교 선배들은 보노에게 사마귀 알을 먹으라고 강요하고, 보노가 이를 거부하자 면도날을 꺼내 보노의 등을 긋는다. 보노는 동네 골목에서 같은 학교 형들한테 돈을 털리고, 집에 들어와서는 커터칼을 종이로 싸가지고 골목으로 달려가기도 한다. 체육관 입구에서 아이들은 담배도 피우고, 콘돔으로 풍선을 불기도 한다. 여기에 서보노도 섞여 있었고, 이것을 제지하는 무도학원의 원장인 김광남과 실랑이를 하다가 서보노의 팔이 부러진다. 서모시는 고등학생일 때 이웃 학교 학생들과 패싸움을 하는 과정에서 쇄골이 부러졌는데, 아들 서보노는 그러한 일을 초등학교에서 경험하는 것이다.

이런 환경에서 보노의 올바른 성장을 기대한다는 것은 어려운 일이다. 보노는 "같은 날 두 남자가 한 여자랑 애기 만들면 아버지가 둘이잖아?", "엄마가 수퍼빌아파트 허벌라이프 아저씨랑 붙었다면서, 씨발.", "아빠 자꾸 그러면, 내가 자지를 칵 잘라버릴 거야.", "사람 고기가 제일 맛있대."와 같은 이상한 말들을 쏟아낸다. 인이수는 보노가 점점 통제할 수 없는 늪으로 빠져들고 있다고 생각한다.

서모시와 서보노는 서로 영향을 주고받으며 망가져간다. 서모시는 분노조절장애와 심한 자기모멸의 감정에 빠지며, 보노는 폭력의 잿가루로 인해 정신이 좀먹어 들어가는 것이다. 둘은 인간을 마비시키고 마모시키는 폭력에 전면적으로 노출된 결과 파멸을 향해 치달아간다.

보노는 "집에 침입한 놈은 총으로 두두두 갈겨버려야지."와 같은 이야기를 하며, 사격장에나 드나들면서 학교에 가지 않으려 한다. 보노가 사격을 좋아한다는 것은 그가 길러온 폭력성을 드러내기 위한 장치이면서 마지막 부분에 보노가 테러 집단의 폭탄 테러에 동원되는 개연성을 확보하기 위한 장치이기도 하다. 인이수가 강박적으로 보노의 영어 교육에 집착한 것 역시 나중 폭탄 테러를 가능케 하는 설정이라고 할 수 있다.

3. 발칸 반도를 기어 다니는 악어

1) 아버지의 유령에 들린 악어

짝수 장에서는 알리 파샤가 주인공으로 등장하며, 서사의 무대는 18

세기 후반에서 19세기 초의 알바니아, 그리스, 터키로 확장된다. 알리 파샤는 오스만 알바니아의 통치자로서 에피로스 지방, 테살리아의 서쪽 지방, 마케도니아를 지배했으며, 도적단의 두목으로 처음 역사에 등장하여 오스만 제국의 파샤에까지 임명되어 여러 가지 이야기를 남긴 파란만장한 역사 속의 인물이다.

우한용은 『악어』를 통하여 우리에게는 너무나 낯선 인물인 알리의 초상을 문학적으로 형상화하고 있다. 이것은 이 분야에 정통한 역사학자도 하기 힘든 작업으로서, 우한용의 해박한 지식과 뛰어난 교양으로만 가능했던 일이라고 할 수 있다. 또한 알리 파샤를 한국 문학계에 소개했다는 것만으로도 『악어』는 나름의 문학사적 의미를 지닌다.

소년 알리의 아버지 벨리는 예니체리가 됐지만 이스탄불에 가는 대신 산골에 머물며 산적처럼 지낸다. 알리가 어린 시절부터 아버지로부터 교육받은 것은 복수의 의무와 핏줄의 도덕이다. 아버지 벨리는 "남편이 죽으면 아내가, 아내마저 죽으면 아들이, 딸이 어떤 수단을 쓰든지 복수를 해야 한다는 것"이 "알바니아의 전통"이라고 가르친다. "우리 집안 식구들은 말하자면, 모두가 한 몸"이며, "집안의 명예를 위해서는 개인의 몸뚱이는 언제든지 버릴 수 있는 것, 그게 알바니아의 피를 이어가는 사람들의 위대한 전통"이라는 이야기를 알리에게 주입하는 것이다. 이 복수와 핏줄에 대한 절대적인 숭배는, 이후 알리 파샤가 연출하는 독재와 테러의 근본적인 동력으로 작용한다.

알리는 열네 번째 생일날 아버지가 잔인하게 척살(刺殺)되는 것을 지켜본다. 절대적인 대타자의 이 비참한 죽음은 이후 알리의 삶을 철저하게 지배한다. 어머니인 한코나가 알리에게 건네준 아버지의 유산은 장총 한 자루와 화약 한 통이지만, 아버지의 죽음은 오히려 알리를 아버지라는 그늘 속에 가둬놓는 계기가 된다. 아버지 벨리는 일찍 죽었지만, 그가 남긴 말은 늘 알리 곁을 잠시도 떠나지 않기 때문이다.

'아버지의 이름(Name of the Father)'[4]은 알리가 보기에 부부라기보다는 동지에 가까운 어머니 한코나에 의해서 끊임없이 보충된다. 어머니 한코나는 알리가 지도자로서 가져야 할 것들, 즉 의리, 담력, 주의력, 용기, 신의와 같은 것을 끊임없이 가르쳐준다. 심지어 한코나는 알리에게 칼 쓰는 법도 알려준다. 그러나 나중에 알리가 살인마로 변모하자, 한코나가 친정아버지 아흐메드에게 "알바니아의 복수 전통에 따라 반드시 아버지 원수를 갚아야 한다고만 강조했지, 인간적인 성숙함이 필요하고, 남과 공감하는 능력을 길러야 한다는 점은 가르치지 않았던 것"이라고 후회하는 것에서 알 수 있듯이, 인간으로서의 참된 윤리와 가치 등에 대해서는 가르치지 않는다. 어린 시절에 벌써 통행세를 요구하는 건달의 앞가슴에 칼을 박을 정도로 강인한 알리지만, 어머니의 말에는 절대 복종하며 성장한다. 알리는 외가에 가서도 '아버지의 이름'을 또 보충한다. 지방 수령인 외할아버지 아흐메드도 "너는 너의 아버지와 할애비의 정신을 이어가라."고 말하는 것이다.

그렇다면 그토록 강조하는 '아버지의 정신'은 무엇일까? 그것은 앞에서도 말한 '복수의 의무'와 '핏줄의 도덕'이다. 그리고 보다 구체적으로 벨리가 추구한 정치적 목표는 "알바니아 전체를 하나의 통치권으로 묶

---

4 아버지의 이름(Name of the Father)은 상징적 아버지라고도 불리우며, 실질적인 존재가 아니라 하나의 위치 또는 기능을 가리킨다. 이 기능은 오이디푸스 콤플렉스에서 법을 정하고 욕망을 통제하는 기능에 다름아니다. 뿐만 아니라 어머니와 아이 사이에 꼭 필요한 상징적 거리를 만들어주기 위해 그들 모아(母兒)간의 상상적 이자관계에 끼어들게 된다.(D. Evans, 『라깡 정신분석 사전』, 김종주 외 역, 인간사랑, 1998, 226~227쪽)

어서, 그 세력으로 이스탄불의 술탄과 한판 싸움을 전개"하는 것이며, 궁극적으로는 "알바니아가 그리스와 이웃 마케도니아, 불가리아 등을 아울러 하나의 제국을 이루는 것"이다. 외할아버지 아흐메드가 들려주는 알바니아의 역사에 대한 이야기도 알바니아를 절대시하는 이야기이다. 핵심은 알바니아인들이 이민족의 침략을 받아가면서도 자기 언어와 관습을 잘 지켜왔으며 "알바니아에 국한되는 민족이 아니라 유럽 어디라도 지배하고 살 수 있"는 사람들이라는 것이다.

이러한 교육을 받으며 자란 알리는 아버지가 꾼 제국의 꿈을 이루기 위해 필사의 노력을 기울인다. 그는 알바니아 중심의 제국을 만들기 위해 필요한 일이라면 뭐든지 적극적으로 활용하는 것이다. 알바니아의 풍습과 신앙에는, 남편이 먼저 죽은 아내는 스스로 남편을 따라 죽어야 한다는 베사가 존재한다. 테펠레네 근처에서 농업 용수를 쓰기 위해 골짜기에 댐을 만드는 공사를 하고 장정 셋이 죽자, 베사에 따라 아낙네 셋도 함께 죽는다. 알리는 공사가 성공적으로 완공된 후에, 비인간적인 그 베사를 자신이 꿈꾸는 제국을 위해 적극적으로 활용할 생각을 한다.

> 그것이 단순히 미신이라 할 만한 몽매한 사람들의 믿음은 아니었다. 무엇인가 성스런 기운이 감도는 애국적 열정과 사람들 사이에 긴밀한 망을 치고 있는 강고한 믿음의 체계였다. 알리는 그들의 행위가, 기실 우습기는 하지만, 알바니아를 움직이는 힘 가운데 하나라는 생각을 했다. 저런 믿음을 이용한다면 목숨을 내놓고 나서서 죽기를 각오하고 돌진하는 이들이 줄을 설 것이라는 생각이 들었다.(본문 201쪽)

이러한 노력을 통해 알리 파샤는 자신의 꿈에 가까이 다가선다. 영토는 알바니아 전역을 포함해서, 서부 그리스, 펠로폰네소스까지 확장되며, 군대도 기강이 흐물흐물한 술탄의 군대와 달리 피로써 맹서한 충성과 용기로 가득한 모습을 갖추게 되는 것이다. 알리 파샤는 머지않아 자신이 해상의 황제로 등극할 것을 꿈꾸기까지 한다.

그러나 그 거대한 땅을 통치할 이상의 부재는 알리 파샤를 몰락으로 이끈다. 알리 파샤는 알바니아와 그리스 등의 다양한 경계에서 갈팡질팡할 뿐 나아갈 방향을 잡지 못하는 것이다. 결국 "몸이 노글거리는 환락의 세계"인 이스탄불의 화려한 궁전을 동경한 알리 파샤는, 알바니아 무슬림으로 되돌아가기로 결정한다. 이후에는 "복수를 삶의 지남으로 삼는 태도"로 일관할 뿐이다.

아들들이 그리스의 독립을 주장하는 젊은이들에게 모욕을 당하자, 관련된 젊은 여성들을 파샤의 성으로 끌고 와서 호수에 빠뜨려 죽인다. 그날 저녁 여성들이 빠져 죽은 호숫가에서는 악어 떼가 푸득푸득 물을 뿜어내고, 호수 물에서 짙은 피비린내가 풍긴다.

이제 알리 파샤에게는 "피를 피로 갚는다."는 돌덩이처럼 굳은 보복과 복수의 의지만이 자리잡은 것이다. 알리 파샤는 자신을 신격화하고, 아주 오래전 기억까지 끄집어내 피의 복수극을 펼쳐간다. 아버지가 적들에게 무참히 살해당한 후 40년이나 지났음에도 새로이 보복을 하고, 자기 집안에 위해를 가한 원한 맺힌 족속들의 피를 받은 딸들 가운데 무려 739명을 처단한다.

알리 파샤가 칠십을 바라볼 무렵에도 이오안니나에서 무작위로 골라서 끌어온 그리스 여성들을 집단 학살한다. "사람 죽이기를 벌레 잡듯 하는 인간"이자 "엄청난 폭력의 우상"이 된 것이다. 결국 알리 파샤는 모스크 건물을 불질러 그 안에 있는 아내 롤로디아와 자신의 모친을 태워 죽인다. 알리 파샤는 "피를 맛본 악어"가 되어 "더 싱싱한 피를 원"할 뿐이다.

모든 상황은 점점 악화되고, 이스탄불에서 알리 파샤의 파면을 알리는 술탄의 문서를 가지고 술탄의 신하 몇이 이오안니나로 온다. 알리 파샤는 그들을 한꺼번에 잡아 목을 자른다. 거의 충동(death drive)에 가까운 이 살인의 연쇄극은 오스만튀르크군에게 패배하여 알리 파샤가 죽는 것으로 간신히 멈춘다. 결국 알리 파샤에게 알바니아의 전통이라는 것은 반성을 허용하지 않는 막다른 골목과 다름이 없었던 것이다. 그런 점에서 알리 파샤는 자기 입지를 위해 알바니아 민족정신을 내세우기도 했지만, 결국은 그 올가미에 걸려 생애를 망친 셈이다.

결국 알리 파샤의 삶은 척살당한 아버지의 유령에 따라 움직인 것에 불과하다. 그렇기에 알리 파샤 역시 그 외양의 위대함과는 무관하게, 실질적으로는 서모시와 마찬가지로 '나이만 먹은 어린애'에 머물렀다고도 할 수 있다.

2) 제국과 제국주의

알리 파샤는 그야말로 파란만장한 삶을 살았다. 더군다나 알리 파샤는 주인공이기 때문에 독자는 그의 삶에 공감하며 읽을 법하다. 그러나 알리 파샤와의 공감은 쉽지 않은데, 그것은 비단 그가 살인광으로 변해가는 후반부에만 나타나는 특징은 아니다. 처음 젊고 패기에 찬 모습으로 제국을 세우려고 투쟁할 때도 공감을 불러일으킬 만한 강렬함이 느껴지지 않는 것이다. 그것은 알리 파샤가 적대하는 오스만 제국의 부정성이 거의 드러나지 않는 것과 관련된다. "언어나 종교를 강압하지 않"으며, "자기 제국을 느슨하게 다스리는" 오스만 제국은 알리 파샤가 꿈꾸는 제국보다 오히려 바람직한 공동체로 느껴진다.

이와 관련해 오스만 제국은 우리가 흔히 부정적으로 사용하는 제국과는 구별된다. 우리가 흔히 사용하는 제국이라는 말은 "대개 기술적으로 진보한 민족이 무방비 상태의 기술 후진국을 무자비하게 착취하는 것을 암시"[5]하며 "한 민족이 수많은 다른 민족들의 권리(특히 자결권)를 부인하는 일종의 정치적인 억압 방식"[6]이자, "세계 대부분의 민족들이 정복자 또는 피정복자로 살아가는 일종의 생활 방식"[7]과 같은 의미를 지니게 된다. 그러나 이러한 특징을 갖는 제국은 사실상 제국주의에 가까운 것이라고 할 수 있다.

『악어』에 등장하는 오스만 제국은 가라타니 고진 등이 말하는 제국에 해당한다. 이때 제국을 지탱하는 원리란 "다수의 부족이나 국가를 복종이나 보호라는 교환에 의해 통합하는 시스템"[8] 이다. 따라서 상대를 전면적으로 동화시키거나 하지 않는다. 그들이 복종하고 공납만 한다면 그들의 방식을 그대로 유지하는 것도 무방하며, 이를 뒷받침하는 것이 만민법, 세계종교, 관용성과 다양성, 보편문자, 세계화폐 등이다.

이러한 견해는 제국을 긍정하는 최근의 학자들이 보편적으로 인정하는 제국의 특징이기도 하다. 민족국가와 달리 제국은 다양성(차이)을 체제의 정상적인 현실로서 전제하며, 국가 안팎의 그런 다양성을 통합하

---

5 안토니 파그덴, 『민족과 제국』, 한은경 역, 을유문화사, 2003, 20쪽.
6 위의 책, 20쪽.
7 위의 책, 21쪽.
8 가라타니 고진, 『제국의 구조』, 조영일 역, 도서출판b, 2016, 113쪽.

고 분화하고 안정화하여 수직적 위계구조와 연계를 구축한다. 요컨대 제국들은 "차이를(내부의 동질성을 침해하는 유해한 요소로 여기고서 제거하려 들지 않고 오히려) 정치의 도구로 활용"[9]하는 것이다. 에이미 추아도 "관용"[10] 을 제국의 절대적 조건으로 제시하고 있으며, 유발 하라리도 제국의 특징으로 "문화의 다양성과 국경의 탄력성"[11]을 들고 있다. 다음의 인용에 등장하는 오스만 제국의 특징은 여러 학자들이 말한, 다양성과 차이를 인정하는 긍정적인 제국의 모습 그대로라고 할 수 있다.

> 오스만은 알리의 정치적 입지를 뒷받침하는 세력, 그것도 제국의 세력이었다. 그리고 이슬람을 강요하지 않는 미덕도 지닌 집단이었다. 그게 이른바 '밀레트 제도'였다. 오스만 제국의 정책이기도 하지만, 그래도 거기 힘을 대고 이겨나갈 만한 것은 제국다운 여유로움 덕이었다.
>
> (중략) 밀레트는 오스만 제국하의 피지배 계층에게 허락된 종교와 민족에 따른 민족 자치 공동체를 의미한다. 밀레트 내에서는 독자적인 관습법과 제도가 통용되고, 술탄에게만 책임을 지는 최고 종교 지도자에 의해 통치되었다.
>
> 오스만 제국의 가장 중요한 네 개의 밀레트는 무슬림, 그리스 정교도, 아르메니아 기독교도, 그리고 유대교도들로 구성되었다. (중략) 밀레트의 수장들은 전체 구성원에 대한 책임과 함께, 국가에 대한 조

---

9 제인 버뱅크 · 프레더릭 쿠퍼, 『세계제국사』, 이재만 역, 책과함께, 2016, 687쪽.

10 에이미 추아, 『제국의 미래』, 이순희 역, 비아북, 2008, 256쪽.

11 유발 하라리, 『사피엔스』, 조현욱 역, 김영사, 2015, 273쪽.

세와 국방의 의무를 갖고 있었다. 대신에 각 밀레트는 무슬림과 관련된 재판 외에는 중앙정부의 간섭 없이 결혼, 이혼, 출생, 사망, 교육, 언어, 전통 등에서 완전한 사회적, 문화적 자치를 향유했다. 또, 모든 밀레트 구성원은 개인의 능력과 계기에 따라 사회적인 출세를 할 수도 있었고, 개종하여 다른 밀레트로 이주도 허용되었다.

(중략) 밀레트는 오스만 제국 500년 역사를 통해 제국의 이질적이고 다양한 민족적 요소를 통합하는 원동력으로 작용하면서, 민족 간의 갈등이나 분쟁 없이 안정된 국가를 유지하는 초석이 되었다.

밀레트가 이질적 민족 집단 내의 자치와 결속의 바탕이었다면, 민족 간의 화합에 기여하고, 이질적 민족들을 공동 목표 아래 결합시켰던 제도는 길드(Guilds), 즉 장인조합이었다. 길드는 종교나 민족적 요소보다는 공통의 경제적 가치와 사회적 신뢰에 바탕을 두었기 때문에, 밀레트 간의 조화와 협력을 통해 제국의 균형 있는 발전에 크게 이바지하였다.(본문 221~223쪽)

오스만튀르크는 지방의 밀레트를 인정하면서 지방 통치자들에게 권한을 최대한 허용했다. 술탄에게 올라가는 보고서에서 지방의 종교가 어떠니 언어가 어떠니 하는 따위는 부차적인 문제였다. 하달되는 공문을 즉각 시행하고 세금을 받아서 이스탄불로 보내는 일에 충실하면 지방 파샤들은 자율권을 보장해주었다.(본문 324~325쪽)

바로 오스만 제국의 이러한 관대함이야말로 알리가 영웅으로 성장할 수 있는 발판이라고 할 수 있다. 알리는 술탄과 제국에 충성한다는 명분을 내세우고 속으로는 다른 실속을 챙길 수 있었던 것이다. 크고 작은 반란들이 알바니아 여기저기서 터져 나오고, 알리는 이를 진압하며 술탄의 신임을 얻는다. 사실 이러한 제국의 관용이 있었기에 롤로디아를 아내로 맞이하는 결혼식에서 알바니아, 그리스, 오스만 할 것 없이 한데 어울려 마시고 춤추고, 노래하는 중에 만세를 부르는 축제가 가능했던 것이다. 한편에서 터키어로 야샤! 하고 외치면 다른 편에서는 그리스어로 에비바!를 연호하는 모습은 아름답기까지 하다.

벨리와 그의 아들인 알리 파샤가 오스만 제국에 맞섰던 필생의 투쟁이 의미를 갖기 위해서는 현실적인 힘의 논리는 차치하고라도, 오스만 제국을 뛰어넘은 새로운 정치공동체로서의 이상이 뒷받침되어야 할 것이다. 그런데 벨리와 알리 파샤가 추구하는 제국은 관용이 부족하고 이질성을 통합하는 원리가 힘의 논리뿐인 제국주의에 가까운 것이라고 할 수 있다. 가라타니 고진은 국민국가(주권국가)는 그것을 넘어서는 범주가 부재하기 때문에 주권국가 간의 전쟁 상태는 불가피하며 그것을 넘어설 방법은 없다고 보았다. 제인 버뱅크와 프레더릭 쿠퍼 역시 "민족국가의 뿌리를 '종족적'이라고 여기든 '시민적'이라고 여기든, 아니면 이 두 가지가 어느 정도 결합된 것이라고 여기든, 민족국가는 공통성에 기반하여 공동체를 만들어내는 한편, 민족에 포함되는 사람들과 배제되는 사람들을 확고하게 구별하고 대개 이 구별을 엄격하게 단속한다."[12]고 주장한다. 이 엄격한 이분법 속에는 반드시 배제와 갈등의 폭력이 존재할 수밖에 없는 것이다.

『악어』에서 알리 파샤는 "조국인 알바니아와 자기가 다스리고 싶은 그리스와 거점으로 삼을 수밖에 없는 술탄의 나라 오스만튀르크"라는

12 제인 버뱅크 · 프레더릭 쿠퍼, 앞의 책, 28쪽.

자신의 경계적 위치에 대하여 고민하기도 한다. 나아가 그는 알바니아, 그리스, 오스만튀르크 이외에도 정교회와 술리오테스까지 신경을 쓴다. 그런데 알리 파샤의 이러한 고민은 진정으로 이토록 다양한 세력들의 공존과 평화를 위한 것이라기보다는 아버지로부터 이어진 꿈, 즉 알바니아를 중심으로 한 제국을 건설하는 과정에서의 처세술과 관련되어 있을 뿐이다.

작가는 후반부로 갈수록 알리 파샤의 "반성 없는 꿈"을 비판적으로 형상화한다. 상대적으로 오스만 제국에 대한 비판적 시선은 거의 드러나지 않는다. 이것은 국민국가에 대한 비판과 그것을 극복할 수 있는 사유로서의 제국을 제시한 것이라고 볼 수 있다. 국민(국가)이라는 개념이 그 시대적 의의를 잃어가는 것과 더불어, 세계화 시대인 오늘날 제국은 보편주의와 보편적 문명의 원리를 표상하는 것이 될 수도 있는 것이다.[13] 세계적인 미래학자 유발 하라리는 제국에 대한 부정적인 시선에 의문을 제기하며,[14] 국가들이 상호간에 긴밀하게 연결되는 지구적 환경 속에서

---

13 이삼성, 『제국』, 신화, 2014, 486쪽.

14 제국에 대한 현대의 비판은 '1. 제국은 제대로 작동하지 않는다. 수많은 피정복 민족을 효과적으로 다스리는 것은 결국 불가능하다.'와 '2. 설사 그것이 가능하다 할지라도 실행해서는 안 된다. 제국은 파괴와 착취의 사악한 엔진이기 때문이다. 모든 민족은 자결권이 있고 다른 민족의 지배를 받아서는 안 된다.'로 정리할 수 있는데, 전자는 '난센스'이고 후자는 '문제'라는 입장이다. 역사적으로 제국은 지난 2,500년간 세계에서 가장 일반적인 형태의 정치조직으로서 매우 안정된 형태의 정부였다는 것이다. 나아가 제국을 무너뜨린 것은 외부의 침공이나 내분에 따른 지배 엘리트의 분열밖에 없었다는 것이다. 정복당한 민족이 제국의 지배자로부터 스스로를 해방시킨 기록은 그리 눈에 띄지 않는다. 많은 경우 하나의 제국이 무너진다고 해서 피지배 민족들이 독립하는 일은 드물었다. 옛 제국이 붕괴하거나 후퇴한 자리에 생긴 진공에는 새로운 제국이 발을 들여놓았다.(유발 하라리, 앞의 책, 275~278쪽)

인류는 "대부분 하나의 제국 안에서 살게 될 가능성이 크다."[15] 고 예측한다.

4. 드디어 만난 '한국의 악어'와 '발칸의 악어'

30장부터 36장까지는 드디어 서모시 부자의 이야기와 알리 파샤의 이야기가 연결된다. 일테면 30장은 알리 파샤가 사람을 광장에서 불태워 죽이는 것으로 끝나고, 31장은 인이수가 아들 서보노가 광장에서 불태워 죽을지도 모른다고 생각하는 것으로 시작되는 식이다. 32장의 마지막에서 알리 파샤는 모스크 건물을 태워서 그 안에 있는 아내 롤로디아를 죽이며, 33장은 불타는 성당 건물 안에 보노가 있는 인이수의 꿈으로 시작된다. 이렇게 알리 파샤는 오늘날의 이슬람 테러 단체와 연결된다.

무엇보다 중요한 것은 불발로 끝나기는 했지만 폭탄 테러의 현장에서 '한국의 악어'와 '발칸의 악어'가 만난다는 점이다. 한국의 가정, 학교, 사회로 인해 탄생한 괴물인 서보노는 테러단의 다리가 되고, 알리 파샤로 대표되는 복수의 의무와 핏줄의 도덕은 테러단의 머리가 되어 가공할 폭력을 낳을 뻔한 위기를 연출한다.

학교에 안 가겠다는 아들 보노를 달래기 위해 서모시 가족은 터키로 여행을 간다. 톱카프 궁정에서 어슬렁거리던 보노는 테러 집단에 속한 남자에게 다가가서 "암 나이스 스트롱 슈터, 쇼 미 유어 건! 리얼리?"라

---

15 위의 책, 295쪽.

고 말을 걸고, 테러단의 두목은 보노에게 사제 폭탄을 맡긴다.

이런 보노는 반미 데모가 열리는 메트로폴리스 광장에 나타난다. 그 광장에서는 내전에 투입된 미군에게 자식을 잃거나 몸을 상한 이들이 시리아를 떠나 유럽으로 가는 중에 반미 데모를 벌이고 있었던 것이다. 이때 확성기에서는 알리 파샤를 칭송하는 시가 계속 흘러나온다. 이 데모는 알바니아와 그리스에 흩어져 사는 알바니아 무슬림들이, 알리 파샤의 사망일을 기해서 재집결하는 성격을 지니고 있었다. 이 현장에 보노가 나타나 조끼 지퍼를 내리고는 안에 매달린 수류탄을 던지려고 한다. 다행히 그 시도는 실패로 돌아간다.

우한용의 『악어』는 근래에 보기 힘든 폭과 깊이를 지닌 장편소설이다. 테러라는 인류사적 위협을 가장 발본적인 지점에서부터 성찰하며 그 뿌리를 캐나가고 있는 것이다. 이러한 작업의 직접성과 보편성을 담보하기 위해 지금 한국의 현실과 200여 년 전 지중해를 아우르는 거대한 스케일의 서사를 치밀하게 직조해내었다. 그 빼어난 작가적 내공으로 인하여, 독자는 자연스럽게 폭력을 발아하는 이 사회의 근본적인 문제와 참된 인간성의 구현을 위한 대안 등을 고민하게 된다. 나아가 『악어』는 맹목적인 핏줄과 복수의 논리에 입각한 공동체 지향의 문제점을 통하여 새로운 가능성으로서의 제국이 지닌 의의를 부각시켰다는 점에서도 그 의미가 매우 깊은 작품이라고 할 수 있다. 우한용의 『악어』를 통해 한국 소설은 비로소 세계사의 보편 맥락과도 대화할 수 있는 하나의 통로를 얻게 되었다고 감히 말할 수도 있을 것이다.